OBRAS REUNIDAS

II

ELENA PONIATOWSKA

OBRAS REUNIDAS
II

Novelas 1

FONDO DE CULTURA ECONÓMICA

Primera edición, 2006

Poniatowska, Elena
    Obras reunidas II. Novelas 1 / Elena Poniatowska. — México :
FCE, 2006
    586 p. ; 26 × 19 cm — (Colec. Obras Reunidas)
    ISBN 978-968-16-7860-9 (tomo II)
    ISBN 978-968-16-7812-8 (obra completa)

    1. Novela mexicana 2. Literatura mexicana — Siglo XX I. Ser
II. t: Hasta no verte Jesús mío III. t: La "Flor de Lis" IV. t: Paseo
de la Reforma

LC PQ7298   Dewey M863 P649o

Distribución mundial para lengua española

De *Hasta no verte Jesús mío:*
Primera edición: D. R. © 1969, Ediciones Era, S. A. de C. V.

De *La "Flor de Lis":*
Primera edición: D. R. © 1988, Ediciones Era, S. A. de C. V.

De *Paseo de la Reforma:*
Primera edición: D. R. © 1996, Plaza & Janés Editores, S. A. de C. V.

Comentarios y sugerencias:
editorial@fondodeculturaeconomica.com
www.fondodeculturaeconomica.com
Tel. (55)5227-4672 Fax (55)5227-4694

fce Empresa certificada ISO 9001:2000

Diseño de forro e interiores: R/4, Pablo Rulfo
Fotografía de portada: Rafael Donís

D. R. © 2006, FONDO DE CULTURA ECONÓMICA
Carretera Picacho-Ajusco, 227; 14200 México, D. F.

ISBN 10: 968-16-7860-5 (tomo II)
ISBN 13: 978-968-16-7860-9

ISBN 10: 968-16-7812-5 (obra completa)
ISBN 13: 978-968-16-7812-8

Impreso en México • *Printed in Mexico*

SUMARIO

....

HASTA NO VERTE JESÚS MÍO

A Felipe Haro Poniatowski,
nacido el 4 de junio de 1968,
60 años después de mi madre

Algún día que venga ya no me va a encontrar; se topará nomás con el puro viento. Llegará ese día y cuando llegue, no habrá ni quién le dé una razón. Y pensará que todo ha sido mentira. Es verdad, estamos aquí de a mentiras: lo que cuentan en el radio son mentiras, mentiras las que dicen los vecinos y mentira que me va a sentir. Si ya no le sirvo para nada, ¿qué carajos va a extrañar? Y en el taller tampoco. .¿Quién quiere usted que me extrañe si ni adioses voy a mandar?

JESUSA

1

Ésta es la tercera vez que regreso a la tierra, pero nunca había sufrido tanto como en esta reencarnación ya que en la anterior fui reina. Lo sé porque en una videncia que tuve me vi la cola. Estaba yo en un salón de belleza y había unas lunas de espejo grandotas, largas, desde el suelo hasta arriba, y en una de esas lunas me vi el vestido y la cola. Alcancé a ver que se estiraba, muy lejos, y allá atrás ya para terminar, en la punta, figuraba un triángulo jaspeado de tigre con manchas negras y amarillas. Toda la ropa era blanca; ajuar de novia, pero allí donde acababa el vestido estaba el pedazo de piel de tigre como la flecha en la cola del diablo. Junto a mí se asomaron al espejo Colombina y Pierrot, Colombina de un lado y Pierrot del otro, los dos de blanco y con esas lunas negras que siempre les ponen.

En la Obra Espiritual les conté mi revelación y me dijeron que toda esa ropa blanca era el hábito con el que tenía que hacerme presente a la hora del juicio y que el Señor me había concedido contemplarme tal y como fui en alguna de las tres veces que vine a la tierra.

—Lo único que te queda de mancha es eso pinto que te vistes en la cola del vestido... Es lo único que te falta por blanquear y si no lo blanqueas devorará tu inocencia.

Estaba con un vestido de reina, grande y con mangas anchas, lleno de guarnición. Pierrot y Colombina eran mis sirvientes pero no me acompañaban como Dios manda. Se distraían uno con otro. Y es que las reinas siempre van solas. También les dije en el templo que había contemplado un llano muy grande con harto ganado pinto:

—Es el rebaño que el Señor te encomendó para que se lo entregues limpio.

Yo tengo mucho pendiente y no sé cuándo lo voy a juntar y a quitarle las manchas, si en esta época o en la otra, cuando vuelva a evolucionar... Son un montón de cristianos enfermos del alma que tengo que curar, pero como no lo he hecho, seguimos sufriendo todos, ellos y yo. El Ojo Avisor dentro de su triángulo divino y por las antenas de sus pestañas me está viendo en todo lugar. Es el ojo todopoderoso del Creador, y si no cumplo no tendré ni por qué molestarme en pedirle a los santos el ruega por nosotros porque estaré olvidada de la mano de Dios. Por eso todo lo que yo atraviese son purificaciones. ¿Por qué vine de pobre esta vez si antes fui reina? Mi deuda debe ser muy pesada ya que Dios me quitó a mis padres desde chica y dejó que viniera a abonar mis culpas sola como lazarina. Debo haber sido muy mala; por eso el Ser Supremo me tiene en la quinta pregunta para poder irme limpiando de mi cizaña.

Para reconocer el camino espiritual necesita uno atravesar muchos precipicios, dolores y adolescencias. Así el protector que nos guía puede manifestarse a través de nuestro sufrimiento. Pero también es forzoso regresar varias veces a la Tierra, según las deudas que uno tenga. En mi primera reencarnación fui de los turcos, de los húngaros, de los griegos, porque me vi con ese manto que usaba antes la Dolorosa. Traía tapada la cabeza, mi hábito era blanco y caía pesado en el suelo. Estaba yo parada en un lugar vacío, vacío. Conté doce camellos y en el número doce venía él, moreno, de ojos grandes, chinas sus pestañas, vestido de blanco, con turbante. Y me tendió la mano. Creí que su mano iba a ser morena como su rostro, pero no, era plateada. En eso hizo el ademán de subirme al camello. Sentí miedo, me di el sentón, él tuvo que soltarme y que echo a correr. Puse las manos así en cruz y debe haber tenido su efecto esa cruz porque él no me pudo alcanzar en su camello veloz. Yo seguí corriendo, pero él sacó la pistola y fui matada. Al despertar, oí su nombre: Luz de Oriente.

Al otro día fui al templo y le entregué la revelación a nuestro padre Elías, o sea Roque Rojas, que baja a la tierra los viernes primero. A través de la envoltura de la mediunidad pasan distintos seres después de recibir la luz, las facultades le dan al pueblo la explicación de sus revelaciones. Dije que había contemplado a ese hermano de piel de plata en un camello. Me preguntó el Ser Espiritual a través de la mediunidad, ahora mi madrina Trinidad Pérez de Soto:

—¿Y no sabes quién es?

—No, no sé quién es.

—No temas, es tu hermano... Y este hermano fue tu compañero en el primer tiempo...

—¿Cómo?

—Fue tu esposo en aquel primitivo tiempo cuando veniste a la tierra. Debes reconocerlo porque es tu tercer protector, el que camina contigo por dondequiera que vayas... Todavía no te abandona, sigue guiándote hasta el presente, por eso te lo mostró el Señor tal y como había sido en la primera época...

—Ajá…

—¿Qué, no lo quieres?

—Sí lo quiero.

—Pues es tu esposo, el que cuida de ti…

Me quedé callada, ya no le seguí escarbando pero solita estudié mi sueño y me viene al pensamiento quién fue y por qué me mató en el primer tiempo. Por eso él ahora sufre, porque no ha cumplido como mi esposo. Viene a ser como Pedro Aguilar; decía que viva no me dejaba en la tierra. Y siempre me llevaba junto a él. Por lo menos me lo avisó:

—Cuando yo la vea perdida, te mando a ti por delante y acabo contigo…

Dios no le concedió ver que lo iban a matar; por eso aquí estoy todavía. Así ese Luz de Oriente, como no me pudo llevar, prefirió matarme. Le tuve miedo y ese miedo me salvó. Y eso que a mí me quitaron el miedo cuando comencé a andar en la tropa con mi papá porque con mis alaridos los entregaba. Al principio, al oír los balazos me ponía a gritar y los jefes se enojaban porque estábamos en la línea de fuego, que es cuando cazan al enemigo. Por eso luego mi papá, sin que yo lo viera echó la pólvora en el agua:

—Ándale, hijita, tómate esta agüita…

Como yo tomaba agua hasta de los charcos, no me supo feo. Hasta después me dijeron que era agua de pólvora para el valor.

Luz de Oriente todavía está pagando porque me platican las hermanas que cuando entra en ellas y toma su carne, llora, llora y les dice:

—Llevo, llevo responsabilidad.

Dicen que habla muy finito, muy bonito; que me deja saludos y que no me olvide de él; que él vela y vigila porque grandes responsabilidades tiene con el Señor que le ha confiado mi carne.

De eso me cuida todavía con toda su caravana. ¡Cuántos cientos de años habrán pasado y él todavía no me deja sin su protección! Pero a éste no nomás lo he visto en revelación, sino que está su retrato a colores en el oratorio de Luis Moya, la Calle Ancha que se llamaba antes. Está metido en un cuadro así de grande y tiene sus ojos abiertos y negros, negros, renegridos, encarbonados. Lleva su turbante enrollado y le brilla en el centro una perla-brillante blanca; y al brillante ése le sale como un chisguetito de plumas.

El Ser Supremo nos envía a la tierra a lavar nuestras almas porque nos hizo limpios la primera vez y para poder retornar a él tenemos que regresar como nos mandó.

¿Y cómo nos vamos a limpiar? A fuerza de dolor y de sufrimiento. Nosotros creemos que Él se equivoca, y no; los que nos equivocamos somos nosotros porque no oímos, no entendemos, no queremos reconocer el verdadero camino, porque si la mayoría de la gente llegara a reconocer el camino limpio de Dios, no habría hombres abusones ni mujeres que se dejaran. En la noche, cuando estoy solita me pongo a pensar y digo: "¡Ay, Señor, dame fuerzas, no te pido más que fuerzas para poder soportar las dolencias que me has entregado!" Y ahora que ya estoy vieja y tomo medicina luego me pongo a pensar: "Ni me vale la medicina porque el chiste es no tomarla y sentir verdaderamente la purificación que Él me manda".

En esta reencarnación Dios no me ha tenido como tacita de plata. Aquí si la consigo me la como y si no la consigo pues no me la como y ya. Dios dijo: "Sola tienes que luchar. Tienes que sufrir para que sepas lo que es amar a Dios en tierra de indios". Aunque soy muy ignorante, yo solita con lo que se me revela voy sacando en limpio mi vida pasada. Mentalmente me profundizo mucho, tanto que hasta me duele la cabeza como si adentro trajera este mundo tan calamitoso. ¡Uy, no! ¡Si me meto a escarbar puede que ya me hubiera vuelto loca! Pero son cosas que uno tiene que averiguar porque ya las trae desde el nacimiento y si las piensa uno a su debido tiempo se manifiestan más claras. Uno tiene muchos ojos dentro del cerebro como un atadijo de estrellas. Por eso hay que cerrar los ojos corporales, macizo, aunque venga la anochecida, aunque sea de día, para poder ver detrás. Lo digo aunque no tengo don de lenguas, pero he atravesado muchos precipicios. Por eso me pongo a reflexionar: "Sólo Dios sabrá todo lo que he sufrido desde que mi madre murió y lo que me queda por sufrir". Tengo que seguir caminando aunque todavía me falta mucho para la hora final. Mi madrastra, allá en Tehuantepec, tenía un libro de adivinar los signos, toda la vida de uno estaba allí en numeritos. Ella era una persona estudiosa, instruida y sabía. Me hizo que cerrara los ojos y que apuntara con el dedo y buscó en el libro de los contenidos. Salió mi cuenta de ciento y dos años, así es que todavía está largo el camino. Para los años que tengo todavía me falta un cacho grande. No sé cuántas veces ni cómo iré a reencarnar, pero yo le pido a Dios que ya no me mande a la Tierra para que pueda estar una temporada larga en el espacio, descansando; pero falta que Dios cumpla antojos y enderece jorobados. Allá sólo Él tiene apuntado lo que debo. Y no es poco, porque en esta última reencarnación he sido muy perra, pegalona y borracha. Muy de todo. No puedo decir que he sido buena. Nada puedo decir.

Tenía yo una amiga, la hermana Sebastiana que vendía jitomates; su puesto era grande pero no lo podía atender porque estaba enferma. Toda ella se deshizo; se puso así grandota, engordó mucho, pero no creo yo que haya sido gordura, sino que se hinchó; se esponjó de los pies y no podía andar. Sólo Dios sabe lo que le tenía que pagar pero ella sufría mucho. Y entonces no faltó quien le hablara de la Obra y vino al templo.

—Vengo muy cansada, muy amolada, con mi piel llena de desamparo. Les pido de favor que me curen porque en el último parto se me canceró la criatura por dentro y por poco y me muero. Ya estoy corrompida de mis entrañas; los médicos ya no creen que pueda salvarme.

—¿Y qué hay en tu corazón?

—Mucho veneno.

Al reconocer ella la Obra Espiritual, comenzaron a curarla; la operaron espiritualmente. No tuvo hijos pero se le quitó lo podrido. Estuvo yendo los días de cátedra y en una de tantas veces el Señor le concedió el desarrollo de la videncia y lo veía todo con los ojos abiertos sin sentir picazón; retrocedieron los siglos, se manifestaron las cosas ocultas y la hermanita Sebastiana devisó un sinnúmero de manos que apuntaban hacia ella y la cercaron:

—¡Me amenazan muchas manos!

Entonces le dijo el Señor:

—¿Y no las reconoces?

—Pues son las manos de muchas jóvenes…

—Pues has de analizar y has de estudiar lo que te pongo de manifiesto…

Entonces el Señor la miró para que reconociera que en la otra reencarnación había sido hombre y que esas manos eran de todas las mujeres que había infelizado y que ahora clamaban venganza. Durante mucho tiempo hizo mandas y penitencias en la Obra Católica, y nada que se componía, y en la Obra Espiritual le dijeron que esos hijos podridos eran los de las mujeres que ella dejó abandonados en la reencarnación pasada. Y entonces Sebastiana se arrodilló y le pidió perdón al Ser Supremo.

—Estoy conforme en seguir sufriendo pero ten piedad de mí.

Todavía hace como unos ocho años fui a la plaza y la encontré, pero estaba desconocida. Seguía manteniéndose con el puesto pero se le ocurrió criar hijos ajenos que le regalaban y le salieron malos; nunca la auxiliaron, nunca la quisieron. Así es de que uno viene a pagar un adarme y va abonando en la Tierra todas las deudas que el Ser Supremo tiene escritas allá arriba. Un adarme es una cosa muy poquita. Por eso regresa uno tantas veces a la Tierra. Pero esto lo comprendemos los que estamos en la Obra Espiritual, porque nos lo inculcan nuestros protectores. Yo tengo tres. El primero es el ancianito Mesmer, el segundo es Manuel Allende y al final de la curación llega mi protector, Luz de Oriente, que es el más guapo de los tres. Pero yo los quiero igual a todos. Nomás que Luz de Oriente me mira con mucha hambre. Tiene ambrosía en los ojos a todas horas. Y me deja pensando. Ellos están entre los grandes, pero los tres más grandes son el Padre Eterno, el Padre Jesucristo y nuestro Enviado Elías o sea Roque Rojas en lo material, que es la Tercera Persona, el Espíritu Santo. En la Iglesia católica dicen que es una palomita porque allí no explican nada; los padrecitos tienen su manera muy distinta de hacer las cosas y conocen la Obra Espiritual, nomás que no la quieren desarrollar porque son egoístas. No quieren que despierte el pueblo porque se les cae la papa. Ellos ganan mucho dinero en la misa, en los casamientos, en los bautizos. En la Obra Espiritual no sólo despiertan al pueblo, sino que la misma congregación sostiene el oratorio; las sacerdotisas, las mediunidades, las pedestales, las columnas ayudan, y ninguno pide limosna. No le dicen al que viene entrando: "Te cuesta tanto y te hacemos tanto". En la Iglesia católica: "Te hacemos tu misa, pero venga a nos tu reino". En las Honras Fúnebres nomás ponen el aparato allí, el ataúd tapado, un cajón de a mentiras, hacen un montón de figuretas y zangolotean el incensario pero no llaman a la pobre alma que está penando. Puedo dar fe porque cada día de muertos hacía el sacrificio de mandarle decir su misa a mi pobre madre y cuando ella vino a hablar conmigo por medio de la Obra Espiritual me voy dando cuenta de que estaba ciega por completo. No me conocía. Cuando a ella le dieron la luz me dijo que hasta que me había acordado de ella. Si yo a cada rato me acordaba. Pero los curas se quedaban con los centavos de las misas y no se las decían ni a ella ni a mi papá. Y yo de taruga pagándoles tres pesos al chaschás por cada misa que le rezaban tal vez a sus propias mamacitas.

Mi mamá ni siquiera se acordaba de que tenía hijos. Allí mismo en el oratorio de Chimalpopoca me retrocedieron a mí a la edad pequeña y pusieron su mano espiritual sobre mi cara para que me reconociera: "Despierta de tu letargo —le dijeron— y acuérdate de que es tu hija". Echó un suspiro muy largo y dice:

—Gracias a Dios me han iluminado y me he dado cuenta de que tuve un hijo.

—No nomás tuviste uno. Tuviste cinco. Allá los tienes contigo. Sólo Jesusa queda sobre la Tierra.

Hasta entonces le abrieron los ojos y fueron a recoger a mis hermanos entre todas las almas muertas que andan en el espacio. Ella los comenzó a llamar por su nombre y de las filas celestes se desprendieron nomás dos. Petra y Emiliano. El mayor, Efrén, no pasó porque se cansaron de buscarlo y finalmente dijeron que había vuelto a reencarnar. Al difuntito recién nacido no supe si lo habían bautizado. Me dio gusto ver a Emiliano porque ése fue bien bueno conmigo. Durante años me cuidó cuando anduve de borracha en las cantinas. Se materializaba, se servía de otros cerebros y me sacaba de las juergas. Se me presentaba en otro señor y me decía:

—Vámonos.

Y yo me le quedaba mirando:

—Pues vámonos —le decía muy dócil.

Y nos salíamos de las cantinas y caminando, caminando se me desaparecía de entre la gente y luego me quedaba parada mirando para todos lados a ver por dónde lo veía. Al pasar en lo espiritual, me dijo Emiliano:

—¿Te acuerdas de cuando te saqué del Tranvía? ¿Te acuerdas que te fui a dejar a la calle de Mesones?

Me quedé callada: "¡Ay, pobre de mi hermanito, cuánto sufrió en andarme protegiendo!" Yo era una perdida que no quería agarrar el buen camino. En cuanto a mi hermana Petra, ésa no me dijo nada en la revelación. Siempre fue de chispa retardada. Si en la tierra no habló, menos en el espacio. Pero al fin pasó a tomar la luz, la poca que podía recibir. En cambio, Emiliano me sigue todavía, nomás que no lo veo. A veces lo siento en este cuarto y a veces no. Cuando cierro los ojos le veo la cara.

Mi mamá empezó a llorar:

—Bendito sea Dios, bendito sea Dios que me llamaste, hija, a través de tantos años. Estaba perdida de mi gente pero al fin nos encontramos.

Sus hijos en el espacio la serenaron, le dijeron que se despidiera de mí. Todavía me insistió:

—Gracias, hija, que te acordaste de mí…

Son muchos los que están en las tinieblas de oscuridad y allí se quedan soterrados hasta que un alma caritativa los llama.

2

No sé si la causa era la pobreza o porque así se usaba, pero el entierro de mi madre fue muy pobre. La envolvieron en un petate y vi que la tiraban así nomás y que le echaban tierra encima. Yo me arrimé junto de mi papá pero estaba platicando y tomando sus copas con todos los que lo acompañaron y no se dio cuenta cuando me aventé dentro del pozo y con mi vestido le tapé la cabeza a mi mamá para que no le cayera tierra en la cara. Nadie se fijó que yo estaba allá dentro. De pronto él se acordó y yo le contesté desde abajo, entonces pidió que ya no echaran más tierra. Yo no me quería salir. Quería que me taparan allí con mi mamá.

Cuando me sacaron yo estaba llorando toda entierrada. Entiendo que por haber agarrado aire del camposanto se me ponen los ojos colorados y cada que hace viento me lastiman porque desde esa época tengo el aire del camposanto en los ojos.

Los vecinos hicieron una cruz de maíz y la sembraron en un cajón en el atrio de la iglesia de la Mixtequilla. Allí rezaron el novenario, los nueve días que toma el alma para cruzar el espacio. Cuando se hizo milpita y se dio muy alta, levantaron la cruz y la llevaron al camposanto donde estaba tendida. Quedó la cruz de milpa como señal en la Tierra de la vida de mi mamá.

Mi mamá murió de susto o el muerto vino a buscarla, porque soñó que un par de perritos tiernitos le estaban mordiendo la pierna. Y al despertar yo oí que le dijo a mi papá:

—¡Ay, qué feo sueño soñé! ¡Que un par de perritos tiernos me mordían mi pierna y yo los retorcí y los remolí hasta que los maté y los dejé tirados en el suelo!

Mi papá contestó:

—¿Cuáles perros dejaste tirados? Ése fue un sueño.

—Sí, sí fue un sueño. Anda, levántate para que me lleves a hacer de las aguas.

Como era pueblo que no tiene uno medio en qué servirse, mis papás salieron al patio. En las tardes allí se reunían a platicar los vecinos. En la esquina de la casa de enfrente había una piedra alargada donde cabía un cuerpo acostado. Era noche de luna que todo se ve claro:

—¡Mira, Felipe, lo que hay allá enfrente!

—¿Dónde?

—Aquí encima de la losa. ¿Quién lo mataría, oye?

—¿A quién?

—Mira, ¿quién mataría a este hombre que está aquí?

—¿Cuál? ¿Cuál hombre?

—Pues a éste que está aquí tirado en la losa.

—Yo no veo nada.

—¿Cómo no ves nada, si yo le estoy agarrando los pies?

—Yo no veo nada, María, pero si tú lo estás mirando, vámonos, no sea que alguien lo haiga matado y nos carguen la muerte a nosotros.

En la mañana, cuando mi papá se levantó para ir al trabajo lo primero que hizo fue ir a ver qué huellas habían quedado. Ninguna. Encontró la piedra limpia.

—Bueno, ¿y cómo vio María ese muerto allí?

Ya no se levantó mi mamá. Al otro día amaneció con resfrío y calentura y a la semana estaba tendida. Por eso mi papá les platicó despúes a los vecinos:

—Saben, ella se ha de haber muerto de espanto y no del resfrío porque yo le di muchas friegas de alcohol, la curé, y le di a tomar la quinina. A mí se me hace que se la llevó el muerto que ella vio en la esquina de la casa de doña Luisa.

Y allí es donde yo reconozco que la hoja del árbol jamás es movida sin la voluntad de Dios. Mi mamá vio al muerto matado porque ella tenía videncia y mi papá no. Ahora que ya estoy grande y me he entregado a la Obra Espiritual y deviso el camino, creo que mi mamá tenía una misión que cumplir y veía. Aunque ella tuvo valor y le agarró los pies, era muy corta de espíritu y por eso el muerto se la llevó.

Mi mamá todavía estaba viva cuando mi papá me hizo una muñeca de ardilla. Después nunca me volvió a hacer nada. Nunca más. Se hizo el sordo o todas las cosas le pasaron como chiflonazos.

A la ardilla le quitó la carne. En la Mixtequilla se come. Se le echa sal, pimienta y ajo, y vinagre o limón, se abre el animal de patas y se mete en unas estaquitas para que con el calor se vaya dorando al fuego. La ardilla sabe retesabrosa, sabe a ardilla y es muy buena. Mi papá dejó la ardilla en el puro cuero, la abrió para estirarla al sol, le echó cal y cuando estuvo seca le cosió las patitas, las manitas, con un palo la rellenó y vino y me la dio.

—¿Por qué está dura, papá?

—Por el relleno.

—Pero ¿con qué la rellenaste?, ¿con tierra?

—No, con aserrín.

—¿Y qué cosa es aserrín?

—¡Ay, Jesusa, confórmate, juega con ella!

Y ya jugaba con el animal ése; me tapaba mi rebozo y me cargaba mi muñeca aunque mis manos rebotaban de lo dura que la sentía.

Como mi papá no tenía medio de comprarme nada, mis juguetes eran unas piedras, una flecha, una honda para aventar pedradas y canicas que él mismo pulía. Buscaba mi papá una piedra que fuera gruesa, dura, una piedra azul, y con ella redondeaba y limaba otras piedritas porosas y salían las bolitas a puro talle y talle. Los trompos de palo me los sacaba de un árbol que se llama pochote y ese pochote tiene muchas chichitas. Escogía las más grandes para hacerme las pirinolas y nomás les daba yo una vuelta y ya bailaban. Y mientras giraban yo fantaseaba, pensaba no sé qué cosas que ya se me olvidaron o me ponía a cantar. Bueno, cantar cantar, no, pero sí me salían unas como tonaditas para acompañar a las pirinolas.

Como no tenía pensamientos jugaba con la tierra, me gustaba harto tentarla, porque a los cinco años todavía vemos la tierra blanca. Nuestro Señor hizo toda su creación blanca a su imagen y semejanza, y se ha ido ennegreciendo con los años por el uso y la maldad. Por eso los niños chiquitos juegan con la tierra, porque la ven muy bonita, blanca, y a medida que crecen el demonio se va apoderando de ellos, de sus pensamientos, y les va transformando las cosas, ensuciándolas, cambiándoles el color, encharcándoselas.

Yo era muy hombrada y siempre me gustó jugar a la guerra, a las pedradas, a la rayuela, al trompo, a las canicas, a la lucha, a las patadas, a puras cosas de hombre, puro matar lagartijas a piedrazos, puro reventar iguanas contra las rocas.

Agujerábamos un carrizo largo y con esa cerbatana cazábamos: no me dolía matar a esos animalitos, ¿por qué? Todos nos hemos de morir tarde o temprano. No entiendo cómo era yo de chica. Tampoco dejaba que los pajaritos empollaran sus huevos; iba y les bajaba los nidos y luego vendía huevitos, por fichas de plato, tepalcates de barro rotos, pedacitos de colores que eran los reales y los medios, las cuartillas, las pesetas y los tlacos, porque esas monedas se usaban entonces.

Luego hacía una lumbrada y tatemaba las iguanas chiquitas y ya que tronaban con un cuchillo les raspaba la cáscara, las abría, les sacaba las tripas, les ponía dizque sal y llamaba yo a los muchachos: "¡A comer! ¡A comer! ¡Éjele! ¡Siéntense muchachos que ahorita les sirvo! ¡Éjele! Pues ¿cómo se me van a quedar con hambre? ¡No faltaba más! Pa' luego es tarde…

Ellos ¿pues cómo se iban a comer esa cochinada?

—¡Eso no se vale!

—¡Éjele! ¡Éjele!

—¡Tramposa! ¡Cochina!

—Lero, lero, tendelero…

Y me echaba a correr. Y ellos tras de mí. A nadie le gusta que lo engañen.

Luego que ya me cansaba de jugar con los muchachos me subía a los árboles y los agarraba a piedrazos. Me trepaba a las ramas a hacer averías, nomás a buscar la manera de pelear con todos. Los descalabraba, iban y le avisaban a mi mamá que yo les había quebrado la cabeza, ella me aconsejaba pero yo no estaba sosiega. Era incapaz desde chiquilla. Ahora ya todo acabó, ya no sirvo, ya no tengo el diablo.

Mi mamá no me regañó ni me pegó nunca. Era morena igual a mí, chaparrita, gorda y cuando se murió nunca volví a jugar.

A los ocho días de muerta mi mamá, mi papá se buscó otra mujer; aquella señora era muy tomadora. No me acuerdo cómo se llamaba. Era una mujer como todas las mujeres. Eso sí quién sabe dónde la conoció mi papá, pero la tuvo mucho tiempo.

La primera semana le di dos reales para que fuera a comprar el mandado. Ésta quería que le dieran el dinero a ella pero como mi papá nos dijo que era una criada para cuidarnos a Emiliano y a mí, yo me hice cargo de recibir el dinero y de que la criada me diera el vuelto. Y luego me abracé de mi papá, porque ¿por qué iba a venir otra mujer a acostarse con él? ¿Si era mi mamá la que dormía con él? Aunque yo estaba chica, ya traía la malicia dentro y a pesar de haberme criado en un pueblo pensé: "¿Por qué otra gente se va a acostar con mi padre?" ¡Bah!, si en un pueblo cada quien vive en su casa. ¿Cómo trae uno esa inteligencia? ¿Quién le aconseja a uno? Entonces ése es un don que viene de nacencia, ya es cosa que lleva uno adentro. Yo sería ventajosa, o no sé, pero no admitía a la mujer y claro que eso le disgustaba. Yo dormía con mi papá, pero como es tierra caliente, nos tendíamos en una hamaca, y nunca dejé que se fuera a acostar con la mujer ésa. Entonces ella empezó a emborracharse con lo del mandado, váyase a saber por qué.

Mi papá hacía lo que yo quería. Cuando era chiquilla, me consentía mucho pero no era cariñoso. Nosotros no supimos de cariños, de apapachos, de cosas así, no. Cuando vivía mi mamá, mi papá le decía:

—No me la andes regañando ni me le andes haciendo nada.

Por eso me hice grosera. Y cuando ella se quejaba:

—Mira, Felipe, que no se deja peinar…

—Pues yo la peino.

Y él me peinaba con mucho cuidado porque nunca me ha gustado que me agarren los cabellos. Siento muy feo que me jalen y él tenía su mano suavecita, muy suavecita. Cuando mi mamá me peinaba parecía como que me caía lumbre. Sólo de él me dejaba peinar. Como éramos dos chiquitos, mi mamá tenía que peinar a uno, cambiar a otro, calentar agua, lavar y claro que mi papá por ese lado me consintió y nunca quiso que llorara.

Jamás vi a la borracha dormir con mi papá, pero era su cuero de él. Ella me lo dijo:

—No me conviene de ninguna manera que no nos dejes en paz. Es mi marido…

Le grité que no era su marido porque era mi papá. Y por allí comenzó a peliar conmigo. Como estaba borracha me gritó horrores de la vida, que no tenía él por qué tenerme miedo a mí, que de cuándo acá andaban las hijas pastoreando a sus padres:

—Te pesará —me dijo.

Le contesté que no tenía por qué pesarme y que si le interesaba mucho, que se fueran lejos ella y mi papá y que a mí me dejaran allí.

A las seis que regresó mi papá de la cantera no le contamos nada. Pero al día siguiente, la tomadora ésa se fue a la cantina a gastarse lo del mandado con otros hombres. Cuando yo la atisbé que venía por el camino me llené mi cotoncito de piedras y la acaparé a puros piedrazos:

—¡Vete! ¡Lárgate! No te quiero ver aquí.

En la noche le dije a mi papá que la había corrido porque estaba siempre allí botada de borracha.

—Está bueno, hija, tú no te apures.

Otra vez mi papá se quedó solo con sus hijos. Se levantaba a repartirnos el almuerzo y se iba a trabajar. Aunque ya estaba acostumbrado a que la fulanita viniera a hacerle el quehacer, ahora él mismo tenía que moler en el metate para darnos de comer porque nosotros estábamos chiquitos. Mi hermano Emiliano me llevaría dos años, pero nos dejaba amarrados a los dos, para que no fuéramos a salir, escuincles de porra, porque yo era figurosa en eso de las maldades. Mi papá echaba unos trozos grandes de leña en la lumbre y allí hervía la olla muy calmuda, zumbe y zumbe, calculando que a las doce, a la hora que él viniera, todavía tendría agua la carne o los frijoles o lo que había puesto de comer. Dejaba también la masa molida y nos hacía las tortillas gordas, porque era hombre y no sabía tortear.

Mi papá era peón de ferrocarril en el terraplén de la vía. Trabajó dinamitando los cerros para abrir la brecha por donde iba a pasar el tren al Istmo de Tehuantepec. Todos los días mi papá se levantaba con la misma canción: volver a cocinar para darnos de comer. Claro que él sufría porque necesitaba a una mujer que lo atendiera con sus hijos.

Me avisó un día muy apurado:

—Mira, hija, es forzoso traer una mujer que te cuide, que te espulgue y que te bañe porque tengo que ir a trabajar.

Mi papá batalló mucho conmigo por ese lado, porque yo decía: "Mi papá tiene la obligación de peinarme, de bañarme, de darme de comer… Tiene la obligación de estarse aquí atendiéndome…", porque así son los niños, muy exigentes.

Cuando me avisó que una mujer vería por nosotros, le dije:

—Yo no sé, pero a mí no me vengas a engañar que la tienes de criada y luego me sales con que no es tu criada. Así es que dímelo por lo claro y allí averíguatelas tú.

Se encontró a otra con un muchachito. Según entiendo porque yo era muy adelantada, esta vieja tenía el cuidado de apartarle la comida a mi papá y yo veía que se raspaba las uñas grandes de los pies, que juntaba un montoncito de ese polvito y se lo regaba al traste de mi papá porque quería volverlo loco. Así me lo afiguro. Me voy a ir al infierno pero decía yo: "Bueno, pues, ¿qué cosa? ¿Por qué a él le echa los polvos y a nosotros no?" Mientras ella iba a agarrar agua, yo cambiaba el traste de comida. Siempre andaba detrás de mi papá cuidándolo. "Eso es por algo. Algo malo ha de ser. Si es cosa buena, ¿por qué no lo hace ella todo en la misma olla?" Y la comida que me servía a mí se la daba a mi papá y tiraba la de los polvitos. Yo tenía la ventaja de que maliciaba las cosas. Con ésa sí dormía él en la hamaca. Cuando ya me explicó que la quería para su mujer, ¡qué más me daba! Pero aquella que era dizque una criada, eso sí que no, no me la corran larga porque no me dejo.

La de las uñas, la que tenía un niño, tampoco era buena con nosotros. Nos agarró inquina. Yo la oía que siempre tenía discusiones con mi papá. Él le decía:

—Cuídala, péinala como si fuera tu hija, pues tú serás la que tendrás que tener mejores ganancias de ella que yo.

—'Ta bueno.

Pero ni mi nombre supo. Y fue canción de muchos días hasta que me aburrí y me agarré con ella, porque ya estaba más grandecita y salí muy perra, muy maldita. Ninguno de mi casa fue como yo de peleonero. El caso es que ella duró unos siete u ocho meses, cuando mucho un año. Después mi papá dejó la cantera, porque él solo no se podía establecer en un trabajo y a las doce del día salirles con que: "Al rato regreso…", para venirnos a dar de comer… Quería un trabajo donde lo consecuentaran y como no lo encontró, jalamos todos para Salina Cruz.

3

Mi papá se iba por toda la playa hasta llegar a una roca que está al pie del faro. Las rocas despuntan dentro del agua y cuando les da la ola se abre la concha del ostión y se alimenta con el líquido de la ola; luego se cierra la concha otra vez. Entonces con su machete, ¡pácatelas!, mi papá arrancaba las grandes ostras, las abría y en la misma concha comíamos los ostiones porque estaban vivitos, fresquecitos. Yo aquí en México nunca los he comido. ¡Quién sabe cuántos meses tienen almacenados en el hielo! ¿Qué alimento tienen si ya están muertos?

El otro día me compré una docena de huevos de tortuga porque tenía muchos años de no comerlos, desde que yo era chica.

Mi papá nos llevaba en la noche a la pesca de los huevos de tortuga. Las tortugas llegan del mar y se entierran en la arena, sufren y se cansan porque ponen muchas docenas. Hasta el fondo ponen una docena y luego la tapan y ponen otra docena, y se suben arriba y tapan otra docena y ponen la otra y luego la otra docena, la vuelven a tapar con arena y luego más arriba ponen la otra docena hasta que se vacían toditas. Ya para irse cubren la última capa y se meten al mar. Uno tiene que correr hasta donde está la arena revuelta antes de que se borre la huella con la marea y clavar un palo o lo que sea en el lugar donde quedó el nido. Aunque lo agarre a uno la marea hay que escarbar para sacar los huevos. Si no, allí se forman las tortuguitas, solas, solititas; se crían con el calor de la arena y del sol.

Son chistosos esos animales. Las tortugas nacen caminando y se van derechito al agua. Allí se hunden como los pescaditos. Se parecen también a las víboras; las víboras chiquitas rompen el cascarón y luego luego echan a correr.

Nosotros íbamos a pescar en la tarde y en las noches de luna para ver la playa limpia. De día no salen las tortugas. A mi papá le gustaba llevarnos porque nosotros nos dábamos muy bien cuenta a la hora en que las tortugas regresaban al mar arrastrando la arena y corríamos a sacar los huevos. Mi papá se metía con todo y ropa. Yo también me metía a ayudarlo, vestida así como estoy y me mojaba enterita. La ropa se me secaba encima. En la pesca de la tortuga durábamos hasta la una, las dos de la mañana esperando a que se llenara el canasto que llevaba a mi papá. Era un canasto grande y hasta que no lo retacaba todo, nos íbamos a dormir. En la madrugada nos comíamos los huevos. Lo de afuera, el cascarón que le llamamos, es un cuero redondo, boludo, una tecata. Hay unos así grandotes pero otros son medianos de tortugas chicas. Vienen con todo y arena. Se les quita la arena y se echan a hervir con suficiente sal para que les penetre por dentro. Los hervíamos y luego los comíamos fresquecitos.

Otras veces, mi papá los guisaba; embrollo, decía él. Ponía una olla con jitomate, ajo, cebolla, y ya que estaba todo bien sazonado nos batía un montón de huevos de tortuga en la olla hirviendo. O nos daba de comer pescado; a pescado por cabeza. Eso sí, nunca pescó con caña. Se metía a encuevar los pescados. Hacía una cueva con peñas y solitos los pescados entraban y él en la puerta los atajaba con una atarraya y luego la jalaba y sacaba pescados grandes como de a metro; robalo, que es el que más se da en ese lugar. Cuando la gente lo esperaba a la orilla de la playa mi papá les vendía pescado fresco, si no, los abría, les sacaba las tripas, los salaba y los ponía a secar. Y vendía pescado salado. Fresco, seco o tatemado porque muchas veces lo tatemaba y lo tenía alzado por algún tiempo.

Me bañaba como a las cinco de la mañana o las cinco de la tarde, no en el rayo del sol. Nada más esperábamos a que la ola nos mojara y nos quitara la suciedad. Se iba la ola y uno esperaba la siguiente. Ahora no sé cómo se bañan porque hace muchos años que no voy al mar; dicen que se meten nadando hasta adentro. Para esas gracias me voy a bañar aquí en una agua encharcada que está muerta. No, el chiste es bañarse en la playa donde viene la ola que ve uno que se levanta en blanco y lo tapa por entero, resistir el golpe del agua en el cuerpo, vestido o encuerado, para sentir el agua viva. Se ve tan bonito cuando se acerca la ola y, ¡zas! nos tapa y luego se va, y esperar la otra que allí viene dando coletazos como si toda el agua se hubiera juntado allí en un solo chubasco. Yo era chaparrita y fuerte y sabía esperar las olas. Si volviera al mar me metería como a las seis de la tarde a esperar las olas que ve uno que se levantan y se destechan. Cuando se va la ola, la arena se ve limpia y uno queda parada así con las piernas separadas, no de frente ni de pulmón porque lo arrastra, sino de canto, bien atrancado.

Es muy sabroso el golpe del agua del mar. Pero no así como ahora dicen que se bañan, así no. A mí no me conviden a esas bañadas.

Según a como era en esa época, el puerto de Salina Cruz se veía grande. Bajo dos puentes de fierro pasan los barcos y anclan nomás dentro de la bahía. No sé cómo sería la vida allí, porque nomás vivía como el perro sin saber cómo, pero entiendo que mi papá subarrendó un terreno y levantó una casita de vara techada con palma. Batió el lodo con zacate y enjarró las varas, las hizo pared. Y así era como nosotros vivíamos. Hacía mucha calor. Yo andaba sin zapatos porque me estorbaban para subirme a los árboles; los amarraba uno con otro y me los terciaba en el hombro y luego corría de un árbol a otro. Por lo regular los dejaba colgando de alguna rama. Nomás comíamos y yo ganaba para los árboles. Mi papá se iba a trabajar, así es de que ni quién me detuviera.

En Salina Cruz mi papá anduvo trabajando en distintas partes. Era muy figuroso, muy ocurrente, a todo se acomedía. Él nos guisaba, nos lavaba, pero a medida que fuimos creciendo dijo que era imposible que nos trajera sueltos; que podía cargar con el hombrecito pero que ¿qué hacía conmigo? Era lo que a él se le dificultaba. Entonces le dijo a una señora con la que nos encargó algunas veces cuando se iba a trabajar:

—Pues no hallo qué hacer, señora, porque yo sufro con esas criaturas... No tengo ni dónde dejarlas... Pues ¿quién se hace cargo de hijos ajenos?

—Pues nadie...

Entonces agarró él y dijo:

—Pues me voy al barco a ver si allá me ocupan, pero que sea en la noche porque en el día tengo que estar al pendiente de estos masacotes...

Y arregló trabajo en el barco. Velaba toda la noche y en el día llegaba a la casa. Se iba a las cinco de la tarde y venía a las cinco de la mañana. Nos dejaba encerrados, solitos. Antes de irse nos daba de comer y nos acostaba. ¿Ya qué hacíamos en la calle si pronto oscurecía? Además, la calor adormece. Mi papá era velador y estibador; le tocaba cargar un barco y descargar otro en la noche y si al alba no había terminado, se seguía al otro turno hasta las cinco de la tarde. Así es de que allí no había descanso más que trabajar, trabajar y trabajar. Una soba. Mi papá estuvo mucho tiempo estibando la mercancía de los barcos de carga, muchos meses, no entiendo si serían años porque estaba yo chica.

En eso vino mi hermano el mayor, Efrén Palancares. Era muy prieto, muy borracho y muy perdido. Se la vivía en las cantinas. Pocas veces llegaba a la casa y si llegaba, nomás era para que mi papá le pegara porque nunca andaba en su juicio. Duraba ocho o quince días en la casa y se volvía a ir. Mientras estuvo chico, Efrén anduvo con nosotros pero ya que se hizo hombre se fue de vago. Se ha de haber salido de catorce o de quince años porque mi papá era muy duro para pegar. Mi mamá no nos pegó nunca. Efrén era rebelde. De chiquillo no era borracho, pero era rebelde y desesperado.

Cuando él se fue le pregunté a mi papá:

—¿Y Efrén?

—Ya se largó.

—¿Por qué?

—Por las malas compañías…

Mi papá quiso evitarle las malas compañías como yo a Perico, pero con todo y eso, él siempre las agarró. Así es que ya el que nace de mala cabeza, ni quien se lo quite. Efrén era hocicón. El que fue de muy buen carácter era mi hermano Emiliano. Ése sí seguía a mi papá adonde quiera que iba. Cuando la estibada, allí se quedaba Emiliano, bien chiquito, en el muelle esperándolo. Se daba unas asoleadas de padre y señor mío. Y cuando mi papá se iba rancheando, allá se iba el Emiliano con todos sus quereres. Yo no. Yo era un animal mesteño. Tiraba para el cerro. Efrén también era así. Quién sabe de dónde venía, quién sabe para dónde se iba. Y aunque lo supiera. Y en una de sus tantas idas y venidas que llega a la casa y le dice a mi papá que llevaba a una mujer y que a ver qué hacía con ella.

Entonces mí papá le dice:

—Bueno, ¿con qué fin te trajiste a esa mujer?

Y ellos seguro se entendieron para vivir con ella como Dios sabe. ¿Verdad? El caso es que la muchacha ésa, Ignacia, me cuidó mucho tiempo aunque yo no me dejaba. Quería que me enseñara a hacer tortillas y yo estaba acostumbrada a andar corriendo. Como desde chiquilla no me hallé sino con la libertad, todo mi gusto era andar sola en el campo o arriba de un cerro.

Mi hermano Efrén estuvo con nosotros mucho tiempo, porque allí tenía mujer, como siempre llegaba borracho, mi papá lo tenía que ejecutar. La mujer se aguantaba, pues ¿qué hacía la pobre muchacha? Ignacia también era huérfana. Tendría unos dieciséis años, no tenía quien viera por ella, así es de que no pretendía nada.

Mi papá estaba de su lado y Emiliano y yo también la queríamos, pero Efrén le daba muy mala vida. Le pegaba:

—¿Qué haces, güevona? Levántate a darme de comer.

A la hora en que llegaba quería que le sirviera su cena. Y si no le parecía se la aventaba. Luego pedía cubiertos y ni los sabía usar. Nosotros siempre comimos con tortillas. Además no había cubiertos. Pero él en su borrachera gritaba:

—¡Un cuchillo y un tenedor, hija de la rechingada!

Hasta que despertaba a mi papá:

—¿Para qué cabrones te trajiste esa mujer si así la tratas?

Y lo tumbaba al suelo de un golpe. Allí donde caía se quedaba dormido.

Una noche que llegó y no estaba mi papá, salté como un resorte:

—¡Ponte conmigo, ándale, pero a ella no le vuelves a pegar!

Le dio una cachetada pero no le dio dos. Agarré un leño así de grueso y aunque apenas podía con él, la defendí. Lo apaleé. Ahora, cuando oigo en las casas que los niños cantan: "Aquella muchacha bonita se llama Nachita, y tiene una nalga grande, la otra chiquita", aunque me da coraje, me acuerdo de Ignacia…

Y eso que mi cuñada me pegaba también porque nunca pude aprender a hacer tortillas. Ella hacía unas tortillas chiquitas, bonitas; me componía las bolitas de masa para que yo las palmeara, pero hasta la fecha hago unas pencas así de gruesas, y el pobre de Perico se las zambutía cuando estaba chiquito, por más feas que me salieran. Mi cuñada me daba como castigo que me comiera todo el pedacerío, todos los cachos de tortilla que dejaba yo quemar:

—Farol de la calle y oscuridad de tu casa.

Decía que a manazos tenía que enseñarme, pero pues no nací para echar tortillas y nunca he sabido tortear.

A mi hermano Efrén le dolía que todos estuviéramos de parte de su mujer. Sufría sobre todo por mi papá. Ella tuvo una niña: Felipita. Nosotros la queríamos mucho; no había otra más que ella. Yo la entretenía y cargaba a la niña en mi rebozo, pero se murió como de unos ocho meses. Fue flor de un día. Cuando se puso grave nos venimos al hospital de Tehuantepec. Quién sabe de qué moriría pero se puso negra, negra, poco a poquito y por completo, como si la hubieran ahorcado.

Mi cuñada no dijo nada y nos volvimos a Salina Cruz sin la muertita porque en el hospital se quedaron con ella.

Apenas llegamos a la casa, mi papá agarró a mi hermano:

—¡Tú pateabas a esta mujer con la criatura adentro! ¡Por eso se murió! ¡Tú le pateaste el vientre!

Cuando se cansó de golpearlo desquitando su coraje, le dijo que ya no quería estar sufriendo por él, que se largara con todo y su mujer.

Andaba yo en la calle y estaba rete nublado con esa niebla que viene del mar y el cielo se va encapotando, cuando un hombre preguntó que dónde vivía Felipe Palancares. Me acerqué:

—Yo lo conozco. Es mi papá. Es mi papá. ¿Qué cosa quieren con él?

—Llévame a verlo.

—Pues vamos.

Y que me carga él; estaba yo chiquilla. En la puerta me bajó. Mi papá estaba durmiendo. Lo recordé:

—Vini, lo busca un señor.

Entró el hombre pa' dentro. Como son las casas de puerta de varas se oye todo clarito. Le dijo que se llamaba Cayetano y le contó a mi papá cómo había rescatado a Petra mi hermana mayor. Varias noches oyó que golpeaban a una mujer que lloraba adentro de la casa juntito a la suya y una de tantas dio aviso a la policía y le mandaron una escolta de gendarmes. El piquete rodeó la casa y Cayetano tocó y exigió que le abrieran. El hombre que golpeaba a mi hermana la escondió dentro de un cajón amenazándola con matarla si hablaba.

—Aquí no vive nadie —les dijo a los gendarmes.

—Sí. Llora una mujer.

—No es cierto. Yo no he oído nada.

Pero como tenían orden de registrar la casa, aunque vieron que todo estaba vacío, Cayetano oyó un rasquidito, fue hacia el cajón, levantó la tapa y sacó a la mujer de los lamentos, toda golpeada. Entonces tomaron preso al hombre y a ella también se la llevaron para que hiciera su declaración y Petra dijo que ese hombre era cabo de brigada y que pertenecía a la construcción del terraplén para hacer que entrara el ferrocarril de Tehuantepec al puerto de Salina Cruz y cuando terminó el trabajo de balasto se la robó, aunque ella no tenía amistad con él, ni se hablaban ni era su pretendiente ni nada.

Entonces declaró Cayetano que tenía tres años de estar oyendo golpes y quejidos de mujer en la otra casa.

El juez le preguntó a Petra:

—Bueno, ¿y el cabo?

—Es un asistido. Mi mamá le daba de comer a él y a los demás peones que ponían los durmientes… Yo ni lo conocí… El cabo no se hizo presente sino cuando ya estábamos muy lejos de Tehuantepec… Entonces entró al furgón donde me echaron de bulto… Yo no sé el tiempo que tengo de estar viviendo en esta casa, pero son años… ¡Quiero irme a mi tierra!

Llamaron a la mamá de Cayetano y le dijeron que si estaba de conformidad, ya que su hijo había salvado a Petra, de hacerse responsable de ella.

—Sí.

—Yo quiero irme a mi tierra, quiero irme a mi tierra —gritaba Petra.

Cayetano dijo:

—Yo estoy dispuesto a trabajar para juntar y entregarla a sus padres.

Vivían en Tierra Blanca, Veracruz. Tuvo que luchar durante un año para ahorrar el pasaje de los dos. Mi hermana, que quedó en los puros huesos, estuvo al cuidado de la mamá de Cayetano. De Tierra Blanca se vinieron para acá y ya tenían ocho días de andar buscando casa por casa en Salina Cruz.

—Su casa era la última que íbamos a recorrer. Hoy nos íbamos a ir.

Entonces mi papá le pidió que lo llevara a ver esa mujer.

—Está allá afuera.

Mi padre abrió la puerta y la espió:

—Sí, sí es mi hija.

—Bueno, señor, yo se la entrego y a la vez que se la entrego se la pido para casarme con ella.

No sé si se matrimoniaron pero oí que eso le dijo a mi papá. El caso es que ya vivieron junto con nosotros y como Petra llegó de mujer de la casa, mi papá descargó su obligación en ella.

—Te encargo a tu hermanita. Cuídala, péinala, lávala, haz con ella todo lo que hace una madre. Ándale, ahora a ti te toca atenderla.

Como yo no me crié con la hermana, no la quería, ni decía que era mi hermana. Yo ya estaba acostumbrada a mano de hombre, a la mano de mi padre. Petra era trigueña, más prieta que yo. Yo tengo la cara quemada del sol pero no soy prieta, pero ella sí era oscura de cuerpo y cara. Salió más indita que yo. Dos sacamos el color de mi papá y los otros dos fueron prietitos. Efrén y Petra; Emiliano y yo, mitad y mitad. Petra era un poquito más alta que yo y tenía un genio muy fuerte. ¡Se imagina, para estarse quejando tres años todas las noches! Cualquiera otra se hubiera conformado, si con que se las trinquen ya les anda de contentamiento. ¡Si de eso piden su limosna, las pendejas! Pero Petra no se dejó, no se dejó del cabo, nunca fue dejada aunque se puso apolismada y tilica. Era enojona y berrinchuda, con mucha muina y mucho orgullo por dentro. Pero callada, callada, siempre disimulando.

Petra tenía quince años. El cabo la conocía pero no le hablaba ni nada. En aquellos años del Señor no se usaba como ahora que las muchachas van y se les ofrecen a los viejos pelafustanes. ¡No! ¡Ni hablar! Las conocían y muy bien conocidas, pero ¿hablarles? ¡No! Petra todo el día estaba en la cocina haciendo de comer, moliendo, torteando y no salía para afuera. Mi padre traía el mandado y se lo dejaba en la puerta porque mi mamá no estaba acostumbrada a andar de pata de perro. En la tarde, mi mamá le dijo a Petra que fuera a recoger la cobija a un árbol donde la tendían a secar porque en la mañana la lavaban y en la tarde tenía que estar seca para dormirme. Y ya no volvió mi hermana. Con la misma cobija la envolvió un peón.

Vino a saberlo mi papá hasta después, cuando ella regresó. De pronto, ni cuenta se dieron.

Mi mamá era muy limpia. Los de Tehuantepec así son. Todo el día fregaba, todo el día con la escoba de popotillo barriendo el patio, todo el día con la escobeta y la lejía. ¡Cuántas veces nos dio de comer en el patio con tal de no ensuciar su cocina limpiecita! Pero por eso de la recochina limpieza le birlaron a su hija.

A mí, Petra me daba miedo, por silencita, por flaca, por disimulada. No me gustaba su modo. Por eso yo la golpeaba, pero retirado, no me dejaba agarrar de ella y sufrió mucho conmigo.

Estaba yo empiojada y mi papá me bañaba cada semana y él me espulgaba, pero al otro día me iba a jugar a la tierra y claro que la misma mugre de la tierra me empiojaba la cabeza. De mi hermana no me dejaba bañar. Me subía yo a un árbol y allí me pasaba el día sin comer. "Acércate", le decía yo a mi hermana, "ándale, acércate", y la agarraba a piedrazos. Hasta que no venía mi papá no me bajaba del árbol a comer.

Un día le dijo Petra a mi papá:

—Como no se deja espulgar ni bañar ni nada, la voy a pelar.

Y le grité yo:

—Nomás te ocupas en pelarme y ya verás cómo te va.

Nunca me peló pero sufrí mucho tiempo, toda tiñosa, hasta que se me engusanó la cabeza.

Teníamos no sé cuántos años o meses de vivir juntos cuando Cayetano entró a matar a Petra. Estaba acostada y como que no encontraba acomodo hasta que se durmió.

Cayetano llegó con el cuchillo pero no pudo metérselo porque detrás de él venía mi hermanito y lo detuvo en el momento en que la iba a agarrar dormida. Y por el ruido que hicieron, ella abrió los ojos y va mirando a su marido con el puñal en la mano y a Emiliano chiquillo deteniéndosela. Claro que ella se espantó pero en esa lucha que tuvo lo ayudó a desarmarlo. Para ella, ése fue el acabadero. Petra no le había hecho nada a Cayetano. Casi nunca le habló. En realidad nunca le hizo nada de nada a nadie. Era en la tarde. No la mató pero de allí comenzó su enfermedad. Le empezaron a zumbar los oídos y a cada rato oía una voz que le decía: "Cuídate, Petra; cuídate, Petra". Se le derramó la bilis. Nomás se fue secando, se fue secando y la cara se le puso amarilla como un limón; es el color que ella agarró. Se murió de susto, váyase a saber, pero un día la encontramos tendida.

En aquel entonces estaban escarbando la zanja para el drenaje en las calles de Salina Cruz y en una de esas zanjas abiertas cayó Efrén, mi hermano mayor, y allí murió ahogado de borracho, al rayo del sol. Yo creo que del golpe se quedó desmayado y con el calor y la borrachera ya no pudo levantarse. De esa zanja lo sacaron con los ojos abiertos y llenos de lodo. Nosotros recogimos a Ignacia y todavía duramos mucho tiempo con ella y, según cuentan, mi cuñada había quedado enferma de un niño o de una niña Palancares cuando se juntó con un pescador. Mi papá la visitaba cada vez que quería y su marido nunca dijo nada cuando mi papá se quedaba a dormir. Así es de que hay un niño Palancares por allí. Pero si el otro señor lo reconoció como hijo, pues no sabe el muchacho que es de mi familia, así es de que eso se quedó perdido.

Al poco tiempo de que Ignacia se juntó con el pescador, mi papá agarró otro camino y se volvió a Tehuantepec. No se entretuvo. Entró de gendarme y fue cuando conoció a mi madrastra, Evarista Valencia, la que me enseñó.

4

Mi madrastra era hija de la rectora de la prisión de mujeres. Era una prisión a la antigua, con una bóveda muy grande, larga larga y a la mitad tenía un enrejado y luego más rejas y rejas hasta llegar a la puerta que daba a la calle, pero antes de la calle estaba la pieza en que vivíamos. Así es de que no había por dónde fugarse. Había más rejas que presas. Por lo regular caía mucha borracha; con eso se llenaban las crujías. La prisión era húmeda y oscura, y cuando hacía mucho calor, hervía como caldera, a borbollones, y a todos se les mojaban los cabellos. A las presas de pocos días o de pocos meses las sacaban a un patio para que les diera el sol, pero las sentenciadas por años estaban hasta el fondo. En esa época, cuando Madero entró a México, en la cárcel del fondo, en el último enrejado, no quedó sino la pobre presa aquella que nadie sabe cuántos años le tocaban de sentencia pues debía siete muertes. Claro que ella no tenía ni para cuándo, ni esperanzas de salir. Entonces se acercaba y le pedía de favor a la mamá de mi madrastra que me dejara ir a dormir con ella porque sentía miedo.

La cárcel era inmensa de grande. Dormíamos pegadas a la reja. Yo tendría como ocho o nueve años, o deben haber sido diez. No les hablaba a ninguna de las presas. Así soy, no me gusta hablarle a la gente. Soy muy rara. Han de decir que estoy enojada, pero no, es que me criaron así.

Mi madrastra era gorda, como de treinta años; no era chaparra ni era alta, de regular estatura. Tenía su pelo chino quebrado y usaba trenzas. Siempre andaba con las manos en la cintura como un jarrón, alegando. Se vestía de tehuana y se colgaba sus aretes y sus collares de oro y le brillaban muy bonito. Allá en Tehuantepec se usa mucho el oro en los dientes para que relampaguee a la hora de reírse. Mi madrastra se hizo de bienes terrenales; huertas grandes; toda la familia Valencia se hizo de hartas tierras de sembrar, labores de maíz, de coco, de mango, de chicozapote, de naranjo, de piña, de todas las frutas. Sus huertas eran inmensas como de aquí a la Bondojo y todavía más allá. Los árboles estaban que se caían de frutas. Mi madrastra Evarista me enseñó a no estar de balde. Allí todos trabajaban desde las cuatro de la mañana hasta las siete y ocho de la noche. Me levantaba a las cuatro de la mañana y primeramente por la señal de la Santa Cruz, vístete y anda a rezar; rezábamos, gracias a Dios que ha amanecido y así déjanos anochecer, y luego me tocaba lavar fogones. Se enjuagaban y se enjarraban con cenizas y tenía que mojar toda la ceniza a que quedara bien pegadita como cemento, parejita, muy blanca. Aquellos braseros se veían muy bonitos. Se lavaban piedras para poner la olla a cocer o el café o lo que se fuera a poner; a aquellas piedras muy bien lavadas con escobeta, que quedan limpiecitas, relucientes, les dicen tenamaxtles. Y ya encendía uno la lumbre y mientras hervía el café, agarraba la escoba y a barrer; ya para las cinco de la mañana estaba hecho el café, nos desayunábamos y a misa. Veníamos de misa y síguete con el quehacer. A las ocho, al almuerzo, lo que Dios le socorría a uno: frijoles refritos con una salsa molcajeteada, una carne asada, jumiles asados y atole. Ahora ya almorzaste, ahora síguete lavando los trastes, tanto traste de la cocina, hasta que a las dos de la tarde, la comida para todos: caldo, sopa, guisado, frijoles, dulce, fruta.

Y al otro día, a las cuatro de la mañana: "Ándale a trabajar, negro, porque no hay de otra". Como la prisión era muy grande y mi madrastra era la que guisaba, yo le ayudaba en la cocina a moler especias, a dorar el arroz cuando se hacía arroz o la sopa seca. Por lo regular les servíamos a las presas sopa de arroz, guisado y frijoles. Era media res la que se cocinaba a diario. Un día se hacía guisado en verde con pepita de calabaza y hierba santa, otro día en jitomate y chiles colorados. Les dábamos también *gina do shuba* que en otras partes le dicen cuachala, un mole de maíz tostado. La señora Evarista no platicaba conmigo nada, nunca platicó ni con mi papá. Ella me golpeaba pero yo no decía nada porque como ya estaba más grande comprendía mejor. Pensaba yo: "Bueno, pues, ¿qué ando haciendo de casa en casa? Pues me aguanto en donde mi papá esté… ¿A dónde me puedo ir que más valga?" Y esta señora se dedicó a enseñarme a hacer quehacer; me pegó mucho con una vara de membrillo, sí, pero lo hacía por mi bien, para que yo me encarrerara. La familia era muy numerosa, había mucho ir y venir, mucho por quien trabajar. Molía yo harto chile, harto maíz tostado, canastas pizcadoras grandes; una de chiles y una de jitomates. Y luego una molienda de chocolate y una arroba de café cada tercer día. El chocolate se tuesta en comal de barro y se muele en metate con canela y azúcar. Se tortea con las manos para sacarle la grasa y entablillarla. Allá en mi tierra redondean las tablillas como sopes y luego se rayan en cruz con la uña para cortarlas. Aquí las hacen con molde. Luego se tienden a secar. Mi madrastra me enseñó a batir el chocolate con un molinillo, y lo hacíamos al gusto de cada cristiano de la familia, y eran más de veinte, con agua o con leche, con medio cuarterón, entero y hasta con cuarterón y medio. A las presas se los dábamos en agua no porque fueran presas sino porque es el chocolate más clásico. El chocolate con atole se llama champurrado. La señora Fortunata siempre tomó champurrado. El chiste del chocolate es que esté espumoso y en su punto. Si no tiene espuma, no vale. Se tiene que batir fuerte con un molinillo de los de antes para que espume, porque nomás para agua de ladrillo mejor no tomo nada. Yo aquí no hago chocolate porque me canso demasiado. Pero sí me lo compro. El "Morelia" es el que está más pasadero porque "La Abuela" tiene mucha tierra. Lo he tomado y me queda como enlodada la boca. ¡Maldita Abuelita! Pero el de antes, nomás me acuerdo, ése era otra cosa.

Mi madrastra era la que hacía la comida y mi abuela madrastra la repartía. Las quise porque me enseñaron. La mamá de mi madrastra, la señora Fortunata, era una señora grande de chongo esponjado, una señora como se usaba en la antigüedad. Antes las señoras grandes les dejaban el quehacer a las hijas y descansaban en ellas. Nomás dirigían. Y todo era de mucho respeto.

La señora Fortunata mandaba:

—Enciendan los fogones.

Todos obedecían:

—Llenen estos peroles con agua pa' calentar.

Salía al patio:

—¡Aquí no han barrido! ¡Eeeeh! ¿Dónde está la de la escoba? Y allá iba corriendo una de nosotras:

—Allá voy, allá voy, un momentito…

—Más te vale…

La señora Fortunata seguía caminando y si de casualidad nos encontraba sentadas, decía:

—¿No quieren que les tome una fotografía?

Así es que yo nunca tuve campo de andar jugando ni de andar platicando, ni me acostumbraron a que anduviera metiéndome en las casas, si todo era puro trabajar desde chica. Cuando mi madre vivió tampoco se usaba ir de visita ni platicar y cuando mis padres salían a mercar nos amarraban como gallos de estaca. Emiliano en una esquina y yo en la otra. Y en la noche, ya cuando terminaba mi quehacer, me metía tras de las rejas a dormir con la sentenciada.

Mientras dormí en la prisión mi papá fue sereno. Después lo pasaron a gendarme y cuando era gendarme se vino la revolución maderista. De sereno, cuidaba las calles con una linterna. Gritaba: "Sereno alerta" de una esquina a otra. Y de esta esquina, según iba para la derecha, contestaba el otro sereno. Y era puro sereno alerta hasta la madrugada. A veces le tocaba estar en la prisión y gritaba arriba de los techos toda la noche: "Centinela alerta" para que nadie se escapara. Los presos nuevos no dormían con aquella grita. Pero por lo general se acostumbraban y después todos se dormían muy tranquilos.

Nosotros vivíamos en la prisión porque allí le daban a mi abuela madrastra la casa para que atendiera a los presos. Su marido era alcalde en Tehuantepec y le pidió que le hiciera el favor de descargarlo de esa obligación. La familia era grande; hijos y hijas, yernos y nueras; diez hijos, siete hombres y tres mujeres. Ya todos eran casados; se habían traído a sus mujeres y la hija más chica también era casadera. Tenía unos doce, trece años, pero nunca nos hicimos amigas. Allí nos criamos Emiliano y yo, con ellos al vivir mi padre con mi madrastra, pues ella tenía que habernos recogido a todos. Emiliano, como era hombre, acompañaba a mi papá; yo no lo veía más que en la tarde o ya de anochecida. Se iba temprano y al oscurecer regresaba a comer. Todo el día, toda la noche andaba Emiliano con mi papá. Lo quería mucho. Si en algo lo reprendía, a Emiliano le entraba mucha desesperación: "¡Ay, mi papacito, ay, mi papacito!" La madrastra lo trató bien, igual que a todos los muchachos de esa casa.

En 1911, Madero tomó la ciudad capital de México y fue entonces cuando ocurrió el temblor y se cayeron muchos edificios. Tembló a las cuatro de la mañana. Yo estaba solita con la presa nomás. En la noche se me presentaba mi madrastra abuela, con su chal negro y su manojo de llaves.

—Véngase, muchacha…

Atravesábamos el pedazo donde estaban las presas de días y mi madrastra abuela me abría el último enrejado y me metía:

—¡Pa' dentro, ándile!

Esa noche, la presa de años me dijo:

—Hoy no vamos a contar cuentos, al cabo todo es mentira.

Porque le gustaba hablar en voz alta y me contaba su vida y yo le fui tomando el gusto, pero esa vez me dijo como si le hubiera dado mala espina:

—Vamos a dormir, niña.

—Sí, señora.

Y se volteó pa'l otro lado y se acomodó. Yo ya no supe de mí hasta la hora del temblor en que la pobre corrió a la reja y a gritos me dijo que la alcanzara. Fue cuando abrí los ojos y vi que se cuarteó la bóveda de la prisión. Ella se hincó y llamó con unas ansias, con todas las fuerzas de su alma, que tuvieran compasión, que nos vinieran a sacar. Pero mi madrastra y su mamá se habían salido a la calle y no la oyeron. Había mucho ruido. Toda la gente se hincó por fuera, en la banqueta, en el patio, por el río, por el campo, por el monte, entre las tescaleras y los huizaches, en donde andaban ya milpeando de madrugada, haciendo su quehacer. En México dicen que el temblor duró un cuarto de hora, la tierra toda alrevesada, la tierra aventaba las casas encabronada. En Tehuantepec quién sabe, pero fue muy terrible y se estrelló la cárcel. Hasta que no pasó todo, me sacaron a mí. Le avisé a mi madrastra:

—Mire cómo se hizo el techo.

A la presa la dejaron adentro. Tenía mucho miedo. Le daban permiso de acercarse a la reja donde estaban las otras presas y aunque no se hablaban sentía su calorcito. Pero cuando el temblor, sacamos a todas las borrachas. Y a ella no. Yo nunca les he tenido miedo a los temblores porque los sentí desde chica y toda mi vida ha temblado. En mi tierra diario tiembla dos o tres veces y se oye el crujido del suelo y truena y truena y se sacude muy fuerte; es el bramido de la tierra, ruge como una leona en brama. Así golpea y resopla. El agua se sale del mar. Si ya le toca a uno morir del temblor, pues que le aplaste a uno la voluntad de Dios. Quién sabe por qué son los temblores. Cuentan que cerca del mar las mismas olas mueven las rocas que se van rodando, y que con la fuerza que llevan las rocas estremecen a la tierra. Dicen que dentro de la tierra hay un enorme animal inquieto y que cada vez que se sacude rompe todo. ¿Será verdad o no será? Y cuando quiere salirse se caen también las rocas de los cerros porque es una conmoción muy fuerte. Eso cuentan, pero no me haga caso, váyase a saber la verdad.

Después del terremoto cambiaron a la presa de las siete muertes del último enrejado al primero y se pasaba todo el día cerca de la reja para mirar a la gente. Luego le decía a la señora Fortunata:

—No sea mala, regáleme un centavo para una velita de a centavo…

Mi mamá abuela le mandaba comprar la velita. La presa estaba haciendo el novenario al Niño de Atocha y todos los días pedía caridad y todos le daban su tlaco de limosna… Faltaban dos o tres días para que se cumpliera el novenario cuando de repente llegó un niño de unos seis o siete·años con una canasta en la mano y gritó el nombre de ella para que le pasaran la canasta. Como no tenía a nadie que se acordara de ella, se sorprendió. El niño siguió llevándole el desayuno en la mañana y a los tres días también le dejó la comida. Nosotros le recibíamos la canasta porque creíamos que era niño de a deveras, un cristiano, porque así lo vimos: niño. La presa decía:

—Quién sabe quién será ese niño… Pues me trae cosas, pues me las comeré…

Comió de todo lo que le llevaba y cuando se cumplieron los nueve días de desayuno y comida diaria no vino la canasta, sino un joven de unos veinte años, de traje gris, como todo un licenciado, que preguntó por la presa. Traía un rollo de papeles de la alcaldía y le entregó a la señora Fortunata una tarjeta donde decía que le prestara a la presa para pasarla al Juzgado. Allí alegaron, sólo Dios y la presa saben, pero como a las dos de la tarde regresó ella y le dijo a mi madrastra abuela:

—¡Que me den mis hilachitas porque salgo libre!

Ya llevaba la boleta de libertad. Mi madrastra y su mamá vieron que era buena y le entregaron su tambache. Afuera la esperó el licenciado y le dijo:

—Sígase aquí derecho. Allá en la salida del pueblo hay una capillita. Allí me aguarda.

Se fue caminando y se le hizo corto el camino. Estaba oscureciendo cuando vio la capilla y se sentó a esperar a la orilla del camino. El licenciado le había dicho: "Si se hace tarde, pregunta por el Niño de Atocha…" Anduvo preguntando pero nadie le dio razón, todos iban muy de prisa y no le hacían caso hasta que uno de tantos le indicó:

—Pues aquí no hay otro Niño de Atocha más que el de la iglesita.

Y entonces ella empujó la puerta y lo va mirando en el nicho con su canastita; va viendo que tenía la misma cara del abogado que la había defendido. Cayó de rodillas, empezó a llorar y le pidió al Niño que le perdonara todas sus faltas. Al oírla llorar con tanto sentimiento los que estaban afuera le preguntaron que de dónde venía.

—Salí a las dos de la tarde de la prisión de Tehuantepec.

—¿Cuál Tehuantepec?

—Tehuantepec, estado de Oaxaca.

—Eso está muy lejos, muy lejos. No es posible.

—No, sí salí a las dos de la tarde y ahorita acabo de llegar.

Todos se acercaron y se hicieron cruces. No era más que un milagro del Niño, porque la capilla del Niño de Atocha está en Fresnillo, Zacatecas, y la presa en ese mismo día llegó caminando hasta allá. Sólo Dios y ella saben cómo.

Allá en Fresnillo, la presa luchó todo lo que Dios le dio a entender para regresar a Tehuantepec. Duró muchos años batallando para poder juntar lo del pasaje. Lo primero que hizo fue ir a la prisión. Allí preguntó por mi madrastra y por la señora Fortunata y les platicó lo que le había pasado; que de sentenciada a muerte salió ya arrepentida de todos sus pecados; se confesó y la absolvió el padre de Fresnillo. Fue el Niño el que le hizo la maravilla… Todo eso lo vine a saber después porque en ese mismo año en que ella regresó yo me fui de la prisión.

Mi papá siempre fue muy caminante y andaba por distintas partes. Nunca calentó casa. Mi pobre madre lo soportaba porque era su marido, pero no podía tener más que las garritas que traía puestas y el petate donde se dormían y hasta allí, párele de contar. ¿Para qué quería cosas si de la noche a la mañana mi papá decía: "Nos vamos a tales horas"? Pues sin cuentos, nos vamos y ya. Lo que no dejaba era su metate porque en ése molía para hacernos de comer. Fue lo único que cargó ella, su metate y la olla en que cocía los frijoles o lo que Dios la socorría. Pero con mi madrastra la cosa fue muy distinta. Mi madrastra por ningún motivo lo podía andar siguiendo. Cuando él le decía:

—Ya me voy a tal parte…

—Bueno, que te vaya bien. Yo no te puedo acompañar porque no voy a dejar a mi madre por andarte siguiendo un día en una parte y otro en otra. Vete. Cuando te canses de andar recorriendo y vienes, pues bienvenido, y si no, pues que Dios te bendiga.

Mi papá siempre cargó con nosotros. Cuando se aburría de andar por donde andaba, nos volvíamos con la madrastra Evarista. Caminamos por Salina Cruz, por

San Jerónimo, rancheando por distintos pueblos. Mi papá vendía mercancía, y si no, se iba a trabajar de sembrador, de peón, pero él no hacía pie. Así estaba acostumbrado. De repente avisaba:

—Nos vamos mañana.

Allá íbamos Emiliano y yo. Así tuviera yo mucho quehacer y mucho amor a la casa y todo, pues a liar el petate y vámonos a donde Dios diga. Pero a mí me daba harto contentamiento andar de única mujer con mi papá.

Allá en Tehuantepec llegaban de las huertas las carretadas de frutas: plátanos, mangos, guanábanas, mameyes; a mí me gustaba mucho la fruta. Me gustaba y me gusta. Llevaba fruta a mi cama y allí comía plátanos, chicozapotes, guayabas. Era de noche y como todavía no acompletaba yo, comía mangos verdes con sal y chile aunque me enchilara. Yo no me enfermaba con la fruta verde. Un día me comí cien ciruelas verdes con sal. El mango tierno me lo pasaba con todo y hueso, o sea la almendra, pues está blandita y sabe buena. En mi tierra se da la naranja, el coco, el melón, la chirimoya y aparte de la fruta que me regalaba mi madrastra, yo sacaba de los canastos racimos de plátanos y mameyes enteros, caimitos, piñanonas y tiluyas. En el patio tenían atrincherada la sandía y se amontonaban las guayabas y las anonas. Todas las noches sacaba fruta de las canastas y escogía las más grandes, las que me llenaran más pronto. Me las comía tirada en la cama. Dicen que el huérfano no tiene llenadero porque le falta la mano de la madre que le dé de comer y a mí siempre me dio guzguería. Comía desde las cinco de la mañana hasta las ocho de la noche.

Yo tenía mi carácter muy fuerte pero no le contestaba a mi madrastra. Nomás me jalaba los cabellos a mí misma y me pegaba en las paredes del coraje que hacía porque me daba esas palizas. Con eso me desquitaba yo después de que me chicoteaba. Me daba yo en la cabeza con la pared, duro y duro y duro, con harta rabia. No sentía nada pero sí me acuerdo que me mordía los brazos y las manos de coraje. Después ya no lo hice, ¿qué me gano ahora con morderme? Pero antes decía: "¿Cómo no me muero para que no me estén pegando?" Aquí estoy todavía; tantos años que han pasado y no me he podido morir. Diario me pegaba mi madrastra con leños prendidos; yo estaba quemada de las manos, de los brazos, por los tizones que sacaba de la lumbre y me aventaba. ¡Uy, si yo sufrí bastante! La gente de antes era muy enérgica, muy buena para ejecutar a sus hijos. Fue entonces cuando Evarista me dio la cuchillada porque se me cayeron los trastes y se quebraron toditos. Ella tenía el cuchillo en la mano y sin pensar me lo aventó y me lo clavó. Acá atrás tengo la herida. Ayer, no sé cuándo, me tenté y todavía la tengo, apenas entra así la punta de mi dedo en la cicatriz. Seguí moliendo todo el día sin más. La mamá de mi madrastra fue la que se dio cuenta porque pasé junto de ella a levantar un canasto, no sé si de chiles o de jitomates, y al agacharme me vio ella toda la sangre que se había secado. Yo traía un vestidito negro, de velo transparente y claro que la ropa blanca de abajo se veía a través del negro. Me jaló la señora Fortunata y yo grité.

—¿Qué tienes? —me preguntó.

Yo no me acordaba, pero al jalarme el vestido se me despegó de la herida y me empezó a chorrear otra vez la sangre y como estaba muy chiquilla pues a ella le llamó la atención.

—¿Qué te pasa, criatura?

—Nada.

—¿Cómo que nada? A ver, ven acá.

Y me alza las naguas para arriba y me va viendo la llaga toda ensangrentada.

—¿Quién te pegó?

—Ninguno.

—¡Ja! ¿Cómo que ninguno?… Ahorita voy a ver.

Y que descuelga el chirrión y que va y que lo moja:

—Tú la golpeaste —le dice a mi madrastra—. Tú la golpeaste, Evarista. Para que sepas cómo duele, a ti te voy a dar tus chicotazos.

Cogió el chirrión, un viril de toro, y allí ando yo enmedio de las dos para que no la golpeara.

—No le pegues, mamá abuela, no le pegues, déjala.

Lo que hizo Evarista fue hincarse:

—Pues pégame, mamá, ni modo.

Y me le abracé a mi madrastra para que no le alcanzaran los azotes. Pero bien que la golpeó, porque el chirrión del toro se pone a secar, pero cuando lo mojan, de tan correoso, abre las partes del cuerpo.

Si ya estaba hecho, ¿qué remedio? Aunque la hubiera medio matado, ¿cómo con eso me iba a borrar la herida? Luego la corrió de la casa. Mi madrastra no era hija del alcalde. Era su entenada. Mi mamá abuela ya llegó con ella a casa del alcalde. Ella era la hija mayor de la rectora, los otros nueve eran del señor alcalde. Por eso después de que mi abuela le pegó y le abrió los brazos, le gritó:

—¡Vete!

Y ella se fue con el otro hombre; con su padre.

Cuando llegó mi papá, le dijo la señora Fortunata:

—A mi hija la golpié y la corrí por cruel y a ti te voy a dar por andarla alcahueteando porque en vez de que veas por tu hija, le das todas las facultades a Evarista para que la maltrate… Tú estás mirando que pasa mala vida y no la defiendes como es tu deber. ¡Tú no habías de dar el consentimiento para que la golpeara tanto!

—Pues yo no sé nada porque Jesusa no me dice nada…

—Pues yo sí te lo digo, Felipe, porque esta muchacha sufre bastante…

Luego luego mi papá recaló conmigo:

—¿Qué te hizo, Jesusa?

—Nada.

—Entonces ¿por qué estás herida?

—Pues quién sabe, no sé.

Sí sabía, pero ¡dónde se lo iba a decir! Como mi papá se salía a la calle nunca se enteró si me pegaban o no me pegaban. Mi mamá abuela andaba siempre al pendiente de los presos… Mi papá menos me atendía. Pero su suegra se enojó bastante y comenzó a golpearlo con el chirrión:

—No le pegue, no le pegue a mi vini que él no tiene la culpa.

—Entonces ¿quién tiene la culpa? ¿Evarista tiene la culpa?

—No. Tampoco ella tiene la culpa, tampoco tiene la culpa… No le pegue… no le pegue.

Salió igual. Ya le había pegado a mi vini y ya no había remedio. Entonces se enojaron.

—Ahorita mismo me largo —dijo mi vini…

—Pues lárgate.

No supimos nosotros ni a qué horas se fue ni cómo, pero sí pensé que mi papá y Emiliano habían agarrado pa' Salina Cruz a estarse con mi cuñada Ignacia. Mi madrastra Evarista se quedó con su padre. A mí me entregó la rectora con una señora que yo no conocía y me dijo:

—Mira, es tu madrina.

—Está bien, señora Fortunata.

5

A mi madrina siempre le dije "Señora" y ella me llamaba "María de Jesús". No me hablaba en todo el día. Sólo en la noche daba sus órdenes: "Mañana se hace esto y esto y esto", y al otro día no abría la boca para nada. Así es de que yo sabía el quehacer y ay de mí si lo hacía mal. "Así te ha de ir", ésas eran sus palabras, "así te ha de ir". Era viuda y todos los jueves tenía yo que llevarle flores a su marido y a su hija difunta. Las ponía yo en unos jarrones de espejitos; las más sin chiste, maíz de teja, para el papá, y las más bonitas para la hija, y luego me venía. El panteón estaba a la orilla del pueblo de Tehuantepec y pegaba mucho sol: "Llévate los ramos bocabajo para que no se marchiten, María de Jesús". Todos los jueves y los domingos me iba andando porque no había ni burros y todo el mundo caminaba a pie. Ni burros tan siquiera. Ahora todos han de caminar en coche.

Mi madrina tenía como devoción ir a ayudar a bien morir a los enfermos. Yo la acompañaba a las casas donde había agonizantes y no salíamos hasta que no se los entregaba a la muerte. Les rezaba con mucha paciencia para que Dios hiciera el favor de recogerlos. Si se dilataban mucho, si la muerte tardaba en llegar, entonces rezaba a gritos, tenía muy buenos pulmones: "Ten misericordia de nosotros…"

Al rato me avisaba mi madrina:

—Ya viene.

Es que yo ya había rezado quedito, yo sola, para mí nomás, sin que nadie me oyera: "Vente de una vez. De una vez por todas, no te hagas, no te andes con altanerías, ándale, vente, vente, muerte, no nos la corras larga, no nos tantees, vente, muerte, vente que ya nos anda".

Mi madrina se llamaba Felisa Martínez de Henestrosa y fue madrina de medidas porque entonces se usaban listones amarrados al pescuezo pidiendo la curación de algún enfermo, y esa medida estaba bendita. Ella me llevó con la medida del Señor de Esquipula, un santo negro de por allá por el rumbo de mi tierra. Antes, todo eran cintas azules para el Niño Jesús, cintas blancas para la Virgen, moradas para todos los santos, verdes y rojas y amarillas para los patrones tutelares. Antes había devoción. Ahora, el padre nomás sale y dice: "Les va a costar tanto más cuanto". En aquellos años del Señor las madrinas eran las que pedían al niño antes de que naciera. Veían a la mamá que estaba enferma y si les pintaba bien el parto, luego le preguntaban:

—¿Me va a regalar su niño o niña para que la lleve a bautizar?

A los niños los presentaban al templo antes de los cuarenta días con un ropón grande, bonito, de olanes que arrastrara hasta el suelo, y a esa sacada le decían "sacamisa". La madrina llevaba al chilpayate y a la mamá para que los fuera conociendo la Virgen en recuerdo de cuando ella llevó a su hijo con Zacarías.

En los bautizos, la fiesta era muy bonita porque se guardaba el orden, la compostura, no como ahora que, vóytelas, hacen comelitones y borracheras y bailes y sabe Dios cuánto escándalo y que échese otra copita ¿y que si ya quedaron satisfechos? y ¿que si ya se sambutieron cuanto había? y mentira que es para bautizar al niño como si esa pobre mirruña se diera cuenta… Así es de que, ultimadamente, yo no sé si me pidió mi madrina o si la buscaría la rectora de la prisión, pero mi madrina fue gente de dinero. Era señora elegante.

Tenía un hijo doctor que estudiaba en México, otro que lidiaba con la Botica Mercantil del Istmo de Tehuantepec. Era la dueña de la Botica Mercantil. Toda una cuadra es la casa, aunque de mi madrina Felisa ya ni huesito ha de haber. El señor Teófilo se entendía con las medicinas y el tercer hijo era licenciado. De sus dos hijas mujeres, una estaba en el panteón y la otra, Celerina, en el puerto de Salina Cruz con un teniente de artillería. Ése también tenía sus propiedades. El artillero era moreliano.

Yo caminaba por toda la casa haciendo el quehacer. Barría, limpiaba las recámaras, lavaba loza, sacudía la botica, la arrebotica, regaba las plantas, trapeaba los corredores. En la botica andaba como chango en las escaleras sacudiendo los cristales, los pomos de medicina, los morteros. Molía las sustancias para hacer los remedios; sacaba el azahar al sol para los tés, las flores de naranja, el té limón, el boldo, la yerbabuena. Por eso me enseñé a cuidar enfermos porque Teófilo el boticario me mandaba con alguna poción y yo no sólo la entregaba en la puerta sino que me metía a las casas, les daba medicina a los enfermos, tenía yo buena mano y me la agarraban:

—Quédate otro ratito, Chuchita… Quédate… Arréglame los sarapes. Sólo contigo me sabe la comida… Dame de comer.

Yo les remolía muy bien los alimentos a que pudieran pasárselos, se los daba en la boca y, claro, me tardaba. Mi madrina estaba en la botica sentada detrás de la caja pero no despachaba las recetas, nomás apuntaba con un lápiz que pintaba morado. Lo mojaba con la lengua y al rato traía el labio violeta. Su hijo hacía las medicinas y las surtía: diez gotas de ajenjo, polvos de ipecacuana, unos toques de violeta de genciana… tantita nuez vómica. Mi madrina nomás mandoneaba a todos detrás de la caja con su chongo alto y bombacho, peinado a la antigua, y muy enérgica. Las mujeres de Tehuantepec tienen su carácter, no son como las del Defe que tienen atole en las venas. La señora Felisa era de nervios fuertes. Daba sus órdenes y no me volvía a echar el ojo. No me traía de encargo: que necesito esto, que necesito lo otro, como las patronas del Defe. Ni me miraba siquiera.

Dando las once del día tenía yo que estar en el Juzgado con la jarra del agua fresca para todos los abogados; la molía de piña, de sandía, de melón, de horchata y luego llevaba la charola con los vasos y la jarra. Un día le eché al agua tantita nuez vómica para que se les abriera el apetito a los licenciados, pero les supo amarga y ya no lo volví a hacer. Atravesaba yo la plaza debajo de los tamarindos. Eran como ocho abogados y todos los días a las once de la mañana les servía su agua fresca. El Juzgado quedaba a una cuadra junto al Palacio Municipal. Y dando las tres de la tarde, a comer. Cada quien come a su hora. Primero mi madrina, luego el abogado, luego el boticario. Si vienen los licenciados también se les sirve a ellos. En la cocina había un boquete y por allí la cocinera pasaba los platones. Le decían la ventanilla de servicio. Se hacían dos sopas, una aguada, otra seca, pescado, porque allí diario se come pescado, dos guisados. Nunca se sirvieron frijoles, porque ellos no eran de frijoles, y a cada platón se cambiaban tenedores, cuchillos, cucharas y platos; cada vez, cubierto limpio. Luego la galopina lavaba las montañas de trasterío. Había una estufa inmensa que se atizaba con leños grandes. Los platones eran grandes como charolas y las ollas panzonas y muy hondas también grandotas. En esa casa todo era grande.

Traía yo las llaves de la despensa y tenía la obligación de distribuir todo lo que se hacía de comer. Daba la carne para el almuerzo, sacaba las sopas, la seca y la aguada, y siempre estaba pendiente de que estuviera hirviendo una olla grande de caldo para hacer los guisados. A la hora del desayuno repartía yo el chocolate para unos, el café para otros y luego volvía a cerrar la despensa con llave.

Cuando todavía estaba el reguero de estrellas en el cielo, primero que nada tenía que abrirles su cuarto a los mozos para que fueran a agarrar su trabajo. Ya que se iban les abría a las criadas. ¡Súbanse a la casa grande, y allí, plumeros, escobas, trapeadores, escobetas, lejía, agua y jabón, y a fregar! Ya que cada uno atendía a su juego, iba yo y prendía la lumbre y ponía un perol grande lleno de agua —apenas podía yo con él— sobre la estufa para el baño de mi madrina. Sólo yo podía meterme a la pieza del licenciado a limpiar sus libros, sacudir el polvo de los muebles, acomodar los secantes, llenar el tintero y tirar sus papeles del cesto. Además de que la casa abarcaba toda una manzana había muchas huertas y un establo. Al amanecer, cuando se levantaban, unos iban a ordeñar, otros a entregar la leche, otros a acarrear el agua, otros a rajar leña, otros a barrer el patio y la calle, otros salían al campo a sembrar o a cortar y a levantar la fruta en los huacales… Había mucho movimiento en la casa. Todo tenía que encontrar su acomodo. A las seis de la mañana ya estaba yo bañada. A veces corría al corral donde se encerraban las vacas para la ordeña a darles a los mozos algún recado de mi madrina. Ella me entregó las llaves. No le podía yo decir que no. Y allí estaba sin sueldo y sin comer. Bueno, sí comía, pero andando, como arriero. Nomás me hacía mis tacos y seguía caminando. Luego la cocinera me decía:

—¿No va a venir a comer? Ándele. Le va a hacer daño.

—No tengo campo. Sírvame mi plato; allá iré a echarme mis tacos.

¡Si de chiquilla hicieron leña de mí!

Nunca me sentaba ni mucho menos platicaba con nadie. No se usaba andar de escucha como ahora. Antiguamente llegaba una visita y uno se iba lejos sin que le tuvieran que decir: "¡Ahora vete!" o "¡Salte!" Nomás volteaba la mamá y uno se salía al patio. Ahora con las educaciones modernas les enseñan y oyen hasta lo que no. Antes cada quien aprendía las cosas a su debido tiempo. Con los niños hay que darse su lugar; que ellos lo respeten a uno y uno también debe respetarlos. Ahora, a los siete, ocho años, hasta le dan a uno sesión de todo lo que saben. Yo no sabía cómo nacen los niños. ¿Para qué? Si yo era una chiquilla, ¿para qué se ponía mi madrastra a platicar conmigo? Si ni con los grandes platicaba ella nada. Su quehacer y ya, cada quien su quehacer y nada de platicar cosas; ni que les duele ni que no les duele; uno no sabe nada ni ellas tampoco. Ninguno dice nada. Nadie tiene que andar diciendo nada. A mí, cuando me pasó algo, no fui a decirle a mi madrastra:

—Mire, me pasó esto… o mire lo que me acaba de pasar…

Si no me hablaba a mí, ¿por qué tenía que andar contando lo que no debía? A mi madrina Felisa, menos. Ahora todo se cuentan; se dan santo y seña de cochinada y media. En aquel tiempo si tenía uno sangre pues la tenía y ya. Si venía, pues que viniera y si no, no. A mí no me dijeron nada de ponerme trapitos ni nada. Me bañaba dos o tres veces al día y así toda la vida. Nunca anduve con semejante cochinada allí apestando a perro muerto. Y no me ensuciaba el vestido. No tenía por qué ensuciarme. Iba, me bañaba, me cambiaba mi ropa, la tendía y me la volvía a poner limpiecita. Pero yo nunca sufrí, ni pensé ni me dolió nunca ni a nadie le dije nada.

Dormía en la recámara de mi madrina pero como el perro, en el balcón. En el cuarto de mi madrina había uno de esos balcones que tienen barandales de hierro. No me daba frío porque allá es tierra caliente. Tenía un petate y mi almohada era un ladrillo. Eso sí fue más duro que la tropa. Pero estaba joven y ¡qué no aguanta una de joven! No es que mi madrina fuera mala, no, pues toda la gente de dinero es así. Al menos así era en aquellos tiempos, no sé si será distinta ahora. Yo creo que desde que el mundo es mundo, la gente rica se ha quedado igual, igualita, como quien oye llover.

A las nueve de la noche encerraba a las criadas. Después esperaba a que los mozos empezaran a llegar y yo los encerraba con llave a ellos también, y ya que le atrancaba la puerta al último me iba al balcón a dormir para poder abrirles al día siguiente y que no me ganara el sueño. Al que más le apuraba que le abriera temprano era al mozo Práxedis, que se encargaba de acarrear agua, porque luego eran las ocho de la mañana y todavía no terminaba de llenar los tumultos de ollas, y un día le dijo a un muchachito también aguador que arriaba dos burros, y era muy mañanero porque tenía que venir al río desde el barrio de San Jerónimo:

—¡Ay, se me hace tarde, se me hace tarde, ay, porque no alcanzo a llenar tanta olla! ¿Cómo no la recuerdas a ella para que nos abra más temprano?

—¿Pero cómo la recuerdo si está muy alto?

—Pues con un palo —dice el Práxedis.

Al aguador se le hizo fácil llevar una rama de rosas para despertarme. Me daba con ella en la cara y luego allí me la dejaba. Él se echaba el primer viaje a las cuatro de la mañana. Apenas si alcanzaba el barandal, se paraba abajo, por el lado donde asomaba la cabeza y colgaba mi pelo y sentía yo las flores en la cara. Todos los días las cortó y seguro les quitaba las espinas porque yo no sentía más que frescura. Despertaba yo y adivinaba en el reloj de Palacio que eran las cuatro de la mañana y trataba de verlo a él, que se iba para el río entre sus dos burros a llenar sus ollas, y luego cuando se me perdía de vista, pues yo todo el día andaba trayendo la rama de rosas.

Y un día le pregunto yo a Práxedis:

—Oye, ¿quién es ése que me tira una rama de rosas todos los días?

—Ándale, conque eres la novia del burrero… Pues te lo voy a traer.

Una tarde lo llevó; un muchacho como de unos diecisiete años. Tenía sus ojos aceitunados, delgadito él. No platicamos nada. Nomás el mozo hizo burla delante del burrero y delante de mí:

—Ándale, ¿cómo no sabía yo que era tu novia, manito?

—No, manito, no. ¿Cómo va a ser mi novia si tú me dijiste que la viniera a recordar? Apenas si le he visto los cabellos desde abajo.

Ellos dos se decían manito porque eran amigos y en la tarde se iban a dar la vuelta. Yo nunca fui, no tenía lugar. Nomás los veía irse. Se iban abrazados con el contentamiento dentro. A mí el quehacer me sobraba y hasta que se dormían todos lavaba mi ropa. Me tenía que quitar el vestido en la noche para lavarlo y que me amaneciera seco para ponérmelo al otro día. En esa casa se me acabaron las poquitas garras que me había dado mi madrastra.

Siguió él con la costumbre de ir a despertarme a diario, hasta que me mandó la madrina para el puerto de Salina Cruz. Quién sabe si se moriría el muchacho ése. Nunca lo volví a ver.

Allá con mi madrina me dieron las viruelas. Me las curé con arena y agua de río. Son unos granos que dan mucha comezón. Yo me iba al río y con arena me tallaba todo el cuerpo, a todo donde me alcanzara yo, me enjabonaba y me raspaba hasta que me salía sangre de todas esas ronchas. Me metía al agua fría y con el agua fría se me iba la sangre y aunque me doliera la cuestión era que se me muriera el microbio. Luego me quedaba un tiempo viendo la sangre hacerse agua. Me curé nada más con eso y con sal: agua del río con sal. Después del baño me echaba sal y limón aunque me ardiera. Yo decía: "Con algo se me tiene que quitar esto". ¿Quién diablos quería que me curara si yo no tenía madre? Mi papá sabe Dios dónde estaba. Por eso me dediqué a buscarme la vida como Dios me diera a entender. Si no, ¿cómo comía yo?

Un día cuando iba con la charola del agua fresca me encontró mi madrastra:

—¡Ya regresó tu vini de con los maderistas, Jesusa!

Y luego que me va viendo:

—Oye, ¿por qué andas tan mugrosa? ¿Por qué no te cambias?

—Porque no tengo qué ponerme. Anoche ya no alcancé a lavármela.

—¿Cómo que ya no tienes?

—Ya se me acabó la ropa.

—¿Cómo, si te hice harta?

—Pues sí, pero ya no tengo más que la puesta, la que me lavo en la noche para que me amanezca seca en la mañana.

Se enojó mi madrastra y le dijo a mi papá:

—Ustedes dicen que no la quiero, pero porque la quiero la he ejecutado bastante... Ahora, allá donde trabaja, trabaja de balde porque no se ha ganado ni un vestido.

Y luego me vino a ver a casa de mi madrina y se me sentó enfrente:

—Mira, Jesusa, dice tu padre que no te quiero. Mi mamá también dice que no te quiero. Si no te quisiera no me importaba que hicieras lo que te diera tu gana, pero como te quiero no has de hacer lo que tú dices. Has de hacer lo que yo mando. Si te pego es porque no quiero que te quedes sin aprender nada.

Y yo se lo agradezco, mire, porque a pesar de tantos trancazos que me dio, ¿qué sería de mí si no me hubiera enseñado a mal lavar los trastes, a mal lavar la ropa? ¿De qué me mantendría yo? ¿En qué hubiera ido a parar? Era como eso de la escuela. Mi madrastra quería mandarme a la escuela de gobierno pero mi papá era muy... pues muy tonto, para qué es más que la verdad, muy ignorante porque nunca supo leer. Pero si mi padre hubiera sido una gente de razón, hubiera dicho: "Pues que sepa cómo se llama, que se enseñe a leer y aprenda donde sea con tal de que conozca las letras..."

Pero mi papá dijo que a la escuela de gobierno no iba aunque enseñaran mejor que las monjas, porque él no era protestante. ¿Qué tenía que ver el protestantismo con que me enseñaran a leer? Esa lucha la oí yo desde chica; es un pleito que se traen, que los protestantes, que los católicos, yo nomás de orejona, oyendo, císcalo, císcalo, diablo panzón, y nada de que lo ha ciscado porque ese pleito tiene mucho y va para largo. Hasta la fecha no sé lo que serán esos argüendes que nomás atarantan, pero por culpa del maldito protestantismo no me mandaron a la escuela, sino con las monjas que no me enseñaron nunca a escribir ni a leer. Nomás a rezar. A las condenadas monjas yo les echo rayos y centellas porque me hincaban en unos balcones por el lado de la calle, sobre unos montoncitos de frijoles, o maíces o garbanzos, y si no sobre granitos de hormiguero, y en la mera choya me ponían las orejas de burro. Y claro que yo me hice más rebelde y me vengaba colocándoles bolas de chicle en las bancas y les pegosteaba las naguas. Luego les jalaba el capirucho. No sabía yo otra cosa pero si me las presentaran ahora, capaz que barría yo las calles con ellas, al fin que andan muy hilachudas y parecen escobas. A mí el rezo no me interesa, al menos el rezo de aquella época. Una que otra palabra me acuerdo. Lo que yo quería era que me enseñaran a leer pero no se preocuparon. Ahora ¿ya para qué? Ya voy para el camposanto. Eso, si alcanzo camposanto.

Mi madrastra era otra clase de persona. Tenía estudio. Su mamá, la señora Fortunata, era tan ignorante como mi papá, indita de idioma, indita de idioma zapoteca, pero mi madrastra sabía la idioma y el castilla porque con todo y todo la señora Fortunata la mandó a la escuela. Esa gracia tuvo. Pero yo ya no tenía remedio. Mi papá se largó de nuevo. Mi madrina decidió mandarme al puerto de Salina Cruz con su hija, la casada con el militar.

—Celerina necesita una pilmama. Tú te vas para allá, María de Jesús.

Como mi papá esta vez no se llevó a Emiliano, nos fuimos los dos a Salina Cruz. Allá se lo encargué a una señora oaxaqueña, Benita, para que me lo enseñara a trabajar, y como era un niño muy dócil allí se formó. La señora lo metió de matancero de puercos. Aunque Emiliano era mayor que yo, me obedecía, tal vez porque era la única mujer o porque así sería su instinto. Allí donde le decía yo que se quedara, se quedaba. Emiliano era blanquito, de mi color, de barba cerrada igual a mi papá, los ojos grandes, color aceitunado. Los otros teníamos los ojos negros. Él era el mejor y muy calmoso. Ninguno de nosotros fuimos igual a él. A Emiliano nunca le pegué. Era un hermano tan manso ese Emiliano; un pedazo de azúcar no empalagaba tanto… Si le decía mi papá:

—Son las doce de la noche, Emiliano.

—Sí, papá.

Así fueran las doce del día, se cruzaba de manos. "Sí, papá." Yo nunca he podido ser así. Seguía cruzado de manos: "Sí, papá, son las doce de la noche". Y el sol pegando fuerte. Nunca lo contradecía. Yo tenía una risa burlesca. Luego me soltaba la carcajada: "¡Ja! ¡Ja! ¡Ja! ¡Ja! ¡Ja!, son las doce del día, qué caray, qué doce de la noche ni qué nada".

Entonces volteaba mi papá:

—Te voy a romper el hocico.

—A ver, rómpemelo si puedes…

No me rajaba, nunca me le rajé a nadie. Y conmigo, le cae de madre al que se raje. Con mi papá también me ponía. Emiliano era empalagoso por bueno. Pero de nada le sirvió ser el único que nunca le contradijo a mi papá.

Con razón dicen: caballo manso tira a malo y hombre bueno tira a pendejo.

6

Estuve mucho tiempo en Salina Cruz cuidando a los nietos de mi madrina. Mi papá, que se había ido con los maderistas, regresó a su antiguo puesto de policía en la prisión de Tehuantepec, pero mi madrastra y su mamá ya no tenían el empleo. Había entrado otro rector de la prisión con su familia.

En Salina Cruz yo fui pilmama pero no ganaba ni sueldo. Tendría once o doce años cuando la Intervención Americana y mi suerte hubiera sido buena o mala, quién sabe, pero no me habría faltado con quien casarme, a lo menos con uno de tantos chinos que llegaban en los barcos. A propósito de chinos, había uno, muy joven el muchacho y bien bonito. Tenía su tiendita enfrente y allí iba yo a lo del mandado. Me lo diría de juego o de verdad o quién sabe, pero cada vez que yo iba a comprar algo decía que se quería casar conmigo, y yo pues como no comprendía nada, una tarde le contesté:

—No, tú estás loco, pero si te quieres casar, búscate a la novia y yo soy tu madrina…

Yo siempre he estado muy acostumbrada a eso de ser madrina o a tener madrinas. No me han faltado compadres ni comadres. Ahora me da risa, éjele, el chino me quería de novia y yo me le ofrecí de madrina.

Hoy que estoy grande comprendo que a él le interesaba mucho la casadera para tener hijos y no sentirse tan chino. Como a los quince días fuimos la hija de mi madrina y yo a la tienda y entonces él, detrás del mostrador, saluda a la señora y luego me dice:

—¿Qué pasó, Jesusita, siemple casal o no casal conmigo?

—Estás loco, estás loco. Ya te dije que te busques la novia y yo te apadrino.

Yo se lo dije inocentemente delante de la señora.

—No, pues si tú no quelel casal conmigo, ya tenel novia.

¡Chino condenado, ya tenía otra! Y entonces la señora Celerina le dice:

—Si ella te prometió que va a ser tu madrina y no te lo cumple, nosotros te apadrinamos.

—¿De velas, señola Celelinita?

Y en eso quedó. A él lo que le urgía era la casadera. Dicen que son muy casamenteros, por eso hay tanta gente por allá, y que las mujeres son como conejos y hasta tienen de a cuatro chinitos. Nomás que según él se interesaba más en mí porque todavía antes de casarse con la otra me hizo la lucha. Pero yo seguí con que no y que no, con que mírame y no me toques.

La quedría o no la quedría, pero se casó. Y como él era solo en Salina Cruz, la fiesta se hizo en casa del teniente de artillería, el marido de la hija de mi madrina, Celerina. Y no me quitaba los ojos de encima, mientras la novia nomás le entraba al pulque y al *glua do shuba*. Juan Lei se llamaba el chinito birriondo. Nunca se me olvidará cómo le salía tanta mirada de esos ojos tan chicos.

La hija de mi madrina, la señora Celerina, no me trató mal, pero no me pagó. Eso sí, comía yo primero que ninguno de ellos porque mientras estaba haciendo el alimento de los chiquillos me retacaba. Así es de que cuando los patrones se sentaban a la mesa, yo ya tenía la comida en los talones. El trabajo no era muy pesado porque nomás cuidaba a los niños, pero lavaba y planchaba en la noche todos sus pañales y trajecitos. A los más chiquitos los llevaba al parque, a los mayorcitos a la escuela. Yo crié a esos cinco niños muy limpiecitos. Los cambiaba por la mañana, a medio día y en la tarde. A las cuatro, los volvía a cambiar para llevarlos al jardín. Los regresaba a las cinco, los bañaba otra vez con jabón de unto, les daba su merienda y los acostaba a dormir. Además de bañarlos, me gustaba hacerles sus chinitos. Entonces se usaba el pelo largo y a los niños se les hacía un chinito aquí en medio de la cabeza y les caía la puntita del chino en la frente. Bueno, arregladitos, bonitos muchachitos. ¡Y vaya que costaba trabajo el chino aquél! Se mojaba el pelo en agua de linaza, se enrollaba con un carrizo y ya salía el bucle redondo, botijón, tiesecito. ¡Pelos lisos no me gustaban, lacios, no, no, porque se ven muy mal! Entonces yo todo el día acicalaba a esos niños: que un botón, que el cuellito, que el chinito, que la carajadita, tenmeaquí, tenmeacá, el chiste es de que los niños se estuvieran quietos para que yo pudiera entretenerme, esténse que ahí viene el coco, callandito, callandito. Fuera de los chiquillos no tenía con quién hablar, porque mi único amigo era el metate. De eso me viene lo callado. Hasta ahora de vieja me he puesto a hablar un poquito.

Un día llegó a verme la amiga de mi mamá la muerta, doña Luisa.

—Fíjate, Jesusa, que tu papá dejó a tu madrastra. Anda por Salina Cruz en un cerro haciendo carbón y lo baja a vender los domingos al mercado…

—¿Y Emiliano?

—Allá está con él.

—¿Lo sacó de con la señora Benita?

—Sí. Y ya lo casó…

—¿Cómo que lo casó?

—Sí, lo casó a la fuerza porque la suegra de tu hermano es la querida de tu papá.

¡Muy junta que estaba esa familia! Quién sabe si sería cierto porque eso yo no lo vi, pero se me vino el contentamiento encima de pensar que iba a ver a mi papá. Me despedí de la señora Celerina y que allá voy con doña Luisa para el cerro. Llegué a aquel rancho y pregunté por mi papá; al momento salió de la casa y no nos dejó entrar:

—¿Qué viniste a hacer?

—Pues a buscarte, vini…

—¿Quién te dio mi dirección?

Yo no le contesté nada.

—No tienes para qué venirme a buscar porque tú no eres ni mi hija.

Me dio coraje.

—¿Cómo que no soy tu hija?

—¡No tengo hijas, lárgate!

Entonces yo le dije:

—¡Ah! ¿No soy tu hija…? Pues sábelo que tú tampoco eres mi padre.

Y me di la media vuelta.

—¡Ya con eso estamos pagados! ¡Ni creas que me vuelves a hablar!

Por eso yo me condeno si no era su querida la vieja aquélla. Dios los haya perdonado. Como Emiliano se casó por no contradecirlo, resulta que además de su hijo venía siendo su yerno cachuco. De ahí que nos dio con la puerta en las narices a mí y a doña Luisa.

—¡Váyanse, váyanse! ¡Aquí no las admito!

Entonces me dice doña Luisa:

—Pues… pues… vámonos, aquí la cosa está muy chueca, mejor vámonos y olvídate de que alguna vez hubo Felipe Palancares.

—Pues cajón y flores.

A Emiliano no lo vi. Andaría cortando leña verde allá en el monte. Eso le pasó por manso. Pensé: "Él me desconoció. Bueno, pues allí que se queden cada uno con su garraleta". Cada semana bajaba Emiliano a la plaza a vender leña pero yo nunca lo vi. Ni me buscó, ni lo busqué. No me encamoté. Pero como él y yo nos criamos juntos, nomás a él lo quise. Sí, nomás a él.

Me metí a trabajar con otra señora francesa y al lado vivía un coronel de los porfiristas. Me acuerdo que esa señora me pedía a cada rato:

—Trae la jerga.

Y no sabía otra. Pero en donde yo me crié no se usaban las jergas. Y la mujer se enojaba conmigo.

—¡Te estoy diciendo que traigas la jerga!

Uno de chiquillo es muy juzgón y todo quiere ver. Había una reja de alambrados de esos de pico y al otro lado vivían un coronel y su asistente, Cándido, y al asistente le gustaba platicar conmigo. Él también estaba como de pilmamo, cuidando niños. Cuando los niños de la francesa y los niños del coronel se juntaban a jugar, nosotros platique y platique, aunque yo no soy amiga de hablar a tontas y locas, pero ese Cándido era un señor grande, de la edad de mi papá, por allí de los treinta, treinta y cinco, y tenía una risa que a mí me daba risa. Se oía desde rete lejotes. Él les contaba cuentos a los niños y yo les hacía alguna visión, dengues que se le ocurren a uno y dábamos más risotadas que los chiquillos, que nomás se nos quedaban viendo. Luego él decía: "Vamos a colgarlos". Hacía el columpio y los mecía rete recio. A mí me gustaba subirme en los árboles y con las ramas darles en la cara a los chiquillos, pero a la mamá no le parecían esos juegos. Sus tres muchachos eran cochinos. Entonces usaba yo el huipil y la nagua tehuana. Toda mi preocupación era no mancharme los olanes blancos que me llegaban hasta el suelo. Era yo más limpia que la señora, que andaba toda mugrosa, toda por ningún lado. Como mi madrastra fue muy dura y no le gustó que anduviera cochina, me malacostumbré yo. Esta señora no permitía que se cambiaran seguido y los muchachitos estaban acostumbrados a batirse en la suciedad. ¿Cómo los iba yo a agarrar? Me daban horror. La francesa los dejaba que se empuercaran y luego no los quería limpiar ella, ¿y por qué los iba a limpiar yo? Tenían sus carnitas pegostrosas, secas, secas, secas.

—No, eso yo no lo voy a limpiar.

—Por eso te pago.

—No me pague, pero a mí no me hace que meta las manos donde no debo. Enséñelos a que se limpien ellos, pero antes aprenda usted a limpiarse aunque sea con un olote.

Y allí se acabó el servicio. La señora dijo que mejor me largara y patas pa' cuándo son. Que corro y que agarro para la casa de doña Luisa, pero en el camino me encontró el asistente, aquel Cándido:

—¿A dónde vas, manzanita pachiche?

(Así me decía: "manzanita pachiche" o "tehuanita".)

—Pues a mi casa.

¿Y cuál casa tenía? Nomás le dije porque no creyera que no tenía yo ni quién.

—¿Y dónde es tu casa?

—¡Uy, por aquí derecho!

Entonces el señor Cándido me encaminó hasta el mercado. Allí se quedó él porque iba al mandado y yo me seguí hasta donde vivía aquella doña Luisa.

—¿Ya viniste? —me dice ella—. ¿Qué pasó?

—Nada, ya me corrió la francesa.

Cuando me desaparecí, corrieron y le avisaron a la francesa que me habían visto que iba yo al paso del soldado. Fueron con el correveidile y como no me guarnecí en casa de mi madrastra, aunque Tehuantepec está cerca, sino que gané pa' la de la amiga de mi mamá la muerta, no faltó quien le dijera a mi madrastra Evarista que yo me había ido con un soldado. Claro que mi madrastra se enojó bastante y le reclamó a la francesa:

—Pues si con usted se vino a trabajar, ¿por qué la dejó salir?

—Pues porque no me servía para nada… Mire, allí al lado vive el soldado visionudo…

La señora Evarista se asomó por el alambrado y le reclamó también al Cándido:

—No, no, señora, yo no me he llevado a su hija. Si usted dice eso, está usted muy equivocada porque iba yo al mandado y ella también iba por ese mismo camino y yo le pregunté que a dónde iba y me dijo que a la casa de la señora Luisa, que era amiga de su mamá… Yo entiendo que es amiga de usted…

Yo no le dije al asistente que mi mamá había muerto. Conocía a mi madrastra como mi mamá, no sabía él que doña Luisa era amiga de mi mamá la muerta, mi mamá mía, mi mamá que me nació…

Estaba yo bien dormida arriba de una mesa grande cuando va llegando mi madrastra. Y me puso una golpiza de las de antes.

—¡Sinvergüenza! ¿Cómo no te fuiste para la casa y agarraste la ajena?

—Mire, señora —se metió doña Luisa—, yo conocí a la mamá de la chiquilla, la que la nació. Comprenda usted que es una niña… Yo la recogí porque no la podía echar a la calle…

—No, no, pues me dijeron que se fue con un soldado…

—¡Aquí no vino con ningún soldado! ¡A usted le dijeron muy mal!

Como ya le había preguntado al soldado, no se animó a seguir alegando, pero sí me llevó a rastras. Doña Luisa no me defendió, pues se sentía sin derecho. Además, ni conocía a mi madrastra. Era la primera vez que la veía. Yo había ido con doña Luisa porque era la única persona que podía cuidarme de pronto, pero era muy argüendera, chismosa y siempre andaba fisgoneando vidas ajenas y asomándose a la calle a ver quién va pasando y quién no va pasando.

En el camino mi madrastra me preguntó:

—¿Dónde está tu papá?

—Pues quién sabe…

¿Cómo le decía yo que vivía con otra mujer? Ni le conté que mi papá me había corrido diciendo que yo no era su hija. Mejor me lo guardé todo. Ya cuando íbamos a tomar el tren a Tehuantepec, le avisaron a la señora Evarista que otra tehuana, mujer de un gringo, me ocupaba. Entonces ella me arregló el trabajo y me dejó con la mujer de aquel gringo en Salina Cruz.

—Oye, Jesusa, ¿y dónde está tu ropa?

—La dejé en el otro trabajo.

Mi madrastra fue por ella. La francesa le dijo que era yo muy grosera.

—Pues así es, señora. Nació para no dejarse. Además, si no le parece, con irse está bueno…

Yo ayudaba a la señora del gringo en la cocina. Me enseñó a hacer unos panqueses, nomás que entonces se medía por tazas, no como ahora que todo se lo echan al tanteo. Se baten huevos, mantequilla, leche y azúcar y luego se va agregando la harina y la leche y bate y bate y bate hasta que se hacen bombitas, se echa en los moldes y se hornea con calor moderadito. Hoy como no tengo horno, no me animo a hacerlos, pero bien que me acuerdo de la receta. Cuando quiera se la doy, nomás se fija en las tazas. Me gustó más cocinar que cuidar muchachos atascados.

Desde chiquilla hablaba yo castilla. Con mi madrastra aprendí la idioma zapoteca porque ella era tehuana, pero sabía las dos. Hasta la fecha entiendo el japonés, el catalán, el francés, el inglés porque trabajé con gringos. Como quien dice, trabajé con puros extranjeros y los de aquí siempre me han tratado como extraña.

Un día, a la hora de comer, cuando les estaba yo sirviendo, el mismo americano dueño del dique contó que le habían dado un tiro a un soldado. "Lo mataron a las cinco de la tarde, en mi dique…"

Al otro día que fui al mercado, a la entrada estaba un domador de víboras hablando y yo me quedé de babosa mirando al hombre de las víboras que las tenía metidas en la camisa y se le enrollaban en el pescuezo, cuando me vio la señora Benita, la oaxaqueña a la que le dejé encargado a Emiliano, y me empezó a llamar. Pero como me embobé mirando víboras ella hable y hable y hable, y yo sin oírla. Por fin se enojó y sale del puesto de carne y me dice:

—¿Qué no te estoy hablando? ¿Qué no te estoy llama y llama y no me haces caso? A tu hermano lo mataron ayer a las cinco de la tarde, así es que si lo quieres ver por última vez, ándale y córrele al muelle. Hay tres furgones donde velaron a tres muertos. En el primero está un muerto de viruelas, en el segundo, otro que mataron a puñaladas, y en el tercer carro está tu hermano que es el que murió matado. Lo reconocerás por los balazos.

Ahí dejé la canasta y que voy corriendo hasta que llegué al muelle. Y di con mi hermano. Entonces fue cuando me desengañé que lo habían matado. Lo vi tendido y luego que me dicen los soldados:

—Ay, señora, le damos el pésame de su marido que lo mataron.

Entonces volteé y me quedé mirando al soldado que habló por los demás:

—¿Mi marido? ¡Estúpido! ¿Cómo va a ser mi marido? ¿Qué no está mirando que es mi hermano?

Como no me conocían, no podían adivinar. Ellos sabían que era casado y creían que la mujer era yo; pero la mujer no fue a verlo. No la llamaron. Al menos no vi a ninguna que fuera a reclamar nada. Por eso cuando vieron que lo abracé y empecé a llorar, creyeron que yo era su mujer. Insistieron en que me daban el pésame por la manera en que había muerto y que tomara yo resignación y quién sabe qué más zarandajas que se acostumbran nomás para quedar bien ellos, hasta que volteé muy enojada y de plano les grité:

—¡Qué mujer ni qué mujer! ¡Qué viuda de Palancares ni qué viuda de Juan Polainas! ¿Qué no entienden? Yo soy su hermana.

Se quedaron callados y el jefe me pregunta:

—¿Qué usted es la hija del señor Palancares? ¿Es usted su hija de Felipe?

—Sí, señor, yo soy.

Aunque me había peleado con mi papá, cuando me preguntó el superior pues ni modo de negar. Y a poquito llegó mi papá. Se paró abajo del carro, me dio mucho coraje y me salí:

—Yo ya vi a mi hermano. Ya me voy…

Entonces lo llamaron a él:

—¿Qué ésa es su nuera o su hija?

—Es mi hija.

Oí claramente que les dijo:

—Es mi hija.

Yo no sabía que mi hermano era soldado y nunca entendí bien lo que había pasado. Por eso cuando el señor donde yo trabajaba dijo: "A las cinco de la tarde mataron a un soldado", yo ni me las olí. Después, la señora Benita, la oaxaqueña, que estuvo toda la noche en el velorio en el carro del ferrocarril, me contó:

—Ya ves cómo es tu papá… Se dio de alta con los carrancistas y como no tenía a quién llevarse a la revolución recogió a Emiliano. Lo metió de soldado y dijo que donde muriera él tenía que morir tu hermano…

Mi papá y Emiliano eran de la escolta de Jesús Carranza y quién sabe por qué, el general ordenó que acamparan en Salina Cruz. Les pagaron a los soldados y mi hermano salió para jugar a la baraja, los albures o el conquián, y, según entiendo, Emiliano le ganó a otro soldado y éste no quiso quedarse sin gane y lo balaceó. Fue así como mataron a Emiliano Palancares. La gente se echó en busca del asesino pero no lo encontraron. La tierra se lo tragó. Se amanecieron echando el lente ése de luz y cuentan que las piedras se veían limpias.

Yo entiendo que ha de haber sido algún vislumbre que protegió al hombre porque no apareció por ningún lado. Mi hermano se murió y ya, no tuvo quien lo vengara. El hombre que lo mató, pues lo mató y bien matado. No hubo manera de que compareciera… Todo eso me lo contaron a mí, ahora quién sabe cuál sea la mera verdad.

La señora ya estaba con pendiente porque el gringo venía a comer a las doce del día cuando llegué yo y le dije:

—Aquí le traigo el mandado, señora, pero no voy a cocinar porque mataron a mi hermano y me voy a ir con él…

Fue de la manera que dejé el trabajo, dejé todo. Nomás me salí. A la casa siguiente de los patrones registraban a los muertos. Y ya lo habían traído del carro.

Entré. Allí vi a mi papá pero no me le acerqué ni le hice caso. Se arreglaron los jefes con él y le pregunté a un soldado:

—¿A qué horas lo entierran, no sabe?

—Pues yo creo que lo enterrarán como a las dos de la tarde porque ahorita lo van a llevar a que le hagan la autosia.

—¿La autosia?

—Sí, para abrirlo.

Mi papá estaba con mi hermano muerto en aquel Juzgado esperando el certificado. Del Juzgado ése llevaron a Emiliano al descanso donde les hacen la autosia. Cuando vi que lo iban a abrir me abracé de mi hermano a no dejar que lo tocaran. Les alegué que si le iban a devolver la vida, los dejaba, y si no, que no lo rajaran. Les grité que qué se ganaban con abrirlo, que no quería que lo hicieran picadillo, que no estudiaran en él, y como no me hicieron caso me dio el ataque y azoté. Ya fue cuando me separaron del muerto y me encargaron con mi papá. Luego me contó él que después no atendían la autosia sino a mí porque se me amorató el cuerpo y no podía despertar. No sabían cómo volverme a la vida y se asustaron, y mi papá pues se asustó también. Cuando volví como a las tres de la tarde, ya Emiliano estaba destazado, cosido y todo metido en su caja. No hay pero que valga, los destazan y luego los acomodan por pedazos en la caja.

Esos ataques me dieron muchos años. Cuando me iban a dar, sentía que se me trababan las quijadas y se me acababa la respiración. En el momento en que se me trababan las quijadas yo hacía señas de que echaran aire o agua o algo, y si no me hacían caso, azotaba y me golpeaba mucho. Me recogían en la calle o en donde fuera, pero no me podían sostener porque estaba muy pesada y tenía mucha fuerza. Me caía muerta, sin vida, como piedra en pozo. Hasta 1920 se me quitaron las paraletas.

Ese día de la muerte de mi hermano, como a las tres de la tarde cuando volví en sí, en esta mano tenía yo un algodón con dos balas. ¿Para qué me servían las balas? ¿Ya para qué? Me hubieran dejado mejor con mi hermano. Me hubieran dado una gran felicidad. ¿Para qué me quedaba yo con vida si ya me había atorzonado allí? Me hubieran enterrado juntamente con mi hermano. Siquiera no sufriría lo que estoy sufriendo ahora.

Vi cómo echaron la caja de mi hermano al agua y luego la taparon con tierra. Todavía no estaba en mi entero conocimiento, pero sí me acuerdo que lo enterraron dentro del agua; la fosa trasminaba el agua del mar. Eran como las cinco de la tarde cuando dejamos el camposanto y ese mismo día en la tarde salía para México la corporación del general Jesús Carranza a la que pertenecíamos nosotros, y digo nosotros porque ya desde ese momento anduve otra vez con mi papá. Dijo que ya que había perdido a su hijo, no quería perderme a mí.

Mientras estábamos en el entierro, el general Jesús Carranza tuvo que salir para México. Arregló que el general Pascual Morales y Molina le prestara soldados y que la gente que fue al entierro quedara al mando del general Morales y Molina, como quien dice, de prestados. Hicieron cambalache de hombres. A Molina le tocaba salir para Acapulco y ese mismo día nos embarcaron. Yo iba nomás con lo encapillado. No fui a traer mi ropa ni el dinero que junté de tres meses que me debían. Mi papá ya no quiso que regresara…

—Ya que se pierda todo…

Salimos con todos los compañeros de mi hermano, toda la gente que había ido a sepultarlo. El general Jesús Carranza quedó de recogernos en Acapulco, pero esa mañana fue la última vez que lo vieron sus soldados. Antes de que llegara a México, en un lado de por allí lo mataron.

7

Hicimos tres días y tres noches de Salina Cruz a Acapulco. La corporación dormía abajo en una planta grande, a todo lo largo y lo ancho del barco. Allí se acomodaban con sus hilachas, como si fuera su casa, hombres, mujeres, gordos y flacos y todos los hijos que llevan los soldados. Pasábamos al comedor pero por partes. A veces subíamos hasta la cubierta para ver el mar y me pegaba bonito el fresco en la cara. No me marié en el barco, me marié en tierra cuando desembarcamos. Mientras estuve en el barco no sentí nada nada, andaba rete feliz. Me gustaba porque no tuvimos tempestad, al barco lo sostenían las olas con mucha precaución y no se tongoneó para nada. Salíamos arriba a caminar. Pero no hizo más que darme el aire de la tierra, se me movió la cabeza y me caí al suelo. No podía abrir los ojos porque veía visiones y la cabeza toda desconchabada me daba vueltas. Me pasé dos días en que ni comí, ni probé agua siquiera porque la tierra se bamboleaba debajo de mis pies y otra vez al suelo. Una señora de las de allí de la costa me recetó agua de limón y ella y otra me pusieron hielo en el cerebro. Yo allí acostada ni abrí los ojos: "Tómese esta agua de limón para que se componga", pues, ¿cómo me tomaba el agua si nomás levantaba el cuello y me iba de pico? Y así duré tres días y luego me compuse. Ya no he vuelto a andar en mar. Ya mero me voy a morir, ¿para qué me embarco otra vez? Sólo que me fuera de navegante en mi cajón.

Salíamos a las dos o tres de la mañana cuando tocan "Alevante" y caminábamos con la fresca porque ya cuando el sol calienta hay ensolados y ¿qué necesidad tienen de quedarse desmayados allí abandonados? Se hace alto en algún paraje mientras pasa el sol fuerte. Sólo cuando hay combate se guerrea todo el día. A mí me encantó siempre mañanear. Mi papá andaba a pie y yo tenía que seguirlo en la infantería. Yo cargaba con la canasta de los trastes y caminaba con zapatos de tacón alto, pero no con esas bayonetas que ahora se usan y que nomás andan agujerando el suelo, sino con tacones buenos. Esos zapatos me los mandó hacer mi papá con los zapateros de Acapulco, zapato negro, zapato café y mis medias. Toda la vida se usaron medias; ahora es cuando andan con las piernas encueradas y el fundillo de fuera, pero antes los niños chiquitos de un año llevaban medias, nadie traía las piernas pelonas. Yo iba nomás con mi canasta en el brazo: plato, taza, jarro, una cazuela para hacer café o freír alguna cosa que fuera a comer mi papá. No cargaba muchos trastes, ¿para qué los quería? Con un plato y una taza era suficiente. Nos trajeron con la escolta por Chilpancingo, Iguala, Chilapa, hasta Puente de Ixtla; y la emprendíamos a las tres, cuatro de la mañana, según a la parte que nos tocara ir, y llegábamos a las cinco, seis de la tarde o siete de la noche. Allí nos quedábamos y al otro día, de madrugada, ándenles, a echar pa'lante y de allí pa'l real.

A nosotras las mujeres nos mandaban de avanzada. Llevábamos enaguas largas y todas, menos yo, sombrero de petate. Yo nomás mi rebozo. No me calaba la calor. Si por casualidad nos encontrábamos con el enemigo y nos preguntaba que qué cantidad de gente vendría de los carrancistas y si traían armamento suficiente, nosotros decíamos que no, que eran poquitos y con poquito parque; si eran dos mil o tres mil hombres, decíamos que eran mil nomás. Decíamos todo al revés y ellos no se daban cuenta. Luego nos avisaban:

—Adelántense porque aquí los vamos a atacar.

Por eso yo nunca supe cómo se hacían los combates de infantería porque mi papá siempre me mandó dos o tres horas antes de que él saliera.

Al llegar procurábamos prepararles la comida. Veníamos como diez o quince mujeres, adelante, luego seguía la vanguardia que es la que recibe los primeros balazos. Luego la retaguardia se preparaba para atacar y se dispersaba para rodear al enemigo. Los oficiales distribuían la cantidad de tropa que se les encomendaba. Por ejemplo, si eran mil, cada oficial se hacía cargo de cincuenta hombres y los acomodaba en la línea de fuego. Nosotros nomás oíamos el atronar de la fusilería y veíamos unas como nubecitas blancas, como unas pelotitas en el aire. A veces un estallido lo dejaba a uno con los oídos zumbando. Pero eso era todo. Cuando terminaba el combate se tocaba reunión para saber entonces cuántos hombres faltaban, los llamaban por lista y según los soldados que trae cada oficial contestaban: "Presente". ¡Pero si no, el que se quedó, se fregó!

Por lo regular las mujeres no estábamos pendientes del combate. Íbamos pensando en qué hacerles de comer. Llegábamos a un pueblo y si de casualidad encontrábamos a algún cristiano, no nos querían ni ver la cara. Todos los del pueblo jalaban pa'l monte. Si venían los zapatistas los robaban, si venían los carrancistas los robaban, entonces ¿pa' qué lado se hacían los pobres? A todos les tenían miedo. Así es de que no nos esperaban ni nos vendían nada.

Nosotros no éramos comevacas, éramos del gobierno constitucional carrancista y estaba prohibido robarle a la gente. Eso decía el mismo general Pascual Morales y Molina. Los zapatistas esos sí robaban las reses, las mataban y hacían avería y media y los campesinos les tenían miedo. Se escondían y ni sus luces. Nadie les avisaba que llegaban los soldados pero ellos sabían cuándo venía Zapata y cuándo venía el partido carrancista. Y si el pueblo aquél era pueblo carrancista, nos recibían más o menos regular, pero si no, agarraban para el monte. En una de tantas veces de ir y venir por Guerrero, llegamos como a las cinco de la tarde a un punto que se llama Agua del

Perro. No había nada de gente, todos habían ganado para los cerros y ya estaba oscureciendo. En los jacales encontramos cazuelas con manteca, las ollas de los frijoles cociéndose y el nixtamal puesto en el metate; entonces nos pusimos a moler el nixtamal y a echar gordas. Nos subimos a agarrar gallinas. Estaban en sus estacas y las pelamos así calientes, recién matadas, luego las tatemamos, las lavamos bien, les sacamos las tripas y cortamos los pedazos. Allí nos encontramos el recaudo y las pusimos a remojar con ajo y vinagre y pimienta y sal, luego colocamos una cazuela grande con manteca en la lumbre, echamos las gallinas a que se doraran y el pellejo hasta chisporroteaba… No he vuelto a comer gallina tan sabrosa como esa vez. Era comida a la carrera y seguro me supo tan rica porque teníamos mucha hambre. Ahora, como ya no tengo hambre, nada me sabe bueno…

En una de esas idas y venidas mi papá se halló otra mujer, una comidera que iba al cuartel y se lo conquistó. Mi papá era hombre, a fuerza tenía que ser enamorado. Siempre tuvo sus mujeres y, eso sí, yo siempre les pegué porque eran abusivas, porque eran glotonas, porque se quedaban botadas de borrachas, porque se gastaban el dinero de mi papá… Eso era lo que a mí me daba más coraje, que se acabaran el dinero de mi papá, eso sí que no, por eso le golpié a sus queridas. ¿A poco se lo iban a dar de oquis? Mi papá podía gustarles, pero no tanto. El caso es que una de ellas, la Guayabita, se enceló de mí. Dijo:

—Seguro que ésa es la querida porque le recoge todo el dinero.

Yo no tenía la culpa de que el pagador me entregara a mí el dinero porque se dio cuenta que mi papá tenía otra mujer y era muy poco lo que los soldados ganaban. Yo sabía que le tenía que comprar a mi papá sus cigarros, darle sus alimentos, pero no tenía por qué mantenerle a la Guayabita.

—¡Qué casualidad que tu hija se recete todo el dinero! ¡Ésa es tu querida!

—No.

Mi papá le dijo que no, que yo era su hija.

—Además cállate. Ahora, no te voy a dar nada.

—¿Cómo que nada?

—Lo que oíste. ¡Nada!

—Te pesará.

Y yo fui la que pagué el pato. La Guayabita me maltrataba en las calles, me mentaba a mi madre, me decía insolencia y media, que era yo una puta quién sabe qué, una puta quién sabe cuánto, y yo pues no sabía contestar nada, nomás me ponía a llorar al oír todas las insolencias que me decía. ¡Ahora me lo dijera la condenada! Me gritó horrores de la vida de mi papá y entonces una tarde se juntaron todas las soldaderas y me cercaron:

—Si no le contestas a esta mujer, nosotras te damos caballo.

A mí me dio harto miedo que me fueran a dar caballo entre todas. Yo había visto que a los soldados los colgaban de las manos y los pies y se montaban en ellos. Pensé: "Me van a destripar esas mujeres si me dan caballo a mí". Y entonces les pregunté:

—¿Qué hago?

—Pues tú ves lo que haces, pero reclámale… Si ella te quiere pegar, nosotros te defendemos…

Veníamos todas juntas por una vereda del cuartel, cuando la avistaron:

—¡Allí viene! ¡Ahora, reclámale!

—¡Ay, Dios mío!

—¡Ándale! ¡Y que Dios te la haga buena!

Levanté una piedra, uy, la aventé con mucha fuerza y le pegó en el pecho. Luego se cayó para atrás, que voy y que me le monto encima. Le junté las dos manos, se las crucé y se las aprensé con mi brazo. Me quité luego el zapato y le di con el tacón. Le estuve taconeando toda la cara y la cabeza. Como le tenía las manos agarradas, no me pudo pegar. Pero si me he dejado, ella me gana porque era grandota, alta, de más de veinte, seguro, ya era una mujer vieja. A mí me valió el piedrazo que le di porque si me agarro con ella así, paradas las dos, me suena. Pero el miedo me encogió los músculos y se me hicieron como de acero. El miedo da mucha fuerza. O la mato o me mata. Ya le había sacado harta sangre cuando vino el jefe de vigilancia con la escolta y me la quitó. Pero las mujeres me defendieron. Rindieron parte al general y el pagador también dijo que ella me maltrataba. Entonces castigaron a mi papá por consentir que una mujer cualquiera de la calle me insultara a mí que era su hija. Como siempre, mi papá dijo que él no sabía nada, que ella sola andaba haciendo su escándalo por la calle. Como yo no le conté nunca nada a mi papá de los insultos de la mujer, ¡pues santo remedio!, no se volvió a meter la Guayaba conmigo.

Mi papá dormía acostado junto a mí; siempre se tiraba junto a mí. El día que salen francos, después de pasearse en la calle tienen que pasar lista en el cuartel a las seis de la tarde y mi papá nunca faltó. Yo creo que se la trincaba antes. Esa vez le echaron diez días de arresto. Lo fui a ver al calabozo. Me saludó:

—Buenas tardes, hija.

No tenía por qué enojarse conmigo, además, ¿ya qué alegaba? Él sabía que yo tenía que pegarle a todas sus mujeres, menos a mi madrastra.

Me dijo el oficial que no saliera del cuartel porque le había lastimado mucho la cara a la Guayaba de tanto taconazo y que me podía poner un cuatro de vuelta y media.

—Ora no te andes sola porque te pueden agarrar en montón.

Pero le dijeron las soldaderas, la gente de mi padre:

—Anda con nosotras… Si la querida es montonera nosotras también somos montoneras… Nosotras no nos metimos; las dos se pegaron… Nomás procuramos cuidar a la chiquilla…

Asegún, mi papá dejó a la Guayabita.

Cuando salió del separo, mi papá me llevó a bañar atrás del castillo del Fuerte de San Diego, en Acapulco. Había un lugar donde venían las olas igual como en mi tierra. Es la única parte en que me volví a bañar. Me quité la ropa pero no me metí encuerada como un tasajo, sino con corpiño y mi fondo. También por Chilpancingo nos metíamos en los ríos, pero en los ríos tiene uno que saberse bañar. Iba al río con mi papá, siempre con mi papá, en un lugar donde no llevara fuerza el agua porque si no, lo arrastra a uno el río. Él también se bañaba pero se iba por otro lado y me dejaba en un recoveco donde me tapara el agua hasta acá. Allí sí me metía en cueros pero los mangles arropan muy bien la orilla y los árboles sirven de cortina. ¡Es bonito meterse donde cabe uno bien y ni quien lo vea a uno! Se jabona uno muy bien y se va uno restregando y se enjuaga porque el agua es altita. Me tallaba con jabón y arena muy fina que saca toda la mugre del cuerpo y quedaba yo lisita, lisita. Y luego se seca uno con una sábana o con lo que tenga. Jamás volví a ir al río, ya no tenía papá, ¿quién me llevaba?

Mi trenza me llegaba hasta debajo de las caderas y era muy quebrado mi pelo, no chino, era quebrado nomás así y me bajaba hasta acá. Cuando regresaba yo del baño los muchachos del cuartel me empezaban a gritar:

—¡Ya llegó la reina Sóchil! ¡Ya viene allí la reina Sóchil!

Sabe Dios qué me veían en el cabello. El caso es que mi papá los previno:

—No la toreen porque si se les avienta con algo que les pegue, yo no me meto.

A mí me daba harta muina que me dijeran la reina Sóchil. No sé, yo sentía como que me ofendían. Luego le decía yo a mi papá:

—Les voy a dar un garrotazo a esos hombres que me gritan así.

Yo no era bonita, era lo que menos tenía y he tenido. Que me dijeran la reina Sóchil era un dicho, una plática, pero que no me echaran flores ni que me chulearan nada porque me daba vergüenza. Al contrario, yo más bien quería hacerle de hombre, alzarme las greñas, ir con los muchachos a correr gallo, a cantar con guitarra cuando a ellos les daban su libertad.

El día que se soltó la balacera en pleno mercado, yo fui al mandado. Nosotros estábamos de destacamento en el Fuerte de San Diego en Acapulco y cada dos días bajábamos al centro a mercar. El tianguis lo hacían frente a Palacio, en la Alameda;

el Palacio era una casa chaparrita; entonces Acapulco era chocotito, no tenía altos, lo más alto eran las palmeras y tampoco había muchas. Lo que sí, se vendía mucho coco; el coco entero, café como bola de cañón, y el aceitero se ponía a gritar en las graditas de Palacio, porque en esas graditas acomodaban las gentes su mercancía y se vendían unos a otros ajos y cebollas y café y chocolate y azúcar cande. El pulpero mojaba los puestos con su costal bien ensopado lleno de animales apestosos y todo era regatonería…

—Démelo sin escamas.

—Pero entonces es más…

—¿Cómo que es más?

—Pues claro…

Con el calor hedía muy feo el pescado, por más fresco que estuviera. Apestaba a vieja jedionda. Pero todos seguían trajinando, pidienteros, entre las garrochas de los tendajos. Allí fue donde los mariscaleños, la gente de Mariscal, comenzaron a balacear a Julián Blanco que era carrancista. Había sido zapatista lo mismo que Mariscal, pero cuando los carrancistas se hicieron del puerto, todos se voltearon a ser carrancistas. Se olvidaron que eran zapatistas. Así fue la revolución, que ahora soy de éstos, pero mañana seré de los otros, a chaquetazo limpio, el caso es estar con el más fuerte, el que tiene más parque… También ahora es así. Le caravanean al que está allá arriba encaramado. Pero adoran al puesto, no al hombre. La prueba es que cuando se acaba su tiempo ya ni quien lo horque. Bueno, pues le habían ordenado al general Blanco que saliera a combate, pero Blanco estaba esperando un barco de parque que tenían que enviarle de aquí de México.

—Mi general, he recibido la orden de que salga yo a combatir a la sabana, pero no tengo parque…

—Pues váyase…

—En estos días llega el barco de parque que me toca, pero he recibido la orden de salir hoy mismo. ¿Cómo no me presta su parque, general Mariscal, y usted recibe el mío? Usted lo recoge y se queda con él…

—No —le dice Mariscal—, no te puedo prestar parque… Vete como estás…

—¿Así es que me exponen a mí a salir a combate si no tengo parque suficiente para guerrear?

—Eso es cosa tuya… Tú tienes que salir…

—Pues ni modo, me voy a exponer sin parque… Pero si yo le estoy diciendo que ya va a llegar mi barco cargado de…

—Pues yo no te puedo dar nada…

Lo mandaba, pues como quien dice, desarmado, con lo que traían nomás las carrilleras de su tropa. Los tenía formados abajo, en el frente de Palacio. Eran como las diez de la mañana. Las mujeres andaban llenando los morrales cuando sale Julián Blanco de Palacio, baja las gradas y le da la orden a su tropa de moverse:

—Pues, vámonos —dice—, a ver cómo combatimos.

Nomás lo dejaron que montara en su caballo y las fuerzas de Mariscal que estaban posesionadas en Palacio le comenzaron a tirar desde la balconería... Lo agarraron desprevenido. Este pobre hombre ¿qué hizo? Pues hacer fuego en retirada. Toda su gente que había estado sentada en las gradas, esperando a que él saliera, se montó muy alarmada en sus caballos y echó a correr. Él agarró para la amatera, a salir a la arboleda de los amates, que es una avenida que había en Acapulco para llegar al Fuerte de San Diego. Como Blanco era de la misma gente del gobierno, de los carrancistas, lo dejamos que pasara y entró al Castillo. Se posesionaron de la fortaleza y todo. Siguieron guerreando desde arriba, bien parapetados. Nosotros no, porque no era con nosotros el pleito, pero estuvieron guerreando hasta donde más pudieron todo ese día y toda la noche... Y al otro día pues ¿cómo tiroteaban si el parque ya se les había acabado? El general Pascual Morales y Molina dio orden de que levantaran el puente para que los mariscaleños no se fueran a meter adentro del Castillo... Nosotros como no sabíamos ni de qué se trataba —todo era puro revolcadero, se balaceaban puros de la misma gente—, levantamos sin más el puente levadizo y nos quedamos sitiados allí, con Julián Blanco adentro, pero él ya iba herido y lo metieron a él y a toda su gente en una cuadra que desocupamos para que cupieran ellos. Su caballada quedó allí suelta en el patio. Pero como nosotros éramos de infantería no teníamos pastura, no había más que maíz y puro maíz se le estuvo dando a la caballada durante ocho días. Nadie podía salir del Fuerte a meter mandado ni nada. Así es de que no comíamos más que frijol y molíamos maíz; hacíamos el nixtamal allá dentro y a pura tortilla la fuimos pasando. Hasta que el general de nosotros, Pascual Morales y Molina, se metió a la cuadra a hablar con el general Julián Blanco... Cuentan, cuentan, a mí no me crea, pero cuentan que a este hombre no le hacían las balas porque estaba empactado con el demonio, cuentan, yo no sé de eso, que las heridas le estaban sanando, y eran heridas de muerte. A las ocho de la mañana entró el general de nosotros, Pascual Morales y Molina, a verlo:

—Mi general, está bueno que pida parlamento porque nosotros no podemos tirotear ni ponernos de parte suya... Usted está recuperándose pero nuestra gente aquí padece porque no puede salir a comprar su mandado. No tenemos ya provisiones con que sostener el sitio. La caballada tiene hambre. Estamos acorralados. ¿Cómo no pide parlamento?

—Pues yo no sé qué se trae Mariscal. No tengo ninguna rivalidad con él. Por eso hice fuego pero en retirada…

Y entonces Julián Blanco ordenó que subieran la bandera blanca y a las ocho de la noche de ese día —¡cuántas horas tenía de subida la bandera blanca pidiendo paz!— entró el general Mariscal y fue directamente hasta la cuadra donde estaba Julián Blanco herido y allí lo balaceó de arriba para abajo. Este malvado de Mariscal entró a matarlo cuando ya estaba el puente levantado y la bandera blanca… Eso no es de un hombre valiente. Allí tirado, desangrándose, lo mató como a un pajarito…

Después de eso regresamos hacia Chilpancingo. Entre los de nuestra corporación había unos que decían que Blanco nos había metido en un lío, que no era justo, que no era el pleito con nosotros, que habíamos padecido por su culpa, pero allí en la revolución todos se hacían ver su suerte, al parejo, que tú eres traidor, no, que tú, que vamos a remontarnos al cerro, oye, éste ya se volteó, no, si es carrancista, pues ¿no que era zapatista? Los de Guerrero eran todos zapatistas pero se volvieron carrancistas, todos entre dos fogonazos, todos en la misma olla, todos desoyendo las consignas; bajaban por el laderío cuando les decían que rodearan las lomas, se iban por el despeñadero cuando había que escampar, olvidaban los mensajes, las municiones se les hacían perdedizas, se entretenían mucho en la cava de trincheras, se tomaban rivalidad y se mataban generales contra generales y casi todos caminábamos sin saber ni por dónde…

Luego en la noche se hacían los corridos. Yo los canté, el del Mariscal y Julián Blanco; canté los del Treinta Batallón, de la Ciudad de Galeana, y supe también el de Benito Canales… muchos corridos que ahora los pasan en el radio pero nomás unos cachitos, no los pasan enteros, ni a la mitad siquiera. Cantan nomás lo que les conviene, no lo que debe ser. Cuando se moría uno, siempre le hacían su corrido:

> Mariscal y Julián Blanco
> se agarraron a balazos,
> Mariscal en el Palacio,
> Julián Blanco en el Castillo…
> Tira, na, na, Tira, na, na,
> Tira, na, na, Tira, na, na,

¡Pero muy bonitos corridos que se hacían en esa época, nomás que eran muy largos!

> Cuando este Treinta pelió
> y en la ciudad de Galeana

el Gobierno se asombró

perdió el batallón la fama…

Dejamos el cuartel general en Acapulco y nos adentramos más a donde estaba la nidada de los zapatistas. Como los soldados tuvieron que combatir entre Agua del Perro y Tierra Colorada, nos mandaron adelante a las mujeres. Cuatro mujeres casadas iban conmigo. Nos vieron los zapatistas caminando y nos salieron al encuentro:

—¿Qué tanta gente viene por allí?

—Pues muy poca…

—Entonces vénganse para que no les toque a ustedes la balacera…

—Bueno, pues vámonos.

Nos fuimos con ellos y nos entregaron con el general Zapata. Él nos anduvo preguntando si teníamos ametralladoras y nosotros le dimos la razón, le contestamos al revés volteado a todas sus preguntas. Y entonces dice:

—Bueno, pues aquí van a andar con nosotros mientras llegue el destacamento de su gente de ustedes.

—Pues bueno.

Nos quedamos con él de avanzada como quince días en su campamento que estaba re bien escondido. Nos mandó poner una casa de campaña juntito a la de él y a la de la señora comidera. Zapata mandaba a su gente a traer las provisiones y nos daba pan, café, azúcar, arroz, frijoles y carne salada. Comimos mejor que con los carrancistas. Los soldados se pasaban todo el día atendiendo a sus caballos, restregándolos con paja o si no, buscaban arroyos y hasta ríos para hacer rebalses con piedras y cortarles el agua a los carrancistas. En el bosque tronchaban árboles para levantar sus empalizadas. Los zapatistas, ellos, nunca tuvieron sed.

Cuando el general Zapata supo que toda la corporación estaba ya en Chilpancingo, nos dijo:

—Vénganse conmigo para irlas a entregar una por una.

Se quitó la ropa de general, se puso unos calzones blancos de indio, un gabán y un sombrero y allá vamos. Iba desarmado. Luego le dijeron los oficiales que si se reunían para acompañarlo, no lo fueran a atacar.

—Vamos de escolta, mi general.

—No, ustedes se quedan aquí en la orilla del río, aquí me esperan. Si dentro de tanto tiempo no comparezco, entonces hacen fuego.

Ya los distribuyó a toda la orilla del río.

Entonces ellos insistieron:

—Mejor lo acompañamos.

Les dijo que no, que iba solo y que si le tocaba morir, que moriría haciendo un bien, pues quería demostrarles a los carrancistas que él peleaba por la revolución y no apoderándose de las mujeres.

—Ninguno va conmigo. Nomás voy yo con ellas.

Y se puso a caminar y allí vamos nosotras con él.

Se paró en la esquina del cuartel y entonces me dice:

—Aquí me esperan.

Llegó hasta la puerta del cuartel y le pegaron el "¿quién vive?", y él contestó:

—México.

Luego les dijo:

—Vengo a buscar al señor Felipe Palancares.

No preguntó por los maridos de las mujeres. Sólo por mi papá para que no fueran a pensar mal. Salió mi papá y le dice el general:

—Me permite tantito unas palabras.

Ya se adelantó mi papá.

Nosotros estábamos en la esquina nomás oyendo. Entonces le dice mi papá:

—Soy Felipe Palancares.

—Sí, señor, lo sé… Y usted tiene una hija que se llama así…

—Sí.

—Pues aquí se la vengo a entregar. A usted le remito una hija y le remito a estas mujeres que fueron avanzadas entre Agua del Perro y Tierra Colorada.

Y entonces le dice mi papá:

—¿Quién es usted?

—Yo soy el general Zapata.

—¿Usted es Emiliano Zapata?

—Yo soy.

Voltió mi papá a ver si había resguardo que lo viniera escoltando.

—Pues se me hace raro que usted sea el general porque viene usted solo.

—Sí. Vengo solo escoltando a las mujeres que voy a entregarle. Sus mujeres fueron avanzadas pero no se les ha tocado para nada. Se las entregamos tal y como fueron avanzadas. Usted se hace cargo de las cuatro casadas porque me dijeron que venían cuidando a su hija. Ahora, como a usted se las entrego, usted hágase cargo de que no vayan a sufrir con sus maridos.

Entonces dice mi papá:

—Sí, está bien.

—Ya usted sabe lo que hace. Mi gente está posicionada en todos los aledaños.

Yo soy Fulano de Tal. Si algo me pasa a mí —que usted vaya y se raje—, ya sabe que se hace la balacera en el pueblo de Chilpancingo…

—No, ya me trajo usted a mi hija, yo no tengo por qué hacerle a usted un daño.

—Pues ya sabe. Si usted le da parte a su jefe y quieren atacarnos pueden hacerlo.

Mi papá no chistó nada. Y entonces el general se dio la media vuelta y se fue. Más tarde cuando mi papá juntó a los maridos les dijo:

—Miren, aquí están sus mujeres. Vinieron con mi hija. Las trajo el señor general Zapata. Dice que le podemos dar parte a nuestro jefe pero yo les aviso a ustedes que yo no doy parte. Yo le vivo agradecido al señor general Zapata que me trajo a mi hija. Si ustedes no quedan conformes con la manera como entregué a sus mujeres, pueden ver al jefe.

Los maridos nomás se devisaron. Luego les ordenaron a sus mujeres que no fueran a contarle a ninguno del cuartel que habían acampado con los zapatistas, y a mí me dijo mi papá:

—Ni tú vas a decir que anduvieron por allá.

Yo hasta ahorita se lo estoy platicando.

Como mi papá no quiso dar parte, por eso no lo atacaron, pero a los dos días se hizo tupida la balacera por el cerro de San Antonio. El general Zapata mandaba destacamentos a combatir de a uno por uno; nunca movilizó a toda la tropa. Muchos se quedaban en el campamento con la impedimenta, las mujeres y los niños. Las brigadas peleaban por emboscada; atacaban donde menos se lo esperaba uno. Ese día comenzó la balacera a las dos de la manana y siguió todo el día hasta las cinco de la tarde en que el general Morales y Molina ordenó que saliéramos todas las mujeres, que dejáramos la plaza sola y que también salieran todos los del pueblo a dejar Chilpancingo vacío; todos fuimos hasta Mochitlán y hasta allá nos alcanzó la balacera porque los zapatistas se fueron persiguiéndonos. Sólo después de seis meses pudimos regresar a Chilpancingo. En esa batalla tuvimos muchas bajas. Los que salieron con vida es porque huyeron cuando vieron que el ataque estaba muy duro. A mí, mi papá me mandó adelante con la familia de un teniente que volví a ver aquí en México, muchos años después, cuando tenía mi puesto frente a la fábrica de Tres Estrellas.

Los zapatistas eran muy buenos para pelear pues ¿cómo no habían de ser buenos si se subían a los árboles, se cubrían de ramas y todos tapados andaban como bosque andando? ¡Váyalos usted conociendo! ¡Sólo por el ruido al avanzar!

Estaban escondidos dentro de los árboles, envueltos en hojas, en ramazones, no se les veía la ropa y de pronto los balazos caían de quién sabe dónde, como granizada… Y, además, conocedores del rumbo, porque todos eran de por allá de Guerrero, así es de que a fuerza tenían que perder los carrancistas porque estos bandidos tenían sus mañas para pelear. Se cubrían de yerba. Nomás se dejaban los ojos para estar mirando por dónde venían los carrancistas, por dónde venían los villistas y agarraban buenas posiciones. Como si fuera poco, ponían zanjones tapados con ramas para que se cayera la soldada. ¡Y allí iba uno con todo y caballo! Claro que tenían que acabar con la gente de nosotros. ¡Tenían que ganar! No tenía ni qué pues eran vivos, valientes, sí eran valientes, aunque fueran unos indios patarrajada, sin un petate en que caerse muertos. Los zapatistas eran gente pobre de por allí, del rumbo, campesinos enlodados… A mí, qué me iban a caer bien, ni siquiera me preocupaba, yo estaba chica; yo de eso ni sabía de que me cayeran bien o no me cayeran bien.

Cuando conocí al general Zapata era delgado, de ojos negros, encarbonados, con su bigote retorcido y su sombrero charro negro con bordados de plata. Tendría como dos metros, así lo veía yo, ojón, muy ojón y joven. No era grueso. Era muy bueno, palabra. Por la forma en que nos trató no era hombre malo. Otro, pues le da la orden a su tropa de que se arrastre a las mujeres, pero él no. Por eso digo que era hombre de buenos sentimientos. Zapata no tiraba a ser presidente como todos los demás. Él lo que quería era que fuéramos libres pero nunca seremos libres, eso lo alego yo, porque estaremos esclavizados toda la vida. ¿Más claro lo quiere ver? Todo el que viene nos muerde, nos deja mancos, chimuelos, cojos y con nuestros pedazos hace su casa. Y yo no voy de acuerdo con eso, sobre todo ahora que estamos más arruinados que antes.

Allí en la corporación me comencé a volver perra. No era que celara a mi papá, sino que ya no lo quería. Lo quise mucho y él me quiso mucho de chica, pero ya después de grande se dedicaba a las mujeres y para qué son semejantes visiones. Dicen que nosotras somos putas, pero ¿a poco los hombres no son putos, siempre con el animal de fuera a ver a quién se lo meten? Habían pasado unos ocho meses cuando salimos para Chilpancingo de Bravo y nos paramos a descansar en Tierra Colorada. Mi papá se enojó porque yo venía hablando la idioma zapoteca con los muchachos tehuanos de la corporación. Ellos me hablaban en la idioma y yo les contestaba porque me enseñé de chica en Tehuantepec con la mamá de mi madrastra. Y mi papá me alcanzó y me regañó. Yo no le dije nada. Venía con la vanguardia y seguí adelante y a medida que caminaba se me iba subiendo la muina y cuando llegamos a

Tierra Colorada, me puse como lumbre del coraje, haga de cuenta esos tizones que arden.

—¡A mí qué me importa que venga! ¡Ora no le aparto de comer!

Y allí me estuve sin hacer la lucha por buscarle su alimento ni nada. Llegó y me volvió a gritar pero estaba tan bravo que agarró una planta de malva, así de grande, la arrancó con todo y raíz y la alzó para pegarme. Uy, me puse como perra:

—¡Ay de ti, si me pegas! Ay de ti, porque para eso me trajiste de mi tierra pa' golpiarme… ¿Por qué no me dejaste allá donde estaba? Ahorita mismo quiero que me entregues a mi hermano vivo y me regreses a mi tierra.

Dio la vuelta y no me pegó, sólo jaló y se fue.

Todavía le alcancé a gritar:

—En este momento quiero que me mandes a mi tierra.

Allí me planté como perra enojada. No me moví. Como a las dos o tres horas se fue la gente que tenía que seguir la jornada pero yo no salí. Allí permanecí sola… Después, cuando empezó a oscurecer, fui con el resguardo del general Genovevo Blanco, pregunté por él, me pasaron y le dije al general:

—Aquí estoy porque a mi papá le entró la muina y me iba a pegar. Ahora quiero que me haga el favor de regresarme al puerto de Acapulco y de allí a Salina Cruz y luego a mi tierra.

—Está bien, pero tengo que dar parte al general Pascual Morales y Molina.

A media noche vino a buscarme mi papá con una escolta pero yo no me hice presente, ni me moví siquiera. Me buscaron por todas las casas menos en la del general, y claro no me encontraron. Todavía oí que mi papá gritó: "¡Jesusa! ¡Jesusa!" Y yo ya estaba para contestarle cuando se me trabaron las quijadas, se me hizo un graznido en la garganta y me quedé silencia.

8

Todos regresaron a Acapulco a caballo, pero yo no sabía montar y andaba a pie con la gente. La hija del general Genovevo Blanco venía a caballo, ya era grande, tendría como unos veinte años. No era amiga mía. Era la hija del general. Yo no platicaba con ella. Sólo cuando llegábamos a alguna parte, allí donde ella se hospedaba, allí me arrimaba yo. Dormía junto a ellos, en cualquier lugar, junto a la pared, en el suelo, pues ¿cuál cama se usa en campaña? Yo venía pegada a la familia del general Genovevo Blanco porque cuando él vio que yo era chiquilla me dijo:

—Bueno, hija, ai júntate con mi muchacha, ai te vienes con ella.

La hija del general, la señorita Lucía, jalaba parejo en todo. Cuando ordenaban: "¡Pecho a tierra", ella se tiraba como todos los demás al suelo y así iba avanzando y disparaba su fusil. Nunca se quedó con la impedimenta. Jamásmente. Yo me afiguro que era machorra. En la noche se ponía con su papá frente a la mesa a mirar y a calcular los planes: la estrategia le llamaban. Pero jamás oí que le dijera papá, sino: "Mi general". Se sabía todos los atajos de Guerrero, toditos, las colinas y las hondonadas. En las noches caminaba por el campamento y los hombres conocían el paso de sus botas:

—¡Allí viene!

Y rápido guardaban la botella. Pero ella se las olía a leguas:

—¡A éste que le den unos cintarazos!

Iba a la enfermería:

—¡Háganle un torniquete, hombre! ¿En qué están pensando? ¿Qué no ven que ya se vació?

—Por eso no tiene remedio.

—¡Le hacen un torniquete y le aprietan con un marrazo! ¡Si no, son tres días de arresto!

—'Ta bueno.

Todos la obedecían. Revisaba la puntería de los hombres. Entrenaba la caballería. Conocía el calibre de las balas y con su papá planeaba ataques y defensas. "¡Limpien a los caballos!", "¡Revisen los bastimentos!", "¡Pónganle más paja a la carreta", "¡Junten esta piedra suelta!", "¡No se me engolondrinen!"

Eso sí, era muy devota. En las noches se hincaba a rezar su rosario y bajo su camisa no traía un escapulario, sino tres.

Venía yo caminando cuando un muchacho me dijo que subiera a su caballo para que no me cansara. Yo me ofendí.

—¿Y a usted qué le importa que me canse o no me canse?

No le hice caso, ni él tampoco me dijo más nada, pero desde ese momento se dedicó a seguirme porque a cualquier parte que llegábamos y quería yo comprar algo de comer, a la hora de pagar me decían que ya estaba pagado. ¡Ah, qué caray! Yo dejaba el bulto allí en el mostrador. Si no lo he pagado yo, ¿por qué lo he de recoger?

Así anduvimos durante ocho meses. En todas las tiendas a la hora de sacar los centavos me decían:

—Ya está pagado.

—¿Quién lo pagó?

—Eso está pagado. Tómelo usted y todo el mandado que quiera llevarse, lléveselo.

—Pues no lo necesito.

Nunca lo recogí. Como el muchacho era oficial, pues lo veían y les parecía que veían a Dios. Él les dijo:

—Si viene Jesusita a comprar, dénle todo lo que pida y yo les pago.

Por eso, a ellos se les hizo fácil venderme.

—Está pagado, niña, todo está pagado.

—Pues quédense con su cochina mercancía.

Me preguntó la hija del general:

—¿Ya compraste tu mandado?

—Fui a comprarlo pero no me quieren vender…

—¿Por qué?

—Porque me dicen que ya está pagado y como yo no se los he pagado, pues allí se los dejo.

Entonces ella me dijo:

—Pues aquí comes con nosotros, compañera.

Cuando llegamos a Acapulco ya estaba allí mi papá. Regresaba de Chilpancingo donde tuvo asamblea, mientras nosotros anduvimos por Tres Palos y por otros rumbos. De pronto llega el muchacho oficial que me seguía y me dice:

—Señorita, señorita, aquí está su papá. ¿Vamos a verlo?

Yo no le creí ninguna mala ventaja ni pensé que me lo dijera por mal y le contesté:

—Sí, sí, déjeme avisarle a la señorita del general para que me dé permiso.

Agarré y fui con la señorita Lucía:

—Fíjese que dice este señor que si me da permiso de ir a ver a mi papá que está aquí cerquitas…

La señorita, como ya lo conocía a él y era oficial, se le hizo fácil dejarme ir. Llegamos con mi papá y el muchacho le habló:

—Aquí está.

Lo vi muy enojado, aviejado. Me dice:

—¿Conque sí, señora? ¡Ya viene con su marido!

—¿Cuál marido? —le digo yo.

El muchacho se puso colorado.

—No, señor, se la vine a pedir, pero todavía no soy su marido…

¡Pero si yo no había platicado con él ni con nadie, si no era ni mi novio, pues! Nunca pensé que me fuera a pedir con mi papá sin mi consentimiento.

Mi papá no me miraba siquiera. El muchacho volvió a decirle:

—Se la vine a pedir para casarme con ella, sí, pero no es nada mío todavía… Ella viene con la familia del general Blanco y la cuidan mucho.

¡Uy, cuándo le entraban razones a mi papá! Cuando se ponía terco no le entraba ni el aire, y mucho menos las palabras!

—¡Vini! —le dije.

—No, Jesusa, como vienes con tu marido, ya no te puedo recoger ni nada.

—Yo se la vine a pedir —repitió el muchacho— para que me la dé usted y nos casemos. Pienso casarme con ella por el cevil.

Y entonces dice mi papá:

—No, por el cevil no, porque no soy protestante. Si se casan ha de ser por la iglesia y no por el cevil… Pero a mí no me vengan a decir nada usted y su señora…

¿Qué hacía yo? ¿Qué hacía aquel hombre? Pues regresarme con el general Blanco y decirle que habíamos hablado con mi papá, pero como mi papá no quería dar el consentimiento, que le suplicaba que él hiciera las veces de mi padre…

El general me preguntó:

—¿Te quieres casar?

—No. Yo quiero irme. Aquí traigo dinero para que me mande usted a mi tierra.

—Bueno, te voy a arreglar el pasaje.

El muchacho se quedó viéndolo nomás. Entonces aclaró el general Blanco:

—Ella trae su dinero y quiere irse para su tierra. No le interesa casarse, ¿qué no lo estás viendo…? No te quiere.

—Bueno, pues a ver si se va. Si se va, yo quedo conforme, pero si no, necesito casarme con ella.

El general fue a la aduana. Pidió un pasaje a Salina Cruz, pero el barco era de carga y no de pasajeros. Le dijeron los marineros que si era yo mujer me llevaban, pero cuando el general les dijo que no, que era una muchacha, una niña que no cumplía ni los quince, contestaron que no se hacían responsables de mí porque ellos eran puros hombres. Y entonces dijo el general:

—No, pues de entregársela a la tripulación del barco a entregársela a un hombre, se la entrego a uno nomás.

Como no se me concedió irme, forzosamente el oficial se casó conmigo, pero no por mi voluntad. Todo porque el capitán del barco no quiso hacerse cargo de mí. Me quedría el muchacho oficial o no me quedría, no sé. Entiendo yo que si él no me hubiera querido, como era militar y andaba en la revolución, pues me arrebata y me lleva y ya. ¿Qué le interesaba andarme pidiendo? ¿Qué les interesa a los soldados el consentimiento de una mujer? Quisiera uno o no quisiera:

—¡Tú jálale y vámonos, ándale! ¡A lo que te truje, Chencha!

En cambio él no; se esperó hasta que supo que no me recibían en el barco. Le pidió al general Genovevo Blanco que hablara con mi papá y el general así lo hizo:

—¿Da su consentimiento para que se casen por el cevil como lo ordenan las leyes?

Mi papá dijo que no.

—Bueno, pues entonces vamos a arreglarlo de otro modo.

Todavía habló el general con el muchacho. Al general le cayó bien, porque dijo que si no me quisiera, no andaría pensando en casarse conmigo, porque yo, como quien dice, no tenía quien me amparara. Sin embargo él fue y me depositó en la misma casa donde me fue a buscar, respetando primeramente al general que nos arregló la casada y la hizo de papá en la iglesia. Nomás nos casamos por la iglesia porque ésa era la voluntad de mi papá, pero no la mía. Al salir de la iglesia ya me fui con mi marido; quieras que no. Nos matrimoniamos en Tres Palos, Guerrero, y mi papá nunca se presentó.

Mi marido se llamaba Pedro Aguilar; tendría unos diecisiete, dos más que yo. No tenía por qué haberse atravesado en mi camino. Fue una sinvergüenzada de él, un abuso porque yo no le había dado ninguna voluntad ni a él ni a nadie. Montado en su caballo me iba hablando a media calle. ¿Con qué derecho? ¿Cómo anduvo él informándose de quién era mi padre, tomando los pasos por su cuenta? Yo no se lo tomo a bien. Allá en los apretados infiernos ha de estar ardiendo el ingrato, pues no tenía por qué hacerme la vida desgraciada como me la hizo.

Pedro Aguilar me llevó a su casa. Allí me encerró y luego se fue a parrandear:

—Aquí te quedas hasta que se te bajen los humos.

Se le quitó todo lo manso y lo caravanero. Su asistente me daba de desayunar, de comer y de cenar, y hasta los quince días de casados volví a ver a mi marido. Y eso porque el general Blanco le dijo que tenía que salir de avanzada a un cerro con su destacamento. Durante los quince días me mantuvo adentro del cuarto sin hacer nada, esperando a que el asistente me trajera la comida. Quién sabe dónde andaba Pedro.

Cuando el general le ordenó que saliera a combate, le avisó:

—Por Jesusa no te apures, ella se queda con mi hija.

Pedro le contestó:

—Lo siento mucho, mi general, usted mandará en mí porque soy de su tropa, pero en mi mujer no manda; en mi mujer mando yo y va donde yo la lleve.

Llegó como perro enfurecido y le ordenó al asistente que empacara las cosas y fue cuando me montó en la yegua bruta para que me matara. "Ahora pagas todos tus desaires".

Tuve que salir de destacamento. Arreglaron todo, llevaron caballos y yo no sabía montar. Mi marido me subió a una bestia como yo, que nomás él montaba. Cuando alguien se le subía tenían que taparle los ojos para que no lo viera. Como iba enojado, le metió un sablazo al animal y arrancó la yegua, se desbocó y allí va como alma que lleva el diablo. Yo le solté las riendas. "¡Córrele y mátame de una vez!", le dije. Me agarré de la silla: "Pues me va a matar pero yo no la detengo". Y corrió hasta donde más pudo, llegó a una barranca, se voló la barranca de un lado a otro y siguió corriendo hasta que se cansó solita y solita se entregó. Algunos querían rodearla pero no la pudieron alcanzar hasta que rendida se domó. Todos creyeron que nos matábamos las dos: la yegua y yo. Pero no. Sólo fuimos a dar hasta donde ya no pudo más y allí se paró. Los soldados me preguntaron que si no me había pasado nada, y la yegua nomás vio a mi marido y empezó a bufar. Como no la toqué ni le pegué ni nada, el animal se dio cuenta que el sablazo se lo había dado otro... Si los animales serán muy animales, pero bien que entienden y conocen. Me bajé del caballo, bueno, de la dichosa yegua, agarré al animal de la rienda y no se hizo para atrás. Me dijo el asistente:

—Déjeme pasearla, pobre animal, se ha cansado mucho.

Y entonces le dio sus vueltas. Ya que descansó me preguntó el asistente:

—¿Se anima a volver a montarla?

—Ya me trajo. A ver si de una vez me mata.

Me monté en la yegua pero ya no la vendaron. Desde entonces el animal no dejó que nadie se le acercara. Sólo yo podía subírmele, sólo yo le daba de comer y le traía agua. Ni de mi marido ni del asistente se dejó agarrar ya. Luego yo le apretaba los cinchos, la cepillaba a pelo y a contrapelo. A Pedro no lo podía ver, se le iba a mordidas o le daba de patadas o se le paraba de manos y nomás la tentaba yo y se apaciguaba. A lo mejor me estaba vengando. Se domesticó conmigo el animal. Y como mi marido ya nunca la pudo domar, siempre andaba conmigo esa yegua. Se hizo buena. Yo la tenía que detener para que me la ensillaran y luego la montaba. Le daba azúcar, le daba tortilla, lo que trajera en las manos. Se llamaba la Muñeca. Era alazana con sus manos blancas. Muy bonito animal. Mi marido tenía su caballo alazán igualito a la Muñeca, creo que eran hermanos los dos.

De chica nunca monté, ni burro siquiera. Cuando mi papá me llevó a la revolución íbamos a pie. Caminaba mucho. Caminaba y camino porque a mí me gusta caminar. Pero apenas me casé, como mi marido era de caballería, tenía que andar a caballo. A mí ya no me dio miedo montar, pues ¿qué difícil es sentarse en una silla? Y cuando arranca el caballo, se agarra uno y ya.

Cuando Pedro andaba en campaña, como no tenía mujeres allá, entonces sí me ocupaba, pero en el puerto no se volvía a acordar de mí. Por allá en el monte, los soldados nos hacían unas cuevas de piedras donde nos metíamos. Él nunca me dejó que me desvistiera, no, nunca; dormía yo vestida con los zapatos puestos para lo que se ofreciera y a la hora que se ofreciera; el caballo ensillado, preparado para salir. Venía él y me decía: "¡Acuéstate!" Era todo lo que me decía: "¡Acuéstate!" Que veía algún movimiento o algo: "¡Ya levántate! ¡Prepárate porque vamos a salir para donde se nos haga bueno!"

Yo nunca me quité los pantalones, nomás me los bajaba cuando él me ocupaba, pero que dijera yo, me voy a acostar como en mi casa, me voy a desvistir porque me voy a cobijar, eso no, tenía que traer los pantalones puestos a la hora que tocaran: "¡Reunión, alevante!", pues vámonos a donde sea... Mi marido no era hombre que lo estuviera apapachando a uno, nada de eso. Era hombre muy serio. Ahora es cuando veo yo por allí que se están besuqueando y acariciando en las puertas. A mí se me hace raro porque mi marido nunca anduvo haciendo esas figuretas. Él tenía con qué y lo hacía y ya.

Allá en Chilpancingo tuve una casita de adobe techada de zacate. Allí me dejaba mi marido sola haciendo el quehacer. Me encargaba con el asistente Palemón y con su mujer y yo me acompañaba con ellos. En la casa de enfrente vivía una señora delgadita con sus hijas. Era viuda. No me acuerdo ni cómo se llamaba, pero vendía atole y maguey tatemado. Como era muy pobre, tenía que sostener a sus cuatro criaturas. Su muchacha grande, de quince o diecisiete años, iba a trabajar en las casas donde podían ocuparla, pero cuando no la llamaban se iba al campo a juntar guayabas para que su mamá las vendiera. Un día me convidó. La acompañaban sus tres hermanas que tenían como siete, ocho y diez años.

—Vamos a las guayabas. ¿Qué está usted haciendo allí engarruñada?

Le dije al asistente Palemón que me dejara ir.

—Pues vaya.

La muchacha se alegró:

—Pues ándile, vámonos.

Nos fuimos muy temprano, y en una de esas idas caminamos tan lejos que fuimos a parar a un cerro muy alto y que nos empieza a gritar un señor que bajáramos. De pronto nos asustamos:

—Éste nos va a quitar las guayabas que juntamos…

Nos siguió gritando, desde abajo, desde un rancho:

—¡Bajen, baaajen!

No tuvimos más remedio que bajar del cerro creyendo que el hombre nos iba a castigar porque nos estábamos robando las guayabas.

—Pues, ¿qué andan haciendo, muchachas?

—Andamos juntando guayabas.

—¿Ya se desayunaron? ¿Ya comieron?

—Pues no, no hemos comido.

(Eran como las ocho de la mañana. Habíamos salido desde las cinco para subir al cerro.)

—Pues véngase a tomar leche caliente con calabaza.

—Bueno, pues si nos la dan…

—Espérense, muchachas, vamos a comer al ratito…

Sinvergüenzadamente nos embuchamos la leche con calabaza. Se metió a la cocina y ese día comimos una carne asada con salsa, huevos cocidos, queso y frijoles. Allí nos pasamos todo el día con él. ¡Era solito! Un señor como de unos cincuenta o sesenta años.

—No se vayan, muchachas. Ayúdenme a meter el ganado.

En la tarde fuimos a juntarlo y ya cuando el sol se estaba metiendo, acarreamos nuestras guayabas y nos venimos cada quien con nuestra carga.

Nos dijo:

—Pues mañana las espero… Se vienen temprano para tomar leche caliente con calabaza y maguey.

Serían de él las guayabas o quién sabe, pero no nos reclamó nada. Al contrario, nos convidó y fuimos al otro día a comer con él. Llegamos muy temprano. Esa mañana nos dio calabazas asadas con piloncillo. Hizo un hoyo y metió las calabazas adentro y luego las tapó con hojas y les echó tierra. Prendió la lumbre y toda la noche se cocieron. Al otro día que llegamos apagó la lumbre, destapó el hoyo, sacó las calabazas y nos las dio con leche y nos fuimos al cerro y ya en la tarde que bajamos nos tenía una olla de frijoles como no he vuelto a tomar otros iguales. Cocinados con pura leche en lugar de agua, ¡se imagina qué frijoles serían! Luego agarramos como obligación ir todos los días a tomar leche caliente con calabazas o con maguey. Así duramos como un mes, ya no íbamos para otro lado, sino que agarrábamos derecho pa'l cerro y luego pa'l rancho hasta que regresó la corporación de mi marido y no me volví a juntar con la muchacha pues mi marido no me dejó hablar con nadie. Yo extrañaba el cerro; por allá el campo es muy bonito, un campo verde; los guayabales tupidos de guayaba. Yo vareaba las guayabas y caían macicitas. Era en tiempo de aguas y nosotros andábamos entre los árboles que tenían hojas bien brillosas.

Cuando yo vivía con mi papá, iba a la tienda a comprar alguna guzlería que a mí se me ocurriera, como si fuera una chiquilla; porque uno de chico es guzgo; pan, azúcar, café o algo así de guzguear, sólo para salir a la calle, pero nunca supe comprar el mandado de una casa. Así es de que ya casada y sin salir —porque mi marido no me dejaba—, el asistente me compraba el mandado o a lo mejor me lo compraría su mujer, el caso es que yo tenía cada tercer día la bolsa a la puerta del cuarto, con frijol, arroz, manteca, sal, todo lo que se necesita en una casa. Entraba Palemón, me acomodaba el bastimento, agarraba y veía si no faltaba agua y si faltaba me la iba a traer, si había basura la iba a tirar, pero a mí no me preguntaba: "¿Qué necesita? ¿Hago esto? ¿Hago lo otro?" Nunca me decía nada, nomás veía lo que hacía falta en la casa y lo iba a buscar.

Mi marido duró como ocho meses en una comisión y se fue con sus puros soldados a una sierra. Dizque se iban a juntar con la compañía del general Juan Espinosa y Córdoba. En eso, una chilpancingueña, la viuda del capitán Manuel Arenas —ha de vivir todavía en esos rumbos—, de decepción por haberse quedado viuda, me encandiló para que pusiéramos un changarro allá en Chilpancingo. Su padre hacía los vinos y ella nomás sacaba vinos y vinos para vender. Como yo no me presentaba al cuartel a cobrar lo de mi marido, a mí me cayó bien lo del negocio ése. Palemón, me afiguro, se compadecía de verme tan sola y como ya eran muchos meses se hizo el de la vista gorda. O a lo mejor creyó que mi marido ya no volvía. La chilpancingueña me encampanó —era más grande, tenía dieciocho años— y entré yo a la vendedera de vinos, y mientras vendía, allí andaba cantando con los borrachos. Me hice de dinero porque apostaba diez pesos a ver quién se empinaba una botella de mezcal como yo. Me las tomaba como agua y ganaba mis centavos. Luego bebía un vaso de jugo de limón y no me emborrachaba. Llegué a echarme hasta cuatro o cinco botellas de aguardiente al hilo y me tenían que pagar porque era apuesta. ¡Y eso que son buenos los de Guerrero pa'l chínguere! Ellos sí que le entran duro. Con los centavos de las apuestas me vestía la viuda del capitán aquél, porque ya la ropa se me había acabado. ¡Y nunca tuve vestidos tan bonitos, corpiños con encajes de bolitas y enaguas amponas de muchos olanes! Hasta vestidos de seda, hágame favor, ¡y blusas de satén! ¡Y horquillas para alzarme el chongo con cintas de colores! Yo bebía porque lo agarré como negocio; ella no, ella de decepción porque a las primeras de cambio le mataron al marido. Y eso que estaban recién casados.

En el changarrito de Chilpancingo me gustó mucho cantar y tocar. Me fijaba cómo tocaban la guitarra y yo misma principié a rascarle. Me decían: "Agárrale aquí de este modo y písale allá". Con un poco más de tiempo hubiera aprendido. Yo era muy alegre, mucho muy alegre que fui, eso sí, y muy cantadora.

Si no me pagaban diez pesos por una botella de tequila o de coñá o de vermú, yo no tomaba. Bajo apuesta sí, pero no porque tuviera ganas de tomar. Me habían de pagar al chaschás, si no, pues no.

—A ver, dame una copa de nada.

Era un vaso así de grande con todos los vinos. Le servían a uno un chorrito de cada botella: Parras, coñá, tequila, wisky, catalán, vermú, todo le echan hasta que se llena el vaso. Por eso es una copa de nada. Me lo tomaba y me chupaba un limón en seguida. Pero sí había muchas mujeres que se emborrachaban por gusto o por despecho, de a poquito, de a copita, y yo no sé tomar de a copita. Si a mí me decían: "Vamos a tomar…" Vamos, pero apostando, y de a botella por cabeza… Tumbaba yo a tres, cuatro borrachos y me quedaba como la fresca mañana porque antes de empinarme mi botella me chupaba uno o dos limones y al ratito volvía yo a apostar otra botella y volvía a comer limones y no se me subía. Jamás me enfermé del estómago…

Cuando regresó la comisión de la sierra, mi marido no me encontró en la casa. Le dijeron los muchachos que yo tenía una cantina y ¡que allí va! Así es que cuando abrió la puerta me halló lidiando con los borrachos. ¡Uy, ya me andaba matando! Me dijo que por qué había hecho eso y le contesté que mientras él no estaba yo me sostuve con la bebida porque si no me daban ningún sueldo, ¿de qué iba a vivir?

—¿Por qué no fuistes al cuartel a cobrar?

—Porque eso es muy delicado. Yo no me voy a pagar sueldo con ninguno de los jefes. Si no estaba usted, ¿yo qué tenía que ir a cobrar lo que no me pertenecía? Yo tuve que buscarme la vida de la manera que Dios me dio a entender…

—¿Y así te dio Dios a entender?

Y que me suelta el trancazo. Se enojó y no se enojó porque en parte él tuvo la culpa.

—Bueno, ahora te vienes conmigo a las comisiones. ¡Y no te me cabrees, porque te mato!

Antes de salir, me puse mi pantalón de montar, mi chaquetín, mi paliacate rojo y mi sombrero tejano y nadie se dio cuenta si era hombre o si era mujer. Toda mi ropa buena la quemó porque dijo que la había tocado el diablo, y mientras ardía Pedro se hacía cruces. A la viuda del capitán Arenas la agarró a cachetadas por meterme malos pensamientos, pero al que más castigó fue al asistente Palemón: treinta cintarazos, y además, le agarró ojeriza. Nosotros ya no pertenecíamos al general Genovevo Blanco, el que nos había casado, sino que nos pasaron a otra corporación: la del general Juan Espinosa y Córdoba. Si hubiéramos seguido en la otra, como el general Blanco era nuestro padrino, hubiera estado al pendiente y yo me refugio con la hija del general: la señorita. Pero ya nos habían cambiado. Por eso Pedro se puso canijo y dijo que no me volvía a dejar. Andaba yo con él tras de su caballo, para arriba y para abajo. Dijo Pedro que cuando él la viera perdida, primero me mataba a mí, y desde entonces ya no me soltó y nunca me volví a sentir libre. Por Pedro me enseñé a andar entre los balazos. Y es una cosa dura ésa de la balacera.

En Chilpancingo nos dijo el general Juan Espinosa y Córdoba que nos iba a llevar a México y que de allí saldríamos al norte.

A la hora de reunirse toda la corporación para ver quiénes eran los que iban a salir, me encontré a la gente de mi papá. Me explicaron los soldados de infantería que lo habían dejado a la orilla del camino con un par de mulas de parque. Como estaba herido lo sentaron debajo de un árbol, allí lo recargaron y allí creen que le dio el tiro el enemigo. Lo mataron los zapatistas. Así me enteré que mi papá murió en el combate de Mochitlán, estado de Guerrero, entre Acapulco y Chilpancingo.

A mí no me dio tristeza porque no lo vi. Como ya me había casado y no andaba con la gente de mi papá, la cosa hasta ahí quedó. No supe más de él, hasta que pasaron los años y en el Defe encontré a un joven espírita que le dio poderes a la facultad para que fuera a levantar su espíritu entre los abrojos.

9

—A ver tú…

—¿Quién, yo?

—Sí, tú… A ver, pásate para el otro lado.

En México formaron a la gente para nivelarlos de estatura; si eran altos iban a la caballería, si eran chaparros a la infantería. Así dividieron a todas las corporaciones y cada general agarró la gente que le convino.

—¡Hombre, te quedaste con los puros altos!

—Bueno, pa' que veas, pásame unos chaparritos pero que estén ponchados.

Antes nomás agarraban gente de a montón sin emparejarla y los mandaban a campaña, jóvenes, viejos, mancos, cojos, como salieran, el chiste era que todos se levantaran en armas. Echaban mano de lo primero que encontraban y los mandaban al combate como manada de caballos brutos, nomás a que los mataran porque mientras se enseñaban a cargar su rifle ya los habían matado. Los chiquitos, los jovencitos, como no comprendían, se metían adelante, total, allí se quedaban tirados y ya. Los agarraban como puerquitos y vámonos al matadero.

A Pedro mi marido lo mandaron a caballería, y a mí también, aunque soy del tamaño de un perro. Los que pasaban a caballería trabajaban más, y los de infantería no tanto porque a la hora que llegaban ponían armas en pabellón, les decían que rompieran filas y ¡vámonos!, ¡ya cada quien a agarrar para donde se le dé la gana! Y la caballería era más pesada porque a los caballos hay que pasearlos, darles de comer y beber, acepillarlos, limpiarles la mugre de las patas porque si no les da coriza, bueno, atenderlos…

Después de nivelarlos, el general Juan Espinosa y Córdoba comenzó a dar la instrucción. Había unos que no conocían más que los machetes en el campo. Pues a ésos, antes de que salieran a combatir, había que enseñarles a cargar el arma. ¿Cuándo la habían cargado? Mucho menos sabían limpiarla, medir las distancias, procurar hacer blanco al que se le va a tirar y no nomás echar bala por echarla. El general Espinosa y Córdoba se desesperaba:

—¿A poco creen que hay tanto parque?

En las mañanas, él mismo iba a la instrucción. Marchar, presentar el arma, desarmarla y apuntar como les enseñan ahora a los conscriptos, la mayoría no conocía ni los toques del clarín, para montar, desensillar, echar pecho a tierra.

—Pues ¿qué clase de milicia es ésta?

Juan Espinosa y Córdoba era un indio negro, estaba feo el viejo, altote y gordo. Parecía hecho con el mocho de la hacha. Eso sí, tenía una mujer bonita, bonita y güerita que se trajo de Chilpancingo, muy jovencita la muchacha. Espinosa y Córdoba tenía la boca aguzada y también le decíamos el Trompudo. Era bien gritón:

—¡Que comiencen a repartirse los pelotones de cinco o diez soldados, a ver si así entienden!

Todas las mañanas dio sus órdenes en la instrucción.

—Los pelotones de soldados más torpes son los de cinco para que entiendan mejor, y hay que cuidarlos porque no saben ni a qué le van tirando…

A la instrucción entraron todos, hasta mi marido que tenía quién sabe cuánto tiempo peleando, era capitán y siempre le tocó de avanzada, entre los de mero adelante donde hay más balazos. Se lo dijo al general rezongando:

—Yo soy capitán…

—Pues todos tienen que ir a la instrucción… Usted también aunque sea capitán… ¡Y aunque fuera general! Usted tiene que saber dar sus órdenes como es debido. Si usted, que es capitán, no sabe, pues ¿qué van a enseñarles a la milicia? ¡Aquí todos se me van a la instrucción! Se acabó la pelotera.

Tenía razón, porque mire, en la revolución hubo un regimiento que tuvo muchas bajas antes de encontrarse con el enemigo. Casi se acabó la división y ya venían allí los otros. Se mataban más entre amigos que con el enemigo enfrente. Luego una vez, como no había uniformes que nos distinguieran, matamos a una división que venía a reforzarnos… Venían tropas de refresco y las recibíamos a pura bala caliente… Todo se hacía a la trompa talega …

—¿Y los uniformes, general?

—Ésos sólo alcanzan para los "clases" de cabo para arriba…

A tanto estar dale y dale, el general de brigada o brigadier Juan Espinosa y Córdoba formó la Quinta División del Noroeste; su propia corporación de mil quinientos hombres. Mucha gente. Mucha gente que se mataba a lo bagre. Yo creo que fue una guerra mal entendida porque eso de que se mataran unos con otros, padres contra hijos, hermanos contra hermanos; carrancistas, villistas, zapatistas, pues eran puras tarugadas porque éramos los mismos pelados y muertos de hambre. Pero ésas son cosas que, como dicen, por sabidas se callan.

Al día siguiente de que se integró la corporación, salimos para el norte.

En Tehuantepec había yo visto el tren pasajero pero no es igual que el militar. El militar es de carga y los vagones son cerrados, negros, sin ventanillas para ver afuera. Como era un tren chiquito de leña caminaba despacio; media hora y se paraba otra media hora cuando no se quedaba varios días en la estación. Iba despacio porque eran mucho carros; un montón de caballos y todas las cosas que lleva la tropa: la indiada arriba de los techos y la caballada adentro. ¿Cómo iba a alcanzar el tren a jalar tanto animalero de cristiano como animalero de caballada? Comíamos allá arriba encima del tren; llevábamos un brasero y no se apagaba porque le tapábamos la boca para que no le entrara el aire por debajo y le salieran chispas por arriba. Si no, vaya quemazón.

Era muy dura la vida en aquella época. Con unas mangas de hule tapaba uno sus cosas hasta donde las alcanzara a tapar para que no se mojaran con las lluvias. De cualquier manera yo no dejaba de mojarme. Traía sombrero tejano y me acomodaba lo mejor que podía. Teníamos que ir sentados todos arriba en cuclillas porque de lo que se trataba era de que la caballada fuera resguardada y que tuviera comida todo el tiempo. Cuando llegábamos a alguna parte, si daban orden de desembarcar, bajaban las bestias a tomar agua; primero que nada las bestias. En el tren no se nos murió ninguna, aunque de nada nos valió aguantarnos la sed y estar engarruñados encima del techo, porque los villistas nos dieron en la madre. A los villistas todo se les iba en descarrilar trenes. Así peleaban ellos, pero nosotros ya estábamos acostumbrados, porque desde que salimos de México para el norte nos aflojaron la vía y con la fuerza que traíamos se enterró la máquina. Y de esa enterrada se abrieron los carros y murieron muchos caballos y bastantita gente. Cada vez que se descarrilaba el tren, duraban quién sabe qué tantos días en repararlo o en traer máquinas y carros de otra parte. Teníamos que desembarcar todos los caballos y sepultar a la indiada.

En Santa Rosalía nos tocó un descarrilamiento que hasta se nos telespearon los carretes del espinazo. Éste fue el más grave porque la máquina se voltió y se voltiaron como seis o siete carros. Los de adelante fueron los más arruinados. Allí tuvimos que pasarnos una temporada al descampado, hasta que nos mandaron el fierraje que hacía falta. Por eso tardamos tantos meses en llegar al norte. A los durmientes no les pasó nada. Los durmientes los ponían buenos, de ocote; ahora ya han de haberse podrido, pero antes eran de ocote macizo.

Recuerdo que cuando amanecimos en Chihuahua, a las cuatro de la mañana, los soldados empezaron a decir:

—Miren, miren, miren, cuánto apache, cuántos indios sin guarache.

Puras mentiras. La gente decía que en Chihuahua no había cristianos sino puros apaches. Nosotros teníamos miedo y ganas de verlos, pero nada. Los de allá son como los de aquí, lo que pasa es que a la gente le gusta abusar, contar mentiras, platicar distancias y hacer confusiones, nomás de argüendera. Yo nunca vi un apache.

Y así viajamos, a paso de tortuga entre puras voladas de tren. Nos quedábamos de destacamento en una parte y en otra y nunca alcanzamos a llegar a tiempo a ninguna estación. Los carrancistas de por allá nunca pudieron hacernos recibimiento. Villa era un bandido porque no peleaba como los hombres, sino que se valía de dinamitar las vías cuando iban pasando los trenes. Estallaba la dinamita y volaban los carros, la caballada y la indiada. ¿A poco eso es de hombre valiente? Si el tren era de pasajeros, también lo volaba y se apoderaba del dinero y de las mujeres que estaban de buena edad. Las que no, las lazaba a cabeza de silla y las arrastraba por todo el mezquital. Eso no es de hombre decente. Yo si a alguno odio más, es a Villa.

Nunca lo llegué a ver de cerca, nunca, y qué bueno porque le hubiera escupido la cara. Ahora me conformo con escupirle al radio. Oí que lo iban a poner en letras de oro en un templo. ¡Pues los que lo van a poner serán tan bandidos como él o tan cerrados! Tampoco les creí cuando salió allí en el radio que tenía su mujer y sus hijas, puras mentiras pues qué. ¿Cuál familia? Eso no se los creo yo ni porque me arrastren de lengua… Ése nunca tuvo mujer. Él se agarraba a la más muchacha, se la llevaba, la traía y ya que se aburría de ella la aventaba y agarraba otra. Ahora es cuando le resulta dizque una "señora esposa" y dizque hijos y que hijas. ¡Mentira! Ésas son puras vanaglorias que quieren achacarle para hacerlo pasar por lo que nunca fue. ¡Fue un bandido sin alma que les ordenó a sus hombres que cada quien se agarrara a su mujer y se la arrastrara! Yo de los guerrilleros al que más aborrezco es a Villa. Ése no tuvo mamá. Ese Villa era un meco que se reía del mundo y todavía se oyen sus risotadas.

Como mi marido no me hablaba, tampoco lo hacían los demás. Mi marido tenía de amigos a todos los oficiales pero no platicaban conmigo. Cuando nos quedábamos en alguna estación que se bajaba la caballada uno podía entrar a los carros y tres o cuatro oficiales se metían con sus mujeres; cada quien agarraba su lugar, pero a Pedro no le gustaba el asunto ése de que los demás se dieran cuenta y nunca me llamó.

En poder de mi marido nunca me bañé porque ¿con quién andaba quedando bien? Y no podía voltear a ver a nadie ni me podía cambiar ni me podía peinar. No tenía ni escarpidor, me rompió dos escarmenadores y hasta una estregadera de cuando era soltera. Si de chiquilla andaba mugrosa y piojosa, con mi marido se me agusanó la cabeza. Él me pegaba, me descalabraba y con las heridas y la misma sangre me enllagué y se me acabó el pelo que era largo y rizado. Allí en la cabeza estaba la plasta de mugre y allí seguía, porque yo no me podía bañar ni me podía cambiar, así es que sufrí como Santa María en los desiertos. ¿Iba yo a tener voluntad de quererlo? Le cogí tirria, le agarré inquina. Con un cuchillo me podía raspar la mugre del vestido de lo gruesa que estaba. Anduve con el mismo vestido todo el tiempo aunque él me llevaba mucha ropa, pero no me la podía poner. Me la compraba donde nos detuviéramos para presumir con los soldados y con las mujeres:

—¡Miren cómo la tengo!

Así era su instinto, así era él, ¿qué le va uno a hacer cuando el hombre es así? No era tonto, sino convenenciero porque decía que así de apestosa, ni quién se ocupara de mí. Él se divertía bien y bonito pero allá lejos, conmigo no. Por eso yo le pedía a toda la corte celestial que lo mataran. Si había una campaña y salían de avanzada, gritaba: "San Julano, San Perengano, ¡líbrame de esta plaga de cristiano! ¡Que lo maten o que lo agarren, pero que yo no lo vuelva a ver!" Y me hincaba y ponía las manos en cruz. Aunque me condene el alma yo pedí que lo mataran. Prefería andar de lazarina. Ni siquiera estando yo sola podía tener la cabeza destapada porque luego venía él y me ordenaba: "Tápate". Dormía con el rebozo en la cara, toda cubierta como momia. Así que yo fui mártir. Ora no, ora ya no soy mártir. Sufro como todo el mundo pero no en comparación de lo que sufrí cuando tenía marido.

Pedro me empezó a golpear desde que me sacó del changarro en Chilpancingo. Cuando me gritó: "Te pesará", no me dejó ni a sol ni a sombra. "¡Ahora me las pagas!" Nunca se le olvidó, porque así era él, muy celoso, muy delicado. Yo no le dije nada, pues ¿qué le decía si no lo alzaba a ver? Casi no le conocí la cara. Yo le tenía mucho miedo. Siempre estaba agachada, sentada frente a mi brasero, tapada con mi rebozo. Así es de que ¿cómo le reclamaba yo? No podía reclamarle. Él no sabía si estaba viva o muerta. Ahora que me defiendo sola, digo que lo hacía con intención de perderme, pero entonces era muy tonta y donde él me embarcaba, allí me subía sin chistar. Para todo golpeaba Pedro, como la mayoría de los hombres de la corporación, que trataban a sus mujeres a punta de cintarazos: "Camine, chencha, ándele", el caso era traerlas a mal traer. Pedro agarraba y me daba con la cacha de su pistola en la cabeza y a mí me hervía la muina por dentro, pero no le decía nada; ni me tallaba siquiera para que no viera que me había dolido.

Un día acampamos en una estación que no me acuerdo cómo se llamaba, en Chihuahua, y nos quedamos varios días o semanas, no sé. Vino y me dijo: "Oye, vale", porque jamás oí mi nombre con él; quién sabe qué sería eso de vale.

—Oye, vale, agarra tu jabón. Vamos a que me laves mis pañuelos.

Yo ya sabía que me llevaba a golpear aunque toda la gente decía que era un hombre muy bueno. Aparentaba, pero tenía la música por dentro. Parecía ser una cosa, pero era otra muy distinta.

Le dije:

—Bueno.

Nos remontamos desde la estación hasta que encontró un clarito redondito donde los burros se revuelcan para sacudirse. Estaba limpiecito el lugar aquel y me dice:

—Párate aquí.

Me golpió hasta que se le hizo bueno. Me acuerdo que conté hasta cincuenta planazos. Me los dio en el lomo. Pero no me doblé. Lo único que hice fue cruzarme de pies sentada en el suelo y taparme la cabeza con los brazos y las manos. Estaba acostumbrada desde chica con el trato que me dio mi madrastra. No sé ni cómo vivo. No me acuerdo si fue esta mano la que levanté pero la tengo señalada, la izquierda; me entró el machetazo en la espalda. Mire, me abrió. Aquí se me ve la herida porque este espadazo entró hasta el hueso. Me sangró pero yo no lo sentí; de tanto golpe yo ya no sentía. No se me aliviaba un trancazo cuando ya tenía otro en el mismo lugar. Nunca me curé, no me unté nada, ni agua, solitas se me fueron las heridas.

Cuando volví en sí estaba en el carro del ferrocarril donde vivíamos y toda deshecha del lomo. Entonces me preguntaron las muchachas:

—Qué, ¿está mala?

—Sí.

—¿Qué tiene?

—Pues nada.

—Pues ¿cómo dice que está mala?

—Pues sí estoy mala, pero pues ¿qué les importa?

¿Qué me gano con decirles? No me gano nada. No con que les cuente yo mi vida se me van a quitar las dolencias. Yo no cuento nada. Y como no les decía yo nada, así pasaron muchos días. Y Pedro volvió a buscar la condición de golpearme. No sé cómo estuvo, el caso es que me dijo que agarrara yo el jabón y que le fuera a lavar los pañuelos.

Dije yo: "Me va a pegar". Cada vez que me golpeaba no lo hacía delante de la gente y por eso nunca lo agarraron con las manos en la masa.

—¡Qué bueno es su marido, Jesusa!

Nunca lo vieron enojado.

—¿Cómo dice?

—Que qué suerte tiene usted con ese marido. ¡Bendito sea Dios!

Nunca aclaré nada. Ésas son cosas de uno, de adentro, como los recuerdos. Los recuerdos no son de nadie. Nomás de uno. O como los años que sólo a uno le hacen. ¿A quién le da uno el costal de huesos que carga? "A ver, cárgalos tú." Pues no, ¿verdad? Ese día, que agarro la pistola. Traía yo un blusón largo con dos bolsas y en las bolsas me eché las balas y la pistola. "¡Qué jabón ni qué nada, de una vez que me mate o lo mato yo!" Estaba decedida. Yo lo iba siguiendo. Llegamos a un lugar retirado de la estación y entonces me dice él:

—Aquí se me hace bueno, tal por cual. Aquí te voy a matar o ves para qué naciste…

Me quedé viéndolo, no me encogí y le contesté:

—¿Sí? Nos matamos porque somos dos. No nomás yo voy a morir. Saque lo suyo que yo traigo lo mío.

No sé de dónde me entró tanto valor, yo creo que de la desesperación, y que saco la pistola. Lueguito se asustó, vi claramente que se asustó. Pensé: "Él es muy valiente, que saque también su pistola y nos balaceamos aquí. Algunos de los dos tendrá que quedar vivo". Pero entonces me dice:

—¿Quién te ha aconsejado a ti?

—¿Quién? Usted ha de saber quién —le dije—; la misma persona que lo aconseja a usted que me golpié, esa misma me ha aconsejado a mí.

Mentiras. A mí nadie me había aconsejado, pero como él me preguntó yo no me quedé sin contestarle. Nunca antes le había levantado la voz:

—¿Quién te ha dicho que me contestes?

—La misma persona que le ha dicho a usted que me dé mala vida...

Entonces me dice:

—Deja la pistola...

—No, a eso me trajo, a matarme. Aquí nos matamos los dos. Saque lo suyo.

Vi que él no sacaba nada...

—Es que no te voy a hacer nada ahora. Ya deja la pistola.

—No, de aquí me llevará muerta, pero saque su pistola también.

—No, yo no te voy a hacer nada...

—¿Y entonces para qué me trajo? ¿A pasear? ¿A pasear en el monte? Me trajo a matarme, ¿verdad? Pues máteme.

Entonces me comenzó a hablar por la buena:

—No seas tonta... yo... me cuentan cosas que me haces...

—Bueno, y ¿usted por qué no me espía si sabe usted de mí?

—Es que yo no puedo estar al pendiente de todo.

—Entonces ¿por qué se cree lo que le cuentan? Así es de que no... Me lo va a hacer ver y ahorita mismo. Ahora mismo nos vamos, ándele. Pásese por delante...

—No, pásate tú.

—No, ya se volvió el mundo al revés. Ahora no me manda usted, ahora lo mando yo y ahora se va adelante, ándele, y si no le gusta, lo trueno aquí.

Como vi que no sacaba la pistola me hice más valiente. Pensé: "No, no trae con qué... Así es de que yo le hablo ahora más fuerte".

Me lo llevé y caminó por delante. Le dije:

—Camine para allá para el carro del pagador, ándele.

Le habían dicho a mi marido que yo era la amante del pagador. Se lo dijo una mujer; cuándo no, si así son todas: cuando no andan culeando, se meten al chichichaque, al chimiscole, a ver a quién arruinan con sus embrollos:

—Llame usted a la mujer. Aquí me llevan presa pero aquí mismo me lo va a hacer ver o nos matamos los dos.

Ya cuando mi marido la vio perdida tuvo que llamarla:

—Oye, manita, ven para acá porque tú la has visto con el pagador. Ahora quiero que me lo repitas delante de ella.

Entonces la mujer protestó:

—Ay, no, manito, yo no te dije nada.

Yo le grité a ella:

—Sí, sí se lo dijo porque él me ha golpeado por culpa suya. No me ha matado porque Dios no ha querido pero él con todas las intenciones me llevó al monte a clarividiarme, así es que ahora usted y él me lo tienen que hacer ver…

—No, manito —dice ella—, si yo no te he dicho nada. No seas así, ¿cómo? ¿Cómo te andas creyendo tú? ¿Quién te lo ha dicho? Porque yo no te dije nada…

—Usted fue —le grité aventándole un balazo en los pies.

—Ay, manito…

Pero en ese instante salió tras de ella su marido, la jaló y allí mismo comenzó a golpearla.

—Tú le has buscado mala vida a esta mujer y ahora me la vas a pagar oyéndola… Tú aclaras esto que has hablado. ¿Por qué le dijiste a Pedro que ella andaba con el pagador? ¿Tú les serviste de colchón? Si tú no los acompañaste no debes de hablar…

Y al mismo tiempo que le reclamaba la golpeaba.

Al oír el balazo tan cerca del carro salió el pagador, salió el mayor, el teniente coronel. Salieron todos y fueron a llamar al general. El general Espinosa y Córdoba le quitó la espada a mi marido y le dio cincuenta cintarazos.

—Para que sepas lo que duele.

Y le dio otros cincuenta al otro marido por consentidor. A ella le dio veinticinco para que se le quitara lo chismosa. Al pagador no lo conocí yo hasta ese día que lo vi, ni el pagador me conocía a mí. Salió de su carro porque oyó el pleito. El Trompudo les dijo a gritos a los dos:

—A ti te golpeo por andar creyéndote de los chismes que te vienen a contar y a ti por alcahuete, porque consientes que tu mujer ande de revoltosa.

La revoltosa era china, de pelo chino. Se llamaba Severiana. Su dizque marido la fue a sacar de un bule allá en Morelia. Mi marido también fue y se metió con otra nomás por un ratito, porque no podía traérsela. Pero a Severiana se le hizo muy fácil que Pedro me dejara para que ella pudiera acompañarse de la tal Jacinta —que así se llamaba la otra—, porque las dos viejas tales por cuales eran muy buenas amigas, muy morelianas las dos.

Según supe yo, mi marido tenía el defecto de que las enamoraba y ya que se divertía con ellas, entonces decía:

—¿Me quieren mucho? Pues síganme queriendo porque no soy solito, soy casado.

Pedro se volvió más bueno desde que lo balacié. Pero entonces yo fui la que me emperré. De por sí, yo desde chica fui mala, así nací, terrible, pero Pedro no me daba oportunidad. La bendita revolución me ayudó a desenvolverme. Cuando Pedro me colmó el plato ya me dije claramente: "Me defiendo o que me mate de una vez". Si yo no fuera mala me hubiera dejado de Pedro hasta que me matara. Pero hubo un momento en que seguro Dios me dijo: "Defiéndete". Porque Dios dice: "Ayúdate y yo te ayudaré". Y yo oí que me dijo: "Defiéndete, ya es suficiente con lo que has recibido. Ahora empieza tú a repartir". Y saqué la pistola. Después dije que no me dejaría y cumplí la palabra. Tan no me dejé, que aquí estoy. Pero ¡cuánto sufrí mientras me estuve dejando! Yo creo que en el mismo infierno ha de haber un lugar para todas las dejadas. ¡Puros tizones en el fundillo!

Él siguió de coqueto, ah, pues seguro, si era hombre; era hombre y andaba en la paseada. Siguió con las mujeres pero conmigo fue distinto porque me hice muy peleonera, muy perra. Y con los años me fue aumentando el instinto de dar antes de que me den. El que me tira un jijazo es porque ya recibió dos por adelantado. Así es de que Pedro y yo nos agarrábamos a golpes a cada rato y por parejo. Se acabó aquello de agacharse a que me llovieran cachetadas y cintarazos. Supe defenderme desde el día aquel en que me escondí la pistola en el blusón. Y le doy gracias a Dios.

10

Mi marido tenía una suerte de perro amarillo con las mujeres. Lo seguían mucho y cuando no les hacía caso, se valían de trasmano para ponerme en mal.

Cuando estuvo en el 77 Regimiento se metió con otra. Yo sabía que era su querida, pero no le dije nada, hasta que el marido le reclamó a Pedro que con qué derecho andaba con su mujer. Claro que Pedro, en punto borracho, se creyó muy valiente y le pegó al marido. El otro no pudo ni meter las manos porque Pedro le agarró ventaja. Cuando ya estaba sacándole todo el mole llegó la vigilancia y se llevó a Pedro, y como era militar y estaba exhibiéndose en la vía pública le dieron quince días de arresto. Y esta sinvergüenza, Angelita, hágame el favor, iba a verlo al separo. Acababa de entrar cuando llegué yo con la canasta de la comida. Se había recargado en la reja y él también recostado por el otro lado, los dos muy felices.

—¡Qué bien se ve este par de jijos de su mal dormir! ¡Lástima que el pájaro ande en otra jaula!

—No —dice Pedro—, si nomás vino a traerme un recado del coronel.

Y me la empezó a barajear.

—No, si ya conozco a esta tal por cual, nomás que el coronel no tiene tan malos gustos. Pero ahorita nos vamos a ver solitas en la calle...

Que doy la vuelta con todo y mi canasta y que me salgo. No le dejé la comida: "Que le traiga ella. Ya que le estafa la peseta, que tenga obligación de traerle comida y a ver si no se la da también con agua de coco". Me salí trinando. ¿Por qué chingados me manda pedir la comida Pedro si ya tenía quien le llevara? Me fui por una calle y ella, Angelita, agarró por otra. Cuando llegué a la esquina vi que daba vuelta y que corto para atajarla. Entonces la muy valiente echó la carrera. Me dio más coraje y la seguí aunque me llevaba mucha ventaja. Pensé: "¡A ver, que me explique esta jija de qué se trata!" Corrió y corrió y se metió en la primera puerta abierta que encontró. Yo me paré enfrente, taconeando. Salió la dueña y me preguntó:

—¿Qué busca en mi casa?

—¡A la mujer que se acaba de meter!

—¿A cuál?

De pronto volteó la dueña y la vio escondidita tras de un macetón.

—¡Sáquese! Yo no admito pleitos en mi casa.

Pero como me vio muy rabiosa, la dueña no quiso seguir alegando y se encerró en su cocina.

Entonces me paré en la esquina a esperar a Angelita, y como no salía me brinqué la cerca de piedra y en el corral de esa casa que me agarro con ella en el suelo. Como no llevaba con qué, saqué una horquilla grande que traía en el chongo y con esa le picotié toda la cara.

Ella estaba bañada en sangre, porque yo tengo mucha ventaja para peliar. Siempre pegaba con arma y Angelita no sabía que por lo regular cargaba navaja. Nos agarramos las dos, pero luego que la vio perdida, se me soltó y echó a correr por toda la calle hasta que se atrancó adentro de su casa. Su marido nomás le gritó:

—Ora sí, tal como te pones tú se ponen contigo. ¡Hoy mismo te me largas!

Esa pobre muchacha quedó muy picoteada porque después una de las mujeres de los soldados la vio en el cuartel y me dijo:

—¡Ay, si le dejaste la cara como coladera!

—Pues sí, cuajada de lunares de los horquillazos que le entraron. Y así se va a quedar para siempre, amén.

Angelita era una muchacha muy jovencita, blanca ella, bonita, pues sí, no era fea, lo que sea de cada quien, no era fea. Siempre que me peleaba con Pedro le decía:

—Siquiera cuando se meta a hacerme guaje, búsquese una cosa buena, que no sea igual a mí de india… Una cosa que costié…

A él le daba risa pero a mí me dolían los huesos del coraje.

Pedro se enteró de que yo le di a su querida pero no me dijo nada. Al contrario, a los quince días, cuando salió me compró unos aretes de piedritas finas. Yo luego caí en la cuenta que él no tenía la culpa; cumplía como hombre porque las mujeres lo perseguían a propósito. Yo veía cómo lo seguían, nalgueando, dale y dale, así es que, a lo legal, digo yo que las culpables eran ellas. En primer lugar, las que tenían su marido ¿qué le iban a buscar a él?

A ese pueblo llegó Pedro como a las seis de la tarde y yo llegué al otro día. Esa misma noche Angelita lo fue a buscar; conforme llegó y con sólo verlo, ella fue y se le metió. Por eso digo que como hombre no le quedaba más remedio que cumplirles. ¿Qué hacía Pedro si se le iban a ofrecer? ¿Decirles: "Vete, no te quiero?"

—Pues aunque no me quieras, ven arrímate.

¿Qué remedio? Tenía una suerte desmedida, de perro amarillo digo yo. Y ellas lo seguían como perras calientes.

Yo no sé que les pasaba a esas mujeres, algo tendrían que no llenaban con el marido, que iban con Pedro a que las acompletara. Y luego andaban con su violín: "¡Es el amor!" ¿Cuál amor? Puras habas. Esas mujeres son como las gatas en brama, que no saben que van a tener gatitos y andan allí arrastrándose con la cola de lado.

Una noche que estaba acostada en el cuartel oí que un cabo muy amigo de Pedro le platicaba a su mujer muy cerquita de mí. Creyeron que me había dormido:

—Viéndolo bien —dice el cabo—, el jefe no tiene la culpa. Ellas vienen expresamente a buscarlo y ni modo, les da su desaplaque.

En la mañana, cuando estábamos liando el petate, no le pregunté nada a la mujer del cabo: "¿Para qué prendo la mecha? Va a decir ella que los estuve oyendo, pues que digan lo que quieran…" Y ya no les hice caso.

Yo digo que Pedro no era bonito, que más bien tendría una piedra imán para que lo siguieran las mujeres porque no sé qué otra cosa distinta podía tener. Porque ésa es una suerte muy aparte. Su pelo era muy chino, muy quebrado; acá adelante se le hacía un rizo. Era chato y picado de viruela. Sus dos dientes de oro, no cabe duda que tenían chiste, pero guapo no era, según yo.

—Ándale, Pedrito, no nos vayas a hacer el feo, no nos vayas a desairar…

Él nomás se reía, hombre al fin:

—Tú brinda con nosotros… Ándale, Pedrito…

Como era muy volado, las viejas birriondas lo enredaban pronto…

Una vez hasta lo envenenaron. En realidad el veneno era para mí pero como mi sangre es negra y amarga y tengo las venas en cruz, no me hizo, pero a él, la primera copa que le dieron lo envenenó porque su sangre es dulce. Le dio como rabia y echó a correr por la calle y con el aire de la calle se le torció la cabeza para atrás. Esa mujer lo embrujó, lo volvió loco, le torció el pescuezo. El asistente Palemón y yo tuvimos que amarrarlo a la cama, y allí se quedó varios días hablando puras distancias, puras cosas que no convienen, hasta que lo llevamos con un curandero que le hiciera una limpia con yerbas. Cuando iba a media curación, voltea conmigo y me dice:

—Ya ganamos, señora.

Yo veía a mi marido igual, allí tirado como muerto, pero el curandero sudaba mucho; estaba arrodillado frente a Pedro escobetéandolo y reza y reza hasta que se le acabaron las oraciones. Luego lo envolvió y lo acostó. Hizo un tambache con todo lo que le quitó, con la mugre que le sacó. Se fue y no vino sino hasta otro día a las seis de la tarde con otro tambache de yerbas traídas del monte para volverlo a limpiar. Y cuando acabó me dice enseñándome una botella con agua amarilla:

—Mire lo que traigo aquí. ¿No le ve usted algo?

—Pues es un monito...

—Pues él es.

Era Pedro; el retrato de mi marido hecho de cera metido en la botella. El curandero fue a desenterrarlo. Me preguntó:

—¿Y qué quiere usted que haga con él?

—Yo no sé.

—Mire, señora, si lo tiro, se muere, si lo quemo, se muere, si lo entierro también se muere, así que usted dice...

—No, yo no sé, yo no sé. Haga usted lo que Dios le dé a entender.

—Mire, señora, lo voy a echar a un hormiguero, porque de allí no lo pueden sacar.

Se llevó la botella con el monito de mi marido y las yerbas del monte y ya cuando vino la tercera curación mi marido estaba en su entero conocimiento. El curandero le dijo:

—Ahora que está en su juicio, le aviso que todos sus males vinieron por andar tomando la copa que le ofrece sabe Dios quién y sabe Dios dónde. Se lo advierto. Su sangre es muy dulce, no tiene defensa contra los maleficios. Yo me pongo a sus órdenes pero creo que con otro daño como éste usted se va a donde Dios lo trajo o se pasa toda la vida de menso, nomás causando lástimas a la gente.

Después de su accidente mi marido hasta me llevaba a la calle y un día cuando íbamos al mandado oí que le dijo al asistente Palemón:

—Aquí viene esta tal por cual...

Entonces yo voltié y la vi. Pedro le volvió a decir otra vez a Palemón:

—Aquí anda esta tal por cual, pero te dejo la consigna de que la embarques de vuelta en el tren que viene de Ciudad Juárez por la buena o por la mala. Y tanto mejor si la echas en una jaula de puercos.

—Ya te vine a ver —le dice ella muy contenta, como si yo estuviera pintada en la pared.

—No tienes a qué venir —contestó mi marido y luego le repitió al asistente—: Móntala en el tren. Si la encuentro aquí cuando regrese, ya sabes que la agarro a balazos… y no será raro que a ti también te toque alguno.

—Pero ¿por qué? —dice ella muy inocente—, si te vengo a seguir, si ando tras de ti entre los peligros.

—No tienes por qué buscarme, ya sabes que soy casado y ésa que está allí parada es mi esposa. Ya la ves tan pingüica, si no te quitas, te va a dar una santa entrada de chingadazos.

Y yo nomás oyendo, porque no había llegado mi hora.

—Ándale, vámonos —me dice él—, no te quedes como el que pelaron vivo.

Y allí la dejó él con el asistente. Todavía alcancé a oír que Palemón le decía a la mujer:

—Si no quiere que la balaciée regrésese en el tren…

El asistente la subió con mucha delicadeza y fue la última vez que la vi. Nomás se oyeron los culatazos. Era una señora grande, caderona y nada bonita, de una casa mala en Morelia. Pero para todo hay gustos. Él la conoció para divertirse un rato pero se le pegó como chinche hocicona. Así es que esta mujer, la Jacinta, debía estar perdida por Pedro más de lo que ya estaba perdida en el burdel. Bueno, eso creo yo. Pobre, pero ¿a poco nomás él era hombre? Había muchos. Y ella se lo sabía por propia experiencia. Que no se hiciera, ¿a poco nomás él estaba en el mundo? Y además, tenía dueña, ¿pues cómo? Hay que buscarse un solito que no tenga grito. Para gritar nomás uno. No es negocio ése de querer a un hombre con dueño.

Yo no tenía celos de mi marido. ¿Qué le celaba si no me interesó nunca su vida? Nomás que me daba coraje que la gente hablara. Le tenía que reclamar, porque no soy de palo. Que le di sus trancazos al final, sí se los di porque me tenían harta las queridas y no quería yo ser su guajolota. ¿Qué andaban buscando si Pedro tenía quién? ¿Qué buscan las cabronas?

¿Y los hombres qué andan metiéndose por donde no? Hablando feamente, lo mismo que tiene una tiene otra. Todas tenemos el tafiruche igual. No es de mi conformidad que anden así de sinvergüenzas con una y con otra. Menos mal él tenía medio de darles una peseta a cada una, porque lo que sea de cada quien, la que se revolcaba con él no se revolcaba de balde; las vestía, las calzaba, les daba de comer y no les hacía falta nada. Mi marido no andaba con que se lo fueran a dar de oquis, aunque se lo ofrecieran. Tuvo una docena o sabe Dios cuántas más. Que una se la pesqué, la Angelita, pues sí, se la pesqué y le di para que entendiera. Pero fue una nomás y Pedro tenía un chinguero de coscolinas.

Pedro no se casó conmigo porque yo le gustara, sino porque se picó: "Ésta no se me va". Porque a él, mujeres le sobraban. ¿Qué necesidad tenía de mí? Cuando lo conocí, lo atendían por allá en cada casa, le lavaban y le planchaban, se desayunaba con una y allí le daban ropa limpia; la ropa que se había puesto conmigo la dejaba en la casa donde iba a cenar. Iba a dormir a otra casa, a otra y a otra. Dondequiera tenía comal y metate. Yo lo veía allá cada y cuando. Se acostaba allí donde yo estaba y ya. Nunca anduvo con esas adulaciones de que mi vidita yo te quiero, que mi vidita yo me muero. ¡Ay, esos disparates que les dicen ahora! Tampoco me besó. No estoy acostumbrada a los besuqueos pues sólo Judas besó a Jesucristo, y ya ve lo que resultó. ¡Qué figuretas son ésas! ¡Que hagan lo que tanto les urge pero que no lo adornen!

Pedro tenía cuerpo de hombre, era muy enérgico, muy maldito. Yo lo único que digo es que le costó trabajo porque no podía hacerse de mí. Otras se le iban a los brazos pero conmigo no hubo ofrecida. No me le fui a ofrecer nunca. No nos hablábamos. Por eso no reconozco cuál es el amor, nunca tuve amor ni sentí nada, ni Pedro tampoco. A él lo que le interesó era infelizarme y ya. Vivía yo feliz cuando no venía. Nomás le veía las botas cuando entraba en las mañanas y le preguntaba:

—¿Le sirvo de desayunar?

Si venía de buenas me decía que sí, si venía de malas, decía:

—No te pido.

—Pues no me pida.

Agarraba yo la olla o la cazuela o lo que fuera y allá va para media calle.

—Ya me pedirá y no hay.

Aventaba el alimento con todo y traste. Con eso me vengaba yo, con tirar la comida. Pedro se daba la media vuelta. Pero yo sí me quedaba sin comer porque hacía el alimento y tal como lo hacía, allí se quedaba. Yo no fui de las que dicen. "Ya está la comida, voy a comer. ¿Qué me importa si él come o no come?" Ni la probaba siquiera. Y que dijera yo: "Me estoy cayendo de hambre", no. Yo era fuerte, de por sí soy fuerte. Ya mi naturaleza es así. El cuerpo está acostumbrado a la necesidad de la vida. Me aguantaba. El coraje, eso me sostenía. Toda mi vida he sido mal geniuda, corajuda. Si no comía, pensaba: "Bueno, pues al cabo yo no tengo hambre". Y con las fuerzas que hacía se me quitaba el hambre. Dos perros que andaban en la calle eran los que aprovechaban lo que yo había guisado.

Eso sí, entre medio de sus pobrezas, Pedro me tenía todo. Como a él no le gustaba que yo volteara a ver a nadie, nunca anduvo con que: "Ve a ver a la amiguita Fulana a ver si te presta chiles y tomates". No, hombre. Mi marido no era de ésos. Allí me tenía chiles y tomates, ajos, cebollas, harina, café, azúcar, arroz, piloncillo, todo lo que se necesita. Y me lo tenía por bultos completos. Además de la

Muñeca llevaba yo a campaña un caballo con todas las cosas que hacen falta. Cuando salíamos a guerrear el asistente Palemón, o el otro, Zeferino, me traían agua y allí mismo tenía yo que hacer tortillas, cocer arroz o frijoles, lo que hubiera. Nosotros cargábamos tienda de campaña. Pedro mandaba a los dos asistentes a que escarbaran en el suelo; se clavaban unas estacas, dos grandes y cuatro chicas para que la tienda quedara pegada al suelo y no nos mojáramos. Cada quien hacía su casa. El que era solo, se dormía en su propia tienda con dos o tres soldados. Los que tenían mujer, nada más con su mujer y sus hijos. Había muchas criaturas de cinco, seis, siete años que se quedaban con la mamá en la impedimenta. Casi no iban mujeres en campaña; a mí me llevaba Pedro sin orden del general Espinosa y Córdoba; por eso me vestía de hombre para que se hicieran de la vista gorda. Me tapaba la cabeza con el paliacate y el sombrero. Por lo regular, unas iban como yo, porque sus maridos las obligaban, otras porque le hacían al hombre, pero la mayoría de las mujeres se quedaban atrás con la impedimenta. Doy razón de varias partes porque si me hubiera quedado en la estación allí no veo nada ni oigo nada. Es bonito. La verdad, es bonito porque siquiera no es cuento. Uno vio. Después le agarré el modo y me gustaba ir a peliar, pero me duró poco el gusto.

Yo siempre usé pistola al cincho; pistola y rifle porque la caballería lleva el rifle a un costado del caballo. A lo que me dedicaba era a cargarle el máuser a Pedro, el mío y el suyo; mientras él descargaba el que tenía en las manos, yo estaba cargando el otro cuando ya él me pasaba el vacío. Íbamos corriendo y la Muñeca iba al paso del otro caballo, pegadita, pegadita. Ya sabía el condenado animal. ¡Bien que sabía guerrear! Cargaba yo los máusers con balas grandes que traía uno en las carrilleras; vienen las paradas de cinco cartuchos y ésas se meten en el máuser. Nunca tuve miedo. No sé si maté alguno, si estuvo cerca sí, si no, pues no tenía por qué hacer fuego. Para mí no existe el miedo. ¿Miedo a qué? Solamente a Dios. Es el único que nos tiene que hacer polvo. Pero al mundo, pues ¿cuál miedo? Si ya le toca a uno, ya le tocó. Da lo mismo. Así son estas cosas.

En los combates no se ven más que puros monitos que andan guerreando. No se ven grandes, se ve que vienen de allá para acá, unos que vienen, otros que van, y a cada bultito prepara uno su arma para hacerle blanco y si no tiene tino, le pasan las balas chiflando por las orejas o por arriba de la cabeza, pero si sí, pues se cae el monito y allí se queda donde cayó. Pedro sí tenía tino. También llevaba otra cartuchera de refuerzo sobre la cabeza de la silla. Yo a las balas ni siquiera las oía. Nomás veía la pura humareda y ni tiempo tenía yo de refregarme los ojos. ¡Nunca le vi la cara al muerto! ¿Quién se iba a bajar a ver a los muertos? Vivos y muertos allí se quedaban. Nosotros debíamos perseguir a los que iban adelante. Por lo regular, ni los familiares se enteraban del muerto. Los zopilotes eran su camposanto. Al fin y al cabo no eran más que bultos.

También guerreábamos de noche. Tirábamos las balas asegún donde salieran los vislumbres, de allá para acá, asegún los fogonazos, lo mismo que los otros, asegún la dirección de los vislumbres del campo enemigo. Pero lo más duro era no saber por dónde venía el enemigo, en dónde andaba.

—Allí viene por el desfiladero.

Y no era cierto. Y otra vez:

—Los avistaron por el lomerío.

Y nada. Nomás lo tenían a uno los centinelas a salto de mata con sus falsas alarmas. A veces, por la cerrazón de la niebla no nos veíamos ni la cara, mucho menos íbamos a poder otear al del campo contrario. Había que sufrir las inclemencias del tiempo y muchas veces caminamos a tientas y a tientas nos acostamos, sin saber ni dónde. Una vez, una sobrevenida de aguas nos hizo regresar hasta la estación donde había quedado la impedimenta. Veníamos todos enlodados, con el equipo pudriéndose, a rastras. Además nos llovió sobre mojado porque tuvimos muchas bajas. Abandonamos las trincheras, hasta que el general Espinosa y Córdoba nos ordenó bien muino que volviéramos a nuestros puestos. Pero cuando vio que no amainaba el agua dio la contraorden y allá fuimos a guarecernos… Al día siguiente, en la estación yo nomás veía nuestra ropita que las mujeres habían tendido sobre unos cables para que se oreara. Y como todos en el cuartel eran amigos de lo ajeno, supe por adelantado: "Estas camisas y estos pantalones, aunque estén hechos trizas, yo no los vuelvo a ver…"

Allá en el norte subía la nieve hasta un metro. De tanto llueve y llueve y llueve nieve, se levantaba así de alta. Se morían las máquinas del ferrocarril. Ya no caminaban. Desde la puerta del tren veía yo esas buenas nevadas que caen entre Ciudad Juárez y Villa González y la nieve que bajaba de la sierra por San Antonio Arenales y a mí me caía mucha admiración y me iba de vaga a meter a lo blanco. Me gustaban las plumitas blancas que iban cayendo, me tapaba con mi chal, y allá voy entre la nieve, pues estaba chiquilla, tenía quince años y todo lo tomaba a juego. Ahora que me saliera yo para afuera a la hora que comenzara a nevar, cualquier día, pero en esa época no sentía el frío. Como nunca había visto nieve me encantaba y me enterraba las piernas entre lo blanco y toda la mañana andaba revolcándome. La sentía calientita hasta que me calaba el frío, yo creo que de tantas horas, me subía al furgón y ponía los pies en la lumbre para que se me desentumieran. Como a las tres o cuatro veces me resultó la tullidera. Se me acalambraron los pies y me quedaron así engarruñados. Y en la noche pues era un dolor insoportable que no dejaba dormir, porque a la hora que me quería estirar no podía moverme. Y a esas horas, a pesar de que era terrible, el pobre de mi marido le decía a Palemón:

—Anda sácame un poco de chapopote de las chumaceras… Anda traime un puño de estopa…

Y ya venía el asistente y Pedro me untaba el chapopote con la estopa del tren. Todas las noches me sobó las piernas y luego me las envolvía con mucho cuidado. Yo no me podía enderezar, también las manos las tenía engarruñadas. Ya con el chapopote y las friegas se me aminoraron las dolencias hasta que pude volver a andar.

11

Esa época era bonita pero terrible la sierra de San Antonio Arenales con sus despeñaderos, sus barrancos y su piedra suelta. En la noche nomás oíamos el rodar de la grava y a mí se me afiguraba que la montaña se nos venía encima. Acampamos al pie de un cerro en una llanada inmensa, pelona, lacia, sin un árbol. No sé si el pueblo estaría lejos o cerca pero los campesinos de por allí venían en burro a vender las provisiones. Les pagábamos con unos billetes colorados como ésos de a peso que hay ahora. Ese dinero lo hacía aquí en el Defe el Supremo Gobierno. Los villistas traían unos papeles blancos de papel de china delgaditos como telarañas. ¿Quién hacía las sábanas de Villa que no valían nada y que ellos encajaban a fuerzas? No lo sé, pero cada quien traía su papel; unos cartoncitos color naranja eran los de a veinte centavos, los de a diez eran azules y los de a cinco eran rojos. Puros bilimbiques. Ése era el cambio que le daban a uno por un peso. Había mucho oro y mucha plata pero bien enterrados porque durante la revolución cada quien escondió su dinero. Ya nadie sabe en dónde, y en los pueblos menos, porque los campesinos también enterraron sus semillas. Hacían unos agujeros grandes y allí metían su frijol, su maíz, su arroz con tal de no venderlo porque al rato ya el papel no valía nada. Los soldados del gobierno ganaban un peso cincuenta centavos diarios, pero mi marido nunca me entregó su sueldo como lo hacía mi papá. Hasta que llegué a la Ciudad de México vine a conocer las onzas de oro, unas monedotas así de a cuarenta pesos de oro macizo. Bonitas, sí. Los pesos de plata también eran grandes, contantes y sonantes. Pero en San Antonio Arenales todo lo pagábamos con papeles colorados.

—"¡Nos vamos a quedar aquí un tiempo! —les avisó el general Juan Espinosa y Córdoba a sus oficiales—. No he recibido órdenes del Supremo Gobierno."

—'Ta bueno.

—Así es de que váyanse acomodando como mejor les convenga…

Los oficiales se le acercaban cada cuatro o cinco días, cuando lo veían salir de su casa donde estaba con su güerita:

—¿Qué noticias hay? —le preguntaban.

—Pues nada. ¡Vaya fríito que está haciendo! ¿Qué, han juntado suficiente leña?

—Pues no, mi general, nomás la suya…

—Pues no sean güegüenches, no sean güegüenches… ¡Junten, junten para ustedes!

—Pues ¿cuánto nos vamos a quedar?

—¿Qué no oyeron que no hay noticias…? (Y se volvía a meter a su tienda, frotándose las manos y levantándose el cuello de la chaqueta, muy quitado de la pena.)

Entre las peñas de la sierra de San Antonio, la soldada se puso a juntar leña para hacer lumbre y Pedro andaba también con ellos buscando palos para hacernos la casa, cuando en una de esas, en un recodo, se encontraron una coyotita. Este animalito vio gente y tan confiado se encaminó hacia ellos y lo cargaron.

—¡Ay —dijo mi marido—, qué bonito perrito!

Lo comencé a criar con atole de harina que le daba con un trapito y el animal se engrió mucho conmigo. Dormía en mis piernas y no dejaba que se me acercara nadie. La quise mucho a esa coyotita. Estaba lanudita, lanudita buena pa'l frío. En las noches junto al fogón mi marido se sentaba a leer. Me leía dos capítulos de la novela de *Nostradamus*. Luego la *Catalina de Médicis*, *Las mil y una noches*, *El gran prevoste* y *Luisa de Motmorense*. También me leyó otra de *La hija del cardenal*. Es muy interesante ésa que trata de la hija del cardenal y de una reina. Él era confesor de la reina y en una de tantas veces de estarla yendo a confesar se enamoró de ella, pero no podía maniobrar porque estaba el rey allí. Cuando salió el rey a una guerra, la reina se enfermó de una niña del confesor. Pero a la niña la crió una nodriza en una quinta donde la escondió el cardenal. Esa novela me la aprendí toda de memoria. Mi marido sabía leer muy bonito, explicaba todo muy bien. Uno le tomaba sentido. Luego me preguntaba:

—Habla, ¿qué entendiste?

—Pues entendí esto y esto… Pero la reina ya ni la amuela…

Y es que yo no sabía entonces que también las reinas le hacen al desfiguro.

—¡Oh, contigo no se puede hablar! No, no es así, no te fijaste bien.

Y me leía otra vez más despacio.

—¿Y ora? ¿Entendiste o no entendiste? A ver, habla, ¿qué entendiste?

—Orita le digo, péreme… —ya le decía lo que alcanzaba a entender.

—No, pues no, ya te dije que el cardenal es un aprovechado. Debería de haberse agarrado con el rey de hombre a hombre.

Ya volvía él a leer y le inteligenteaba yo mucho muy bien, aunque le dijera disparates que se me venían a la cabeza, y es que él nunca me enseñó a platicar y de repente le dio por hacerme preguntas. Él se ponía a leer, bueno, pues que leyera. Luego me preguntaba, pues seguro se aburría de estar hable y hable solo como loco, hable y hable fuerte, y yo allí, amoscada, nomás mirándolo, esperando a que me pidiera su café. Decía yo: "Bueno, pues que siga hablando". Pero lo que sea de cada quien sí leía bonito, o yo le entendía o sabe Dios, pero hay cosas que se me grabaron y que nunca se me van a olvidar. Además, Pedro leía hasta seis veces el mismo capítulo. ¡Se imagina si no se me iba a quedar algo, si todos los días era la misma canción! Cuando nos quedábamos en un pueblo, en un rancho, en la sierra, en donde le tocara a uno, Pedro leía, pero si andaba en una comisión, estaba nomás cuidando a que viniera la balacera y ni se acordaba del libro. Así es de que él tenía sus ideas o sus manías, seguro ganas de estar hablando, alegando; yo no entiendo cómo le hacía, pero él era muy distinto, un animal raro, una cosa así como muy solita, aunque durante el día se le fuera el tiempo guaseando con la soldada, y ya en las ciudades volviera a las andadas. Llevaba varios libros, los empacaba el asistente Zeferino en un cajón y en la sierra de San Antonio Arenales Pedro los sacó y se ponía a leer todas las noches. ¡Quién sabe quién le enseñó a leer! ¡Quién sabe! No sé. Si se lo pregunto, que nunca se lo hubiera preguntado, seguro que me contesta:

—No me acuerdo.

Así era. Vaya usted a saber por qué. Cuando leía le brillaba mucha candela en los ojos. Se iba la luz, ya estaba lobregueciendo, y él seguía hasta quedar turulato, hasta la anochecida. Entonces con harto cuidado cerraba el libro y se tiraba a dormir, sin pedirme que le calentara la cena.

Una mañana el coronel vino a buscar a mi marido para que diera orden de que tocaran reunión, pues había noticias, y como Pedro andaba en el monte y en ese momento no había ningún corneta, fui yo y agarré el clarín y lo tuve que tocar. La coyota me siguió y al coronel se le hizo fácil tomarme del brazo y entonces la coyota se le echó encima y lo mordió. Él sacó la pistola y le dio un balazo al pobre animal. A mí me entró mucho coraje.

—¿Por qué lo mató? El animal lo que estaba haciendo era cuidarme a mí…

—Sí —me dice—, pero es muy bravo… ¿Qué no ves cómo me mordió?

—El animal me defendió. No tuvo la culpa. Usted me agarró. ¿Cómo iba a saber el animal si usted lo hacía por la buena o por la mala?

A la pistola todavía le salía humo. Yo sentí más feo.

—Aquí no hay ni quien se tiente el alma… Ustedes ya lo sabían todos… Ya sabían que no se me pueden arrimar. Viene usted y me toca y claro que el animal tuvo que enfurecerse. Así es que yo quiero a mi animal vivo… ¿Por qué le pegó el balazo?

—¿Por qué me mordió?

—Porque usted tuvo la culpa… Me hubiera hablado, pero viene y me agarra y el animal quiso defenderme. Así es de que el culpable es usted, no la coyota.

—Bueno, te doy cien pesos por tu animal.

—Yo no necesito el dinero, lo que necesito es la coyota. A ver, resucítemela…

—No seas ignorante, ¿cómo quieres que te resucite al animal? Yo no soy Dios.

—Pues así como le quitó usted la vida tiene que dársela otra vez…

Ya no me hizo caso, sino que agarró y se fue. Cuando se reunieron todos los soldados y les dieron la orden de salir para el Rancho del Guajolote, mi marido me dice:

—¿Qué pasó?

—El coronel mató a la coyota…

Ya después la soñaba. La extrañé mucho. Me hacía falta. Le dije a Pedro:

—Yo no vuelvo a cuidar animales. ¿Para qué? ¿Para que me los maten? No…

—Esa coyota era peor que un perro, vale, era muy brava; te la mató pero te la quiso pagar…

—Sí, pero yo no quería el dinero, yo lo que quería era mi animal.

Al poco tiempo crié un par de marranitos que le regalaron a Pedro y los llevaba en la bolsa del chaquetín; un marrano de cada lado, y una puerca junto con un perro que también le dieron; y todos eran iguales de bravos, pero a mí me hacía falta la coyota y ya no les cobré voluntad. También a ellos los crié con atole y con un trapito. Así crecieron los cuatro; la puerca también era muy brava, no se me podían acercar porque se les iba a mordidas.

La única que trajo perro en la corporación fui yo. Ese perro se lo regalaron a mi marido y era tan blanco que le puse el Jazmín. Cuando nos tocaba subirnos al carro, me cargaba a mi perro y él se me abrazaba con sus dos manitas. A la puerca la metíamos Palemón y yo en un cajón arriba del tren y le hacíamos un techado con palos para que no se asoleara. El Jazmín se echaba conmigo. Era chaparro y gordo, parecía palomo. Por la mañana tomaba leche con gordas de harina, a mediodía caldo con huesos y en la noche no comía nada. Me acompañaba mucho.

A la coyota me la mataron, después se murió el Jazmín y cuando sentí que la puerca se iba a morir también, le avisé a mi marido:

—Ora sí, a ver dónde la deja, a ver qué le hace porque yo ya no quiero tenerla —se lo avisé desde endenantes—. A ver a quién se la vende porque ya no cargo con ningún animal…

Se la vendió a un comerciante que venía de Piedras Negras. Y no volví a tener animales. Y a poquito mataron a Pedro. ¿Para qué quería yo más animales?

Anduvimos para arriba y para abajo, y por allí en ese lugar que se llama Rancho del Guajolote, cerca de donde era la tierra del general Saturnino Cedillo, nos estuvimos un tiempo más largo. Cada quien jaló para donde pudo y mi marido se metió a matancero. El general Espinosa y Córdoba, allí refundido con su güerita, ni nos hacía caso. Mientras no llegaran órdenes del Supremo Gobierno, él era muy libre de hacer lo que se le diera la gana.

Pedro mataba puercos y freía chicharrón. Luego lo rodeaban allí en el cazo los muchachos del pueblo y él los convidaba:

—Ándiles, ándiles, no sean güegüenches, coman chicharrón, agarren de lo que hay…

A mí me entregaban dos cuartillas de tortillas y toda la gente que quería echar taco con él, iba a rodear el cazo de los chicharrones. A medida que los freía los iba regalando con todo y tortillas.

—Oye, vale —me decía—, que no vayan a faltar tortillas, manda hacer hartas para que se arrimen los muchachos y tengan qué comer.

Pedro era buena gente con los demás; cada vez que mataba un puerco los llamaba a que lo ayudaran; unos ponían el bote de agua a calentar, otros traían leña y prendían la lumbre. Cuando se iban les daba a cada quien su pedazo de carne… Siempre fue así de dispendioso. A la hora de que yo le llevaba de comer al cuartel tenía que traer suficiente de todo porque a los que estaban junto a él les decía:

—Ándenle, vengan a comer con manteca.

Ya era su costumbre. Era muy dadivoso.

Como en ese lugar no había agua, un chiquillo de unos doce años iba a acarrearla a un cerro muy lejos para venderla a la tropa y a la gente del pueblo. De eso se mantenía porque su mamá y sus hermanos eran muy pobres. Todo lo que sobraba en el fondo del cazo yo se los daba a ellos y la señora les hacía gorditas con asientos y alzaba los chicharroncitos en una olla y se los iba repartiendo a sus hijos durante el resto de la semana, a que les duraran.

Esa familia tenía algo de semilla y Pedro les facilitaba la carne a cambio de la semilla, pero luego vio que eran de a tiro pobres y mejor les regaló la carne.

A él le gustaba platicar con el chiquillo Refugio Galván y alguna vez hasta lo acompañó al cerro por el agua. Iban hasta donde nacía el arroyo y quién sabe qué tanto le contaba Pedro, de cómo eran los cañones, pero los cañones de verdad, de las ametralladoras, de las balas, de que nadie iba a ganar nunca…

—¿Por qué no van a ganar ustedes?

—Porque no.

—Pero ¿por qué no?

—Porque esto ya tiene mucho tiempo y va pa' largo. Es cuento de nunca acabar.

El niño nomás preguntaba. Aunque estaba tembeleque, yo creo que del hambre era un niño muy curioso; todo lo comprendía y quería saber. Flaquito pero bien que aguantaba ida y vuelta, ida y vuelta una y otra vez, sus botes de agua aunque se doblara todo bajo el peso. Y luego corría a alcanzar a Pedro:

—¡Capitán, capitán, ya vine…!

Una tarde llegó la mamá de Refugio Galván a convidar a mi marido, para que fuera a darle la bendición de padrino al niño, pero como no me supo explicar o yo no le entendí, creí que iban a confirmar al muchachito.

—No —dice— quiero que me lo entregue porque está muy grave.

Resulta que su hijo ya estaba agonizando. Pedro se había ido a Ciudad del Maíz y entonces la mujer me buscó a mí.

Hace muchos años se usaba que los padrinos de bautizo fueran a bendecir al ahijado que estaba de gravedad, y si era la voluntad de Dios se aliviaba, y si no, se moría. Como los padrinos de este niño no parecieron, me rogaron a mí que fuera. Pedí un traste con agua, una cera, unos granitos de sal y un algodón. Le di la bendición con el agua, le puse los granitos de sal en la lengua y le pregunté si se iba.

Entonces el muchachito Refugio hizo la señal de que sí se iba.

Le pregunté:

—¿Qué, no esperas al capitán?

Movió la cabeza. No era ya tiempo de esperarlo. Le dije a la mamá:

—Bueno, pues así le entrego a su hijo.

Y al ponerlo en sus brazos se murió el chiquillo. Lo dejé muerto y me salí.

En mi casa me quedé pensando: "Pues ya se murió la criatura… Ahora, a ver qué dice Pedro de que lo fui a despedir sin su consentimiento".

Un cabo que me acompañó a ver al muchachito Refugio me dice:

—Señora, le vamos a avisar al jefe para que traiga todo lo del velorio.

—Pues haga usted lo que quiera porque yo no sé nada de eso.

El cabo le mandó decir a Ciudad del Maíz y le encargó que comprara la ropa de San José, los cuetes, el aguardiente, el piloncillo, todo lo más indispensable para el velorio. En un papel le puso: "El padrino es usted porque fue la señora Chucha la que le dio la bendición de despedida al niño".

Cuando llegó mi marido me entregó la tela para que le hiciera yo el traje de San José al angelito y se fue a verlo. De allí salió a la tienda a comprar azúcar, café, piloncillo, panelas, maíz para moler, más cuetes porque comprendió que los que él había traído de Ciudad del Maíz no alcanzaban para toda la gente que vio allí. Me puse a coser el vestido y cuando me fueron a preguntar que si ya estaba, ya llevaban una canastita redonda para que allí acomodara la corona, los guaraches, el vestido verde con sus estrellas pegadas y la capa amarilla. Entonces vinieron muchos niños y niñas y formaron valla, por un lado los niños, por el otro las niñas, desde la puerta donde yo vivía hasta la puerta de la casa de Refugito. Cuando llegué, me recibieron con música y cuetes. Le empecé a poner la ropa. Mi marido le calzó los guarachitos, y luego que ya le amarré su capa de San José, le pinté sus chapitas con papel colorado. Cuando estuvo listo, Pedro lo coronó y se quitó una mascada que traía en el pescuezo y le tapó la cara para que no se la comieran los gusanos, porque con la seda no se agusanan los muertos. La respetan, porque es cosa de ellos.

En el velorio se la pasaron hablando de Refugio, recitando su nombre como letanía, que Dios sabe por qué hace las cosas, que la misericordia divina, que todo está escrito, que se libró a tiempo de las acechanzas del demonio, que iba a gozar del eterno reposo, que tan joven, que tan bueno, tan trabajador, tan cumplido muchachito. Pidieron por las almas del Purgatorio, acuérdate Señor del alma de tu siervo Refugio Galván que acabas de recoger en tu seno y rezaron quién sabe cuántos misterios gozosos.

—Pues ¿qué le pasó a Refugito?

—Se subió a un palo y se cayó y le resultó como pulmonía del golpe que llevó.

—Pero ¿por qué se subió al palo?

—Pues por los chicharrones.

Yo nomás paré la oreja porque la mamá andaba platicando de cómo se había enfermado Refugio.

—Le di la cazuela de los chicharrones y luego lo rodearon los chiquillos: "¡Ay, dame, dame, dame, no seas malo!" Se les afiguró que era mucho chicharrón para uno solo. Refugio corrió con su cazuela a empericarse a un palo y lo encontré tirado, sin chicharrones porque todos se los habían robado… Duró quince días malo. No se le quebró nada pero tuvo mucha calentura…

—¿Y qué le hizo usted?

—Pues esperar, ¿qué le hacía yo…? Esperar a lo que Dios diga…

Mientras oía me puse a pensar que si me avisan Refugio no se muere porque yo le hubiera hervido un cocimiento para que se le desbaratara el coágulo de sangre y se habría compuesto. La hoja de aguacate con otate y la espiga de maíz son muy buenas para los golpes y disuelven los cuajarones de sangre que uno tiene atorados. Es como si tomaran la árnica. Duele a la hora en que se desbaratan pero luego se alivia uno. Ya bajo la tierra ¿quién lo iba a resucitar? Tenía doce años cuando murió. Era de a tiro maje esa señora, mensa como ella sola. Me senté junto a ella, nomás le vi la cara de pambazo, de dejada, y me dio más coraje. Le dije:

—Ay, señora, pues usted tuvo la culpa de que él se muriera porque no le hizo ninguna lucha. Se le cuajó el tumor adentro y luego con la fiebre tan fuerte, pues no podía durar.

—Pues ya era la voluntad de Dios…

Dios mediante, yo la hubiera mandado mucho con Dios pero allí estaba ella con los brazos cruzados, aplastada en su silla.

Toda la noche tronaron los cuetes y sonó la música. Los hombres se acabaron los dos garrafones de aguardiente.

—¿Le sirvo otra?

—Sí, para Refugito.

—Salucita.

—Salucita.

Luego llegaba otro y le preguntaba a la mamá:

—¿De qué murió el difunteado?

Yo hubiera contestado: "Váyase mucho al carajo", pero ella nomás se limpiaba las pestañas y volvía a contar.

Al otro día lo llevamos con música al camposanto. Cargaron la caja entre cuatro pero se iban relevando por todo el camino, porque estaban débiles con la desvelada y por la borrachera. Cuando lo sepultaron, le echaron otra vez muchos cuetes para acabar con todo el cueterío que llevaban. El entierro no fue triste porque nosotros venimos a la tierra prestados, no es verdad que venimos a vivir sobre ella. Estamos solamente de paso y muchos niños cumplen con nacer, pero como no tienen permiso de durar, se retachan en seguida. Duran horas o días o meses. Uno aquí sobre la tierra dice: "Ah, pues murió de esto, murió de esto otro". Es que está la fecha anotada, y a la hora en que Dios dice "Ya", lo levanta de la tierra. Por eso la gente de los pueblos comprende más y se conforma. Lo devuelven como debe ser. No se agarran llorando ni diciendo: "Dios mío, ¿por qué me lo quitaste…?" "Jesucristo, ¡qué injusticia!", porque la mayoría de las personas dice: "¡Ay, Dios fue muy malo conmigo porque me quitó a mi hijo!" No, no fue injusto. Es que vienen mandados para que los tengan sobre la tierra hasta cierta edad. Que uno forzosamente tiene que cuidarlos y curarlos, que uno tiene que contribuir con su obligación, sí, pero si se les hace la lucha a las criaturas y no sienten ningún consuelo, significa que Dios no quiere dejarlos y entonces tienen que estar conformes y entregarlos.

Por eso sepultan al difunto con cuetes y música y están contentos. Si van llorando, le quitan la gloria. No lo recibe Dios con gusto porque así como lo mandó a la Tierra, así deben devolverlo. Si los padres materiales de la tierra no quieren soltarlo y se agarran dando de gritos y reclamándole a Dios, le causan un perjuicio al que acaba de morir; un perjuicio que puede costarle la vida eterna.

Cuando nos venimos del camposanto, Pedro agarró la borrachera una semana. No se ocupó en atender la tropa que mandaba ni se ocupó de él mismo. Le dolería o no le dolería, pero él se perdió. Duró ocho días tomado. Allí mismo, en el lugar donde estábamos, empezó con el aguardiente y no se quedó en la casa, sino que andaba de borracho por las calles del pueblo, de viejo tientamuros, hablando solo cuando no tarareaba quien sabe qué, que nadie le entendía. No se fijaba en nada, más que en tomar. Hasta se le olvidó lo que le dijo el curandero. Se compuso a la semana. Ya no tenía dinero y estaba endrogado. Salió a tratar de que le dieran un par de puercos a crédito y los mató, y de la carne sacó los centavos. Entonces ya volvió a levantarse. Pero duró muchos días desconocido.

En la noche de luna en que Pedro no estaba porque había ido a conseguir los puercos, vi al nagual. Era una sombra de cristiano que caminaba para mi puerta. Como allí es un lugar caliente, a un lado de Ciudad del Maíz, entre Río Verde y San Luis Potosí, las casas están hechas de varitas y por las hendiduras entra el aire. Pedro cercó la casa y entre los palos entreveró las ramas de mezquite, de huizache, con las espinas hacia arriba, y la puerta de la casa también era de palos y de ramas de espina. Por el enrejado ése vi la sombra que caminaba hacia mi cuarto. Junto a ese cuarto había un patiecito con una enramadita que Pedro hizo —un techo de palma— para que los puercos matados no se asolearan y se tronara la carne. Y esa noche había tan bonita luna que por las hendiduras vi muy bien que andaban nagualeando. Entonces grité con todas mis fuerzas:

—¿Qué quiere? ¿Qué quiere? Si da un paso para adentro me lo trueno…

Entonces él se agazapó y como un perro se fue corriendo hasta llegar a un árbol que hacía una sombra muy grande, donde venían los varilleros de Ciudad Valles a vender ancheta y cosas de comer. Allí se me perdió el hombre, pero hasta la cola llevaba arrastrando. Cuando vino mi marido le conté.

El nagual es un cristiano que se disfraza para robar en figura de animal. Es un cristiano con una piel de perro y camina así con las cuatro patas, con las manos y los pies, pero cuando llega a robar a una casa, a fuerza se tiene que levantar para alcanzar lo que va a echar en su morral. Pero a la hora en que lo descubren se echa a correr aullando y todos los de la casa se persignan del horror. Sale en las noches de luna para ver mejor. Nada más es ratero de conveniencias que se transforma en animal, perro o coyote o lobo. La gente corta de espíritu les tiene mucho miedo pero yo no porque los he visto de a deveras. Yo lo vi. Estaba yo sola y en la mañana le dije al muchacho que me ayudaba:

—Súbete el cazo de manteca arriba de una mesa…

Yo nomás me levantaba a traspalearla para que se blanqueara. Se tiene que traspalear la manteca porque si no queda negra, muy fea. Después de la última traspaleada, Pedro y yo la dejábamos afuera, a que se serenara.

Varias veces nos robaron; una noche una pierna y luego dos lomos. Ese día también había salado muchos pedazos de carne, así de cecina ancha; eran tiras grandes de a metro, de a dos metros; falda y machaca preparada. Otras veces, ya de amanecida, encontraba yo la carne toda batuqueada. Escogían la mejor, y la manteca por lo regular se la llevaban fresca porque se veía muy bien dónde habían metido un cazo grande para llevársela. Hasta que dije:

—Ora me estoy velando a ver quién viene…

Y no me acosté. Apagué la luz, nomás dejé la pura veladora prendida —dondequiera que yo ando prendo la veladora o un pabilo lleno de cera—, y me senté en la mera puerta para devisar, con la pistola agarrada, y vi muy bien cuando pasó por detrás de la cerca el nagual y llegó así a la puerta, y en el momento en que iba a abrirla, le dije, muy tranquila, muy en paz, al fin tenía yo mi arma:

—¿Quihubo?

Y le eché la luz. Y ¿sabe quién era? Un cristiano, un amigo de Pedro, que siempre llegaba a la casa a comer y yo le ofrendaba chicharrón y carne de puerco; mi marido lo metió de soldado, se lo trajo hasta San Luis Potosí, a Ciudad del Maíz. Se había echado encima una piel de puerco, pero le brillaban rete feo los ojos al cochino puerco, y cuando me le fui encima con un palo a quererlo apalear, pues ¡cómo cree que se salió por la cerca del huizache, dándose su buena espinada! Dije yo: "Bueno, ya se fue. ¡Vaya amiguitos los de Pedro!"

Y al otro día, cuando vino Pedro con su amigo, le dije yo:

—Ya conocí al que se hace pasar como nagual para venirse a robar las cosas.

Al mismito nagual se lo estaba diciendo en su mera cara. Ya no le brillaban los ojos, y no sé cómo se llamaba ese hombre, creo Ciriaco, pero bien que lo reconocí y desde entonces me desengañé de que el nagual es hombre y no animal. Cuando dicen luego en los pueblos que a una muchacha se la llevó el nagual, seguro que tenía que llevársela porque era su novia y ya estaban apalabrados, seguro que como en figura de cristiano no se la quedrían dar, se presentó en forma de animal y fue y se la sacó. Se hacen guajes solitos. Puro cuento y pura conveniencia de los sinvergüenzas; tanto de él como de ella.

No nos quedamos mucho tiempo más en el Rancho del Guajolote porque mi marido pidió unos días de permiso para ir más al norte, a la Hacienda del Salado en el estado de Coahuila a ver a su abuela. Salimos a caballo nomás los dos. Allí había nacido Pedro y ora sí no le paraba la boca de tan contento que estaba. Llegamos como a las tres de la tarde a saludar a la abuela, y en eso estábamos cuando se le acercó una chiva. Luego que lo olió empezó a chillar la chiva:

—Allí está mi madre —me dice.

—¿Cuál?

Y yo voltié a ver y no vi más que a la chiva y le digo:

—Pues ¿dónde está?

—¿Y aquí no viene? Aquí está y es mi madre…

—¿Cómo voy a creer que un animal sea su madre? Poca estimación le tiene usted a su madre.

—Pues aunque no quieras, ese animal es mi madre. No conocí madre. Ésta es la que yo reconozco por madre. Éste fue el animal que me crió…

Vino la chiva y se paró de manos y se puso a lamberlo y a acariciarlo con sus barbitas. Entonces Pedro la agarró de aquí del pescuezo y la empezó a sobar.

Luego salió la abuelita y dice:

—Ya llegaste, hijo…

Cuando la abuela se iba al pueblo a algún mandado y Pedro empezaba a chillar, la chiva corría hasta donde estaba el chiquito tirado, allí se agachaba, se abría de patitas y le daba de mamar. Así es de que a Pedro lo crió la chiva chichona. Y sí, le hizo muchos cariños y la chiva chille y chille a su alrededor, huélelo y huélelo. Quién sabe si su mamá de él se moriría, quién sabe, eso sí no me lo dijo. De su papá tampoco sé nada. Él nunca me platicó de eso. ¿Qué tenía que platicar? Yo no quería saber. A mí no me interesaba su vida. Lo que sí supe es que al día siguiente que nos fuimos, se murió la chiva.

No teníamos ni media hora, que va, ni un cuarto de hora de estar platicando la abuela y yo, cuando Pedro regresó del pueblo donde había ido a dar la vuelta. ¡No lo dejaron ni llegar al zócalo! Luego luego se corrió la voz y lo empezaron a cercar porque antes de casarse, cuando ya andaba en la revolución, arrió la caballada de los ricos de la hacienda en donde se crió para unirla a las fuerzas armadas. Por eso lo hicieron capitán. ¡Y ni modo que a los hacendados se les hubiera olvidado! Pero a Pedro se le hizo fácil visitar a la chiva y a la abuela y hasta andar cercas del pueblo, metiéndose en las calles de la orilla buscando a sus amigos de entonces y no faltó quien fuera a chismear de que allá andaba Pedro Aguilar. Sus propios amigos le dijeron:

—Te vienen a aprehender…

—Pero ¿cómo? Yo creí que las cosas habían cambiado con la revolución…

—La revolución no ha cambiado nada. Nomás estamos más muertos de hambre…

Entonces llega corriendo y me dice:

—Ándale, vámonos de escape.

Y le gritó a la abuela:

—¡Si me quedo me matan!

Y nomás espolió el caballo.

Ni adiós le pudimos decir a la pobre abuela que allí se quedó parada con los brazos caídos. Ese día Pedro iba como quien dice desarmado porque no cargamos el máuser. Llevaba pistola y yo también, pero no era suficiente. Como él conocía todos esos rumbos, salimos de estampida hacia una angostura y por eso no nos agarraron. Pero oímos los balazos en las arboledas. Íbamos los dos solos y cuando regresamos fuimos a reportarnos con los jefes. Me gustó llegar con nuestra gente. En casa de la abuela no duramos ni un día. Pedro no tuvo tiempo siquiera de pedirle su bendición. Y eso que nunca más iba a volver.

12

¡Villa anda cerca!

—Sí… Pasaron por Conchos y lo dejaron hecho una caballeriza…

—¿Cómo sabes?

—Un chiquero de puercos… Quemaron los maizales… Saquearon la iglesia; entraron al templo con todo y caballos… Les cortaron la cabeza a los santos… ¡Cargaron con todo! Dicen que las calles están manchadas de sangre…

—¿Y Villa?

—¡Allí andaba el cabeza de puerco con sus risotadas! ¡Ordenó que tocaran todas las campanas de la iglesia para que nos enteráramos de quién es él!

Los de la corporación nomás se persignaban como si eso sirviera de algo.

Mientras fuimos Pedro y yo a la Hacienda del Salado, ordenaron que la gente del general Juan Espinosa y Córdoba fuera a levantar el campo porque los villistas habían volado el tren de pasajeros de Conchos a Chihuahua y matado a toda la escolta. Hicieron picadillo de cristianos. Iban casi puros ceviles escoltados por unos militares y al grito de "¡Abajo los carranclanes!" los villistas arrasaron parejo con todo el mundo. A Pedro le tocó ir a levantar el campo. Mujeres, hombres y niños, todos encuerados con los ojos abiertos para que se los picaran más pronto los zopilotes. Trajeron tres góndolas copeteadas de muertos. Así llegaron a Villa Ahumada o Villa González como se llama ahora, y ya había dispuesto Espinosa y Córdoba que escarbaran tres grandes hoyos y allí nomás los echaron unos encima de otros a como cayeran, hombres y mujeres con las criaturas revueltas. Así eran los de la famosa División del Norte que ahorita se han de estar dorando en el infierno. Encueraban para robar, pues todos los del tren iban vestidos con ropa buena. Nosotros no supimos cuáles eran de la tropa y cuáles los ceviles; todos estaban como Dios los trajo al mundo y los aventamos rápido al agujero porque ya apestaban. Toda la nieve la dejaron roja de sangre. Después de levantar el campo, como a las dos de la mañana, tocaron alevante y salimos a perseguir a Villa y a todos sus bandoleros. Espinosa y Córdoba traía harto coraje y nos mandó rumbo a Ojinaga. La única que se quedó fue la impedimenta. Yo también salí junto con Pedro.

Cortamos por toda la sierra con la corporación a galope tendido, cuando de pronto empezamos a oír como un clamor que traía el aire; un chorral de gritos: "¡Allí vienen los carranclanes, hijos del barbas de chivo; duro y a la cabeza…!" Unos se paralizaron, pero el Espinosa y Córdoba dio orden de seguir adelante.

El combate comenzó a las tres de la mañana, en lo oscuro, y tuvimos muchas bajas. Tirábamos para donde salían los fogonazos, pero esos bandidos estaban parapetados tras de unas peñas. El general Espinosa y Córdoba ordenó media vuelta, pero como nosotros no oímos ninguna contraorden, seguimos adelante haciendo fuego en contra de los jijos de la jijurria. Amaneció. Combatimos todo el día; yo iba junto a Pedro cargándole el máuser. La tropa se había dispersado y nosotros seguíamos dale y dale, tumbando ladrones como si nada. Yo todavía le tendí el máuser cargado, y como no lo recibía, volteé a ver y Pedro ya no estaba en el caballo. Como a las cuatro de la tarde mi marido recibió un balazo en el pecho y entonces me di cuenta de que andábamos solos. Lo vi tirado en el suelo. Cuando bajé a levantarlo ya estaba muerto con los brazos en cruz. No sangró mucho. Al ratito se nos juntaron los dos asistentes. Les dije que hicieran el favor de ayudarme y entre los tres lo amarramos en el caballo. El enemigo hizo otra descarga y volvió a atinarle a Pedro, como si quisieran rematarlo. Pero ya estaba bien muerto.

Entre la polvadera llegó el mayor con unos soldados. Le grité que estábamos solos y que a mi marido le tocó la de malas:

—¿Qué hacemos? —me preguntó.

—Pues ¿qué quiere usted que hagamos, mi mayor? Hay que hacer fuego en retirada.

Se veía como pasmado y me volvió a repetir como si no entendiera:

—¿Qué hacemos? ¿Qué hacemos? ¡Ay, Virgen de Guadalupe! ¿Qué hacemos?

—¿Qué quiere hacer, mi mayor? Pues fuego en retirada…

—Entonces hágase usted cargo de la gente, porque yo no tengo ahora conocimiento de nada…

Y se quedó abriendo las de caimán, así como menso. Yo le dije al asistente Palemón:

—Adelántate haciendo fuego en retirada con rumbo al río Grande y que no se quede atrás ninguno de los muchachos.

Los asistentes Zeferino y Palemón fueron los que me ayudaron a reunir a la gente y a las cinco de la tarde llegamos al río. Como íbamos a cruzarlo, para que no nos hicieran blanco en el puente, dejamos al muerto debajo en un saliente de piedra, arrinconado, y nosotros atravesamos con los caballos nadando. Llegamos al otro lado y nos aprehendió un capitán gringo. Me dijo con un intérprete que entregáramos el armamento porque éramos prisioneros. Yo le respondí que no le daba nada.

—Usted tiene que entregar su tropa, su armamento y su parque porque el general de ustedes se rindió y entregó el armamento desde las doce del día.

—¿Cómo que el general pasó del otro lado a las doce del día?

—Yes.

—Pero ¿cómo?

Yo nomás volteaba para todos lados, turulata. ¡Jijo de su mal dormir!

—Pero ¿cómo que entregó el armamento?

—Sí. Como él entregó su armamento usted tiene que entregar el suyo, pero si llegamos a un arreglo y pasan otra vez a México, nosotros les devolveremos el armamento y el parque tal como lo recibimos.

Me hicieron una lista y entregué las veinticinco armas y las veintisiete dobles carrilleras que traía; dos de mi marido y dos mías y dos de cada uno de los veinticinco soldados que se salvaron.

Al general Juan Espinosa y Córdoba lo hallamos dormido, allí tiradote, muy tranquilo en una casa de campaña. No nos acabaron, pero si acaban con nosotros, pues él quitadísimo de la pena porque al cabo y al fin él salvó su pellejo.

—Mi general, el capitán es muerto y yo necesito que me dé usted unos soldados para ir a levantarlo…

—No. Estamos aquí prisioneros. No puedo darte ningunos soldados porque todos somos prisioneros…

—Usted sabe lo que hace pero me da unos soldados para irlo a levantar porque no se puede quedar del otro lado del río…

Por fin los gringos me hicieron el favor de prestarme un piquetito. Cuatro soldados mexicanos y una escolta suya para que nos resguardara. Cuando llegué, era de noche y a Pedro ya se lo estaban comiendo los coyotes. Ya no tenía manos, ni orejas, le faltaba un pedazo de nariz y una parte del pescuezo. Lo levantamos y lo llevamos a enterrar a Marfa, Tejas, por allí cerca de Presidio, en los Estados Unidos. Allá fue a quedar.

Me dio harto coraje que el general de nosotros se pasara a los Estados Unidos. Le dije que puesto que contábamos con armamento y parque, no tenía por qué haber dado nalga al norte. Debió ordenarnos perseguir al enemigo hasta que más no se pudiera.

—Pues no había remedio, Jesusita. Eran muchos villistas y me empujaron hasta acá.

—Pues siquiera hubiera dado la contraorden y así nos venimos todos juntos, no que nos quedamos y a mi marido lo mataron entre Ojinaga y Cuchillo Parado. Pedro estaría aquí con nosotros si no fuera usted tan coyón… Con razón le dicen a usted el "si son muchos, juyamos, si son pocos prudenciemos, y si no hay nadie ¡adelante, hijos de Cauila, que para morir nacimos…!" Qué bonitas acciones de guerra, mi general.

Agachó la cabeza y nomás dijo:

—Pues ahora ya no hay remedio.

—Sí, para usted no hay remedio, general, y por su gusto estamos prisioneros, pero mi lugar está de aquel lado, no de éste. Y no es que le quiera yo presumir de muy calzonuda.

Duramos un mes allá en Marfa hasta que el general Joaquín Amaro pidió que nos regresaran a México. Le dije adiós a Pedro y pasamos otra vez el puente y de allí a Villa González que era donde se había quedado la impedimenta. El general Juan Espinosa y Córdoba recogió a su tropa y se vino, y al último pasé yo y me reuní con la corporación de mi marido. Como me apuntaron aparte, yo no regresé con Espinosa y Córdoba sino que me entregaron por lista a la tropa que Pedro comandaba, el armamento y el parque. Por eso en Villa González le dije a Juan Espinosa y Córdoba:

—Ahora vengo a entregarle la tropa que se quedó conmigo, con los que pasé al otro lado.

Eran veinticinco soldados entre cabos, sargentos, subtenientes, el mayor que todavía andaba como insolado y yo. Esa entrega le tocaba al mayor pero como no quiso hacerse cargo de la retirada porque se debilitó, se asustó o quién sabe; entonces cuando llegamos a México el general Espinosa y Córdoba, al ver que yo me responsabilicé de la gente, me dijo:

—Quédate al mando de la tropa del difunto capitán Aguilar... Los soldados me han rendido un parte diciendo que tú los dirigiste a la hora en que tu marido murió y en cambio el mayor se hizo a un lado...

Vi que Palemón me hacía señas de que no. Entonces le dije yo al general:

—No, señor, yo no soy soldado ni pueden nombrarme comandante.

—Entonces ¿no aceptas el mando?

—No.

—¿Por qué?

—Porque no, señor.

Allí en el norte arrastraban a las mujeres y abusaban de ellas. Ni Zapata ni el general Morales y Molina fueron como este bandido y este sinvergüenza del Juan Espinosa y Córdoba que se creía muy conquistador. Además, su intención era mala porque el general era muy malhora y muy rencoroso, y quería que me quedara con los soldados para torearme por las habladas que le eché:

—Entonces ¿ya decedistes, mujer?

—Mire, yo ando aquí pero no porque sea soldado. Andaba detrás de mi marido aunque no tenía voluntad de seguirlo.

—Pues no te doy los haberes de marcha. No te pago la decena ni los tres meses...

—Pues no me los pague... Yo necesito el dinero pero a usted le corresponde, según parece, la herencia de mi marido... Métase usted el dinero por donde le quepa, al fin que son puros bilimbiques.

Esto le ardió porque a Espinosa y Córdoba le decían el general bilimbique porque no valía nada.

Los asistentes de mi marido eran buenos soldados. Eran señores casados ya grandes, allí traían a sus mujeres y a sus hijos en la impedimenta. Mientras vivió mi marido tenían la obligación de atenderme: me compraban el mandado, llevaban agua y lo que yo necesitara. El gobierno les pagaba a ellos. Conmigo eran buenas personas pero desde el momento en que se murió Pedro ya no podían seguirme, ni cuidarme como antes.

Los asistentes Zeferino y Palemón casi nunca me hablaban, nunca me decían nada. Pedro les ordenaba: "Limpien los caballos", "Dénles agua", "Vayan al mandado", y le cepillaban su ropa, le limpiaban la montura y lo atendían en todo lo que él necesitaba. Pero a mí me vinieron a hablar hasta que él se murió:

—No se vaya usted a quedar aquí. Que le den sus haberes y se va usted para su tierra… Nosotros tenemos que esperar a que otro capitán o coronel nos pida de asistentes, así es de que no podemos defenderla contra todos. Usted solita tiene que defenderse.

Entonces entre todas las viudas me pagaron el boleto y nos venimos a Durango para hablar con el general Amaro, que fue el que arregló que nos regresaran de los Estados Unidos a México. Como él era jefe de operaciones de Durango no se le podía hablar así nomás por nomás. La gente se tenía que anunciar un día antes y hasta el otro la recibía, si es que la recibía. Yo iba con dieciocho mujeres cuando me detuvieron en el patio del cuartel. "No hay paso", dijeron el centinela y el cabo de cuarto y cruzaron sus bayonetas. Les digo:

—¿Por qué no…? Vengo a ver al general Amaro…

—Si no ha pedido audiencia tiene que esperar hasta mañana.

—No, ahora quiero y ahora lo voy a ver.

En eso me conoció el general la voz, porque yo hablaba recio y me oyó desde arriba. Y que se asoma:

—¿Quihubo, Aguilar? —me dice.

—Nada, mi general —le digo—, no me dejan entrar a hablar con usted. El capitán murió en el combate de Ojinaga y Cuchillo Parado y acabamos en el otro lado…

—Pásate, pásate, no me estés gritando desde allá abajo.

Entonces me dejaron entrar. Y todos los que estaban anunciados para ir pasando por numeración se quedaron pendientes porque el general abrió la puerta y me dijo que entrara con toda la comitiva de mujeres polvosas. Le conté que el general Juan Espinosa y Córdoba no me pagó porque quería que me quedara al mando de la gente de mi marido y yo no estaba dada de alta. No tenía ninguna filiación y andaba en la bola siguiendo a mi marido más de a güevo que de ganas. No tenía más rango que el de ser galleta de capitán.

—Espinosa y Córdoba está bajo mis órdenes, Aguilar, y no le corresponde suspender los haberes del difunto…

—Pero pues ya ve usted, mi general…

Le dio coraje. Telegrafió que le mandaran a Durango los tres meses que le debían a Pedro y la decena de marcha. Y el otro, sin tanates, como tenía que obedecer, mandó corriendito el dinero... El general Amaro me dijo:

—No, chiquilla, tú te vas a tu tierra.

De allí de Durango, él mismo nos embarcó a mí y a las dieciocho mujeres, a cada quien para donde le tocaba y ya todas se repartieron. Me extendió un pase para que en Tehuantepec me pagaran la pensión de viuda.

Cuando Pedro se quedó con el corazón atravesado yo no había cumplido dieciocho años. Él decía que cuando la viera perdida, me mataría. Quería mandarme por delante, pero no se le hizo. Aquí estoy todavía dando guerra.

En la Ciudad de México me tocaba transbordar a otro tren para mi tierra de Tehuantepec. En la estación le pasé por la ventanilla mis cuatro velices a un cargador que estaba en el andén. Toda la ropa que traía, ropa de mi marido y mía, las camisas que le cosí —porque en aquel tiempo la mujer le hacía la ropa al hombre—, el dinero de los haberes que por guarina metí en una de las petacas, la plata que había liado en un pañuelo, las botas de tubo de cuero, cuatro velices llenos, todo aquello se me perdió. Jamás volví a ver al cargador.

Cada una agarró para su tierra, pero como a mí me robaron en la estación de Buenavista, me quedé sola, abandonada aquí en México, rascándome con mis uñas. Parecía una guajolota a la que se le perdieron los guajolotitos, nomás estirando el pescuezo y volteando para todos lados. "Cor... cor... cor..."

13

De las dieciocho mujeres, ya nomás quedé yo y otra que iba para Chilpancingo. Nos venimos a pie por la calzada de Tacuba desde la vieja estación de Buenavista. Ella agarró su camino y se fue para otro lado y yo allí en la Alameda no supe a dónde caminar. El frío me macheteó las manos. Me había quedado sin centavos, sin ropa y sin nada, encuerada viva. ¡Qué me iba a fijar en la ciudad! ¿Qué me importaba si ya me desengañé que era pura ciudad de bandidos? Esa costumbre de robar la agarraron en la revolución porque antes el perro asesino de Porfirio Díaz no admitía robadero. Al que robaba, lo mataban, al que mataba, lo mataban, al que destrozaba una muchacha, lo mataban, al desertor, lo mataban. Así es de que todo era puro matar. Él no andaba con que "Dame tantos miles de pesos y vete a hacer otra, ¡ándale!" No. Había un poco de más temor. Se pensaba: "Si cometo una falta me matan, y mejor no". Me acuclillé pegadita a la pared.

Se oscureció, y allí me prendieron los gendarmes y me preguntaron que para dónde iba. Yo nomás les decía que a la Parcialidad número 15. En cada esquina había un gendarme con linterna. Ahora las calles están solas, ya no hay resguardo, pero antes sí había y me llevaron cortando calles. Me remitieron cuadra por cuadra, me pasaron el uno con el otro, el uno con el otro, el uno con el otro hasta que llegué a la calle de la Parcialidad número 15. De esas calles, ahora no quedan sino rumores.

En el norte, cuando todas las mujeres se juntaron para darme el pasaje, me hice amiga de Adelina Román, la mujer del general Abacú, y ella fue la que me dijo que buscara a su hermana Raquel, casada con el general Juan Ponce. Pero en vez de llegar a preguntar por ella, me senté en la orilla de la banqueta y allí me dieron las diez de la noche. Empezó a chispinear. A las diez la portera fue a cerrar, y como estaba yo en el mero zaguán me dice:

—¿Qué no te vas a meter, muchacha?

—No, porque estoy esperando a Raquelito…

—Pues Raquelito está allí adentro.

Como no conocía, era yo de a tiro cerrera. El Defe es muy distinto al campo; se engenta uno y todos están allí nomás para ponerle a uno un cuatro de vuelta y media… Me metió la portera a la vecindad, la llamó: "¡Señora Raquelito! ¡Señora Raquelito! Aquí la buscan", y ya se asomó ella. Le enseñé que iba de parte de Adelina su hermana y me dijo que me iban a hacer un lugarcito.

Durante muchos días me la pasé sentada en la banqueta de la calle de la Parcialidad a esperar a que comieran para poder entrar a la casa. Como estaba arrimada, cuando iban a comer me salía a la banqueta de la calle porque me daba vergüenza que me tuvieran allí de mirona. Ya cuando pasaba la comedera, me metía yo otra vez a tomar agua. No veían que tenía hambre. No se ocupaban. He pasado mis campos duros. Comía, a veces, una tortilla.

Esta señora Raquelito no tenía ninguna obligación de darme el alimento. Yo estaba allí nomás, ése no es mal trato. ¿Por qué ha de ser mal trato cuando las cosas están predestinadas por la mano omnipotente de Dios? No tienen otro remedio. Yo no trabajaba para ellos. Así es de que yo no era nadie allí. Harto hacían con dejarme dormir en un rincón del pasillo. Yo dormía en el suelo sin petate ni nada. Si no hay más cera que la que arde, tiene uno que aguantarse. Yo no tenía ni un centavo y Raquelito tampoco era rica. Era la mujer de un general, pero entonces no eran ricos los generales. ¡Ah, los bandidos, ahora sí son ricos porque se roban los bienes de la nación! Pero, en primer lugar, ese general se había muerto, así es de que Raquel ya no contaba más que con la pura pensión del gobierno y no le ajustaba ni para ir a cobrarla. Ella vivía con unos familiares en la Parcialidad y todos comían de esa pensión. Lo primero que me preguntó fue:

—¿Ya te pensionó el gobierno?

—Sí, pero me lo van a mandar a mi tierra, hasta Tehuantepec.

—¿Y te vas a ir a tu tierra?

—¿Con qué?

¿A qué me iba yo a mi tierra si ya no llevaba ni un centavo con que caminar? No traía más que lo encapillado porque me robaron los papeles. ¿Con qué comprobaba yo? Entonces Raquelito me dijo que no me apurara; que iba a arreglar para que me retrocedieran mi pago aquí a México.

En aquellos años gobernaba el Barbas de Chivo, el presidente Carranza, don Venustiano. Raquel me llevó a Palacio que estaba repleto de mujeres, un mundo de mujeres que no hallaba uno ni por dónde entrar; todas las puertas apretadas de enaguas; atascado el Palacio de viudas arreglando que las pensionaran. Pasábamos una por una, por turno, a la sala presidencial, un salón grande donde él estaba sentado en la silla. Yo ya lo conocía. Lo vi muy cerquita en la toma de Celaya donde le mocharon el brazo a Obregón. Como fue el combate muy duro, este Carranza iba montado en una mula blanca y echó a correr. Dio la media vuelta y ni vio cuando le tumbaron el brazo al otro. Él no se acordaba de mí, por tanta tropa que ven los generales. Cuando entré para adentro, me dice:

—Si estuvieras vieja, te pensionaba el gobierno, pero como estás muy joven no puedo dar orden de que te sigan pensionando. Cualquier día te vuelves a casar y el muerto no puede mantener al otro marido que tengas.

Entonces agarré los papeles que me consiguió Raquel, los rompí y se los aventé en la cara.

—¡Ah, cómo eres grosera!

—Más grosero es usted, más que grosero, ladrón, porque le quita el dinero a los muertos. Y así como lo hace usted conmigo, lo hará con más de cuatro que no le caigan bien.

En la sala presidencial estaba nomás el secretario. No dijo nada. No tenía que decir nada puesto que yo reclamaba mi derecho. Aunque hubiera querido meterse no podía, porque yo estaba alegando con el presidente.

A mí me dio harto coraje. Sentí que la muina me subía y hasta se me volvió sudor. A él qué le importaba si yo era joven o vieja. Tenía que pagarme porque no eran haberes de él; era lo que me había dejado el muerto para seguirme manteniendo. Pero Carranza se quedó con mi dinero, maldecido. A él sí lo mantuvo y sigue manteniendo a los revolucionarios que están en la gloria cobrando todavía los haberes de mi marido, de mi hermano, de mi padre y de todos los demás que murieron por su culpa, por tanto disparate que hicieron mandándolos todos al otro mundo sin deberla ni temerla. Pero sal y agua se les ha de volver y al infierno han de ir a parar.

Como no tenía con qué ampararme, el Barbas de Chivo se recetó mis haberes y la decena de marcha. Ese bandido fue el que me hizo el favor de joderme. Cuando oigo que lo anuncian por el radio le grito: "¡Maldito bandido!" Su hermano Jesús Carranza ése sí fue bueno, pero Venustiano era lo más malo que podía haber. Un malo disfrazado de bueno. Cada gobierno vanaglorea al que mejor le conviene. Ahora le dicen Varón de Cuatro Ciénegas, y yo creo que es porque tenía el alma toda enlodada.

A Carranza nos lo pusieron a chaleco, pero no porque le tocara. Se apoderó de la mayor parte del oro que había dejado Porfirio Díaz en el Palacio. Hizo cajas y cajas de barras de oro y plata y se las llevó. Adelante de la Villa, en Santa Clara, los obregonistas le volaron el tren, le quitaron el dinero y lo persiguieron y él cayó en la ratonera, allá en su rancho por Tlaxcalaquiensabe... Nomás que eso tampoco lo dicen por el radio. Anuncian lo que les parece pero no aclaran las cosas como son. No dicen que el Barbas de Chivo siempre andaba de escape, siempre de huida...

A mí esos revolucionarios me caen como patada en los... bueno como si yo tuviera güevos. Son puros bandidos, ladrones de camino real, amparados por la ley. Cuando se muere o se deserta un soldado, lo dan por presente en las listas que mandan al Defe y a la hora de la revista llaman a cualquier cargador, le dan una peseta y él contesta: "¡Presente!" Firman la nómina y sale para acá: "Que están las tropas completas". Y a veces ya no tienen más que dos medios pelotones. El coronel o el general que encabezan esa corporación se sientan con el dinero. Y así lo hacen todos, todos parejos, y lo mismo hacen con la caballada. Los haberes de un caballo son más que los de un soldado y con eso se quedan los generales de caballería. Los soldados a pie de un lado a otro y los caballos nomás figuran en los papeles: "Se nos murieron tres y hay que reponerlos..." Por eso se pelean todos por ser generales de caballería y en un año o dos ya están ricos.

¿Por qué perdió Porfirio Díaz? Porque creía que contaba con muchos soldados: recibía las nóminas de que sus tropas estaban completas y él mandaba los haberes pero la mayor parte ya estaba voltiada con el enemigo. Y así les pasa a todos porque son iguales de bandidos. ¡Puro revolucionario cabrón!

Como yo no tenía protección cual ninguna, me salía a buscar trabajo, pero así como subía las calles, así me regresaba. Según mi pensamiento, iba a conseguir trabajo, pero como no le hablaba a nadie ni preguntaba porque no estaba acostumbrada a hablarle a la gente de aquí —y hasta la fecha soy como burro— me quedaba en las mismas. Nomás sabía hablar dentro de mí, quedito me hablaba yo y las ideas me daban vueltas adentro como pelotitas y me atolondraban. Pensaba en el pasado, en todos los huizaches que atravesé, en lo que iba a ser de mí, en que la vida me tenía apergollada, bien apergollada, y me devanaba los sesos sin dar en el clavo. Nunca he pensado tanto como entonces; tanto que hasta me dolía la cabeza. O a lo mejor sería de hambre. Subía y bajaba las calles rectas de Santa Ana hasta donde está la joyería de La Esmeralda en la esquina de Tacuba y de allí me regresaba otra vez hasta la calle de Santa Ana. Subía y bajaba por la calle y por la misma calle me regresaba. No cruzaba a la acera de enfrente porque tenía miedo de perderme, y así iba yo paso a paso, piense y piense puras tristezas.

Estuve caminando mucho, mucho tiempo, como diez meses me imagino yo. Y no comía nada. No sé ni cómo Dios me tiene sobre la tierra. Yo luego que estoy solita me pongo a pensar: "Bendito sea Dios porque he sufrido tanto. Seguro que yo nací para eso. He pasado varios tragos bastante amargos, bastante amargos, tanto que no sé ni cómo vivo". Se me hacía tarde. Venía a la calle de la Parcialidad y me sentaba en la puerta del zaguán hasta la noche. Ya que todos se iban a dormir, me metía a donde Raquelito me daba permiso de acostarme. En el suelo tendía unos periódicos y me tapaba con mi chal. Así estuve varios días, o meses, no sé cuántos porque no conozco el calendario, sólo aprendí el reloj. Pero me conformaba: el mundo es el mundo y ya mañana será otro día.

Al otro día, o al otro mes o al otro año, no sé, ni me acuerdo ni me importa de subir y bajar las calles, Dios quiso enviarme un ángel guardián. Esa muchacha seguro ya me había visto; esa alma de Dios que Dios me presentó porque en una de esas que me pregunta:

—¿Adónde vas?

—Pues quién sabe…

—¿Cómo que quién sabe? Si yo te veo todos los días que te vas aquí derecho y vuelves así como te vas…

Yo me quedé parada frente a ella. Tanto me estuvo neciando que le digo:

—Pues ando buscando trabajo.

—Pues no seas tonta —dice—, en todas las puertas que veas este papel… Oye, ¿qué no sabes leer?

—No, no sé…

—Pues en todas las puertas que veas estos letreros: "Solicito criada", hay trabajo…

Y me fue enseñando las puertas de los balcones en donde antes ponían: "Solicito criada", pero como yo no sabía, allí estaban los anuncios, y allí seguían estando. Esa señorita me llevó a caminar por todas las calles de México y en cada ventana y en cada zaguán que veía ella un rótulo se paraba:

—Mira, aquí dan trabajo… Vamos más adelante a ver otro.

Volvía a caminar, llegábamos a otra ventana y me repetía lo mismo para que yo me diera cuenta. Me trajo por todo México. Cortó calles y calles y calles; me llevó por el Hospital General y regresamos por la Ciudadela. Me anduvo explicando muchas cosas; todo lo que ella sabía… Y luego dice:

—Ya se hizo tarde. Vamos a comer.

—Pues vaya usted. Aquí la espero…

—No, vamos a comer las dos.

—No, porque yo no tengo centavos con que comprar de comer.

—Oye, si no te estoy preguntando si vas a comprar tú la comida. Vamos a comer.

Me llevó al mercado de Juan Carbonero que queda por las calles del 2 de Abril. Y me dio de comer. Hasta me dolió el estómago porque después del hambre el cuerpo ya no quiere recibir el alimento. Comí muy poquito. Y luego me dice:

—Ahora, vámonos para la casa donde vives.

—Pues yo vivo atrás del Teipan…

El Teipan era un colegio de huérfanos cerca de la prisión de Santiago frente al jardín de Tlatelolco. Por allí me trajo y ya le señalé la calle de la Parcialidad:

—¡Ay —dice—, pues yo aquí conozco una amiga!

Entró conmigo a la vecindad y va dando a la misma casa donde yo estaba.

—Raquelito, Raquelito —dice—, aquí vengo con una amiguita.

—Pues ¿quién es tu amiga?

Esa señorita que me llevó a caminar por todas las calles de México se llama Isabel Chamorro. Allí se estuvo ella con Raquel y le platicó que me había arreglado trabajo allá en Santa Ana. Mientras platicaba yo la devisé porque antes ni la alcé a ver. Me daba pena que me fuera a ver el hambre que tenía en los ojos. No era ni joven ni vieja, ni alta ni chaparra, natural, ni gorda ni flaca, una cosa así apopochadita. Tenía su pelo corto quebrado, de muy buen carácter, pues fue buena conmigo. Creo que era pobre porque yo nunca supe su casa. Al otro día vino temprano para llevarme al trabajo.

La señora güera española con la que trabajé primero era dueña de una vinatería frente al mercado de San Marcos. Vivíamos en una vecindad dividida en dos partes: acá la casa y allá la vinatería. La casa estaba como esquinadita. Para la calle daban la vinatería y las bodegas, y a la vueltecita se alineaban todas las piezas. La cocina era más grande que este cuarto.

No doy razón de con qué llenaban las botellas pero era de vino. Yo nunca vi las uvas ni ninguna otra fruta. El señor se manejaba en su negocio y nosotros acá aparte. Él en sus barricas y la señora en la casa.

En esa época de la revolución, en todas las casas había unos animales que se llamaban tlaconetes, unos babosos largos, y la señora Pepita me enseñó que con sal se desbaratan. Yo les tenía horror a esos animales y como no me dieron con qué taparme ni nada, tendía unos periódicos en la cocina y rodeaba todo con sal para que no se me fueran a subir. A la señora Pepita le tenía que hacer todo el quehacer; lavar, planchar, limpiar el suelo. Entonces los pisos eran de madera y se lavaban cada ocho días con escobeta y lejía y se pintaban de amarillo congo todos los sábados. Me gustaba eso de la pintadera de congo porque se veían muy bonitos, como pura yema de huevo. Primero los tallaba recio a que quedara la madera limpiecita, que no tuviera tierra ni nada para que agarrara el color y luego con un trapo le pasaba la pintura y después le daba otra mano. El congo amarillo se disuelve en agua con limón para que pegue. Yo sentía bonito, como si me pintara de amarillo congo por dentro, aunque los trozos de lejía me pelaban las manos porque tienen mucha sosa.

Cada que se le ocurría a la señora iba a Tepito, y allí, en los montones de ropa, me compraba unos zorragales viejos para cambiarme, puros rasgadales, de esas hilachas que venden en el mercado. De todos modos me los tenía que poner porque ¿qué me echaba encima? Costaban de a seis, siete y hasta quince centavos, según lo que ella podía pagar por las garras que compraba.

Todo lo que venden allí es usado.

Esos españoles ofrecieron pagarme tres pesos al mes. Yo no conocía el dinero del Defe, menos mal porque no me pagaron ni un centavo. Esta señora güera lo bueno que tenía era que no era gritona. No tenía para qué, si estaba solita en su casa. Pero lo agarrada lo trajo de su tierra. En esa época los bolillos eran de a tres por cinco, no como ahora que son de a diez. Me compraba cinco de bolillos y me daba uno por la mañana con una taza de té negro y luego otro en la noche también con té. Desde entonces odio el té negro. Me gusta el de limón. A medio día mandaba comprar tres centavos de masa, valía el kilo a seis centavos, y ella misma hacía las bolitas para que yo las torteara. Contaba las bolitas para que no fuera a faltar ninguna tortilla. Luego contaba las tortillas, venía y me dejaba tres a mí y las demás las alzaba. A veces me daba frijoles y a veces nomás el caldo. Aunque hubiera buenas comidas yo no las probaba. Siempre guisaba las sobras. Hacía su paella y allí echaba todo lo de la semana. Nunca he visto una paella más tristecita.

Así duré, entiendo yo, como medio año o más hasta que me dieron las riumas porque los zapatos que traía del norte me los quitaba todo el día para que no se me acabaran y solamente que fuera a la calle o a algún mandado me los ponía. Pero ya estaban bastante viejos. Como todos los días se lavaban el zaguán y el patio, las mojadas me hicieron mal. Y la española Pepita ordenó que me fuera porque enferma no me podía tener en su casa. A mí me dio coraje y cuando me preguntó muy mustia que qué pensaba hacer, le dije:

—Voy a poner un puesto de pepitas.

Y nomás se me quedó mirando:

—Vete antes de que te de un hostiazo.

Con trabajos, porque se me engarruñaron las piernas, llegué otra vez a la calle de la Parcialidad. Cuando me va viendo Raquelito me preguntó:

—¿Qué te pasa que te andas arrastrando?

—Pues ahorita me corrieron porque ya no puedo hacer el quehacer.

—Pues ¿qué tienes?

—Me tullí en la vinatería…

Cuando Raquelito y sus familiares vieron qué mala iba y como quien dice encuerada porque ya no hallaba ni cómo remendar mis trapos, fue y le avisó a la muchacha Isabel Chamorro, la que me había llevado con la güera española. Raquelito hizo las cuentas desde la época en que entré y ellas reclamaron el tiempo que había durado con la señora Pepita.

—Si no le paga usted a Jesusa los tres pesos, nosotros vamos a dar un paso más adelante. La vamos a demandar.

Entonces la señora Pepita sacó dieciocho pesos de su monedero. Sabe Dios cuántos meses serían, yo no sé. Raquelito hizo la cuenta, me trajeron los centavos y ya con eso tuve. Raquelito y la Isabel Chamorro me comenzaron a explicar los meses, los días que tenían los meses, y cuándo era un mes y cuándo era otro, porque yo era muy cegada, muy cegada…

Me quedé con Raquelito mientras duraron los dieciocho pesos, pero a la hora de comer me salía a la calle y comía por mi cuenta. Pero como ya me saludaban algunos de la vecindad, me estaba acomidiendo allí, ya no sentía tanta vergüenza. Hasta que un día me avisó Raquelito que le iban a quitar su casa por no pagar la renta. Se fue con una familia y yo, pues no, ni modo de seguirla…

Muy cerca de la calle de la Parcialidad conocí a la mujer de un costeño que era teniente de marina y me llevó a su casa. La señora Coyame no tenía hijos. Era sola con el hombre, como la española Pepita. Me dormía en el suelo, detrás de un brasero, al fin que yo estaba de arrimada y tenía que acostarme en el zaguán con el perro. Dicen que el muerto y el arrimado a las veinticuatro horas apestan. Si no tenía yo dinero ¿con qué comía? Y ¿por qué me lo habían de regalar si no tenían obligación? Harto hacían con darme el rincón, en medio de sus estrecheces. No, si no hay bondad, nadie tiene bondad, no se crea que hay bondad, no. ¿Por qué me habían de dar el taco? Yo no comía. Mire, agua era lo que yo tomaba. Yo me mantengo por la voluntad de Dios. Es Él quien me ha ayudado. A pesar de que soy mala, Dios no me deja de su mano. Ahorita no he comido desde en la mañana y no tengo hambre todavía. Así nací desde chiquilla, y ¿qué quiere que haga? Son deudas que se deben y se pagan. Para acabar pronto, ya me acostumbré.

La mujer del costeño era tan celosa que me mandaba a espiarle al marido para que no se le fuera con otra. Tenía yo que seguir al hombre, una cuadra atrás desde el Teipan hasta Luis Moya, al cuartel de marineros, a un lado de la Iglesia de San Miguel, donde trabajaba. Ella quería que le diera yo razón de con quién hablara y dónde se metiera y yo lo venía rastreando como perro. El pobre hombre se iba derecho a su casa sin voltear a ver a nadie y yo a una cuadra, a una cuadra como policía secreta. Hasta que me aburrí: "Bueno, ¿pues yo ¿qué tengo que andar espiando? ¿A mí qué me importa la vida de él?"

Para lo único que vivía la señora Coyame era para sus celos, y todos los días se le internaban más. Tenía miedo que le quitaran al marido, pero a un viejo tan feo y tan prieto ¿quién lo iba a querer? ¿Quién ve a un prieto? Hasta que un día pensé: "No, pues no, yo con esta mujer no gano para vergüenzas. Allí que se quede con sus afiguraciones. Ya, chole". La costeña tenía una hermana más joven y señorita que vivía en la misma vecindad y ella fue la que vio que me pasaba todo el tiempo en el patio de la vecindad y me habló:

—No te agorzomes… Vamos a buscar trabajo de cartoneras.

—Pues vamos, pero luego su hermana no me va a dejar dormir en su casa…

—No le hace que no te deje dormir. Te quedas acá con nosotras en la portería.

Yo ya estaba harta y había pensado: "Mejor me voy por otro lado", así es de que me fui con la hermana que vivía en la misma vecindad en la calle de Granada, pero como su mamá era la portera, quedé mucho mejor.

Atrás de la prisión de Santiago había un señor que ocupaba muchachas que supieran el trabajo de cartoneras.

—¿Sabes? —me preguntó el hombre.

—Sí.

Leocadia, la hija de la portera, y las otras muchachas me aconsejaron que dijera que sí sabía el trabajo de cartonera. Ya me encampanaron y tuve que contestarle al hombre que sí, pero se lo dije muy delgadito. Entré a trabajar como aprendiz para hacer cajas de calzado. Yo qué iba a saber si no conocía ni el cartón. No sabía ni de qué color era el papel ni nada, si tenía revés o derecho, y el papel tiene revés y derecho, y uno debe buscárselo. Allí fue la apuración porque para mí todo era igual. Y el señor fue tan buena gente que me enseñó cuál era el derecho y cuál el revés; me marcó un cartón para que con esa muestra trazara y cortara las cajas. A los dos meses me pusieron en una máquina de cortar cajas. Desde luego el dueño se dio cuenta de que yo no sabía, pero seguro ya se había hecho el ánimo y Dios me ayudó y él nunca me dijo nada. Jamás le oí una mala razón. Al contrario, me pagaba cincuenta centavos diarios. Para aquellos tres pesos al mes que yo ganaba de criada, pues hombre, cincuenta centavos diarios a mí se me hicieron un millón.

Don Panchito quebró. Pero no me echó a la calle. Trató de enseñarme su oficio pero yo era muy tonta y le tenía asco. Me dijo don Panchito:

—Aprende el tejido de pelucas. Con eso te puedes mantener…

—A mí me dan horror los pelos esos. Es pelo de difunto. Se lo sacan a los muertos del camposanto…

—¡No, mujer, no…! Aprende… No quieres comprender…

Hasta ahora que estoy más grande me doy cuenta, pero entonces fui muy rejega. Las mujeres se ponían trenzas postizas y se las peinaban muy largo. Como ahora que tengo mis trenzas chincolas, si quisiera traerlas grandes me las compraba. Y ¿por qué me he de poner pelo falso si tengo mis tres hebras aunque sea? Raquelito usaba trenza postiza porque el pelo se le acabó, le quedó muy chico y se compró dos manojos. Y yo veía que se encuataba su pelo con los caireles aquéllos. Chicas trenzotas que andaba cargando pero no eran de ella. Así, qué chiste. El chiste es lucir lo propio, no lo ajeno. Luego alegaba ella:

—¡Ay, pero es que no me siento bien sin trenzas…!

—Pero, ¿pues cómo se pone usted ese pelo? Sabe Dios de quien será…

—Pues ya está desinfectado…

—¿A mí qué que ya esté desinfectado, si es de otra gente?

Como ya ganaba un tostón diario, los domingos me iba al cine con Leocadia, la hija de la portera. A veces se nos juntaban otras muchachas fabricantas y por diez centavos veíamos cine hasta las once de la noche. Puras películas antiguas. A mí me gustaban más las americanas, las de Lon Channey, y hasta la fecha les entiendo mejor, porque son películas enteras. Las de México son puras revistas que cuando ya les está tomando uno sabor, "Fin", ya se quedó uno a medio camino; nomás lo calentaron a uno y pácatelas. Eso no sirve. Yo le tomo sentido a una historia que comience y dure. Entonces duraban hasta tres días y iba uno a verlas por episodios. Ahora no. Puros cachitos de hora y media. ¡Y tres pesos! Cualquier día se los doy. Las películas eran de amor o de aventuras, siempre completas, largas hasta el ultimito. No soy partidaria de las mugres que hacen aquí en México porque no son películas y peor las de la revolución. No sé cómo se vanaglorean de tanta pendejada que se les ocurre.

Éramos como diez las que estábamos con don Panchito y nos salimos cuando quebró su negocio. Luego, como aquéllas ya conocían las calles en donde había fábricas y en esa época en cualquier lado que se paraba uno a solicitar trabajo se lo daban porque no había esa madre de los sindicatos, fuimos a una fábrica de cajas por Tepito. Hacíamos las cajas para polvos de arroz. Se cortaban las ruedas así de chiquitas para la tapadera y el fondo de abajo y luego las tiras de los lados. No me gustó porque era un trabajo de mirruñitas, muy despacioso y a mí me gusta todo grande y rápido. Además nos pagaban lo mismo que don Panchito: cincuenta centavos, pero teníamos que hacer miles de cajitas ahora sí que como de cerillos, pero redonditas. Las muchachas me preguntaron que si yo estaba conforme y les dije:

—Pues no, porque el trabajo es muy latoso y no vemos el resultado. Esto que nos cuesta más paciencia, no los habían de pagar más caro.

Las muchachas estuvieron de acuerdo con que ésa era una fregadera y cada una jaló para su lado y yo me fui a trabajar a otra fábrica en el callejón de San Antonio Abad en la que me ofrecieron setenta y cinco centavos diarios por armar cajas de calzado.

La fábrica de San Antonio Abad era grande. Había sesenta mujeres y cincuenta hombres. La dirigía un español. Él nomás recibía el personal y cada quien agarraba su lugar y ya no se volvía a meter con nadie hasta otro día que le tocaba a uno volver a entrar. El primer turno comenzaba a las cinco de la mañana y salíamos a la una de la tarde y a esa hora entraba el turno de la una a las nueve de la noche. En esa fábrica había maestras que enseñaban a las fabricantas y las encarreraban hasta que se entendían solas; maestras cajeras, de armar, cortar y forrar, maestras de trazo, maestras de forrar cartón o sea extenderlo y cubrirlo de papel, y capataces que nos vigilaban.

Como yo era la más nueva me dijo la maestra de forrar cartón que si no les disparaba la bebida y tomaba con ellas me darían caballo. Yo les tenía miedo. Me previno uno de los muchachos:

—Tú defiéndete porque éstas te van a agarrar en montón… Son muchas. Se te montan encima y te rompen la espalda. No seas maje, ve y diles que les das la bebida.

Ese muchacho se llamaba Nicanor Servín, el hijo de Madalenita. Era forrador de cajas y yo forradora de cartón. En una carretilla sacaba a tender mi cartón al sol después de mojarlo. Lo extendía en el suelo y ya cuando estaba seco lo juntaba, me lo cargaba en la cabeza y lo iba a entregar a la bodega. En la bodega me lo daban y en la bodega lo tenía que devolver ya forrado. Nicanor Servín estaba en la hilera de los forradores y yo extendía el cartón en la hilera de enfrente. No platicábamos allí pero nos hablábamos a la salida, en la calle. Era un muchacho muy bueno; no tenía ventaja cual ninguna, no era ventajoso. Él le hacía a uno un favor sin querer que se lo pagara uno con lo que ya se sabe. Nicanor vio cómo se aprovecharon todas porque yo tenía dos días de haber entrado y me trataron de mensa, de bajada del cerro, de acostumbrada a un pueblo, y cuando se dio cuenta que yo no tenía quién viera por mí, me dijo:

—Tienes que comprarles la bebida a estas mujeres... Yo te doy con qué.

Fui y les dije que no anduvieran molestando, que yo les iba a disparar el chínguere y mandé traer un bote de pulque y se los comencé a repartir. Al final todas se cayeron al suelo. Quedaron tiradas allá dentro de la fábrica. Y que se enoja el dueño:

—¿Qué es lo que ha pasado?

—Pues lo que está viendo, señor —le dijo Nicanor Servín.

—¿Quién las emborrachó? ¿La nueva?

—Es que las muchachas la querían agarrar entre todas, por eso ella les metió la bebida. Así es de que usted sabe si defiende a la muchacha o nos castiga a todos por parejo.

El señor encontró a la maestra debajo de la mesa tirada de borracha. No fue un bote el que yo pedí; pedí dos y después les hice que se los bebieran. ¿Cómo iban a aguantar? Cayeron y se perdieron de briagas. Las castigó el dueño y de allí para acá ya no me perjudicaron. Pero entonces yo agarré la tomadera. Salía del trabajo y yo era la que les decía:

—Vamos a tomar, ándenles. Me disparan tantos chivos de pulque porque yo les voy a enseñar a tomar.

Aprendí a tomar en Chilpancingo, nomás que entonces no tenía dinero. Cuando me empezaron a pagar un tostón diario todavía tuve que aguantarme a pasar la vida triste porque con ese tostón tenía que vestirme y comer. Pero ya con setenta y cinco centavos diarios podía beber aunque comiera lo más pobre que había. Daban cuartilla de frijoles y cuartilla de tortillas; seis tortillas por tres centavos. Pero eran tortillas de mano, grandes, no como esas cochinadas que venden ahora. Así es de que me compraba mi cuartilla de tortillas y me les echaban encima una cucharada de arroz y otra de frijoles y ya con eso me daba por bien servida. En la mañana me echaba un jarro de atole de a centavo y tres tamales también de a fierro, tamales grandes, no que ahora valen veinte o treinta y cinco centavos y ni a carne llegan. Renté un cuarto de puerta para afuera y para adentro con un brasero y una azotehuela. El cuarto estaba en San Antonio Abad número setenta y siete esquina con Jesús María. Ya tumbaron esa casa. Hicieron unas bodegas. Seguía durmiendo sobre el suelo pero ya tenía casa a donde llegar. El petate me costó diez centavos y me tapaba con una cobija nueva de a uno cincuenta. Podía hervirme un café y cocerme unos frijoles; llevaba tortas al trabajo. ¡Y de allí pa'l real! Iba yo progresando, una vez hasta llevé bisteces así de grandes, porque con un diez le daban a uno cinco bistezotes.

En la cartonería duré como dos años. De allí unas compañeras y yo nos fuimos a otra fábrica hasta la Magdalena Mixhuca. En México, en aquel tiempo había mucho dinero y pagaban con monedas de oro. Nos juntaban a tres o cuatro en cada moneda y nos íbamos a comprar el gasto de la semana a la tienda de raya que era de la viuda dueña de la fábrica. Salíamos sin dinero porque todo lo habíamos dejado en el mismo comercio. Así es de que la viuda se volvía a quedar con las monedas. Nosotros nomás las traíamos un ratito. Era una tienda de raya como en la época de Porfirio Díaz. Cada quien tenía que gastar allí su parte para que nos cambiaran la moneda. Y uno no era libre de gastar su dinero en otra parte. ¡Dinero que salía, dinero que regresaba! Y dejé la fábrica de la viuda aquella tan vivales y con unas compañeras me fui a la de otro español. Y desde entonces todo fueron fábricas y fábricas y talleres y changarros y piqueras y pulquerías y cantinas y salones de baile y más fábricas y talleres y lavaderos y señoras fregonas y tortillas duras y dale y dale con la bebedera del pulque, tequila y hojas en la madrugada para las crudas. Y amigas y amigos que no servían para nada, y perros que me dejaban sola por andar siguiendo a sus perras. Y hombres peores que perros del mal y policías ladrones y pelados abusivos. Y yo siempre sola, y el muchacho que recogí de chiquito y que se fue y me dejó más sola y me saludas a nunca vuelvas y no es por ai María, voltéate, y yo como lazarina, encerrada en mi cazuela, y en la calle cada vez menos brava y menos peleonera porque me hice vieja y ya no se me calienta la sangre y se me acabaron las fuerzas y se me cayó el pelo y nomás me quedaron unas clavijas por dientes, rascándome con mis uñas, pero ya ni uñas tengo de tantos uñeros que me salieron en la lavadera. Y aquí estoy ya nomás esperando a que den las cinco de la mañana porque ni siquiera duermo y nomás se me revela todo lo que pasé desde chiquilla, cuando anduve de guacha y sin guarache, haciéndole a la revolución como jugando a la gallina ciega, recibiendo puros trancazos, cada vez más desmadejada en esta chingadera de vida.

14

Todas las noches después de trabajar me iba yo de borracha a bailar y a tomar con los de la Montañagrina. Salía de allí y me metía al Bosque. Esas dos cantinas estaban una frente a otra en Pino Suárez, el que mataron con Madero. La Montañagrina era una casa de una cuadra de grande con su piso de madera para el taconazo, sus mesas, sus sillas y su mostrador. En invierno ponían una cafetera grande en una lámpara de gasolina y hervían canela; hacían ponches y yo me los echaba bien calientes y con mucho piquete. Nos emborrachábamos con puro caliente adentro. Eran los ponches de a diez centavos en el mostrador y a quince en la mesa porque las meseras ganaban un cinco de comisión. Encima del mostrador, por un espejo grandotote, se veía a las mujeres y a los hombres que entraban. A cada rato se abría y se cerraba la puerta.

Entonces yo trabajaba en el cartón. Además, el dueño de la fábrica, el español don Chicho, me mandaba a hacerle los mandados. Una vez me dijo que fuera a ver a su mamá a las calles que van a salir donde está un monumento señalero; un hombre encapotado de cuerpo entero, creo que es Morelos o alguien así por el estilo.

Al regreso se me hizo fácil cortar calles para llegar más pronto. Yo oía que me hacían: "pchpchpchchchchch… pstttt… pssssstttttt…", y como no es mi nombre ni soy perro, ¿a mí qué me importaba? Ya cuando se aburrió el pelado de venirme haciendo: "pchpchchchch y pstttt", me alcanzó y ¡chan! que me jala el pelo:

—¡Ya me cansé de venirte hablando y no me haces caso!

Y que le sueno una cachetada. En ese mismo instante mete la mano y saca el pito y llama a los policías. Enseñó su papel de agente de la Reservada y lo tuvieron que obedecer los gendarmes. Me llevaron a la Sexta, en la esquina de Vizcaínas y Niño Perdido.

Se hicieron las aclaraciones. Me dijo el jefe de barandilla:

—¿Por qué le pegaste sí es agente de la Reservada?

—¿Y por qué se atrevió? El señor no me conoce ni yo lo conozco a él. Lo de la Reservada, pues peor tantito. ¿Por qué? ¿Con qué derecho me jala a mí los cabellos?

—Pues yo creí que venías de Salubridad.

—¿Cómo que de Salubridad?

—Sí, de allí, de donde salen las mujeres.

—¿Y a mí qué me importa que salgan o que no salgan de allí las mujeres? Es calle y yo tenía que pasar.

—Mira nomás qué chistoso, tú haciéndote la muy apretada siendo que eres de las meras guangas…

Y que me le echo encima para romperle el hocico. Entonces el jefe de barandilla me detuvo. Le preguntó al de la Reservada:

—Usted ¿de dónde la vio salir?

Ni siquiera le contestó al jefe, como si no le hubiera preguntado, y me dice a mí:

—Por esa calle venías y ya te he visto pasar muchas veces, no te hagas porque te llevo a que te analicen.

El jefe de barandilla se interpuso:

—Mira, no hay que jalonear así nomás por nomás. ¿Qué ya no sabes ni siquiera distinguir lo horro de lo parido? Una cosa es que seas agente y otra que te pongas perro… Por más que quieras esa mujer no es de las que estás pensando.

Entre que sí y que no, nos dieron las doce del día. Le pedí al juez que me dejara hablarle por teléfono al patrón para que supiera quién era yo y qué andaba haciendo. Cuando tomó la bocina le conté que le había pegado a un hombre cerca de la Ciudadela y que me tenían encerrada:

—Voy para allá.

Acabandito de llegar don Chicho le dije que no fuera a pagar ninguna multa porque si yo le había pegado al agente era por su culpa. El juez era buena gente. Hasta eso, no estaba yo detenida dentro de la cárcel; me tenían en el salón de barandilla.

Como a las tres de la tarde me dieron libre. Veníamos caminando y voltea el patrón:

—Mira que de veras eres mala. Yo creía que a ti nomás te gustaba hablar pero no sabía que te les aventabas a los tortazos.

—Pues también me jaló los cabellos. ¿A poco me iba a dejar? Si yo no lo conozco a él…

Nomás le di un revés pero se lo dejé pintado. Yo era rete fina para pegar. Ora ya no, ya no pego. Ya se me quitó lo peleonera porque me di cuenta de que no es bueno pelear; aunque gane, uno siempre sale perdiendo, pero antes, hasta comezón sentía en las manos.

El dueño nomás esperó a que acompletara la quincena y me corrió.

Antes en la Lagunilla había un jardín al lado del mercado que después tumbaron para fincar. En las bancas de ese jardín comían todos los cargadores. Yo me iba a sentar allá por el pastito. Cuando alcanzaba banca, banca, y si no, pasto. Como no tenía yo trabajo y andaba en la Lagunilla nomás de ambulante fui y me acomodé debajo de un árbol. Luego llegó una señora a preguntar que quién de tantas de las que estábamos allí de balde quería trabajar. Ya llevaba dos muchachas apalabradas y me contrató a mí también.

Adelina de la Parra era la dueña del negocio de Netzahualcóyotl y yo su criada. Su casa era como tienda, como restorán, quién sabe qué cosa era, el caso es que allí bailaban. Yo limpiaba y hacía las recámaras. La familia era grande: de ocho recámaras. Iba un bute de muchachas porque el negocio era de tomar y bailar. Se vendían tacos, tortas y bebidas y por lo regular tenían que lidiárselas con borrachos y con hombres malos. Yo nomás estaba para barrer y sacudir, y cuando terminaba me decía la señora:

—Ándale, ponte a bailar, a servir mesa para que no estés allí mirando…

Y por eso me empezó a gustar más la bailada que la limpiada.

A las diez de la noche me iba a mi casa o a donde yo quisiera hasta el otro día. Por lo regular agarraba yo para la Montañagrina. Gané mis centavos en Netzahualcóyotl pero tenía que tomar al parejo de todos los que llegaban. Además había muchos pleitos. Una vez se puso resabroso. Estaba yo platicando con uno y que entra otro que me enamoraba. Él sí estaba zafado por mí pero yo no le daba por su lado. Era curtidor y olía mucho a tanino. Se llamaba Carlos quién sabe qué. "Tan luego como llegue me atiendes a mí y dejas a quien sea." Seguro ese día no estaba yo de buenas y no le hice caso. Vi que entró Carlos tanino y como si hubiera entrado una mosca de tenería.

—¿Qué pasó? ¿Qué no viste que ya llegué?

—¿Y qué que hayas llegado? Yo estoy aquí atendiendo a estos señores…

Que da la vuelta y que se va y como si se hubiera ido el perro. Me dio risa porque dio la rabiada. Le dije al pianista:

—Tócame *Suspiros y lágrimas*.

Comenzó a tocar y jalé a uno de los muchachos con los que estaba tomando.

Andábamos bailando el dichoso vals de *Suspiros y lágrimas* cuando a poco regresa aquél. Le había ardido el desprecio que le hice. Pero lo mismo que pagaba él, pagaban los demás. Caifás al chás chás. ¿Por qué los iba yo a dejar? ¡Uuuuyyy! ¡Uyyy! ¡Uuuuy! Él se creía con derecho a gobernarme.

—Yo estoy aquí para trabajar, no para chiquear pelados.

Carlos la quiso hacer de pleito ratero con mi pareja y le dije:

—Con él no es el pleito. ¿Por qué? ¿Con qué derecho vienes a peliar?

—Yo no soy de tu bueyada, el que se meta conmigo se ensarta la chaira.

—¡Ah!, pues aquí ¿quién eres tú? ¿El dueño de la casa o el que paga la renta o acaso te crees el que nos da de comer a toda la runfla?

—¡Ya sabes que a mí me atiendes o yo soy el que te atiendo a punta de cocolazos!

—Yo estoy a disposición de la casa que es la que me paga mi dinero que me gano; estoy atendiendo a este señor y a los amigos que lo acompañan, así que llegaste tarde, manito…

¡Uuuuyyy! Pues que saca el cuchillo así de grande de curtidor y que quiere agarrarse con los otros.

—Les voy a dar matarile.

—Con los muchachos no te pongas. Ponte conmigo. Eres muy hombre, ándale, éntrale… Tú traes lo tuyo pero yo también traigo lo mío… ¡No se metan, muchachos, ya yo me entiendo con él!

Le doy el aventón para la calle. Al ver el cuchillo todas las mujeres que estaban trabajando se salieron con la clientela. Y que nos damos la gran agarrada.

—Tú no tienes ningún derecho de venirme a gritar.

—Yo a ti te quiero y quiero que me entiendas…

—¿Y yo qué culpa tengo de que me quieras? Yo quiero a todo mundo sin distinción. Si te conviene, bueno, si no, salúdame a nunca vuelvas.

Tenía su mujer porque dos veces me llevó al chiquillo, hágame usted favor, un chiquillo como de dos años, seguro para que yo se lo acabara de criar. Si tenía interés en mí, allá él con su interés. Los casados no me laten, siempre contando sus desgracias, siempre lloriqueando que si no les dan de comer a sus horas, que si mira yo a ti te quiero y ella nomás me enredó… Y luego a mí que me gusta gritar, no que me griten a mí.

—Conmigo no arreglas nada. Sigue tu camino y a mí déjame en la paz de Dios. Llévale tu chilpayate a la taruga que lo parió.

Después de que le di de cachetadas le mordí la mano, soltó el cuchillo y que lo agarro y que le digo:

—Ahora ponte. Ándale, eres muy hombre.

Me le dejé ir con el cuchillo y él, patas pa' cuando son.

Antes no podían conmigo, aunque fueran más fuertes. Les ganaba porque tengo muchas mañas para pelear. Sentía yo la muina que me ardía por todo el cuerpo y calculaba sin darme cuenta: "El trompón va por aquí… y la patada por allá". ¡Lo que es la juventud! Por eso yo soy sola, porque no me gusta que me gobierne nadie… Y si no que lo diga Pedro…

Luego me preguntaban las muchachas:

—Pero ¿a qué te atienes?

—¿A qué me he de atener, a qué me he de atener? Al cabo una sola vida tengo. Si me toca, me tocó. Para luego es tarde. Pero eso de que me vengan a hacer escándalo por causas de celos, eso sí que ni qué. ¡A volar! Yo los atiendo a todos por parejo mientras paguen su dinero. Caifás al chás chás. No voy a enamorarme de ellos por más guapos que se crean. A mí al cabo ni me gustan los pelados. A mí, sáquenme a bailar, llévenme a tomar y jalo parejo, invítenme a dar la vuelta por todo México; denme harto que comer porque me gusta comer y tomar, pero eso sí, a mí no me digan que les pague con lo que Dios me dio. Eso sí que no.

—Pues te crees muy malilla, pero ya te saldrá tu rey de bastos —me decían las meseras.

—¡Eso está por verse! Ustedes se dejan pero yo no. ¿Por qué me voy a dejar? Aunque fuera el dios Huitzilopoztli, conmigo se estrella.

A mí no me gustó nunca ninguno; como amigo sí, a mí háblenme de amigos legales, sí, pero nada de conchabadas. Que vamos a tomar, pues vamos, pero no más allá si me hacen el favor. Muchos amigos tuve y no me arrepiento, porque fueron derechos. Y al que trató de ponerse chueco lo quebré. Soy de todos por las buenas, pero de nadie por las malas. Eso de que te quiero para mí solo, pues nomás no. Y si no te parece mi amistad, pues cortinas aunque sean de tarlatana.

—¡Ay, cómo eres! ¡Más brava que un gallo gallina!

Ellas sí se dejaban de los hombres. Nomás les pegaban un grito los cabrones cargadores y se azorrillaban. Yo no. A ellas, por guajolotas, les hacían hasta lo que no.

—Ponte y vámonos, ándale.

Si ya compraron la esclava para nomás ponte y te lo finco cuantas veces se ofrezca, de guajes se van a andar con adulaciones. Y yo lo digo porque también me dejé. Pero eso fue antes. Desde que me vine a México se me quitó lo tarugo. Dije: "Bueno, relativamente mientras más se deja uno, más la arruinan". Y las que se sigan dejando, pues eso y más se merecen, que las pongan como burras enquelitadas…

Desde muchacha, mis amigos sabían a qué atenerse porque cuando mi padre vivía, en las tardes, después de pasar lista a los soldados, me vestían de hombre y a dar la vuelta con la tropa. Nomás les decía mi papá:

—Ya saben que me la cuidan…

—Sí, señor, se la cuidamos…

Me alzaba yo las greñas para arriba, me ponía mi sombrero y mi uniforme y me iba a correr gallo con ellos; a cantar con guitarra. Yo le hacía de hombre y les llevábamos gallo a toda la tendalada de viejas calientes. Anduve con muchos soldados paseándome con ellos en el puerto de Acapulco por las calles, cargando guitarra y botellas y nunca me metieron mano. Así también cuando trabajé en Netzahualcóyotl andaba en la broza pero todos eran amigos.

—¿No vienes con nosotros, Jesusa?

—Sí, ahorita los alcanzo.

—Yo también voy —decía una mesera Rosita muy modosita.

—¡No, tú no!

—¡Ay! ¿Por qué?

—Entre menos burros, más olotes.

—¡Cómo serán! ¡Cómo serán!

—¡Carajo! Esto es cosa de hombres. No queremos jirimiquiadas.

Uno era chofer, otro banquero, otro policía. Valentín Flores era un amigo gritón; un señor frutero. En una batea de esas de madera de Michoacán vendía fruta a grito y grito. Cuando no traía naranjas, traía aguacates, y si no, quesos; quesos de tuna cardona, de leche de chiva. También hacía nieve de limón muy buena. Y si no le daba tiempo, pues raspados, que son muy fáciles. Nomás se cargan las garrafas de distintos colores y ya. Cuatro o cinco viajes se echaba al mercado y luego que lo oíamos gritar por la calle decíamos:

—¡Allí viene el loco. Allí viene el loco!

Y le hacíamos averías, pobre. Le robábamos la mercancía porque casi siempre estaba borracho. Era muy bueno y se hizo amigo mío porque un día que lo agarraron entre todas las fabricantas lo defendí.

—No hay que ser, ya nos comimos toda su mercancía, vamos a ayudarle para que se pueda reponer.

Y con lo que le juntamos se fue muy contento a la Merced. Algo es algo. Este señor ya era grande; tenía como cuarenta o cincuenta años y un día que andaba bien borracho le escondí su provisión. En medio de su borrachera se me hincó:

—¡Ay, mamacita, dame mis quesitos! ¿Qué no ves que los voy a vender?

—No te doy nada porque se te van a caer.

En eso nos vio la palomilla de la cantina y entonces le pusieron a él don Juan Tenorio y a mí doña Inés. Valentín cargaba un pañuelo donde liaba su antidolor del Dr. Bell y los centavos, pero se agarraba disparándoles a todos sus alipuses y luego tenía que pedir caridad para habilitarse y seguir vendiendo.

Valentín Flores fue el hombre más bueno que yo conocí. Pobre, era un hombre muy dócil, dócil para la mula vida. "Calma y nos amanecemos, caramba —decía—, ya me tropecé, ya me alevanté, ni modo, así nos va, qué le vamos a hacer." Aunque fue soldado en la época de Porfirio Díaz y tenía fama de maldito, yo sigo diciendo que Valentín Flores era un alma de Dios. Le decían el Chueco por mal nombre, y es que los federales le quebraron las manos cuando lo agarraron de leva. Todavía así tullido y todo era terrible. Luego le preguntaban los muchachos que por qué peleaba así de baldado y él les decía que no se había de dejar. Y no se dejaba. Vaya si no se dejaba. Pero cuando los gendarmes lo agarraban borracho y le tomaban declaración se ponía a lamer tristeza: "Soy un hombre mutilado, no tengo con qué pegar". Comenzaba a mover así las manitas chuecas, las soltaba a puros temblorcitos. Y entonces lo daban libre:

—Yo no puedo pegar… —salía diciendo muy triste de la delegación—, yo no puedo pegar —hasta las lágrimas se le escurrían. Bien hipócrita pues el primero que se le atravesaba sabía lo que era un gancho a la mandíbula.

Este señor tuvo mucha amistad conmigo porque los dos éramos iguales de rejegos. Una vez que me enfermé, fue el único que vino a hervirme agua caliente con manzanilla. Estorcía unas toallas y me ponía fomentos. Y yo con el dolor pensaba: pues qué me importa que sea quien sea, hombre o mujer, qué me importa, a mí que me cuiden, a mí que me cuiden aunque me vean como Dios me echó al mundo. Y si Valentín se facilitaba, pues allá él si tenía malos pensamientos. Pero yo nunca le noté nada cuando venía a hacerme la caridad de los fomentos.

Había otro, Raimundo, al que le pusimos el Charalito, por lo flaco. A otro, la palomilla de la cantina le decía la Escalera de Almacén, por alto y parejo. Raimundo Patiño, el Charalito, era mecapalero pero también vendía pan en el mercado de San Lucas y por las tardes se iba a las carpas y entraba a ofrecer nieve, pasteles y refrescos. Como a las siete de la noche llegaba a Netzahualcóyotl a bailar. Fuimos muy buenos amigos. Luego me decía:

—Cuando cierren aquí, te sales y vamos a bailar a tal parte.

—Pues vamos a bailar a tal parte y a tal otra hasta que se nos canse la burra.

Era amigo leal. Luego, ya de allí iba yo demadreardiendo a acompañarlo a vender. Decían que yo era su mujer y no, su mujer era muy bonita, muy jovencita y ya le tenía como tres niños, bonitos; se veía que los habían hecho con gusto. Luego llevaba a su hijito de cinco años y nos íbamos a pasear con el chiquillo. El niño andaba conmigo pero nosotros no éramos nada. Y los que piensen mal, allá ellos.

Todas las que trabajábamos en Netzahualcóyotl teníamos que ir una vez a la semana al salón de belleza para que nos hicieran el ondulado Marcel. Nos cobraban un peso cincuenta centavos y quedábamos peinadas para toda la semana. Era muy bonito peinado y no ha vuelto a haber otro igual. Antes, según la cara que uno tenía le buscaban el mejor peinado, no nomás hacer un zurrón sin saber ni cómo. La peinadora se fijaba en la cara de uno y en la pared clavaba fotografías de distintos modelos de peinados. Entonces decía:

—Mire esta cara. Da el mismo perfil suyo. ¿Le agrada el peinado este?

—Pues de veras que sí.

Y lo peinaban a uno como es debido; unos peinados altos, ondulados como unos caireles hechos con tenaza que le caían a uno para acá; caireles chinos, redondos, tres caireles que le daban muy bonita vista a la cara. Aunque la mujer estuviera fea, bien fea, le cambiaba la cara. A mí siempre se me hicieron cinco ondas. Nunca he usado la raya, toda la vida me eché el pelo para atrás. En mi tierra sólo las tortilleras se partían el camino real en medio de la cabeza. ¿Por qué me había de hacer raya si yo no soy como ellas? Toda la vida me he peinado para atrás. Hasta ahora de vieja me hago dos trenzas y créamelo que me da tristeza.

Una noche que estaba yo tomando en la cantina El Bosque con unos muchachos, llegó un capitán de artillería.

—¿Tú eres mesera?

—No, señor, las meseras son esas muchachas que están allá.

—Como te veo tomando con los muchachos, creí que trabajabas aquí...

—No, señor, no trabajo aquí.

—Oye ¿y no te agradaría ir de mesera a San Juan Teotihuacán?

—Pues no sé, pero a mí no me late ser mesera porque no me gusta torear borrachos.

—No, allá no es cantina. Allá serías mesera de alimentos. Se sirven bebidas, pulque y cerveza pero no de borrachera, nomás para pasarse la comida. Puedes ir los domingos. Yo te arreglo el empleo. Tú nomás no te me cisques.

—¿Ciscada yo?

Como nada más eran los domingos, la señora Adelina de la Parra me dejó que fuera. Además, con ella sólo trabajaba de día y a las diez de la noche era muy libre de irme a las cantinas a tomar, a bailar, a lo que se me diera mi gana; la noche era mía. Siempre me ha gustado la noche. La noche es una bendición.

Los domingos me iba yo por la mañana a San Juan Teotihuacán y regresaba el mismo domingo al atardecer. Hacía yo una hora de ida y otra de venida en el ferrocarril; tenía para chico rato pero me pagaban el transporte de ida y vuelta y tres pesos de sueldo aparte de mis propinas, y como eran puros extranjeros y además viejitos, el día no me salía por menos de veinte o veinticinco pesos aparte de mi sueldo. Así es de que sí me costeaba. Estuve yendo para allá como un año. Las pirámides los engatuzaban a todos. Se veían bonitas, parecían lomas, parecían de tierra. Alguna vez subí pero nunca hasta mero arriba. No teníamos tiempo de andarlas revisando, pero eran muy bonitas, pachoncitas... No sé cómo estarán ahora, pero seguro que mal, porque en México todo lo descomponen.

El restorán quedaba en la gruta, sumido, haga de cuenta una cueva grande. Arriba el patio y luego una entrada por la que va uno bajando. Cabían doce personas en cada mesa y eran veinticuatro mesas. La cocina estaba en la entrada y la señora norteamericana, esposa del capitán de artillería, empanclaba así sus sangüiches con su mayonesa y su aceituna. Si tenía banquetes entre semana, me mandaba avisar el dueño:

—Hay una comida en honor del general Fulano de Tal. Vente temprano.

Y ya me iba yo para allá.

Seguía yo entonces en el Tercer Callejón de Netzahualcóyotl baile que baile, bebe que bebe. Bailaba yo pero no como ahora, que se zarandea todo el cuerpo de un lado para otro. No se usaba brincar ni abrirse de piernas. Antes era baile de a de veras, no que ahora todo les cuelga de tanto que se sacuden. Se bailaba parejito y en un cuadrito; los pisos eran de cuadros y ninguno se había de salir de su cuadro. Yo bailaba danzones quieta, quieta, muy quietecita, poniendo atención. Nomás movía el cuadril, no como hoy esas cimbradas que se dan que parece que les dan un toque. Y tangos, valses y las corridas que se bailaban a todo lo largo del salón siguiendo la música. ¡Ahora ya no se usan los buenos bailes! Puras babosadas.

Con quien más me gustó bailar fue con Antonio Pérez, el chofer. Cuando nos cansábamos me llevaba en su coche y me dejaba en mi casa. Tendría diecinueve años, algo así. Nos quisimos como hermanos, algo así, con mucha estimación, nos quisimos bastante, y éramos muy prudentes, muy prudentes para tratarnos. Su hermano mayor era militar, teniente coronel, y a veces le preguntaba:

—Bueno, de veras ¿qué te traes con Jesusita?

—Nada, es una amiga.

—¿No es tu cuero?

—No.

—A mí se me hace que tú y ella me están poniendo los ojos verdes. ¿Por qué no la llevas a la casa?

—¿Y para qué? ¿Para que todos ustedes digan también cosas que no son? No. Nosotros nos respetamos.

—Eso no es querer.

—Sí la quiero, y porque la quiero la voy a visitar.

—Mecachis, ¿quién te entiende a ti?

—Jesusa, hermano, Jesusa.

15

Yo me agarraba el estómago de risa de tanto que me estuve burlando de unos y de otros. En esa época era muy peleonera y todo lo componía con hacer avería y media.

Cuando aquel hermano espírita llegó a darnos instrucciones lo juzgué loco.

Sentaba a las muchachas en las sillas y se quedaban atoradas. Él entraba en comunicación elevada con la luz del Omnipotente, del Padre, del Hijo, del Enviado Elías y las dormía a todas. Era un joven de unos dieciocho años, delgado, todo borroneado él. Yo no le vi los ojos.

Iba harta tropa a bailar con las muchachas. Y un día llegó ese jovencito a platicar y les dijo a las meseras que él tenía mucho poder de espiritismo.

Las muchachas se habían sentado parejo alrededor de la sala. Él les pasó la mano sin tocarlas y les dijo: "¡A ver, levántense!" Hicieron el intento y nada. Se movían con todo y silla pero no se les despegaban las asentaderas. Desde la puerta yo me estaba fijando en todo: en sus gestos, en sus movimientos, sus figuretas. Yo era la juzgona.

Y en una de ésas que me dice él:

—Te voy a pegar a ti también…

Luchó conmigo y no pudo. Lo vi que sudaba del esfuerzo. Entonces le dije:

—Ya ve cómo no puede. Ellas ni están pegadas… Se están haciendo guajes allí.

—No, si no nos podemos despegar. ¡A ver, quítanos tú, a ver si puedes!

—No, no. Yo no tengo por qué despegarlas. Que las despegue el que las pegó.

El muchacho me volvió a decir:

—Te voy a pegar a ti…

—Pues pégame si puedes.

Luchó otra vez y no pudo aunque imploraba los poderes. Entonces se puso muy humilde:

—Préstame tu voluntad…

—Pues mi voluntad está prestada.

Rezó, desalojó las malas corrientes, los espíritus rebeldes, y quién sabe qué tanto me hizo, pero no pudo sugestionarme.

—No, no sabes… Tú no sabes darte.

Hasta groserías le dije. Yo era un animal muy bruto, una yegua muy arisca. Además él era muy muchacho y yo no le creía, podía con otros pero no conmigo, porque me imagino que él nomás tenía un protector, a Madero y yo tengo a tres y esos tres son muy elevados, muy elevados, pero entonces no los conocía y me faltaba fe. Mi protector es más elevado que Madero. Madero fue espírita. Los seres del espacio pasaban a darle instrucciones y por eso supo todas las cosas que iban a suceder, menos lo de Huerta. El muchacho éste era la bocina de Madero y el presidente muerto se manifestaba a través de él.

Nomás por no dejar yo estuve mirando los movimientos que hacía el hermano ése y lo que rezaba y lo que pedía, porque yo tengo el defecto de que todo lo que oigo se me queda en el pensamiento, todo, y a mí se me grabó aquello, pero como no creía me daba risa.

—Mira, muchacha, no seas maje. Pídeme la prueba que quieras.

—No necesito pruebas de nada, no me hace falta ninguna porque todo lo que estás diciendo son mentiras…

—Yo te voy a dar una prueba aunque no quieras. Tengo que dominarte. Tengo que vencerte.

—No, no puedes…

—Bueno, pídele a uno de tus difuntos que te dé una satisfacción.

—No, yo no tengo muertos.

—Todo mundo tiene difuntos. ¡Cómo que no! ¡Ah, cómo que no! Tú debes tener uno o dos…

—No, yo no tengo muertos.

—No seas tonta. ¿Con quién quieres hablar del otro mundo?

—Yo no quiero hablar con nadie porque no tengo a nadie con quien hablar… No tengo familia…

—No, no. Tienes que tener. No hay una persona que no tenga familia sobre la tierra o debajo de la tierra.

Tanto me estuvo insistiendo que pensé: "Bueno, pues le diré que llame a Pedro por no dejar…"

—Ya no estés molestando. No tengo a nadie pero quiero que llames a Pedro.

—¿Pedro qué?

—Tú nomás pregunta por Pedro de parte mía. Él sabrá.

Lo llamó a través de una mediunidad que había sacado de nuestras mismas compañeras sin que ellas se dieran cuenta. Doña Adelina cerró todas las puertas con vista a la calle; cerró el negocio para que él durmiera a una de nuestras compañeras y a través de una envoltura tan humilde como la de esa mesera se manifestaran los seres espirituales. En la sala grande donde se ponían las mesas y el piano, el muchacho hizo trabajos de desdoblamiento y como era un ser muy elevado, durmió a aquella muchacha mediunidad entre el más allá y la tierra. Y aquella compañera que tenía el cerebro abierto, y por eso podía recibir a los espíritus, habló:

—El ser del otro mundo que ha mandado llamar dice que no la conoce…

(Pedro era un animal más bruto que yo. O se estaba haciendo del rogar.)

—Seguro —dije—, ya ven cómo son ustedes mentirosos. ¡Cómo no me va a conocer! ¡Ya mero que me iba a hacer un desaire, si el favor se lo estoy haciendo yo con acordarme de él!

Dice el muchacho:

—No, llama a otra persona. Ésta te falló.

—No, pues entonces ya no llamo a nadie. Yo no estoy para que me juzguen de camisón.

—Llama a otro de tus muertos…

—No, ya no quiero ningún otro.

—No, tienes que creer.

—Sólo creo en Dios, y eso de oídas, porque nunca lo he visto. Bueno, una vez, profundizándome, lo devisé que iba por una cuesta vestido de morado…

—Llama a otro, por favor…

Yo sentí cómo se me movían las quijadas.

—Bueno, bueno, pues si quieren traerme un alma, ya tráiganme a la que quieran.

La facultad lo fue a buscar entre las almas muertas del espacio y regresó:

—Pues no hallo a nadie.

—Búscalo en la tierra.

La facultad empezó a penar. Dijo que ya lo había encontrado pero que no lo podía alcanzar.

—Hay muchas espinas de abrojo… No puedo llegar a él.

El hermano le quitó los malos ambientes, las corrientes de los seres del espacio que uno trae en el cuerpo y le dijo:

—Puedes pasar las espinas. No te espinarás.

La facultad siguió caminando.

—Ya lo encontré, está debajo de un árbol pero no puedo levantarlo porque hay demasiado mezquite.

Entonces le dieron fuerza espiritual para que las biznagas no la lastimaran:

—¡Tráelo, tráelo!

Fue cuando ella ya recogió al espíritu y dio sus señas. Dijo que tenía sus carrilleras cruzadas, su sombrero grande de fieltro galoneado, su zapato café de rechinido; que era de estatura regular, ni alto ni chaparro, ni prieto ni blanco, una cosa así apiñonadita.

Entonces me sacaron para afuera. Cerraron la puerta y ordenó el hermano:

—Aquí te quedas en el quicio.

Me recargué oyendo por afuera. Y nomás al decir: "Buenas noches", le conocí la voz a mi papá. No era la voz de la mujer que estaba extasiada, era la de mi papá, tal y como fue en vida, mandona. Y nomás con la pura voz tuve yo.

—Buenas noches —repitió.

Y le contestó el muchacho:

—Buenas noches, hermano. ¿Qué deseabas?

—Yo nada. Me han llamado y aquí estoy.

—Sí, te hemos llamado. ¿A quién conoces aquí?

—De las personas aquí presentes no conozco a nadie. Pero acaban de sacar a una y esa persona es mi hija.

Yo lo estaba oyendo. Ya su carne era polvo… Murió en 1913. Los zopilotes, los coyotes, sabe Dios qué animales se lo comieron porque mi padre no fue sepultado. Quedó debajo de un árbol, en Mochitlán. Según me contaron después los soldados, allí derrotaron a la corporación de mi papá. Dicen que venía herido con dos mulas de parque. Acababa de pasar el combate y a él se le hizo fácil recargarse en un árbol y descansar. Y allí fue dónde. Lo sorprendieron los zapatistas y lo mataron. Su espíritu era el que estaba apacentado en el campo, todo rodeado de malezas y de picantes. Todavía el Ser Supremo no lo tenía en su lista, todavía no lo había ido a levantar.

—Antes de hablar con mi hija, quiero hablar con la dueña de la casa para hacerle algunos encargos.

Y entonces llaman a doña Adelina. También la señora usaba la ondulación Marcel. Todas las que trabajábamos en Netzahualcóyotl teníamos ese modo de peinarnos. Era como de cuatro o de seis ondas, según el tamaño.

—Señora, a usted que es la que maneja este establecimiento le recomiendo mucho a mi hija, porque no me gusta lo que ella hace aquí. Por favor dele un trabajo distinto… Quítela de la bebida.

Le dijo que yo era muy chica y no conocía a la gente, ni sabía distinguir, que me encontraba sin amparo en la tierra y a él le dolía mucho no poderme cuidar.

La señora Adelina le respondió que no tuviera pendiente, que ella velaría por mí.

Y entonces me dice el muchacho aquél:

—Ven, te llama.

Yo no me quería acercar. Pensé: "Me va a dar de guantadas".

—No temas, hija, acércate —dijo mi papá—. Quiero hablar contigo y darte algunos consejos porque no te los pude dar cuando vida llevé en la tierra. Hazme favor de que no nos hagas sufrir. Modera tu carácter porque nosotros estamos siempre encadenados debido a ti. Deja todas esas palabras que dices. No te peliés con la gente en la calle porque tan pronto como lo haces, a mí y a mi esposa, que es tu madre, nos encadenan. No seas tonta, pórtate bien. Pórtate con conducta.

Mi padre ya no habló. Las almas no tienen derecho a materializarse, a decir cosas terrenales. Nomás dicen dos o tres palabras para que uno comprenda y ya. Y por ese testimonio comencé a creer.

16

Un día que estaba acostada en el cuarto, a las tres de la tarde, vi que pasaba una cosita como humo y me le quedé mirando. "Pues ¿quién está fumando?" Salí a buscar y no encontré a nadie. Me quedé viendo aquel humo y ¡que me acuerdo de la muchacha que el joven espírita extasiaba y vivía al otro lado de mi cuarto! Me paré, agarré una silla y poniéndola a media pieza llamé a la muchacha.

—Oye, hija, ven acá…

—¿Para qué me quieres, madre?

—Para que te sientes en esa silla.

Ella se sentó a la mitad de la pieza.

—¿Qué vas a hacer?

—Nada. Mírame…

Con la fuerza que se había posesionado de mí, por el humito que vi pasar le ordené a la muchacha:

—Mírame.

No sabía ni cómo hacerle. Pero seguro no era yo la que estaba hablando porque ella se me quedó mirando y solita fue cerrando los ojos. Como yo era incrédula, pensé: "Ésta me está haciendo guaje, pero yo la voy a picar". Prendí una vela, agarré un fistol, de los que se usaban antes para detener el sombrero y no se le volara a uno por la calle, lo puse en la llama y ya que estuvo colorado, colorado, que se lo entierro en un brazo. No se movió. No sentía. Luego le piqué el otro brazo. Tampoco. Como estaba dormida, pensé: "No es ella. Está muerta". Y así era. Estaba muerta su carne y sólo vivía su cerebro, su alma. Le dije:

—¿Me vas a hacer el favor de contestar todo lo que te pregunte?

—Sí.

Se me ocurrieron puras babosadas, puros disparates y le pedí sin más ni más:

—¡Ah!, pues quiero que tomes mis formas corporales y vayas al Portal de Mercaderes y te le presentes a Antonio Pérez, el chofer de automóviles, y me lo traes…

Antonio siempre me llevaba chocolates. No era mi novio pero le encantaba regalarme dulces o gardenias enceradas con mi nombre. Mandé por él nomás para torearlo. Le seguí repite y repite como sonaja a la muchacha:

—Veme a buscar a Antonio. Ve a buscarme a Antonio… Ve por Antonio, ve por Antonio, ve por Antonio, ve por Antonio…

No me acuerdo cómo se llamaba la mediunidad que dormí. Le decía yo "hija", nomás. Era trigueña, gorda. Acabandito de dormirse le daban convulsiones y luego comenzaba a hable y hable, aunque se veía que le costaba mucho trabajo hacerlo.

Antonio era chofer en el sitio de la Colmena de donde ora salen los coches a 16 de Septiembre, cerca de la Catedral. Había una tienda grande, La Colmena, y en la banqueta de enfrente se estacionaban los fotingos. Allí esperaban que los ocuparan o iban a buscar a la persona a su domicilio, no como ora que nomás les gritan: "¡Tasi... tasi...!"

Se fue ella en espíritu, buscó a Antonio y me dice:

—No está aquí en el sitio.

Luego se movió tantito en la silla.

—Me acaban de decir que se fue a dejar un pasaje a las calles de la Luna y del Sol.

—Bueno, pues búscalo hasta que lo encuentres.

—Es que...

—¡Ay, hija, pues anda a verlo hasta allá!

Yo me estaba divirtiendo. Pero aquella pobre alma se fue volando tras de Antonio porque es el alma la que se le sale. Desde donde andaba el alma contestó en la bocina de la mediunidad.

—¡Ya lo alcancé! Está por las calles de la Luna y del Sol!

—Ora que ya lo encontraste, materialízate y háztele presente...

Ella hizo estas pantomimas por allá y me vio Antonio en la figura de aquélla.

—¡Ya me viene siguiendo en el coche pero no me puede alcanzar! —me dice la muchacha.

—¡Pues ándale...! Vente hasta acá y déjalo a que él llegue también.

—¡Ya está aquí en la esquina! ¿Y ahora qué hago?

—Pues ya déjalo.

—Orita le va a chiflar.

Y que oigo el chiflido. Abrí el balcón, me asomé y me dice Antonio:

—¿Qué saliste a la calle?

—No. ¿Por qué?

—Porque yo te vi caminando en la banqueta...

—Pues estás loco porque yo aquí estoy...

—Es que yo te vengo siguiendo desde las calles de la Luna y del Sol donde fui a dejar un pasaje.

A ella la abandoné dormida a media pieza, arriesgando a que se me muriera. Al rato se despidió él:

—Bueno, pues hoy vengo a las diez...

—Bueno...

Se fue Antonio y seguí dale y dale con la mediunidad hasta que dieron las ocho de la noche. No me di cuenta que habían pasado tantas horas. De las tres de la tarde a las ocho de la noche es un término bastante largo para un cerebro. De pronto a las ocho voltea ella, se me queda mirando, luego ve al suelo y dice:

—Sí, sí, sí, sí, sí, sí, sí, sí, sí, sí, sí, sí…

Cuando ella comenzó con su repetidero sentí que me entró algo frío, frío, frío; una cosa fría que me echaban en la cabeza y me estremecí todita. Comencé a tiritar y en ese mismo instante pensé: "¡Esta mujer se me está volviendo loca!" Volteó hacia la derecha y siguió abriendo y cerrando la boca: "Sí, sí, sí, sí", y mirando para el suelo… "Y ahora, ¿cómo despierto a esta mujer? ¿Cómo le hago? ¿Cómo la resucito, Dios mío?" Después de mucho tiempo de estar diciendo: "Sí, sí, sí sí", volteó y me dijo:

—Hermana, aquí hay un hermano que quiere hablar contigo…

Yo todavía me hice valiente. Rápido, como si yo fuera la gran cosa, le pregunté:

—¿Sí? ¿Y qué quiere? ¿Quién es? ¿Qué lo conoces? ¡Dame sus señas!

—Es un viejito con lentes, un padrecito. Está sentado en la banca de un jardín, tiene un libro en la mano, y hay un altero de libros junto a él.

Quiere decir que estaba en los jardines espirituales dando lección a los demás seres. Así entiendo yo. Le dije a la mediunidad:

—¿Quiere hablar conmigo? Pues que pase… Ándele, que pase. Ya lo conozco.

Me acordé del retrato de un señor que me regaló la lavandera Concha en Netzahualcóyotl. Concha debe haber sido de la Obra Espiritual porque me lo trajo y me dijo:

—Mira, si alguna vez te encuentras apurada y tienes necesidad pídele a este padre lo que tú quieras y te lo concederá.

Agarré el retratito como cualquier cosa, lo alcé y nunca lo llamé ni nada, aunque se me grabó su fisonomía. Parecía padre de la Iglesia.

Y qué pasa. ¡Ay, ya me quería salir de la ratonera! Creí que iba a hablar con cualquiera pero nomás entró y sentí yo una cosa así fea, helada, que me penetraba hasta los pies. Me quedé entumida. Y cuando tomó él la carne, se paró la mediunidad, levantó la mano y me dijo:

—En el alto y poderoso nombre del Eterno y Divino Maestro te doy mi saludo espiritual. Únicamente he pasado a preguntar quién te ha dado el permiso de extasiar a esta envoltura y poseer una carne que no te corresponde.

Se me trabaron las quijadas. No sabía qué contestarle.

—¿Por qué no me respondes si dices que me conoces? ¿Qué haces si esta carne por la cual me estoy manifestando rueda en abono de la tierra?

—¿Qué cosa es "en abono de la tierra"? Yo no entiendo lo que usted me dice…

—Me tienes que entender y te vuelvo a repetir lo mismo: ¿Qué haces si esta envoltura humana rueda en abono de la tierra? No obstante, yo te voy a vigilar. Tú me conoces en retrato desde hace unas albas…

—Sí, me enseñaron su retrato, pero se me desapareció…

—Es que soy alma del espacio. Veo y vigilo por toda mi hermana humanidad.

—Pues yo no entiendo de qué se trata…

Eso fue todo lo que le pude decir. "No entiendo… no entiendo nada…"

—Tienes que entender. He pasado con el permiso de Nuestro Padre Eterno a dejarte una misión. Tienes que estudiar todos los días desde las tres de la tarde hasta las ocho de la noche, pero estudiar y no divertirte como lo has hecho toda esta tarde.

Después, el Ser Espiritual tomó su vuelo, pero antes se despidió: "La paz del Señor quede con mis hermanos". Yo no sabía que había que contestarle: "La paz del Divino Señor se vaya contigo y que un rayo de luz te ilumine en el camino espiritual", y me quedé callada. Al rato la mediunidad despertó de su letargo y ninguna de las dos dijimos nada. Ella nomás se levantó de la silla y se fue a su cuarto arrastrando las piernas.

Todos los días la extasiaba yo. Hacíamos el quehacer en la mañana; nos apurábamos y a las tres de la tarde, cuando las demás estaban acostadas como unas elefantas, ya le estábamos dando al estudio espiritual.

En las sesiones sudaba yo la gota gorda porque luego a través de la envoltura que yo extasiaba, pasaban seres de oscuridad que me aventaban de guantadas, y yo sin saber detenerlos porque si uno agarra a la envoltura extasiada con las manos, la mata. Llegaban los seres oscuros y yo me zangoloteaba: "¡Ay!, pues ¿ora qué hago?" Pero el ancianito mi protector me ayudaba mucho. Tomaba mi cerebro y me hacía hablar. Es de la manera en que me fui enseñando. Me hizo distinguir entre los seres de luz y los seres de oscuridad. Había unos espíritus tan rebeldes, muertos en pleito, que llegaban sacando la pistola y dando cuchilladas en el aire. Yo tenía que luchar para hacerles comprender que eran almas y que sus pistolas y sus cuchillos valían sorbete y que no fueran payasos. La que pagaba el pato era la pobre mediunidad, que nomás se estaba retorciendo como si ella fuera la de los pleitos. ¡Viera qué triste, cuando se daban cuenta de que ya no eran más que almas! Comenzaban a llorar. Bueno, es tan doloroso oírlos, ¡tenía yo que rezarles para despertarlos de su letargo y hacerles que contemplaran sus huesamentas!

—Luz que iluminas el alto solio de mi padre, ilumina, Señor, a estos seres que en tinieblas avanzan y esa luz no ven; luz divina, luz clemente, luz de infinita bondad, préstanos, Señor, tu ayuda para retirar el mal.

Mientras a ellos se les iluminaba el entendimiento yo también iba aprendiendo. Se les recorre la venda de oscuridad para que vean y es entonces cuando ellos suspiran largo:

—¿Qué contemplas, hermano?

—Una luz muy pequeña… como una velita de pastel…

—A vos, hermano, a vos, os toca luchar para que esa luz sea grande. A tu derecha ¿qué contemplas?

—¡Ah! Pues allí veo a un hombre hirviendo de gusanos.

—¡Fíjate bien quién es!

Al darles la luz parpadean como encandilados. Reconocen que aquello que está allí tirado en la tierra es su cuerpo. A veces son muertos frescos y se horrorizan. Otras veces veían su esqueleto ya muy carcomido. Entonces despiertan de su letargo y resucitan a la vida de la gracia. Pero los que andan en la oscuridad son un titipuchal.

Al principio, como yo no sabía, hice destrozo y medio y cansaba mucho a la mediunidad preguntándole puras bembadas como si dos y dos son cuatro y revolviendo a unos espíritus con otros hasta que llegué a armar borlote y medio. Hubo muchos espíritus que no se volvieron a hablar por causa mía, aunque fueran padre e hijo o marido y mujer, pero cuando mi protector se posesionó de mí empecé a hacerme responsable y acabé con todos los líos del espacio superior.

Más tarde supe que el ancianito mi protector se llamaba Manuel Antonio Mesmer.

Las muchachas de Netzahualcóyotl empezaron a tenerme mucha consideración porque un amigo banquero me invitaba todos los sábados:

—Ándale, vamos a pasear.

El banquero les pagaba a todas para que nos acompañaran:

—Les voy a dar diez pesos a cada una para que vengan con nosotros.

Íbamos a pasear en coche y después de comer las iba a dejar a cada una a su casa hasta que él y yo nos quedábamos solos. Me llamaba "Mamá", y luego le seguía: "Yo soy el papá y tú eres la mamá". Ellas se acostumbraron tanto al banquero que luego me preguntaban:

—¿Qué no viene ahora el gringo?

Les encantaba porque nunca me llevaba a mí sola. Llegaba y le decía a la señora Adelina:

—¡Yo pago la cuenta de todas! Ya no van a trabajar. Cierre el negocio. ¡Vamos a bailar!

Y él solito bailaba con todas y todas le hacían la lucha para que se las llevara a la calle:

—¡Pobres de mis hijas! —decía—, ¿verdad viejita? Necesito sacarlas a pasear. ¡Vámonos todos! Llamen un coche, dos coches, los que hagan falta.

También íbamos al teatro y me consultaba:

—¿Cuántas muchachas nos vamos a llevar hoy, mamá?

—Las que usted quiera…

—Van todas las que tú escojas… Muchachas, ¿quieren venir con su papá y su mamá a tal parte?

—Bueno, pues vamos, al fin que ya le pagó usted a doña Adelina…

¡Y a otra cosa, mariposa! Nos traía por todo México de aquí para allá, tomando nieves y pasteles. Iba la retahíla de coches uno tras otro al Molino de Flores, a Santa Anita por Ixtapalapa, a Xochimilco, a comer al campo. Le gustaba ir rodeado de nosotras, muy hombre entre muchas mujeres. Nos llevaba a Xochimilco porque allí en las chinampas tenía contratados a unos inditos que lo veían como a su dios. Les pagaba muy bien. De lejos lo devisaban los inditos y corrían a cortar los elotes. A eso nos llevaba expresamente, a comer elotes tiernos con mantequilla. Se la embarraba por todas partes, hasta en la mera puntita, y con un salero que traía en el bolsillo les echábamos sal. Pero habían de ser asados en la lumbre con todo y la hoja y cada quien iba abriendo su elote. ¡Este señor se moría por los elotes! Bueno, también se moría un poquito por mí…

Los patos dorados se los hacían en Santa Anita. Aparábamos en una casa grande que había —ahora ya la tiraron— y allí mismo le preguntaban al gringo:

—¿Qué desea comer?

—La comida que ustedes hacen…

—Tenemos pato en pipián blanco…

—Sí, sí, eso quiero… A ver, mamá, ve tú a mirar como lo hacen, para que aprendas.

Yo les decía a las guisanderas: "Facilítenme la receta", y me explicaban que se lavaba muy bien con los rabos de cebolla y se los frotan macizo hasta que les penetre el jugo, luego al rato se vuelve a lavar el pato para que se le vaya el olor de la humedad de la laguna. Las mujeres lo embarraban con sal, pimienta y vinagre y luego lo echaban a dorar y él se lo comía doradito.

El pipián se hace aparte; con semilla de chile, pepita de calabaza, cacahuates, ajonjolí y olores. Ya que está todo bien molido lo disuelven con el caldo del animal y lo fríen para que hierva y se espese. Entonces se echan al sartén los pedazos del pato. Cuando era pipián, a él nomás le servían las puras pechugas; y cuando era pato dorado, se lo ponían entero en un platón y nomás le tronaban los huesitos.

Era un señor simpático, güero, gordo, alto. No era muy viejo, pero ya no se cocía de un hervor. Ha de haber tenido cuarenta y cinco o cincuenta años. Era muy atento, saludaba a la gente con mucha caravana. A mí me besaba la mano. Sabía tratar a las mujeres y nunca hizo ninguna avería, ninguna afrenta. ¿Usted cree que si ese señor hubiera pensado mal iba a llevar a siete u ocho muchachas juntas? No como ahora que invitan dizque por la buena y se las revuelcan a las primeras de cambio. Eso no es ser persona educada.

A mí lo que más me gustaba de la paseada era salir a tomar el fresco hasta que amaneciera, ver el campito, la milpita que despunta; me acordaba de mi tierra verde y azul. Siempre me gustó mañanear aunque se me llenaran los pies de barro, porque en las madrugadas con la neblina se moja la tierra y también se moja uno; queda uno embadurnado de pura agüita del cerro. Yo me limpiaba las lagañas con las hojitas tiernas de los árboles. Ése era mi despertar. Me sabía todos los matorrales de mi tierra y sólo regresaba a mi casa cuando ya estaba jajando de hambre. Un día de éstos me voy a ir sola para sentir la lluvia de nuevo, la de la montaña, no la de aquí, que ni amaciza la tierra, nomás la ensucia.

Tuve dos gringos que me hablaron de amores: el banquero y un capitán que conocí en los Estados Unidos, en Marfa, a los pocos días de que nos agarraron. Me avisó el intérprete:

—El capitán gringo la quiere… Cásese con él.

—¿Por qué me he de casar si yo no vine aquí a casarme con ninguno? Yo pasé porque venía con mis soldados pero no a buscar marido. Vengo prisionera y como prisionera tengo que regresar a mi tierra… Yo de guaje me caso, si no estoy loca.

El banquero me quiso tanto que hasta me propuso matrimonio. Yo le dije:

—No, no me caso. Bonita pantomima hago yo tan negra y usted tan güero…

Él era otra clase de gente y cada oveja con su pareja. Podía haberse casado con una mexicana, pero por más bonita que fuera le aseguro que algún día la iba a hacer menos.

—¿No te quieres casar conmigo, Jesusita?

—Aquí vienen muchas muchachas con nosotros, alguna que se case con usted… Pero yo no…

Pensé: "¡Yo cualquier día me caso!" "¡No, hombre!" "¡Mejor me quedo así de prángana como estoy!"

Así es de que lo desprecié, pero es mejor despreciar a que lo desprecien a uno. No es que yo tuviera miedo a que me hicieran el feo los güeros en Estados Unidos, porque, como quien dice, por segunda vez despreciaba mi porvenir. También le dije que no al capitán, alto, delgado, de veinticinco años, que resguardaba a todos los prisioneros en Marfa. Ése si no supe ni cómo se llamaba. Y yo me le negué. Dije nomás "no". Pero el intérprete como que le dio esperanzas, porque el capitán siguió con sus alegatos. Seguro es que no me tocaba. Pero sí me salieron buenas oportunidades, porque además de los gringos, el chino Juan Lei fue el primero que me hizo la lucha. Así es de que mi porvenir estaba con fuereños.

Estaba yo muy chica, no comprendía. Cuando uno es chica no comprende nada. Se le afigura que la luna es queso, que todo el monte es de orégano. Es uno muy tonta. Como padecí tanto con Pedro dije yo: "Mejor me quedo sola". Dicen que el buey solo bien se lame, ¿y por qué la vaca no? ¿Cómo podía adivinar si me iba a ir bien, casada con un extranjero? Para ser malo el hombre, lo mismo es extranjero que mexicano. Todos pegan igual. Todos le dan a uno. Son como el león y la leona. El león, cuando está conquistándose a la leona, la relame, la adula, la busca y todo. Nomás la tiene en sus garras y le pega sus buenas tarascadas. Así son los hombres. Apenas la tienen a uno, y adiós Tejería. Ahorita mientras no le digo que sí, no halla dónde ponerme; el cedacito cuando está nuevo no halla uno dónde colgarlo. Ya cuando está viejo: "¡Talísimo cedazo! ¿Dónde te aventaré? ¡Ya estás todo agujerado!" Por eso nunca me ha llamado a mí la atención la casadera. Mejor pasar necesidades que aguantar marido. Sola. A mí los hombres no me hacen falta ni me gustan, más bien me estorban aunque no están cerca de mí, ¡ojalá y no nacieran! Pero esta vecindad está llena de criaturas, gritan tanto que nomás me dan ganas de apretarles el pescuezo. Lo malo es que como en todas partes hay niños, yo no puedo acabar con ellos. Pero ganas no me faltan.

La señora Adelina de la Parra ya estaba con el pie en el estribo para irse con un militar obregonista y no tenía a quién encargarle la casa. Ninguna quiso hacerse de la responsiva porque era un cargo muy pesado. ¿Usted se animaría a quedarse con un negocio ajeno y tenerlo bien surtido, recibir a los clientes, pagar a los criados y que haiga siempre muchachas amables con los señores? Doña Adelina era una señora muy melosa con los clientes y la mera verdad yo no. Era de las que les gustan los bufidos de los hombres. Se engrió con un mayor, la muy volada. Yo tenía mi carácter y no me dejaba de nadie. Bueno, desde que supe lo que era dejarse, eso me valió al fin. La señora Adelina me tuvo confianza y me encargó el negocio; toda la casa para que yo la girara como si estuviera ella. Y me quedé con Netzahualcóyotl.

—Me voy pero yo necesito que la casa siga trabajando. Se la dejo por inventario, eso sí: mesas, sillas, piano, cantina, muchachas. Así como se la dejo, me la tiene que entregar. No le voy a pedir que me la suba, ni que me la eche para abajo. Fírmele al inventario si está de conformidad.

Cuando vieron que me gané mi peseta, las compañeras se arrepintieron de no haberle dicho que sí a doña Adelina. Tuve que cambiarme de mi casa de la quinta calle de Granada, en Tepito (adonde vivía la abuelita del Ratón Macías), a la casa de Netzahualcóyotl. Atendía yo las ocho piezas y la sala donde se bailaba. Me tocaba pagarles a las diez meseras y aguantarles sus malas caras, echarle un ojo a la cocina, llenar la despensa. Tenía que comprar todo lo que se necesita para el servicio, apuntar las entradas y las salidas del dinero de las muchachas en un libro de cuentas. No sé escribir pero la numeración sí me la sé. Cada mes cortaba la caja. Una parte para mí y las ganancias de doña Adelina: veinticinco pesos diarios después de pagar la renta. Cuando comencé a trabajar de mesera, ganaba un peso diario, pero cuando me encargó el negocio había noches que me salían en trescientos, en cuatrocientos y hasta en seiscientos pesos, ¡sea por Dios y venga más! En la parte de abajo de la casa había una cocina de más y la mujer de un policía, Antonia, me dijo que si se la rentaba. Puso una tortillería y la renta era de ocho pesos mensuales. Como allí vivía yo, pensé que sería fácil vigilarla a ella y a su cuico que venía a pasar la noche junto al fogón.

Cuando volvieron los obregonistas se me presentó doña Adelina de la Parra y me dio de alta. Le devolví la casa, me hizo las cuentas y no faltaba nada; sus muebles intactos. Le dije lo que ganaban ahora las criadas, la lavandera, las muchachas y la cocinera porque a todas les subí el sueldo. Le entregué toda la ropa que me dejó, y otra que yo mandé hacer: sábanas, colchas, manteles, todo lo que estaba luido. Lo demás, así como lo dejó, se lo regresé.

—Aquí están las llaves, revise usted sus cosas para que después no me vaya a decir que le faltó un alfiler de cabecita.

—¿Qué? ¿Ya no quiere seguirle?

—Pues la mera verdad, no, porque necesito mi libertad. Me quedé porque a usted le andaba por irse, pero si ya vino, entonces me voy. ¿O qué, no tengo derecho a pasearme? Desde que usted se fue yo no salgo ni al cine. No he ido a ninguna parte porque todo se me fue en cuidar la casa para que no faltaran las mujeres, las bebidas y el fandango... ¡Ay, señora!, antes de que se me olvide, tengo rentada la cocina de abajo porque estaba vacía y una tortillera me la pidió. Se la di porque vive con un policía y así tenemos más seguridad.

—Está bien.

Fui con la tortillera y le dije:

—Bueno, ya vino la señora Adelina y ya sabe que la renta sigue al corriente; ahora le paga a ella porque yo me voy a separar...

Agarré mi camino. Pero no me fui a pasear como había dicho. Quería nomás descansar de la parranda que me había empachado; ya estaba yo hasta la coronilla del changarro aquél y de tanta bebedera. No me faltaba a mí dónde trabajar y entré a una fábrica de loza.

17

En la fábrica de las calles de Cuauhtemotzin y Daniel Ruiz apartaba la loza buena de la mala. A la hora de hornear se meten al fuego todas parejas, estén buenas o no, pero despés de horneadas se sabe lo que pasó: las piezas buenas para un lado y las malas para otro.

Al salir de la fábrica pasaba yo frente a un taller y me quedaba viendo al carpintero hasta que un día me dice:

—¿Quieres aprender?

—Pues si me enseña, sí.

Así aprendí el oficio de barnizar en los ratos que estaba de balde. El barniz de muñeca es gomalaca en alcohol. Cuando está disuelta la gomalaca en alcohol se compra aceite de linaza y se pinta la madera con anilina del color que se quiera, despés de aguardarla en agua tibia; nogal o caoba es lo que más se usa. Yo agarraba mi muñeca —una bolita de trapo rellena de lana—, la empapaba de gomalaca y dale y dale, parejito, parejito, sin dejar de correr la muñeca para que no se enchine. Se deja secar tantito cada mano y luego se le da una pasadita de aceite de linaza para que resbale suave la gomalaca. Con ese señor que era de Guadalajara, don José Villa Medrano, aprendí el mueble austriaco. Es ése que se teje con bejuco y se va atorando en muchas clavijas, como las de la guitarra que se atornilla para irla templando. Así se va templando el bejuco, estirándolo primero derecho y luego atravesado en el bastidor. Hasta gime el bejuco, llora como gente. La tercera capa va diagonal; yo le echaba una de más para que estuviera macizo. Es una labor muy minuciosa; por eso el ajuar de bejuco cuesta muy caro. En ese tiempo el carpintero cobraba veinticinco pesos por cada asiento, pero hacía un trabajo muy fino. A mí me daba cualquier cosa, pero yo oí lo que cobraba. Y tenía razón porque duraba uno mucho tejiendo un sillón de ésos.

En esos años del Señor yo era terrible. Si las gentes se testereaban conmigo en la banqueta, les sonaba. Volteaban a preguntar por qué y yo les decía insolencia y media, todas las majaderías que se me venían a la cabeza; que si no cabían, que se bajaran a caminar a media calle como los burros. Ahora todavía me siguen testereando, pero como ya no soy el animal de ayer, me arrempujan, me pisan, y me aguanto. Digo: "Bueno, pues venimos en la bola". Antes me daban un pisotón y les sorrajaba con lo que tuviera a mano. Ésa era la vida mía, la vida de la víbora.

Entonces también se usaban los coches de caballos y los coches de mula con cochero arriba en el pescante. Por cincuenta centavos iba uno en coche. A la una o a las dos de la mañana que salía de las cantinas, me subía a un coche de ésos para que me fuera a dejar a mi casa.

—¡Óyeme, auriga desvelado —le decía yo—, cocherero modorro, llévame a la ciudad!

Y el pobre cochero me traía por todo México hasta que se cansaba de andarme jalando y me volvía a dejar en la puerta de la cantina. Asegún yo, había llegado a donde tenía que llegar y allí agarraba otra vez mi botella y seguía caminando a razón de media cuadra por trago de aguardiente, porque en aquella época, aunque me gustaba el pulque, no había pulquerías con servicio nocturno. Así que tomaba yo parras o catalán y cuando no había, pues cerveza de perdida. Llegaba yo a las calles de Daniel Ruiz sabe Dios cómo o por dónde. Pero llegaba.

En esos días me metieron a Belén por vez primera. He estado en todas las comisarías, en todas las cárceles chicas, pero en el Defe sólo me llevaron presa una vez.

Ese día no regresaba del baile, sino del cine. Era temprano: las once de la noche. De los bailes salía yo a las tres, a las cuatro de la mañana, pero del cine Rialto —que antes se llamaba Politeama, frente a la Iglesia del Salto del Agua— salí temprano, iba con Guadalupe Escobar. Veníamos llegando a la casa cuando a un sinvergüenza que nos había estado molestando en el cine se le hizo fácil jalarme los cabellos. Creyó que yo se la iba a hacer buena, y que volteo y ¡zas! le doy una cachetada. Traía el pelo suelto porque me había bañado y a él se le antojo jalármelo. Antes tenía yo el pelo largo y bonito, y no estas trenzas chincolas. Entonces, chan, le di su cachetada. ¡Viejos atrevidos que nomás ven mujeres solas y según ellos andan buscando cargamento…! Los hombres son siempre abusivos. Como si eso fuera ser hombre. Ésa es la enfermedad de los mexicanos: creer que son muy charros porque se nos montan encima. Y se equivocan porque no todas somos sus yeguas mansas. Claro, muchos están acostumbrados a que les dicen cualquier majadería a las mujeres y ellas se les ríen, les dan por su lado y se van con ellos. Vi al beodo ése cerca de la puerta de mi casa y me dio tanto coraje que todavía viniera detrás de mí, que saqué la tranca de la puerta y se la medí en el lomo. Era casi una viga y yo creo que a él le di de este lado, del otro, le sorrajé adonde cayera. Dio la vuelta para correr, lo seguí y le pegué otro trancazo, ése sí de veras bien dado. Quién sabe por qué artes se fue contra la pared y se dio en el chinito del muro, ése de tierra gruesa y se le bajó un pedazo de cara. Y todavía le abrí con la tranca. Él iba con otro tipo que se le juntó, y al ver que caían los palos agarraron por Niño Perdido. Y todavía así lo perseguí con la tranca. Luego me detuve y pensé: "Éstos van a llamar a los policías".

Llegaron los tecolotes. Preguntaron por mí. Los vecinos dijeron luego, luego:

—Allí vive, en ese cuarto.

Lo que le falló al borracho es que cuando me vio en el cine yo traía vestido blanco y tenía el pelo suelto. Pero en su ida a buscar a los gendarmes me alcancé a cambiar de vestido y a peinar de chongo. Cuando salí a abrir, el borracho no me reconoció. Alegaba:

—No, si es una de pelo suelto y de vestido blanco... Ésa no es... No... Era otra...

Como los vecinos estaban allí de mirones y vieron el pleito, dijeron:

—Sí, ella fue la que le pegó.

Me denunciaron los muy jijos. Dije yo:

—Yo no lo conozco... Nunca he visto a este hombre...

—Sí, pero tiene usted que caminar...

—Pues caminaré a donde sea, pero yo a ese señor no lo conozco.

Y de "yo no lo conozco" no me sacaron.

Como a Guadalupe Escobar la encontraron adentro de mi casa porque no se le ocurrió irse para la suya, nos llevaron a las dos, primero a la Sexta. No se usaban las Julias entonces. A pie nos arriaban a cualquier parte por todas las calles, pero a mí no me conocían la cara porque me la tapaba con mi rebozo. En la Sexta, que estaba allí donde era la Cruz Verde, en Independencia y Revillagigedo, fue el policía a sacarnos a la barandilla del Juzgado. Guadalupe decía lo mismo que yo, pero el borracho, en la primera declaración, dijo que era una mujer la que le había pegado aunque no sabía si era yo; luego le preguntaron si conocía a la otra, a Guadalupe, y dijo que no; luego, como a las doce de la noche, nos sacaron, y en la segunda declaración dijo que eran tres mujeres y dos hombres los que le habíamos pegado.

Y allí fue donde le falló; no fue lo mismo que dijo antes; y luego a las tres de la mañana volvieron a sacarnos y en la tercera declaración dijo que éramos seis mujeres y cinco hombres. Pues un tantito más y me hace un ejército, con todo y galletas. Lo agarraron en mentira porque no se atuvo a su primera declaración y creyó que entre más gente metía iba a salir ganando, pero él solito se fregó. No le creyeron. Hizo un embarradero. No sé por qué seguía diciendo:

—No, pues que salgan también los hombres.

Pues ¿cuáles hombres, si no había hombres?

¡Y a los separos otra vez, a esperar la otra declaración! ¡Siguió el borracho alegando lo de los hombres!

—Pues ¿a ver adónde están los hombres? —le digo al juez de barandilla.

En la última sacada me puse a discutir:

—¿Cómo cree usted que yo le haiga pegado?

Aunque yo me quería limpiar de todo, llevaron la tranca; un palo con astillas con que le sorrajé a como pude. Por eso todo el lomo lo tenía morisco. ¡No creían que aquellos golpes fueran de mujer, por eso le estaban queriendo hacer caso al de la beberecua! Ya en la última declaración a mí me pasaron a Belén y a él se lo llevaron al Hospital Juárez. Su amigo lo acompañaba, nomás que a la hora de las declaraciones no quiso hablar. Le dijo al juez que él no se había dado cuenta con qué le habían pegado a su cuate, así es de que a él no lo encerraron, nomás lo detuvieron en los separos, en el departamento de hombres, pero oí que le dijo después al herido:

—Ya ves, mano, qué guaje eres, te hundiste tú mismo...

—No, si fueron muchos hombres y muchas mujeres las que me golpearon. Conmigo no puede uno solo, y menos una mujer.

—No, solito te has echado de cabeza. No has sabido dar una declaración bien hilada y por eso ahora estamos en chirona. Tú tienes la culpa; tú solito te sentenciaste por pendejo. Así es de que yo ya no tengo que decir nada porque allí está escrita la lista de todas tus mariguanadas. Esto te pasa por andar viendo moros con tranchete o por volado; mejor decir me pegó esta vieja y se acabó, ni modo.

Este pensativo se echó solito el mecate al pescuezo, señor juez.

La cárcel de Belén era un cuadro inmenso. En el fondo, hasta mero atrás, está el departamento de mujeres, unas galeras grandes de techo de lámina. La cárcel no era fea por dentro, ni triste, no, ningún triste, pues ¿cuál tristeza si estaba el viejerío allí? Ésa era su casa, podían cantar, bailaban y todo... Viene a ser como la cárcel de los hombres. También ellos tienen todas las alegrías. ¿Qué les apura? Comen, duermen, se pasean y todo. Tienen mujer. Tienen su sala conyugal. ¡Va, pues si tienen todas las diversiones! ¡Eso no se puede llamar cárcel! ¡Cárcel allá en mi tierra, cuando yo me crié! Allá sí, sí eran prisioneros para que vea usted. El cautivo no tenía ninguna diversión. ¡Ni jirones del cielo veía! En Belén, para que lo sepan, también las mujeres tenían su visita conyugal. Y no sólo iban los maridos. ¡Díganmelo a mí! Tampoco nos ponían a hacer quehacer. Allí andaba uno en el patio o acostado o asoleándose o a lo que se le diera a uno la gana... Las carceleras no se metían con nadie, nos veían así de lejecitos. Nomás la apuntaban a uno ya bueno. Lo único malo es que a cada presa que llegaba la metían al baño.

—Se mete usted —dice la carcelera.

—¡Nos metemos! —le respondo. ¡Qué me voy a dejar! ¡Y me le puse perra!

—¡Se baña o la bañamos!

—¿Porqué me voy a bañar? ¿Me ve usted que vengo mugrosa? Allá las borrachas que vienen vomitadas de la calle. A mí no tiene usted ningún derecho de meterme a su baño cochino.

—¡No me venga a poner leyes!

—Ni tampoco usted me venga a gobernar nomás porque le da la gana.

Ya íbamos a agarrarnos.

—¡Ándile —le digo—, si se cree usted muy valiente, ándile, vámonos dando, a ver de a cómo nos toca! A ver si las dos nos vamos juntas al baño, ¡éntrele!

Como vio que no me dejé, me dice:

—Bueno, pues se la voy a pasar…

—No tiene usted por qué pasármela porque yo tengo la razón. No vengo sucia.

Y que echo a andar. Guadalupe Escobar me dijo:

—Siquiera agradécele la argolla, ¿no?

A Guadalupe Escobar sí la bañaron, por guajolota. Siempre fue muy borrega, muy dejada. Eran unas regaderas a propósito y allí las metían a fuerzas. Pero yo andaba como perra y a nada le entraba. Y luego quesque me tenía que formar para el rancho.

—Pase a la fila…

—No me formo —le digo— porque no vine aquí a comer sus porquerías de ustedes… A mí me van a mandar comida de la calle…

Me llevó la canasta hasta la puerta doña Lola Palomares, la señora que me asistía, así como a muchas mujeres de la fábrica.

En las prisiones hay un hombre que acomoda las canastas de los presos y las presas en una carretilla y se las entrega. Le dicen canastero y todos lo quieren mucho. La señora Lola vio cuando me sacaron de mi casa a la comisaría y entonces me preparó el alimento. En aquellos tiempos, como yo tenía otro empleo distinto al que tengo ahora, me lavaban, me planchaban, me daban de comer; yo no hacía más que mi trabajo. Me iba a la fábrica de loza, regresaba a mi casa y ya la señora comidera me tenía mis alimentos. Eso sí, los trastes eran míos porque siempre me ha gustado tenerlos, pero yo no me hacía de comer.

—¡No sean malas, fórmense para que les den el rancho porque nosotras tenemos nuestros niños y no acompletamos!

Como era un tumulto de presas, al día siguiente me formé a recibirlo para las pobres que no ajustaban. Daban un cucharón de sopa, otro de garbanzos, otro de frijoles, otro de caldo con carne, dos bolillos de ésos que ahora son de a veinte y antes eran de a cinco. ¡Pues no estaba mal! Las presas eran muy pobres. Algunas no comían ni eso cuando estaban libres.

Dormíamos de a dos en cada cama; yo con Guadalupe porque éramos amigas. Si no, me hubiera tocado con otra y Dios me libre. Andábamos siempre juntas. Ella no trabajaba como yo, porque tenía su marido y nomás andaba de amiguera. Su señor era un soldado de la montada. Le dio permiso de que fuéramos al cine, y cuando salimos de la cárcel se enojó con ella. Le dijo: "¡Si viste que se llevaban a Jesusa, ¿para qué te acomediste a seguirla?"

Nosotras estuvimos setenta y dos horas, que es el término de ley. No regresé a la fábrica de loza. Todos supieron que había estado en el bote.

A la nueva cartonería donde me dieron trabajo después me llevaba un niño. Su mamá vivía en la misma vecindad que yo, pero no podía cargar con él porque echaba tortillas en una fonda, pero en la fábrica sí me admitieron a mí con el niño. Lo tenía amarradito en un cajón debajo de la mesa grande en que cortaba las hojas. Allí dejaba a mi muchachito y ni más me volvía a acordar mientras estaba trabajando. Nunca chillaba. La mamá de ese niño era una muchacha de pueblo. No era mi amiga. Yo no tengo amigas, nunca las he tenido ni quiero tenerlas. Recogí al niñito y lo tuve tres años. Se llamaba Ángel y tenía nubes en los ojos.

Una noche me avisó su mamá:

—Me voy a mi pueblo de vacaciones unos diítas…

—Bueno…

Por allá les cayó una granizada. Se habían asoleado todo el día y luego, zas, viene el granizo bien frío y como les quedaba lejos el lugar a donde iban a tomar el camión, cuando regresaron el niño ya vino muy grave. Yo no lo curé, no, pues ¿cómo lo podía curar si todavía no estaban en mí los poderes? Se nos murió de pulmonía fulminante. Y ya no tuve muchachito.

A mí no me dio tristeza de que se muriera. ¿Por qué? ¡Gracias a Dios de que ya se había quitado de sufrir! Ni me sentí sola. Ni eché de menos la lata porque a mí nadie me da lata. Yo los acostumbro a todos, a los niños, a los animales, a los policías, a las gallinas y a los pollos a que no sean molones y me entiendan… Por eso se me hace raro que no les obedezcan los muchachos a sus papás, porque no los saben mandar ni se ocupan en acostumbrarlos al respeto.

Me quedé con tres camisitas de ese niñito Ángel. Todavía las tengo.

También cuando trabajé de cartonera recogí a un perro por Doctor Lavista y me salió muy bravo. Era callejero y como le comencé a dar pan todos los días, se apepenchó y entraba hasta adentro y se me subía a una silla que tenía yo junto a mi cama y allí dormía… Nunca supe cómo se llamó el perro. Nomás le hablaba yo: "Amarillo, súbete aquí, Amarillo". Él me hacía caso, se quedaba dormido en la silla y luego se iba a dar la vuelta a la casa; me cuidaba mucho. No dejaba que nadie se me acercara. Pero ése no comía carne, comía puros bizcochos o sus bolillos. Le decía yo a la señora de la tienda que cuando fuera el Amarillo le diera su pan y ya estábamos los tres de acuerdo. Yo me iba al trabajo y le recordaba al pasar:

—Le da su pan a mi perro.

—Sí, señora Jesusa.

El perro se presentaba todos los días. Cuando no le daban sus panes completos no se salía de la tienda. Eran a dos por cinco los panes; se comía seis bolillos o, si no, cinco bizcochos.

Cuando volvía de trabajar, pasaba al estanquillo y me decía la dueña:

—Ya le di su pan a su perro.

En la casa estaba el Amarillo echado en la puerta esperándome.

—¿Ya comiste? —y luego me movía la cabeza.

—¿No te han dado de comer? Vamos a ver.

Si se iba para la calle, sabía yo que no le habían dado su pan completo. Entonces salía y yo detrás de él hasta la tienda.

—Este perro no comió completo.

—Pues a lo mejor… Es que hubo mucha gente, así es de que no me acuerdo, pero el perro ha de saber…

Y luego me decía:

—Pues mire qué perro mañoso… ¡Cómo sabe que no le di su pan completo!

—Pues tiene hambre, las tripas se lo dicen…

Los animales son muy vivos. No saben hablar pero se dan a entender. El Amarillo ya era un perro viejo cuando lo recogí. Nunca se preocupó por las perras y me duró muy poco.

Un día, al volver de la fábrica, me lo hallé muerto, esperándome allí detrás de la puerta.

18

En el costado de la Iglesia del Campo Florido había una carpa donde trabajó un señor Manuel al que le decían el Robachicos. Bailaba. Ganaba bien, nomás que se enfermó y se fue a arrimar con la señora Lola. Llegué yo a llenar el buche y me dijo la comidera:

—¡Pobre de Manuel el Robachicos! No puede ir a trabajar a la carpa porque tiene malos los pies…

—Bueno, que vaya al doctor para ver qué le hacen en sus patas…

—Pero ¿cómo va a ver al doctor si no tiene dinero?

Como entonces cobraban cualquier cosa los médicos, yo de madreardiendo le dije:

—Le voy a dar para que se cure las patas.

A mí me dio lástima que todos sus compañeros lo abandonaron porque tenía ese defecto de llevarse a los muchachos.

Yo iba a diario a la carpa y conocí a Manuel el Robachicos porque luego me decía:

—Ven a ayudarnos a bailar porque no vino la pies de alas…

—Pero yo no tengo puesta la pieza que vas a desempeñar.

—Veme para que bailes conmigo. Así te enseñas…

Cada vez que faltaba su pareja me subía al entarimado como foro de teatro. Todo el techo era de lona, como las carpas de los cirqueros, detenido por unos palos altos.

Hacíamos el baile apache, que según entiendo yo, en otro país fuera de aquí, es de una mujer de la calle; una trotona, yo así lo entiendo porque antes de salir al entablado Manuel me daba un monedero. El hombre quiere que la mujer le entregue el dinero y entonces, bailando, bailando, le jala los cabellos, la avienta, la estruja, la apachurra, le da sus cates y queda una toda desgreñada y llena de moretones. Cuando por fin me tiraba al suelo, era un descanso. Quedaba yo culimpinada y él me alzaba la falda y me sacaba los centavos de la media. No sé quién inventó ese baile pero ha de haber sido un bárbaro. Manuel me lo enseñó muy bien y se mandaba tanto en los malos tratos que la gente aplaudía tupido cuando me veía hecha cisco; querían la repetición pero yo ya no podía ni ponerme en pie para recibir el aplauso.

Me tenía que enfundar un traje especial, y un bonito decorado de cara de mujer fatal. Él traía un pantalón blanco, camisa negra, cachucha de cuadritos y un paliacate rojo aquí en el pescuezo. A mí me daban como una mascada que me la terciaba así, bailando, bailando, y luego me la enredaba en el brazo. A veces él hacía como que me iba a ahorcar con la mascada. ¡Uy, a mí me gustaba rete harto esa movida! Me regustaba porque era cosa de parranda, de sinvergüenzada y de bailar macizo. Manuel tenía muchos amigos artistas, pero para bailar sólo él. Tenía un modito, un traspontín, cadereaba como nadie. Entonces las carpas se usaban mucho y de allí salían los grandes artistas. A todos se les llenaban los ojos con tanto papel de oro y tantas luces violetas, rojas, amarillas, y un telón bien brillosito. Al público lo trataba muy bien el maestro de ceremonias. Saludaba bonito: "Respetable auditorio…" Y luego él mismo cantaba: "Voy a tener el gusto de interpretar para ustedes…" Nomás rechinaban las bancas… Su pelo le brillaba igualito que el telón, de tanta vaselina. "¡Damas y caballeros, les dedico esta sentida melodía…!" Entre cada número tocaban un platillo. Desfilaban muchos grandes artistas. Contaban chistes colorados, bailaban hasta de cabeza y cantaban cuplés para hacerse famosos. Bueno, yo me entretenía rete harto… Después me dio lástima que cuando vieron todos sus amigos al Robachicos sin trabajo y sin nada, no se ocuparan de él y dije:

—¡Pobre, no tiene quien vea por él!

Tenía su mamá y sus hermanos pero no lo querían porque había agarrado esa carrera, ese camino malo en el que se metió, y como Manuel tenía amistad con Enrique, el hijo de doña Lola, se vino a arrimar con ellos. Doña Lola me platicó que lo iba a tener allí recogido porque algún día su hijo podría estar en apuraciones y así no faltaría quien lo auxiliara. Y luego allí voy yo de Marta la Piadosa:

—Mire, Lola, dele de comer, yo le pago a usted la comida de Manuel.

Yo comía por uno cincuenta y con lo del bailarín ya eran tres pesos diarios los que tenía que dar de gasto. Manuel no se compuso. Se le hicieron más grandes las llagas de los pies. Estaba en el cuarto periodo de sífilis y allí se quedaba en la casa platicando con Enrique, el de doña Lola, un muchacho como de unos dieciocho años.

—Óigame, Lola, ¿y qué no le da miedo que su hijo se le vaya a hacer joto con esta compañía?

—¡Ay, Jesusita! ¿Qué quiere que le diga? Allá su gusto. Las mujeres son ahora tan cochinas que un joven ya no sabe ni a qué tirarle…

Don José de la Luz, el que nos rentaba la casa, ése sí era joto de a de veras. Él mismo nos platicó:

—Traigo pantalones pero tengo la desgracia de ser mujer como ustedes.

Don Lucho era muy buena gente, porque los afeminados son más buenos que los machos. Como que su desgracia de ser mitad hombre y mitad mujer los hace mejores. Tenía buen corazón y era muy decente. Aquí en la casa se vestía de mujer. Bailaba con muchos remilgos. En las tardes se arreglaba para recibir a sus amigos. Se ponía sus aretes, su collar, sus medias, y de mujer era muy guapo. No, no le importaba que lo viéramos nosotros, ¿por qué, por qué había de importar si él se sentía mujer? Se ponía de hombre para salir a la calle, pero al atardecer llegaban a verlo muchos amigos y entonces hablaba como si fuera mujer:

—¡Ay, que me duele esto! ¡Ay! que ¿por qué llegaste tarde?

Era muy amante de los trapos como nosotras. Bordados de chaquira, lentejuela, organdí, tafetán, canutillo, y se desabrochaba re bien todo, nunca se le atoraba nada. El polvo, la loción, los chiqueadores de ruda y serenados. ¿Y qué? Si ése era su gusto. Yo me visto a veces de hombre y me encanta. Nomás que yo no puedo traer pantalones; en primer lugar porque estoy vieja y en segundo lugar no tengo ya por qué andar haciendo visiones, pero de gustarme, me gusta más ser hombre que mujer. Para todas las mujeres sería mejor ser hombre, seguro, porque es más divertido, es uno más libre y nadie se burla de uno. En cambio de mujer, a ninguna edad la pueden respetar, porque si es muchacha se la vacilan y si es vieja la chotean, sirve de risión porque ya no sopla. En cambio, el hombre vestido de hombre va y viene: se va y no viene y como es hombre ni quien le pare el alto. ¡Mil veces mejor ser hombre que mujer! Aunque yo hice todo lo que quise de joven, sé que todo es mejor en el hombre que en la mujer. ¡Bendita la mujer que quiere ser hombre!

Manuel el Robachicos no era afeminado, sino que se echó a perder. Tal vez las mujeres le hacían el asco porque estaba gálico, o tuvo una decepción y ya mejor se dedicó a los muchachitos. Se divertía mucho con ellos y decía que los hombres salen más baratos que las mujeres y que son más ocurrentes. Y como perdió el hábito de dar dinero, se le hizo fácil acostumbrarse a sacárselo a quien se dejara:

—Ay, no sea mala, tehuana, deme para mis cigarros…

—Sí, Manuel… sí… No se apure, yo le doy para sus vicios.

Él siempre me pedía para cigarros, pero nunca le alcanzaba. Y siempre le andaba yo regalando dinero. No es que lo quisiera mucho ni que me gustaran sus gustos, pero le tenía compasión. Pues ya después engordó, se apepenchó y ya no se trataba de que yo le diera los centavos según iba pudiendo, sino que era una obligación. ¡Ya me mandaba decir con garbo que qué pasaba con su gasto! Iba el hijo de la señora Lola hasta mi cuarto:

—Tehuanita, dice Manuel que si no le manda su gasto.

—Bueno, pues allí está.

Y que agarro el peso y que se lo doy al muchacho. Pues fue canción de mucho tiempo; que los cigarros, que el doctor, que la medicina y que el mazo de veinticinco velas de a cinco centavos. Todos los días prendía una retahíla de velas. Fue cuando me empezó a caer mal. Un día vino, me trajo una tablita y me dice:

—¡Pínteme aquí al buen amigo!

—¿Quién es el buen amigo?

—Pues fulanito…

—¡Ah —le digo—, pues no sé pintar ni soy dibujante ni tengo negocios con ese hombre, así es de que no te pinto nada!

—¡Ay, cómo será! ¿Así es de que no me quiere hacer el favor?

—¡No!

Me fui dando cuenta de que él hablaba con el demonio cuando me pidió que yo pintara aquella cara. Ese día hizo su mono con gises negros en una tabla, le pintó los cuernos y la calva y luego le puso la cola debajo de los güevos y se la retorció por el otro lado... Todavía me insistió:

—Ándele, venga a prenderle una velita al buen amigo.

—¿Yo? ¿Yo? No es mi amigo ni lo conozco siquiera.

Como en eso no le hice caso empezó a tomar rivalidad conmigo. No quise hacerme de su lado ni ayudarlo en esas cochinadas. Pero no se sabe cuál es la mera verdad.

Pintó su mono y le prendió sus velas. Cuando ya no tuvo para las velas le hizo un agujerito a la tabla y allí le puso un cigarro y siguió con la devoción de pedirle sus tarugadas.

El día domingo le tenía que dar para irse a los toros y a comer lo que quisiera en compañía de su muchachito. A mí también me gustaban los toros y tenía un amigo novillero. Ése era ropavejero en Tepito y de eso se mantenía, pero cuando lo llamaban, pues se iba a torear. Me acuerdo de su nombre: Jovito y le decían el Bitoque. De su apellido no sé. Entre la gente pobre no se usa tanto andar preguntando el apellido porque algunos no alcanzan ni apellido. Bueno, pues como a mí me gustan tanto los toros, yo comprendí que al Robachicos también se le antojaran y le daba para sus toros, lo malo es que siempre era boleto doble.

El caso es de que un día llegué yo desvelada del baile, muy cansada de mis pies; me acosté a las cinco de la mañana del sábado para amanecer domingo, claro que a las ocho, nueve de la mañana estaba yo durmiendo, y ese día domingo, con mucho garbo, el Roba me mandó pedir el gasto con el chico de doña Lola. Yo estaba soñando que me casaba con un torero recién traído de la plaza... ¡Espérese!, creo que más bien era un picador que se metió con todo y caballo a mi cuarto. Yo no quería entrar a varas con él porque estaba todo ensangrentado y traía una pulla muy larga, cuando en eso oigo que me tocan:

—¿Quién?

—Yo... dice Manuel que le mande su gasto...

—Dile a Manuel que estoy durmiendo, que no friegue.

Pensé: "Bueno, pues que se espere a que yo me levante". Y quise seguir soñando con el picador.

Como a la media hora vuelve otra vez muy girito el muchacho: que le mandara su gasto a Manuel porque se le hacía tarde para irse al matiné.

—¡Vaya, pues éste qué se está creyendo! ¡Y si no le gusta el gusto que se vaya a fregar a otra…!

Quién sabe qué le diría Manuel, el caso es que se regresó el muchacho:

—Dice Manuel que si no le quiere mandar el gasto, que le van a salir cuernos y cola…

—¡Que vaya al carajo! ¡Y a mí que me deje dormir!

Bueno, pues yo seguí durmiendo pero ya no soñé nada. De coraje ni fui con la comidera. Fui con los chinos. Ahora no dan ni la mitad de lo que daban de comer antes.

En la tarde vino el Enrique, bueno, ya todos le decíamos Quique.

—Dice Manuel que si no le manda para que vaya a los toros…

—Dile a Manuel que no tengo, que hasta mañana me pagan; que se espere…

—Pero es que los toros son para ahora y no para mañana.

—Pues entonces que se joda…

Sí tenía, nomás que pensé: "¿Qué se está creyendo? No le voy a dar nada". Y no le di. Después todavía regresó el muchacho:

—Se enojó Manuel y dijo que le tenía que pesar…

—A mí no me pesan más que los que traigo colgando…

—Ya se lo avisé, Jesusita… Eso fue lo que yo le oí…

En esa época yo no dejaba de bailar. Todas las noches le daba duro al taconazo. Y los días de salón de baile, entonces me daba vuelo: los lunes, jueves, sábados y domingos me iba a las pistas grandes. Para esto, el lunes me fui al baile y volvimos como a las tres de la mañana. Teníamos la costumbre de ir con la cafetera de la esquina a tomar toros prietos con piquete. Entonces se usaba mucho el café con alcohol en las esquinas, y nosotros nos echábamos unos pocillos antes de dormir. Después se duerme muy sabroso y se sueñan cosas muy chispas. Nos sentamos en la puerta del zaguán y yo me puse a espiar a los gendarmes a que no nos llevaran. En esa época no podía uno andar a deshoras de la noche, de mujer, porque no me acuerdo qué presidente, creo que Obregón, ordenó que dando las nueve de la noche, mujer que anduviera por la calle, mujer que se llevarían a la cárcel. Aunque su mismo marido la trajera del brazo, si no cargaba el acta matrimonial, entonces se la quitaban y se la llevaban. Así es de que de eso nos escondíamos. Nos íbamos al baile en un coche de caballos; ya conocíamos a los cocheros y ellos volvían por nosotros a las tres de la mañana y nos traían a nuestra casa. Esa noche después nos fuimos a cafetear.

Acomodamos tres sillas, así para adentrito del zaguán, junto a la cafetera, y en la silla de en medio me quedé yo, cuando veo una cara que se asoma, la cara de un joven. Se asomó nomás un ratito. Le vi el pelo peinado para atrás, rizado, era muy joven y muy guapo. Les digo yo a las otras dos que estaban conmigo:

—Y éste qué, ¿nos espía?

Éramos tres las que habíamos ido al baile, Josefina, Pachita y yo, y estábamos haciendo tiempo. Ellas ya no eran tan muchachas, ya estaban correosas. Les volví a decir:

—Y ora éste, ¿qué nos espía?

—¿Quién, tú?

—Este baboso que se acaba de asomar.

—¿Cuál?

—Pues ¿qué no lo vieron? Ése que se asomó.

Dice Pachita:

—No, yo no vi nada...

Y Josefina:

—Pues no, yo tampoco vi nada.

Seguí devisando cuando veo que mete más la cabeza, así, y le pude mirar la corbata de moñito, su camisa blanca y su chaleco negro.

—Pues ustedes no lo verán, pero yo lo estoy mirando.

—¡Tú ya ves visiones!

Y en eso estábamos alegando cuando que se asoma con todo y frac... Iba muy elegante.

—¡Mírenlo, mírenlo! Ahora enseñó todo el cuerpo.

Y que me paro a la carrera y que me salgo a media banqueta y que lo voy a alcanzar. Era muy peleonera y muy brava en esa época. Pues ¿cuál alcanzo? Nada. Ya no vi nada. Se me desapareció. Les digo a mis amigas:

—Pues ¿adónde se metió?

Ellas nomás se me quedaron mirando.

—Son tres veces que se asoma, pero ahora ya le vi el frac negro...

Entonces aquella Josefina luego pensó mal. Dice:

—No, manita, ¿sabes quién es? Es el Buen Amigo.

—¿Cuál?

—No seas tonta, no te hagas, es el Buen Amigo, ése que anda despidiéndose de las casas. ¿Qué no ves que ya son las cuatro de la mañana?

—Pues que se despida de quien quiera, donde haya estado de visita, pero no de mí. ¿Qué negocios tiene conmigo?

—¿Qué no entiendes? ¡Ave María Purísima, es el demonio!

Y se dio tres persinadas.

—¿Qué?

—Pero si tú lo estás viendo, es el demonio. Son las cuatro de la mañana y anda dando sus buenas noches…

—¿Y a mí qué me importa? ¡Que se vaya al diablo! ¿Quién de ustedes lo llamó? Yo no lo he llamado. ¿Qué tiene que venirse a despedir de nosotras?

—Él viene a las casas no porque lo llamen o no lo llamen. Sabe quiénes son sus amigos y sus amigas y tú eres de la palomilla, quieras o no quieras.

Manuel lo estaba llamando para que me hiciera el daño. Manuel me mandó al Barrabás. Al día siguiente me empezó el dolor y no me preocupó mucho. Dije: "Ni modo. Me viene el dolor y me viene el dolor y me da, ¡y ya!"

Ese mismo día que comencé a estar mala fui al oratorio porque quería preguntar por unos compadres que andaban fueras de México. En Luis Moya había una casa espírita donde trabajaba mi protector: Manuel Antonio Mesmer. Y la conocí por esos mismos compadres de la fábrica, José y María Sánchez, que me dieron la dirección.

Yo nomás iba de vez en cuando a averiguar alguna cosa que me importaba. Una que otra vez llevé al chofer Antonio Pérez que también conocía la Obra Espiritual. Yo lo llamaba a través del fluido magnético y él se presentaba. Me dijo que sentía de repente un deseo de venir adonde yo estuviera. Luego le avisaba yo que lo estaba embrujando y él se reía. Le dije:

—Un día te voy a volver burro…

—¡A ver, vuélveme orita!

—No orita… Un día, un día que no te des cuenta.

Pero yo nomás se lo decía de malilla. ¿Cómo podía volverlo burro? Nomás es un dicho que se tiene. Yo fui la que le inculqué la Obra Espiritual a Antonio Pérez. Él no hablaba ni nada, iba de mirón. Yo sí hablaba cuando tenía alguna comunicación espiritual con mi protector. Iba a preguntar, a saber lo que quería saber, contestaciones que le dan a uno los hermanos del espacio. Entrando entrando pedí mi comunicación con la señora que apartaba las fichas; me dio mi ficha, esperé y luego que me tocó, pasé. Saludé a mi protector, hice mi pregunta: "¿Qué mis compadres José y María Sánchez llegaron con bien a Tampico…? Desde que se fueron no me han escrito… Demen razón, que traigo pendiente…" Y la mediunidad, en vez de contestar me dice:

—¿A quién vistes? ¿A quién vistes anoche al amanecer?

—Yo no vi nada…

—Cómo no, sí vistes…

—No me acuerdo haber visto nada…

No le di importancia a aquella pregunta.

—Sí vistes… Cómo no, tres veces.

Me quedé pensando, tres veces vi pero ¿qué vi?

—Acuérdate porque tú vistes algo anoche…

Y tanto estuvo alegando la mediunidad, ella que sí y yo que no, que al último le pregunté:

—Bueno, ¿se trata de lo del zaguán?

—Sí, eso es lo que te estoy preguntando…

—Ah, pues sí, tienes razón. La cara que vi…

—¿Y sabes de quién es esa cara?

—No, no sé. Le vi hasta la cintura… Le alcancé a ver el frac…

—Es el Hermano Luzbella, el que te anda pastoreando porque te has puesto a hacer un favor y no te lo han tomado como tal…

Todo se me nubló. No me acordé del artista a quien le daba de comer, Manuel el Robachicos.

—Tú hiciste un bien y te lo pagan con un mal.

—¿Cómo?

Entonces me empezó a explicar:

—Tú haces un favor pero no te pones a ver a quién… Tú solita te has hecho un perjuicio porque lo que quiere ese hermano es quitarte tus centavos. Cuando hagas un favor hácelo a una mujer que lo necesite, compañera tuya, pero no a éste que ni siquiera es hombre… que no es bueno, sino malo…

Entonces le dije a mi protector:

—Pues yo quiero que vuelva esta noche para hablar de una vez con él; que me explique qué jijos se trae conmigo, por eso quiero hablar con el Hermano Luzbella…

Yo lo quería ver. Es hombre y muy guapo; joven, porque el Barrabás no es viejo. Es un muchacho como de veinticinco años. Dicen que desciende en figura de animal, pero yo lo vi de cristiano. Por eso se llama Luzbella porque es guapo el muchacho.

Entonces me dijo mi protector Manuel Antonio Mesmer que no me le pusiera al brinco porque el diablo se ganaba muchas almas por la buena o por la mala.

—No temas, únicamente le vamos a dar entrada al demonio, para que sepa que no tiene poder sobre ti… No puede hacerte ningún maleficio. Al contrario, se va a tirar una plancha. Te vas a sentir muy mala, acaso de muerte, pero no temas que yo estaré contigo.

Y por eso tuve yo el famoso dolor. De allí fue de donde me resultó el peritonitis. Desde cuando mataron a mi hermano me empezaron a dar pataletas y de cualquier corajito allí estaba hecha un nudo. Muchas veces me caí al suelo, muchas. Lo que más me dolía es que se rieran de mí a la hora del ataque. Hasta le pegué a una mujer que me vio una vez tirada y siempre me lo recordaba:

—¡Allí viene la que se queda pasmada de tanto caraculear!

De por sí a ella le gustaba hacerle maldades a la gente; era una mujer de muy malas chinches. Peleonera como yo, pero muy felona. Ese día le gusté yo, y conmigo fue el pleito. Le dieron ganas de reírse cuando yo pasaba —era muy matrera, muy abalanzada—, yo le eché la viga, ella me la contestó, me atravesé la calle y le dije:

—¡Me lo sostienes!

Y fue cuando nos agarramos de las greñas. Después de que le di sus guantadas y le dije sus groserías ella se quedó riendo y yo sentí muy feo, como que se me acababa la respiración (por eso alego que uno sabe cuándo y cómo le van a dar los calambres) y pensé:

—Ya me va a dar y se van a reír de mí si me caigo aquí en la calle.

Y me metí corriendo al patio y por poco y me parto la cabeza en un lavadero. En la llave del agua estaba una señora llenando su jarra y se la quité y me la empujé toda y todavía me le pegué a la llave y a bebe y bebe. Dónde me cupo tanta agua, no sé, pero me tomé una jarra de esas antiguas que usaban en los aguamaniles. No me dio el ataque y ahora comprendo que con el agua se me desalojó la corriente del muerto. Porque el que me golpeaba era un ser espiritual.

Me dio el dolor, dolor, dolor. Se me anudaban las tripas y era yo el vivo grito. Tenía como cuatro o cinco noches de estar mala, pero bien mala, con los ojos casi cerrados, cuando la veo que llega y se para en los pies de mi cama. No me habló, nomás se me quedó mirando. De pronto creí que una de las vecinas había venido a traerme algo, pero no, no eran las vecinas. Entonces la devisé despacito; estaba parada entre un puerco de alcancía plateado y un florero grande de flores. La vi toda vestida de negro, por eso me dio miedo. Nomás le salían las manos y la cara muy blanca, muy blanca como pan de cera. De repente juntó así las manos como la Virgen de la Soledad. Abrí los ojos y ya no había nada a los pies de la cama y dije yo: "¿Quién es? ¿Por qué se me evaporó?" Y que me enderezo y que empiezo a gritarles a todos los vecinos: "¡Allí está la muerte!" En el zaguán de junto vivían tres señoras; fueron las primeras que oyeron. Hice levantadero de vecinos. Como no atranqué mi casa por la enfermedad, todos se metieron.

—¿Qué tiene, qué le pasa?

Yo gritaba:

—¡Me estoy muriendo! ¡Me estoy muriendo! ¡Allí está la muerte a los pies de mi cama!

—¿Cómo?

—La muerte acaba de entrar. ¡Allí está parada a los pies de la cama!

—¿Cómo que la muerte?

—Sí, la muerte… Me estoy muriendo porque acaba de estar aquí conmigo…

—¿Cómo que acaba de estar? ¡No grite! ¡No grite así!

—¡Sí acaba de estar! Yo la acabo de ver… ¡Me estoy muriendo, allí está, a los pies de mi cama!

Ellos no veían nada. Pero yo sí.

—¡Me estoy muriendo! ¡No sean malos! ¡No me dejen sola porque la muerte está parada a los pies de mi cama!

Pensaron que seguro me estaba volviendo loca de las dolencias… Y a medida que yo alegaba, el dolor se me fue retirando, se me fue retirando y al amanecer estaba como si no hubiera tenido nada. Bueno, ya sin alferecía, pero toda entelerida. Es que me vino a curar la Virgen de la Soledad pero como yo no comprendía, aunque ya creía en la Obra, no la reconocí y pensé que era la muerte. Además, la Soledad se viste como muerta. Al día siguiente amanecí muy mejorada pero con horror. Como vieron que no me morí todos se largaron a su quehacer. Agarré y dije:

—Yo no paso otra noche aquí porque yo no me quiero morir entre gentes buenas y sanas…

Empecé a juntar todo y me pregunta doña Lola la portera:

—¿Qué está haciendo?

—Nada.

—¿Cómo que nada?

—Nada… Haciendo maleta. La cama, el ropero y el tocador se le quedan a don José de la Luz por los tres meses que le debo de renta y toda la ropa pues allí que la venda, a ver qué hace con ella. Le queda el buró, la mesa de centro, el canasto de loza, la silla y el banquito.

A esas horas comencé a hacer repartidero. En una colcha eché el garrerío. Al dueño de la casa, don José de la Luz, le dejé todos los trastes, los vasos y la mesa de centro donde estaba el puerco, y a doña Lola Palomares le regalé el puerco con lo que llevaba adentro. Yo estaba tan mala que dije: "Ya qué me importa el universo mundo".

Anduve todo el día heredando a la gente y ya agarré y me salí. Le entregué la llave a la portera y me fui nomás con mi chal tapado a recorrer los hospitales. Y allí me tiene como loca pidiendo cama por todos los hospitales. Y en ninguno me dieron dizque porque iba caminando por mi cuenta. Ningún enfermo puede llegar al hospital por su pie. Eso no vale. Tiene que llegar a morirse para desocupar pronto la cama. Todo el día me la pasé de hospital en hospital. Recorrí todos los que tenía México entonces.

Cuando más decepcionada estaba yo al salir de la Iglesia del Campo Florido, fui y me senté detrás de la carpa en la banqueta de la calle y allí me vino a encontrar Quique, el hijo de doña Lola. Me gritó:

—¡No se mueva de aquí que ahorita voy a llamar a don Luchito que la anda buscando para que nos la llevemos!

Yo no tenía alientos de irme, si todo el día había andado sin comer, sin nada en el estómago más que la bilis. Se fue corriendo el muchachito desde el Campo Florido hasta Daniel Ruiz y regresó con doña Lola. Y en eso que llega don Lucho echando los bofes de la carrera, todo quejumbroso:

—¿Qué Judas anda haciendo? Pues ¿qué no tiene su casa?

—Ya no tengo casa y como no tengo a dónde ir, aquí me voy a quedar hasta que me muera en esta banqueta.

—Ándele, vamos.

Me levantaron a fuerzas, me llevaron de cantarito uno de cada lado. Después me contaron el trabajo que les costó encontrarme. Cuando llegaban a un hospital les daban razón de mí:

—Se acaba de ir porque aquí no había cama.

Recorrieron todo México detrás de mí… Yo no creía, de veras, no sabía que ellos me buscarían así…

Cuando ya me encamaron me dice don Lucerito:

—¡Ya que te vas a morir, muérete, pero no te vayas a arrimar con nadie! Ésta es la casa en donde vives y mueres, no como perra a la orilla de la banqueta. Ya sabremos cómo enterrarte, aunque sea en un bote de basura… Ya ves que Chabela dejó la casa y se fue a arrimar con María la China creyendo que la iba a cuidar y acuérdate cómo murió. ¡Si enterré a Chabela que ya no vivía aquí, cuantimás a ti que sigues en la casa!

Yo todo el día había pensado en Chabela. Chabela era una amiga mía fabricanta que también vivió en Daniel Ruiz. Cuando se vio grave del mismo dolor que yo, del peritonitis, una amiga suya, María la China, que era china de China, le dijo que vaciara su casa y que se fuera con ella porque la iba a atender. ¡Puras mentiras! Nomás para quedarse con sus cosas. Chabela desocupó su cuarto y la amiga casi la mató porque la dejó morir de necesidad. Ni la curó, ni la llevó a ver ningún doctor, ni nada le hizo, ni se ocupó más en darle siquiera sus alimentos, y cuando le ardió el dolor más fuerte, Chabela se quedó engarruñada porque no aguantó. Cuando vinieron a sacarla, los practicantes tuvieron que estirarla para poder echarla en la camilla... Ni un vestido le dejó la China ésa para que la enterraran; que no, que ella ya no necesitaba ropa. Entre todas las que éramos amigas de la difunta fuimos a juntar dinero para sacarla del anfiteatro. Compramos la caja, porque no querían dárnosla a menos de que lleváramos la caja. Pero estaba encuerada. La vestimos allí como se pudo. Una le dio el fondo, otra el vestido, no faltó quien le pusiera un collar y unas arracadas...

No quisimos que le hicieran la autosia porque luego las cuchillean toditas. Del mismo dolor, todo el cuerpo se le amorató así con ruedas. Dimos ochenta pesos en la comisaría al doctor para que se los repartiera con el jefe de barandilla. Y luego ándiles a pedir limosna para el entierro.

En la cama estaba todavía la maleta con ropa amarrada porque don Lucero no sacó nada del cuarto. Hasta después que sané, los cuates de la fábrica me preguntaron:

—Bueno ¿y el puerco dónde está? Queremos darle de comer y no lo encontramos.

—Pues lo regalé.

—¿Y le sacaste lo que tenía?

—No.

Empezaron a hacer cuentas, porque ellos eran los que tenían la devoción de cebármelo, y a cual más sacaba la peseta, lo que tuvieran de suelto y se lo echaban. Tenía trescientos pesos. Y es que era puerco de a de veras, así grandote, de ésos blancos que los rocían con polvo plateado. El dueño de la casa me devolvió la maleta de ropa tal y como se la dejé; todos me entregaron lo que les había repartido, pero el puerco volvió vacío. Le pregunté a doña Lola:

—¿Y lo que tenía dentro?

—No tenía nada, estaba hueco...

—¡Ah, mire, qué novedad, cuánto le agradezco el informe...!

¿Qué más iba yo a decirle? Pues si yo todo lo había regalado por mi loquera de la enfermedad, ella se aprovechó. Yo me pongo a pensar que una persona de conciencia hubiera dicho: "Bueno, pues los centavos le hacen falta a usted porque está enferma..." Pero ella no devolvió ni quinto. Ya ni le chisté nada. Estuve tan mala que la vi perdida. Cuando uno es joven y sufre, se da, se vuelve muy mansita. Ahora cuando me enfermo atranco la puerta de mi casa.

A Manuel el Robachicos no le volví a dar dinero ni para sus pies gangrenados. No le surtió su trabajo, al fin del cuento no pudo hacerme ningún daño. Mi protector me lo había anticipado: "Volverá a ti y tendrá que ser tu compadre, porque arrepentido te va a pedir que lo perdones. No le guardes rencor... Tienes que encompadrar con él".

Y así. A los tres meses fue a verme. Dice:

—¿Qué está haciendo, tehuanita?

—Nada. Aquí nomás.

—Vine a saludarla y a que me haga el favor de que se le olviden las contrariedades que hemos tenido...

—A mí no me ha hecho nada ni tiene por qué venirme a pedir perdón. ¿De qué? Yo no me doy por ofendida.

—Sí, tehuanita, la he ofendido y por eso le suplico que me perdone...

—Bueno, no se preocupe...

Se quedó callado y al rato que me dice:

—También quería suplicarle de favor que me llevara a bendecir a mi San Ciro.

Era un santo todo negrito.

—Sí, cómo no. Nomás me lo trae...

Ya sabía yo que eso del compadrazgo por medio del San Ciro lo hacía él para quedar limpio de culpa. Le llevé el santo a bendecir a la iglesia, se lo entregué y en eso quedamos. Compadres. Pero como quien dice, fue por orden de mi protector. Por mi cuenta soy rencorosa, hasta las cachas. El que me la hace, me la paga. Y con todo y réditos, porque en eso de los odios soy muy usurera.

19

En una farmacia de Cuauhtemotzín conocí al doctor Rafael Moreno. Vivía en San Antonio Abad con su esposa y la farmacia era botica chica. Despachaba él pero tenía que ir al hospital para completarse. Yo entré una vez a la botica preguntando por mi antidolor del Dr. Bell y se hizo amigo mío. Ese doctor Rafael Moreno era un morenito, delgadito, de bata blanca, como todos los doctores. A las ocho de la mañana salía al hospital porque empezaba a las ocho y media y en las tardes recetaba a las familias. Luego se le hizo fácil, o quién sabe, el caso es de que le gusté para que fuera yo de enfermera al Hospital Morelos:

—¿No te agradaría ir a trabajar? Mira, no te ha de gustar mucho porque hay que ver y tentar. Pero en fin, si te llevo y aprendes entonces arreglo para que te quedes de planta… Yo te enseño.

—Cómo no. Sí voy.

—Bueno, pero te advierto que es de puras mujeres malas…

—¡A mí qué me importa! Yo lo que quiero es trabajar. A mí qué me interesa que sean malas o buenas… Sí voy.

Fui allá a la Alameda. La entrada queda junto a la Iglesia de San Antonio, ese santo al que le piden hombre las mujeres. Camina uno hasta el fondo del jardincito y luego luego está la puerta. Todavía sigue siendo el Hospital Morelos, nomás que ahora cuentan que se llama el Hospital de la Mujer, de las mujeres que tienen un marido a cada ratito. Las llevan a fuerzas porque las agarran los agentes, les pasan revista en la calle de Tolsá donde está la Inspección de Salubridad y la que sale enferma va a dar al hospital. Los agentes hacen redadas en las noches en la calle de San Juan de Letrán, en 5 de Mayo y en 16 de Septiembre, donde trabajan las de rodeo, las ruleteras, las hurgamanderas, las que andan por la calle jalando a los hombres, las correosas, las de años.

—Oye, chato, ¿le saco punta a tu pizarrín?

Les caen los de Salubridad y se las llevan. Y las otras, pues ésas forzosamente tienen que ir cada ocho días a pasar revista porque son de credencial y allá en Tolsá se ponen a checarlas una por una. Las ruleteras se cuidan mucho, se esconden en los zaguanes, pero de todas maneras las pescan y las suben al coche.

Me metí primero de afanadora y estuve mirando hartas cosas; luego el doctor Moreno me decía:

—Mira, esta enfermedad es esto y esta enfermedad es esto otro… Ándale, detén la tripa del irrigador.

Me enseñó muchas enfermedades que tienen las mujeres; enfermedades que les dan por dedicarse al amor y que luego van repartiendo entre todos los putañeros: purgaciones simples y de garabatillo, toda clase de chancros duros y blanditos, sífilis de primera y hasta de quinta, placas, flores blancas y gomas. Y eso sin contar los animalitos, los piojos chatos, ésos que les dicen ladillas y que todo mundo tiene y que da tanto trabajo quitarse de la sobaquera, primero se le arranca a uno el pellejo antes que el chato se despegue de las ijadas. En aquellos años se usaban mucho los polvos de calomel y el ungüento del soldado.

Estuve yendo como dos meses. Luego regresaba yo a mi casa con el estómago tan revuelto que no se me ocurría comer:

—¡Ay, si vieran las demás mujeres las cosas que yo vi, palabra que no darían tan fácil el tamal…!

Aunque me lavara las manos, aunque me echara loción sentía que me quedaban igual… A una enferma que le escurría como pus verde, el doctor me dijo que tenía flujo amarillo y que por eso le salían cuajarones jaspeados de sangre. La lavaba con agua de permanganato, luego le daba unos toques de yodo y le metía un tapón: un algodón así grande de nictriol con glicerina. Al otro día le sacaba el tapón y se lo volvía a meter hasta adentro después del lavado y de la curación. Y a puras tapadas y destapadas la mujer se alivió y ya pudo otra vez volver a las andadas. Había otra que estaba llena de llagas, toda la panocha era una rueda colorada, colorada, colorada. Muchas tenían esa misma infección. El doctor Moreno las curaba con un lapicito. Primero les lavaba muy bien y luego les pasaba el lápiz infernal. Así le decían porque estaba conectado con el cable de la luz. A la mujer ésa que le digo, le daba toques alrededor con la puntita del lápiz para quemarle lo podrido. Y ella gritaba porque el lapicito le iba dejando la carne viva y limpia. Se retorcía para arriba y para abajo, para adelante y para atrás como ola. Luego le ponía yodoformo para adormecerle el dolor, le quitaba todo lo baboso con jabón, y permanganato, y al secarle le echaba unos polvos que olían muy feo o si no polvos de aristol.

—¡Eso apesta mucho!

—Una nadita. ¡Ándale!

—Me echa poquito.

—Una nadita. Ya te dije.

En las noches les preparaba yo un litro de agua de limón para serenarlo. Y al día siguiente se tomaban en ayunas su agua de limón serenada. A veces la enfermedad se les pasaba a la trastienda y el doctor con mucho cuidado les picaba allí con el lapicito: se armaba una grita pero tenían que aguantarse porque si no, no les devolvían su tarjeta.

Yo nomás les hablaba a la hora de la curación. Entraba y les decía:

—¿Ya se lavaron?

Les daba agua tibia y se iban al baño para que no se subieran indecentes a la mesa. Entonces yo les volvía a lavar con agua más calientita y con jabón hervido. Preparaba la navaja para que las rasurara el doctor, las culimpinaba y yo me admiraba de que al doctor Moreno todavía le gustaran las mujeres, porque era muy enamorado.

—¡Ay, dotorcito! ¡Ay, dotorcito! ¡No, dotorcito! ¡Así no, dotorcito!

Y él les daba sus nalgaditas.

—¡Ya te vas a aliviar, ya te vas a aliviar!

Cuando terminaba mi trabajo andaba yo de cantina en cantina para olvidar. La verdad, pobres hombres, cómo los compadezco. Durante el día me le pegaba al doctor y él, como era muy buena gente, me decía:

—Ándale, ven para que veas, para que tú te portes bien y no te andes creyendo de los poetas… ¡Ándale, ven y mira cómo se ponen las que le hacen al desfiguro!

Todos los días teníamos lleno completo. No nos dábamos abasto y siempre había mujeres esperando cama. A veces las acostábamos en el suelo, junto a la sala de distinción que daba a la Alameda. Había una sala para las mujeres enfermas de niño. Se aliviaban y a los cuantos días, a la calle. Esas mujeres no tenían marido. Por eso iban y venían por la calle. Todas eran mujeres pobres; puras mujeres baratas de la calle, de las que se dan por lo que les den. A las de la sala de distinción iban a verlas sus amigas, sus amigos. Los amigos no entraban pero cada quien llevaba fruta, comida, y un mozo recibía las cosas en la puerta y se las entregaba: "¡Cama 12!", "¡Cama 23!", "¡Cama 41!" y ellas escondían su tambachito debajo del colchón, no se los fueran a robar. Las amigas tenían derecho a entrar los jueves y los domingos. En el hospital, para que se repusieran pronto, les dábamos sopa, guisado, frijoles, café con leche y pan.

Un día llegaron unas mujeres que según ellas eran maestras de la Secretaría de Educación y unos muchachos que también eran profes. Apuntaron a muchas afanadoras y en la bola entré yo. Nos enlistaron a todas por parejo para darnos clase. Yo esperé que nos enseñaran letras o números o algo, pero sólo nos empezaron a preguntar que cuántos árboles tenía la Alameda y cómo se llamaban los pellejos que los patos tienen entre las patas, puras jaladas y nada de lectura.

Una vez terminado el quehacer del hospital nos juntaban en el comedor. Allí, sentadas en las bancas nos examinaban y muchas decían puros disparates porque no sabíamos nada de nada. Para que no se rieran de mí yo me les puse al brinco en seguida. Si ahora soy corajuda, era yo tantito peor. Le dije a la maistrita, una vieja flaca, de chongo, vestida de negro casi hasta el suelo:

—No, yo no le hago a ese jueguito. Lo que a mí me interesa es que me enseñe las letras y la numeración. Si no puede, no nos hagan guajes. Yo se los agradezco mucho, pero a volar, gaviotas. ¡Yo no le entro!

La maestra me dijo que era yo muy grosera.

—Yo soy muy grosera y usted es muy mensa porque nos anda preguntando puras mensadas que no importan. A mí enséñeme a decir cómo se llaman las letras y si no se las contesto pues tiene usted razón de echarme la viga, pero usted a mí no me habla de letras, me pregunta de… los patos… ¡No! Usted enséñenos a leer y le aprenderemos. Si no, pues mejor búsquese otro empleo; éste no le va a convenir porque no va a poder conmigo.

—Mira, no seas rejega, haz un esfuerzo. A ver, a ver, ¿cuántos arboles tiene la Alameda?

—Pues si usted los ha contado, hágame el favor de darme la cuenta porque yo paso y vuelvo a pasar y entro y salgo por la Alameda y no le puedo dar razón. No tengo campo de andar contando árboles. ¡Si a usted le interesa, cuéntelos usted!

Usted se imagina qué pregunta… Si así les enseña ahora la Secretaría de Educación, pues es la escuela de la babosada… Entonces se juntaron varias maestras y profes cuando vieron que yo comencé a decirles de claridades. "A mí ya se me llenó la medida. Si no se ocupan en enseñarme, tas tas, bórrenme de su lista. Yo la vida no la tengo comprada para andarla perdiendo en las jodederas que discurren sus mercedes. ¡Así que a volar, gaviotas!"

Estos maestros y maestras querían divertirse con nosotros porque estábamos grandes. ¡Quién sabe si sería un nuevo sistema de educación pero yo no les hice caso! Que ¿cómo se llaman los pájaros de siete colores? ¿Cómo se llaman los pescados que están debajo del agua? Pues pescados, ¿no? ¿Y esas flores que según ellos eran hembras y machos? Dije: "No, conmigo no, a mí no me gusta buscarles chiches a las culebras. Así es de que hasta aquí le cortamos a la alfabetizada". Y me salí del hospital de las podridas porque en primer lugar me pagaban muy poco y luego llegaron estos maestros a querer tomarnos el pelo con sus exámenes dizque de biología comparada y los mandé al carajo. Desde entonces nunca fui a ninguna escuela. Y me quedé de burra pero muy contenta. Más vale rebuznar que hacerle al monje.

Volví a Netzahualcóyotl y en esa época vi de nuevo a Antonio Pérez. Tenía como dos años que no nos hablábamos. Estaba enfermo, muy grave, y para que su mamá y su mujer —porque se había casado— no se dieran cuenta de su enfermedad, no se quiso hospitalizar. Él solo se ponía y se quitaba sus algodones. Según me contaron sus amigos, se le estaba deshaciendo el animal. Yo me di cuenta porque lo espié a través de los vidrios del balcón de la casa. Todos los días llegaba a comer pero sólo Dios sabe cómo podía trabajar ese infeliz porque al bajarse del coche se columpiaba antes de poner los pies en tierra. ¡Ni modo! Esa purificación la padeció por el disgusto que tuvo conmigo. Estábamos en el baile y una de sus amigas fue y me lo quitó. Hasta eso, terminamos la pieza y agarramos para el mostrador del salón cuando llegó aquélla, se me planta enfrente y me dice:

—Es que a mí me gusta Antonio y te lo vengo a quitar.

Lo jaló y luego volteó conmigo:

—Si puedes, éntrale.

Yo no tenía por qué entrarle. Dije: "¡Allá él!"

Le echó el brazo y se lo llevó. Pensé: "Bueno, pues que les vaya bien y que se diviertan mucho. A mí me importa sombrilla". Yo bien sabía que Antonio tenía su novia, pero como nos habíamos apreciado mucho, en esa estimación andábamos siempre juntos para arriba y para abajo:

—¿Vamos al baile?

—Vamos.

—Vamos a tal parte.

—Vamos.

Por donde quiera andábamos, pero sin decirnos nada, bueno, nada que no fuera cosa de amigos. Como ella se le ofreció, él no podía decirle no puedo. Porque claro que podía, era muy hombre y ella se lo dijo delante de todos. Y si resultó enfermo fue por eso, por dárselas de hombre. María estaba enferma y yo lo supe por ella misma. Cosa de amigas. Era buscona y cotorrera, todos lo sabían. Le decíamos la Puerquitos o María la Trompitos, porque era trompudita de boca. En esa época tenía chancros duros que son los más malos.

—Fíjate que me dan mucha comezón unas cosas que tengo.

Pero como ella se mantenía de andar con distintos hombres por la calle y estaba enamorada del muchacho, se lo llevó y se quedó con él. Entiendo que de pena, de vergüenza de haberme dejado allá en la cantina y que yo tuviera que pagar las cervezas, Antonio ya no me buscó. Después me dio coraje. Yo no le podía decir:

—No te metas con ella.

Ni siquiera para salvarlo de los chancros. Si él hubiera sido algo mío, pues voy y me agarro con ella y la cacheteo. Pero era mi amigo únicamente. Y si le digo cuídate porque te la va a pegar, a lo mejor me trata de celosa. No sé, pero al fin de cuentas, algo se me atoraba.

Después sus amigos me dijeron:

—Está muy mal.

—Bueno, ¿y qué quieren que yo haga? Él se lo buscó.

No nos hablábamos. Lo veía porque vivíamos cerca en la calle de Netzahualcóyotl, yo en el 16 y Antonio en el 11. Claro que yo por el balcón me asomaba. Ya sabía la hora en que venía a comer y cuando llegaba veía que la cosa iba muy mal. Entonces me encerré en mi cuarto, hice mi concentración y le pedí a mi protector que lo curara.

—No, déjalo que sufra —me dijo.

—Pero su familia no tiene la culpa. Pobres. No saben, y él sufre bastante... Yo lo veo cómo sufre...

—Bueno, voy a poner un plazo de tres meses para curarlo...

—Ay, no, ay, no, en tres meses se lo carga la que lo trujo…

—¡Ah! ¿Quieres que sea más pronto?

—Pues si me hace el favor, lo más pronto que se pueda…

—Bueno, pues entonces un mes…

—No, menos, menos, por favor…

A tanto y tanto insistirle, le bajó a los quince días. Y luego allí me tiene contándolos, sí, yo quería mucho a Antonio Pérez, para qué es más que la verdad. Y todos los días me salía al balcón para verlo llegar: "Pues no me lo están curando". Me decepcionaba al ver la manera como se bajaba del carro, porque el calor de la gasolina, el tracatraca del motor y todo eso le inflamaban su parte y ya no podía manejar. Yo les gritaba a los hermanos espirituales:

—¡Ay, háganme la caridad de curármelo lo más pronto que puedan!

El merito día quince no lo vi salir de su casa. Dije yo: "No me lo curaron". Y luego esperé a sus amigos:

—Díganme ¿dónde está Antonio? ¿Qué le pasó? ¿Cómo sigue?

—¡Uy! Está rete grave ahorita. Ya mandaron llamar al cura.

Y que me meto a la carrera y que duermo a la mediunidad y luego llamo a mi protector:

—No me lo curaron… Está más grave…

—Sí. Tiene que estar más grave… No te apures. ¡Mañana amanece bien!

El día 16 lo vi que salió a trabajar. Al regreso, ya bajó del carro feliz y contento, movía muy bien sus piernas. Él no sabía nada del enjuague. Se vino a dar cuenta hasta que se le presentó mi protector en figura de padre con sotana y le insistió en que viniera a pedirme perdón por haberme dejado plantada en la barra del salón de baile con la cuenta de las cervezas. Le dijo mi protector:

—Ésos son los pagos que le das a esa mujer y tanto como te ha ayudado… Por eso te sometimos a todas esas purificaciones.

Llegó Antonio al número 16 y me chifló, porque hasta eso, nos entendíamos a chiflidos. Luego salí y me contó que se iba a acercar a la Obra Espiritual de nuevo; que a ver si íbamos juntos. Antonio no se casó conmigo porque no éramos de la misma clase. Era persona más decente, más educada que yo. Pues ¿cómo? Su familia, los hermanos y las hermanas ya le tenían lista una mujer de mejor clase. Ella no trabajaba. Y de mí sí sabían que era una pobre fabricanta, que era muy bailadora, muy paseadora y eso no les parecía. Yo era como era y sanseacabó. Me gustaba bailar y a él también; pasear y a él también; sus hermanos sabían que yo tomaba mucho con Antonio. ¡Ellos querían una señorita! ¡Una señorita, hágame el favor! ¡Pues cuicuiri, cuicuiri!

20

Al changarro de Netzahualcóyotl llegaban mi compadre José G. Sánchez con su mujer María a bailar y a beber, y nos hicimos muy amigos. También venía Guadalupe Escobar, aquella que estuvo conmigo en Belén, la casada con el hermano de José G. Sánchez. Los cuatro eran de la Gendarmería Montada. En Tampico anduvieron en tren; después, en una grúa de ferrocarril, atrás de un tren. Habían recorrido muchos rieles; conocían mucha tierra, hartas tierras. Platicaban de la nieve y de la orilla del mar, de la reventazón de los ríos, de los jagüeyes y de las chachalacas, de los magueyales y de las nopaleras, del zoquite y de los tabachines de la tierra templada. Platicaban y yo sentía que los ojos se me habían llenado de polvo, de todo el polvo del Defe, y que ya era hora de ganar pa'l campo.

Como los balazos son mi alegría, pues hablábamos de balazos. La balacera es todo mi amor porque se oye muy bonita. Los primeros balazos sí se oyen, pero el fuego cerrado ya no se oye. Nomás se ve la humadera, los humitos que salen de los distintos lugares. Sólo de acordarme me daban ganas de irme a la revolufia. Por eso yo les dije que cuando salieran de México me avisaran para irme con ellos a la primera balacera. Tenía ganas de andar fuera de México.

Salió el Primer Escuadrón de Gendarmería Montada del Cuartel de Peredo y con esa gente nos fuimos nosotras las mujeres. Salió mi compadre, salió su mujer María, salió mi amiga Guadalupe Escobar y ¡ai vamos! Pues cómo que no, si se trataba de echar balazos, vamos a darle. Me fui y cualquier día me vuelvo a ir a donde se arme la bola, pero que haya balazos, muchos balazos, yo le entro a la lotería.

La requema de los cristeros fue balacera de a de veras. Balacera tupida. Y los colgados nomás se bamboleaban de los árboles. Curas había pocos a la hora de la hora. Eran indios tarugos que se daban en la madre los que se levantaron en armas para defender a la Virgen de Guadalupe. ¿Qué le iban a defender estos pendejos a la Virgen si ella está bien guardada en su vitrina? Gritaban: "¡Viva Cristo Rey!" Y bala, bala y bala. Bala que das y bala que te pega. Y los curas tomando su chocolatito con bizcocho y poniendo a los santos de aparato. Ellos solos hicieron su bola. Por eso el gobierno los metió al bote. A todos los que agarró alborotando y a los que cargaban armas, se los tronó. Eran campesinos, guarachudos, mal comidos que todo lo saqueaban, eso sí, santiguándose. "Ave María Purísima", "Sin pecado concebida"; ése era su saludo, su consigna. Yo nunca vi una sotana; puros destripaterrones que no sabían ni apuntar, con las manos todavía enterradas. Pero cuentan que allí andaban los curas de alborotapueblos, cuidando el tabernáculo, las hostias y las vinajeras, echando bendiciones de pasadita. Ya después regresamos a México como simples soldados rasos. Se acabó la Gendarmería Montada y fui a dar otra vez a Netzahualcóyotl, con doña Adelina, que me recibió con los brazos abiertos.

—¿Ya vinistes?

—Ya vine.

Le dio gusto porque yo le hacía mucha falta. Era de ésas que nunca alzan nada. Se le caía cualquier cosa y decía:

—Déjalo, mañana lo levanto.

Con ella no había nada que hacer. Así era. Yo siempre iba detrás de ella escombrando.

En México andaban los del gobierno buscando en las casas a ver quién tenía santos y quién no. Pero también los mochos ¿para qué presumían de que eran muy santularios? Y entre más los perseguían, más la hicieron de emoción. Fue cuando los padres comenzaron a andar de ceviles. Se pusieron pantalones. Por eso ya no creo que sean padres de a de veras porque más bien hacen taruga a la gente. Antes uno conocía cuáles eran los padres y cuáles eran los frailes. Pero en aquellos días, para que no los agarraran en manada, se fueron a vivir a casas particulares. La gente muy allegada a ellos era la que andaba avisando dónde se iba a celebrar misa. Iban caminando por la calle y se fijaban en uno a ver si tenía cara de católico y le murmuraban con mucho cuidado:

—En la casa Fulana en el número tantos va a haber misa. Y van a dar la comunión.

Allí se jugaban un albur, pero como la mayoría de los mexicanos son católicos, pues iban muchos.

Yo no creo ya en los padres porque los he visto muy de cerquita. Cuando están celebrando la misa, todavía, porque en ese instante cumplen con su misión, pero pasando la misa, para mí ya no son más que hombres materiales, como todos los de la calle con todos sus defectos y hasta más, porque andan hambrientos de mujer. Cuando están diciendo misa se olvidan del mundo y de las viejas y de otras tentaciones todavía peores porque han hecho su desdoblamiento. Pero una vez terminado el oficio, son hombres como todos, y ojalá fueran como todos, porque hay unos que para qué le cuento. Por eso cuando Benito Juárez regresó a Oaxaca de militar, de gobernante, de todopoderoso, lo primero que hizo fue vaciar los conventos. Sabía muy bien la entradera y la salidera de los padres. Como el cura que lo crió lo llevaba todas las noches al convento, él conocía las señas. Estuvo vigilando a que entrara el último de los curas y cuando ya estaban todos reunidos, dio los cinco golpecitos, así como de mentada de madre que se sabía desde chico. El padre que le enseñó a leer y a comer carne (porque antes Benito sólo comía quelites sin huevo) nunca se imaginó que aquel indito era más ladino de lo que parecía y que se iba a dar cuenta de todo. No en balde fue uno de los más buenos comecuras. Si no hubiera muerto él, ya no habría sotanas en México. Cuando tocó, todos se miraron a ver quién faltaba y no faltaba ninguno, pero de todos modos le dijeron al más joven, el más humilde:

—Pues ve a abrir porque están tocando con la clave que se toca aquí...

A no ser que fuera un ocurrente que viniera a mentarles la madre por pura casualidad.

Abrió el frailecito y entró Benito Juárez con toda su escolta y agarró a los padres con las manos en la masa. Y a la cárcel. A las monjas las echó para afuera. Luego ordenó que escarbaran los patios de los conventos, porque aunque él estaba chiquillo las veía bien chipotudas y luego de un día para otro se deshinchaban. Y como no era menso decía:

—Bueno, ¿y dónde están las criaturas que no las veo? Ni modo que todas sean mal paridoras.

Por eso al escarbar encontraron muchas calaveritas, muchos huesitos de niño todavía blanditos. Las monjas ¿qué otra cosa podían ser sino las queridas de los curas? ¿Cómo iban a estar tantos años acostándose solas? Así es de que Benito Juárez se las arregló para que la gente abriera los ojos. Y el que no los quiso abrir se los abrió a chaleco. Juntó a todos los padres y a todas las monjas y les dijo que él no estaba de conformidad con que engañaran al pueblo, que se casaran y se dejaran de cuentos. Y como ellos querían seguir como antes, los persiguió y les quitó todos sus bienes, sus casas y sus tesoros. ¡A cuántas muchachas no las infelizan en los confesionarios! Que una confesadita y una tentadita, las empiezan a manosear y luego al dormitorio, como si estuvieran en un bule, o si no para más rápido a la sacristía. Por eso yo no los quiero. Aquí en la ciudad, en el Defe, han salido sus obras hasta en el periódico. En la mera Villa hicieron excavaciones hará unos treinta años, y encontraron todo un cementerio de difuntitos como becerritos de panza.

Las monjas me caen todavía más gordas aunque no estén embarazadas. Yo las he visto, y por eso les digo con toda la boca: mustias hijitas de Eva, no se hagan guajes y dénle por el derecho a la luz del día. Además, curas y monjas, ¡qué feo!, unos y otros tras de sus naguas. Porque hay mujeres amantes de las naguas negras y del olor a cura. Las he visto. Las he oído rechinar. Si no, no les echaba la viga. No le hace que vaya yo a asarme en los infiernos pero es la mera verdad. Todos los curas comen y tienen mujer y están gordos como ratas de troje. Antes, las monjas eran sus queridas. Ahora ya no dejan que haiga monjas revueltas con curas, pero cuando las tenían en sus conventos encerradas, que porque ellas eran las hijas de María y ellos los hijos de José, se guacamoleaban toditos. Y eso no es justo. Al pueblo lo engañan vilmente. No creo que haiga buenos. No lo creo. Ése es el único defecto que he tenido: que no creo. No hay bueno ni buenas. Todos somos malos sobre el haz de la tierra. En el hombre hay mala levadura. Y Dios nuestro Señor dijo: "Los voy a quemar como la higuera maldita".

En Netzahualcóyotl me encontré con la mamá de doña Adelina, Reginita, que había llegado de Guadalajara con sus dos hijos: Luisa y Tomás.

A Reginita le gustaba mucho platicar y platicando platicando fue cuando ella empezó a escarbarme, me encontró el parentesco y acabamos en que yo era dizque su nieta.

—Pero, ¿cómo, doña Reginita?

—Sí, sí, sí. Yo soy de Oaxaca y tú eres de Oaxaca… Dime abuela.

—¡Cómo!

—Sí. Tú eres hija de los Palancares y Hernández.

No sé qué me vería ella o cómo supo que yo era Palancares porque nunca le pude escarbar y tal vez nomás por oaxaqueña me hizo de la familia. Me empezó a contar una historia alrevesada y yo pensé: "Bueno, desde el momento en que ella no se afrenta de mí por ser una persona tan pobre, pues yo se lo agradezco". Se lo avisé.

—Pero yo soy muy pobre, doña Reginita…

—Yo también lo fui, yo también… ¿A poco nomás tú? Yo quedé viuda de mi primer esposo con una niña de cuatro años: Adelina. Vivía en Guadalajara porque allá me llevó mi marido, pero cuando se murió me quedé sola, pobre, abandonada con mi criatura. ¿Sabes cómo me mantenía? Luchaba para vender carbón y leña, lo que podía, para irla pasando… Pero no he de haber estado tan fea aunque pobre, porque comenzó a seguirme el doctor Sainz.

—¿Un doctor?

—Sí, un doctor, fíjate, el doctor Sainz. El doctor Sainz le dijo a su mamá que si no lo dejaba vivir conmigo como debía de ser, entonces él se iba a echar a la perdición. Su mamá le contestó: "Prefiero verte muerto que al lado de esa india carbonera". Entonces el doctor agarró la borrachera. Cuando estaba en su juicio le decía a su madre que la única mujer que podía enderezarlo era yo. Pero como toda la vida ha habido divisiones y grandezas más aparte, aunque se enamoren pobres con gente mejorcita, pues se tienen que aguantar. Sólo cuando salía a los pueblos a recetar y a curar enfermos en las orillas de Jalisco, el doctor Sainz me llevaba. Me decía:

"Vámonos. Allá podemos vernos mejor que en Guadalajara…" "Entonces me voy adelantando…" "Sí, yo luego te alcanzo." Nos queríamos los dos desde el momento en que nos acompañábamos. Y por allá nos poníamos a vivir en algún mesón el tiempo que durara él recetando en las rancherías y en los pueblitos. Atravesábamos los maizales quemados, nos íbamos a pie sin que nadie se fijara en nosotros. Cuando estaba conmigo el doctor Sainz era muy pacífico y se olvidaba del vicio. Entraba a las casas cantando el son de la media muerte y luego me enseñó a recetar, me explicó en los libros el uso de las yerbas, y como yo también sabía leer y era de mucha retentiva le entendí muy bien a la medicina. Me nacieron dos hijos: Luisa y Tomás… Cuando regresaba a Guadalajara, él agarraba otra vez la borrachera decepcionado de que su madre no lo dejara casarse y legalizar a sus dos hijos. Sólo los nietos iban a ver a la abuela, yo nunca. El doctor acabó con todo su dinero y cuando estaba agonizando de la cruda en casa de sus papases yo le dije a Luisa, mi hija más grandecita: "Anda, dile a tu abuela que le ponga este vaso de vino en el ombligo a tu papá". El doctor se tomó el vino por el ombligo y comenzó a sudar. Todito se lo chupó el ombligo. Regresó la niña y me avisó: "Ya se lo acabó". "Pues dile a tu abuela que le compre más vino y que se lo siga dando por el ombligo porque tu papá no está muerto, tu papá está vivo." Pero como a mí no me dejaban entrar en la casa, no pude voltearle otro vaso de vino en el ombligo y dejárselo como ventosa. Si se les atiende a tiempo, echándoles el vino por el ombligo o sentándolos en una palangana de huevos batidos, resucitan, por más muertos que estén, porque la sustancia se les sube al intestino. Esto deberían saberlo todos los hospitales y todas las ligas ésas que hay para curar a los borrachos: el remedio debe entrarles por donde yo digo, porque si se lo echan por la boca, imagínese todo lo que les tarda en llegar a donde debe. Los crudos perdidos están todos trabados y no les funciona el tragadero, pero nomás volteándoles un vaso de vino en el ombligo, todo se lo chupan a puros sorbitos.

Si ya Reginita sufría, con mayor razón cuando murió el doctor. No tenía quien la amparara ni a sus hijos ni a ella. Apenas tuvo uso de razón, Adelina la dejó y se vino a la capital, y a Reginita le fue tan mal en Guadalajara que se vino a arrimar con Adelina.

Cuando doña Adelina regresó de por allá con su coronel, allí estaba su madre y ni modo de decirle: "Váyase, que aquí estorba". La mamá venía muy apocada: "Yo te ayudo, Adelina, te lavo la ropa, te escombro la casa, te doy friegas con té de flores de árnica, ya verás…"

Desde ese momento yo les comencé a decir a las dos hermanas: "Mi tía Adelina y mi tía Luisa…" Me puse a reflexionar y dije: "Es el destino; Dios no me quiere tener tan desamparada sin quien vea por mí, y con mano misteriosa en vez de llevarme a otro lado, me trajo a donde había, si no familiares cercanos, al menos retirados…"

Mi abuela Reginita nomás sabía que estaba yo presa y corría en seguida a verme.

—¿Cuándo se te quitará lo cabeza dura? ¿Cuándo te compondrás? ¡Compórtate, mujer! ¿Qué no ves que me voy a morir y ni quién vea por ti? Si tienes dinero, te traerán algo pero si no tienes, no te darán ni agua. ¡Nadie te echará un ojo! ¡Yo ya estoy vieja, más para allá que para acá!

Y realmente, ahora que estoy sola, ¿quién me viene a ver? ¡Ni quién se acuerde de mí! No tengo a nadie, lo único que tengo son muertos.

Doña Adelina no quería a Luisa ni a Tomás porque eran prietos y nunca los reconoció como hermanos por más que yo le hacía ver que eran hijos de su madre.

—¡Ah, no! ¿Por qué los he de querer? Son unos indios.

Tomás y Luisa sí eran indiaditos porque el doctor Sainz era muy guadalupano, entiendo yo. Y Adelina, como era hija de otro señor, salió apiñonada.

Luisa bien que se dio cuenta del desprecio:

—¿Te crees muy chingona, verdad? Pues yo no le entro a tu changarro.

—Pues aquí todos tenemos que trabajar para que puédamos comer. Si no quieres entrarle a la talacha, ¡sácate de aquí!

Como quien dice la echó a la calle. Entonces ella se fue a servir mesa a un café de chinos y allí conoció a un japonés y se juntó con él. Ese japonés era buena gente pero Luisa era muy dispareja. Lo engañaba. Quién sabe qué tendría que les gustaba a los hombres. Era flaca y enteca, pero de repente se le curvaban los labios, como que se le esponjaban, y los hombres la volteaban a ver. El japonés la mantenía hasta con lujos, pero ella le daba duro a la parranda. Y es que por lo regular estaba sola porque él andaba en la República. Ponía mesas de juego en las ferias: ruleta, carcamanes, ocas y loterías. Ganaba muy buen dinero llevando sus *dónde quedó la bolita*. Había sido militar en la revolución carrancista y seguro por eso se hizo andariego y manos largas. Siempre andaba de aquí para allá, y la Luisa de mano en mano. Tuvo dos niñas con ojos de rendija. Ni las volteó a ver. En las mañanas nomás se salía diciendo:

—Allí les dejo a las ojos de alcancía.

Después supe que le decían la Sinfa, y luego la Sin Familia porque nunca tuvo madre. Era una mujer toda encanijada, como pescado seco. Siempre pedía con una risita:

—¿Tiene cerillos?

Despúes la abuelita me lloró:

—Ya no vayas al changarro, ya no atiendas mesas. Necesito que me ayudes a levantar la casa… Ya ves que estas mujeres no ven por mí y a duras penas me traen a mal traer… Las criaturas lloran de hambre y yo no puedo con ellas…

Me fui a ayudarle a Regina. Esa familia abusaba de mí porque así es la vida. Adelina andaba con su militar y Luisa con los que se pepenaba en el café. Las dos salieron muy güilas, nomás buscando con quién… A las niñas yo les daba de comer y las bañaba a jicaradas de agua tibia.

Adelina quitó el negocio porque se dedicó a cumplirle al militar. El guacho le dijo que no le convenía a él que ella siguiera en eso porque quería tenerla en su casa sin jaleos de ninguna especie. Allí se instalaron todos a vivir: la abuela, mi tío Tomás, mi tía Adelina, las niñas de Luisa y a ratos el militar que hacía mucho ruido con las botas.

Crié a las niñas de Luisa pero en varios tiempos, así salteado, porque no dejaba de irme a la bola cada vez que me avisaban:

—Ya nos vamos a Colima… Ya a los cristeros les andan bendiciendo las armas… Dicen que ahora sí nos vamos a llevar un cañón.

Me iba. Pero no estaba permanente con los soldados ni permanente en mi casa. En una de esas regresadas a la casa me dijo Adelina:

—Oye, Jesusa, el policía debe meses de renta y no los ha querido pagar. Desde que te fuiste nomás se ha dedicado a abusar.

Ellas me buscaban a mí porque sabían que sólo yo podía defenderlas, ellas no tenían tanates. Yo fui maleta, pues, desde muy joven, a mí los hombres me las pelan de tunas. Reconozco que hay algunos que son valientes, pero yo casi me he topado con puros coyones. Con todo y lo vieja que estoy, todavía no me dejo de los hombres.

Luego bajé y le dije a la tortillera:

—Dice la señora Adelina que no le han querido pagar la renta y están muy endrogados con ella.

—Pues no, no hemos tenido, por eso no hemos pagado.

—Mire, lo que no tienen es voluntad de pagar porque el señor gana su sueldo. Él de cuico y usted de tortillera y dizque no les alcanza…

—Palabra, estamos muy comprometidos.

—Yo no creo que su señor esté trabajando en el gobierno federal de balde y luego a usted ¿no le dejan nada las tortillas? ¿Qué hace con el dinero, si me permite la pregunta?

—Es que estoy juntando para pagarle a una que me ayude porque ya me cansé de tanto aplaudir…

—¡Ah, pues qué puntada! Entonces le vamos a regalar la renta para que usted no se canse de las manitas…

—Pues cuando venga mi marido, arréglese con él. A mí me dijo que él pagaba cuando pudiera y que yo guarde lo de las gordas.

Y se me puso muy altanera. Era de esas gentes que como son mujeres de policías se creen que tienen el palo y el mando y se cogen lo que les conviene. Hasta la fecha son muy rateros los gendarmes. Son más sinvergüenzas que los rateros porque ni siquiera exponen su vida y no hay quien se los lleve presos, ni modo que unos a otros. La gente, con tal de que no se la lleven, le da a los policías todo lo que piden. ¡Bandidos!

La tortillera le avisó a su carranclán que yo le había ido a reclamar y llegó el policía muy tigre a pelearse con mi familia, con la abuela, con la tía porque creía que estaban solas. ¡Uy! Y se creyó muy garganta porque andaba uniformado. Y que se nos sube para arriba. Iba echando rayos y centellas y entonces me dice mi abuela:

—¡Ya viene el policía a desquitarse con nosotros porque la mujer no quiso pagarnos la renta!

—Bueno, pa' pronto es tarde.

Y me paré en la puerta. Venía bien borracho.

—¡Viejas tales por cuales!

Y se soltó con ganas diciendo barbaridad y media.

—Pues lo de tal por cual lo será usted. Además, yo no lo reconozco a usted ni tengo por qué hablarle. Yo no traté con usted, sino con su mujer.

Entonces me grita:

—Me la voy a llevar.

—Pues si puede, hágale la lucha.

Quiso jalarme y entonces le metí una zancadilla y se fue rodando por la escalera. Se atrancó en el descanso y allí me le fui encima a cachetadas y a mordidas. Le bajé los pantalones, que me agacho y que me le cuelgo del racimo. ¡Daba unos gritos! Al final lo aventé después de darle una buena retorcida. El tecolote ya ni aleteaba, lo único que quería era que yo lo soltara. Se fue corriendo, tapándose con los pedazos de chaqueta y nos dejó la gorra de recuerdo con todo y número.

—¡Vaya y rájese! ¡Vaya y rájese porque yo no le voy a dar la casa de balde! Se la renté pero no para que se coja el dinero. Ándele, vaya y rájese y verá a cómo nos toca…

Ya desde la calle me gritó:

—Ahorita verás cómo te levanto una acta para venirte a sacar, a ti y a toda tu raza.

—Pues sáqueme si puede. Y tráigame muchas actas porque necesito papel del excusado.

La abuela se asustó:

—¿Qué le hicistes? ¡Mira nomás lo que hicistes! ¡Ahora sí que te va a llevar a la cárcel!

—Pues qué más da. Ya le di sus cates y para sus aguacates.

Por las dudas me fui para la Piedad porque en ese pueblo estaba un destacamento en que había cristeros, hágame el favor, bueno, de los que todavía se sentían cristeros y no eran más que bandidos. Más bien eran campesinos muertos de hambre que agarraron de leva. Ellos ya no sabían para dónde tirarle. Aquello era un merequetengue. Ya después les pusieron su numeración por parte del gobierno y formaron el Segundo Regimiento de Artillería. Ya sabía yo que estaban en el pueblo de la Piedad porque no dejaba de visitar a los soldados. Iba a verlos a cada rato y en la Secretaría de Guerra me daban pases para irme con ellos y alcanzarlos. Aquella vez duramos como veinte días en unos llanos que están para el lado de la carretera de Puebla esperando a que nos dieran el toque de salida. Yo ya no quise regresar a mi casa, no por miedo del policía, sino porque pensé: "¡Cualquier rato salen del cuartel a deshoras de la noche y yo dormida en mi cuarto…!" De los llanos nos llevaron para Oaxaca, el Segundo Regimiento de Artillería. Yo me largué con la señora comidera de la corporación.

21

Oaxaca de plano es un rancho. No puedo decir que sea una gran cosa. Es un rancho feo. Eso sí, tiene su zócalo; como la Catedral de aquí, así es la Catedral de allá. A mí no me llama la atención, pues aunque dicen que es una ciudad bonita, la gente que no conoce a Dios a cualquier palo se le arrodilla. Pero como yo he ido a otras partes, sé distinguir y para mí es un cerro y las casas están trepadas arriba, como cabras engarruñadas, para no despeñarse. A lo mejor han tirado los cerros y todo está aplanado, pero donde se fundó la ciudad capital de Oaxaca era un cerro de guajes. Quién sabe cómo esté ahora porque no la veo desde el 1926, pero no debe estar mejor, porque en México las ciudades siempre se ponen peores. Las casas de allá son iguales a los jacales de por aquí. ¿Qué tiene de bonito este arrabal donde vivo? Las paredes todas descascaradas, sucias, viejas, y los árboles trespeleques, inmóviles, sin un viento que los cunee. En Oaxaca había árboles como los hay en cualquier parte, pero muy poquitos, por la sequedad. Más bien no supe, porque como a mí no me gustó salir a la calle, poco me asomaba a ver. ¿Qué iba a ver? A las ruinas nunca fui, ni se hablaba de eso. Además, allá no es como aquí en México que anda uno de pata de perro. En la época en que yo fui, la gente no se la pasaba de vaga en la calle; cuando muy noche, a las ocho todos estaban rejundidos en sus casas, así es de que ¿quién da razón del rancho aquél? Yo me encerraba en el cuarto que tenía alquilado. Vivía en una vecindad igual a ésta; cuarto aquí y cuarto allá y cuarto más allá, todos en hilera. Así es de que como no me crié allá, no puedo darle mucho mérito ni alabarla, porque yo no tengo nada de oaxaqueña.

En la corporación del Segundo Regimiento de Artillería atendí a los soldados pero nunca viví en el cuartel. Les lavaba, les planchaba, les hacía las tortillas como ayudante de la señora comidera. Entre los soldados tuve muchos amigos y todavía tengo, nomás que no los voy a ver porque, en primer lugar, ya estoy vieja y ¿qué judas voy a hacer con ellos?, y en segundo lugar, ya no hay militares. Se acabaron los soldados. ¡Quién sabe cuántos años hace que el Segundo Regimiento de Artillería salió para la Huasteca potosina y no sé qué habrá pasado con él! Pero si llegara a haber una revolución y se ofreciera, yo me iba a la guerra. Todavía tengo ganas de volver a las andadas.

El Puerto de Cádiz era una tienda de una cuadra de grande en la que almacenaban café, azúcar, frijol. Había de todo, hasta tlapalería. Aquí ya se les afiguran tiendas los changarros donde va uno:

—Quiero tanto de esto o de aquello...

—Pues no hay...

Eso no es tienda. Esos son tendajones callejeros, dizque mixtos. Antiguamente los llamaban estanquillos pero ahora les dicen tiendas aunque no tengan ni qué despachar. Yo fui una vez a la tienda con la señora Santos, la comidera, para ayudarle con su mandado, cuando el tendero me preguntó que de dónde era.

—¿De dónde soy? Pues adivínele si tanto le importa.

—No, no me lo tome a mal, pero nosotros la desconocemos porque usted no habla como la gente de allá arriba.

—¿Dónde es arriba?

—Pues de donde es la señora Santitos y todos los demás fureños que vinieron con la tropa. Por allá es arriba...

—¿Y aquí qué es?

—Pues aquí es abajo.

Le di por su lado al tendero, nomás por pasar el rato.

—¡Ah, pues entonces yo soy de arriba, con permiso de usted!

—No sea, no se haga... Usted es abajeña... De veras, diga usted de dón-de es...

—Pues de plano no sé de dónde soy.

—No, pues la mera verdad, según como habla no parece de allá arriba, pare-ce más bien de acá más abajo.

Me puse a pensar, bueno, pues ¿en qué me conoce que soy de ellos? Yo tengo muchos años fuera del estado. ¿Cómo sabe?

—Pues usted anda cerca, pero soy de más lejos...

Y me reí. Entretanto, ya había salido la mujer del tendero, se recargó en el mostrador y me dice:

—Bueno, pues ¿qué le cuesta decirnos que es usted oaxaqueña?

—No, no soy oaxaqueña.

Yo ya no daba pie con bola, si decirles que sí o que no. Soy muy desconfiada y además me había venido de huida por lo del policía que me iba a meter presa. Entonces voltea conmigo la señora Santos:

—¿Por qué no les dices?

—Porque no. ¿Qué les interesa saber lo que no?

Y de veras ¿qué le importaba al tendero que yo fuera de abajo? Ni él se ganaba nada ni yo tampoco. Al fin de cuentas, yo no tengo patria. Soy como los húngaros: de ninguna parte. No me siento mexicana ni reconozco a los mexicanos. Aquí no existe más que pura conveniencia y puro interés. Si yo tuviera dinero y bienes, sería mexi-cana, pero como soy peor que la basura, pues no soy nada. Soy basura a la que el perro le echa una miada y sigue adelante. Viene el aire y se la lleva y se acabó todo... Soy basura porque no puedo ser otra cosa. Yo nunca he servido para nada. Toda mi vida he sido el mismo microbio que ve... Cuando quedé sola, mi intención era volver a mi tierra. Hubiera vivido mejor en Salina Cruz o en Tehuantepec y habría visto a mi madrastra, pero pasaron los años y nunca pude juntar para el transporte. Ahora menos. Ya estoy más vieja y menos puedo, pero ésa era toda mi ilusión, porque yo he estado en bastantes partes y donde más he sufrido es aquí en la capital. Aquí se me ha dificultado mucho la vividera. Pero no estoy triste, no. Al contrario, vivo alegre. Así es la vida, vivir alegre. Y ya. Vive uno. A pasar. Porque no puede uno correr. ¡Ojalá y pudiera uno correr para que se acabara más pronto la caminata! Pero tiene uno que ir al paso como Dios disponga, siguiendo a la procesión.

Entonces empezó otra vez el tendero:

—¿Sabe por qué le estamos preguntando? Porque usted le da un parecido a una familia de aquí.

—A ver, barájemela más despacio...

Yo quería picarle a ver si él me daba el norte o qué, pero entonces se metió Santos:

—Sí, señor, ella es de Oaxaca.

Entonces le tuve que decir:

—Pues, mire, señor, si tanto está usted insistiendo yo soy de un rancho...

—¿Y cómo se llama el rancho?

—Miahuatlán...

Entonces me dice:

—No es rancho, es distrito de aquí de la capital y de allá conozco a una familia que se llama Palancares, el padre fue regidor del mercado...

—¡Ah, vaya! ¿Usted lo conoce?

—Sí —dice el tendero—. ¿Y usted?

—No.

Y quieras que no, les tuve que decir:

—Pues yo soy nacida en Miahuatlán y mis padres son Felipe Palancares y María Hernández.

—Yo le voy a avisar al señor Palancares, don Cleofas, que es amigo mío, que usted es de su familia...

Se ocupó en andarse informando y al día siguiente que fui yo a la tienda, me dice:

—Sí, son sus familiares. Quieren conocerla. Aquí le traigo el domicilio...

Cuando entré a la casa del tío Palancares nadie estaba con él, ni una mujer, ni nada. Era una casa grande, antigua, con un corredor y su patio cercado de macetas. Allí en el corredor fue donde me recibió:

—¿Que tú eres Jesusa Palancares?

—Sí, señor, yo soy. Soy Jesusa Palancares la hija de Felipe Palancares...

Mi tío ya era un viejo gruñón igual que yo ahora, de regular estatura, ni alto ni chaparro, ni gordo ni flaco pero ya viejo, era el hermano mayor de mi papá. Tenía su voz gruesa. En vez de contestarme el saludo, ¿sabe con qué me salió?

—¡Ah, pues si eres de mi familia, a mal tiempo vienes porque todo lo que le correspondía a tu padre se perdió! ¡Todo se lo llevaron los del gobierno cuando vino la revolución!

—¿A mal tiempo? ¿Por qué, señor? Yo no vengo a ningún tiempo. Usted dijo que quería conocerme y a eso vine, a conocerlo y a que usted me conociera... Soy hija de Felipe Palancares y de María Hernández...

A mí me dio coraje. Creí que iba a saludarme: "Buenas tardes", y yo contestarle: "Buenas las tiene usted", pero al verlo tan tirante, le dije:

—¡No he venido por ningunos bienes, vengo porque usted dice que es hermano de mi padre, pero casi no le creo porque mi padre nunca nos habló de usted!

Siguió columpiándose en la mecedora. Se me subió más la muina y le dije,

—Mi padre me crió pobre y pobre sigo siendo y hasta que me muera seguiré siendo pobre. ¿Para qué quiero herencia? No tengo ni a quién dejársela...

Él se quedó callado. Después se amainó y me dijo que volviera de visita. Le respondí que no tenía tiempo para visitas, que yo estaba trabajando y que era lo único que me interesaba, porque de eso me mantenía:

—Vine porque usted me mandó llamar pero no soy una muerta de hambre. Desde que mi padre nos faltó, he trabajado para sostenerme. Aquí y en todas partes. ¿Que vengo con la tropa? Pues sí, porque como mi padre fue gente de tropa, yo quiero mucho a los soldados y los sigo. Pero no crea que ando de soldadera. Una cosa es andar en campaña y otra en compaña.

Con esa plática comprobé que mis abuelos tuvieron bienes. Como quien dice, el tío me los nombró. Por ese argüende de que había ido a mal tiempo me di cuenta de que algo tenía que heredar porque si no, ¿por qué tanto temor? Para toda reclamación se necesita un comprobante. Sin eso no se arregla nada. Como yo salí tan chica de Miahuatlán ¿con qué comprobaba que era yo de allá? Aunque todos me reconocieran por la cara que yo era de la familia Palancares no había ninguna acta de nacimiento ni nada. ¡Por la cara! Pero eso no se vale... Es como si el perro se pareciera a mí, pues se parece y ya. El perro y yo; qué curioso; dos perros que se van correteando por allí sin rumbo y que se husmean como diciendo: me hueles a perra. Pero entre hombres lo que cuenta son los papeles. Además, si mi padre que debió reclamar no lo hizo, menos yo que tenía veinticuatro años cuando regresé a Oaxaca y nunca dije: "Esta boca es mía". Me dio coraje, pero ¿para qué pelear lo que nunca tuve y ni siquiera conocí? Y en fin de cuentas ¿para qué quería yo las tierras? Ni modo que me quedara allí de labradora.

El tío no me ofreció ni un vaso de agua ni los demás familiares que fueron asomándose cuando vieron que ya me iba. Pensé: "¿Qué jijos estoy haciendo aquí?"

—Con permiso de ustedes, me retiro. Vine porque el señor de la casa dijo que quería conocerme. Ya me conoció, yo también lo conocí y en eso quedamos. Si usted es mi tío, bueno, y si no, para mí es igual.

Y ojos que te vieron ir.

Mi abuela era india y mi abuelo francés. Me afiguro que un Palancares se quedó en Oaxaca cuando vino de soldado con los franceses y de tarugo se volvía a su tierra si aquí encontró de qué mantenerse. Ha de haber desertado, me hago la imaginación, y creo que era algún peón de allá en la Francia y pensó: "¡Aquí hay de donde hacerme de buenas tierras!" Y como era un hombre que tenía hombría se puso a cultivar primero sus pedacitos de tierra a medias con otro campesino; le prestaban los terrenos y él los sembraba, y como sabía trabajar, se apuraba más, le ganó al otro. Hombre prevenido vale por dos. Cuando llegaba la temporada de secas le entraba duro a la talacha y a su mujer le enseñó a hacer quesos de leche de cabra, de tuna, mantequilla, jocoque, qué sé yo, viejito ocurrente. En las mañanas le decía a la mujer:

—Ya me voy, vieja… En la noche, si no has terminado, allá te las hayas…

Oía yo platicar a mi papá que entonces había muchos terrenos y como eran regalados ¿quién no se hizo de tierras? Todavía en el Defe, en 1915, los baldíos de por Narvarte se vendían a dos centavos el metro. Ahora cuestan peso sobre peso pero antes eran una ganga. Contaba mi papá que a cada terreno de Miahuatlán le entraba una carga de maíz; que son dos costales bien abultados, uno a cada lado del animal. Así es que eran terrenos grandes para tanto maíz. Y el abuelo pastoreaba mucho ganado pinto, ese negro con blanco, muchas vacas y bueyes… Siempre decía el abuelo:

—Hay que hacer provisiones para el invierno…

Conservaba el grano. Hizo una troje… Luego salía y miraba el cielo:

—Que se me hace que no va a llover…

Y se ponía a resanar los agujeros del techo. Todo lo adivinaba, nomás con alzar la vista y encapotarse los ojos con la mano:

—Ahora sí va a llover y mucho… Ya viene el agua bajando.

De ese francés y de una india de acá de mi tierra vino mi papá. Mi papá era blanco con su barba cerrada y tenía sobre su pecho una cruz de pelo, y su barba grande muy negra y china, y sus cabellos chinos, quebradita su cabeza. Mi mamá era chaparrita y mi papá muy alto como de un metro sesenta; en las noches, mi papá se ponía a platicar de las tierras, a recordar junto al fogón, y yo le oía mientras volteaba las tortillas.

Antiguamente se acostumbraba que las hijas se fueran a vivir con sus suegros. De todos los hermanos no se había casado ninguno más que mi papá y la única mujer que había en la casa era mi mamá. Cuidaba a mi abuelo, le daba sus alimentos a sus horas, le tenía su ropa y lo atendía muy bien como si hubiera sido su padre. Entonces nos estaba criando a los cuatro chiquillos: a Petra y a Efrén que eran los más grandes y a Emiliano y a mí. Pero mi mamá se daba mañas para hacerle al abuelo alguna guzguería que se le antojara. Y él se fue aquerenciando más y más. Hasta que un día les dijo a sus otros hijos que todo lo que había en la casa, las tierras y la semilla, todo era de su hija, ahora mi madre. Claro que los hermanos solteros empezaron a aborrecer a mi papá.

—¡No! ¿Por qué? Si nosotros trabajamos. ¿Por qué ha de ser la única dueña de las cosas? ¿La cuñada? ¿Nomás porque lo saca a calentar al sol? Si ya ni el sol lo calienta. ¡Apenas se muera mi papá la echamos a la calle!

Ya muerto el papá, mi mamá no tendría derecho de reclamar nada. Eso me imagino que pensaron mis tíos, sobre todo el que me hizo tan mal recibimiento. Cuando andaban juntando la cosecha acapararon entre todos sus hermanos a mi papá, se lo llevaron al monte y por allá se le echaron encima. Entonces mi papá les dijo:

—¿Por qué me van a matar? ¿Yo qué les he hecho? ¡Yo no sé nada, hermanos!

—¡Tú te has apoderado de todo!

—¡No tienen ningún derecho de quitarme la vida porque nada de lo que hay aquí es mío!

—¡Te vas a quedar con todo! Por eso te vamos a matar.

—Pues conmigo no pelean porque ahorita mismo me voy. Yo trabajo, pero no porque sean mías estas tierras… Desde el momento en que me casé, ya no pertenezco a mi padre, pero si ustedes tienen envidia, les prometo anochecer y no amanecer aquí.

—¡A tu mujer le van a dar las tierras!

—Ustedes han visto que todo lo que he hecho en mis años de casado es este par de burros. Ése es todo mi capital: dos burros manaderos. Y vaya trabajo que me ha costado conseguirlos.

—¡La María es la dueña de todo!

—Lo que dice mi papá a mí no me importa. A mí déjenme la vida. Yo me voy y ustedes hacen el averiguamiento.

Estaba recién levantada mi mamá, todavía no cumplía los cuarenta días ni la había llevado al temazcal, cuando llegó mi papá del monte y le dijo:

—Recoge las hilachitas y cállate la boca.

Agarró sus burros manaderos de éstos que les montan a las yeguas y les puso unos canastos. En uno acomodó a mi hermano Emiliano y en el otro me metió a mí. En el otro burro amarró el metate, unas ollas para que mi mamá hiciera de comer en el camino y algunos tiliches y eso fue todo lo que se llevó. Mis dos hermanos grandecitos se fueron andando y también mi mamá con el recién nacido en su rebozo.

Mi papá cortó por toda la sierra y llegamos hasta el Istmo de Tehuantepec, que es el lugar que yo conozco como mi tierra. Mi mamá cargó al niño muerto hasta que llegamos al istmo y allí lo enterramos. Ya apestaba el pobrecito. No supimos ni a qué horas se murió. De la asoleada, de los ajigolones, del polvo digo yo, pues estaba tan chiquito que se fue quedando frío. Ésa fue la vida que tuvo y esa muerte la cargarán mis tíos porque la criatura no tenía ni cuarenta días de nacida.

Mi papá estaba trabajando en el terraplén del ferrocarril del istmo cuando llegó un propio con una carta de sus hermanos. Aunque lo odiaban sabían que forzosamente debía estar en Tehuantepec porque para el otro lado es serranía. Le pagaron al mensajero para que lo buscara en todos los pueblos. Contó que fue a dar hasta San Mateo del Mar, que está rete retirado y es de pura arena. Le entregó la carta y esa misma noche salieron los dos a caballo. Llegaron a Miahuatlán y encontraron a mi abuelo moribundo. Mi papá no habló con ninguno de sus hermanos; al rato el viejo ya estaba tendido. Al otro día lo enterraron y en el camposanto mi papá se despidió al amanecer de todos los que lo acompañaron, y se vino a mi tierra sin esperar el novenario. Le dijo a mi mamá que ella hiciera otro para aquel hombre que la quiso más que a sus propios hijos.

Yo creo que mi abuelo murió de pura tristeza porque se le desapareció mi madre. Y los hermanos se quedaron con todo, tal y como me lo dio a entender el regidor del mercado, mi tío Cleofas. Por eso no quiero saber nada de los Palancares aunque así me llame, ni que ellos sepan de mí hasta que desaparezcamos de la faz de la tierra.

Todos esos hermanos Palancares estaban criados a lo indio, todos en montón y a cual más de mala entraña. Lo digo porque alcancé a ver uno de ellos. Tenía yo como cinco años cuando llegó el tío ése, muy feo por cierto. Bueno, yo lo vi feo porque venía con guaraches y calzón blanco. Traía sombrero de soyate. Yo lo vi muy raro; con su cobija terciada en el hombro y muy mal encachado.

—Yo soy tu tío Margarito…

Le tendieron un petate y lo acostaron. Venía enfermo. Como pudo caminó hasta la Mixtequilla porque dijo que venía a morir en poder de mi padre, que siquiera él le daría un trago de agua. Duró como unos tres o cuatro meses, y se murió de una muerte fea. Ahora que estoy grande me hago la imaginación: ¿qué le harían a mi tío que se golpeaba en las paredes? Cuando le entraba la enfermedad grave se tiraba al suelo y acostado se golpeaba rodando por toda la casa. ¡Sólo Dios sabe qué enfermedad era que caminaba acostado boca arriba pegándose de lomito como una culebra al revés! Y ni quien lo detuviera porque no quería que lo tocaran hasta que se quedaba como apaciguado y sin alientos. De allí lo levantaban mi papá y mi mamá y lo acostaban en su tule. Mi papá nos había hecho unos catres de varas pero él no tenía más que su petate. Y se quedaba agotado por completo. Yo ahora que estoy grande y pienso malos pensamientos digo que algún daño le hicieron al pobre hombre; algo le dieron sus hermanos para que se muriera; un daño, un perjuicio para volverlo idiota, el toloache o la veintiuna, quién sabe. Ya de por sí era tembeleque; no se parecía ni tantito a mi papá, sano y bien dado. ¡Sabe Dios, pero yo no creo que mi tío se diera tantos cabezazos por la buena! Mi mamá le hervía yerbas de las que usan los indios, pero por más yerbas que tomó no pudo echar los malos espíritus. Se puso más grave hasta que murió. Mi mamá quemó todas sus cosas, el sarape, el petate, porque dijo que no sabía qué mal traería y no nos lo fuera a pegar. Todo esto me lo contaba mi papá en las noches, cuando ya se puso el sol. Prendía despacito un cigarro de hoja y me decía: "Mira, para que no comas olvido…"

En Oaxaca yo le lavaba y le planchaba la ropa a un señor grande: el capitán García, de la Corporación de Artillería, y un día me dijo:

—A mí me toca la vigilancia ahora y me dieron dos boletos para ir a los toros. Aquí está su boleto, y otro para el escuincle que la acompañe y no vaya sola de loca…

Como a él le tocaba cuidar la escolta de resguardo, el capitán García me mandó a un chiquillo hijo de una de las galletas que andaban en la tropa. A la salida de los toros, venía yo adelante con el chamaco platicando y al atravesar el parque que me alcanza un militar, que me jala del brazo y me da la vuelta. Al voltearme hacia él me atrancó la pistola en el estómago, así a boca de jarro, sin más preguntarme nada. En ese impulso se le enredó la pistola en las barbas del rebozo. Sólo Dios sabe cómo se le atoró porque jalaba y jalaba y en la lucha aquella de querer sacar la pistola se me queda mirando:

—¡Dispénseme, señora, yo creí que era mi mujer!

—¿Cómo? ¿Quién cree que soy, jijo de la jijurria?

Cuando oí el balazo, porque se disparó la pistola en ese mismo instante, sentí que crecía, como que me estiraron para arriba. Lo agarré de la cintura, del pantalón, y tuve tanta fuerza que lo arrastré media cuadra, hasta la esquina y allí se abrazó de un poste:

—¡Máteme, señora, máteme aquí pero yo no camino! —y agachó la cabeza—. No camino, señora, máteme aquí. ¡De aquí no me suelto!

¿Con qué lo mataba si no traía nada en las manos? Él jalaba el rebozo para ver si podía desatar la pistola y asegundarme el balazo, pero lo agarré del saco y lo seguí guanteando. Algo ha de haber visto en mí donde le dio miedo porque no creo que por mucha fuerza que yo hubiera tenido pudiera cargármelo y cachetearlo como lo hice. Él no ponía resistencia; no tenía fuerza cual ninguna, como que se le acabaron las energías, bajó las manos y yo con más entusiasmo lo golpié:

—¡Voy a enseñarlo a ser hombre!

Yo trataba de sacármelo a la orilla y si logro llevármelo donde no dieran razón de él, lo ahorco. Bueno, así era mi pensamiento… La gente me empezó a rodear, la bola de gente:

—¡Déjelo ya, hombre, déjelo, ya ve que se ha dado, ya no lo golpee!

—¡Qué déjelo ni qué déjelo! No se anden metiendo porque no respondo… ¡Me matará él también y todo, pero le voy a dar su con qué!

El muchachito se espantó, corrió y le fue a avisar al capitán García. Todavía estaba yo encima del hombre cuando llegó la escolta.

—¡Por favor —dice el hombre—, quítenmela porque no puedo defenderme!

—¡Déjelo, señora! ¡Déjelo!, ¿qué no ve que anda perdido?

El capitán García me lo quitó a la fuerza y le dijo:

—No nomás porque anda usted de celoso va a balacear a cualquier mujer. Primero fíjese.

—No, pues, mi capitán, dispense usted. Es que la confundí por el chamaco que trae… Así anda mi mujer, con un chamaco de la edad del suyo…

Luego volteó conmigo el capitán García:

—¡Anda, vete para tu casa, córrele!

La bala que me pasó a mí fue a dar entre los adobes de la barda del cuartel.

Como a mí no me dolía nada ni sentí nada, pues no me hice caso. Hasta el otro día, a la hora de vestirme, voy viendo que el último camisón, el de hasta abajo que va pegado al cuerpo, estaba quemado. Me tenté el agujero, me busqué por todas partes a ver si no tenía nada y pensé. "Pues qué raro…" Nomás el puro camisón, la camisola que antes se usaba para no andar uno indecente, fue la única señal que Dios me concedió contemplar. Y lueguito se me ocurrió: "Nadie más que mi protector me salvó". Por eso entiendo que yo no iba solita, sino que el mundo espiritual estaba conmigo y me amarró la pistola en aquel instante en las barbas del rebozo. "Y ahora no sé dónde habrá aquí un lugar para comunicarme con él…" Les pregunté en la vecindad y una señora me dijo:

—¿Un oratorio espiritual? ¡Uy, es muy fácil! En la calle Fulana hay un lugar donde hacen trabajos de ésos…

Fui al mercado, compré unas flores y una botella de aceite. La vecina me acompañó hasta la puerta del oratorio.

—Toque usted y aquí entra… Pregunta usted por el hermano Loreto, que es el guía del oratorio…

Esa señora era espiritualista, pero nomás me fue a encaminar. Toqué y en seguida me recibieron los de la hermandad. Al saludar me contestaron todos, de muy buen modo, porque según la educación que les dan los guías del templo, así se comportan. Y luego me dice uno de los hermanos:

—¿Usted es creyente?

—Sí. Deseo hablar con el hermano Loretito.

—Bueno, nomás que ahorita hay una comunicación particular.

Desde el momento en que entré me gustó el templo. Luego luego sentí y reconocí aquel oratorio. Había un solo candelero con tres ceras prendidas, y cuando vi yo el triángulo de luz me agradó el lugar. Pensé: "Sí, es efectivo". Eran como las diez de la mañana y ya estaban trabajando. Luego se me quedó mirando un joven y me dice:

—¿Qué deseaba?

—Quiero hablarle al padre Manuel Antonio Mesmer.

—Un momentito, nomás que termine la curación le hablo al hermano Loreto que haga la caridad de llamarlo...

Me tocó ser de las últimas porque la cola era muy grande. En la Obra Espiritual no le llaman cola, sino cadena. Nos formábamos a la derecha en una piececita cuadrada y salíamos por la izquierda. Dentro de la envoltura humana del hermano Loreto trabajaba el doctor Charcot. Era un médico extranjero no me acuerdo de qué nación, si de Alemania o de Francia; creo más bien que de Francia. Hablaba en su idioma. He visto al doctor Charcot cuando baja a trabajar en estas carnes indias como las mías y trabaja divinamente. Es un hombre de primera amasajando; un ser espiritual muy elevado. Toma una carne corriente como la mía, la amasaja y habla tal como fue en vida. En las carnes indias habla en francés y yo le entiendo, de veras le entiendo... Es un doctor que cuando se presenta les da reconocimiento a sus enfermos y les receta igual como si estuviera en vida. No ha muerto ni morirá nunca; murió su carne pero sigue viviendo en el espacio como viven todos los espíritus. Así es de que uno lo llama y nunca tarda en venir.

Ya de mucho rato, el hermano Loreto me dirigió la palabra:

—Hermana que por primera vez te presentas a este lugar, bienvenida seas a la fuente de la gracia... Hermana que vemos hoy en este santo y bendito oratorio, en el nombre del Todopoderoso, yo te saludo.

Entonces le contesté:

—Hermano, en ese mismo nombre te devuelvo el saludo.

Me dice:

—¿Vienes a una consulta particular?

—Hermano, yo deseo únicamente hablar con mi Ser protector.

—¿Y cuál es el nombre de tu protector para llamarlo?

—Te pido por caridad que me concedas ver a Manuel Antonio Mesmer.

Me dice:

—Voy a mandarlo buscar… Espera y aguarda…

Los seres espirituales andan en todas partes; en todo lugar tienen una envoltura humana dispuesta a recibirlos para repartir la caridad. Están curando al mismo tiempo en China, en Londres y aquí en México… Como estaba trabajando el doctor Charcot a través del hermano Loreto, él mismo me hizo el favor de llamar a Manuel Antonio Mesmer. Como los dos son paisanos, el doctor Charcot me dijo que mi padre Mesmer era un Ser muy venerado, el doctor de los enfermos, y que estaba en otro continente trabajando, pero que iban a enviar un mensajero para buscarlo:

—No temas, hermana, dentro de unos minutos viene mi hermano espiritual.

Luego se retiró:

—Hermana, me despido porque desde este momento va a hacerse cargo de ti tu protector y te felicito porque estás en muy buenas manos.

En eso se va el doctor Charcot, deja la envoltura y, ¡ay!, cuando llegó mi venerado Mesmer, en el momento en que tomó la carne, sentí yo el escalofrío entre el corazón y la espalda. Al pasar mi protector lueguito lo reconocí en el instante de la penetración. Tiene un modo muy especial. Yo lo siento porque cuando llega me pone la mano en el pulmón y me hace así. ¡Uy, yo conozco muy bien quién es él! Entonces me dice, con su modo de hablar, porque cada Ser tiene su modito:

—En el nombre de Dios Todopoderoso yo te saludo, hermana…

—En ese nombre te contesto, Padre mío. Vine únicamente a darte las infinitas gracias porque me hiciste la caridad de ayudarme ayer…

—Niña, la hoja del árbol jamás es movida sin la voluntad de Dios. Tú te viste en ese precipicio pero como no era la voluntad del Eterno Padre, nada te pudo pasar. Así es de que sana y salva saldrás porque ésa es la merced de Nuestro Dios y Señor… No temas, que yo velando estoy por ti porque grande es la responsabilidad que mi Dios y Señor me ha confiado contigo. No estás sola aunque así lo sientas a veces.

—Está bien, Padre… Está bien, Padre mío…

Me quedé admirada porque ¿cómo sabía aquel hermano Loreto que trataron de matarme? ¿Cómo podía saber aquella envoltura por donde estaba hablando Manuel Antonio Mesmer si no me conocía a mí? Porque el Ser hablaba por su boca… También me hizo ver que la señal del fuego en mi camisola manifestaba una protección invisible. Así que no estaba yo desamparada. Y ya entonces comprendí que no era la primera vez que Él había velado por mí, porque Pedro hizo el intento de matarme varias veces y nunca se le concedió. Así es de que me puse a pensar que ya desde mi nacimiento mi protector anda cuidándome…

Ya que di las gracias, mejor me retiré. Y yo, como siempre fui ignorante, no me atreví a volver a ese templo oaxaqueño.

A los pocos días fui al mercado y tuve otro pleito. Me agarré con una placera. Iba a comprar un plato blanco de esos corrientes y le pregunté cuánto. Me quería cobrar no sé si un peso o uno cincuenta y en esa época esos platos eran de a veinticinco, de a treinta centavos cuando mucho…

—No —le dije—, si no los vale… Pues ¿qué es loza de China?

No sé cómo se le hizo fácil decirme que era una méndiga soldadera con trastes de barro y de peltre. Le contesté todavía muy calmada:

—¡Fíjese lo que me está diciendo, porque quizá sea usted más méndiga que yo, robando a los que se dejan de mercado en mercado, mientras que a mí me mantiene el gobierno con sueldo de capitana. Así es de que cuádrese y júnteme los talones!

—Aunque fuera generala ¿a poco cree que le voy a regalar mi loza, galleta de a tres por quinto?

—¡Ladrona! Cállese el hocico antes de que se lo rompa.

—¡Lástima de gobierno que gasta tanto dinero en putas como usted, señora de batallón…!

Como la ofensa me dolió mucho, que agarro una pila de platos y se los empiezo a romper de a uno por uno en la cabeza. Luego me subí arriba del tendido y bailé la danza apache encima de la loza con quebrazón de trastes. Y allí nos agarramos. La dejé casi encuerada sobre su montón de tepalcates, hecha un santocristo.

Llegó el regidor del mercado y nos recopiló a las dos. Ya en la cárcel ella reclamaba a gritos el precio de los platos rotos. Y yo cerrada:

—No pago y no pago y no pago.

—Pues se quedará usted en la cárcel.

Y me quedé en la cárcel hasta que se cansaron de darme de comer de balde.

22

En esos días en que me encerraron, la Corporación del Segundo Regimiento de Artillería se vino a México porque iban a ser las elecciones de Plutarco Elías Calles y la tropa tenía que estar allá en la toma de posesión para darles su desaplaque a los desconformes. Los soldados me fueron a sacar de la cárcel pero en lo que estuve empacando todas mis cosas se fue el tren. Cuando llegué a la estación me dijo el guardagujas:

—El maquinista la estuvo esperando, pero ni modo.

Entonces me regresé al Detal para que me dieran un pase para un tren de carga más largo que la cuaresma. Sabe Dios cuándo íbamos a llegar.

Uno de los hombres que estaban allí en la sala también arreglando su pase, me echó una brava:

—¡Ah, pues yo me entretengo aquí por ustedes! Pero yo por mí me iría a pie.

—Si usted se va a pie yo le sigo los pasos a ver quién se raja primero. ¡Nomás no se vaya a quedar a medio camino! Sosténgame la hablada y nos vamos mañana mismo. Salimos a las cinco de la mañana, si no le es molesto.

Eran seis los que no habíamos alcanzado tren; dos mujeres, el chamaco de doce años que me acompañó a los toros el día del fogonazo, el hombre que me echó la brava y un catrincito de panela y corbatita de moño que no quiso decirnos su nombre, hacía versos y estaba de parte de Vasconcelos. Todos éramos del mismo cuartel menos el catrín, y teníamos que trasladarnos a México porque ya había llegado el relevo de soldados a Oaxaca. Salimos a las cinco de la mañana y a los dos días ya se había cansado el hablador ése. No le entró bien a la andada. Se atravesó la vía y allí esperó el tren de carga y se vino de mosca, porque yo traía los papeles de todos, y era, como quien dice, la jefa. Después agarró una troca que se descompuso en el camino y acabó por llegar con unos arrieros que se lo trajeron de lástima.

Caminábamos partes por la vía y partes por el monte para ahorrarnos las curvas. Hacíamos paraje en cualquier pueblo, en la estación de ferrocarril. En Puebla todos empezaron con quejumbres: "Estamos empollando hambre…" Les dije yo a las mujeres y al catrín que ya iban muy cansados:

—Ya qué alegamos. Hicimos más de la mitad del camino. Vámonos derecho para México.

Cuando llegamos al Distrito Federal, la gente del Segundo Regimiento ya había salido para Tuyahualco y las mujeres y el chamaco se fueron tras de ellos. El catrín se largó a ver a Vasconcelos. Dije yo: "Ya no los sigo…" Sabía que mi abuela estaba enferma porque allá en la corporación me leían las cartas y luego el capitán

García me hizo el favor de contestarlas. Me escribieron que el policía desocupó la casa pero se fue sin pagar la renta. Supe que la familia se había cambiado del Tercer Callejón de Netzahualcóyotl a Pino Suárez 84, donde ahora hay un cine muy grande: el Cine Estrella. Aunque andaba yo lejos, les mandaba la renta de la casa y les pedí que me avisaran cómo estaba la abuela Reginita de sus males. Pensé: "Mejor que de vagamunda me quedo aquí en México". Por eso ya no seguí en la corporación. Llegué al Defe y lo primero que voy viendo es al famoso policía que subarrendaba la pieza en Netzahualcóyotl que fue causa de mi huida. Me lo encontré en Pino Suárez. "Aquí viene este condenado y yo lo voy a atajar."

—Óigame señor, dispense usted la pregunta, ¿no me hace favor de decirme dónde está la calle de José María Pino Suárez?

—Sí, aquí es donde estamos. Esta misma es la calle que usted anda buscando.

Me hice la taruga:

—¿Cómo?

—Que está usted pisando la calle de Pino Suárez.

Claro que yo lo sabía, nomás que quise ver si me conocía o se estaba haciendo. Me quedé con la duda hasta ahorita. Dije yo: "Pues aquí estás, policía. ¡Ya le gané…!" Y es que allá en Oaxaca, durante el año que estuve, un dentista me puso un diente de oro. Me lo puso aquí enmedio. Vi que el policía no me conoció, me quité el casquillo y lo tiré. Si no estaba firmado. Y ya me vine para la vecindad con la abuela Reginita, las chiquillas y la tía Luisa.

—¡Qué bueno que ya veniste porque ya no aguanto a esta gente! ¡Luisa ha agarrado la sinvergüenzada y viene aquí con los hombres!

Luego que me vio la abuela, luego luego recaló conmigo. Me comenzó a contar toda la historia. Cuando terminaba en la cantina, Luisa se llevaba a los borrachos para seguir tomando y los metía al cuarto y la abuelita encamada no podía contradecir nada.

—¡Bueno, pues que venga ahora con sus tilcuates, a ver de a cómo nos toca! —le dije.

Y sí, en la noche se vino con un puño de borrachos, hombres y mujeres de la mala vida. Le puse el alto:

—¡No! Esta casa será muy pobre pero aquí no me mete usted pelados. ¿Qué no tiene respeto de su madre?

—¡Ay! Pero mira nomás qué delicada viniste de con la tropa.

—Sí, soy muy delicada, y muy con su permiso. Seré el vivo demonio pero sé respetar las casas y las personas. Me gusta bailar, tomar y pasearme con quien me dé mi gana pero no meter una manada de borrachos a donde no debo. ¿Cuándo me ha visto usted que yo venga aquí con mis amigos? ¡Y vaya que tengo muchos! Para dar y prestar. Además de eso, usted sabe muy bien que la casa está por mi cuenta, así es que yo la reconozco como mía y se me salen todos ahora mismo.

Ya después quién sabe dónde harían ellos sus jolgorios, tal vez en el Río del Consulado. Pero a la casa no volvieron a entrar.

La abuelita era muy agradecida:

—Sólo tú eres la única que te acuerdas de mí porque estas mujeres no son capaces de darme un trago de agua.

Su hijo Tomás, ahora mi tío Tomás, ése era como loco. Cuando se emborrachaba hacía desbarajuste y medio. ¡Y la pobre viejita allí sola! La vi tan viejita y tan abandonada que me quedé, pasara lo que pasara. Y sufrimos bastante, válgame Dios.

—¡Pobre mujer, está tan grande y ellos que verdaderamente son sus familiares no la atienden!… Porque yo, pues como que soy de la familia pero al fin y al cabo soy una endilgada.

Nomás que le seguí diciendo abuela y abuela hasta que al último la llamé madre. Ya fue cuando ella me dijo:

—Pues a ver si me entierras tú cuando me muera porque estas mujeres me están matando de hambre y ni siquiera me van a llevar al panteón.

No duró ni seis meses. Todavía cuando llegué andaba andando y después ya no pudo dar paso. Luego me claridiaba a mí también porque así se ponen los viejos; de todo repelan. Cuando la vieron muy grave, sus hijos le tuvieron asco y ya no quisieron acercarse. Todos salieron buenos pa'l relajo. Las dos hijas, Adelina y María Luisa, andaban por allí levantando la pata con cualquiera y el Tomás borracho y en la pura vagancia. Así es de que yo tenía que darle a ella de comer en la boca de a poquito porque nadie quería hacerlo.

—¡Ah, no, eso sólo tú que tienes paciencia!

Así era su instinto de ellas. Ya es el instinto de cada persona. Yo digo que si esa gente no tiene consideración ni por sus propios familiares, menos por los que no lo son. Así es de que cuando se murió la abuela, hice mi itacate:

—Miren —les dije a Luisa y a Adelina—, ya no hay nadie por quien yo los esté aguantando… Así es de que cada quien agarra su camino. Yo donde quiera quepo. Ya me voy…

En esos días pasé a la carpintería a ver a José Villa Medrano, el tapatío que me enseñó el trabajo del mueble austriaco. Era un señor grande de unos sesenta años. Parecía gringo, con la cabeza blanca blanca y sus ojos azules. También era dueño de una peluquería y me dijo que se iba a radicar a Guadalajara, y que si yo quería, me traspasaba la peluquería con la condición de que le mandara los giros a Guadalajara. Así tratamos.

—Tiene casa atrás —me dice—, así es de que si quiere, allí hay donde dormir.

Era una peluquería bastante grande de ocho sillones. Había cinco peluqueros de planta y tres que llegaban nomás a echarse las palomas los días sábados y los domingos, cuando entraba más gente. Como era una calle céntrica, 5 de Febrero 113, y tenía un zaguán que daba a la calle, pasaba mucha clientela de ricos y pobres. De todo iba. Les gustaba como pelaba un peluquero y regresaban. A las ocho de la noche que cerrábamos, los muchachos me entregaban la cuenta. En realidad el negocio lo trabajaban ellos. A mí me daban la mitad de lo que les correspondía; más o menos ganaban veinte pesos y me tocaban diez por cabeza. Entonces era el pelo tan barato que costaba cincuenta centavos el servicio doble; pelo y barba. Ahora cuesta como seis pesos y eso en las peluquerías de segunda clase, porque en las de primera vale más no meterse. Así es de que los peluqueros ganan ahora muy bien. Nosotros le subimos diez centavos al servicio para empezar: treinta centavos la rasurada y treinta el pelo. Pero después fueron subiéndole y subiéndole hasta que ahora cortarse el pelo cuesta un dolor de cabeza. Y de eso yo tengo la culpa por los diez centavos que le subí al servicio para ayudarle a los muchachos.

Yo no hacía nada. Como era la dueña, sólo cobraba. Para esto los oficiales tenían fichas de cada trabajo que hacían; pelada o rasurada; eran fichas de distinto color. Cuando terminaban a un cliente me decían:

—Pues fue servicio doble.

Y les daba dos fichas. Y según todas las que juntaban, como las ficheras del cabaret, era el dinero que habían ganado. Yo nomás dirigía:

—¿Cómo va todo?

—Pues ai…

—A ver, muchachos, ¿quién atiende a este señor que trae mucha prisa?

En la noche guardaba los instrumentos; las tijeras podadoras, los suavizadores, las navajas, los escarmenadores, las brochas y lo demás. Compraba el alcohol, la loción, el jabón de afeitar, pero sobre todo el polvo ése que les echan en los cachetes después de rasurarlos. Al que pedía polvo especial se le ponía polvo y al que pedía talco, talco. Si tenían caspa y querían una descaspada, también, pero era una monserga. Yo me aburría porque estaba, como quien dice, esclavizada. Todo el día tenía que andar al pendiente de los clientes. De lo que me daban los peluqueros era forzoso que sacara mis gastos y pagara la contribución, la renta, la luz, y mandarle el giro a Guadalajara a don José Villa Medrano.

Cuando me fui para 5 de Febrero, las chiquillas ojos de rendija, Margarita y Eugenia, me iban a ver allá. Y en una de ésas me dice la chiquilla grande:

—Mi mamá dice que nos va a pelar…

—Pues yo pelona aquí no te quiero… ¿Qué no las puede peinar tu mamá?

—Dice que se cansa de peinarnos y por eso nos va a pelar, para que no se nos suban los piojos.

La tía Luisa las peló y ellas ya no me volvieron a buscar. Ninguna de las dos volvió, seguro les dio vergüenza. Después supe que las regalaron. No faltaron vecinos que nos conocían y me encontraron en el mercado de San Lucas:

—La señora Concha tiene a las muchachas. ¿Qué no las quiere recoger?

—Yo no tengo ningún derecho. Si ellas quieren buscarme, pues que vengan a la peluquería y yo sabré defenderlas. Pero irme yo a meter a otra casa a sacarlas, eso sí que no.

Luisa le regaló las japonesitas a Concha, la lavandera que nos lavó durante mucho tiempo en la casa de Netzahualcóyotl, porque como el negocio era grande teníamos criados. A mí me contaron que las chiquillas sufrían mucho con aquella mujer, pero no fui por ellas. Ahora me pesa. Después de dejarlas como bolas de billar las regaló como si fueran perritas. El japonés nunca las reclamó porque andaba fueras de México. Más tarde Luisa lo cortó y se fue con un militar para Tampico. Yo no la vi morir pero supe que allá quedó. Las chiquillas ya han de estar grandes. Ojalá y les vaya bien.

Traspasé la peluquería. Les dije a los muchachos:

—Ya no quiero negocios de pelos.

Y la vendí. Ni hablar del peluquín. Además, me tenía harta la moledera de los sindicatos. En otro tiempo estuve en varios sindicatos pero cuando vi que todos eran puros convencieros les dije:

—Allí les dejo su arpa, ya no toco.

Estuve en el Sindicato de carpinteros, en el de peluqueros, en el de cartón, en el de todas las fábricas en que trabajé. Entonces había más desorden o quién sabe, porque en el desfile del Primero de Mayo por lo regular me formaba con los carpinteros-ebanistas, pero luego me reclamaban los peluqueros para tener más gente y aquello era un puro desbarajuste. Me sacaban de una agrupación para llevarme a otra. Además nos empezaron a pedir dinero y entonces fue cuando ya no me gustó porque ganábamos bien poco y luego tener que rendirle al sindicato, pues nomás no.

—No —les digo—, yo busco quien me mantenga, no a quien mantener.

Antes era bonita la vida de fabricanta. Antiguamente dando la una de la tarde salía uno a comer a su casa; se tomaba su sopa aguada, su arrocito, su guisado, hasta donde le alcanzaran las fuerzas. Ahora ya no, ya no se usa eso; con eso de los pinches sindicatos lo han arruinado a uno para todo. Si acaso salen los empleados, van a la carrera a comer tacos llenos de microbios, por allí a media calle entre la polvadera, en un montón de taquerías puercas. Con el sindicato fregaron tanto al que puede como al que no puede. ¡No es chiste! ¡Ni siquiera le ayudan a uno! Al contrario, lo arruinan. Y no nomás arruinan a dos o tres; arruinan a todos los que se dejan, a todos los necesitados que no tienen más remedio que apechugar. ¡Al que no está sindicalizado no le dan trabajo, hágame favor! Así es de que ése se aguanta el hambre, y si está sindicalizado, le sacan sus centavos: que cuota para esto y cuota para lo otro. Total: un desmadre. Y luego los discursos: "Compañero, en el acuerdo de la junta del pasado mes de octubre…", total otro desmadre. A mí que no me anden compañereando.

Antes se entraba a trabajar a las ocho de la mañana y salía uno en punto de las cuatro de la tarde. Entonces le tocaba al otro turno hasta las once de la noche. Y a las once de la noche salía ése y entraba otro. Y uno podía trabajar dos turnos, según su capacidad para sacar más centavos. Ahora ya no, ya nomás hay el puro turno de la mañana. Se están acabando al mismo tiempo el trabajo y los trabajadores. Así es de que yo ya no quise mantener a los holgazanes y les dije a los meros meros del sindicato:

—Hasta aquí le paramos, señores secretarios del interior y de los acuerdos. Y usted, señor tesorero, despídase de mi cuota y búsquese otros miembros más majes que yo.

Y les presenté mi renuncia.

Un día, en la calle me encontré a Madalenita Servín:

—¿Qué, ya vino? —me dijo.

—Sí, ya tengo mucho tiempo de estar aquí…

—Entonces ¿ya dejó la tropa?

—Pues por ahora sí, nomás que ya me anda por irme… Puse una peluquería.

—¡Válgame Dios!

—Y ahora ando buscando casa…

—Pues ¿por qué no se viene al callejón donde yo vivo?

Madalenita era amiga mía, muy amiga, desde cuando anduve trabajando en las fábricas, nomás que la vine a reconocer hasta que llegué al Callejón de los Reyes. Tenía dos hijos, uno como de doce años y el otro de dieciséis, cartonero en la fábrica donde yo trabajé. La dejé de ver muchos años:

—Es que yo me fui a Cuernavaca por eso. Se me acabó el trabajo del calzado porque escaseó el cuero y me fui para mi tierra. Todo lo vendí...

Madalenita era aparadora de calzado. Le llevaban los cortes de cuero a la vecindad y ella aparaba los zapatos. Armaba el choclo, tenía su máquina especial con agujas fuertes para coser cuero. Trabajaba en su casa para atender a sus hijos. A veces aparaba hasta tres docenas de zapatos al día. Además los ribeteaba, cosía el forro —porque antes se usaba forrar los zapatos, no que ahora hacen pura pacota— y luego los cerraba en el talón y ya los dejaba listos para que el zapatero los ensuelara. Salían unos zapatos bien macizos con sus costuras fuertes.

—Nicanor pregunta mucho por usted...

Nicanor era su hijo, compañero en la fábrica donde trabajé.

—¿Qué cosa?

—Que Nicanor pregunta por usted...

—No tiene por qué andar preguntando. ¿Qué carajos pregunta?

—Nomás pregunta que cuándo viene a visitarnos... Me dice: "Si ves a Jesusa, dile que se dé una vueltecita..."

Habráse visto...

Renté un cuarto en el Callejón de San Antonio Abad, más bien, Callejón de los Reyes y San Antonio Abad. Me llevé mis tiliches a esa vecindad y entonces conocí a unas amigas de Madalenita, a Sara Camacho, a mi comadre Victoria y a su hija Sara la chiquilla (que le pusieron Sara por Sara Camacho), que después también fue mi comadre. Pagaba yo un cuarto grande con todo y cocina y los primeros tiempos Nicanor venía a pararse en la puerta a platicar conmigo, pero después, cuando supe que iba a salir la corporación, le dije que me iba a vivir a la colonia de la Garza para estar más cerca de los soldados y al pendiente de todo el movimiento.

—Si me quedo aquí no me entero de la hora en que salen y se van sin mí. ¡Ya me ha pasado! ¡Están en el cuartel del Chivatito, allí en Chapultepec, y la colonia de la Garza está luego a un lado!

Entonces este muchachito Nicanor se puso muy blanco y me dijo:

—Lárgate, Jesusa, y no vuelvas jamás.

Le dejé cuidando las cosas a Madalenita Servín...

En la colonia de la Garza viví como tres meses nomás esperando a que saliera la gente hasta que me avisaron que ya se iban rumbo a Tampico y luego de destacamento a San Luis Potosí, San Ciro y Ciudad del Maíz. Lástima que ahora ya no se organizan esos destacamentos como antes, ni salen regimientos ni se van corporaciones. ¡Si no, yo me volvería a ir a trabajar con la tropa! Antes eran soldados, ahora son puros fantoches, nomás salen en coche y los llevan a pasear. Ya van, ya vienen, sentados en coche, ¡ya no son tropa! De soldados nomás traen el disfraz. Antes los de a caballería ¡a caballo día y noche! y los de infantería ¡a golpe de calcetín y con todas sus cosas cargadas! Ahora ya no. Ahora ya ni mujeres tienen. Ya no se las permiten en los cuarteles. Allí están en la escuela y ni parecen hombres, estudiando en el pizarrón que si avanzan o retroceden… Están metidos en sus cajas de cemento encimadas que les hicieron en un llano y allí mismo tienen el hospital porque casi siempre están enfermos por falta de ejercicio… Aunque tengan sus casas, salen sólo el día de la semana que les toca descanso, como las criadas.

¿No ve que ni el presidente cuando sale a alguna parte lleva su Estado Mayor? Antes tenía sus guardias presidenciales que lo escoltaban y ahora ya ni eso, apenas si el 16 de Septiembre se dan una asomadita. Ahora si hay una guerra, pues se los escabechan y se los cenan y se los almuerzan y se los meriendan y se los comen bien comidos, porque ya no sirven los soldados mexicanos desde que se acabaron los trancazos. ¡Puro simulacro! ¡Puros tiros de salva! ¡Puro echarse en paracaídas! ¡Puro romperse el hocico unos con otros porque no hallan qué hacer!

Nomás le encargué mis cosas a Madalenita Servín, le dejé pagada la renta de tres meses a razón de doce pesos y gané mi camino. Como a nadie le tengo que rendir cuentas, nomás me salgo y adiós. Me voy por allí sin rumbo o por un camino que yo sola discurro. Así soy, hija de la mala vida, acostumbrada a ir de un lado a otro y a poner en cualquier parte los palos de mi sombrajo.

En Ciudad del Maíz, que ahora le dicen Ciudad Valles, puse una matanza de puercos. Compraba los puercos y ocupaba a dos muchachos que me ayudaban a matar, a acarrear agua, calentarla y todo eso. Yo mataba, destazaba y limpiaba.

Yo le he emprendido a todo lo que se me ha presentado. Vendía carne a la tropa y al pueblo; la cambiaba por maíz y frijol, haba y garbanzo. A los puercos necesita uno darles el cuchillazo en el mero corazón. Se les dobla la manita y allí donde apunta la pezuña, allí mero está el corazón y les clava uno el cuchillo. Sabiendo matar bien un puerco ni tiempo le da de chillar. Pero si no, para qué le cuento, se le revientan a uno los tímpanos. A mí me enseñó a matar Pedro cuando estuvimos en el norte. Al meterme de matancera tuve que comprar todos los útiles, báscula, cazos, cuchillos, pesas. Vendía yo carne cruda por kilos y el chicharrón lo freía en los cazos: chicharroncito dorado.

En el camino de San Luis Potosí a Ciudad Valles me encontré a un chiquillo. Era un niño grande como de diez años, de esos vagos que andan en la calle. Me dijo que si no le daba un quinto.

—¿Para qué quieres la limosna?

—Pues para comer… Ya tengo varios días que no como…

—¿Qué, no tienes mamá?

—No.

—Si no tienes a nadie quien vea por ti, yo te recojo.

Se quedó silencio.

—¿Quieres vivir conmigo? Yo te recojo como hijo, yo te visto, yo te compro lo que necesites, nomás que tenemos que trabajar en la matanza…

—¿En la matanza? Pues sí, me voy con usted…

—Bueno, pero en mi poder no vas a andar de vago…

—Sí.

—Ándale pues, vamos a empezar.

Y fue de la manera que yo lo recogí. Ese muchacho se llamaba Rufino. Ya estaba grande. Era como todos los chiquillos. ¿Qué tienen de bonito? Son una calamidad andando. Pues a este muchacho lo puse en la carnicería. Cuando lo recogí andaba descalzo; le di de comer, lo vestí y le compré zapatos como si fuera mi hijo. Eso sí, no le daba su peseta porque todo lo que quería lo tuvo. Aunque nada le faltaba, se hizo mañoso.

Como había sido un niño vago que tres días se está en una parte y otros tres en otra, ya tenía comezón. Rufino era vago de nacimiento. ¿Y quién se lo iba a quitar? Menos yo, que aunque era trabajadora siempre fui vagamunda. Rufino, pues, era un niño de aquí para allá. Eso es lo único que podía ser, como esos perros sin dueño que cortan calles y calles. Y por más que algunos tengan sus padres, nacen también para vagos y ni modo. En la carnicería un señor grande despachaba la carne y ayudaba en lo más pesado. El muchachito Rufino acarreaba agua, iba por la leña y ponía los cazos en la lumbre.

Mandaron una corporación para el Rancho del Guajolote, y aunque la matriz se quedó en Ciudad Valle, salí yo para allá porque en esa sección iban todos los muchachos a los que yo les vendía carne, y como les fiaba, tenía que seguirlos a donde les tocara para cobrarles. Por eso fuimos a dar al Rancho del Guajolote y compré reses, becerros de unos ocho o nueve meses para la matanza. Me puse a vender carne pero me fue mal porque cuando no les llegaban los haberes a los soldados no tenían con qué pagarme. Pedía yo el ganado a crédito, al realice. Conforme vendía la carne pagaba los animales. Pero no pude salvar. Liquidé las reses y dije: ya basta de drogas y de guajolotadas.

Allá en el Rancho del Guajolote tenía unos compadres de coronación, porque Pedro y yo coronamos hace mucho a un niño muerto, Refugio Galván. Cuando llegué al rancho estos mismos compadres me pidieron que les bautizara en memoria del muerto a un hijo recién nacido. Pero en eso la corporación recibió orden de salida y les dije que si ellos estaban conformes, llevaran el niño a Ciudad del Maíz porque allí en el rancho ya no podíamos hacer el bautizo. Estuvieron de acuerdo y doblamos el compadrazgo. Pero allá no tenían sus parientes, solitos, sin quien los acompañara, y dije yo: "No es justo, hay que hacerle la bulla al pobre niño". Y claro que le hice la fiesta con mole y todo. Vino el teniente coronel, vino el general y su Estado Mayor, todos vinieron al mole. Y en eso me dijo el muchacho Rufinito:

—¿Dónde dejó usted los cuchillos?

—Pues ya sabes dónde se alzan —le digo ya media zumba. Zumba zumba cola de vaca.

Nosotros seguimos en el jolgorio y ya como a las diez de la mañana del día siguiente, que estaba yo durmiendo como bendita, viene la escopeta de uno de los soldados y me dice:

—¡Fíjese que se desertó Fulano!

—¿Se desertó quién?

—Se desertó uno de los soldados y lo vieron que andaba con su muchacho de usted...

—Pero ¿cómo andaba con mi muchacho si lo mandé a la leña?

—Pues no fue a la leña porque en la madrugada lo vieron con el soldado...

—Pero si yo lo vi que se acostó en el cuarto sobre unos costales, ¡allí frente a mí lo vi dormido...!

—Pues se acostaría pero lo otearon las vecinas cuando salió con los cuchillos y unos mecates.

Sacó la báscula por detrás de la barda y el soldado lo aparó por el otro lado y lo estaba esperando a que saliera con lo demás, pero las vecinas, como son gentes que se levantan temprano, lo vieron y ya no pudo regresarse por lo demás.

De haber podido se hubiera llevado mi veliz con el dinero y todas mis cosas. Rufino duró conmigo dos años y luego se peló. Por eso dije yo que ya no volvía a criar a nadie.

Como me fue mal en Ciudad del Maíz, me vine a San Luis Potosí. Anduve recorriendo los pueblos de San Ciro y Río Verde y Cerritos para conocer camino y me regresaba a San Luis Potosí donde se quedó la tropa. Pero siempre anduve caminando con ese sentimiento de que me había ido mal. Quería encontrarme al Rufino para darle su merecido. Hasta que un día pensé: "¡Ya acabé de estar!" Y decidí venirme para México. A la hora que digo: "Yo me voy", me voy, ya estuvo. Y como quiera que sea, yo camino.

Un sábado de Gloria salí a las diez de la mañana. Con los pocos centavos que tenía puse mi veliz por el Exprés, ese veliz que está arriba del ropero donde cargo mis rasgadales y que conservo para cualquier día que me quiera ir, y en una canasta de mimbre eché unos cuantos trastes: tazas, pocillos, cuchillos, un molcajete, un bote de leche vacío y me lo cargué en la cabeza. Mi compañero de viaje era un perro blanco que le decían Jazmín. Este Jazmín era de la tropa, nomás que ya de por sí en el cuartel siempre me seguía. Se quedó a medio camino porque se encontró a un animal muerto y allí se le hizo bueno sentarse a comer. Yo entiendo que después se regresó a San Luis Potosí porque si hubiera querido, me hubiera alcanzado. Yo caminaba, caminaba hasta llegar a una estación. Si comprendía que podía llegar a la siguiente, me pasaba de largo. Nomás tomaba agua; comía cualquier taco que me regalaban las gentes del camino y a la andadera. En las estaciones me ponía a vender las cositas que traía; primero el molcajete, por pesado, los trastes, cuchillos, tazas, sartenes y con eso continuaba el viaje. En las noches siempre procuré llegar a alguna parada del tren para quedarme a dormir. En la primera parada me vio una familia y me preguntaron:

—¿Para dónde va?

—Pues voy para México.

—Pero ¿así viene sola?

—Sí, vengo sola.

—¿Y por qué no se fue en el tren?

—Porque no tengo dinero.

—¡Pues venga a comer!

Ya me dieron de comer. La gente es buena en el campo. Y seguía yo caminando todo el día sin descanso. Mala costumbre que agarré cuando mi padre era comerciante: viajaba de un pueblo a otro arriando sus burros manaderos y arriándome a mí. Mi papá vendía caña, plátano macho, piloncillo, piña; compraba en las rancherías y lo mercaba en el pueblo contra manteca, sebo y cosas que no tenían los de los ranchos. Y como siempre andaba jalando conmigo aunque fuera una chilpayata, me enseñé a andar andando.

Toda mi cobija era un fichú rojo que traía en la cabeza. Caminaba por la vía del ferrocarril desde las tres o las cuatro de la mañana para que no me ganara el sol muy fuerte. Ya cuando pegaba duro, me sentaba a descansar en alguna sombra, pero calculaba siempre que me fuera acercando a la estación a las cinco o seis de la tarde; ya más noche no seguía yo. Nunca me quedé sola al tasajo, allí sola en plena calle. Me arrimaba a las casas junto a la estación y les decía yo:

—Vengo de tal parte… ¿Me hacen el favor de darme permiso de quedarme por esta noche aquí y mañana la emprendo muy temprano…? Me voy para tal parte.

Y ya me dejaban ellos que me quedara en la cocina junto a la lumbre. Si no tenía para comprar café o azúcar, les pedía que me prestaran un traste para calentarme algo, si no, ellos mismos me decían:

—No se moleste, le vamos a facilitar la cena.

Así son los campesinos, muy desprendidos. Me dormía en el piso de la cocina. A veces me prestaban un petate.

Como fuera de México se levanta la gente de trabajo muy temprano, a esas horas procuraba yo también salir, como a las tres de la mañana. Me tomaba algo de café y luego seguía caminando hasta que llegaba a un lugar habitado. Todavía ahorita pienso que cualquier día que yo la vea perdida, que ya no pueda trabajar, realizo el mugral que tengo, cambalacheo todos esos palos viejos y agarro por toda la vía, sin rumbo, a ver dónde Dios me destine morir.

23

Ya para llegar al Defe me levantó gratis un camión Flecha Roja, y entonces me nortié. En la terminal me preguntó el chofer:

—¿A dónde va usted a parar?

—Pues yo tengo familiares en San Antonio Abad.

—Pues aquí está usted en la Merced.

Como llegamos a las diez de la noche pensé: "¿Por dónde corto aquí si está tan oscuro?" Y le digo al chofer:

—¿Cómo me voy? ¿Por dónde agarro para San Antonio Abad?

—Ya es muy noche. Mejor quédese en el hotel.

—Pero si cobran caro…

—No, yo voy a hablar para que le den un catre de a peso…

Me subieron a una piececita hasta arriba de la azotea. Por un peso. El chofer no se iba:

—Es que es catre mancomunado, chaparrita…

—¿Cómo?

—Sí, vamos a soñar mancomunados…

Le dije una grosería. El peso lo había pagado yo. Subió el del hotel y nos gritó que no estuviéramos peleando en la escalera, que nos fuéramos al carajo, hasta que el chofer bajó las manos. Yo creo que el del hotel lo conocía porque cuando le dijo: "Anda vete con mucho a la tiznada", el chofer obedeció.

Al otro día en la mañana que desperté, abrí la ventana y, ¡ay de mí!, seguía norteada. Sería de la debilidad o sólo Dios sabe, porque como pasé muchas hambres y cualquier taco que me daban o lo que alcanzaba a comprar era todo mi alimento, al arrancar en las mañanas siempre me zumbaba la cabeza.

Bajé y les comencé a preguntar a la gente afuera del hotel que por dónde agarraba yo para San Antonio Abad. Mientras me fue dando el aire y fui caminando por las calles, reconocí los lugares, pero por de pronto nunca me he atarantado tanto.

—¿Cómo no nos escribió? ¿Por qué no avisó? Ya mandaron la boleta del Exprés de su veliz y nosotros estábamos con pendiente de que hubiera llegado el veliz y usted no…

—¿Y Madalenita Servín?

—Ya se cambió.

—¿Pa' dónde?

—No dijo.

—¿Y mis cosas?

—Las vendió…

—¿El ajuarcito de bejuco, de mueble austriaco?

—Sí, ése y dos mesas y su cama de latón. Todo lo vendió. Pero es que usted ni escribía…

—¿Y ora?

—Pues ora se quedó sin cuarto.

Mi comadre Victoria, Sara Camacho y Sara la chiquilla nomás se me quedaban mirando. Hasta que dijo Sara la chiquilla:

—Pues que se venga a dormir con nosotros, ¿no, mamá? ¿Cómo se va a quedar solita y su alma?

Como a los tres días de llegar a San Antonio Abad me fui a buscar trabajo y donde se me presentó más primero me metí de criada, en las calles de Abraham González. Me tocaba salir los domingos a la una de la tarde y regresar al otro día lunes a las cinco de la mañana. Salía del baile y me iba a mi trabajo, y luego a la cocina a encender la lumbre y atízale, atízale al fuego y córrele, córrele como rata atarantada. Me pagaban quince pesos mensuales y empecé a juntar para hacerme de muebles.

—¡Cómo será Madalenita! —le dije a mi comadre Victoria.

Nomás abrió los ojos.

—Pues ¿qué no sabe usted lo de Nicanor?

—¿Qué cosa con Nicanor?

—Por eso vendió sus muebles, para pagarle los remedios.

—¿Ah, sí?

—Sí, Nicanor ya se andaba muriendo del pesar.

—¿Conque me quería mucho?

—¡Ay, Jesusa! ¿Por qué se ríe?

—¿Y cómo está ahora Nicanor?

—Pues ahí pasándola, el pobre. Se fue a vivir a Cuernavaca.

Visité a Madalenita.

—¿Qué, ya vino? —me dijo.

Siempre me decía lo mismo. Para todo meneaba la cabeza: "El mundo es el mundo".

Una señora de la Ribera de San Cosme me hizo sufrir mucho porque era muy exigente. Siempre andaba detrás de mí y a cada rato me decía:

—Deja eso y ve a tal parte.

No podía yo terminar de planchar cuando ya me estaba ordenando que pelara las papas o que fuera a lavar el excusado. Luego iba yo al mandado y de tan mal hecha me hacía trabajar doble. "¡Eh, tú, se me olvidaron las cebollas. Tienes que ir por ellas!" No sabía mandar y ya no era hora de que aprendiera. Al contrario, me desbarataba el quehacer. Y así estaba su casa, todo por ningún lado. Por eso cuando iba a encargar trabajo, yo luego decía:

—Bueno, si son mexicanos, no me den la dirección porque no voy.

Serán mis paisanos pero francamente no me avengo. No es que los extranjeros no manden, pero lo hacen de otro modo; son menos déspotas y no se meten en la vida de uno: "¿Ya fuiste a misa? ¡Vete a los ejercicios! ¿A qué horas llegaste anoche? No vayas a platicar con ningún hombre, eh, tú, porque nosotros no respondemos, eh, tú". En aquel tiempo no había agencias de colocación. Iba yo a las casas y les tocaba:

—Vengo de parte de la camisería Fulana o de la panadería o de la lechería o de la botica Perengana… donde usted encargó.

Luego la señora de la casa me decía:

—¿Trae recomendaciones?

—Sí.

Le enseñaba la carta y ella decedía. Y de esa manera hallaba trabajo. Pero hubo una casa aquí en la Roma donde entré en la mañana y a las cinco de la tarde me salí porque no aguanté. Si allá cuando trabajé por primera vez en 1917, la güera española me daba té, esta mexicana me dijo:

—Ahí están los asientos. Póngalos a hervir para que se tome el café.

Yo pensé: "No, yo estoy muy pobre pero no tomo asientos. Perdone usted. Allí se queda con sus asientos, que se siente en ellos y que le hagan provecho".

A mediodía hizo de comer. De la carnicería le trajeron filete. Lo pinchó y lo metió al horno. Cuando en la mesa terminaron de comer, juntó todas las sobras de los platos soperos, las echó a la sopera y me dijo que las revolviera con la sopa de la cazuela. Le dije yo que estaba bien. "Si ella quiere que se lo revuelva, se lo revuelvo. Con su pan se lo coma." Luego sacó del refrigerador un pedazo de carne manida, verde de lama y tiesa. Cortó dos rebanaditas de carnita, una para la recamarera y otra para mí y le puso unas hojitas de lechuga a cada lado. Pensé: "Pues que se la coma ella porque yo me aguanto el hambre".

Y me apuré. Levanté la cocina, trapié y luego me dijo: "Puede ir a traer su ropa".

—Sí, señora. Espéreme sentada.

—¿Qué dice?

—Lo que oyó usted, señora. Le regalo el día de trabajo.

Y que me voy. Pasé a la casa de Madalenita porque siempre que la visitaba me decía:

—Ándele, tómese un caldito de frijoles.

—Ay, no, si yo no soy pobre, ¿por qué voy a comer frijoles?

No sé comer frijoles. Los sé cocer pero no es comida para mi estómago; no estoy acostumbrada a ellos. Pero ese día eran las seis de la tarde y cuando vi que estaba hirviendo esa olla de frijoles tan buenos le digo:

—Ay, Madalenita, deme un poco de caldo de frijoles con unas cuantas balitas que me vengo muriendo de hambre. No me he desayunado.

—¡Válgame Dios! ¿Cómo que no se ha desayunado?

—Ya después le platicaré.

Entonces me dio el caldo de frijoles, me picó allí la cebolla, el cilantro, le exprimió un limón y empecé a sudar de pura necesidad. Al terminar le conté, y me dice:

—Los ricos son bien pinches.

—Sí, y es una casa bastante elegante, Madalenita, bastante elegante, pero la gente que tiene dinero así es, más hambrienta que otra cosa. Y es mala. Porque tiene dinero quiere siempre más y le da a la servidumbre lo que les sobra, la comida vieja, lo quemado de las cazuelas... Por eso mejor no trabajo. Así no. De estar así, mejor me voy a lo más pobre, a las fondas de la Merced, aunque no coma carne.

Luego me fui a la calle de Lucerna. La señora era muy molona, mexicana también, y la cocina era más grande que esta pieza con un brasero de mosaico blanco, y todas las paredes también de mosaico. Se tenían que lavar con zacate y jabón para que no quedaran opacas y al enjuagarlas con la manguera toda el agua me caía encima. A las cinco de la mañana empezaba. De la humedad se me hincharon los pies, tanto, que tuve que comprarme zapatos del veintidós, yo que uso del veinte y me quedan grandes. Las piernas también se me inflaron. Andaba aunque me doliera, pero si me quería sentar, daba de gritos porque no me podía doblar ni encoger. ¡Ay, mis canillas! Comía parada. Todo lo hacía parada. Y ni pisar tampoco. Si me sentaba, luego no me lograba enderezar. Para las tres de la tarde no aguantaba los pies.

Con trabajos subía yo a la azotea a barrer para echar la ropa al sol y un día oí un cilindrero que tocaba *El Señor de Chalma*. Entre mi mensada, dije yo solita dentro de mí: "Si de veras existe el Señor de Chalma, quiero que me cure mis piernas". Y mis piernas cada día se hinchaban más y el cilindrero vuelta y vuelta: "Santo Señor de Chalma yo te lo vengo a ver… Yo te lo traigo tu vela, que te manda mi mujer". En las noches, cuando iba a dormir, le gritaba:

—¡Señor mío!, hazme la caridad de venirme a curar las piernas porque ¿qué será de mí con estos pies que no pueden pisar?

Yo no sabía de ese santo ni del pueblo donde van a bailarle. No sabía nada del Señor de Chalma. Nomás le gritaba. Despertaba a las cuatro de la mañana y a esas horas decía yo: "¿Con qué sacrificios voy a tener que levantarme?" Tardaba quién sabe cuánto en desentumirme. Tenía los huesos como de fierro… Y una noche soñé un doctor que llegó y que me dice:

—No te apures, las dolencias se te van a quitar.

Pensé: "Aquí lo que hacen es castigarme más con las paredes ésas tan grandes y mojarme tan temprano". Y que le aviso a la señora:

—Lo siento mucho, señora, pero me voy a separar porque no aguanto mis piernas.

—¿Qué le pasa?

—Sus paredes de mosaico, señora, mejor llame a los bomberos a que se las laven…

—Bueno, pues le pagaré lo que le corresponde de este mes.

—Pues si me hace el favorcito.

Me dio los quince pesos. Yo nunca tuve suerte para que me pagaran bien trabajando de criada. En todas las casas no pasaba de quince pesos por todo el quehacer: lavar, planchar, guisar, hacer mandado, limpiar el suelo. Las criadas de ahora ganan muchos cientos de pesos y no hacen más que una sola cosa, pero entonces no había eso de la recámara, la planta baja, la cocina… Uno lidiaba con todo parejo.

Como penitencia me fui a pie a San Antonio Abad. Llegué casi a gatas. Y luego esos quince pesos los tuve que hacer mucho muy grandes para comprar un cajón y mercar cigarros, dulces, chocolates, chicles, pinole. "Bueno, pues me sentaré a vender porque de otra manera ¿con qué voy a mantenerme?" Y puse mi puesto detrás de la fábrica de Tres Estrellas. Como no podía pagar casa, en la noche me fui a arrimar con mi comadre Victoria, que ya tenía estanquillo. Mi comadre Sara la chiquilla se encontró a un señor viudo que se lo puso para que se ayudaran ella y su mamá.

—¡Fíjese, Jesusa —me dice mi comadre Victoria—, que Sara mi chica a lo mejor se matrimonia con un viudo muy decente…!

—¿Y para cuándo?

—Pues él tiene un niño y vive con su hermana, y como los mantiene, pues no puede casarse por ahora con Sara mi chica…

Además, Sara la chica tenía una niña Carmela de cinco años, hija de un pelado vivo que le hizo el favor cuando tenía doce años. Ni modo que se pusiera sus moños si ya se había alzado las naguas con otro. Al contrario, vivía agradecida con el viudo tan decente que le surtió el changarro aquél de vendimia: pan, café, azúcar, arroz, frijoles, manteca, bueno, todo lo que lleva un estanquillo, y a cambio la tenía nomás esperándolo en la vecindad para lo que se le ofreciera. Le dijo que solamente que Dios recogiera a su hermana tendría libertad de gobernarse él, pero que mientras su hermana viviera no podía deshacerse de ella. ¡Y allí nos tiene a todos esperando a que Dios se acordara de la hermana!

Yo vivía con ellas. Dormía en el suelo adentro del estanquillo. Ellas me daban unos cartones; Sara Camacho también dormía allí. Temprano me salía con el cajón de los cigarros a poner mi puesto. En las noches me seguía visitando el doctor: lo veía dormida y acercaba su boca a mi oído:

—Aquí estoy contigo, ¿qué no me sientes? ¿No me reconoces?

Llegaba con su ayudante vestido de blanco porque todos los doctores espirituales tienen su ayudante de filipina blanca.

—¿Qué no tienes ojos para verme? ¿Qué no sientes que te estoy curando?

Perdía yo seguro el conocimiento porque ya no me daba cuenta si estaba acostada o no. Sólo recuerdo que me hincaba con muchos trabajos a rezar y cuando despertaba a las cuatro de la mañana, ya estaba acostada. Así es de que entiendo yo que mi protector era el que me metía debajo del sarape, encima de los cartones.

No sé cómo me curó, pero todo el cuerpo me lo untaba con bálsamo divino. Sentía yo suavecito, suavecito, sobre todo en las coyunturas. Nomás que no me alcanzaba para todo el día. Me duraba un rato el consuelo, y al otro ya estaba otra vez engarruñada. Por la calle de Lorenzo Boturini pasaba una señora María que iba a vender ropa a Jamaica. Vivíamos en la misma vecindad y aunque no era amiga mía se le hizo fácil preguntarme:

—¿Qué tiene? La veo muy abandonada.

—Pues ¿qué quiere que tenga? Estoy mala, muy mala…

De por sí yo era hocicona y luego con aquellas dolencias… Pero ella insistió, muy atenta, con mucho modo:

—Hija, ¿quién la ve? ¿Qué no se está curando?

—¿Con qué me curo? No sé con qué curarme porque mis dolencias son muchas.

Y entonces me dice:

—¿Y cómo no va usted al templo espiritual?

—Yo conozco la Obra Espiritual, nomás que no sé dónde hay un lugar efectivo. Por eso no me presento a ninguna parte.

—Yo la llevo a donde la curen el martes, que es día de curación…

—Bueno —le digo.

Cuando se llegó el martes pasó por mí y fuimos a la calle de Chimalpopoca 5. Era una vecindad como ésta, donde vivía mucha gente. Había un mundo de enfermos, hombres, mujeres, niños, mucho pueblo. Iban entrando por turno. Las facultades o las sacerdotisas, las pedestales y sus ayudantes las columnas, se paraban en hileras junto a la escala que tenía hasta arriba una lámpara prendida. Primero las facultades toman el éxtasis y ya que están dormidas, profundizadas en sí mismas, cada una agarra a su enfermo, le aplica las manos y lo empieza a curar con el poder de su mente, por mediación del Ser Supremo.

Ese día conocí a la que más tarde sería mi madrina, Trinidad Pérez de Soto, la guía del lugar. Tomó el éxtasis y a través de ella pasó el Ser Curativo que me empezó a quitar los malos ambientes que había recogido. Me limpió toda con ramo, un ramo compuesto por siete hierbas: santamaría, aluzena, ruda, ámbar, pirul, hinojo y clavo. Me fue limpiando despacito, despacito, barriéndome de arriba a abajo y resoplando por la boca para que se salieran los humores. Después me puso en el cerebro y en la frente loción de Siete Machos y me dijo que no me fuera a enfriar.

Fueron veintidós días de limpias; primero, siete limpias de ramo, luego siete de fuego y siete de nubes. Para las limpias de fuego se prende el ramo de pirul con alcohol. La última limpia fue de desalojo. Al cabo de las veintidós limpias ya pude andar. Y entonces me distinguió la señora Trinidad Pérez de Soto. Una tarde, a las seis, antes de que se abriera la curación, me ordenó pasar a ayudarla.

—Ahora el lunes comienza a trabajar conmigo. Se sienta a mi derecha.

—¿Por qué? —le reclamaron las otras—. Nosotros tenemos cuatro o cinco años en la cadena recibiendo amasajamiento. Ella es nueva.

—Su protector es muy elevado. En lo espiritual ya la ha amasajado él lo suficiente y está más que sobrada.

—Nosotros también entramos en trance espiritual… Nos duerme nuestro Ser protector.

—Sí, ya las he visto, hermanas. Duermen como troncos y roncan como aserraderos. Duermen el sueño natural, no el del éxtasis. Vienen aquí a la Obra Espiritual a reponerse las desveladas y eso no puede ser. Una de dos, o agarran el buen camino o siguen pegándole a dar.

Nomás bajaron la cabeza y me empezaron a tener envidia. Cuando pasaba por la antesala para entrar al templo me miraban mal. Tenía que estar todos los días a las cinco y media en el oratorio. A las seis comenzaban los trabajos y terminaban a las nueve. Yo llevaba mis flores de nubes. Compraba una gruesa y llegando al templo hacía los ramos para limpiar. En la envoltura de Trinidad Pérez de Soto, en su carne material, pasaba el niño espiritual Tomás Ramírez y ese niño cura con flores blancas, y si no hay flores blancas entonces con un ramo de alfalfa. Con sacrificios, pero nunca tuve que comprar un manojo de alfalfa.

El niño Tomás Ramírez con su manita espiritual limpiaba con los ramos y yo tenía que dárselos rápido, si no él mismo los cogía. Como todos los niños, era impaciente. "Pues ¿qué se hicieron mis ramos…?", decía yo. Pues ya el niño los había agarrado. Era un Ser espiritual, pero quien tenía ojos veía a Tomasito y el que no, pues no veía nada. Era un niño de allí de Santa Anita, por Xochimilco, que murió chiquito, tendría como tres años más o menos cuando dejó la envoltura, porque en su segunda o en su tercera reencarnación —quién sabe cuántas llevaría—, vino a la carne de una niña y como no le gustó se ahogó con frijoles. Platicaba que en otras reencarnaciones había sido otra clase de niño, y ahora, como le tocaron sus papases muy pobres, sufría porque nomás le daban de comer frijoles. Como no le pareció ser pobre ni mujer se retacó bien la boca de frijoles y ya no pudo respirar, regresando otra vez al mundo espiritual. De Tomás Ramírez no hay retratos ni nada. Era indito. ¿Así cree que le van a sacar retratos? Los martes y los viernes bajaba a la tierra el niño espiritual, y como Trinidad Pérez de Soto trabajaba con los ojos cerrados, yo tenía que irle dando las escobitas de flores en la mano y no me despegaba de su derecha.

Yo necesitaba las direcciones materiales, y como chango me senté junto a ella para aprender todo el ceremonial, hasta que se enardecieron los ánimos de las demás hermanas y facultades. Como no lograban levantarse del suelo —eran de a tiro terrenales—, más les creció la envidia. Tal vez no tenían buenos protectores o no les hacían caso. El amasajamiento es como si les estuvieran dando los fríos porque se estremecen las carnes para dar paso al ser. Y ellas nunca se movieron siquiera. Por eso se quedaron en ayunas.

Yo sufría mucho y tenía ganas de darles de cachetadas para quitarles el hipo, hasta que en una cátedra el Señor dijo que debía tener calma, porque con esa calma daría yo el paso de la oscuridad a la luz divina que ninguna de esas envidiosas había traspasado. Pero yo era de carne y hueso, sigo siendo de carne y hueso, y no me gusta que me digan nada. Todavía siento lo material y me defiendo.

24

Los hermanos espirituales me despatriaron el puesto para facilitarme la salvación eterna. Mandaron a los trabajadores de Tres Estrellas a que yo les diera todo y se los di. Digo que se los di porque me pedían fiado y no me regresaron mis centavos. Llegaba el sábado, rayaban y salían corriendo a sus casas, olvidándose de mí hasta que ya no tuve qué vender. Toda la mercancía la repartí: "Que deme unos cigarros, que deme unos dulces, que deme unos cacahuates, que deme unos faritos, que deme unos muéganos", y fiado, todo fiado. Es buen negocio vender dulces, pero al contado. Al principio me surtía en las dulcerías de la Merced y ganaba bien comprando al por mayor. Pero al rato se me acabaron los centavos y no pude con los detallistas que siempre lo andan ladroneando a uno. Y de pronto tuve que declararme en quiebra. Así ha sido a lo largo de toda mi vida, porque más adelante, cuando tuve un puesto grande de ropa en San Juan y otro en San Lucas también, para acabarla de atrasar, daba yo la ropa a vistas. Me decían:

—Tal día le paso.

—Lléveselo, pues…

Así es de que no sirvo para vender porque nada les niego a los marchantes. Les pedí a los hermanos espirituales que me ayudaran, porque ya no quería volver de criada para no mojarme los pies. Me dijeron que buscara otro trabajo pero que no fuera en la calle:

—¿Y por qué no en la calle?

—Porque en la calle se oyen muchas ordinarieces.

—Pero si yo siempre las he oído.

—Aunque. Son cosas inconvenientes para tu carrera espiritual.

Así es de que debo estar como momia; no he de oír nada.

¡Ni modo!

En esos días arreglé trabajar por un tiempo en la botica Castillo, Calzada de San Antonio Abad, con la señora Ester. Limpiaba los pomos y los morteros como cuando estuve en Tehuantepec y me gustaba recetarles a los que iban con el aire, el mal de ojo, la alferecía, la tristeza, el susto, la bilis, el hético, el empacho, el aire perplejo, la caracolitis, el catarro constipado o el espanto. Les decía que pusieran un vaso de agua a serenar o tomaran miel virgen, o toloache, o gobernadora en ayunas, o albahaca, o hierba cabezona o ortiguilla o sauce o chaparro prieto o capulín o candelilla o la flor de la paz o la hierba de la cachucha o peyote o mariguana o hierba buena o damiana o flor de tilia o San Nicolás. Al señor Castillo, un viejo carcamán, le repateaba que yo recetara:

—Óigame, pues ¿qué se cree doctora? Usted está aquí pa' vender, no para echar perico.

Y cada vez que se amontonaba la gente que venía a consulta, armaba el escándalo:

—Mire, la voy a mandar con su música a otra parte...

El trabajo era de entrada por salida y la señora Ester me trataba bien. Como que le aumenté la clientela. Me daba harto de comer y ya a las ocho de la noche me iba con mi comadre Victoria. No faltaba quien me alcanzara en el camino:

—Buenas noches, ¡que descansen las ánimas del purgatorio!

—Buenas noches.

—Óigame, doña Jesusa, ¿me permite unas palabras?

Me hablaban con mucho respeto.

—A ver de qué se trata porque ya se me hizo tarde...

—¿Qué hago para una punzada que me da aquí en el costado? ¿No será el aire perplejo?

—Mire, le voy a dar la dirección del Templo del Mediodía...

—¿Por dónde queda?

—Debajo del Puente de Nonoalco, por Neptuno... Nomás se atraviesa usted los durmientes... Allí le recetan...

—'Ta bueno...

—Entonces buenas noches...

—Buenas noches, ¡que descansen las ánimas del purgatorio!

Llegaba yo a la vecindad y poníamos el café en la lumbre. Dormíamos en el estanquillo y en la trastienda, allí, como gallinas sin estaca, Sara Camacho, Sara la chica, su hija Carmela y mi comadre Victoria. El viudo, cuando venía, se molestaba con el reguero: "Esto parece chiquero de puercos". Hasta que un día le dije a Sara Camacho:

—Usted y yo aquí salimos sobrando. Les estamos quitando el aire.

Entonces fue cuando Sara Camacho y yo buscamos un cuarto que nos rentó tres pesos allí en el Callejón de Magueyitos. Me llevé mi colchoncito recién comprado y lo tiraba en el suelo para dormir. Sara me daba uno cincuenta, pero como le gustaba tener sus amigos borrachitos como ella, metía a la pieza a cualquiera que iba pasando. Me enojé.

—Estamos muy pobres, sí, pero el cuarto se tiene que respetar. No quiero yo aquí entrantes y salientes. Si usted quiere que le disparen la bebida, váyase a dormir donde le dé la gana. Pagamos entre las dos, pero aquí no se admiten visitas.

Yo no le podía disparar la bebida porque para esas gracias tuve con Manuel el Robachicos y a nadie le mantengo ya el vicio. Dije: "Yo no, conmigo no", y sanseacabó. Yo hacía años y felices días que no tomaba. Primero nomás veía, que por ver no se paga. Y me sirvió. Se me amacizó la voluntad. Y luego, cuando dije: "Ya no tomo", dejé de tomar. Yo tengo la voluntad muy fuerte: ¡para qué es más que la verdad! Cosa que decido que nunca voy a volver a hacer, nunca la hago. Desde chica he sido así de terca. Yo veo hombres que no pueden dominarse: "¡Maldito vicio que no me deja!", y me da muina. Siguen clavados en la bebida y eso es sinvergüenzada, es la debilidad de los canijos. Que cuesta trabajo, claro que cuesta. Como la Obra Espiritual, que es muy bonita pero muy dura. Yo no me sé domar pero me domino. Me costó dejar de pelear y dejar de beber, pero teniendo buena voluntad no hay vicio.

Un día andaba yo por la Merced y una pulquería, ahora es una tienda grande, y en la puerta de El Atorón, que así se llamaba la pulquería, estaba una muchacha muy joven, muy chapeada, arrullando a su criatura y toda mosquienta, toda fea y vomitada. Ella seguía meciendo a su criatura pero de tan tomada se quedó bocabajo y en lo botada devolvió el estómago encima de la niña. Por pura casualidad pasé yo por allí y la voy mirando. Entonces me dio horror. Dije: "¿A ese grado voy a llegar? ¡No, Dios mío! ¡Hazme la caridad de quitarme de la bebida!"

Luego me encontraban los muchachos de la fábrica:

—Ándale, vente, vamos a entrarle.

—No, yo no quiero.

—Pero, ¿por qué?

—Porque no tengo ganas.

Nomás me acordaba de la criatura con las moscas allí batida y se me revolvía el estómago. Y eso que yo he visto muchas cosas. Por eso me da coraje de muchas personas que alegan:

—Ay, pero si yo tengo vicio...

Sara siguió metiendo hombres al cuarto, puro borracho, hasta que le marqué el alto.

—Yo ya no aguanto tanta leperada… Ni siquiera me dejan dormir con el rechinido…

Como no me dio resultado, dije: "Total, a mí qué. Ya no estaré para verlos". Y saqué mi colchoncito que por cierto ya me lo habían empuercado con sus menjurjes y me fui otra vez a arrimar con mi comadre Victoria. Al rato llegó Sara también, porque no podía pagar sola la renta de tres pesos.

Cuando la conocí en el Callejón de los Reyes, Sara Camacho era una pobre señora que no sabía hacer nada. Escribía cartas y le daban quince, veinte centavos y de eso se ayudaba; las escribía a mano, en cualquier mesa, con mucho cuidadito, haciendo buena letra. Con eso se la pasaba porque no sabía trabajar. Tenía una hermana de buena posición y era hija de un coronel porfirista, pero como agarró ese mal camino, no la visitaban sus familiares. Sabía leer y escribir, pero que hubiera aprendido algún oficio, algo de provecho, no, porque no se usaba entonces. Era otra clase de vida. En aquella época las mujeres no trabajaban más que en su casa o de criadas. Ahora la mujer le gana al hombre en lo salidora. Ya no calienta casa: "Pues yo me voy por un lado y tú vete por otro, a ver qué consigues".

Sara Camacho tomaba pulque todos los días como tomar agua. No se caía de borracha pero sí se le pasaban las copas. Decidí dejarlas a las tres y conseguí empleo de planta con una señora cubana, Belén Caridad, de la colonia Roma.

No llevaba yo ni seis meses en la Obra Espiritual cuando me dice la hermana Trinidad Pérez de Soto:

—¿No tiene para el transporte a Pachuca?

—Pues relativamente no tengo. Trabajo, pero no me pagan hasta el día último… Así es de que no tengo para ir.

—Es que en Pachuca está el Primer Sello.

—Como no he cumplido ni las dos semanas, no puedo pedir permiso de salida.

—Pues ni modo, pero si de Dios está, no le ha de faltar dinero ni permiso.

Yo me quedé callada. Pero con aquello, sentí ganas de ir y todas las noches me acostaba pensando en Pachuca. Cerraba los ojos y decía: "Ya Dios me ayudará…"

Y una mañana, ah, que la canción, me dice la cubana:

—Mire, nosotros no vamos a estar aquí en Semana Santa. Venimos hasta el domingo en la noche. Le doy de paseo tres días.

¡Imagínese nomás! Ya no me acuerdo si me dio tres o cinco pesos para mis alimentos y se los entregué a mi madrina. Como quien dice, fueron los seres espirituales dentro de la Obra los que me hicieron la valona. Las otras hermanas tenían envidia. ¿Por qué a mí se me facilitaba todo siendo tan nueva y no a ellas, que tenían más tiempo?

Hace muchos años, en el Rancho de San José, el padre Elías, o sea Roque Rojas, hizo sus primeros bautizos. Dicen que antes había un templo, nomás que los alzados lo desbarataron en la época de la revolución. Cuando yo fui, no había nada de provecho más que el puro pocito que está en un desierto. Y en medio de ese desierto se ven tres árboles grandes; cuentan que fueron tres rosales; ahora se hicieron ahuehuetes y en su triángulo está el pocito. El pocito es chiquito y no pasa de metro y medio de profundidad. En las tardes llovederas se llena de agua, pero si no, está seco como chupado por una lumbre divina.

Comenzó la oración. Y cuando iban diciendo "Regálales, Señor, un átomo de luz divina", allí fue donde la sacerdotisa Vicentita Islas y la que había de ser mi madrina, Trinidad Pérez de Soto, recibieron el mensaje de que yo debía ser marcada. La sacerdotisa volteó y se me quedó mirando porque según ella vio en mí la luz, pero yo no entendí ni papa… Se vieron a un mismo tiempo las dos oficiantes y entonces Vicentita se dirigió a mi madrina:

—Trinita, ¿esta hermana ya está preparada para recibir la Sagrada Marca?

Yo me les adelanté:

—Perdónenme, hermanitas, pero yo no sé nada. A mí nadie me ha dicho nada.

—Pues entonces nos esperamos hasta las siguientes marcas.

Tenía yo muy poco tiempo de estar yendo al templo y claro que todavía no entendía qué cosa eran las marcas hasta ese día. ¡Si viera qué bonito! Quedé enamorada de las marcas. En ese bautizo la sacerdotisa aplicaba un triángulo de luz, primero en la frente, en el cráneo, en los oídos, en la boca, en el cerebro, en los pies y en las manos, con la palma abierta hacia arriba. Ése es el triángulo de la divinidad. Y ese triángulo detiene la tempestad, el aire, la tormenta de agua, el remolino y también apacigua las tormentas adentro de uno, los precipicios, porque es una defensa en contra de todos los males de la Tierra. Si hay un pleito, se frota uno las manos para que pase el fuego; aplica uno el triángulo y el pleito se amaina. El triángulo es invisible. Sólo lo ve el vidente, porque no todos somos como él. Tenemos los ojos abiertos pero estamos ciegos. A mí me reconocen porque ven la luz que llevo. Por eso en Chimalpopoca 5 mi madrina Trinita me distinguió y en Pachuca me quisieron marcar en seguida. Yo no tengo la culpa si mi protector me hizo tantos beneficios; la luz que veían en mí no era la mía, sino la de Manuel Antonio Mesmer.

Ese día marcaron a trece personas. Como no había flores, ni nada, cortaron unos pastitos, unas yerbitas y dos o tres santamarías y ésas fueron las que repartieron a los marcados. Luego la mayoría de los presentes relataron sus videncias. Todos estábamos rodeando el pozo. Yo miraba fijamente con los ojos unos tubos que forman cruz, en el mero pozo, cuando de pronto una mano blanca apareció sobre el agua y la meneó. Cuando me tocó mi turno les dije a los compañeros.

—Pues yo acabo de contemplar una mano que llegó y persignó el agua...

Entonces me explicaron que era la mano del hermano Jacob, el de la Biblia, porque el agua de ese pozo del Rancho de San José es un venero del Río Jordán.

Ya que dieron las gracias, extendieron los manteles y se sentaron a comer. Mi madrina llevaba una canasta de vara con comida y cada quien se trajo un itacate según sus posibilidades. A mi madrina la acompañaron seis o siete personas de Chimalpopoca, no me acuerdo quiénes, pero eran puras ahijadas de ella. Yo no tenía conocimiento de nadie de los que iban, aparte de mi madrina; me sentía sola entre tantos extraños. Fueron como cincuenta fieles de distintos templos, del Primer Sello iban como seis o siete, del Segundo Sello también, del Tercer Sello, que está ahora en Antonio Maura, también, del Sexto Sello en Neptuno, también. Mi madrina era el árbol del Tercer Sello, de esa ramificación. Los sellos son los siete templos principales que dejó el enviado Elías regados por toda la República.

Lloré mucho allí en el pocito, lloré como sólo Dios sabe. Tenía sentimiento, no sé qué cosa tenía, que tanta agua me subió a los ojos. Lloré mucho. No tenía tristeza, tenía no sé si gusto, no sé si murria... Luego me llamaron que fuera a comer. Les dije que no sentía hambre, que estaba llena, no sé de qué, de veras, pero yo estaba llena. Después de comer, toda la hermandad se fue al pocito a recoger agua. Si había enfermos, allí se les curaba dándoles a beber agua del pocito y cuando regresaban a sus casas estaban aliviados. El pocito lo escarbó el propio enviado Elías, o sea Roque Rojas. Está escrito porque él mismo lo relató. No me acuerdo en qué fecha nació, pero cuando tenía cinco años hizo los prodigios que Jesucristo sólo pudo hacer cuando ya era mayor de edad. Dominó veintidós oficios y ejerció nomás tres. Estudió para sacerdote y no pudo recibirse porque sus padres, que eran españoles, murieron y lo encargaron con un tutor que también falleció. Se dedicó entonces a trabajar en una joyería y se casó y tuvo una hija o dos o tres, ya no me acuerdo. Cuando alcanzó la edad competente, oyó una voz que le decía:

—Roque, llegó tu hora. Sal a la calle y busca a un hombre de confianza que te venga a cavar un agujero, un pozo grande... Tú le trazas el círculo.

Vivía en una casa antiquísima allá por la Arena México.

—Ya despide al pocero porque ahora te toca escarbar a ti. Cuando empiece a pardear, pones sobre la tierra tres cirios en triángulo, y tu esposa y tu hija y tú formarán el otro triángulo carnal. ¡Después te metes al agujero con todo y pico!

Todo está escrito en la geografía, tomo primero, por eso se lo cuento. Luego deshicieron el triángulo carnal, Roque se quedó solo, dio el primer picazo y que salta el chorro de agua y se comienza a llenar el pozo. Hasta el pescuezo le llegó el agua y ya que lo bañó todo, solita se fue consumiendo otra vez. Quedó él seco y oyó de nuevo la voz:

—¿Ya te bañaste? Porque éste fue tu bautizo. Elías te llamas. Elías, el Hijo del Hombre... Se acabó Roque Rojas.

Él no respondió. Luego le preguntó la voz:

—¿Viste el ángel que ha venido con el pergamino y te lo ha entregado?

—Sí.

Y no nomás él lo vio, también su esposa y su hija: un mensajero en un caballo blanco, un ángel que venía con alas de caballo, un enviado que el Señor le mandó a él, con el rollo en la mano.

—Pues tienes que hacer todo lo que dice este pergamino. Recuerda, tu nombre es Elías, el Hijo del Hombre. Ahora sal a predicar a los cuatro puntos cardinales.

A partir del momento en que le entregaron el pliego de ordenanzas, este pobre Roque fue perseguido por el gobierno. Negaron que fuera el enviado del Señor aunque la esposa y la hija dieron testimonio en el Juzgado. Roque, es decir Elías, preparó las arcas y las mandó a las partes donde tenían que estar. Yo lo sé porque lo oí en el templo cuando leen su geografía. Sé que una de las arcas está en Catedral, debajo del altar mayor, la segunda en la Villita, las otras en Pachuca y en Antonio Maura, pero algunas de las personas dicen que las arcas fueron violadas y les sacaron los elíxires de vida. No lo creo porque Roque Rojas las dejó muy bien selladas. Por algo fue joyero. Después de que las repartió empezó a predicar al pueblo, pero como lo andaba buscando la policía, los inditos de Xochimilco lo escondieron en una chinampa. Esa misma noche tuvo la revelación. Vio una bola de lumbre que rodaba por encima del agua y fue a dar hasta la casita donde estaba escondido y entonces oyó la voz que le dijo:

"Roque, perdón, quiero decir Elías, no temas. Nada te va a pasar. Hazte presente. Entrégate a la justicia de los hombres, a la de las balanzas chuecas. Al cabo y al fin San Miguel conoce tu peso."

Lo echaron al calabozo y le dijeron que si era cierto que tuviera poderes, que lo demostrara. Pusieron delante de él una plancha de mármol redonda y le dijeron que la partiera sin tocarla. "Si no puedes es que no eres el enviado del Señor."

Él le pidió fuerzas al Ser Supremo para que le ayudara en aquella prueba tan dura. Levantó las manos, aplicó el triángulo y se estrelló la plancha de mármol en tres pedazos. Los sayones retrocedieron espantados. Entonces lo soltaron por orden del juez, que dejó consignado el milagro en un acta con sellos oficiales.

Desde aquel momento Roque Rojas pudo dedicarse a cumplir con lo que estaba escrito en el pergamino, ya en plan de Elías. Cubrió la tierra de misterios, más de los quince que tiene la Calzada de los Misterios. ¿Ha visto esos bodoques de piedra que les dicen monumentos a lo largo de toda la calle? En esos misterios están los milagros que dejó Roque Rojas. Son claustros sagrados.

Ya de allí no faltó quien empezara a extender la palabra aquélla y él siguió con su misión. En cada trabajo que hacía, unos le creían y otros no, unos le tenían ojeriza y otros se hincaban a su paso, hasta que pasaron los años y llegó la época en que fue levantado de la tierra. Pero dejó la semilla regada para que la gente siguiera su camino. Este padre está sepultado aquí en Dolores. Lo trajeron de Pachuca, y el 16 de agosto de cada año los creyentes van al panteón para reunirse con el padre Elías, o sea Roque Rojas. Una noche, en el estanquillo de mi comadre Victoria pasó Sara Camacho:

—Ahorita vengo, voy por mi pulquito…

Cruzó la calle con su botella vacía. Cuando no se hacía tacos compraba su tamal, pero por lo regular le gustaba que le picaran una cosa muy buena que tiene la res, no sé si molleja o arrechera, o cachete, o mantalayo, o criadillas, algo que está en el cuerpo de la res, y de eso se hacía taquitos con mucha salsa; compraba su buena picadera de carne y se la pasaba con su pulque. Ese día no hubo carne de la que ella quería y venía con su tamal cuando quiso atravesar la calle. Se defendió del tren que iba de subida, pero se encandiló y la va agarrando el tren que venía de Xochimilco. Se atrancó el tren casi en la mera puerta del estanquillo y nos vinieron a decir que habían matado a un cristiano. Sara Camacho usaba zapato borceguí de hombre y se pelaba como hombre. Y por la pura cabeza, porque el tren se la voló, y por un zapato, la conocí. Sólo le quedaron enteros un pie que le partió el tren por el tobillo y la cabeza que rodó para un lado.

A Sara Camacho le gustaba mucho andar entre los hombres. Era machorra. Ya a las cinco de la mañana estaba con los tranviarios, tomándose sus teporochas. Todos los del depósito, los antiguos tranviarios, eran sus amigos de ella. El motorista la alcanzó a ver con el reflector pero ya no pudo frenar. No se escapó. Se bajó y hizo guardia junto a la cabeza. Y cuando vinieron a revisar les dijo:

—Ustedes saben cómo levantan el carro porque yo no lo muevo ni para adelante ni para atrás.

Fueron hasta el depósito de tranvías a traer un gato para subir el tren. Cuando la sacaron, se oía cómo sonaba la huesamentaría entre los pellejos y la ropa. Estaba toda hecha pedazos. La llevaron a la Cuarta, en 5 de Febrero, sobre una camilla que cargó la ambulancia. Allí nos esperamos pero no nos dejaron verla. Por eso cuando hablan los periódicos no les creo porque en aquella época dijeron que Sara Camacho había muerto en la comisaría, en las primeras curaciones, y son mentiras, porque la sacamos muerta de debajo del tren. ¡Si en la rodada se quedaron pedazos de ella! El tren la embarró en los rieles. Después ya no se conocía ni la cabeza porque con la misma electricidad del tren la cara se le puso ceniza. De ahí nos la dieron para enterrarla, pero no supimos si ella fue la que enterramos porque ya no la vimos.

Mi comadre Victoria no quiso ir a identificarla a la hora del accidente. Quién sabe si le daría susto o sentimiento, el caso es que sólo Sara la chica y yo fuimos a la Cuarta. Mi comadre Victoria dijo que Sara Camacho tenía que regresar; que no era ella la machucada, pero yo ya la había reconocido.

—Sí. Es Sara…

Victoria insistía en que no y que no. Le dije:

—Ella es, pero si acaso me equivoqué, ojalá y Dios quiera que venga.

Y hasta ahorita la estamos esperando.

Mi amiga la pelona Sara Camacho y mi comadre Victoria eran inseparables. Cuando yo me fui a vivir a la vecindad del Callejón de los Reyes, se hicieron de amistad conmigo y me pidieron que les llevara a bendecir a un santo. Por eso fueron mis comadres. Yo casi siempre he sido madrina de puros santos. A Sara Camacho no le gustaban las mujeres, pero todo lo hacía como hombre. Le decían Sara Quemacho, de mal decir. No era manflora. Las manfloras tienen sus queridas y vienen a ser como jotas. Cuentan —yo no las he visto— que viven alternando, un mes de hombre y un mes de mujer, porque tienen cosa de hombre y cosa de mujer. Antes las manfloras se usaban mucho en México. De joven, me gustaban las blusas de manga larga con cuello de hombre y corbata, pero como eso se ponían ellas, las aborrecí. Hasta que un día hicieron redada de manfloras allá en la Alameda y se las llevaron a la cárcel. Hace años se paseaba uno muy bien en la Alameda y todo, pero vaya usted a adivinar quién es uno y quién es otro en la oscuridad tras de los árboles. Y los policías se encontraban a las mujeres bien cuatrapeadas. Fue cuando comenzaron a aprehender tanta chanclera. Les dicen chancleras y tortilleras. Se refriegan los estropajos, se dan topes de borrego. Eso no es legal. En las cosas legales sí voy de acuerdo, pero ésa es una sinvergüenzada muy aparte. Si tienen muchas ganas, ¿por qué no se meten con un hombre? Según la historia de muchos siglos atrás, así tiene que ser y si hombre con mujer es malo, pues ahora, imagínese hombre con hombre o mujer con mujer, pues eso es una pura desgracia.

Hará como unos diez años me encontré a la hija de Victoria, Sara la chica, en San Juan de Letrán, pero no la conocí. Ella fue la que me vio y me habló, pero nomás así de pasada:

—¡Hombre, se murió mi mamá y ni más nos volvió usted a ver!

—Pues no. Cada quien agarra su camino, sabe Dios dónde.

Como ella tuvo buena suerte y estaba en buenas condiciones, ni más se volvió a ocupar de mí. Ese día me habló con mucho remilgo, con mucha vanagloria, dándose paquete; no se acordó que había sido pobre.

—Ya se casó mi hija Carmela; ya se casó mi hijo también; así es de que nomás yo vivo con mi señor.

—¿Y dónde vives?

—Por la Calzada de la Villa; allá tengo mi terreno.

No me dijo "la espero", o "vaya", o algo.

Y ésa es la pérdida de la gente porque yo he tenido algunas amistades así como mi comadre Sara. Pero se cambian de un lado para otro, se meten en altanerías y ya no las vuelvo a ver. Así va a pasar con los porteros que son mis compadres; el día que me vaya de esta vecindad me echarán tierra porque ya ni más volveré a saber de ellos. Se irán por otros rumbos. Y sabe Dios a dónde vaya a parar yo también.

25

Todos los fabricantes que salían de Tres Estrellas iban a comer al puesto de la familia Torres. En la esquina de la calzada de Tlalpan y Lorenzo Boturini vendían caldo, frijoles, sopa seca. Cuando yo puse mi cajón de dulces, también iba a llenar el buche con ellos. Éramos compañeros de banqueta. Los Torres vivían en una vecindad de Alfredo Chavero, pero al rato los corrieron porque no podían pagar la renta y yo les conté que se estaban cayendo unas paredes en el terreno de Magueyitos y que el encargado les podía rentar por menos precio un pedazo de baldío. Nomás pagaban tres, cuatro, cinco pesos por las paredes y el piso, y ya tenían casa en que vivir.

¡Ya quisiera encontrarme ahora un llano de esos con paredes medias caídas para rentarme un pedazo, pero eso es lo mismo que pedir que me bajen las perlas de la Virgen!

Cuando mi comadre Victoria me dejó, los Torres me dijeron que no me apurara, que me fuera a vivir con ellos. Yo decía "vivo con ellos", pero me tenían de arrimada y eso de que durmiera así debajo de un techo, no. Dormía afuera, pegada a la pared, por el lado de la calle. En la saliente que queda para las caídas de agua, acomodaba yo unos pedazos de tabla prestados y allí me acostaba.

La familia Torres era muy pobre; la mamá doña Encarnación, Candelaria la hija, y los dos hijos hombres, Domingo y José, lavaban colchones en los hoteles. Tuvieron que quitar el puesto porque no podían surtirlo por más agua que le echaran al caldo y más tierra al café. Como yo no iba a trabajar a ninguna casa, me convidaron a lavar colchones. Les ayudaba a lavar diez o doce colchones, según los que salieran; después remendaba las fundas y ellos vareaban la borra para esponjarla y volverlos a rellenar. Son colchones corrientes como el que yo tengo; de borra apelmazada, no de resortes.

Domingo era un hombre muy hablador pero de buenos sentimientos. Cuando decía: "Hay talacha en tal parte", ya sabíamos que el trabajo iba a ser parejo para todos. Se llevaba a su hija Juana y a Antonia su sobrina, a su madre y a Candelaria, y luego me convidaban a mí... José se iba por otro lado; a ése le gustaba más trabajar de abonero en las fondas, en los cabareses, en dondequiera, vendiendo los vestidos, y cuando no, rifaba pollos en las cantinas; ése era su oficio, pero por mucho que ganara no era nada del otro mundo. A mí me pagaban un tostón diario, y si bien me iba, un peso, uno cincuenta, según los colchones que lavara. Pero luego veníamos de regreso y "Ándale, Jesusa, dispáranos los dulces". Les compraba yo lo que se les antojara por la calle y ya no me quedaba casi nada del peso que había ganado. De allí sacaban gratis sus dulces. Con lo poco que me sobraba tenía que comprar masa, jitomates, chiles, café y azúcar. Entonces los panes eran de a tres por diez. Me comía un diez de pan y si no, pues nomás me tomaba mi café con las gorditas que me torteaba... He pasado bastantes tragos amargos, nomás que ahora ya de tanto que siento ya no siento.

Cuando entró Lázaro Cárdenas de presidente ordenó que se salieran todos los que vivían en Magueyitos. Dijo que él les iba a dar terrenos pero en otro lado. Era un montón de familias las que se acomodaron en esos llanos. De pronto se pusieron a pelear lo que no era de ellos; nomás que la gente así es de comodina. Ese terreno de Magueyitos lo compró Tres Estrellas y es ahora la estación de los camiones de Cuernavaca y de Acapulco. Era una hacienda vieja pero como no hubo quien la reclamara, porque los dueños, unos españoles antiguos, se murieron todos, pasaron muchos años y quedó por parte del gobierno, que se apoderó de la finca aquélla. Los que se acercaban allí, buscando el calorcito de tanto tabique tirado, se vinieron a arrimar a un muro, amasaron adobe y como Dios les dio la inteligencia hicieron su casita y la techaron de cartón. El gobierno se apoderó del terreno y subarrendó los pedacitos: iba un empleado a cobrar las rentas de cinco y seis pesos y daba sus recibos chiquitos como boletos de camión. Como en esos llanos había muros, aunque estuvieron caídos, eran demasiado buenos para los pobres; y el trompudo ordenó que nos echaran. Entonces se dividieron todos los de la colonia; se hicieron partidos, comisiones; cada quien agarró su partido y una señora Micaila abrió el cuento ése de la peleadera de los terrenos y la nombraron presidenta. Juntó a una gran cantidad de gente; allí íbamos al Zócalo a pelear los terrenos. Ella era la que alegaba, nosotros íbamos haciendo bulto. No sabíamos ni a qué la citaban, nomás íbamos como animales detrás de ella. ¡Silencio, ranas, que va predicar el sapo! No sé si sería inteligente o qué, pero hablaba con todos los del gobierno; quién sabe qué arreglaba, pero ella arreglaba a su modo. Total que nadie quiso dejar el campo aquél porque allí estaban contentos, y como las autoridades no le hacían caso, la señora Micaila nos mandó a que fuéramos en la noche a protestar al Caballito donde pusieron las casetas de los comisionados del gobierno y toda la noche nos quedamos allí. Íbamos de a tiro como pordioseros para ver si nos daban el terreno. Esa Micaila era muy enérgica, muy argüendera, muy matrera, y no nos dejaba ni a sol ni a sombra. Veníamos a ser lo mismo que una guerra con sus soldados y su general. Muchos la veían mal porque decían que con tanto engrandecerse nos iba a entregar al enemigo. En las noches en la Magueyitos compraban su aguardiente, se emborrachaban y comenzaban los gritos. Se iban a ver los unos a los otros de casa en casa, hombres y mujeres, y en su borrachera hacían barrabasada y media. Luego se agarraban a trancazos con los del partido contrario y en una de ésas dijeron que iban a dinamitar el jacal de la presidenta. Como teníamos obligación de cuidarla, todas las noches uno de nosotros se turnaba para que nadie se acercara a su casa. Cuando le tocaba a la señora Encarnación Torres, yo le decía:

—No se preocupe, yo voy en su lugar.

Y siempre fui. Apenas oía un ruido o veía una sombra, gritaba:

—¡Ai viene Fulano, ai viene Mengano!

Y ya se daban cuenta de quién había hecho la maldad. Pero nunca me habló la Micaila de sus negocios porque yo no valía nada. Nomás iba yo a cuidarla a lo tarugo. Si era cola, pegaba, y si no, pues no pegaba y ya… Nosotros no ganábamos nada con andarla pastoreando, al menos eso digo yo, porque cuando me tocaba irla a acompañar, ni un cinco me daba porque ni me volteaba a ver. En ese enjuague uno quería ser más que el otro y el otro más que el otro y así era la política de ellos.

Una mañana vinieron con la noticia de que Lázaro Cárdenas les había dado nuestro terreno a los policías de tránsito y fuimos a alcanzar al presidente. Él mismo fraccionó la colonia. Les dijo a los policías que en esos baldíos hicieran su casa. Yo vi a Cárdenas, ¡seguro que sí! Y le tenía mucho coraje porque lo conocí de soldado raso allá con los carrancistas, y no de fanfarrón con todo su Estado Mayor, con su gente, dando órdenes de secretito a todos sus achichincles. Pero bien que le oímos: "Hay que sacar a estos elementos…" Él no me reconoció porque los jefes no se pueden fijar en las gentes y más cuando son pobres como yo. Este Lázaro Cárdenas siempre andaba a pie, hasta cuando fue presidente. Un 16 de septiembre se vino desde el Ángel hasta un lado de Palacio. La gente le echaba tiritas de serpentinas y lo dejaron todo enredado de colores. Es el único presidente que yo he visto de perfil y a pie desfilando por la calle.

Cuando se fue de la colonia Tránsito, porque así le pusieron, nosotros bien encarrerados queríamos alcanzarlo, pero nos llevaba mucha ventaja. Dijimos: "No, pues lo hacemos guaje, pues qué. Nosotros aquí nos quedamos". Y nadie se movió.

En esa época José Torres estuvo yendo al templo y habló con mi madrina. No tuvo la hombría de hablarme a mí, sino que fue allá y le dijo a mi madrina, que por cierto todavía no era mi madrina, que quería casarse conmigo. Se dirigió al Ser y recibió la respuesta:

—Hermano, conmigo no tienes que arreglar eso. Arréglate con la hermana Jesusita. Si ella te contesta y dice que sí, nosotros aquí en el templo te podemos casar. Pero el que tiene que convencerla eres tú solo con tu envoltura.

Eso me contó a mí el Ser después… Yo creo que José se enamoró de mí pero no me dijo nada y todo quería arreglarlo por mediación espiritual. Aborto yo y aborto él, ¿para qué carajos quería matrimonio? En primer lugar, el pobrecito es un horroroso y yo tengo muy malos gustos pero no tan malos ratos… Dije: "Yo no, vida mía, yo ¿para qué te quiero? Si yo tuve a un hombre grandotote, ya parece que voy a dirigirme a ti, tastajo, que no sirves para nada". José es chaparrito, chaparrito, trompudo, jetón, negro, negro, negro; prieta yo y prieto él, pues vaya par de ajolotes… Además él no me pretendió, no se me paró enfrente, fue y habló allá con los seres. Él sabía que yo iba a la Obra por su hermana Candelaria y por doña Encarnación, y discurrió que allá lo alcahuetearan. Pero el poco hombre metió las cuatro. Ningún trabajo me daba contestarle cara a cara, no que me fue a poner en vergüenza.

Me pregunta a mí la niña Georgina Valencia, el Ser espiritual que estaba manifestándose a través de la mediunidad —porque todos los asuntos de amores los atienden los niños espirituales, ya sea Tomás Ramírez o la niña Georgina Valencia, una albina blanquita, blanquita enharinada, con sus pestañas de nieve y su pelito de copos de algodón, bonita la niña, nomás que murió chiquita porque la asolearon y a esos niños blancos como la leche no les puede dar el rayo del sol—:

—¿Tú quieres casarte con él?

—Ni con él ni con nadie, ni por las perlas de la Virgen.

No me convenía de ninguna manera. Ya parece que me iba a creer de semejante pelado, y además de eso ¿cuántos años tengo de andar sola? ¿Cómo iba a dejar que me gobernaran? ¡No hombre! Era borracho y es borracho perdido, indecente. Como se dirigió a la niña, ella fue la que me lo comunicó. Y a mí me dio mucho coraje. Cuando llegué a la casa pensé: "Nomás que me suelte algo y le digo su precio". Pero José no me dijo nada, fue otra vez con la niña espiritual a que le diera la razón. Y más valiera que no hubiera ido.

Un día va llegando José con una mujer, una pobre muchacha que estaba trabajando de mesera en una cantina, por allí por la Candelaria. De eso se mantenía, de servir copas, y José la encampanó y se la llevó. En la casa le comenzó a dar muy mala vida. Yo lo oía. Primero le pegaba, luego se iba a la calle dando el portazo y cuando regresaba le decía, muy castigador: "Quihubo, chula, vámonos dando un restregón de verijas…" ¡Pobre muchacha, pasó la pena negra con él! Como era su mujer, allá ella, a mí qué me importaba… Pero yo tenía el coraje de lo que me había hecho José y me lo tenía que desquitar.

Allí me aguantaba con los Torres las tormentas de agua, el calor, el frío, en esa tablita afuera en pleno llano porque no tenía a dónde irme y para que los demás no me vieran sola como elote, allí aparaba todo. Cada que José llegaba borracho me maltrataba, me decía horrores de la vida y un día se la contesté con ganas. Entonces me gritó:

—¡Cállese, puta mantenida! ¿Qué está haciendo aquí?

—Pues no soy lo que usted dice, y si lo fuera, a usted qué le importa. Cada quien puede hacer de su culo un papalote. Además ¿qué cosa es lo que usted pelea? ¡Yo no estoy ultrajando dentro de su casa!

—¡Usted duerme con su cobija de tripas!

—¡Y usted me sirve de colchón!

—¡Cállese porque le voy a romper el hocico!

—Nos lo rompemos porque somos dos. ¡No crea usted que yo soy Pifania la que se deja! ¡Aquí nos damos, a ver de cuál cuero salen mas correas! ¡Ándele! ¡Éntrele!

Entonces lo jaló Epifania y lo metió para adentro pero a mí no se me quitaron las ganas de darle. Dije: "No serás el primer hombre al que le doy donde le duele. Ya tengo callo de pegarle a los pelados". Todavía me gritó:

—¡Puta!

Fue cuando pensé: "Ahora sí me largo". Y al otro día en la mañana me salí muy temprano. En esos días había muchos colchones para lavar, llenos de chinches. Pero yo los dejé solos, a ver cómo se las iban a arreglar para no quedar mal en el hotel.

Como al mes o dos que me salí de la Magueyitos fueron los bomberos por orden del gobierno a correr a la gente. Los mandó Lázaro Cárdenas, con sus camionsotes colorados.

—Me los sacan a manguerazos.

Conectaron las mangueras en las tomas de agua y con reloj en mano les dieron media hora para agarrar sus cosas y treparse a las trocas, que estaban formadas. Y así como los agarraron los aventaron en montón y los vinieron a tirar aquí al llano. Les dieron el cacho de tierra en que caían. Así se formó esta colonia de La Joya que antes era un llano, como casi todo México, desde Peralvillo hasta el Peñón. Todo era llano, no había casas. A través de los años se ha ido fincando.

Los del gobierno les dijeron que tomaran el terreno que quisieran; que era regalado. Fueron a medirles tantos metros a cada quien y les hicieron sus escrituras. Como quiera que sea, Cárdenas les dio dado el terreno. Nomás que no tienen derecho de vender. Así se estén muriendo de hambre, no pueden vender. La tierra sigue siendo del gobierno. Mientras ellos viven, tienen su casa, pero si se mueren y no hay quien represente a la familia, la pierden. El gobierno es el dueño.

Las mujeres se quedaron en unas cuevitas en el baldío y los hombres se fueron a Estados Unidos a trabajar para mandarles dinero y fincarles sus casas. Los Torres son albañiles. Tienen ese oficio. Nomás que para el material necesitaban dinero y con lo de los colchones no alcanzaba. Les dieron orden de fincar, si no les quitaban el terreno, y no hubo más remedio que jalar también pa' los Estados Unidos. Ahora son propietarios y viven de sus rentas. Ya nunca me visitan a mí. El que me saluda es Domingo, allá cada venida de obispo:

—¿Cómo estás, monja jerrada?

Así me decía:

—Ándele, monja jerrada, vamos a trabajar.

—Si yo soy la monja, usted es el monje loco.

Domingo entiende de monjo, así le digo: "¿Qué tal, monjo?"

Se hizo su casa de tres pisos y allí los tiene rentando a muchos inquilinos. Todos se hicieron sus buenas casas de renta. Agarraron pedazos grandes porque hasta a Antonia la sobrina la apuntaron para hacerse de más tierra. Y yo me quedé sin nada por guarina.

Si me hubiera esperado un mes tendría mi terreno, pero lo que sea de Dios.

Yo pobre nací y pobre me he de ir al agujero, eso si alcanzo agujero. Al que nace para tamal, del cielo le caen las hojas.

Doña Encarnación puso un changarro, una miscelánea allá en la orilla del río donde les tocó a ellos. En la esquina, en la mera pasada de la avenida tienen su casa. Luego se hizo un hotel. No sé cuánto cobra por día o por rato, pero saca su buen dinero. Las mujeres de la calle ocupan los cuartos cuando mucho una noche y de día es un puro entra y sale. Ese hotel es de puro revolcadero. Nomás el tiempo de quitarse y ponerse los calzones. Y eso si traen calzones. El gobierno nunca le cerró el establecimiento a doña Encarnación porque de eso se mantiene. Es puro bandidaje el gobierno. De las mujeres que pepena por la calle saca muy buenos centavos, de clausurar establecimientos; de poner infracciones, de pegar y quitar sellos, de meter y sacar gentes buenas y malas de la cárcel, de mandar hacer redadas para que caiga quien caiga, y luego cobrar las multas por parejo, de los hoteles de ratito, de todo eso sacan los políticos para darse la gran vida y las casas malas se vuelven a abrir y vuelta a cerrarlas y a cobrar otra vez las infracciones y poner sellos y a clausurar y a volver a abrir, y para qué le cuento.

A todos los Torres se les ha subido mucho el dinero. Doña Encarnación ya está muy viejita, pero más que de vieja, anda cayéndose de orgullo. Yo no la visito para que no diga que ahora la busco porque tiene sus bienes. A la que sí vi fue a Epifania, la de José. Se llegaron a casar por la Iglesia y hasta legalmente. Yo fui a la boda.

Me dice Epifania:

—Yo le agradezco mucho a José que se haya casado conmigo, pero ya ve usted cómo me maltrata; me da muy mala vida…

—Pero tú sigues de tonta porque si te da mala vida todavía te comprometes más con el matrimonio.

—No, para poder visitar a mis padres necesitaba casarme.

—Aunque me hubieran dicho mis padres que yo era una perdida, ni así me casaba con José.

Ella bajó la cabeza. Yo creo que de tanto golpe, seguro que de tanta patada como le metió él, aquí en la colonia de La Joyita, la pobre guarina de Epifania se vino a morir.

El día que dejé a la familia Torres fui a ver a Madalenita Servín, la alta, gorda, muy buena gente, de Cuernavaca, que siempre me había ayudado. Le conté la forma en que estaba arrimada.

—Pero ¿qué no tiene casa? —me dice.

—No, no tengo dónde vivir… Mis cosas las tengo allí amontonadas en la pared de afuera.

—¡Válgame Dios! Le vamos a buscar dónde viva. Le voy a mandar a Nicanor para que le ayude a buscar casa por allí en alguna colonia.

Siempre me estaba enchufando a Nicanor. Regresó de Cuernavaca Nicanor y se puso a hacer los mandados de la fábrica. Cuando salió de su turno, le preguntó Madalenita:

—¿Qué no sabes de alguien que le pueda rentar una casa a Jesusa por allí?

—Pues no sé, pero si gusta yo la llevo a buscar…

Me anduvo trayendo por todas las colonias ésas del Rastro y de Bondojo preguntando en los estanquillos. Porque yo para eso de buscar casa no sirvo, nunca he podido encontrar una que sea de a de veras. Él hacía la averiguación y entrábamos a ver, hasta que por fin llegamos a la colonia Felipe Ángeles, aquél que el Barbas de Chivo mandó matar. Allí fue donde encontramos algo. La familia Vidales me rentó una pieza; un cuarto grande, rasito como de cuatro metros. Ellos tenían su terreno y además alquilaban los cuartos desocupados. Allí me fui a meter. Eso fue hace veintinueve años.

26

Felícitas Vidales tuvo diez hijos. Le viven nueve porque Rutilio se le murió de esa enfermedad que les da a los niños parecida a la viruela. Los muchachos son: Zacarías el mayor, de Zacarías sigue Fidencio, de Fidencio, Pascualina, de Pascualina, Lola, de Lola, Julio, de Julio seguía Rutilio, el difuntito, de Rutilio, Perico, de Perico, Hilaria, y de Hilaria, Blanca. ¡Ah, no, y falta Rosa! Ésa es antes de Julio y de Julio sigue agosto. Ya me hice bolas. No sé ya ni los días en que vivo. ¿Hoy es martes o jueves?

Además de rentar cuartos, Felícitas Vidales vendía sombreros. Los compraba en las sombrererías grandes de la Merced al por mayor; pero antes de venderlos tenía que coserlos y adornarlos. Todos ayudaban en el sombrero porque no sabían otra cosa. Hasta la fecha ninguno de ellos sabe trabajar. La madre era la que valía; ella trataba con los albañiles y fincó la casa. Agarraba y hacía todas las compras porque su marido José del Carmen Vidales no servía para nada.

—¡Yo soy el jefe de la casa! ¡Háganme esto y esto otro! —decía él.

Pero eran nomás puras habladas. Nunca le hizo frente a la vida. Pura pantalla. Así son los que no pueden. Echan harto perico y creen que ya con eso cumplieron. Nomás le dan vuelo a la hilacha, pero no engañan a nadie, ni menos a mí que ya llevo tantas horas de vuelo. ¡Viejo fifiriche!

Todas las mañanas me salía yo a trabajar ya no de criada, sino de lavandera de entrada por salida. Ganaba yo un peso diario, y como había planillas en los camiones a tres por veinticinco, los patrones me daban los transportes, el peso y mis alimentos. Llegaba yo a las casas como a las siete de la mañana y salía cuando empezaba a oscurecer. Después de andar por la colonia Santa María, por San Cosme, en las calles de Alzate con la señora de un árabe, vine a dar a Luis Moya con la señora Corcuera, una tapatía de ojos muy bonitos. Y de Luis Moya me mandaron al Edificio Liverpul con unos recién casados. Como les nació una niña y querían tener patio donde hubiera sol y ventilación, que es lo que les hace falta a los niños, nos cambiamos a la calle de Icazbalceta 17 a un departamento con más ventanas. La señora hacía todo y yo nomás lavaba y planchaba. Iba dos días por semana, uno a lavar y otro a planchar. Los demás días lavaba en otras casas. Hasta que la portera Tránsito me dijo:

—Si quiere, yo le arreglo para que la ocupen en todo el edificio.

Era muy pesado el trabajo, pero a ver ¿qué hacía, pues?

En la nochecita, cuando regresaba a la colonia Felipe Ángeles, la señora Felícitas se ponía a platicar conmigo. Era muy alegre. Cantaba en su cocina frente al fogón, cantaba mientras adornaba el sombrero, cantaba a todas horas. Siempre traía la boca abierta con la risa adentro. Cuando le preguntaban que cómo sabía tal cosa o tal otra, decía: "Me lo contó un pajarito…" y eran una de carcajadas. A sus niños también les hablaba a tontas y a locas, de nubes y de cenzontles, de que iban a ser príncipes en su trono de oro, y puras mariguanadas. ¡Un cotorreo que se traía! A la hora que terminaba les decía:

—¿Contentos? ¿Sí? Bueno, pues ya me voy…

—¡No, mamá! ¡No se vaya usted! ¡No, mamá! Otro cuento…

—¡Que el burrito está contento con su zacatito adentro!

Y se daba la media vuelta y se iba… Siempre estaba yendo y viniendo con sus enaguas percudidas y su güirigüiri. Y no sólo sus hijos, sino todos los niños de la vecindad le hacían coro y la rodeaban para reírse con ella. Perico, su muchachito más chico, me seguía mucho porque todos los días traía, en un portaviandas que tengo allí, el resto de la comida que me regalaban en el edificio, y como se le doblaba el pescuezo de necesidad, yo le decía:

—¿Quieres un pan?

—Sí.

Y le daba un bolillo. Cuando llegaba, salía a recibirme. Lo saludaba yo: "Güerejo apestoso" y él me contestaba: "Patas de conejo". Me tenía confianza. Me decía Jesutiti, no sé por qué. Corría a mi cuarto y yo lo metía para adentro y le servía siempre conejo. Los recién casados eran españoles, muy aficionados al conejo. Conejo cada tercer día, y llévese las sobras para su casa, si no se van a echar a perder. Perico luego me preguntaba:

—¿Me da un centavo y le traigo agua?

—Ándale pues.

Iba por el agua vuelta y vuelta y vuelta. Tres años tenía cuando más y todo el día se le iba en acarrear de poco a poquito, en una ollita de peltre. La mayor parte del tiempo la tiraba a medio camino, pero como su mamá les enseñó que había que reírse de lo que fuera y cuando fuera, se sentaba a reírse en el agua tirada. Luego le pegaban los muchachos de la calle y él no metía las manos, sino que se arrinconaba. Nunca fue perrucho. Se me engrió el pinacate. Nomás estaba avizorando a qué horas llegaba yo. La pobre Felícitas no podía con tanto chiquillo y más con ese hombre tan desobligado. Era la única que trabajaba para la sarta de muchachos. Se iba a vender el sombrero y los sábados venía como a las diez, a las once de la noche, y el chiquillo andaba rodando. Luego que llegaba yo se recogían todos ellos conmigo. Pero Perico era el más apegado.

Una noche en que regresé un poco más tempranito, estaba ella sentada en el patio y me dice con su boca de olán:

—Fíjese que le voy a dar una mala noticia. Se sumió el techo de su cuarto y yo me asusté porque uno de mis muchachos andaba corriendo arriba y ya mero se me andaba cayendo…

Bueno, sea por Dios. Se sumió el techo y arriba de la cama se vino todo el terremoto… Todavía estuvo ella platicando conmigo y jugando con los niños que se le trepaban. Los pellizcaba.

—Éjele, éjele, yo no fui, yo no fui, fue Teté…

Hasta que le dije yo:

—Bueno, pues ya me voy a meter.

—Sí, yo también voy a hacer mi cena.

Se fue para su cocina con sus chilpayates colgados como sonajas de sus enaguas, y yo me metí para adentro de mi cuarto a ver el tiradero: "¡Ay, ahora venir tan cansada y tener que sacar la tierra y sacudir mis cobijas para poderme dormir!" Ya habían puesto unas tablas y taparon como pudieron, pero de cualquier manera me tocaba sacar el terregal. Estaba pensando en cómo cargar el caliche cuando va Lola y me dice:

—Jesusita, Jesusita, le habla mi mamá que la vaya a curar.

—¡Ay, no estés molestando! ¿Qué tiene tu mamá? Acabo de platicar con ella. No seas mentirosa. Déjame que voy a juntar mi basura…

Se fue la chiquilla y a poquito vuelve a venir:

—Ándile, no sea mala, mi mamá está muy mala.

Cuando entré la semblantié y vi que estaba trabada, ya muerta como quien dice… El papá de los muchachos estaba tardeando en el zaguán, fume y fume. Le avisé:

—Mire, tráigale un doctor porque la señora está muy grave.

—No, qué grave ni qué grave. Lo que tiene es un dolor en el cerebro… Úntele cualquier cosa y se compone.

Y siguió platicando con los otros. A mí me dio tanto coraje con aquel güevón que ni siquiera se movía, que le grité:

—Entonces ¿no va a buscar doctor?

—¿Para qué si nomás tiene un malecito?

—Bueno, pues si se muere, no es responsabilidad mía. Yo me lavo las manos.

Y por cierto que las traía bien sucias de tierra. Que doy la vuelta y que me salgo. Al rato llegaron Zacarías y Fidencio y los dos se fueron a traer al doctor. La recetó, la inyectó y ella igual, igual, igual, porque para nada se le quitó el dolor del cerebro… ¡Mala, mala pero muy mala que estaba!

¡Uy, el doctor les cobró un dineral! ¡Y luego hubo junta de doctores! ¡Y nada, Felícitas se moría! Pero otro doctor que vive, o quién sabe si ya no viva, en la calle de Platinos, fue el único que le atinó. Dijo que le había dado embolia y empezó a hacerle la lucha y a traerle medicinas fuertes para volverla en sí, porque se quedó como mensa. Recobró el habla pero no muy clara. Después de tres meses todavía decía a medias todo, como las criaturas cuando comienzan a decir papá. El doctor les advirtió a los muchachos que no le hicieran pasar corajes, que le dieran bien de comer, pero alimentos no muy fuertes, nada de carne de res, puro pescado y pollo y arroz, y que le pusieran las inyecciones y le pasaran a fuerza los tónicos. Felícitas estaba acabada de tanto muchacho que crió uno tras otro; cinco mujeres y cinco hombres, como escopeta de retrocarga. Y yo entiendo que de eso tenía agotamiento y por bien que hubiera comido siempre eran muchos hijos para tan poca madre. Los hombres, antes de nacer, se alimentan del pulmón de la madre, y las hembritas se alimentan del estómago. Los hombres del pulmón para tener aire y las mujeres porque van a necesitar mucho el vientre, por eso comen del estómago.

Un día entró Zacarías a ver a su madre:

—¿Cómo se siente?

—Mejolcita, hijito de mi alma.

—Bueno, pues entonces me voy a los Estados Unidos de bracero porque con su enfermedad quedamos muy endrogados… Ai mis hermanos que sigan vendiendo sombrero…

A estas alturas ¿qué le importaba a Felícitas? No chistó nada. Hacía muchos días que se le había marchitado la alegría. No sé en qué trabajaría Zacarías en los Estados Unidos, pero les mandaba dinero a su madre y a su padre. Y yo les pagaba siete pesos al mes por un cuarto sin cocina.

Zacarías estaba arrimado con una mujer que entró a la casa y empezó con que le gustaba el güerito y le gustaba el güerito y le gustó tanto que se metió con él. Felícitas no decía nada; nomás se reía hasta que se trabó del coraje porque casi todos sus hijos eran güeros y la encajosa además de ofrecida era prieta. Siguió dale y dale hasta que quedó preñada hasta el gaznate. Como no era su mujer, Zacarías se largó sin avisarle, pero los vecinos de la colonia le contaron que se había ido de bracero. Un día que le llegó carta de Zacarías, vino y le gritó a Felícitas:

—¡Vieja méndiga tal por cual, nunca me quiso decir dónde estaba mi Zacaritas, pero él ya me escribió para que se lo sepa! ¡Aquí me manda mis diez dólares, vieja cabrona!

Y de ese coraje con la nuera cachuca, en la noche se murió Felícitas.

A la mujer de Zacarías le dicen la Pantera de mal decir. Quién sabe cómo se llame. Para todo gritaba insolencia y media, y la señora Felícitas era de otra clase muy distinta. Hasta la fecha a esa mujer no la quiero aunque Zacarías tuvo más hijos con la tal por cual.

Cuando se murió Felícitas ¿a qué me quedaba? Me vine a la colonia La Joya, a un ladito de la Felipe Ángeles; a este muladar donde me ve ahora. Pero no dejaba yo de darles sus vueltas a los Vidales. Felícitas les heredó la casa que ya estaba pagada y fincada y también harto trabajo, más de cinco mil pesos de mercancía. Nomás que el padre agarró el trago y entre él y la cuñada se acabaron todo en la borrachera. Al revés de Felícitas, Rogaciana era muy desobligada y lo es hasta la fecha. Yo al viejo fifiriche de José del Carmen Vidales lo odio porque todo se lo bebió. No tenía necesidad de que sus hijos anduvieran causando lástimas. Si por eso trabajó la Felícitas y por eso les dejó ella con qué trabajar.

Cuando perdieron la casa, José del Carmen Vidales me pidió:

—Arrégleme un terreno en Tablas de San Agustín.

—¿Con qué?

—Con esto que me manda Zacarías de Estados Unidos. Es para el enganche.

—Oiga, pues vaya usted.

—Ándile, apunte usted a Rosa…

Como a él no le gustaba meterse en argüendes, ni molestarse en andar firmando papeles yo llevé a la chiquilla, la hermana de Perico, y puse el terreno a su nombre. Hablé por ella, le saqué los retratos para que me dieran la credencial. Los presidentes de la colonia Tablas de San Agustín muy amables apuntaban a la gente que iba llegando a dar el enganche del terreno. No les importaba que fueran niños menores o perros con tal de que llevaran los centavos. Nos dieron un pedazo grande y comenzó a fincar el viudo: dos piezas techadas de madera. Allí se fueron a meter todos, menos Pascualina y Lola que agarraron su camino. Pascualina era muy parecida a Felícitas sólo que desde los doce empezó a tongonearse por las calles, y Lola de imitamonos, allá fue también. Si su madre fue una mujer de honra y provecho, ellas, que eran casi unas niñas, se hicieron sus chiqueadores en las sienes como monitas de circo, y con la leche todavía en los labios se metieron de pindongueras. A mí me dolía ver lo que sufrían los chiquitos y les dije:

—Bueno, me vienen a ver y les doy su taco pero no le digan a su padre dónde vivo…

Cuando vino Zacarías de los Estados Unidos reclamó su dinero y para regresárselo José del Carmen tuvo que vender el terreno. Dejó las paredes de tabique ya fincadas y se quedó sin nada.

—Jesutiti, Jesutiti, mi papá va a venir a verla porque no tenemos casa donde meternos. ¡Ya vendió ahora el terreno porque Zacarías le mandó el dinero para que se lo guardara, no para que se lo gastara!

—¿No te dije que no le dijeras dónde vivo? ¡Que se responsabilice! ¡Viejo abusivo! ¡Viejo tal por cual! Ya es hora de que se haga cargo.

A los pocos días vino él. ¡Pues ni modo! Eso sí muy prendidito. Quién sabe quién le lavaría.

—Vengo a verla para que me consiga casa donde vivir.

Entonces le dije yo a Casimira, la dueña de la vecindad, que me rentara el cuarto de junto que estaba desocupado. Y los metí a todos en ese cuarto. Le dije a José del Carmen que amontonara todos sus triques allí; tabiques y palos y alambre, un balde con mezcla, además del bulto de sus garras. Pensé: "Bueno, pues aquí que se estén conmigo. ¿Qué hago? ¡Ni modo de echarlos a la calle!" Todavía le pregunté al viejo:

—¿Me va usted a hacer caso de formarles casa a los muchachos?

—Sí, Jesusita… y nomás que me empareje yo le doy para la renta.

Entretanto yo puse los frijoles o algo para que comieran. Las niñas todo el día querían estar encima de mí, y cuando regresaba yo del trabajo, se trepaban a la cama:

—Dame un besito, Jesutiti…

—Ándale, un besito tronadito.

—Un besito en la boquita…

Felícitas así acostumbró a sus hijos. Los besaba en la boca, en las nalgas, adonde cayera. Le daba risa, todo le daba risa. Blanca, la niña más chiquita, se quedó con su tía Rogaciana y Zacarías con la Pantera. Ése siempre jaló por su lado.

José del Carmen se compuso unos días. Luego se reía de mí porque a Julio me lo acomodaba de un lado y a Pico del otro. Juntaba yo dos sillas y les ponía unas tablas.

—Parece gallina culeca con sus pollos.

—Pues aunque sea gallina culeca, ni modo. Ni modo que no se arrimen junto de mí.

Estaban chiquillos, necesitaban calor de madre y se acercaban los dos a mí. Al poco tiempo, José del Carmen volvió a encontrar a Rogaciana y agarró la borrachera por parejo. Ya no le importaron sus hijos. Tenía cincuenta años. No es alto ni chaparro, ni tampoco es gordo. No es nada que importe. Lo único que hace es beber pulque todo el día.

Cuando el viudo se vino a vivir a mi casa los vecinos no dijeron nada; no me tenían que decir nada si yo pagaba mi renta. Llegaba él en las noches y se tumbaba en el suelo sobre unos cartones y allí dormía la mona. Los niños eran muy encimosos:

—¡Hazme cosquillitas!

Les gustaba manosearse; siempre andaban hurgando en donde no. Vivieron tres años conmigo. Un día les estaba dando de cenar a todos cuando delante de mí, del papá y de los hermanos, Pico cargó su tambache y agarró para la calle. Hasta eso, no le habíamos dicho nada. Se salió porque le dio su gana. Le dije yo a José del Carmen:

—Es su deber como padre ir a detenerlo.

—¡Válgame! Que se lo lleve el tal… Yo estoy cenando. Yo no lo devuelvo.

—Pues no se lo va a llevar el tal. Le pueda a usted o no le pueda, yo lo voy a ejecutar.

—Haga lo que quiera.

Y siguió tragando.

Que agarro y que me salgo. Fui a alcanzar a Perico allá cerca del establo de la colonia La Joya. Y desde allá me lo traje a puros trancazos.

—¡Ándele, regrésese a su casa porque le va a ir más mal!

Y ya lo metí. Esa noche no quiso cenar. El papá nomás se tiró a dormir.

De ahí fue cuando comencé a pegarle a Perico:

—Mucho te quiero pero yo no te voy a dejar que hagas tu voluntad. Te tengo que ejecutar.

A medida que iban creciendo, la tía Rogaciana se llevaba a los muchachos. Apenas los veía macicitos les inculcaba que yo los tenía por conveniencia para ponerlos a trabajar y que me mantuvieran y me los iba quitando de a uno por uno. No era una mujer fuerte; nomás era una vieja borracha. Estaba abotagada por la bebida, botijona, botijona. Rogaciana siempre andaba en la calle chancleando, con un rebozo puerco y un delantal mugroso. Los niños se iban porque con ella eran muy libres de hacer todo lo que se les antojara y hasta se tiraba en la cama con ellos a las cosquillitas y al piojito, y al sana, sana, culito de rana… Y ya nomás me quedé con Perico.

En los primeros tiempos dejaba yo a mi Perico encerrado en el cuarto. Echaba candado y así como dejo a estos animales, así lo dejaba a él. Me iba desde las siete de la mañana a la lavada y regresaba hasta las cinco de la tarde. Y el niño aquí solo, sin sus hermanos, llore y llore y llore:

—¿Por qué no comistes? Allí te dejé comida…

—Porque no tengo hambre.

—Y entonces ¿por qué lloras?

—Pues porque me quedé encerrado.

—Bueno, pues entonces vente conmigo.

Como estaba tan necesitado de todo, me costó trabajo criar a Perico. No sabía comer comida. Su mamá le hacía hojas de té limón o café negro; tortillas y frijoles de olla. Y yo, entre medio de mis pobrezas, he andado en tantas casas que sé comer de otra manera, y fue un sufrimiento porque él nada aguantaba. Yo creí que se me moría. Entonces le comencé a meter sopas aguadas y le hacía avena y café con leche y cuando podía chocolate y así le fui entonando el estomaguito. Cuando trabajé con la señora del licenciado Pérez, luego que le iba a dar de comer a sus niños llamaba también a Perico, y de todo lo que les daba a sus niños le daba a él porque me decía que estaba muy débil. Me regaló un tónico de una cucharadita tres veces al día y con ese vino caliente se puso muy colorado como si le pintaran las chapas. Pico era blanco con su pelo colorado. Así era desde su nacimiento. Felícitas era güera y él salió cabeza de cerillo. Mi Pico se enseñó a comer, se puso macizo. Eso sí, le inculqué que no fuera limosnero, que no tenía por qué pedir. Una vez lo castigué porque acabado de desayunar, se salió para afuera y se paró en una puerta. Estaba una familia almorzando y le dieron un taco. ¡Le dieron un taco! Y luego que me asomo y que lo veo con su taco.

—Y ahora tú, ¿qué haces?

—Nada.

Me dicen:

—Ya le dimos un taco, señora.

—Sí, señora, muchas gracias.

Y que meto a Perico para adentro.

—¡Véngase para acá, ándile! Ahora se come su taco y le bajo la cazuela, ándile, y se acaba esta olla de frijoles y se acaba todas esas tortillas si no, lo agarro a palos, porque a mí no me gusta que se quede con hambre y que se vaya a parar a las puertas. ¿Qué no se llenó? Como no se llenó, ahora se va a llenar. ¡Ándile, acábese su taco y embúchese todo lo que le voy a dar!

—No puedo.

—¡Ahora se lo acaba! Para que se le quite la manía de andar como perro en las puertas.

Allí lo tuve sentado y yo con un palo en la mano.

—Tú no te acabas eso y yo te agarro a palos. ¡A ver qué prefieres!

—No puedo.

Se puso a llorar porque no hallaba cómo acabarse aquel montón de frijoles.

—Ándile. Allí está la cuchara y a cucharada o a como pueda, pero usted se lo zampa.

Hice que se lo acabara. Pensé: "¡Se va a ir al camposanto pero se le quita lo guzgo!"

¡Santo remedio! Ni más volvió a pararse en las puertas.

Para una lavandera las sábanas son muy pesadas porque se tienen que tallar y enjuagar tres veces; luego se echan al sol, se levantan, se tallan y se vuelven a enjuagar. Diario lavaba yo sábanas. Les daba cuatro lavadas. En la primera les quito el polvo con pura agua; las tallo bien a que se les salga todo el aire del cuerpo y los pelitos. Luego las enjabono y las echo dentro de una tina a que aflojen la mugre; ya que están todas remojadas con jabón, entonces las saco una por una y las voy tallando en el lavadero y las voy apartando. Luego que acabo de tallar toda la ropa blanca, entonces echo la ropa de color a que se remoje en ese jabón que quedó en la tina. Entretanto, subo toda la ropa blanca en una cubeta para echarla al sol con su jabón limpio. Cuando ya se secó, la levanto del sol; la vuelvo a restregar con agua limpia y la vuelvo a enjabonar; ya que veo que no quedó mugrosa ni nada, la tallo en el lavadero, la enjuago bien y la tiendo y luego me sigo lavando la ropa de color. La ropa blanca siempre se lava aparte; hay gente tan bruta que la lava junta y queda toda percudida. Diario me salían muchas sábanas, y a veces nomás les daba una lavada al ver que me las entregaban muy blanquitas de la cama, pero ya cuando las volteaba a ver estaban negras sobre el tendedero. Les salían chicas manchotas de grasa. Así es el cuerpo de traicionero. Entonces hay que lavarlas parejo y con ganas, si no, mejor que no se laven. Lavar es pesado, pero según yo, es más pesado cuidar niños. A mí los niños nunca me han gustado. Son muy latosos y muy malas gentes. A Periquito lo tuve no porque me gustara, pero ¿qué hacía ese escuincle sin madre y acostumbrado conmigo? ¿Qué hacía yo? ¿Lo echaba a la calle? Lo tenía que torear como si hubiera sido hijo mío, propio, muy propio, porque hasta eso, era una criatura sangre de perro porque todos lo querían mucho. No nomás yo, toda la gente lo quería; era un escuinclito muy dócil, muy, muy dócil. Jamás me reclamaron a mí:

—Mire que su muchacho me hizo esto.

Porque si yo estaba arriba lavando, allí estaba él junto de mí, jugando a lo que quisiera, pero allí junto a mí; que se me fuera por la media calle, que anduviera haciendo averías por el patio, o corriendo, no, nada. Cuando se cansaba, se metía debajo del lavadero y allí se dormía. Y cuando veía que yo iba con la ropa para la azotea me acompañaba y luego se metía otra vez debajo del lavadero. No me daba guerra. Al contrario, le decía yo:

—Vete a la ciudadela a jugar con los muchachos a la pelota.

—Pero no se vaya a ir…

—Pero ¿cómo me voy a ir si tengo tanta ropa?

—No, mejor le ayudo.

Me subía las cubetas de ropa a tender al sol, y si ya estaba enjuagada la ropa blanca, me subía la de color y luego me ayudaba él a tender. Y si no, me recogía todas las servilletas y me las lavaba; los calcetines los tallaba él muy bien y me preguntaba:

—¿Ya están buenos para echarlos al sol?

Y se subía con su cubeta a echar al sol. Pañuelos. Todos los pañuelos Perico me los lavaba, y ya que estaban bien lavados, los asoleaba, iba después por ellos y los enjuagaba.

—¿Ya los tiendo? ¿Ya los vio que están bien?

Yo los revisaba y le decía:

—Ándile pues, tiéndalos.

Me ayudó mucho. Si hasta eso era muy distinto el muchachito ése; era buen muchachito. Y eso que nunca lo traje suelto; siempre con la rienda corta. Desde chico fue muy tímido, no sabía andar solo, siempre pegado a mis faldas. No jugaba a las canicas ni nada con los demás, jugaba solo. Si salía, no se iba lejos; se quedaba en el zaguán, pendiente del juego y pendiente de mí, porque tenía miedo de que me le perdiera. Siempre tuvo ese miedo. Y mejor dejaba el juego y se estaba conmigo. Luego lo hacían desesperar los muchachos allá en el edificio; que me iban a llevar al baile, que me invitaban a pasear, y él agarraba y se mordía las uñas duro y duro, yo creo que de los nervios. A él lo acostaba yo entre dos sillas: ponía una tabla y encima de esa tabla su colchoncito. Se abrazaba de mi brazo, agarraba mis dos manos y se las metía así y decía:

—Así siento cuando me suelta.

—¡Ay, Dios!

—Con suerte se va y me deja dormido...

27

Yo no soy querendona, no me gusta la gente. Mi carácter ha sido muy seco. Nunca me aquerencié con nadie. Soy muy regañona, hablo muy fuerte. "Tate... ¡deja eso!" No sé hablar de otra manera. Así es de que las criaturas me siguen porque quieren, pero de que yo las ande apapachando o algo así, válgame Dios. Yo le hablo golpeado a toda la gente y a mis animalitos también.

Perico sí era cariñoso. Luego agarraba y me decía:

—Acuéstese, acuéstese, yo voy a remojar los frijoles, yo voy a escombrar, yo voy a trapear.

En la mañana saltaba de la cama como resorte:

—¡Quédese allí! ¡Yo voy al mandado!

De todos modos me tenía que levantar porque mientras él iba a traer algo, yo calculaba: "Me pongo a calentar el agua porque si no, no me alcanza el tiempo". Si se iba muy temprano a formar a la masa, entonces le hacía yo medio kilo de tortillas para que tuviera comida a la hora que quisiera.

Perico siempre me dijo Jesusa. Cuando la gente le preguntaba: "¿Dónde está la señora", respondía: "¿Quién? ¿Mi mamá? Allá está adentro".

Pero a mí directamente no me decía mamá porque nunca lo dejé:

—Soy tu madre porque te estoy criando pero yo no te nací, ya lo sabes.

Y le acordaba que su madre había muerto.

El dicho ése de que es más madre la que cría que la que nace es enteramente una mentira. Eso de que se apersonen de los hijos ajenos no está bien. Yo sí se lo tomo a mal a la gente que se vanaglorea con lo que Dios no le ha concedido. Que lo criaron a uno, pues muchas gracias, muy agradecido, pero que no tomen el lugar que no les corresponde. Mi madrastra tampoco me dijo que la llamara "mamá", nunca. Yo le decía "señora Evarista". Que fue una madre para mí no lo niego porque si ella no me hubiera enseñado, pues ¿qué sería de mí? Pero yo sabía que mi mamá era otra y entre las dos nada de mamá y nada de m'hijita.

Yo llevaba a Perico a la Obra Espiritual el Día de Todos Santos y el Día de las Madres para que saludara a su mamá. Habló con ella varias veces; se lo presenté como es debido, y de todos los nueve hermanos es el único que recibió bendición de madre. Felícitas me dio las gracias y no nomás me encargó a Perico, sino a todos los demás; por eso al principio vi por ellos. Al único que no me encargó fue a su marido. Hizo bien. ¿Qué se ganaba? Ya cuando cruzan los muertos otros espacios no se acuerdan de lo material de la tierra. Ni ellos de ellas ni ellas de ellos. Pero Felícitas penaba por sus hijos, porque ésa fue su misión. No descansará hasta que no los tenga reunidos a todos, porque ahorita tiene allá arriba nomás a uno, al Rutilio. ¡Hasta que se los devuelva Dios, hasta entonces hará sus cuentas Felícitas!

Su mamá le dio buenos consejos en el templo espiritual que estaba en Niño Perdido; le dijo que cuidara mucho de mí, que me obedeciera en todo. Perico no le conoció la voz porque cuando ella murió estaba tan chiquillo que no se acordaba. Murió en la madrugada cuando él estaba dormido. Se paró y se fue a jugar como todos los días con los demás chiquillos de la colonia. En la Felipe Ángeles estaban abriendo alcantarillas y allí se sentaban los chamacos a echar relajo. Perico estaba empinado sobre la alcantarilla cuando pasamos con la caja. Allí lo dejamos y la fuimos a enterrar. Así es de que Perico no supo ni qué cosa era la muerte.

A mí no me gusta hablar con la gente. El día que estoy aquí en mi casa mejor alego con mis animales: "¡Métanse!" o "¡Bájense! o "¡Duérmanse!" o "¡Cállense!", así me oigo la voz, pero poco hablo con los vecinos. Soy muy rara. A Tránsito, la del edificio, no había modo de no oírla; estaba todo el día como molinillo. Subía a los lavaderos a platicar; ella solita se daba cuerda. Luego me decía:

—Vamos a tal parte, corazón.

—¿Y mi muchacho?

—Lo llevamos, corazón.

Tenía unas comadres enfrente, en el 20, y fuimos allá a comer, pero yo soy rete rara; en casa ajena no me sabe la comida. Tránsito alegaba que se perdía en el Defe; que yo la acompañara. Es de la manera que salimos juntas, ella con sus faldas bien apretadas y su cotorreo, chulita por aquí, chulita por allá, y yo que iba casi sin hablar, nomás lo indispensable. Es que yo tengo otro carácter y ella es más alegre, más amiguera; platica con el señor Fulano y con el Mengano y con el Perengano y yo soy más delicada. De joven fui muy cantadora, muy pizpireta y todavía cuando llegué a Icazbalceta me gustaba mucho cantar pero ahora ya no quiero hacer plática con nadie.

Hace como unos doce o trece años en el día de su santo, su marido de Tránsito, el que tenía en esa época porque ella los releva como cataplasmas, me sacó a bailar, y con una sola pieza se me entiesaron las piernas.

—Ya no puedo…

—¡Ay, pero si apenas comenzamos! ¿Por qué no?

—No, señor, me dispensa mucho, pero no.

Las piernas se me negaron por completo para recordarme la promesa. Los hermanos espirituales me dejan bailar una pieza, pero dos o tres no. Y me fui a sentar junto a mi Perico.

A Tránsito le encantaban los hombres y la juerga. Se ponía de lo más contenta. Hay mujeres así, ganosas, que tienen comezón. Tránsito era lo más desfachatada. Sólo las puterías la tenían sosiega. Un día agarró diciéndome:

—Yo tengo un español, tengo un español, tengo un español, un español…

Andaba como castañuela. ¡Uy, cómo lo presumía! Y una tarde que lo voy mirando. Dije: "Pues este hombre de todo tiene trazas menos de español. Es un indio de lo más prieto".

Le dije a Tránsito:

—No, pues los españoles no son tan prietos, no me arruine. ¡Ese hombre no es español!

—Pues vino de España.

—Iría allá a dar la vuelta.

Como traía la boinita que usan los abarroteros, pues le vio cara de español.

Ese marido que tenía era hijo del general Felipe Ángeles para más señas. De tanto platicar y platicar salió en limpio quién era Rafael Ángeles. Se vino a México con una señora española que lo cuidó en el hospital porque lo hirieron durante la guerra de los republicanos. En México fue a dar con Tránsito porque ella se le mete hasta al perro… ¡Nomás con que tenga quién le dé para sus natas y no se cambia ni por la reina de espadas! Ángeles vivió con Tránsito un tiempo y tenía el cinismo de llevarle a su española para el Año Nuevo y a mí me dolía ver a la señora inocente con todos sus hijos celebrando con Tránsito. A Tránsito lo que le interesaba es que Rafael le azotara el dinero y la trajera paseada y bien servida. Esa mujer es de lo que empeñó Satanás y jamás pudo desempeñar.

A pesar de ser parrandero, Rafael Ángeles era un hombre bueno. Él metió a trabajar al hijo de Tránsito en esos anuncios grandes de luz que ponen en los techos de las casas y lo reconoció aunque no era hijo de él, sino de la Revolución mexicana, bueno, nació a la mera hora de la trifulca… Ángeles le dio su nombre y le consiguió esa chamba en la luz neón y nunca dejó de darle centavos, ni a él ni a Tránsito. Así es de que el muchacho se llama Miguel Ángeles.

Entre machincuepa y machincuepa, Tránsito daba gritos, pero gritos de veras, porque los dolores de nacer los abortos son peores que los otros.

—¿Qué tiene?

—Fui a ver al doctor y me puso la sonda.

—¿Y para qué?

—Pues para que sí.

—Pues mire usted nada más cómo está de mala con esa hemorragia.

Y con tanta sangre como había perdido se desmayó y se cayó. Pensé: "Esta mujer se va a morir y sus padres van a alegar que no hubo ni quien hiciera el favor de mandarles avisar".

Y en esa vez sí me asusté y que llamo a su mamá y a su papá:

—Vénganse porque Tránsito está muy mala. ¡Quién sabe si se muera!

Lueguito vinieron la mamá y el papá todos mortificados. Fue la última vez que la vi tan mala. Al otro día la pasé a saludar:

—¿Cómo sigue?

—Ya, ya, ya estoy bien…

—Mire cómo es. ¿Cómo no me avisó con anticipación que estaba mala para calentarle un té?

—No, si ya no había remedio que hacerme; ya era la hora de que lo tirara.

—¿Qué cosa iba a tirar?

—Pues la criatura.

—Pero ¿por qué la tiró?

—Y yo ¿para qué la quiero?

—Y entonces ¿para qué se mete con los hombres si no quiere que la festinen?

—No, si ya con Miguel tengo. Ya con ése es suficiente.

Nomás tiene un hijo pero tiró un titipuchal, así de tres o cuatro meses, ya cuando estaba el chiquito formado. Hay muchas mujeres que se quitan los hijos. Cuando están seguras de no haberse enfermado porque han pasado dos meses, tres meses y nada, entonces van con un médico y el orejón ése: "Otro te lo metió; yo te lo saco. Págame tanto. Yo como con tu hijo muerto". La mujer le paga y entonces él le mete la tripa aquella y le enrosca quién sabe qué tantos metros adentro y con eso tiene para echarlo fuera. Como ocho o nueve tiró Tránsito. Y eso fue cuando yo trabajaba allá. Por eso engordó. Tenía un cuerpo no feo; era delgadita, acuerpadita.

Hoy está jamona, fea, con chicos brazotes que parecen jaletina. Además siempre anda sebosa de tanta crema que se unta.

Las mujeres engordan porque agarran mucho aire y el aire es el que las perjudica; las va inflando por dentro. A una mujer embarazada se le abren todos los poros del cuerpo para recibir las buenas corrientes, pero Tránsito andaba sin nada adentro; por eso se llenó del aire de todos los hijos que mató.

Perico tenía diez años entrados a once y no quería ir a la escuela porque creía que yo me le iba a perder. De chiquito lo inscribió su papá, pero como era muy corto los grandes le pegaban y él nunca más volvió hasta que lo fui a apuntar a la escuela de la Ciudadela, cerca de Icazbalceta. No me quería soltar pero un día dije: "¿Cómo se va a quedar así de prángano y de burro? Tiene que saber algo en su vida, no quiero que se quede como yo". Y le pegué fuerte y ándile, a la escuela. Lo obligué. ¿Me entiendes Méndez o te explico Federico? Yo no quería que fuera cargador, quería que le enseñaran algo de provecho. Le compré los libros, los cuadernos, todo lo necesario. Ahora los libros ya no se compran pero cuando Perico fue a la escuela, a mí me costaron.

Como a las dos de la tarde lo iba yo a dejar. Lo bañaba, lo peinaba y le ponía su muda limpiecita. Lo llevaba y lo traía y luego sus compañeros le hacían burla:

—Allí viene tu criada.

Se ponía colorado, colorado:

—No es mi criada, es mi mamá.

No le creían. Pensaban: "Esa vieja tan prieta, ¿cómo va a ser su madre?"

Luego lo conformaba yo:

—¡Ay, tú! ¡Qué te quitan!

—Pues que no sean habladores; andan diciendo que es mi criada siendo que es mi mamá.

—Mira, tú, me quitaron un pedazo.

—No, pues que no anden diciendo.

—¡Déjalos que digan lo que quieran! ¡Allá ellos!

—Es que usted no es mi criada. ¡Usted es mi mamá!

—Pues eso dices tú.

Perico nunca volvió a tomar café porque en la escuela fue lo primero que me dijeron: que el café le perjudicaba los nervios. Así es de que yo veía lo que hacía, pero antes que nada él iba a traer su leche recién ordeñada al establo. Me tocó la suerte que dos maestras de Perico fueran patronas mías porque yo les lavaba; eran de allí mismo del edificio y con más empeño me lo dirigían. Yo acá lo seguía ejecutando y lo traía a buen paso. Me sentaba frente a él aunque no entendiera nada, lo ponía a hacer tarea. Todos los días del año, hasta en las vacaciones, tenía que repasar los libros para que a la hora de las pruebas supiera contestar. No es que lo alabe, pero él obedecía y aparte de que estudió más de la cuenta yo siempre lo traje tirante, que no se estuviera de flojo, nada de estar pensando malos pensamientos. Ahora los muchachos se crían de vagos porque no tienen en qué entretenerse. Ni para despiojarse los unos a los otros sirven. No les alcanzan las calles para jugar y los mismos padres los alcahuetean, los dejan de libertinos, fijándose en lo que no porque cada vez que entran a su casa les gritan: "¡Órale, sáquense, no estén de encimosos!"

Cuando yo me crié no era uno libre ya no de contestar, sino de voltear a ver a una persona grande. Yo no fui a la escuela pero no me acuerdo de haberme volteado para decir:

—Ai viene la vieja Fulana.

Decía yo:

—Señor Fulano, señora Perengana...

Sería rica o pobre, pero era "la señora". ¿Qué educación les meten ahora los maestros a los niños? Yo no voy de acuerdo. Por eso le pegué mucho a Perico:

—Usted pórtese como la gente. Usted salude. Se dice: "Buenas tardes o buenos días".

Un día fui y le reclamé a Tránsito:

—Hágame favor de no andarle dando dinero a Perico porque yo no quiero que se acostumbre a que las mujeres le den dinero. Si quiere gasto que se lo gane.

—¡Ay, si es su domingo!

—No quiero que le enseñe a domingos. Yo he sufrido bastante, me he pasado los días sin comer, pero nunca pedí caridad. Así es de que no me lo mal acostumbre...

—Si a todos los chamacos se les da su domingo, Jesusa.

—¿Y qué? Ya sabe Perico que conmigo frijoles no le faltan. Tiene las tripas llenas; fruta, yo le compro, dinero, le doy, no mucho, un diez para que los muchachos no lo vean sin un centavo, pero que usted me le dé no se lo admito. Yo represento a su madre y soy de la obligación.

Entonces ella se sintió:

—¡Hombre, no sea usted soberbia! Es que a veces me carga el mandado.

—Que le haga a usted el mandado y lo que usted quiera, pero no por paga. ¡No me le ande pagando!

Yo no voy de acuerdo con eso. Pedir limosna echa a perder a las criaturas. El otro día venía en el camión un parcito, niño y niña de ocho y nueve años, cantando. Está bien que mañana cuando sean grandes les guste ser cantantes de la calle. Pero a esas edades ¿a qué los exponen los padres? ¡A que pierdan la vergüenza! Yo siempre le dije a Pico: "Tienes que ser hombre de vergüenza".

Seguro a ella no le pareció que yo le contestara porque después supe por los vecinos que comenzó a mal aconsejar a Perico; le decía que por qué me estaba aguantando si al cabo no era yo su madre. Ella se pasaba la vida capulina, vida capulina nomás; se compraba bastante ropa, lociones, siempre estaba estrenando, las cejas las tenía en un hilito de tanto que se las sacó y todo era vacilón qué rico vacilón. Claro que a Perico se le iban los ojos: "Corazón, ¿quieres una coca? Hijito, qué guapo te estás poniendo…" Y Tránsito me alebrestó al muchacho.

Andaba yo muy alerta junto a él porque una vez que fuimos al cine de Balbuena, vi que se arrimó junto de dos muchachas, en vez de irse a formar a la cola, y les dio para que ellas sacaran nuestros boletos. Como estaba chiquillo yo procuraba comprarle su guzguería y en una bolsa le junté tamales de capulín, caña, cacahuates, plátanos y naranjas y quién sabe qué más y ya nos metimos. Me di cuenta que ellas lo siguieron, nomás que no le dije nada. Subí a galería porque en luneta me lastima la pantalla por mis ojos y luego fueron ellas tras de nosotros. Al poquito tiempo se le acuadrilaron y luego una de ellas le dio una tentadita. ¡Y yo dándome cuenta de todo! Hasta que por fin le dije:

—Bueno, ¿y ahora tú sirves de cine o qué?

—Yo no tengo la culpa.

—Entonces, ¿yo sí la tengo? ¿Qué yo les estoy diciendo que se te vengan a acuadrilar?

—¡Ay, cómo será usted!

—Pues ¿tú qué te traes? Parece que tienes gusanos que no te puedes sentar a ver la película.

Lo veía yo que se volteaba y miraba para todos lados. Pues ¿no se pararon las mujeres y se vinieron a sentar detrás de nosotros?

—¿No me das, güerito? —y se rieron.

—¿No me das caña? ¡Ay, dame un tamalito!

Más claro no podía ser. Lo estaban toreando.

—Óyeme, Perico, ¿quiénes son éstas?

—¡Ay, cállese usted! ¡Cómo será!

—¿Cómo? ¿Cómo quieres que sea si te están pidiendo esas locas? ¿Qué las conoces o qué?

—No, no las conozco.

—Vamos a ver si es cierto que no las conoces…

Oyeron ellas que repelé y se bajaron para abajo porque andaban por dondequiera brincando como chivas alborotadas; se sentaban aquí y allá las muy jijas, tantito atrás, tantito adelante para estarlo viendo de abajo para arriba. Nos salimos. Y ellas nos siguieron. En la calle venía yo bien encorajinada:

—Mira, cuando tengas tu encargo no me convides a mí al cine.

—Si yo no sabía nada…

—¿Cómo que no? ¿Adónde las conocistes?

—Si no las conozco.

—¿Cómo que no, si les distes el dinero para que sacaran los boletos? ¿Qué te estás creyendo que soy? Yo vi que les distes y ellas te dieron. ¡Por eso sé! Así es de que las conoces.

—Le digo que no las conozco.

—Entonces, ¿por qué te están choteando? La gente desconocida no tiene ningún derecho de encuatársele a uno.

—Pues son las muchachas de allá de la Ciudadela.

—¿Las soldaderas, verdad? ¡No tienes vergüenza! ¡No tienes vergüenza tú! Esas perras andan allí jaloneándose a los soldados. ¡Si yo ya las estoy semblanteando a ellas! Ya las he visto allí.

Y que lo agarro a guamazos. Le puse una buena maltratada. Me dio coraje que tan chico ya anduviera detrás de las jediondas y le di sus cachetadas allí en la calle. Luego voltié y les grité a ellas:

—Síganme y ya verán a cómo les toca.

Se dieron la media vuelta y patas pa' cuándo son. Cuando llegamos a la casa, todavía me dice:

—¿Para qué me pegó allí enfrente de todos?

—¿Cómo que para qué te pegué? Para que se te quite lo avorazado, carajo. Pues ¿qué te estás creyendo tú? ¿Eres perro o qué cosa andas buscando detrás de esas perras?

Ya eran mujeres grandes, bisteces muy manoseados, de esas de a tiro locas, de las que se van a los cuarteles con todo un pelotón. Perico tenía trece entrados a catorce y lo rastreaban porque desde chiquito han querido entrarle. Siempre le hacían plática. Una güerita que vivía en el edificio, espigadita ella, andaba muy picada con él. Y Tránsito también le tenía echado el ojo: "¡Véngase, Periquito! Corazón por aquí, cabecita de cerillo por allá…" Y ni modo que yo me quedara tragando camote. Como yo lo traía tirante, eso sí, Perico nunca me pudo hacer afrenta.

Al último año, ya para salir de la primaria, me exigieron el certificado de su nacimiento. Entonces fui con el papá y me dijo que no lo tenía, que lo sacara en Texcoco, donde nació el chiquillo.

—Bueno, pues voy a hacer el sacrificio de ir a Texcoco pero me tiene usted que acompañar.

Al regresar a la casa se compadeció mi muchacho:

—¿Para qué va a Texcoco si mi tía tiene mi registro?

—Bueno, pues anda y dile a tu tía que te lo dé.

La tía Rogaciana lo hizo perdedizo. Todo lo que tenía de papeles se le hacían perdedizos. Y yo creo que cuando Perico fue a pedirle el registro, ella le dijo:

—¿Para qué quieres el papel si al cabo ya te puedes mantener?

Su tía lo mal aconsejó; que para qué seguía conmigo si ya sabía lo principal que era leer y escribir y que ya estaba en edad de irse a trabajar por su cuenta. Le metió a Perico esa idea, porque el muchachito que todos los días de la semana andaba conmigo, de buenas a primeras una mañana a la hora de irnos a trabajar se hizo pato:

—Yo no voy.

—Mira, Perico, ¿por qué no me avisaste que te querías quedar en la casa para haberte preparado comida?

—No, pues aunque no me la haya preparado, yo aquí me quedo.

—No, ya sabes que yendo conmigo, a la hora que me llamen a comer, comes tú también. Yo no estoy conforme con irme y tú aquí sin comer. Ahora vamos, ándile.

Entiendo que él ya tenía su convenio para irse, por eso se me puso tan gallito. Al llegar al edificio me dijo:

—Me voy al parque.

Ya otras veces se había ido al parque y a la hora de comer regresaba, pero ese día le ordené:

—Estáte aquí.

Me puse a planchar. Después de un rato, me dijo:

—Voy a leerle una novela.

—Ándale pues, ponte aquí.

Me gustaba mucho como leía. Me acordaba de Pedro. Siempre me gustó de cuando me platicaba cómo los panes se hicieron muchos. Después de un rato dejó la novela y se salió para afuera. Seguí planchando. Creí que se había ido a los excusados. Se tardaba horas en el excusado. Regresó y a poquito rato se me volvió a desaparecer, pero sabía que no andaba lejos porque oía su voz. Al mucho rato subió con dos pedazos de pastel.

—Oye, tú, limosnero, pues ¿adónde andas?

—No, si yo no fui. Me llamó la señorita.

—¿Cuál señorita?

—Pues Carito, mi maestra…

—Pues ora pues, ¿por qué?

—Porque es su santo. Me dieron este pastel para mí, pero yo se lo guardé a usted.

¡Éjele! Ya no le cabía. Le dijo a la señorita Carolina:

—Se lo voy a llevar a mi mamá.

—No, yo le mando aparte a tu mamá. Cómetelo tú.

Pero como ya no le cupo, por eso subió con dos platos; el que se iba a comer y el que me mandaban a mí. Terminé de planchar a las diez de la noche. Envolví los pedazos de pastel y los eché en una bolsa. Cuando ya nos veníamos estaba Tránsito toda apestosa de loción recargada en el canto de la puerta del zaguán del 17 y me dice:

—Espéreme. Le voy a pagar.

—No, déjelo. Ya me voy… Allá mañana me paga.

—De una vez, véngase… Sí, de una vez.

Me regresé con Tránsito y Perico se quedó afuera en la banqueta. Cuando salí lo alcancé a ver a media cuadra. Luego dio vuelta y allí voy yo siguiéndolo, detrás, detrás. Dije: "Pues ya me esperará a la subida del camión". No me esperó ni vi por dónde se metió. En ninguna puerta lo encontré escondido. Pensé: "Se iría a pie…" Después de un rato tomé el camión. Llegué a la casa, me estuve esperándolo, me dieron las once de la noche, las doce y la una, hasta que me acosté. "Ya vendrá", pensé. Pues no vino. Yo me acordaba todo el tiempo del pastel: "Ya vendrá a comérselo en la noche". Pues no volvió. Así es de que del pastel no dio razón. Al otro día muy temprano me levanté, fui a ver a las hermanas y ninguna sabía de él. Fui a ver a los hermanos y tampoco. Dije yo: "Como con ninguna hermana está ni con los hermanos, pues entonces ahorita me voy a ver a la tía". Y sí, allá estaba con ella.

—Y ahora, ¿qué haces aquí? ¿Qué aquí es tu casa?

—No, no es mi casa, pero aquí va a ser mi casa ya.

Me habló con tanto orgullo, con tanto garbo que hasta se me secó la boca.

—No es mi casa, pero aquí me voy a quedar.

—¿Por qué?

—Porque aquí me voy a quedar.

—¿Aquí te vas a quedar? ¿Y qué? ¿Ya te hallas competente para sostenerte la escuela?

—Pues voy a trabajar.

Columpiaba las piernas encima de la cama como si nada. Me dio tanto coraje que sentí ganas de darle sus trancazos, pero dije: "No, mejor me aguanto".

—Entonces, ¿no vas a estudiar?

—Sí, voy a estudiar en la nocturna. En el día trabajo y en la noche estudio.

—¡Ah, bueno! Entonces, ¿te vas a quedar?

—Sí.

Pensé: "Me voy, mejor me voy…"

Entonces me dice la tía Rogaciana porque me notó mal:

—Mañana se lo llevo.

Y es mañana que nunca volvió.

28

Seguí trabajando de lavandera. Aunque me haiga puesto triste, ¿qué gano? Él andaba divirtiéndose. ¿Me caigo para atrás? Pues no. En la casa arreglé un veliz con ropa. Dije: "Ya no quiere estar conmigo, que se vaya". Se me quedó la ropa y poco a poco la fui vendiendo. ¿Para qué la quería? Ropa de muerto. "No vino por ella, cuando venga ya no tiene nada." Sus hermanos son los que luego me cuentan cómo está. Hace un mes me vinieron a avisar que andaba en Acapulco. Por una ahijada de Felícitas supe que ha sentido bastante el haberme dejado porque le fue mal. Pero se arrepiente ya tarde. Aquí estaría en un trabajo bueno y a la vez estudiando porque yo hubiera hecho sacrificios. No quiso. Ahora yo ya no jalo.

Ninguno de sus hermanos tuvo escuela. Los mandaban al primer año y al segundo no. Así es que el único que estudió fue él, porque en medio de mis pobrezas yo quería que se formara un hombre, que supiera cómo se llamaba. Esperé a que me viniera a decir que ya había ido a la escuela, que le ayudara con los libros porque de tener voluntad me hubiera buscado, pero se creyó muy valiente y así se quedó. Primero me contaron que se metió de albañil y que le daba a la tía Rogaciana veinte pesos semanarios, pero que ella le exigía cada vez más:

—Mira, Perico, no ajusto.

Entonces dejó a la tía Rogaciana, se juntó con unos amigos y se fueron a la pizca de café en Veracruz. Anduvo por los cañaverales. Vino engranado, echado a perder, con los brazos en alto por los golondrinos que se le hicieron en los sobacos. Sufrió bastante para aliviarse, pero a mí nunca me llamó ni nada. Yo lo sabía por las amistades que me encontraban en la calle:

—¡Ay, que Pedrito está malo, que mire usté, que quién sabe cuánto…

—Ni modo, ¿qué quiere usted que yo haga? Yo no lo voy a ir a buscar.

Sé por los hermanos que no se ha casado. Será que como ya se acostumbró a andar de vago, unos días aquí, otros más allá, no quiere comprometerse. Tendrá garraletas por cinco, diez minutos, pero ¿vivir con ellas?, eso sí que no porque anda de chino libre sin quien le diga: "¿Por qué te dilatastes?" El hombre es muy libertino y la mujer le ruega: "Llévame a tal parte", y él no ha de querer cargar con su parche. Por eso digo yo que Perico no se ha buscado mujer.

A los pocos días de que desapareció Perico me resultó aquí una bola y se me hinchó todo el lado izquierdo, pierna, brazo, cara y del lomo me colgaba una vejiga de pellejo inflamada. Parecía que las manos las había metido en congo de tan amarillas, y entonces fui a un dispensario como a tres cuadras de Balderas, por allá por Bucareli, y un doctor viejecito hizo que me bajara las medias y nomás me tentó las corvas y se me cayeron las escamas. De la misma hinchazón se me resecó la piel y por eso se me pelaron las piernas como víboras…

—Tiene usted que ir a las calles de Tolsá a que le inyecten cada tercer día porque está usted en el cuarto periodo del sífilis.

—Pues no sé de dónde me agarra el sífilis.

—Pues quítese el vestido y quédese en fondo porque la vamos a pasar por un aparato.

Después me contaron que en ese aparato ven todo el cuerpo encuerado, dicen que devisan el esqueleto, dicen que ven hasta el alma. Me pusieron veintidós inyecciones de bismuto allá en Tolsá unas enfermeras que me decían que mi voz se parece a la de esa actriz que trabaja por radio: Prudencia Grifell.

—Está bien. Le toca a usted venir mañana.

Hasta que me cansé:

—Ya no es hora de que me estén chupando sangre. Si estoy bien, si estoy mal, déjenme morir en paz. Yo ya no vengo.

En mi casa herví romero y me di siete baños de asiento y con el puro vapor del romero se me aminoró la dolencia.

Con tal de ya no ver a Tránsito, no volví a Icazbalceta. Seguí lavando en otras casas y me puse a restregar overoles en un taller del Buen Tono. En las noches, ya en mi cuarto, me acordaba de Perico, pero con un recordatorio natural, porque hay recordatorios malos que está uno dale y dale con la tristeza como los perros que se rascan una costra hasta que se la infectan. Entonces uno mismo se vuelve un tambache de tristeza, una bola de tristeza, sin ojos para ver nada de lo que pasa afuera.

Yo no tenía por qué estar triste, pues ya sabía que Perico andaba con su familia. ¡Que después ganó su camino y se largó por donde le dio su gana, allá él! Jamás me volví a parar a buscarlo. ¿Para qué? Ya me había dicho él que no.

Yo no sé lo que es la tristeza. Nunca he tenido tristeza. Me habla en chino porque yo no entiendo de tristeza. ¡Ah, el llorar es uno, pero la tristeza es otra! Es mala, no sirve, a nadie le importa más que a uno mismo. Yo lloro cuando tengo coraje, pero nunca he sido triste. Lloro porque no me puedo desquitar y me brotan las lágrimas de pura rabia. Necesito desquitarme a mordidas, a patadas, a como sea. Pero llorar como dejada pa' que digan: "Pobrecita", mejor me lo trago. Los tristes son malas gentes que no se acuerdan más que de sus pesares. Yo nunca le dije que fuera triste, le dije que era triste la vida que he llevado, pero yo no. La vida sí, la vida sí es pesada, pero ¿yo triste? A mí me gusta mucho cantar a grito abierto; cuando era joven fui muy alegre, muy bailadora —ahora serviría nomás de risión—, pero por mí cantaría y canto, pero dentro de mí nomás. ¿Triste? Soy muy feliz aquí solita. Me muerdo yo solita y me rasguño, me caigo y me levanto yo solita. Soy muy feliz. Nunca me ha gustado vivir acompañada.

Así me las gasto. En mi casa, acabándole al quehacer, me acuesto y me duermo. A veces está el pobre radio, hable, hable y hable y yo dormida. Mañana me tengo que ir temprano al taller. Me levanto a las seis de la mañana para darle de comer a mis animales: pájaros, gallinas, palomas, gatos. Me ha entrado otra vez la loquera de los canarios, me ha entrado mucha ansia por cuidar animales —ya como ansias—, yo creo que por lo que le hice a la Duquesa. Pero se lo avisé:

—No, yo te voy a matar porque no te aguanto.

Me duró como nueve años. Yo la quería porque decía yo: "Pobre animal, siquiera para cuando me muera que me arrastre por allí, que me vaya a tirar al llano". Pero mejor la maté. Me agarró de malas y pensé: "De todas maneras no se compone la perra. Es cuzca de por sí". La Duquesa no criaba a sus perros, se los comía. Y a los quince días de nacidos, ya estaba en la calle y era rete ladrona, ¡la condenada! Se robaba los huevos de los gallineros y las vecinas se peleaban conmigo porque les hacía averías. La llevé aquí a la calzada de Inguarán a que me dieran un veneno en la botica:

—¿Por qué la va a matar?

—Porque no la aguanto, señor. Así es de que decedidamente véndame algo para que se muera.

—Pues con la condición de que sea para la perra.

Me dijo que le echara tantito en un pedazo de carne y me vendió un frasquito así de "La última cena". Dije yo: "¿Para qué quiero el frasco? Cualquier día no sé qué es y me lo empino". Y que se lo doy todo en un pan, porque no tenía carne. Y ni se lo acabó. En cuanto le pasó el veneno, nomás se cayó como piedra en el pozo. Estaba muy gorda, muy gorda mi perra, comía mucho pero me hizo enojar. Cualquier día me van a envenenar a mí también por haber envenenado a la perra. Por donde andaba yo, andaba ella; todo México recorría. Si me metía a trabajar, allí se estaba todo el día afuera en la calle y hasta que no salía yo, no se venía ella. Tomaba yo el camión y ella se venía a pie, mueve y mueve la cola. Se sabía las calles. Llegaba bien cansada, por taruga, pero ¿quién le mandaba irse tras de mí? Le ordenaba yo: "¡Quédate!" Le pegaba, la amarraba y se desataba. Todo se paga en esta vida. Lo que se debe, se paga aquí, en la otra no hay pago, porque lo regresan a uno a la tierra a compurgar las penas. Por eso la Duquesa pagó, aunque era muy viva la perra. También este gallo es vivo. Lo tengo amarrado porque les pega mucho a las gallinas; las pisa y las pisa y las vuelve a pisar, y si no se dejan, les pega. Una vez es gracia, pero no tantas, pues ¿qué cree que ellas no sienten? Tiene cuatro días que se lo quité a las gallinas porque si no me las arruina. Mi gallo está bueno para un patio donde haiga dos docenas de gallinas. Apenas allí se da abasto. Pero éstas son dos gallinas y todo el día quiere estar montado encima de ellas. Claro, necesitan que las pise para poner, pero no tanto, una cosa natural, una vez al día, no una docena de veces. Si yo lo dejara, este gallo no se les bajaría. Pobres gallinas.

En su última camada, la Duquesa me dejó un perrito de ocho días de nacido, el Negro. ¡Perro malagradecido igual a ella! Nomás creció y se fue. A mí se me fue mi Perico y se me fue el Negro. Anda todavía por estas calles. A veces lo veo. La última vez que vino, le grité:

—¿Qué vienes a hacer? Vete. Si te vas a ir, vete para siempre. Si no, quédate.

No se lo dije dos veces. Que da la vuelta y que se va.

Forzosamente en cada hogar necesitan tener un animalito del que sea, porque es él el que defiende a sus dueños, según la leyenda antigua. Si es perro, se engrifa desde la media noche y lucha con Barrabás, porque Barrabás quiere venir a apoderarse de sus dueños y el perro le dice:

—Sí, pero vamos a hacer un trato...

Y se esponja todo y los pelos se le hacen de erizo.

—Me cuentas los pelos del espinazo desde el cerebro hasta la cola a ver cuántos tengo.

—Bueno —contesta Barrabás—, voy a ponerme a contar, pues.

Comienza a contar, 1, 2, 3, 4, 5, 6, despacito, pues tantos pelitos, y ya que va llegando a la cola, el perro se sacude y Barrabás le grita bien muino:

—Ya te sacudistes y me hicistes perder la cuenta.

—Pues vuelve a contar —le contesta el perro con mucha calma—. Vuelve a contar, ¿qué te cuesta?

Barrabás vuelve a contar. Así se están hasta las cuatro de la mañana. Dando las cuatro: tan, tan, tan, tan, dice el demonio:

—Me has llevado la contra.

—No, Barrabás.

—Sí. Me tengo que ir porque está amaneciendo. Mañana nos vemos.

Ya amaneció, ya el perro salvó a sus dueños. Pero es lucha que trae con el demonio los trescientos sesenta y cinco días del año. También los gatos hacen lo mismo, y los pollos, a su manera cuidan a sus dueños. Así es de que cada animal superviviente de la tierra trae su misión que cumplir y no está aquí de balde. Cumplen como nosotros los cristianos. Pero los animales quizás cumplan más que nosotros porque somos más engreídos y a cierta edad agarramos el camino que mejor nos conviene. Y los animales son más dóciles.

Un día, el papá de Perico, José del Carmen Vidales, llegó a la casa.

—Le vengo a avisar que Pico está en la cárcel.

Yo me enojé:

—¿Y a mí qué me importa? Yo no lo mandé…

—Ah, pues le vengo a avisar porque es su hijo.

—Si mi hijo fuera, aquí estuviera conmigo y no en la cárcel. Pero como no es mi hijo, ganó su camino a donde mejor le pareció. Vaya y avísele a la madre que tiene ahora.

Se fue como vino. Me quedé pensando, pero no se me aguachinó el corazón. Si Perico no me escribió, ¿yo qué iba a andar rogándole de Marta la Piadosa ahora que estaba en el bote? Por eso le dije al papá de Pico que le avisara a la mamá, la tía Rogaciana, donde se fue a meter. Pero la tía jamás lo fue a ver a la Peni durante el año que estuvo. Fue la que más mal lo trató.

He tenido unas videncias muy bonitas que no me merezco, revelaciones que hasta embalsaman el aire como si estuvieran quemando copal. A veces huele a azahares, otras a verbena, otras a frutas, a almizcle, y en el cuarto cae una lluvia de luz violeta muy delgadita. Pero las videncias pasan volando como cintas de película. Aunque trate de abrir los ojos, en un instante aparecen y al otro ya se borraron. Lo más grande que he alcanzado a ver es un pedacito de cielo así chiquito, como de la altura de un timbre del correo. Por eso cuando los días miércoles en el templo se levantan los hermanos a dar sus videncias y dicen que vieron la montaña muy alta, muy alta, y un gran torrente de agua, ¿cómo voy a creer que desde aquella inmensidad del más allá se van a ver las cosas tan grandes? "¡Ay, Señor, pues yo creo que lo dicen para que se admiren los de atrás, pero para mí ésas son mentiras." Muchas facultades se vanaglorean de sus videncias y cuentan que lo ven a Él pastoreando el rebaño… ¡No se los creo! Porque si Él está en aquella inmensidad que es el espacio, ¿cómo diablos lo van a alcanzar a ver? No. Eso es exageración sobre la Obra y yo no estoy de acuerdo.

Aquí en el Canal del Norte hay uno que se llama Manuel Alcalá. A mí Dios nunca me ha permitido irme a parar a la puerta de Alcalá, aunque sea de la misma Obra, porque ha hecho exageración. Cuando voy en el camión lo alcanzo a ver sentado a la entrada de su oratorio con una túnica morada, una corona y una banda que se faja en la cintura y le cuelga de un lado. Yo digo que está ido de la cabeza porque la gente en sus cinco no hace tales desfiguros. Sí, la Obra es muy sagrada. Hace como ocho o nueve años supe que Alcalá se había ido a un lago y quiso caminar sobre el agua como nuestro Señor Jesucristo, eso oí yo, y se hundió y lo sacaron ahogado por payaso. Pero hace como unos tres años pasé por el Canal del Norte y lo vi sentado en la puerta:

—Bueno, éste ya resucitó, ¿o qué pues?

Yo a ese pobre no le creo ni el bendito. Una cosa es que Dios Nuestro Señor nos conceda una misión y otra hacer semejantes simulacros.

Ahora en las noches que cierro los ojos para quererme dormir, me acomodo y no acabo de cerrarlos cuando comienzo a ver una nube que va pasando o siento que voy en una calesa con capota de vaqueta y todos me saludan con respeto y al despertar logro oír la clave, asegún. He visto muy bien cómo Nuestro Señor va caminando de perfil al pie de un tajo, penando con su cruz, su manto y sus espinas. Es una revelación que no me la merezco. Soy indigna de ella pero Dios me la concede por más de que le ruego:

—¡Ay, Señor, no soy tan merecedora de tus grandezas y bienes porque una mujer tan mala como yo no debería contemplar semejantes maravillas!

Pero me las pone enfrente y sigo como tonta en vísperas, viéndolas, hasta que imploro:

—No, Señor, ya déjame dormir porque si no voy a despertar atarantada con todos tus prodigios.

A mí me avisaron que cuando se llegara el tiempo de cumplir con la misión encomendada iba a contemplar tres rosas. Una noche vi rosas menuditas, menuditas como las cuentitas de la flor de la nube, una amarilla, una rosa y una blanca, pero así finititas. Pensé: "Pues me dijeron que tres rosas pero ésas están muy chiquitas…" Yo esperaba ver unas rosas naturales como si fuera a cortarlas en un jardín; así las quería yo. Por eso no le dije nada al guía del oratorio, pero al tercer día de cátedra me sacó las palabras a fuerza y le conté al hermanito, que era muy aguzado, que había contemplado una cosa muy pequeña, una mirruña; una de un rosa pálido, otra de un amarillo descolorido y una rosa blanca empañada, pero que eran unas pincheraditas del tamaño de la flor de la nube.

—Sí, tú esperabas una flor material, pero yo no te la envío así, te la envío espiritual, desde los más lejanos espacios.

Por eso yo alego que las inmensidades se contemplan así chiquitas y que aquellos que dicen: "Veo un río inmenso", pues debe ser como un hilito de seda que atraviesa el cielo. Por eso yo no vi semejantes rosones sino unas briznitas. Cada vez que el Señor me ha concedido contemplar sus grandezas divinas ha sido a mi tamaño.

Un día de cátedra que se acercaba la Semana Santa, con los ojos abiertos, vi que de arriba de la cabeza del hermano Pedestal se desprendió un silloncito envuelto en una luz roja y caminó hasta donde yo estaba parada, y yo mirándolo sin parpadear. Y se paró a medio metro de mí. Al ver que llegaba tan cerca cerré los ojos y cuando los volví a abrir, el sillón había retrocedido hasta quedar de nuevo encima de la cabeza del hermano. Y luego volvió a desprenderse y a volver a mí. Tres veces llegó ese silloncito hasta donde yo estaba, pero yo no le entendí y a la tercera habló el Señor y dijo:

—Mi niña, te he entregado tres veces mi luz. Por eso te vuelvo a tocar en este instante porque te he hablado de espíritu a espíritu, pero tú te has hecho la desentendida. Escúchame. Vine hacia ti espiritualmente y te he llamado pero vives sorda porque tus audífonos no oyen la palabra que te he entregado. Aunque no me has contestado, hoy me sirve de bocina la inmunda carne cual es la tuya, a ver si me entiendes.

Me turbé. Yo buscaba para todos lados a ver quién contestaba y como nadie lo hizo sentí que yo era la que me estaba ahogando. Entonces fue cuando dije:

—Señor, por ventura ¿es a mí a quien te diriges?

—A vos, mi niña, a vos… El tiempo se ha llegado para que cumplas. Puedes entregar a tus hermanos lo que has logrado contemplar.

—Señor, pues con tu permiso divino les entregaré a mis hermanos lo que tú me has concedido ver. Desde medio metro del cráneo de la carne por la cual te manifiestas se ha desprendido un silloncito rojo de luz que avanza y retrocede y en el mero centro del silloncito viene sentada una cuentita blanca. Eso es lo que me has concedido contemplar y lo que puedo entregarles a mis hermanos.

Entonces me dijo:

—Pues cumple con tu misión sobre la tierra.

Yo entré en trance. Sólo Dios sabe lo que hablaría. Fue tan fuerte la impresión que cuando volví no estaba en mis cinco y no sabía ni dónde quedaba mi domicilio.

Una hermana, Zenaida, me fue a dejar:

—Aquí es donde vive, hermana Chuchis… Es que no se encuentra usted bien todavía de la impresión.

Hasta el otro día me compuse, pero por de pronto, aunque caminaba y tenía los ojos abiertos, no vi por dónde iba ni reconocí mi casa.

Yo estaba dispuesta a cumplir con la misión, pero como el egoísmo es muy grande todos me vieron mal. En primer lugar yo era pobre; no tenía buenas batas blancas y largas hasta el tobillo como las demás y se me quedaron mirando como a cualquier microbio. Y Jesucristo no nos dejó esa enseñanza, porque para Jesucristo tan es su hijo el adinerado como el méndigo, quiero decir el mendigo. Todos son sus hijos, pero aquí según la ropa que le ven a uno, así es como lo tratan. Yo tenía mi Cristito, mis ceras, mi varita, la loción Siete Machos y todo lo que se necesita para dar curación, pero eran corrientitos aunque muy efectivos. En segundo lugar, yo no trabajo sentada, sino parada porque las mismas facultades del oratorio me quitaron las ganas de sentarme. A la hora en que iba a tomar el éxtasis y que todas estábamos sentadas para que nos penetraran los seres, llegaban otras facultades que según ellas ya habían comprado su silla y me daban un codazo:

—Hermanita, pásese a otro lugar más atrasito.

O el mismo guía, olvidándose que me había distinguido, iba:

—Hermanita Chuchis, recórrase para allá porque ya llegó la hermanita María del Sagrario, por otro nombre, María la Chata.

Me pasaba a otra silla trinando. Si yo estaba, como quien dice, ya en trance para el desdoblamiento, me cortaban la fuerza. Sentía yo en todo el cuerpo como piquetes de agujas y tenía que dormirme otra vez. Volvía a concentrarme y ya cuando estaba otra vez en amasajamiento para poder pasar el trance espiritual, me decía la hermana tal por cual:

—Hermanita, recórrase otro poquito porque ya llegó la hermana Guillermina, una de las más señaladas por sus visiones. Así que hágame el favorcito.

Hombre, pues entonces quiere decir que todas las sillas eran de las hermanitas menganas y zutanas y para mí ni una estaca.

—Pues allí están sus sillas y aplástense con entrambas nalgas.

Pensé: "¿Qué necesidad tengo de que me arruguen las narices? No vuelvo a venir…" Pero se me hizo feo porque si Dios mismo nos explica: "Te he dado mi luz para que la levantes en alto y no para que la ocultes", pues si Dios me dio la antorcha tengo que pasarla de mano en mano y esperé a que entraran todas, se sentaran frente a la congregación junto a la escala divina y ya cuando todas las potestades estaban bien sentadas me paré junto a la puerta, parada hice la oración, cerré los ojos, le pedí a Dios que me ayudara y tan buena gente allí parada me amasó mi protector Manuel Antonio Mesmer: "¡A ver si no me caigo!" Toda yo estaba en tensión, me recorrían los calambres, el cuerpo entero lo tenía dolido y la boca llena de saliva y así pasaba yo a la fuerza espiritual. Así es de que hasta la fecha, a la hora en que me penetra el protector me paro porque sé muy bien que él y yo nos entendemos parados. Y a las demás les da coraje:

—Ay, hermana, parece que quiere llamar la atención.

—No puedo tomar éxtasis sentada, hermanas, comprendan la razón.

Mi protector Mesmer vio muy bien que en ninguna parte me reservaban silla y vio el desprecio que me hacían y por eso me enseñó a recibir los poderes divinos en cualquier circunstancia. Pues claro que Él así me tiene dominada ahora. Me levanta, me hinca, hace lo que quiere conmigo y los presentes me ponen más atención que a las demás facultades. A mí la gente que me ha visto trabajar no me quita los ojos de encima:

—Ay, hermana, pues con razón, si usted camina de rodillas.

—Yo no me veo. ·

—Pues usted no trabaja como las demás.

—Pues es orden del protector. No me mando yo. Así es de que todo lo que el protector quiere, pues que lo haga en mi envoltura. Yo no puedo oponerme.

Aquí en Inguarán me consagraron para que fuera yo la sacerdotisa del padre Elías, o sea Roque Rojas, y el día que tenía que bajar el padre Elías fui preparada expresamente por los espíritus para recibirlo. En lo material no tomé alimento. Desde la casa hice mi oración y me vacié totalmente para que Él pudiera poseerme. Pues ese día llegó otra sacerdotisa, se atravesó y agarró mi silla. Todo el pueblo y todos los hermanos sabían que me tocaba a mí, que yo iba a imponer las manos y a curar, pero Delfina me hizo a un lado y nadie protestó porque esa Delfina tenía muchos bienes y una bata naylon y unas medias blancas y zapato blanco de enfermera. Entonces dije yo:

—Ya no vengo. Si al cabo hacen lo que se les da su gana, pues entiéndanse con el padre Elías. Aunque sería mejor con Barrabás. Nos vemos en el otro mundo.

En la Obra Espiritual no nos piden que ayunemos ni hagamos esas jijeces que discurren en la Iglesia católica: "Que no coman carne, que coman pescado". Ésas son pendejadas, pues si a veces no tienen ni para los frijoles, ¿cómo van a comer pescado? A nosotros nos piden que ayunemos de las almas que van pasando, que no comamos prójimo crudo: "Mírale la facha. Parece caballo de limosnera…", "¡Va con la pata coja…!", "¡Se colgó hasta el tejolote del molcajete y se echó grajea en la cabeza como pastelito repulgado…!", "¡Que va hecha una agarradera de plancha!" Ése es un morral que uno mismo se está echando a cuestas y después no puede uno con él.

La comida es para alimentar el cuerpo. El ayuno es espiritual. No debe uno ver a la gente ni si comieron o no comieron, "ésa es una muerta de hambre", "éste no tiene ni en qué caerse muerto", si son borrachos o no lo son; ése es el ayuno. Míreme a mí. Era muy bailadora, muy tomadora, muy peleonera. Dejar de tomar y dejar de pelear, ése es el ayuno que me puso el Ser Supremo.

Hace mucho que no asisto a ninguna congregación porque en donde yo pertenecía fueron levantados de la tierra. Así es de que sigo con la misma fe pero no me acerco a ninguna parte porque a la Obra la han tomado a negocio, se dedican a la birriondez, engañan a los fieles y son capaces de cabronada y media. ¡Y es que el mundo entero se ha materializado! En el Defe no hay cañerías ni vertederos. Todo huele, todo se pudre, puras calles jediondas, puras mujeres jediondas. Todo es un mismo pantano. Y esto es porque el mundo material ha desoído al Señor. Le estamos moliendo la paciencia hasta que un día Él diga:

—Bueno, ya estuvo bueno. Ahí muere.

Y ese día, que Dios nos coja confesados.

29

Una me lleva el coyote, no me lleva dos. Hay personas que se pelean y se hablan y se vuelven a pelear y otra vez se encontentan. Para mí es una pura fregadera, un estira y afloja, un quita y pone. Yo no le entro. ¡Al carajo! Yo tenía una amiga: la Iselda. Es cuñada de la dueña de la vecindad: Casimira. Con ella, con la Iselda, traté el cuarto y le agarré mucha voluntad. Sus hijos me decían: "Abuelita". Éramos las amigas inseparables; de lo que yo comía le llevaba y de lo que ella comía me daba. Pero quién sabe qué le contaron, nunca supe, y dio el cambiazo. ¡Si no me quieren, que no me hablen! No necesito. Si trabajo como y, si no, no como y ya. ¡Pues qué! La Faustina, su hermana, fue la del chisme. Eso sí supe porque lo rumorearon. Pasó mucho tiempo y un día 10 de mayo, después de tantos años de no hablarme, me dice Iselda cuando fui temprano por mi leche:

—Fíjese que las muchachas le van a llevar regalo por ser el día de las madres.

—¿A mí? Y ¿por qué? Yo no soy su madre.

—Pues no, pero ellas la quieren mucho.

Después de tantísimos años de tener amistad, como a las doce del día viene la mayor, una desorejadita, gestuda, que conocí pingüica hace quién sabe cuánto, me entrega una tacita con un platito y me dice:

—Mire, aquí le traigo este regalito.

—¿A mí? ¿Por qué?

—Porque es el día de las madres.

—¿Y hasta cuándo te ocupaste de traerme un regalito? Yo no soy tu madre, no soy nada tuyo. Este regalito llévaselo a tu mamá. Yo no lo necesito. ¿Para qué? ¿Para tomar agua? En cualquier bacinilla tomo agua, pues qué, qué te estás preocupando...

La chismosa de Faustina, que vivía en el muladar de enfrente, uy, que se pone rete perra:

—Ya ves, Prisca, por andar de ofrecida...

—¡Como no se lo ando pidiendo —le digo—, no anda ella de ofrecida ni tiene por qué andar de ofrecida! Usted por lo visto es la que lo necesita.

Y que volteo con la muchacha:

—Llévaselo a tu tía, anda llévaselo.

Y se regresó la Prisca con su regalo. Yo lo hubiera recibido si desde niñas agarran la costumbre de darme aunque fuera un plátano, algo, maíz de teja, pero en tantos años... Ya tenía veintidós la muchacha cuando se acuerda de venir a darme coba... Y nada menos que el día de la madre. ¡De la madre seca, porque yo fui como las mulas!

La Prisca nunca más volvió y cuando era una pirinola la cargaba yo a la miona. Los otros, pues yo los vi nacer. Se los saqué del vientre a la madre como se los saco a mi gata porque si no me la ahogan. Iselda no fue con el médico como las otras que van a que les abran las canillas y allí se andan divirtiendo de ellas. ¿Qué les curan, pues? Ni a los niños los atienden bien porque los crían con el ombligo de fuera; quedan desfurretados. No sirven los doctores porque no les amarran bien la tripa. Se hace el amarre fuerte, fuerte, atornillándoselo pegadito a la carne del recién nacido y después se miden cuatro dedos de tripa y se corta. Asegún, si es mujer tres dedos, si es hombre cuatro. Al hombre, no pueden ser menos de cuatro dedos, y luego se troza con tijeras de despabilar y la punta ésa es la que se quema. En el Defe no se quema. En cambio, a la Iselda, todo lo que le salió después de la criatura, la sangre, la placenta, el cordón, el ombligo, lo fui a enterrar al llano. No se puede tirar porque es parte de la criatura; es carne viva. Hice un agujero en la tierra y allí los sepulté. En los hospitales tiran no nomás las placentas, sino a veces hasta a los niños enteros. Sólo en el Defe, donde ni parecen cristianos, aparte de que cobran trescientos, cuatrocientos pesos, dejan la placenta al garete. Yo pasé una vez por un basurero que estaba lleno de placentas oreándose. ¡Y los perros, imagínese nomás! ¡A los médicos todo les viene guango! Aquí nomás se están entreteniendo con los gestos que hace la mujer y se ríen de los gritos que da. No la acuclillan ni la tapan, nomás la abren de canillas: "Ándele, ándele, no grite tanto, acuérdese de su luna de miel…"

Los hombres que después ni se ocupan de los hijos, sí se ocupan de andar contando por las esquinas que ya les nació un hijo. Y con ese pretexto agarran la borrachera. ¿Qué es esa cochinada de andar contando lo que no se debe? Lo que pasa es que no tienen vergüenza. Ahora hacen anuncio de todo lo que se les hace bueno. Hasta en el periódico quieren que los saquen… Ya Dios los socorrió con un hijo, muy bueno, a darle gracias y no andar como el convite del circo. Ya nació, pues bien nacido. Si no nació, pues bien ido también. Dios lo mandó recoger y ya. Antes era la gente muy prudente y salían las criaturas silencitas. Ahora gritan las madres en el Seguro Social y los hombres en la cantina. Yo creo que es por esas historias del derecho de nacer que están en la televisión.

A la Iselda no se le murió uno solo de sus chilpayates. Se le dieron fuertes. No quería amamantarlos porque los bandidos médicos no dejan que las madres les den de comer a sus crías porque tienen un convenio con los dueños de las harinas ésas que venden. Durante tres días están los niños en los sanatorios tomando suero y la mamá con las ubres hinchadas, si es que no le da fiebre de leche y se le cuaja adentro. A todas les dicen: "Denle pecho cuando mucho un mes" porque cuentan que después la leche se hace delgadita, como resolana de lluvia, como postreros de vaca y no sirve. La Iselda sí supo criarlos y yo se los curaba. A la Juanita le curé la opilación con raíces. Apolinaria estaba mala de los riñones y con pura cola de caballo se alivió. A Herlinda le di granjel para la vejiga y doradilla para la vesícula, y boldo y cuachalalate y tantas yerbas. El romerillo y la mapizita contra la punzada y el polvo de culebra para que la sangre no se le apretujara a la Prisca. Y todos sus muchachos tienen muy buen ombligo, como se usa a la antigüedad, no un botón salido, del tamaño de un tejocote.

A la mamá de Prisca, a Iselda Gutiérrez, la quise muchísimo, y si me saluda ella cuando paso por la calle, le doy los buenos días, las buenas noches, pero con el aprecio que nos tuvimos ayer, ya no. La he extrañado todos estos años y la extraño hasta la fecha, pero no podemos ser amigas de nuevo porque yo no sé rogar con mi amistad. Hasta la fecha no sé por qué nos apartamos. Ella nunca aclaró y esas cosas no se pueden trasmañanar. No necesito de ella porque si estoy enferma me atranco bien atrancada y aquí me estoy revolcando, sola, solita. No ando diciendo:

—¡Vénganme a untar saliva!

¡No, hombre! Toda la vida he sido así. Aunque esté mala, ando haciendo mi quehacer. Me quejo porque soy de carne y hueso, estoy llena de jiotes, con el alma en un hilo, pero no me doy. Por eso a la mera hora me iré a un cerro a que me ayuden a bien morir los zopilotes. Mientras tanto sigo iyendo al taller a hacer limpieza. Apenas puedo subirme al camión de tanto que me duelen las corvas, pero nunca he dejado de trabajar ni porque me ande cayendo. Nunca. Desde chiquilla, así me acostumbraron, así es de que para mí no hay enfermedad que valga. Me quedo sola con mis ay, ay, ay, y ni quién me oiga. A nadie le doy lata. Digo: "¡Ay!", pero aquí sigo en estos mundos de Dios, lavando mis overoles, limpiando los metales de la imprenta con gasolina, acomodando las cubiertas buenas y tirando las defectuosas, escombrando mi casa, iyendo al establo por la leche, aunque ya sé que no hay remedio para mí. No tengo ni un cachito bueno, estoy vieja, vieja, vieja, todo es vejez, pura vejez. Si Jesucristo se quejó porque no se pudo aguantar, cuantimás yo que no soy más que basura.

En las otras épocas, por esos mundos de Dios, la vida se iba callandito y de a poquito, y duraba uno mucho en la tierra. Ahora, para cuanta dolencia hay, tras tras: "Métale cuchillo". Y la gente hasta la vuelven idiota porque cortan lo que no y les dejan todos los nervios deshilachados como esos cables de luz que están allá afuera sin conexión a ninguna parte. Quedan lelos porque les desenchufan tantos hilitos que tenemos adentro del cerebro. ¿Qué hicieron conmigo en vez de curarme? ¿No me infelizaron con haberme sacado el líquido del espinazo…? Y luego me recetaron a lo loco:

—Si le duele la cabeza, se acuesta.

Pues ése no es más que un tenmeaquí, tenmeacá de los viejos pelafustanes que se dicen médicos. Dizque me iban a examinar el juguito ése que tiene uno en la columna. Pues nunca supe más. Seguro me sacaron el tuétano, por eso estoy así apergaminada, por eso se me encogió la vida. Me desagüitaron. Me curé con la voluntad de Dios. Porque ¿quién me curaba? Ni quien me dijera: "Por ahí te pudres".

En la época primera nuestros abuelos caminantes comían legumbres y pescado. Sus antepasados bebían leche y miel en los ríos y les llovía el alimento del cielo. Ellos no trabajaban, sólo caminaban despacio a no cansarse. Pasaban los años pero ellos estaban fuertes, no se doblaban, tenían energía. Salen en las estampas con sus barbas blancas pero no están apergaminados ni joronches porque la alimentación era buena y se iba derechito al tuétano. Ahora con la refrigeración moderna, ¿de cuántos meses se come uno el pescado? Antes sacaban los peces del mar y enseguida los multiplicaban y todavía moviéndose los abrían, los limpiaban en la playa y a freírlos, frititos, fresquecitos. El ganado se mataba y en el mismo día se comía y se bebía su sangre caliente, roja. Y los corderos también se comían recién sacrificados, santiguados por la mano del Omnipotente Jehovát. Por eso los años no pasaban por nuestros antepasados. Lo sé por las revelaciones; he visto el desierto y cómo se abren las aguas para dejarlos pasar; lo sé porque escrito está. Pero pues como quisieron tener más que Él, que el mismo Padre Eterno, entonces mandó a Adán y a Eva. Primero fueron los primitivos que andaban caminando por el haz de la tierra, los viejos, y de esa descendencia vinieron Adán y Eva. No. ¡Qué changos ni qué changos! A lo mejor allá en la Francia creen esas changueses, pero aquí en México somos cristianos y tenemos el cerebro más abierto. ¡Qué changos ni qué changos! Adán y Eva eran unos pedazos de lodo y el Padre Eterno les hizo un agujero y los infló y ya les dio la vida. Pero no tenían para qué trabajar. Nada les faltaba. No se apuraban. Les daba hambre y comían tan a gusto. ¿Cuál apuración? Vivían debajo de los árboles abrigados en el poder infinito del Padre Eterno. Así es de que no había frío ni calor, ni luz ni oscuridad. No había nada. Todo era una sola cosa y ellos estaban bien alimentados. No pasaban hambres. Y eso es lo único que importa, no pasar hambre. Hasta que Luzbella, ahora en figura de serpiente, se enredó al árbol de la ciencia del bien y del mal que ellos no habían visto y llamó a Eva:

—Come —dice—, mira qué bueno está…

La serpiente había mordido la manzana antes que Eva. La serpiente habló porque está pactada con Barrabás. Se transforma en distintos animales; en puerco, en chivo, en guajolote, y empolla en el vientre de las mujeres. Eva comió la manzana y al comerla le brotó el busto, porque no tenía busto ni tenía greñero aquí ni acá. Era una mona nomás así de plana, de una sola pieza, lisita, sin busto ni menjurje. Y al morder la manzana, en ese mismo instante se le levantaron los pechos y el greñero de acá y de allá le empezó a salir tupido como la chía. Ella no se dio cuenta y fue a dar con Adán y le dice:

—Toma, la serpiente me convidó y está muy buena.

Ella no se veía y él la seguía viendo como antes, pero al meterse la manzana en la boca se dio cuenta y se asustó. Y al querer pasarse el cuartito de manzana se le atoró en el pescuezo. Y ésa es la manzana de Adán. Entonces ella lo vio atragantado y le dice:

—¿Qué te pasa?

Y él le grita:

—¡Ay, tienes pelos y señales!

Y ella también le grita:

—¡Ay, pues si tú no tenías!

Y corre ella:

—No te había visto, mira cómo andas.

A él le salió una cruz de pelo en el pecho y todos los que son de la creación de Adán tienen la manzana y la cruz de pelos. En eso andaban ellos, buscando a ver cómo se cubrían, cuando que les habla el Padre Eterno. Y no hallaban cómo presentarse. Fue cuando Adán cortó una hoja de parra y se tapó y le dio tres a ella. Pero antes andaban al tasajo vivo. Ni frío ni calor sentían. Les habló el Señor y luego Adán le dijo:

—Yo no, Señor, fue Eva la que me dio...

Y entonces Eva le alega:

—Fue la serpiente la que me dio.

Los dos se descabulleron. Sin más ni más el Señor alzó el brazo y los arrojó del paraíso terrenal. Les dijo que agarraran su camino y que se fueran. Y allí viene el ángel por ellos. No me acuerdo cómo se llama ese ángel, si Mercurio o Gabriel, pero me aseguraron en la Obra Espiritual que, de todos modos, fuera lo que fuera, pasara lo que pasara, Eva no habría ajustado ni veinticuatro horas en el paraíso. En cambio, Adán vivió allí lo mejor de su juventud cuando estaba solito. El ángel los empujó hasta la puerta y entonces comenzó la tierra. Empezaron a luchar, a trabajar, a dormir y a despertar. Fue cuando el matrimonio de ellos dos. Eran pareja, pero no de casados porque nunca se habían devisado con ojos terrenales. Se vieron por primera vez y formaron su creación. Ya no la del Señor, sino la de ellos, la de los hombres. Tuvieron muchos hijos, muchos y fueron muy felices. Para formar toda la creación, se imagina cuántos hijos no serían...

Un jueves del mes pasado, el 18 de agosto, que llega el hijo desobediente. Les preguntó a la Iselda y a las muchachas en la puerta que si allí vivía la señora Jesusa Aguilar:

—Sí, aquí vive, pero orita no está.

Y como yo les he platicado que él tenía la cabeza colorada, se le quedaron mirando.

—¿Es usted el hijo de Chuchita?

—Sí, yo soy el hijo de ella. ¿Qué habrá posibilidad de que me reciba mi madre? Vengo a pedirle perdón. Vengo a pedirle perdón de todo lo que le hice.

—Sí, sí lo recibe. Espérela, vuelva más tarde.

—Pues ahora no puedo regresar porque voy a ver a mi hermana, pero vengo mañana.

Al otro día, viernes, tocó como a las siete de la noche. Cuando lo vi no sentí nada, sólo coraje. Me dice:

—¿Qué…?, ¿no me conoce?

—No, señor, no, señor, no lo conozco a usted.

Claro que sí lo reconocí pero le dije que no.

Empezó a rascar el suelo con los pies como becerro:

—Únicamente he venido a pedirle perdón de lo que le he hecho.

—¿A mí…? A mí no me ha ofendido en nada… Así es que como usted no me ha ofendido en nada, no tenemos por qué platicar.

—Pues yo soy Fulano de Tal… Yo soy Perico.

—¡Ay!, pues ese Perico hace muchos años que se fue y no sé ni quiero saber nada de él.

—Ni modo. Usted no me quiere conocer, entonces me voy a ir, pero ahora sí para siempre, para no regresar nunca a México.

Yo no lo quería meter a mi casa pero que me acuerdo que había dejado prendida la parrilla y quise que no quise le dije al muchacho:

—Pues entre para adentro… Tengo un huevo en la lumbre para los canarios y se me va a achicharrar.

Platicó un rato conmigo. Como estaba oscureciendo lo voltié a ver:

—Ya es de noche… Pues no tengo qué darle… ¿Qué le doy? Le voy a hacer un cafecito, ¿se lo toma?

Él me contestó muy apocado, siempre mirándose los zapatos:

—Sí.

Le hice el café, le freí unas papas y un huevo y le di pan. No tenía más que darle. Todo se lo comió. Cuando se agachó para comer vi que se le había acabado mucho el pelo; ya no estaba bonito, rojo, le cayó el chahuistle. Y luego me pregunta:

—¿Qué, no me permite que la venga a ver todos los días?

—Pues puede usted venir.

Fue con su hermana a pedirle cincuenta pesos para comprar material y ponerse a trabajar por su cuenta porque no quería que sus hermanos se los facilitaran, no se lo fueran a cantar después las cuñadas. Toda la familia vende marco, y eso es lo que Perico vende por la calle: sagrados corazones o marcos vacíos para poner retratos.

A la semana compró su material y allí andaba en la calle de ambulante con los marcos ensartados en un brazo.

A su padre y a sus hermanos les avisó: "Fui a ver a mi madre", porque todos saben que me conoce como madre. "Ya me perdonó y de ahora en adelante todos los días voy a visitarla." Y todos los días vino.

A mí me da gusto y no me da, porque como toda la vida me han visto sola, pues siento vergüenza. Las únicas que saben que sí es mi hijo son las de la puerta, por el retrato que les enseñé, por la cabeza colorada y por lo que les he contado, pero la mayoría de la gente puede condenarse el alma. Dirán: "¡Vieja ésta inservible y anda con un muchacho!"

De recién ido Perico me dijeron en la Obra Espiritual que iba a regresar, que esperara y aguardara, que el momento sería llegado, que no me atormentara y que ellos velarían por él. Me contó Perico que se vio en muchos precipicios. Traía un golpe aquí en la cabeza y el Niñito Jesús que yo compré para que lo cuidara tiene todas las heridas que Perico sufrió en Nayarit, en el norte, en Acapulco, por dondequiera que anduvo. El niño está abierto de la cabeza, tiene la espalda y las costillas abolladas, el brazo todo desconchabado y uno de los pies también. En Acapulco, Perico todavía vende marco, pero muchas veces lo han asaltado en la playa. Ahora que ha estado viniendo me platica todo. Vive rete lejos pero todos los días está aquí a las cinco, las seis de la tarde a más tardar, y se va como a las nueve de la noche. Nos ponemos a repasar desde cuando era chico y él se lamenta de ver todo lo que he sufrido con la dueña de la vecindad. Me dice:

—Entonces, ¿ya se hizo mala Casimira?

Él la conoció de otro modo. Cada vez que se tapaba la coladera del pasillo la mandaba componer; en época de secas, dos albañiles venían a resanar los techos y a pesar de que después se metía el agua, uno siempre se lo agradecía, pero ahora ya no. Ahora a cada rato nos amenaza porque dice que le ofrecen muy buen precio por el muladar éste. Y hasta puso un letrero en la azotea: "Se vende como terreno", nomás que se lo tumbó el aire… Ahora Perico tiene treinta años y siempre le puede ver cómo me ha ido en todos estos tiempos.

Perico estuvo conmigo mientras me necesitó; pero apenas pudo agarró su camino. Yo nunca he deseado hijos, ¿para qué? Si con trabajos me mantengo yo. Pero al que Dios no le da hijos, el diablo le da cosijos: Perico. A Perico lo crié porque no tenía madre. Eso es recoger a un inocente. Pero no lo crié para que me durara toda la vida. Nomás hasta que se formara y se supiera defender. Ya cuando él se creyó competente jaló y se fue. Bueno, pues, ándile pues, bendito de Dios, vete, vete, vete, al fin que todo está predestinado por la mano omnipotente. Así está muy bien.

Ya creció, ya se fue, como los pájaros que empluman, luego que empluman, vuelan y se van y ni se acuerdan de quién fue la paloma que los nació. Así son ellos. A cierta edad ganan y se van a buscar a sus verdaderas madres, a las mujeres que se encuentran por la calle y les dicen: ven hijito, déjame arrullarte… Y ellos, pa' luego es tarde, les hacen su muchachito… Ahora Perico volvió a reconocer que le hago falta; porque pues a como él vive, le hago falta; así es de que me viene a visitar por conveniencia. Pero que yo crea que él va a ver por mí, no. Al contrario, él quisiera que muy pronto me muriera. Por eso he pensado en irme deshaciendo de cuantos telebrejos tengo; con que me tienda un pedazo de papel en el suelo, al cabo no es la primera vez que duermo así. ¿Para qué quiero cosas? A la hora que me muera, que a él le cueste su trabajo; yo bastante me he ceñido los lomos para tener los palos ésos que tengo. A eso le tira Perico, a hacerse de lo que tengo, seguro. Cuando se fue yo no tenía máquina de coser, ni radio, ni ropero, ni tocador de media luna, ni buró, ni las sillitas, no tenía nada porque lo que ganaba era para darle de comer. A la hora que se fue me hice de lo que está viendo. Así es de que ¿a qué viene él? Viene a ver qué me pela. Yo le tengo cariño, sí, pero ya sé que él no me buscó porque me quería. Si vino sin un centavo, jodido de cabo a rabo, ¿a qué vino? Más claro no me lo pudo decir. ¡No, hombre, no sea pendeja, no se haga ilusiones! Véame a mí, a mí es a la que me da lástima cuando sale usted con su batea de babas de que la gente es buena y de que la quieren a uno. Perico vino a que le diera yo de comer, ¡seguro! A las cinco de la tarde, muy puntual, allí está. A veces todavía no llego cuando lo deviso a él recargado en la pared, esperándome. No me pesa darle la tortilla, lo que me pesa es ver la ventaja que lleva…

Un día Perico trajo su cama y aquí se metió. Si fuera un hombre de vergüenza, diría: me levanto temprano y voy a ver qué consigo. Pero nada de eso. Se queda durmiendo. ¿A qué horas se limpia las lagañas? ¿A qué hora se va? Pues quién sabe. Yo salgo a trabajar y él se baña. Se baña diario, hágame favor. Agarró esa mala costumbre en Acapulco. También se cambia de camisa una vez por semana pero esta semana se echó tres mudas; se cambió de todo a todo y ganó pa' la calle. Así es que no es buena la vida que llevo. Asegún las comadres le dijeron que yo tenía dinero porque una noche dormido, borracho, empezó a hablar:

—No, si ya me cansé de buscar… No tiene nada…

¿De quién estaba hablando? Pues seguro es que de mí. Ni que tuviera yo el cerebro tan escueto. Éste me quiere chupar hasta lo que no tengo… Un día que le digo:

—¡Ay, pues todavía me falta tanto para acompletar lo de la renta…!

Como si no se lo dijera. Por donde le entra, le sale. La gente de razón contestaría:

—Pues mire, le voy a ayudar con tanto… Mañana le traigo para la renta…

Pero él nada. A veces me avisa:

—Mañana me voy a vender marco.

Será cierto o no será. Me contaron que se puso enchilado con la Lagarta, una que le sobra para dar y tomar, una de las hurgamanderas de por aquí. Sabrá Dios. Nunca trae dinero. En cambio tiene que tomar leche, comer pan; cuando menos tres pesos de pan diario, porque él no come pan corriente; puro pan dulce, panqueses, bizcochos, todo lo que no llena y cuesta más. Por mí le retacaba de frijoles una docena de bolillos, pero no. Y tampoco quiere tortillas automáticas, de esas mestizas sin carita que no se inflan por más que estén en el comal. Dice que no sirven, que la masa la muelen con todo y olote. No sé de dónde salió tan delicado. A lo mejor yo tuve la culpa. El otro día me va diciendo:

—Ya alíviese usted para que me eche mis gordas calientes.

Además cada que me pongo a pensar presiento la ambición de Perico. Sé que está aquí por mis pertenencias, no porque me quiere. Me acuesto pero no me duermo. Siento coraje. Todo viene de muy lejos y de muy dentro. Cuando llega me jode porque prende la luz y allí se está leyendo sus paquines. O quiere ponerse a platicar de sus cosas y me desespero porque tengo que madrugar y él como no se levanta temprano, ¿qué le importa que yo me esté desvelando? Los hombres son muy ventajosos, no los guía más que la pura conveniencia. Antes el hombre cuidaba de la mujer; traía lo que se ganaba tal y como se lo ganaba. Ella apartaba el gasto y lo que sobraba eran los guardados. Y todos los hijos tenían ropas dobles. Ahora de nada sirve que haiga una mujer que quiera ahorrar, porque se lo quitan. El hermano de Perico, Fidencio, así le hizo a su mujer. Tranquilina tenía cuatro puercos que compró chiquitos y ya estaban así de grandes cuando vino él en una borrachera, y sacó los animales, los cambalachó y ni un cinco fue para ella. Ni pío le dijo porque nunca le reclama. Fidencio le grita:

—¡Tú a mí me haces los purititos mandados!

Por eso me dijo Tranquilina:

—Que me dé Fidencio el gasto y me lo como y que me vuelva a dar y otravezmente me lo como, pero yo ya no alzo los centavos. ¿Para qué? Yo me sacrifico de guarina para que sus compadres se lo beban… No, ya no.

Por eso digo yo que a los hombres de hoy no les llama la atención más que aprovecharse. Nadie estima a su mujer ni la cuida. Al contrario, entre más le sacan, mejor. Cualquier día no podré hacer ya nada y ni modo de decir: "Mi muchacho va a ver por mí". No, hombre, mejor me largo. Ya para qué le sirvo, estoy imposibilitada de lavarle ni hervirle sus frijoles. Cuando ya no pueda más, agarro mi morral y como sé que en el camposanto no hay pozo para mí, me voy al cerro a que me coman los zopilotes. Me caen en gracia desde chiquilla. Hablo mucho de ellos porque me gustan. Son animales que a lo mejor mañana, pasado, voy a ser su pasto y quiero que ellos me coman en el campo. Ya parece que los estoy viendo volar en ruedas cada vez más bajito, cada vez más bajito. Son más o menos de la estatura de una pípila, iguales de negros y con la cabeza colorada también. Los jóvenes brillan bonito, como chapopote caliente. Ésos son los que limpian los pueblos de las epidemias; viene la mortandad de la indiada, de la caballada, de la juanada, del animalero de cristianos y de bestias y los zopilotes se lo embuchan todo. ¡Y ni los rumores! Ojalá los zopilotes también pudieran tragarse la maldad cuando nos dejan limpios como calacas, pero ésa siempre se queda en la Tierra.

Las cosas están predestinadas por cierto tiempo, porque de mis familiares ninguno conoció la Obra Espiritual. Ninguno. Ninguno supo. A ninguno le quitaron la venda de los ojos y estuvieron en el mundo dándose de topetadas y se quedaron en veremos. Y entre todos mis familiares también, sólo yo fui la ambulante, la caminanta, la que ha ido a todas partes. Porque mi papá nunca vio lo que yo vi. Yo he recorrido todos los caminos porque escrito está que tenía que andar mucho. Conozco muchos parajes. Y mi papá no. Nomás caminó tantito y al rato se quedó tirado en el campo de batalla. Mi marido decía que no me iba a dejar sobre la Tierra viva, pero faltaba que Dios se lo concediera. Por eso digo yo que las cosas están escritas y que Dios las determina. Uno no tiene nada que ver ni puede adelantar las manecillas del reloj. Aquí estoy jirimiquiando, ya saco la lengua como los colgados, ya me estoy muriendo y sigo en pie como los árboles podridos. Sólo Dios sabe hasta cuándo.

Es rete duro eso de no morirse a tiempo. Cuando estoy mala no abro mi puerta en todo el día; días enteros me la paso atrancada, si acaso hiervo té o atole o algo que me hago. Pero no salgo a darle guerra a nadie y nadie se para en mi puerta. Un día que me quede aquí atorzonada, mi puerta estará atrancada. Por eso le digo a Dios que me deje morir allá en la punta de un cerro. Si Dios me cumpliera, no me costaría más que las fuerzas para remontarme al cerro. Pero como Dios no les da alas a los alacranes ponzoñosos, pues quién sabe. Yo se lo pido a Él, pero si no, pues que se haga su voluntad. Tengo muchas ganas de irme a morir por allá donde anduve de errante. ¡Que Dios se acuerde de mí porque yo quisiera quedarme debajo de un árbol por allá lejos! Luego que me rodearan los zopilotes y ya; que viniera a preguntar por mí y yo allá tan contenta volando en las tripas de los zopilotes. Porque de otra manera se asoman los vecinos a mirar que ya está uno muriéndose, que está haciendo desfiguros, porque la mayoría de la gente viene a reírse del que está agonizando. Así es la vida. Se muere uno para que otros se rían. Se burlan de las visiones que hace uno; queda uno despatarrado, queda uno chueco, jetón, torcido, con la boca abierta y los ojos saltados. Fíjese si no será dura esa vida de morirse así. Por eso me atranco. La dueña, la Casimira, tendrá que venir a tumbar la puerta para sacarme ya que esté tiesa y comience a apestar. Me sacarán a rastras, pero que me vengan aquí a ver y que digan que si esto o si lo otro, no, nadie… nadie… Sólo Dios y yo. Por eso yo no me quiero morir en el Defe, sino por allí en una ladera, en una barranca como mi papá, que murió en el campo abierto debajo de un árbol. Así me diera Dios licencia de caminar. Es muy bonito saber la hora de su muerte de uno. Yo se lo pido a Dios para prepararme y caminar hasta donde sea su voluntad, y allí servirle de pasto a los animales del campo, a los coyotes, como Pedro el que fue mi marido. No es que no quiera que me entierren, pero pues ¿quién quiere que me entierre? Dirán:

—En caridad de Dios, ya se murió esta vieja raza.

Yo no creo que la gente sea buena, la mera verdad, no. Sólo Jesucristo y no lo conocí. Y mi padre, que nunca supe si me quiso o no. Pero de aquí sobre la Tierra, ¿quién quiere usted que sea bueno?

Ahora ya no chingue. Váyase. Déjeme dormir.

LA "FLOR DE LIS"

A Celia
y a su hija Ximena,
que es mi ahijada

La "Flor de Lis"

LO MEJOR DESDE 1918
CALLE DE HUICHAPAN NO. 17
COLONIA HIPÓDROMO-CONDESA

Se hacen tamales de mole, chile verde
y rojo, todos con pollo.
También de dulce.
Se sirve chocolate, atole de fresa,
vainilla con canela, champurrado

Tamales oaxaqueños sobre pedido.
Se atienden bautizos, confirmaciones
y primeras comuniones.
Precios especiales por mayoreo.
Servicio a domicilio

SALÓN PARA FAMILIAS

Domingos, antojitos mexicanos.
Se visten Niños Dios

Atención personal para nuestra estimada
clientela de don A. Andrade Marroquín

De ratas y culebras
y sapos y ranas y arañas
de todo eso
y más
están hechos los niños.

Canta la Pequeña Lulú
mientras se talla en la tina
(número extraordinario,
enero de 1954)

LA VEO SALIR DE UN ROPERO ANTIGUO: tiene un camisón largo, blanco y sobre la cabeza uno de esos gorros de dormir que aparecen en las ilustraciones de la Biblioteca Rosa de la condesa de Ségur. Al cerrar el batiente, mi madre lo azota contra sí misma y se pellizca la nariz. Ese miedo a la puerta no me abandonará nunca. El batiente estará siempre machucando algo, separando, dejándome fuera.

"La señora duquesa está servida." La señora duquesa es mi abuela, los demás también son duques, los cuatro hijos: Vladimiro, Estanislao, Miguel, Casimiro, y sus cuatro esposas: la duquesa Alejandra, la duquesa Ana, la duquesa Constanza, la duquesa Luz. Diez duques y sus hijos los duquesitos, y mi hermana y yo las recién llegadas. Duque, duque, duque, duquesa. A la hora del café, en la biblioteca, cuando el *chef* presenta el menú del día siguiente a la aprobación de la duquesa grande, los saluda en ronda: *"Bonsoir, chef"*, salvo la más joven que se distrae: *"Bonsoir, duc"*. Un duque más con su gran bonete blanco como el gorro de cocinero en los grabados de la condesa de Ségur.

Para llegar al comedor atravesamos un salón. En un cuadro enorme que ahora sé es de Hundercutter, veo un pelícano, un guajolote, varios patos, perdices que cuelgan de un lazo, unas gallinitas de Guinea acebradas. En otro cuadro se asoma un mendigo. Los demás no me impactan, sólo ese mendigo con unos cuantos pelos en la barba y su expresión feroz e implorante bajo la frente vendada. Alarga su mano velluda, me persigue, va a tomarme del cuello.

Frente a cada lugar el menú escrito con plumilla, los *pleins* y los *déliès* que habré de aprender más tarde en l'École Communale y cuestan tanto trabajo porque al principio la gota de tinta es siempre demasiado gruesa, y ¿cómo se controla una gota de tinta, una gota de jugo, una gota en la barba, una gota que cae sobre la falda, una gota de sal sobre la mejilla? Ni mi hermana ni yo decimos pío. *"Children should be seen and not heard",* advierte mi abuela Beth. Es norteamericana, habla mal el francés, dice la *fromage,* dice *le salade,* dice *le voiture.* En la noche lee el *National Geographic Magazine.* Mi abuelo de bigotes colgados y entrecanos los limpia en un sillico que nos traen a la hora del postre. Lo imitamos, barremos con los dedos nuestro labio superior y la visita sonríe: "Parecen conejitos". Son pocos los visitantes a medio día. Si acaso, uno o dos que se limitan a escuchar religiosamente al abuelo. Casi nadie habla, sólo él, mamá a veces. Para nosotras, lo principal son las buenas maneras: no dejar nada en el plato. Un mediodía mamá olvida cortarnos la carne, a Sofía mi hermana y a mí. El *maître d'hôtel* cambia los platos y se lleva los nuestros intactos. Después ríe de su olvido, la oigo reír, me gusta su risa, su boca sobre todo.

El agua está muy caliente, nunca ha salido así, pero me meto, que no note nada. Aquí viene, sonríe, me va a sonreír a mí.

Entre sus dientes hay una abertura.

—¿Está buena su agua?

—Sí.

—¿Así la acostumbra?

—Sí, sí.

Se acerca a mí. Sobre el borde de la tina apoya sus manos. Me fijo en la izquierda. Con destreza se quita del anular un tubito de gamuza beige amarrado a su muñeca. Y veo. Veo su dedo mocho; apenas el inicio de un dedo. Deja el parche de gamuza sobre el lavabo y sonríe por segunda vez y de nuevo relampaguea la abertura entre sus dientes frontales.

—Le voy a tallar la espalda y el cuello...

—Yo puedo, *mademoiselle.*

—No, no puede.

—Le aseguro que puedo.

—No, Mariana.

El dedo mocho, el dedo mocho, el dedo sin ojo, el gancho, el dedo tuerto sin luna blanca.

—Páseme el jabón y el guante.

—No los tengo.

—Están a sus pies, los veo adentro del agua. Apúrese, no tengo tiempo que perder.

Extiendo el brazo con docilidad. Al salir me envuelve en enorme toalla blanca con capuchón.

—Séquese usted misma, eso sí puede hacerlo.

No me seco, tiemblo. *Mademoiselle* va por mi hermana.

Entretanto se vacía la tina con un ruido de remolino; también quisiera irme, así como el agua, de un solo jalón. *Mademoiselle* regresa:

—No encuentro a su hermana. En verdad, es desobediente. Séquese por favor, póngase su camisón y su bata.

El baño de Sofía es una tormenta. Rasguña, patea, el agua va y viene y la oigo estrellarse sobre el piso de mosaico. "¿La piedra pómez?", inquiere *mademoiselle* y Sofía aúlla en medio de los ajigolones: "¡Nounou, Nounou!" Los sollozos se clavan en las olas. ¿Estará ahogándose a propósito? La *mademoiselle* ha cerrado la puerta del baño para apagar los gritos. Por fin salen las dos, la *mademoiselle* agitada, con mechones sobre la frente, Sofía, enrojecida de tanto gritar. Yo también tengo toda el agua de la tina en los ojos, escurre y escurre y no puedo cerrar la llave.

Mademoiselle finge no verlo; si lo ve, piensa que es pedagógico no darle importancia. Toca el timbre.

—Les van a subir su cena.

Nounou jamás lo habría hecho; bajaba a la cocina a verificar el contenido de las charolas, a palabrear con el chef, era amiga de los demás *domestiques,* antes de la cena nos regalaba aquel ratito de juego en bata.

Entra el *maître d'hôtel* con las dos charolas y las coloca en la mesa redonda en la que también extendemos nuestros rompecabezas de muchas piezas de madera que Sofía quiere hacer embonar a fuerza martilleándolas con la palma de la mano: "Allí no va, Sofía, ¿qué no estás viendo?" "Sí va, sí va porque yo quiero que vaya." *mademoiselle* levanta las campanas. Ayer ése era nuestro privilegio. Con el brazo todavía en el aire indica:

—Traiga usted también mi charola. La señora duquesa ha dado órdenes para que tome mis alimentos con las niñas.

Sofía grita:

—¿Comer con nosotras? ¿Por qué? ¿Por qué? ¡No es justo!

Patalea, se jala el pelo, *mademoiselle* la mira, el *maître d'hôtel* se da la media vuelta y trae la charola en un santiamén. Sofía deja caer sus mocos en la sopa, hace un ruido desmedido. *mademoiselle* advierte:

—No quisiera verme en la necesidad de tener que castigarla la primera noche de mi llegada.

Las tres comemos o hacemos que comemos. *Mademoiselle* Durand ya no habla. También se ve triste. Le esperan tantos días de "Sofía, tome usted su cuchillo con la mano derecha. Mariana, no se meta los dedos a la nariz; niñas, pónganse los guantes, no azoten las puertas, niñas flojas, niñas ajenas, niñas ajenas, niñas ajenas…" Sofía me lanza furiosas miradas negras. Yo me aborrego. "¿Qué culpa tengo yo,

Sofía, de no tener la fuerza de dar de puntapiés contra los muebles?" Mademoiselle pregunta solícita, haciendo un esfuerzo:

—¿Quieren que les cuente una historia?

Sofía grita:

—¡Nooooooooo!

—Y ¿usted, Mariana?

Se vuelve hacia mí en busca de apoyo pero la traiciono. Además, ¿qué historia puede contarnos? La única que me interesaría es la de su dedo mocho, pero soy demasiado miedosa para pedírselo.

—No, yo tampoco.

—Entonces vayan a lavarse los dientes y prepárense porque falta poco para que la señora duquesa venga a darles las buenas noches.

Sofía se indigna:

—Nounou nunca nos hace lavarnos los dientes en la noche.

—Nounou era una mujer del campo —dice en tono seco *mademoiselle* Durand.

De pie frente a la ventana, hombro con hombro Sofía y yo vemos cómo afuera se oscurece el jardín.

—La señora duquesa se ha demorado, métanse ustedes a la cama; antes digan sus oraciones.

—Mi mamá nunca es puntual —le informa Sofía.

Nos quitamos las batas, rezamos en voz alta, poquito, muy poquito. Me cuelo entre las sábanas frías. *Mademoiselle* nos mira con timidez; no sabe si acercarse, si darnos las buenas noches, si apagar la luz, si estirar las sábanas para que no nos destapemos. Las tres estamos tensas y ella se ve descorazonada, los brazos le caen a lo largo del cuerpo con su ridículo dedo mocho pirateado dentro del falso dedo de gamuza beige (ese parche lo recortó de un guante viejo, pienso con sorna). Hace frente, sola, a la cruel hostilidad de la infancia. Nos miramos en silencio, dos pequeñas gentes y una grande, y en el desierto de nosotras tres oigo la voz, su voz de campana en el bosque; su rumor de bosque avanza por el corredor. Apresurada, empuja la puerta como suele hacerlo, con todo su cuerpo, de modo que la puerta la enmarca; cuadro viviente de sí misma.

—¿Ya se durmieron, niñas? ¿Se portaron bien? ¿Le han obedecido a *mademoiselle* Durand?

Revolotea, su vestido barre el suelo, pregunta a los cuatrovientos con sus ojos de cuatrovientos; baila sin querer para nosotros, unos *glissandos,* unos *entrechats,* hace una pirueta, gira:

—Pero ¿qué caritas son ésas? ¿Qué les pasa a mis niñas gruñonas? —gruñe ella misma—. ¿Están de mal humor? ¡Qué prisa tengo, Dios mío! Es tardísimo, me va a matar Casimiro. ¿Cenaron bien? —no espera las respuestas—. Me tengo que ir, adiós, mis chiquitas, buenas noches, mis amores. ¿Tomaron sus medicinas? Si no, deben estar apuntadas en alguna parte, allí debe haberlas dejado la nodriza para que usted sepa, Mademoiselle…

Sofía grita:

—¡Nounou, Nounou, quiero a mi Nounou!

—…Sofía, ya no era posible, Nounou las estaba pudriendo.

Va hacia su cama, la besa, luego vuela hacia mí y se inclina, veo sus pechos muy blancos, redondos, de pura leche, su piel de leche blanquísima, su perfume, el pelo que cae como una rama de árbol sobre mi cara fruncida, su cuello, oh, mi mamá de flores, me besa rápido llamándome *"mi myosotis"*, palabra que guardo en mi mano y con una voltereta le indica a la institutriz:

—Venga usted conmigo, *mademoiselle,* y en la escalera, mientras bajemos le daré algunas indicaciones.

Oigo su voz a lo lejos. El vestido sigue barriendo el corredor. Se cierra una puerta. Me quedo sola con el nomeolvides aprisionado latiendo uno, dos, uno, dos, sus pequeños pálpitos azules.

Mademoiselle Durand me dice:

—Cuando sepa, se irá a esconder a los rincones a leer.

Inclinada sobre el libro, no entiendo nada, pero me acuclillo en un rincón y finjo, para que me quiera.

Vamos a La Baule de vacaciones, con *mademoiselle* Durand y su pedacito de dedo cubierto por una gamuza de distinto color que amarra con tiras a su muñeca. Todos los días castiga a mi hermana, la priva del postre que nos sirven en una esquina del comedor vacío. Los manteles son tan tiesos que creo que todas las mesas van a salir volando por la ventana; el grano de la tela blanca es grueso como la arena, me gusta sentirlo entre el pulgar y el índice. Un helado praliné con la galleta que lo acuchilla en una alta copa de plata perlada de frío. Me gusta encontrar con la lengua los trocitos de avellana. Mi hermana no dice nada, nos mira comer. Es rebelde. Se negó a tirar la bacinica de la *mademoiselle.* Yo sí voy y la tiro al fondo del corredor en el que está el excusado del piso. Tiro las nuestras. Tiro la suya. Hago todo con tal de que me quiera. A mí no me da cachetadas; a mi hermana, siempre. Mi hermana avienta cuchillos con los ojos, se le ennegrecen, a los míos les falta color, son azul pálido como los de las nodrizas. Mi hermana tiene un carbón caliente en cada cuenca. Entra pisando a la española. Mamá la viste de andaluza para la fiesta de disfraces. A mí, de holandesa.

A la playa salimos con palas y cubetas de fierro. Hacemos patés. Llenamos las cubetas de arena y las volteamos. Nos metemos al agua en calzones blancos petit-bateau. El mar llega dulcemente, lo recibo de rodillas. El agua salada en los ojos. A través del agua la veo a ella, su sonrisa, su aire de distracción. Quisiera abrazarla. Se me deshace en espuma.

En torno a los árboles de la *rue* Berton y a lo largo del Sena han puesto rejitas para que se canalice el agua. ¡Ah, cómo me fascinan esas rejitas! Del Sena no tengo recuerdos sino hasta más tarde; lo que sí tengo presente es que la rue Berton baja hasta el Sena y eso me gusta mucho: puedo correr con todas mis fuerzas hasta la esquina donde debo esperar a la *mademoiselle* y a mi hermana. *"Vous avez encore marché sur une crotte."* Eso es lo malo de las calles, están llenas de cacas de perros que se pegan a los zapatos, por eso los franceses dicen *"merde"*. En la recámara, a la hora de la siesta, mi hermana sugiere:

—¿Jugamos a los perros?

Hacemos una caquita aquí y otra allá, a lo que alcance, a cubrir la alfombra. Luego nos dormimos, cada una en su cama de barrotes. Entra *mademoiselle* Durand y grita:

—Esto sí que va a saberlo su señora madre. Levántelo usted —le ordena a mi hermana—. Y usted, vaya por agua y jabón —me ladra.

Quisiera que no nos hablara de usted, que nos abrazara de vez en cuando, pero mi hermana dice que qué me pasa, que somos duquesas.

Nounou se fue con toda su ropa blanca almidonada, su sombrerito de paja para el sol, redondo como su cara y nuestras caras de niñas, sus medias blancas, su regazo de montaña, sus pechos de nodriza, sus pañuelos de batista siempre listos para sonar alguna nariz fría, los bolsillos de sus amplísimos delantales-cajas de sorpresa: un hilo, una aspirina, dos liguitas, su llavero, un minúsculo rosario de Lourdes, un caramelo envuelto en papel transparente, un centavo. Dejó tras de ella la libreta negra, común y corriente, de pasta acharolada, duradera porque así las hacían antes, ahora son de cartón o de plástico pero no ahuladas brillantes como el ónix. Así como las costureras apuntan las medidas: busto, cadera, cintura, en esa libreta Nounou anotó a lápiz con letra aplicada de escolar que no terminó el primer ciclo cómo hacía crecer día a día a dos niñas, dos becerritas de panza, dos pollos de leche, dos terneras chicas, dos plantas de invernadero, dos perras finas...

"…Recibí a bebé Mariana el 21 de mayo. Bebé pesa tres kilos. Toma tres onzas de leche cada seis horas."

Nounou consigna el peso de en la mañana, el peso de en la noche. ¡Cuánto trabajo debió costarle pesar en las antiguas básculas con sus distintas pesas en inglés ese bulto de carne! Con qué honestidad anotó también cada vez que el globo humano se le desinflaba.

"Asoleo a bebé durante diez minutos; cinco sobre la espalda, cinco sobre el vientre."

"Toma una onza de agua de Vichy."

Consigna el inicio de la manzana rallada, el plátano machucado, los *porridge* a base de trigo. Expone los remedios aplicados: sinapismos, cataplasmas de mostaza, baños de pies en agua caliente; ungüentos de limpieza: aceite de almendras dulces, agua de rosas y hamamelis; los sarpullidos, los baños de esponja.

Trece meses más tarde anuncia:

"Recibí a bebé Sofía el 27 de junio. Bebé pesa cuatro kilos. Toma tres onzas de leche cada seis horas."

Durante siete años, día a día se ceban las perritas, engordan las cochinitas, se van trufando las gansitas, se les hacen hoyitos en los codos y en los cachetes, llantas en las piernas; tienen papada, sus pies son dos mullidos cojines para los alfileres; pesan tanto que sólo Nounou las aguanta. Tambaches de proteínas, de agua, de leche enriquecida, de grasa blanda como mantequilla civernesa, de crema espesa de vacas contentas, de jamón de Westphalia, *petit-suisses,* quesos crema, todo ello para que las dos muñecas de yema de huevo y de azúcar caramelizada se liberen de tanta bonanza vaciándola sobre la alfombra de la *nursery.*

—¿Por qué no lo dijo antes, Nounou, o está criando cerdos? Confunde la *nursery* con una porqueriza.

"¡Merde! —gritó mamá sin darse cuenta—, Nounou, usted me ha desilusionado." Entre la merde que propiciaba Nounou y la que inconscientemente invocaba mamá, la primera era la que perdía. Nounou tendría que irse.

La fijación escatológica no nos la quita ni *mademoiselle* Durand. Veinte años más tarde, Sofía habrá de explicar la defunción del tío Pipo.

—Fue una buena muerte. El pobre de mi tío Pipito hizo su popito y se murió.

Nos organiza nuestra pequeña vida, nos saca al aire, la *promenade,* le llama. Nos abotona el vestido, el suéter, el abrigo; en París hay que abotonarse muchos botones. Luego la bufanda, la gorrita que cubre las orejas. *"Il faut prendre l'air."* Levanto los brazos. "Usted debe respirar. Aprenda a inhalar, a exhalar. Camine derecha." Veo

287

la calle gris, el frío que sube del Sena al cielo gris, las piedras del pavimento y las rejillas. Con un palo escarbo entre ellas para sacar la tierrita, las hojas muertas, las del año pasado, del antepasado. "Camine, qué está usted haciendo allí, ¿por qué se agacha?" Mi hermana corre sobre sus piernas largas, a ella no le dice ni que respire ni que eche para atrás los hombros. Mi hermana la ignora. Ignora incluso a mamá cuando comenta: "Estás verde, pequeña verdura. Un ejote. Eso es lo que eres". Pasa a través de todos, yo me atoro, en cada trueno dejo una hebrita.

—¿Quieren caminar por los muelles?

La miro con sorpresa. Nounou nunca nos llevaba al Sena. Le daba miedo el agua, los *clochards* que salían de unos agujeros negros, el moho. "El gran aire del mar es demasiado fuerte para ustedes." Creía que toda el agua proviene del mar y que el Sena era un pedazo de Mediterráneo que atraviesa París. De allí los peces y los pescadores, los barcos, las *peniches*. "Con razón, no hay nada más grande que el mar."

Sofía regresa hacia nosotras.

—Al Sena, al Sena, yo seré el capitán y tú el barco.

Otra vez se coge de mi pobre martingala.

—Sofía, deje en paz el abrigo de su hermana, le arranca la martingala. Y usted camine a buen paso, si no, de nada sirve el ejercicio. ¿En qué está pensando? Eso quisiera saber. Jale sus calcetas, por favor, como las de Sofía. Al menos su hermana trae siempre todo en su lugar.

—¿Podemos bajar las escaleras?

—Sí, claro.

No es el ruido que viene del mar pero sí el del agua que se azota contra las márgenes, un agua gris como los muros grises, como los adoquines grises, como el aire gris y blanco, mate. Los barcos se ven negros, negra la gente que pasa, negros los tilos. Amo los fresnos. Amo los tilos a pesar de la tisana; a lo mejor no tienen nada que ver con el té de tila.

—¿Puedo acercarme al borde? —pregunta Sofía.

—Sí, claro, ya está grande.

No es creíble. Sofía de plano va y mete su manita enguantada dentro de la mano del dedo mocho de *mademoiselle*. Le jala el brazo para caminar más aprisa, acercarse juntas. Ya traicionó a Nounou; no ha pasado ni la quincena y ya la traicionó. Me sobrecoge el miedo. Nunca he caminado al ras del Sena, siempre lo he visto desde arriba, al cruzar el puente Solferino, el des Beaux Arts, el Mirabeau. Sobre los muros enmohecidos ha dejado el Sena las huellas de sus crecidas, esas subidas altas y atronadoras que hacen que los paseantes se alejen temerosos al verlo retumbar entre los márgenes que ya no logran contenerlo. Bajo el puente está marcado el nivel del río; una raya honda sobre el agua que advierte: "Hasta aquí puede subir". Más arriba arrasará con puentes y llegará hasta los árboles, las banquetas, nuestra casa. Y entonces… se hará el mar, el Mediterráneo de Nounou.

Sofía y *mademoiselle* caminan de la mano. Sofía ha recogido una vara seca y la mete en el agua. Avanzan y la vara las sigue. Nounou tendría un síncope. A lo mejor han traído a la institutriz para matarnos, eso decía hace sólo dos noches Sofía, a quien mamá llama *"Miss Catastrophe"* porque siempre está dando malas noticias. A lo mejor va a echar a Sofía al Sena y luego a mí. Mi hermana conversa con *mademoiselle*, es ella quien le dirige la palabra, cochina, traidora, creo que la va a tomar de la cintura. Para colmo de males mi hoja de fresno sacada de la rejilla está quebrándose de tanto triturarla. Quisiera juntar muchas hojas como las que la abuela Beth conserva en un libro que no entiendo. Ese libro huele a árbol. ¿Dónde habrá otra rejilla aquí abajo? Busco y sólo veo el agua gris, más alta que yo, más gorda que yo, más vasta que yo, más fuerte que yo. A lo lejos despunta un barco con chimenea. Avanza meciéndose. *Mademoiselle* también se vuelve a verlo y me ve a mí. Me llama. Tengo ganas de correr hacia ella; que me abrace, que me diga que no es nada. Hace un gesto con la mano, la señal en lo alto de que me acerque, su guante parece cuervo. Nounou, Nounou, voy a ir, Nounou, voy a ir con ellas, Nounou, siento miedo y todo esto es grande, grande.

Al regresar vamos desabotonando lo que antes habíamos abotonado. Lo más difícil es quitarse las galochas de hule, tan apretadas sobre los zapatos. Con razón algunos miembros del Travellers Club se enamoran de la *demoiselle du vestiaire*. Ha de quitarles las botas después del abrigo.

En Vouvray, escuchamos las noticias del frente por la radio; en el rostro de la gente grande vemos si son malas. Estamos en guerra. Yo nunca he visto a un alemán. Tampoco a mis papás. Hace mucho que Sofía y yo no los vemos. Andan vestidos de hermanos, los dos de kaki, con gorras iguales. Se quedaron en París en plena zona ocupada. Oímos todo el día la palabra "ocupación". Mademoiselle Durand también se quedó. Ahorita mismo ha de estar caminando por la ciudad llena de uniformados, con sus boletos de racionamiento en la bolsa. No sé ni cuándo dejó de estar con nosotros.

—Sofía, ¿te gustaría verla?

—Prefiero un alemán.

Mademoiselle nos llevó a la nieve; las fotos lo comprueban: las tres tomadas de la mano sonreímos en traje de esquí, ella se acuclilló hasta quedar a nuestra altura. Le sienta bien el sol. Sofía tiene unos anteojos negros pegadísimos a la piel como los de un motociclista, parece un pájaro flaco de las especies que consigna el *National Geographic Magazine.* Creo que esa foto la tomó papá en uno de los fines de semana en que subía a vernos a la montaña. En otra foto se ve guapo, de bigote, deslizándose sobre la blancura deslumbrante. Mamá dice que *mademoiselle* Durand metió a Sofía en cintura, que es la única persona que pudo con su carácter indomable. Un día vi a Sofía sentarse pegadita a *mademoiselle,* a modo de poder frotar su cabeza contra su hombro. ¿Se estaría rindiendo? Ahora asegura que la odia, que sólo recuerda los golpes, pero no es cierto, en el fondo las dos somos llevadas por la mala. *Mademoiselle* lo intuía ò quizá nos malacostumbró.

Después fue a dejarnos a Vouvray. No reconocimos el Clos Baudoin. Habían pintado las ventanas de azul.

—Es por los bombardeos nocturnos. El alcalde lo ordenó. Así podemos prender las lámparas sin temor a los aviones —explicó Raquel, la cuidadora.

De día esas ventanas parecen parches deslavados. En Vouvray pierdo el rastro de *mademoiselle* Durand, simplemente no amanece. La guerra cambia las vidas. No se me graba escena alguna de despedida porque mamá, de un día para el otro, viene a vivir con nosotras, dulce, inalcanzable como el agua dulce que cae del cielo. Se mezcla a la lluvia finita de Vouvray, tan delgada que apenas se ve. Me da una angina de pecho: una cataplasma de antiflogestina remplaza a otra. Qué euforia la calentura. Parece que voy a disolverme entre las sábanas. Por la ventana veo caer una cortina de chorritos de agua, gota a gota; a través de un vidrio impalpable veo a mamá, longilínea, de cara al cielo con toda la lluvia cayéndole encima, dulce mi mamá de agua. Extiendo la mano para secar su rostro empapado. No la alcanzo.

—Esta niña amanece bañada en sudor. No me reconoce. Tiene el rostro vuelto hacia la ventana. Doctor, creo que este clima no le sienta; va a acabar en los huesos.

Una noche llega papá. Escucho sus botas sobre el mosaico de la cocina y luego las veo vacías secándose cerca de la estufa. Viste de kaki pero tiene una bufanda de civil alrededor del cuello. Habla de la falta de gasolina; se ha visto obligado a tomar el tren, él, que siempre maneja. La vida es cada vez más difícil, "¿qué comen?", nos pregunta.

Sofía juega a columpiarse sobre el portón negro y pesado de la entrada. Sola, empuja el batiente con un pie, se trepa rápido, se deja venir para saltar justo en el momento de la cerrazón. Nadie le dice nada o, si se lo dicen, no vuelven a repetírselo. En tiempos de guerra no puede prestársele tanta atención a las niñas. Escasean las brioches, escasean los pollos, escasean las papas, escasea el azúcar, escasean los papás. Sofía anuncia con voz de trompeta de Jericó:

—En toda Francia no queda una sola institutriz.

Poco después entra aullando con el brazo que cuelga miserablemente. No está roto; los ligamentos se han desgarrado. En los días que siguen el brazo toma todos los colores de Vouvray; azul como los viñedos que se alinean en torno a la casa, morado como las hojas de parra, café de tierra, el mismo amarillo terroso de las cuevas en las que vive la gente. Raquel y su familia comparten el sótano caliente y oscuro donde se apilan los vinos. Vouvray es una sola cava y sobre su cabeza crecen como cabellos bien alisados hileras e hileras e hileras de vid. En el brazo de Sofía se dibujan paisajes, cielos oscuros antes de la tormenta, la grisura del Loire ancho y fuerte, los castaños pelones, nuestra casa encima de las cuevas, las calles por donde vamos a la escuela, el castillo de Valencay, la avenida que tomamos para ir a ver a Francis Poulenc una tarde en que nos tocó el piano y nos llamó "mis vecinitas". El brazo de Sofía se entinta con la preocupación de mamá. En la escuela pesco varicela y mamá, que ha conseguido unos bonos de gasolina, nos sube al coche:

—Díganle adiós a Raquel, nos vamos al sur, a la casa de los abuelos.

Allá se respira el Mediterráneo.

Se va. Regresa a París. Nos deja con los abuelos. Nos llevan a misa a Mougins, a Grasse, a St. Paul de Vence, a veces hasta Cannes. Comemos rico. Engordamos. También escasean los víveres pero el chef hace milagros: *soufflés* de rutabagas, timbales de rutabagas, *mousses* de rutabagas con miel. A las diez nos manda un pan untado con jitomate. O un pan de ajo asoleado. Para las fuerzas. El abuelo se encierra en su biblioteca: *Granma* sale al jardín tijera en mano a podar los rosales. Los olivos están cargados. Sofía y yo jugamos al cochero y al caballo. Ella siempre es el cochero. Tasco mi freno. Me jala las riendas, me da con el fuete: "Rápido, más rápido, estúpida". Corro tanto que me hago pipí. De vergüenza, al regreso tiro los calzones en la chimenea rogando nunca la enciendan. No me permito nada. Nunca dejo que me pierdan de vista.

En la mañana, *Granma* nos pregunta:

—Avez vous fait le grand chose?

Dice *"le grand chose", "le petit chose"*, cada vez que regresamos del excusado. Por eso en la escuela, cuando oigo a la maestra decir solemne que Napoleón hizo "grandes cosas", las ligo al interrogatorio matutino de *Granma* y me quedo perpleja. La maestra me agarra tirria:

—Desde niños a estos aristócratas les enseñan a pasar por encima de todo.

Rezamos:

Que se acabe la guerra.
Que los alemanes salgan de Francia.
Que regrese mi papá.
Que regrese mi mamá.
Que no tenga que utilizar su fusil.
Que maneje bien su ambulancia.
Que Dios los cuide.

Que no se muera nadie.
Ni un perro.

Rezamos por:

El tío Vladimiro.
El tío Miguel.
El tío Stan.
Los soldados desconocidos.

Granma reza por sus hijos, sus nueras y muy en especial por sus cuatro nietos que ya están en edad: Miguel, Andrés, Felipe, Edmundo, soldados en el frente. Sobre el dosel de nuestra cama cuelga una foto del mariscal Pétain con su *képi* y su bigote blanco. Dicen que se va a morir.

Sofía opina que no importa.

Que yo sepa, nuestro abuelo no reza.

No sé ni cómo le hace mi hermana para tener luego luego ese rostro fuerte. Yo me tiro de panza como los cachorros para que me hagan para todos lados, me meten los dedos en la boca, hurgonean bajo mi lengua. Ella se yergue sobre sus dos patas flacas, más largas que las mías, y ladra. Yo dejo que me pasen la mano por el lomo, cosquillas, caricias, a todo me presto. Que me quieran, soy su perra, muevo la cola, que me quieran, que me rasquen la nuca, panza arriba, que me digan, que tornen en torno a mis orejas largas y peludas, la trufa húmeda de mi nariz, mi cuello calientito, encimosa quiero más, panza arriba, acepto hasta la patada en el costillar, le saco sentido; todo tiene sentido, hasta irme aullando con el mismo aullido de mi antepasado el *pitecantropus erectus* con su mazo en la mano, que se aleja, su cabeza aplanada, corre por el desierto, lejos de la manada que lo ha rechazado.

En "Speranza" veo su impermeable azul eléctrico por fuera, blanco de lana ligera por dentro, de dos vistas, tan distinto a las capas de los abuelos, beige, ocre, color del tiempo con los que salen a caminar. La abuela Beth a veces se detiene y con la punta de su bastón hace dibujos en la tierra. Le pregunto qué dibuja: *"Never mind, child"* y noto entonces que está triste. El abuelo camina rápido; tiene un propósito, los hombres suelen tener un propósito. Por eso no camina con nosotros. Lo vemos alejarse hacia su objetivo. Mamá no se queda sino un día o dos en la casa de piedra. Quizá la vida le resulta lenta; siempre hay algo que parece estar esperándola en otra parte y ella permanece hasta que viene el aviso y emprende el vuelo sobre las alas de su impermeable azul y blanco, aéreo, eléctrico que la lleva suspendida por los aires. No se despide para no entristecernos; al día siguiente la busco en su cuarto vacío y la recuerdo junto a cada uno de los muebles. Ahora pienso que sonríe porque sabe que después vivirá en otra parte. Sonríe mientras.

"You see, children, this is Mexico." La abuela Beth nos enseña en el *National Geographic Magazine* unas negras de senos colgantes y hueso atravesado en la cabeza. Sonríen, sí, porque van a comernos, son caníbales. *"This is where your mother is taking you."* Mi hermana ya no la acompañará a podar sus rosales, yo no las veré desde la ventana en el jardín mientras *Granma* me enseña aritmética, gramática. Por falta de gasolina no puedo ir a la escuela. A él le tengo mucho miedo, tanto que no le entiendo. *"Seriez vous bêtes par hazard?"* Habla en plural: se dirige a mi hermana inexistente porque desde un principio dijo no y le cayó en gracia. A él nadie le dice que no. *"Comprenez vous? À votre expression j'en doute."* Digo que sí en voz bajísima. La cabeza gacha, entre menos me vea, mejor.

Dentro de la casa de piedra, las clases centran en mí su atención y sufro. No puedo dormir. Y cuando *Granma* sube a darnos las buenas noches se encuentra con ojos agrandados por la inquietud:

—¿En qué piensas?

—En la clase de mañana.

Nos besa y ya en la puerta entona: *"God bless you"* y en cada uno de los cinco rellanos repite: *"God bless you, children"*. Ruedan los *god bless you* escalera abajo en cascada de piedras redondas; los oímos hasta en el último escalón cuando su voz apenas perceptible nos bendice: *"God bless you"*.

Sentada en su cama, fuma. Acaba de coserle su cuadernito a Sofía; ahora le toca al mío. Dobla en cuatro unas hojas blancas y luego a la mitad. Encima escribe con mayúsculas: CUADERNO DE SOFÍA, CUADERNO DE MARIANA. Nos tiramos de panza en el suelo al lado de su cama y dibujamos mientras ella sigue fumando recargada sobre su *polochon*, sus almohadas, sus múltiples cojincitos. Todos los muebles de la recámara convergen en el lecho, lo cercan, parecen querer echársele encima, quitarle el aire; o quizá sea la cama una gran central de energía que los imanta. La abuela también es una estufita. Echa humo.

—Estoy segura de que te sabes la lección, Mariana.

—Sí, *Granma*.

—No tienes de qué preocuparte.

—Sí, *Granma*.

Siempre digo que sí, asiento con un ademán afirmativo, tengo un resorte dentro que me sube y baja la cabeza: arriba, abajo, arriba, abajo. Sofía, en cambio, tiene otro que va de derecha a izquierda y la hace negar reiteradamente, sacar la lengua, hacer bizco, muecas y gritar a todo pulmón: "No quiero".

Como un prestidigitador, de su bonete blanco saca el chef un pollo que se derrite en la boca como mantequilla. Se acaba demasiado pronto. Nunca he vuelto a probar nada igual. Al día siguiente papá, vestido de militar, nos mira desde el andén. Le decimos adiós, adiós, adiós. ¡Qué aventura fantástica! Los últimos días los abuelos estuvieron siempre enojados y el abuelo más severo que de costumbre, sobre todo con mamá. De Cahors viajamos a Zaragoza. Al pasar la aduana le preguntan a mamá si trae dinero y cuánto; dice que sólo el de su portamonedas, pero yo le recuerdo con voz tipluda, servicial:

—¿Y el que escondiste en el bote del azúcar?

La obligan a vaciar los terrones conseguidos con dificultad. Le quitan el dinero. Al salir de la estación mamá le dice al taxista:

—Llévenos al mejor hotel.

Las recámaras son salones de baile. A mediodía mamá ordena una paella. Al día siguiente baja a la administración a decir que no tiene dinero. El encargado le sonríe, es amable:

—La señora duquesa saldará su deuda más tarde.

Lo de duquesa lo vio en su pasaporte.

Subo por una escalera estrecha y larga de peldaños blancos; involuntariamente toco alguno de los tubos pegados a la pared de hierro, está hirviendo: "Ha de ser el del agua caliente". La escalera desemboca en un estrecho pasillo y camino bajo el túnel; cuántos pasos hay que dar para llegar a la luz. Penden focos de luz amarilla pero yo quiero la luz del día. Otra escalera de juguete, esta vez alfombrada, no me atrevo a tocar los tubos por los que zumba el agua, ni siquiera el pasamanos. La escalera se abre y surjo deslumbrada cual topo de su agujero al espacio blanco; la cubierta, refulgente, me produce una alegría prodigiosa, el aire me golpea la cara, corro con los brazos abiertos para abrazarlo, me doy a la nitidez de la mañana, qué feliz soy, esta luz inimaginable espera como un inmenso regalo. En pleno océano el agua de mar abrillanta la mañana, hiere la retina, convierte las cuerdas de proa en escarcha, las cubre de escamas; el viento es nieve bajo el sol y uno avanza sobre la pureza. Esa mujer allá en la punta es mi mamá; el descubrimiento es tan deslumbrante como la superficie lechosa del mar. Es mi mamá. O es una garza. O un pensamiento salobre. O un vaho del agua. O un pañuelo de adiós al viento. Es mi mamá, sí, pero el agua de sal me impide fijarla, se disuelve, ondea, vuelve a alejarse, oh, mamá, déjame asirte. Se me enredan las pestañas. Camino sobre la madera bien lavada, todavía huele a jabón de Marsella, que pica tanto cuando se mete en los ojos, a madera tallada al alba por escobas de cerdas amarillas, y el agua jabonosa se va al agua de mar, escurre la espuma en la otra espuma, la poca que revienta en la cresta de las olas a medio océano, porque el mar océano, el que va en serio, no es de olas salpiconas, sino un manto de hielo que no va a ningún lado y que el barco surca penosamente, arrancándose a quién sabe qué profundidades que lo quieren lastrar.

La veo allá, volátil, a punto de desaparecer o de estallar en su jaula de huesos, a punto de caerse al mar; el viento se lo impide o la espuma más alta de la ola que va abriendo el barco; el viento también sostiene sus cabellos en lo alto; el viento ciñe su vestido alrededor de su cuerpo; ahora sí, alcanzo a ver cómo arquea las cejas y entrecierra los ojos para llegar más lejos. ¿Qué estará viendo? Ni siquiera me ha oído, no sabe que estoy parada junto a ella, en el mar no se oye el ruido que hacen los humanos, sus gritos se confunden con el chasqueo del agua, los motores se tragan la risa. Mamá estira el cuello hacia el mar, le jalo el vestido, voltea a verme sin mirarme. ¡Dios mío, dile que me vea! A los que hablan con ella les desespera el hecho de que parezca no verlos, esa distancia que pone entre ella y los demás. Dan ganas entonces de sacudirla: "Aquí estoy, veme". Eso nadie se ha atrevido a hacerlo, ni siquiera papá. Hizo caso omiso de su distracción y se casó con la ausencia.

—Mamá.

Me toma de la mano sin decirme nada y siento gratitud por su aquiescencia; nos quedamos las dos recargadas contra la barandilla hasta que mi mano empieza a sudar y la deslizo fuera de la suya; maldigo esa mano que me falla cuando más la necesito. Algunos pasajeros se acomodan sobre cubierta en sus *chaise-longues,* una señora se ha envuelto como momia muriéndose de frío, muriéndose de sí misma.

Un marinero pasa, y aunque el barco se llame *Marqués de Comillas,* ofrece:

—*May I tuck you in?*

—¿Ya quieres desayunar, manzanita? Vamos. ¿Dónde está Sofía? Hay que bajar por ella al camarote, tiene que comer algo, aunque se maree. Lo peor es el estómago vacío.

Descubro a mamá a los nueve años. Antes, sólo son imágenes fugaces, mamá de traje largo yendo al baile de los Rotschild, al del Marqués de Cuevas, al de Lord y Lady Mendl, mamá en Guermantes, mamá en Garches, mamá cuyos vestidos permanecen incólumes al tacto y a las miradas. No huelen a abandonado o a risa o a champagne, a cigarro, desvelo, comida desairada o a tedio, a miradas; ningún residuo de la velada anterior.

En cubierta Sofía y yo nos lanzamos a los juegos; un sube y baja, dos columpios y unos aros para las machincuepas. Sopla el viento salado y se mete debajo de nuestra falda, dentro de nuestra blusa. Sofía amenaza: "Me voy a vomitar". Nos han dicho que no nos asomemos ni de chiste sobre la barandilla. Al rato mi hermana baja a la cabina, la travesía no le sienta. Me quedo sola en los aros. Mamá desde su silla de lona platica con un vecino, muchos quieren hablarle, uno le acomoda un plaid sobre las piernas porque hace frío; ella ríe negando con la cabeza.

Ensarto mis patas en los dos aros y procuro impulsarme sin lograrlo; en esa desventurada postura, se acerca un niño de pantalón corto y calcetas hasta las rodillas:

—¿Cómo te llamas?

Me cuesta mucho trabajo sacar mis patas de los aros.

—Mariana. ¿Y tú?

—Miguel Kores.

A partir de ese momento me sigue. Me mira en el comedor, en la cubierta. Me mira cuando bajo la escalinata. No me lo explico. Es a Sofía a la que siguen, por sus muecas, sus visajes, por cómo saca la lengua, pero ahora Sofía está demasiado mareada y la mayor parte del tiempo duerme en la cabina o bebe agua de limón y llora. Pide que el barco se dé la media vuelta. "Me quiero bajar." Mamá no nos peina; a Sofía para no molestarla con jalones al trenzarle sus guedejas, a mí porque con tanto aire ni caso tiene. Tampoco se fija si nos cambiamos de ropa. A ella la invitan a muchas cenas, a la mesa del capitán. Las reuniones se prolongan y Sofía y yo nos dormimos la cabeza vuelta hacia el hierro verduzco del muro de la cabina para no ver el mar por la escotilla porque nos da miedo de que entre.

Al cuarto día el niño Kores ya no me busca. Aunque no nos hablemos me gusta saber que me sigue. Cuando cesa su asedio empiezo a preguntarme dónde estará, qué hará; recuerdo sus ojos serios, sus calcetas, voy tras de sus huellas y hasta me aventuro en el cuarto de máquinas donde está prohibido entrar.

En la noche le confío a mamá:

—Cuando él quería, yo no le hice caso y ahora lo busco sin encontrarlo. ¿Es eso el amor?

Todos caminan sobre el mar, un manto mercurial, pesante, lejano. Los pasajeros lo miran desde la cubierta envueltos en sus abrigos. La travesía es larga y ya quisieran haber llegado. Cuando el barco atraca en La Habana, las autoridades suben a advertir que todos están en cuarentena, los extranjeros siempre traen epidemias. Cuarenta días en Triscornia. Una hermosa mujer con los cabellos al aire protesta; junto a ella, dos niñas despeinadas. Habla español con énfasis, alega, levanta la voz, aboga por una señora enormemente embarazada. No puede ir a Triscornia. ¿Las niñas tan pequeñas van a ir a Triscornia? Total, ninguna es puesta en cuarentena; ni la embarazada ni las niñas ni ella. A su hija, una muchachita de cara asustada que se repega contra sus piernas, le ordena que tenga cuidado con lo que dice. La otra ya bajó al muelle.

Sofía y yo no sabíamos que mamá era mexicana.

Por primera vez subimos en avión, un bimotor que hace el viaje entre La Habana y México. Desde la ventanilla pueden verse las hélices. La señorita nos da dulces, chicles.

—Mira la tierra, qué chiquita.

Sofía ni se asoma. El cielo es una tintura azul planchada en el aire que el avión va reventando.

—Volamos encima del agua, mira las olitas.

Mamá platica contenta. Sofía le dice que se calle, que si no se da cuenta de que está agonizando, que le diga al piloto que aterrice. Yo me conformo a todo, si el avión se cae también estaré conforme. Sofía advierte poniendo los ojos en blanco, la lengua de fuera y los dedos al revés:

—Me falta un minuto para morir.

—Ya vamos a aterrizar.

En cada bolsa de aire llenamos una de papel.

En tierra, en el aeropuerto de México, espera nuestra nueva abuela.

¿Dónde estarán las del hueso atravesado en la cabeza?

En el Paseo de la Reforma puede jugarse al aro y ya tarde regresar al castillito de torres picudas y balcón en la calle de Berlín. Al meternos a la cama tenemos que hacer a un lado las muñecas que nos regaló la nueva abuela. Aquí todo es desaforado, la distancia, los sabinos, el Paseo de la Reforma, que culmina en un ángel dorado detenido del dedo gordo del pie sobre una columna, y la nueva abuela que tiene el pelo rojo, se pinta los labios de rojo y anda zancona. Nunca se quita su *canotier* y Sofía y yo pensamos que va a ponerse a bailar.

El castillito es inmenso, la escalera también, flotamos en nuestra recámara asidas a nuestras muñecas hijas de gigantes de feria. Sofía sacude la suya para ver si se rompe, sólo procuro no mirar mucho la mía. A mamá la invitan todos los días, comemos con la nueva abuela del *canotier,* tiene ojos amarillos de gato que miran bonito. Y un novio; un pelón muy educado al que llama *"Mister Chips".* Viene casi a diario y se despide antes de las cuatro; lleva puesto un traje muy bien planchado, nació vestido. Dice: *"Your lovely grandmother",* y le besa las manos, *"your lovely girls",* y nos besa las manos, *"your lovely mother", "the lovely doggies", "this lovely house", "the food is lovely", "what a lovely day".* Mamá avisó que iba a meternos a una escuela inglesa; el español ya lo pescaremos en la calle, es más importante el inglés. El español se aprende solo, ni para qué estudiarlo.

En el Windsor School nos enseñan a contar en *pounds, shillings and pence* y a transferirlos. Cantamos *God Save the Queen* todas las mañanas al empezar las clases. Memorizamos el poema *"If"* de Rudyard Kipling, y cuando lo entiendo me da miedo. Veo una foto de Kipling con sarakof.

¡Cómo bailan sus patas sobre la madera! Las oigo en la escalera. Dan saltos. Se empujan para bajar más aprisa en una ansiosa carrera de patas y de lomos. Hasta que uno de ellos ladra y la nueva abuela regaña a toda la manada: "¡Cállense los perhos, cállense mis buenos perhos!" Abre las puertas de los cinco baños y los perros se avalanzan: olvida por completo su voto de silencio y grita en la escalera: "Rigoletto, Aída, Don Pasquale, Otelo, Dickie, Chocolate, Frijolito, Dolly, Muñeca, Chango, Traviata, Valkiria, Blanquita, Fausto, Duque, Satán, bajen perhitos, mis buenos perhitos, a desayunar, Paloma mi perha, y tú también Canela, perhita buena", saltan en torno a ella, se disputan el pan dulce. Sofía y yo tomamos nuestras batas y respondemos al llamado como dos perras más; nos disponemos a bajar a desayunar con nuestros veintisiete hermanos.

—Dale una concha a la Traviata, ya ves que a ella no le gustan los cuernos.

A mí me toca un huevo tibio con molletes, un día sí y otro no. La Negrita mastica ruidosamente sus violines, el Don Pasquale es afecto a los bolillos.

—Tú, una chilindrina, mi buen Rigoletto, a ti una rosca, Paloma, el polvorón para Tosca, la concha para Chocolate, las dos flautas son de Aída. A Dolly una oreja, y a Violeta su panqué de pasas.

El garibaldi que siempre se me antoja por sus chochitos pasa a la boca de Otelo. Frijolito se come una magdalena y Nemorino un panqué simple.

En los cuartos de servicio que dan al patio desayunan los perros que ya no son los favoritos, se hicieron malhumorientos y codiciosos como en un asilo de ancianos. La nueva abuela se los advirtió con anticipación: "No me gustan los envidiosos ni los gruñones", pero los perros se aventaron contra el recién llegado y fueron a parar al patio trasero; ahora ladran a mandíbula batiente, vistos desde el balcón son una jauría furiosa. Crisófora, que los atiende, los tapa en la noche y les da su comida, rezonga mientras les pone sus palanganas de agua: "Ya lo ven, ustedes se lo buscaron por miserables díscolos, ahora aquí se quedan como yo hasta que mueran". Los perros quitan mucho tiempo. Desde las nueve de la mañana Crisófora pone a hervir la carne de caballo en varios peroles que mezclará con arroz para la comida de la una en punto. Los perros nunca están satisfechos, siempre piden. Demandan sus buenos días, su leche cortada con agua y su pan. Son veintiún perros de la calle, a veces veintidós, veintisiete, y en una ocasión llegó a haber treinta, pero entonces las criadas se quejaron y la nueva abuela mandó a tres al asilo que dirige.

La nueva abuela los recoge en la calle mancos, cojos, tullidos, roñosos, calvos, a punto de morir. Ellos la ven venir y aunque los vecinos griten: "Cuidado, es muy bravo", "Tiene rabia", "Más vale que no se le acerque", ella los toma en sus brazos. Compra litros de creolina, kilos de polvos de azufre, lava los ojos de los casi ciegos, espolvorea a los que tienen sarna. Mientras desayuna con sus animales, Cándida sube a limpiar los baños en donde duermen. Cada uno tiene su cajón y su palanganita de agua y leche; un calentador en cada baño. Los periódicos tapizan el baño, se levantan con todo y los excrementos y se enrollan para tirarlos a la basura. Cándida trapea con agua y desinfectante. De suerte que de ese castillito de cuento de hadas sale más mierda que del Hotel Reforma.

La nueva abuela sube a acostarse después y tres perritas consentidas, Blanquita, Muñeca y Canela, se meten bajo sus sábanas. Apenas si hacen bulto. La nueva abuela lee el periódico que más tarde leerán los perros. Lo lee con guantes: "Si no, las manos se me ponen negras". Cada vez que suena el teléfono la Muñeca ladra pero no sale de su nido. Por la ventana del jardín entra el aire de la mañana limpio y azuloso. La nueva abuela toca el timbre y desde la cocina responde una salva de ladridos. Sube también Crisófora y se detiene frente a la cama:

—¿Qué quiere que le haga de comer hoy, señora?

—Una entrada, un plato fuerte, una ensalada y una compota.

Así día a día la vamos conociendo. A Sofía le entra una verdadera pasión por los perros, los carga estén como estén y a las dos semanas recoge uno por su cuenta y le pone Kiki. Dice que va a dormir con él, pero mamá no la deja porque a Kiki le falta un ojo y le cuelga el pito.

Los perros oyen muchas cosas cuando duermen y no es que ladren abiertamente, no; gimen, gruñen, luchan con el ángel, se llenan de demonio, no sé, como cuando hay una perra en brama y la nueva abuela manda a encerrar a todos los que no ha llevado a capar. Los castra aunque se pongan gordos y se echen a dormir, al cabo y al fin son feos, son perros de la calle, corrientes y cubiertos de cicatrices. Incluso los barrigones, en esa noche de brama, no dejan de aullar; toda la casa tiembla enfebrecida y mi hermana y yo amanecemos desveladas, inquietas, al acecho de algo que debiera suceder y no acontece porque la nueva abuela dispuso encerrar a los machos.

Cándida no bautiza a los perros pero sus comentarios los definen:

—Ese perro que trajo hoy tiene lengua de perico.

Le abrimos el hocico y vemos un pedacito de lengua negra que le nada dentro, una mirruña que no alcanza para nada.

—Este perro nunca va a ladrar, lo embrujaron.

Cándida amplía su reporte:

—A veces a los perros les tronchan la lengua para pegársela a algún cristiano. Y a ellos les pegan la de otro animalito.

—Cállese, Cándida, ¿qué patrañas son ésas?

A la abuelita no le gustan los cuentos de espantos, mutilaciones, embrujamientos, pero al can se le queda el nombre: "Perico". Al de patas cortas y zambas: "Conejo", al negro lustroso "Torito", al flaquito amarillo, "Canario". No sólo tenemos perros injertados de pájaros, perros-borregos, perros-burros, perros-niñas, perros-leones, sino que cada uno tenía su pasado; su historia triste y banal como la del común de los mortales. Sofía, comentaba esperanzada ante el recién llegado:

—Éste sí es un poco fino, abuelita.

—¿Cómo lo sabes?

—Su mamá debió ser salchicha y su papá fox terrier.

A la nueva abuela le divierte que Sofía pretenda que caiga en la casa un perro fino de collar y placa en forma de casita, nombre de sus dueños y vacuna antirrábica. A los perros con reminiscencia de gente decente es fácil colocarlos y algunos compadecidos se los llevan. Una mañana la abuela trajo un perro que debió ser fuerte y sano. Le abrimos el hocico; tenía tres clavijas en vez de dientes. Crisófora, conocedora dijo:

—Este perro viene de lejos. No es de aquí.

—¿De dónde es?

—Es del campo, véanle los dientes: allá se los tumbaron. Los campesinos les rompen los dientes a sus perros para que no se coman sus mazorcas. Van y se tragan los elotitos tiernos.

—¡Qué horror! ¿Tú harías eso, Crisófora?

—Si un perro se quisiera comer mi maíz, claro que lo haría.

Sus ojos negros nos miran con rencor, se ríe en forma hiriente:

—En el campo, la carne de caballo la comen los cristianos.

La llanada es interminable; por donde quiera que uno voltee la tierra se extiende cada vez más amplia, más perdediza. Bajo la inmensidad del cielo, de vez en cuando se desmadeja el humo de alguna fogata o el de una chimenea. Si el humo camina, Sofía advierte: "Allí viene el tren y nos va a machucar". Mamá ríe. "No, si esto no es Francia, aquí nada es de juguete." Nos perdemos en la tierra infinita, mamá pregunta su camino: "Aquí tras lomita" y las lomitas se agigantan y avanzamos sobrecogidas por su inacabable desmesura. Nada tiene fin. El sol quemante amarillea y desolla los campos, nosotras somos una cucarachita que avanza tatemándose. Mamá nos dice que contemos los burros en el camino para entretenernos: "Un burrito... otro burrito... yo ya llevo siete burritos con sus atadijos de leña o de hojas de maíz para los tamales". Una vez nos dijo que contáramos magueyes; se nos venían encima como un ejército, avanzaban hacia el parabrisas hasta que Sofía gritó: "¡Los alemanes, los alemanes!", y mamá ordenó:

—Cesen ese juego, ya no, olvídense de él.

Amo los magueyes, los miro con detenimiento. Mamá dice que el pulque le da asco porque lo sorben con la boca a través del acocote y luego lo vacían todo ensalivado. Acocote, acocote, acocote, repito fascinada a través de la ventanilla. A mí el aguamiel me endulza el calor; los hombres que lo sacan parecen picaflores, apartan las pencas y hurgan cabeza adentro en el verdor y lo chupan. Lo dejan con su secreto en medio de las piernas verdes al sol. Vengan magueyes, vengan hasta la ventanilla, vengan hacia mí, vengan atentos, leales, severos, vengan guardianes, remonten las colinas, atraviesen los barrancos, vengan, soy su general y ustedes mi ejército, el ejército más portentoso del mundo.

—Mamá, Mariana está otra vez hablando sola.

Hace su aparición arriba de la escalera. Antes ha ido a despedirse de la nueva abuela que le dice invariablemente:

—Te brilla la nariz.

Con la mota de la polvera de la nueva abuela se polvea y luego baja decidida la escalera, cada día con un vestido diferente, una bolsa diferente, unos ojos diferentes. Los vestidos son de Schiaparelli y son divinos, dirán di-vi-nos y sí, me intimida su belleza, no quiero arrugarla, despeinarla. La palidez de su rostro bajo la mata de pelo que parece pesarle en la nuca, echarle hacia atrás la cabeza, el cuello frágil de tan largo, el hueso en la nuca dispuesto a la guillotina; allí podría caer la pesada cuchilla, sangrarla, desnucarla, descerebrarla, descabezarla, separar su rostro de altos pómulos del resto del cuerpo volátil, intangible, intocable. Porque nadie toca este cuerpo, nadie lo toma de la cintura; se volatilizaría, se rompería en el aire tan extremadamente delicado; la esmeralda cuadrada grande, ¿de dónde proviene? Cuelga en su mano delgadísima, la lastra, la hace aún más lánguida; el peso de un ser detenido a una esmeralda que a mí me parece burda, un cajoncito de mar congelado, una dura transparencia.

Mamá nos asigna a los hijos de sus amigos. En la misma calle de Berlín viven los Martínez del Río; en Dinamarca, los Rincón Gallardo, los Fernández del Valle; los Romero de Terreros, en Durango, cerca de la avenida Álvaro Obregón arbolada y con faroles de grabado antiguo, los Riba. En casa de los Riba hay una niña que amaré toda la vida: es la mayor de siete hermanos, se ríe conmigo y me dice la primera vez: "Tú y yo vamos a ser amigas". Me emociono mucho. Añade: "Amigas para toda la vida". No se lo digo a Sofía, es mi secreto. Pienso en la próxima vez que la veré, cómo será el encuentro, qué decirle, qué vestido ponerme. Esa misma noche le escribo una carta con florecitas, tantito en español, tantito en francés. Qué fuerza me da tenerla de amiga. Pregunto:

—Mamá, ¿cuándo vamos a casa de los Riba?

A Sofía y a mí nos encanta porque dan tamales de la FLOR DE LIS, que les queda a una cuadra, y chocolate batido con molinillo. A casa de los Martínez del Río vamos a pie pero allá jugamos en el sótano para no hacerle ruido al papá que es un sabio.

—¿Dé qué es sabio?

—De los huesos —contesta su hijo Carlos.

En el Windsor la seño Velásquez hace una encuesta: "¿Qué van a ser de grandes?" Todas las niñas contestamos: "Formar un hogar". Alejandro Ochoa responde: "Gine-cólogo", y la seño Velásquez lo castiga una semana sin recreo.

Apenas vamos al cine Sofía y yo buscamos a papá en todos los soldados que aparecen en los noticieros. Cuando salen los nazis marchando con su paso de ganso, en la sala se escuchan aplausos. A mamá le da mucho coraje.

Me como las uñas.

Entre sueños veo su falda al caminar; sus piernas bajo la levedad de la muselina; sus vestidos son ligeros, por el calor del trópico ahora que vivimos en *le Mexique, un pays chaud* sin estaciones. Flota la tela en torno a su cintura; me hago la ilusión: "Allí viene, viene hacia mí" pero sus pasos la llevan hacia la puerta de la calle, la abre presurosa, sin verme, sale, cierra tras ella, ya está fuera y me he quedado atrás. El motor del coche y después, ya, la inmensidad.

En el movimiento de su falda hay la transparencia de los helechos que dejan filtrar la luz, la vuelven verde, la hacen bailar sobre los muros, la perfilan. Viene ella recortando el aire con los sonidos que salen de su amplitud cantarina. A veces sólo se deslizan y escucho un murmullo, pero a veces camina a saltitos y la falda brinca también sacudiéndose. Cuando llega a jugar con nosotras al "avión", hace trampa, sus altos tacones a caballo sobre la línea de gis blanco:

—Mamá, estás pisando.

—No, tengo la punta en el cielo.

—Tu tacón está del otro lado de la línea, mamá.

—No estoy pisando.

Con nuestras gruesas suelas crepé, no hay salvación posible, siempre gana y se pone contenta. La miro saltar, joven, flexible, sus muslos de venado tembloroso, su cintura a punto de quebrarse, su pelo una riqueza caoba sobre el cuello. Al rato va a salir, siempre se va, no tenemos la fórmula para retenerla. A veces la veo en su recámara, la riqueza caoba sobre la almohada, a punto de la somnolencia. Qué admirable su cuerpo delgado sobre la colcha. Se sabe mirada, vuelve la cabeza adormecida hacia la puerta, me adivina: "Déjame sola", murmura con una voz dulce, "déjame sola".

Verla caminar descalza sobre la alfombra y sentarse de pronto en posición de loto, las palmas hacia arriba, me hace espiar a las mujeres del mundo a ver si reconozco en ellas los mismos movimientos. Como un resorte se levanta del suelo y vuelve a emprenderla descalza en una playa de su invención. A nosotras nos ordena: "Pónganse las pantuflas", pero ella va y viene sin que la oigamos, dejando sus pies como códices en mi pecho, en mi vientre de niña, en mis muslitos redondos, en mis piernas que saltan a la cuerda. ¡Ay, mamá!

"Sofía está muy dotada para el baile. Mariana es muy estudiosa. Va a aprender a tocar el piano como su papá. Sofía, natación, porque no le teme a nada. Ya está más alta que Mariana y es la menor", les dice mamá a las visitas, mientras les sirve el té.

—¿Qué coche tiene tu papá?
    —Mi papá no vive aquí.
    —¿Dónde está?
    —En la guerra.
    —¿Es general?
    —No, es capitán.
    —Mi abuelo es general, estuvo en la Revolución, mató a muchos. Tu papá, ¿a cuántos ha matado?
    —Mi papá no mata a nadie.
    —Entonces tu papá no sirve.

No todos los días viene por nosotras a la escuela, pero cuando lo hace, tengo una golondrina en el pecho, sus plumas en la garganta. Me salta a la boca, no puedo hablar. Con ella surge lo que me desazona. Llega riente, fluye, "oye, qué bonita es tu mamá", sacude sus cabellos de piloncillo derretido, camina dando saltos hacia la dirección, paga la colegiatura con retraso, fluye, florea sobre el pavimento del patio de recreo, da unos pasitos de baile, torea, escoge un avión pintado con gis y brinca del cuadro uno al tres, ríe y yo me avergüenzo, qué dirán, que ésa no es una mamá, que es un chango, oigo hasta su perfume. Las otras mamás atraviesan el patio derechitas, no tintinean como la mía.

—Oye, ¿y ese señor que está esperando en el coche es tu papá?

—¿Cúal señor?

Corro al coche que ha dejado en doble fila y en el asiento de al lado veo un policía.

—Mamá, ¿quién es?

—¿Quién es quién?

—Ése que está afuera, en el asiento.

—¿Quién?

—Ese tecolote, mamá.

—Ah, ése es Fernando: me quiso poner una infracción y le dije que mejor se subiera y me acompañara por ustedes porque se me iba a hacer tarde.

Fernando es muy guapo: todo café, uniforme, cara, *képi*, zapatos y no trae calcetines. Platica con nosotras por no dejar, pero a ella le coquetea, ríe a grandes dientes, sus ojos la recorren. Lo odio.

—Mamá, queremos un hermanito.

—Pero niñas, su papá no está aquí…

—No importa, tú dale la sorpresa.

De pronto la miro y ya no está. Vuelvo a mirarla, la define su ausencia. Ha ido a unirse a algo que le da fuerza y no sé lo que es. No puedo seguirla, no entiendo hacia qué espacio invisible se ha dirigido, qué aire inefable la resguarda y la aísla; desde luego ya no está en el mundo y por más que manoteo no me ve, permanece siempre fuera de mi alcance. Sé que mi amor la sustenta, claro, pero su ausencia es sólo suya y en ella no tengo cabida.

El día de la primera comunión una peinadora viene a las siete con un palo café a hacernos unos chinos como salchichas largas, *"des anglaises"* las llama mamá. Longanizas tiesas de limón. En el Colegio de Niñas, frente a la Fuente de la Ranita, en Bolívar, nos reunimos con las otras para pasar a la sacristía que relumbra según el rayo de sol que entra por una invisible rendija y viene a posarse sobre el traje de monja de Clarita Zárraga, un hábito blanco con un grueso rosario cuyas cuentas le caen más abajo de las rodillas. La envidio. No me gusta mi organdí. En los *scouts* Clarita no corre, no grita, no se mezcla. Hoy, su figura de cera se derrite más que de costumbre y sus ojos miran al techo como si la Virgen de Lourdes fuera a hablarle desde una viga. Ahora no se le ve el cabello por la cofia, pero lo tiene de lino. De lino también el de su madre, una señora altita, tímida y desdibujada que viene a recogerla. Ninguna de las dos habla; la madre, infinitamente blanca, se pinta los labios de anaranjado y eso la hace insólita. Dicen que el papá es pintor, lo imagino con una gorra y un batón, sus dos pálidas mujeres posando frente a él como jarrones blancos. O magnolias. O azucareras. Hoy beso a Clara Zárraga en el espacio libre entre sus anteojos y su cofia; besarla me sabe más que la hostia que deglutí hace un momento pidiéndole a Dios que me diera aunque fuera una pequeñísima señal de su presencia.

México (o Estados Unidos Mexicanos), República Federal de la América del Norte limitada al norte por E. U.; al este, por el Océano Atlántico (Golfo de México y Mar Caribe); al sureste, por Guatemala y Belice, y al oeste por el Océano Pacífico. Su territorio es de 1 972 546 km² y tiene 2 760 km de costa en el Golfo de México y 6 608 en el Pacífico.

Su población alcanza ya los 20 millones de mexicanos. La Ciudad de México está situada a 2 230 m sobre el nivel del mar.

En mi casa saben más de Francia o de Inglaterra que de México. A la hora de la comida anuncio a grandes gritos: "Francia cabe más de cuatro veces dentro del territorio mexicano, ¿sabían?"

Tía Esperanza, a veces, para ir a fiestas se viste de tehuana; se ve bonita de rebozo y enaguas largas. Como es muy alta parece torre que camina.

EL COCHE VA TOMANDO LA CURVA que inicia el Cañón del Zopilote. Ella lo maneja. Es un Chrysler y no está precisamente nuevo. Como mi hermana se marea va junto a la ventanilla; así puede pedirle a mi mami: "Estaciónate", abrir más pronto la puerta y vomitar. Pero a veces le gana y sólo saca la cabeza fuera de la ventanilla, y a mí, que voy atrás, me salpica. "Ya vamos a llegar", dice ella para animarnos, "ya vamos a llegar". Maneja muy rápido, siempre lo ha hecho, y si el coche al cambiar de velocidad no responde, lo llama "vieja vaca" en francés, o "camello", también en francés. Y se dice a sí misma: "Este coche es una vaca". O un camello, según el caso. Dobla todos los cargueros, todos los camiones de pasajeros, se lanza. Son las dos de la tarde; desde hace horas soportamos el calor, desde que pasamos Cuernavaca y Taxco. Así es ella: "Mañana nos vamos las chicas y yo a Acapulco" y salimos, con retraso, claro, así es ella. De nada valieron las protestas: "Es muy peligroso; tú sola con dos niñas es una imprudencia viajar". "No sabes a lo que te arriesgas." "Pones en peligro sus vidas, no sólo la tuya." "En la carretera asaltan." O pronosticaron: "¿Y si se te descompone el coche, ¿qué vas a hacer, Luz? ¿Qué, si se te poncha una llanta?" "Son muchas horas para una mujer sola con dos criaturas." "¡Qué terca eres, Luz!"

"¡Inconsciente!" Nos sonríe; hoy lleva puesta su cara de obstinación y es la que mejor le sienta. Su cara de que no pierde el tiempo. Su cara de que sabe. Nos sonríe. Se me vienen encima las altas rocas calientes del Cañón del Zopilote, ¿cuándo se acabará? Una curva continúa el laberinto, mi hermana está verde, destrenzada, creo que ya no tiene nada en el estómago; ha vomitado tanto que ella, que primero se bajaba a sostenerle la frente, ya casi ni quiere detenerse. El coche huele a dulzón, a una mezcla de papaya fermentada, a leche, y yo hago un esfuerzo por no vomitar también. "Tú nunca te mareas", me dice y no sé si es una constatación o una orden. Parece empujar el coche por su pura voluntad de llegar. "Falta media hora, falta un cuarto de hora." "Faltan 25 kilómetros", canturrea. Con ella, siempre faltan 25 kilómetros aunque sean 375. No es cierto, los cuartos de hora se acumulan; el calor hornea el coche y está a punto de hacerlo estallar; el coche es todo motor, mi hermana parece una lechuguita lacia, se le afiló la nariz, se le marcan los labios, recarga su cabeza en la ventanilla para sorber el aire caliente, su pescuezo largo y flaco a punto de quebrarse. Puedo ver el hueso que inicia su columna vertebral que de tan salido se ofrece al cielo para que le clave un cuchillo.

Insiste: "Vamos a llegar", y de pronto dice su voz más fuerte: "¿No huelen a mar?" Huelo sólo el calor y la gasolina. "Claro que huele a mar." No emitimos ni una débil protesta. Sigue animándonos: "Lo huelen, no me digan que no lo huelen, creo que hasta veo sal sobre el parabrisas". Somos dos gusanitos obedientes y miramos al parabrisas; una ondeada de calor nos golpea la cara. Como una cachetada. A ella le gusta dar cachetadas. O si no le gusta, dice que son indispensables —educativamente hablando—, claro, educación francesa. A mí me ha dado unas cuantas; a mi hermana muchas. Ida y vuelta; de regreso de una mejilla a otra. Miro sus manos fuertes y tercas sobre el volante. Sobre los vidrios se han estrellado ya muchas moscas, abejas, insectos; dejan un líquido amarillo como yema de huevo. Al principio Sofía gritaba: "Ten cuidado con el perrito". Aunque fueran grandotes; grandes y chicos los perros se meten a las carreteras para que los maten más pronto. Mamá siempre frena, podríamos irnos a la barranca con tal de no machucar a un perro, pero los camioneros ni siquiera disminuyen la velocidad. Aparto la vista de las masas embarradas sobre el pavimento, pero lo hago siempre después, cuando ya las he visto y el alma se me va llenando de perros muertos.

—Ahora sí no es posible que no huelan el mar, ahora sí, a la próxima curva...

Levantamos la nariz. Como que el calor ya no es tan espeso, como que un alguito de agua le ha entrado, como que el aire se está humedeciendo, ella nos amonesta: "Fíjense bien, a la próxima curva lo van a ver", pasan como cien curvas y de pronto, "miren", allá se extiende como un metal ardiente, como si todos los lomos azules del Chrysler se hubieran ido a tirar a lo lejos, en un campo que le fue destinado hace siglos, qué brillo cruel, no puedo ver de tanto que me arden los ojos, "¿ven?, niñas, ¿ven?, ahora sí, niñas, ¿ya lo vieron niñas?", exulta, pisa el acelerador y la vieja vaca responde ansiosa, comienza a entrar el aire, disipa el olor que nos atosiga a las tres, "allí está, allí está", "miren", alardea, el mar es de ella y de vuelta en vuelta, de curva en curva vamos descendiendo, "faltan cinco minutos, faltan dos kilómetros, falta un kilómetro, miren, véanlo bien".

Parece el cielo al revés, me atrevo a decir, no me oye porque ha pisado el acelerador y como es de bajada vamos como bólidos pasando coches y camiones que descienden rugiendo despacio como animales prehistóricos sedientos, tatemados por el sol. Al borde de la carretera un niño ofrece una iguana posada sobre su hombro y hace señas con una vara. Mi hermana revive: *"¡Ah, le petit cocodrile!"* Nunca puede decir "crocodile". Inicio una corrección indispensable y mamá corea, nos llama sus pequeñas cocos, sus cocottes, sus cocotitas, sus cocodrilitas. Hemos llegado, vamos por la costera, coquitas, no hay una sola casa, no se preocupen, sé muy bien dónde las llevo, al Hotel Papagayo, es ese grande y solo, ése rodeado de palmeras, blanco y con balaustradas rojas, ¿han visto esos tabachines? (estaciona el coche), vamos a bajarnos, tú, coco, ve a avisar que vengan por las maletas, y tú, cococita, cámbiate de ropa de inmediato, voy a pedir que laven el coche, apúrense, este coche es el infierno, apúrense.

Mi hermana desfalleciente interroga:

—¿Podemos irnos a meter al mar?

Son casi las siete de la noche, pero en el mar oscurece más tarde.

—Sí, pero primero échate un regaderazo para no ensuciarlo.

—¿Ensuciar qué?

—El mar.

En un segundo encontramos los trajes de baño y todavía al atravesar la costera corriendo, vamos amarrando los tirantes. En la arena tiramos las toallas y seguimos corriendo como animales hasta la espuma, la primera ola, entramos en el agua, "son dos caballos escapados", dice siempre, ahora somos caballitos de mar. De lejos, la veo llegar, camina lentamente, blanca en su traje negro. Miro cómo se tira en la arena todavía caliente de espaldas a nosotras y esconde su cabeza entre los brazos.

Durante muchas horas, tras de la ventanilla estuve atenta a los bandidos para verlos salir de entre los árboles, su cuchillo atravesado en la boca, y decírselo a ella, que seguramente sabría qué hacer para que no nos asaltaran. Pero nunca vi sino hombres y mujeres cargados como bestias, su atadijo de leña sobre la espalda, descalzos, su rostro confundido con el color de la tierra. Allá estaba ella acostada sobre la arena, ¿cuándo vendría a meterse al mar con nosotras, cuándo? Seguramente había sido grande su esfuerzo y las predicciones en contra del viaje no podían haberle pasado por alto. Jamás decía cuando las cosas le hacían mella. Sólo miraban, sus grandes ojos de azúcar quemada. Yo era una niña enamorada como loca. Una niña que aguarda horas enteras. Una niña como un perro. Una niña allí detenida entre dos puertas, sostenida por su amor. Una niña arriba de la escalera, esperando. Una niña junto a la ventana. El sólo verla justificaba todas mis horas de esperanza. Claro, hacía otras cosas: iba a la escuela, me esmeraba, tocaba el piano, asistía a cuanta clase quería, hacía popó, me bañaba, me lavaba los dientes, quería merecerla, en el fondo, la esperaba y el sólo verla coronaba mis esfuerzos. Era una mi ilusión: estar con ella, jamás insistía yo frente a ella, pero sola, insistía en mi ilusión, la horadaba, le daba vueltas, la vestía, hacía que se hinchara cada vez más dentro de mi cuerpo, como los globeros que de un tubito de hule hacen un mundo azul, rosa, amarillo, enorme. No me cabía en el cuerpo, me abarcaba toda, casi no podía moverme y menos en su presencia. Éramos unas niñas desarraigadas, flotábamos en México, qué cuerdita tan frágil la nuestra, ¡cuántos vientos para mecate tan fino!

Le platico a mamá de la Revolución, del entusiasmo de la seño Velásquez.

—No me hables de ellos, son puros bandidos.

Voy con la abuela:

—Son asaltantes de camino real, lazaban a las pobrecitas vacas, las mataban.

Consulto a *Mister Chips:*

—Tu familia perdió todas sus haciendas, no veo por qué tanto interés.

En casa de los Martínez del Río, los Romero de Terreros hablan de las minas de Pachuca, los Rincón Gallardo responden que México va de mal en peor:

—Los políticos son los mismos ladrones que hicieron la Revolución. ¿Qué tuvo de bueno la revuelta ésa de muertos de hambre?

Hablan de un pintor que hace unos monos es-pan-to-sos en todas las paredes del centro: "Como él mismo es un adefesio, a todos los ve igual de gordos y deformes que él. Además pinta indios".

No me entero de cómo se llama porque no le dicen por su nombre, sino el monero; en cambio, uno que pinta paisajes y vive en la azotea del licenciado Ladrón de Guevara sí tiene que ver con el arte, nada más que es muy borracho.

Durante varios días no la vemos y de repente la presiento: "Allí viene". La envuelve su soledad verde esperanza; la nimba el verdor de los helechos. Ni cuenta se da del misterio que representa. ¿De dónde viene? ¿En dónde estuvo? Se sienta a la mesa con nosotros y ya para la tercera cucharada está ausente, sé que ya no nos ve aunque ponga sobre nosotras su mirada. Se ha ido no sé a dónde después de preguntarnos por no dejar cómo nos fue en la escuela, y si fuimos a la clase de piano, a la de baile, la de guitarra, la de gimnasia, la de francés; porque, eso sí, vamos de una clase a otra seguidas de la nana, y los domingos, al cine Vanguardias también con la nana, aunque le decimos que se siente por allá para que no se den cuenta.

Guardo silencio porque sé que no me oye pero mi hermana hace el recuento vindicativo de nuestras idas y vueltas, el calor a las dos de la tarde, los apretujones, y reclama: no quiere viajar en autobús, huele mal, le dan ganas de vomitar, el chofer no hace la parada, hay muchos pelados, huele a pies, se echan pedos, tienen infecciones en los ojos, sarna, tuberculosis, pesa mucho la mochila, no le gusta llegar tarde. Enumera futuras catástrofes, siempre anuncia catástrofes. Eso la colma. ¿No ha pensado mamá que pueden asesinarla? Como Sofía grita en la noche y ve ladrones subir por los muros y asomarse a su ventana, mamá dice que sí, que va a poner remedio, que ya, que cesen esas jeremiadas agotadoras. Apenas si come, a nosotras nos exige que comamos pero a veces se le olvida. Casi todo se le olvida. Luego se despide, oigo su paso en la escalera, se va, va a salir, se le ha hecho tarde, siempre se le hace tarde.

Todas las llamadas de teléfono son para ella.

Leo los recados:

—María Teresa Riba, que cuándo van las niñas a merendar.

—Eustaquio Escandón.

—Mercedes Fernández Castelló.

—Joaquín Cortina.

—Su prima Esperanza.

—Marilú Fernández del Valle.

—La Galería de Arte Mexicano.

—Luis Barragán.

—El pedicurista.

—La señorita que ensarta las perlas.

—Uno que no quiso dejar su nombre.

—¡Qué contenta debes estar con la llegada de Lucecita! —musicaliza Lola Sanz.

—Es una preciosura, y tan activa, no para, ¿verdad?

—Oye, ¿que va a participar en el torneo del Club de Golf Reforma?

—Me contaron que hasta Cantinflas la sacó a bailar la otra noche en una fiesta en su casa.

—Sí, qué honor —ironiza mi abuela inclinada sobre su *petit-point*.

—Tu hija es de lo más graciosa.

—Y estas niñas tan chulas de bonitas como su mamá, ¿qué no extrañan a su papá? —pregunta María Cervantes.

—No sé, no dicen, las educaron a no decir.

Mi abuela nos ofrece dos terroncitos de azúcar y sigue sirviendo el té.

—¿Quieres limón o prefieres crema? Tú, Nena, sé que lo tomas con limón.

—Yo, crema —tiende su taza con su brazo acolchonado Mimí Mendiola.

—Luz salió en la revista *Social* con un modelo de París que le sienta de maravilla. Seguramente ya la viste, salió chula de bonita...

—La revista *Social* es muy fea —deja caer mi abuela...

—Ya sé que es el *non plus ultra* de la cursilería pero a mí me divierte muchísimo —dice Rafaela García Pimentel, a quien yo quiero porque tiene la voz ronca y mira fuerte.

Claro que hablan de otros temas, de Joaquina Villamil en su silla de ruedas, y de sus hijos, Tintín y Tantán, de que la artritis ya no deja en paz a Sofía Romero Rubio y que del bastón tendrá que pasar a la silla de ruedas como Joaquina Villamil, pero al tema que siempre regresan es al de Lucecita-que-vino-de-París-tan-elegantísima partiendo plaza, con mucho mundo, el Ritz a mediodía, el Ciros, el uno, dos, tres en la noche, los caldos de la Indianilla, ¿alón, molleja, media pechuga?, en la Doctores entre las tres y las cuatro de la mañana para la cruda, no cabe duda de que el mundo se adquiere en el otro continente, aquí somos todavía muy provincianos, Lucecita tenía que casarse bien, tan linda ella, también tu hija Francis, y Diana, bueno todas tus hijas son especiales, las recuerdo en Biarritz, se veían bellísimas de blanco en el Chapelet, Pedro Corcuera las adora, sobre todo a Lucecita tan linda ella, Lucerito tan dinámica, llena de vida como lo son las francesas, claro, algo se le había de pegar, ¿sabías que el otro día la vieron en Cuernavaca, sola, manejando su coche? ¡Ah, bárbara, tan audaz! ¿Qué así serán las europeas de aventadas? Aquí eso no se usa, deben tener mucho cuidado. Ustedes, como se la viven en Europa se les olvida que están en México, pero deben tener mucho cuidado. Desde que se hizo la Revolución no puede uno de mujer andar sola. Ustedes, como sólo vienen a visitarnos por temporadas, no pueden darse cuenta. Lucecita anda jalándole la cola al diablo, en fin, así son ustedes, unos originales, siempre lo han sido desde que...

—Pues sí, supongo que somos originales —acepta mi abuela con sencillez. Sirve magdalenas y garibaldis de El Globo. Las visitas dan unas mordiditas y vuelven a su plática favorita, ¿adivinen cuál? Lucecita. ¿Te has fijado cuánto la menciona el Duque de Otranto en sus columnas? En la del martes contó de un gigantesco ramo de flores que le mandó Ezequiel Padilla, y Marie Thérèse Redo, que lo vio en la sala, dijo que era una cosota así, desproporcionada, claro que de mal gusto, del gusto de los políticos, del gusto de la Revolución mexicana que no tiene el menor gusto, qué le vamos a hacer, la cultura no se aprende de un día para el otro.

—A propósito, ¿qué es lo que hace Lucecita en las tardes?

Mi abuela responde que juega *gin rummy* y que el otro día, con Marilú Elízaga ganó setecientos pesos, qué barbaridad cuánto dinero.

—¿Así es de que Lucecita es suertuda en la baraja y en el amor?

Las visitas se despiden poniéndose los guantes, ¡cómo pasa el tiempo, se me hizo tardísimo! Las acompaño a la puerta, alegan que tienen mucho qué hacer, compromisos impostergables, "dentro de unos días es la boda Ortiz de la Huerta y corro ahora mismo al Palacio de Hierro a escoger el regalo", "tengo que llevar mi lámpara a que le hagan una pantalla" o "voy al centro a buscar hilos y agujas". Le pregunto a mi abuela si no hay mercerías en la colonia Roma y dice que sí, que claro, pero "es que ellas necesitan ir a matar la tarde. En Armand les abren una infinidad de cajas para que se pongan a ver botones…" Algo capta en mis ojos, algo de lo inquietante que puede volverse una vida a partir de dos o tres Lucecitas, porque pone su mano como pétalo sobre mi cabeza y dice:

—Tu mamá nunca va tener que matar tarde alguna.

Nuestra vida social no es tan ajetreada como la de mi madre pero tiene su chiste sobre todo porque gira en torno a la abuela, que los domingos se pone un vestido de lunares rabón, porque así le gusta, rabón, y nos lleva al centro a Sofía y a mí, en un coche de alquiler que nos deja frente a la Casa de los Azulejos.

Caminamos por la calle de Madero hasta la Profesa a misa de doce. Después del calor en la nuca, en los hombros, bajar los escalones desgastados, limados por miles de pies para penetrar en la nave, es un descanso. Me hinco como quien hace un garabato, achangada en el suelo de piedra, y me escurro a una banca, quizá sea esto lo que más me gusta de la Profesa; su desgaste. Alguna vez las bancas acabarán por derretirse, volverse materia blanda, miel de piloncillo; se ofrecen íntimas. Nos arrodillamos sobre la madera bruñida, bajo la bóveda altísima y vacía. En la Profesa todo está pulido; la voz del sacerdote, las bancas, la pila del agua bendita, los confesionarios, los muros, el altar solemne y distante allá a lo lejos, las mejillas y la frente de la nueva abuela, bajo el canotier, su rosario que ha tocado el Santo Sepulcro en Jerusalén, entre sus dedos pálidos. Casi no hay gente, apenas unos cuantos bultos enrebozados, morenos como las bancas, monitos que se rascan y se persignan, confundidos los ademanes. A veces capto, entre las cortinas del rebozo, el fulgor de una mirada huidiza; la mano vuelta hacia adentro como una garra que se recoge es la de un animal que erró su ataque y tuvo que retraerse. ¿Qué tanto hay dentro de esos rebozos? ¿Cuánta mugre rencorosa, cuánto sudor ácido, cuánta miseria arrebujada en el cuello y en el cabello opaco, grisáceo? Quisiera hablarles, sería fácil acuclillarme junto a una forma doliente, pero aprendí que no me aceptan, me ven en sordina, agazapados entre sus trapos descoloridos y tristes, hacen como que no me entienden, todo su ser erizado de desconfianza. Dice la abuela que es más fácil acercarse a un perro sarnoso.

Tengo que rezar por mi padre, mi madre, mi abuela, por todos los que son mi vida y también, como enseñan en los *scouts,* por los que están ahora en la iglesia, los cadáveres que aguardan sumidos en sus montones de ropa vieja: "Dios mío, dime ¿qué les he hecho? ¿Qué les hacemos para que nos rechacen tanto?" Espío sus gestos hieráticos, vergonzantes y, sobre todo, esa terrible tranquilidad oscura con la que esperan yertos a que el más allá les dé la señal. ¿Qué esperan? Magda me dijo una vez: "Es que no tienen a nadie". ¿Qué hago entre esas ánimas en pena?

Después de la bendición final saludamos a *"les gens de connaissance",* Pastora Dávila y el doctor Rojas Loa, islotes entre la espesura del reproche, y vamos hasta La Esmeralda para desembocar en el Zócalo, esa gran plaza que siempre se me atora en la garganta. Mi mamá, desde la casa de Capuchinas frente a Catedral, vio al hombre araña subir por los muros hasta llegar al campanario. Una multitud esperaba para ovacionarlo. Abajo toda la plaza estaba cubierta de coronas mortuorias porque allí las vendían. Amo esta plaza, es mía, es más mía que mi casa, me importa más que mi casa, preferiría perder mi casa. Quisiera bañarla toda entera a grandes cubetadas de agua y escobazos, restregarla con una escobilla y jabón, sacarle espuma, como a un patio viejo, hincarme sobre sus baldosas a puro talle y talle, y cantarle a voz en cuello, como Jorge Negrete, cuando lo oía en el radio gritar así:

México lindo y querido,
si muero lejos de ti,
que digan que estoy dormido
y que me traigan aquí.

Veo su cajón de muerto empequeñeciéndose en medio de las baldosas acunado por la Catedral, Palacio Nacional y sus manijas pulidas, las bolas relucientes de sus balcones, el Monte de Piedad, el Hotel Majestic, el Departamento del Distrito Federal, todas inclinadas sobre la cuna ahuecada de la plaza que canta al mecerse: "México lindo y querido, si muero lejos de ti".

Cada año, mi plaza se agiganta.

—¿Ya se van a quedar en México? —pregunta Geraldine en el Windsor School.
—No sé.
—¿Cuándo va a venir tu papi?
—No sé.
—¿Cuando termine la guerra regresarán a Francia?
—No sé.

De Tomatlán, pegadito a Zacatlán de las Manzanas, llega a la casa con un cesto. Mamá le pregunta si tiene referencias:

—¿Eso qué es?

—Cartas de recomendación.

—Sólo que de los borregos y los chivos; acabo de llegar, señora, su merced.

Sofía y yo nos colgamos de sus brazos, la acinturamos, es más endeble, más pequeña que nosotras:

—Mami, que se quede, que se quede.

Podemos verle la cabeza y eso que trae unos tacones que la hacen caminar como pollo espinado. Sus trenzas brillan, su sonrisa de manzana jugosa y tierna también, así como su vestido color salmón y su suéter de cocoles.

—Mami, mami, por favor, mami.

—...sin cartas de recomendación.

—Es que desde ahorita la quiero.

Ese amor ha de durar toda la vida. Magda, lava, chiquéame, plancha, hazme piojito, barre, hazme bichitos, sacude, acompáñame un ratito, trapea, ¿verdad que yo soy tu consentida?; hace jugos de naranja, palomitas, jícamas con limón, nos despierta para ir a la escuela, nos pone nombres. Yo soy "Miss Jujú", Sofía es "Mandrake", por veloz. En la oscuridad de la noche oímos con ella *El monje loco,* sus carcajadas espeluznantes y los siniestros acordes del órgano nos erizan la piel, la vuelven de gallina. Luego *El jorobado de Notre Dame, El fantasma de la Ópera,* de quien me enamoro. Me enamoro de su sótano y de su sordidez, los túneles bajo las calles de París por donde navega; su rostro encapuchado. Me enamoro de veras. Canto como Lily Pons para que me oiga, camino mirando al techo —las rodillas hechas un santocristo de tanto zapotazo— por si se le ocurre descolgarse del candil envuelto en su gran capa negra. Más tarde, cuando Alejandro sea mi cuñado y le digan: "Sabes, Mariana tiene un nuevo novio", comentará: "Ah, sí, ¿y qué defectito tiene?" por los estragos que el Fantasma de la Ópera hizo en mi alma. Además de la radio, Magda nos cuenta un episodio de "Pedro de Urdimalas" que remata siempre con:

Colorín, colorado,
este cuento está acabado
y el burrito está contento
con su zacatito adentro.

Protestamos airadamente y nos hace desatinar. Sofía de plano se enoja.

—Si no vas a contar bien, mula, mejor déjanos dormir.

Reclamo:

—Cuéntanos uno de Tomatlán.

Cuenta con voz misteriosa y baja para que nadie oiga, que una muchacha que iba al pozo a sacar agua tenía una mata de pelo admirable pero no lograba sacar bien el agua hasta que un día amaneció muerta, flotando sobre el agua del pozo, su pelo rodeándola como una aguamala negra. Cuando le preguntaban por qué era tan hermoso decía que se tallaba tomate verde en la raíz. A la hora de la autopsia le abrieron el cráneo y vieron que el pelo le había crecido tanto por dentro como por fuera. Visualizo el interior de la frente tupido de cabellos y Magda concluye:

—Los que platican puras distancias es porque el pelo se les ha enredado a los sesos hasta que acaban teniendo adentro así como un zacate.

—Éjele, éjele Mariana, mira lo que te espera.

Los cuentos de Magda son presagios; los aplico a mi vida como ese feo del caldero lleno de aceite hirviente en el que meten a las envidiosas.

Quién me manda
por mentirosa
por tracalera
por envidiosa
por fraudulera.

Porque desde antes de la primera comunión me sé envidiosa.

Magda nos descubre la milpa, Tomatlán, Zacatlán, Apizaco, Puebla, las altas cañas, lustrosas varas mojadas, ahora sí este año se va dar bien el maíz, mira qué bien viene, qué fuerte la mata, la alfalfa, los elotes tiernos y cómo deben amacizarse las manzanas y los perones. De niña iba corre y corre tras de su papá bajo el sol fuerte y bajaba desde la sierra hasta Apizaco a vender la fruta.

—¿Y no te cargaba tu papá?

—No, qué me iba a cargar si llevaba el manzanerío aquel.

—Pero al regreso…

—Al regreso traíamos panela, azúcar, queso, jerga, lo que íbamos necesitando y habíamos mercado por la fruta. Una vez entre los dos arriamos una becerrita.

—Y ¿cuántos años tenías?

—Siete añitos a lo más; la verdad no sé porque no tengo ni acta de nacimiento.

Nos invita a Tomatlán. Durante todo el camino la veo corriendo sobre sus patitas chiquitas de niña arriada.

—Él no me decía que fuera, yo era la que lo seguía porque era mucha mi querencia y tenía curiosidad de ver qué cosa había del otro lado de los árboles.

(Me hubiera yo quedado en la guerra, con mi papá.)

A eso de las doce, cuando cree que no hay nadie, Magda se sienta al piano y con un dedo saca tonadas, las mismas que escucha en las tardes de clase, en la Academia de Belem Pérez Gavilán. También nos imita cuando bailamos. Todo lo que hacemos, quisiera que a ella también le tocara: bailar, cantar, nadar. Ríe su risa de manzana, se traga al mundo, comparte. Luego sigue escombrando, remendando calcetines, recogiendo nuestro tiradero, acatando órdenes a veces incomprensibles:

—Magda, vaya a la farmacia a traer un termómetro.

—Magda, empaque de inmediato porque mañana temprano salimos a Acapulco.

—Magda, échele levadura de cerveza al chocolate de las niñas.

—Magda, ¿cómo se le ocurre peinar tan mal a Mariana?

—Magda, ¿qué a estas niñas les compra paletas en la calle?

—Magda, ¿por qué no me avisó que las niñas duermen con sus calzones puestos? ¡Es una cochinada!

—Es que ellas así quieren, para que no les gane la prisa en la mañana.

Sofía le da unas acusadas larguísimas y muy enrevesadas. En realidad Magda es nuestra cómplice. Apenas sale mamá, asaltamos su ropero, modelamos sus trajes, sus sombreros frente al espejo. Cuando oímos el claxon ta-ta-tatata —porque sin saberlo o sabiéndolo toca una grosería— corremos a la cama mientras Magda levanta a toda prisa los trajes machucados.

Leemos *Archie, La Pequeña Lulú, Mutt y Jeff, El Príncipe Valiente, Blondie, El Pájaro Loco, El Conejo de la Suerte* y aventamos las revistas debajo de la cama cuando entra mamá a darnos el beso de buenas noches.

Magda nos lleva a la Villita, nos compra gorditas envueltas en papel de china morado, y, en medio de la asoleada parlotería de los merolicos, abriéndose paso entre los puestos de pepitas y tejocotes, los penitentes que me horrorizan por sus rodillas sangrantes y su penca en el pecho, "no, niña, no te metas, ellos también merecen respeto, no se te vaya a ocurrir decirles nada"; nos enseña a la Morenita, nos retratamos entre el Popo y el Ixta: telón de fondo, probamos la horchata y la jamaica, nos cuenta de Juan Diego, es la primera vez que le rezamos a un indio. En el atrio los danzantes repiten el mismo paso cansino y, sin decir agua va, Sofía se les une y baila entre los cascabeles y las plumas, pegadita al que a todas luces es el jefe porque trae la flauta y su penacho es el más aparatoso. Los mirones ríen:

—Mira a la güerita.

Sofía sigue dale y dale.

—Niña, se te van a acabar los zapatos.

No le importa la monotonía ni las llamadas de Magda:

—Niña, se nos va a hacer tarde.

Ponemos veladoras a la Guadalupana. Qué le cuesta a la Virgen devolvérnoslo, a ver, que venga nuestro papá, que no lo veamos más corriendo en los campos minados, entre las alambradas de púas; que no vaya a ser uno de esos muñequitos que se ven bajando en paracaídas porque a él lo echan en paracaídas y lleva ya quién sabe cuántas incursiones en terreno enemigo; para él son casi todas las misiones peligrosas, es héroe, ya lo ascendieron, ya lo condecoraron. Se llama Casimiro, nuestro papá, para que no se le olvide, y tiene bigote y el pelo peinado para atrás, se parece a Sofía, las mismas cejas, las mismas piernas largas, y cuando tocaba el piano nos permitía poner nuestras manos enanas encima de las suyas y así hacernos la ilusión de que tocamos, alcanzamos una octava, nuestros acordes son sonoros como los suyos, rápido una tarantela o un valsecito o una sonata, sobre sus manos grandes, prometo, Virgen de Guadalupe, prometo no volver a tomar jamás un Tin Larín ni una paleta Mimí.

Subimos hasta arriba del cerro, comemos enfrijoladas y muéganos. A Sofía se le cae un diente y se lo traga:

—Ya ves, mula, por tu culpa.

Pero al rato se le olvida porque Magda le permite subirse a las sillas voladoras.

El Día de las Mulitas, el de los Manueles, nos lleva al Zócalo; una multitud de niñitos vestidos de calzón blanco y sombrero de paja, con su bigote pintado, niñas de rebozo con sus chapitas coloradas y sus faldas de india festejan con ramos de pinceles azules y de nubes al bienvenido: Emmanuel. Magda nos enseña los diminutos cacharros, los trastes de cocina de juguete, los guajes, las jícaras; todo nos lo explica, así como conoce la propiedad de las frutas, la de las hierbas, la de los tés, tan eficaces que cada vez que nos duele la panza reclamamos:

—Mejor un té de los que hace Magda.

Es sabia, hace reír, se fija, nunca ha habido en nuestra casa presencia más benéfica. El Jueves de Corpus en que hemos estado tan felices entre las mulitas de hojas de maíz y las de yeso cargadas de diminutas sorpresas y cintas de colores, al regresar en el camión siento un desconcierto cada vez mayor, una mano me aprieta las tripas, la tráquea, no sé si el corazón. Porque nosotras pasaremos a la mesa, con nuestra mamá y la visita en turno, y Magda se irá a comer a la cocina.

Veo sus manos enrojecidas cambiando los platos de un fregadero a otro; en uno los enjabona, en el otro los enjuaga. Los pone después a escurrir. ¿Por qué no soy yo la que lavo los platos? ¿Por qué no es mamá la que los lava? ¿O la nueva abuela? ¿O para eso *Mister Chips*? ¿O el abuelo, tantas horas sentado en Francia? ¿Por qué no es Magda la que toma las clases de piano si se ve que a ella se le ilumina el rostro al oír la música que tecleamos con desgano? ¿A ver, doña Blanca, a ver Naranja dulce, limón partido, a ver jicotillo, a ver mexicana que fruta vendía, a ver qué oficio le daremos matarililirilirón, a ver cómo respondo yo, por sus buenas manos ajadas y enrojecidas sobre su delantal, sus manos como dos manzanitas pachiches que se repegan la una a la otra para protegerse?

Talla sobre el lavadero nuestros calzones, a pleno rayo del sol sube a tenderlos a la azotea, como antes tendió las sábanas pesadas, exprimidas trabajosamente y ahora retorcidas en la cubeta. Con un gesto cansado se levanta un mechón que le cae sobre la frente sudorosa o se le destrenza una de sus trenzas que entonces echa para atrás dejándola para más tarde, como diciéndole después te atiendo. Ella siempre se atiende a lo último. Para ella son los minutos más gastados, los más viejos del día, porque antes todavía encontró tiempo para venir a contarnos el cuento de las tres hijas del zapaterito pobre.

> Niña, niña, tú que riegas la maceta de albahaca
> ¿cuántas hojitas tiene la mata?

Magda responde, como nadie sabrá responder en la mesa de los señores:

> Sacra Real Majestad, mi rey y señor,
> usted que está en su balcón
> ¿cuántos rayos tiene el sol?

En la noche, sentada al borde de mi cama, de acuerdo con el orden del mundo y las vueltas que da la Tierra, su respiración es la de los manzanos:

—Magdita, cuéntame un cuento.

> Que… Éste era un gato
> con sus pies de trapo
> y sus ojos al revés.
> ¿Quieres que te lo cuente otra vez?

Repite su encantamiento. Sé que nunca me va a abandonar, que siempre me lo contará otra vez.

Nuestra abuela nos lleva al cine. Den lo que den siempre vamos al Metropólitan. Jane Russell se mete en la cama con un cowboy flaquito, en *The Outlaw*. No entiendo por qué. La interrogo en la oscuridad del cine y responde rápido, en voz baja:

—Es que tiene calentura.

Jane Russell repega sus grandes pechos contra el pecho del flaquito. De nuevo, le jalo la manga para que me explique:

—Ya se lo va a llevar al hospital.

Por darle gusto a la abuela el cowboy va a dar al hospital. Cuando se mueven mucho mi abuela dice: "Es gimnasia sueca".

Vemos todas las del policía montado Nelson Eddy y las de Jeannette Mc Donald, me derrito con el *Indian Love Call* que resuena por encima de los bosques canadienses: "*When I'm calling youououououou, will answer toooooooooo?!*" ¿Algo así irá a pasarme en la vida? *Oh, Rosemarie, I love you.* ¿Por qué no me pusieron Rosemarie? Cantar como Diana Durbin, he allí una razón para ser feliz. Shirley Temple, Mickey Rooney son nuestros ídolos. Sofía baila el tap mejor que Shirley Temple, es verdad, pero sus patas largas son de zancudo y tiene el pelo lacio. Cuando nos peleamos le digo que es igualita a la bruja Ágata; entonces me persigue por la casa; siempre me alcanza; pega durísimo, a pesar de que Magda aparece para defenderme. "Déjala, niña, déjala, juego de manos es de villanos." "No estamos jugando, mula, yo lo que quiero es estrangularla." Sofía es terminante. Si no le presto algo, se sube al borde de la ventana del torreón y pone un pie en el vacío:

—O me lo das o me tiro.

Lloro. Me hace llorar. Y reír. A veces río tanto que lloro. Su poder sobre mí es ilimitado.

Mientras vamos a la misa dominguera con los *scouts,* mamá monta en el Club Hípico Francés. Una tarde de domingo va al jockey, otra a los toros, cuando no hay torneo de golf o no sale de fin de semana a San Carlos, a la hacienda de Nacho de la Torre. Dice que Emiliano Zapata fue administrador de San Carlos y se la pasaba en las caballerizas; le fascinaban los caballos. Allá van mujeres muy hermosas: Dolores del Río, Mercedes Azcárate, Christa von Humboldt, Chacha Rodríguez Prampolini, Maruca Palomino y se enamoran de ellas Kike y Periquín Corcuera, Chapetes Cervantes, el Regalito Cortina, Uberto Corti, Ruggiero d'Asta y otros italianos que pasan por México como chiflonazos y saben hablarle a las mujeres. Los domingos de toros comemos rapidísimo o de plano ella come en casa de Eduardo Iturbide o en el Lincoln, que le gusta a Nacho de la Torre, o en el Tampico.

En el Hípico Francés hay concurso. Es más difícil montar como amazona, el chicotazo recae sobre una sola pierna: la derecha. Verla saltar me da miedo. Es muy valiente, muy aventada, no tiene conciencia del peligro. Eso se lo oí a Ricardo Guash y lo retuve. Mi hermana y yo vamos poco al Hípico y juro y perjuro que jamás podré casarme con un hombre que juegue al golf porque desde el momento en que veo esos praditos redondos me entra una murria que sólo Magda puede curar. "Odio el golf." "No, niña, no, acompaña a tu mamá." Odio desde los casilleros en los baños hasta los carritos, los *caddies* que aguardan la propina, odio los juegos de baraja después y las carcajadas de Marilú Elízaga, guapísima, que con sus perlas en las orejas le dice a uno que se parece a Clark Gable: "¿Me das un pitillo, Raúl?" Sofía intentó jugar golf e hizo dos agujeros en uno. Los mayores la felicitaron abrazándola. "Bravo, campeona." Nunca en la historia del Club de Golf Reforma una muchachita ha tenido un *score* semejante. Aunque mamá pone su aire de distracción no olvida informar que Sofía es buenísima en todos los deportes, en los saltos de longitud, en los de altura, en equitación, en el *crawl.* Más tarde pregunta:

—¿No quieren oír cantar a Mariana? Canta como Diana Durbin.

A veces dice que como Lily Pons y alguien le sopla que como Vitola.

Diariamente, entre las doce y la una viene el Chocolate, un perro comestible como su nombre. Pachorrudo, cocoa, sus ojos continúan su pelambre. Al ver a mi abuela se vuelven líquidos. Se acerca a ella bajando la cabeza y pega la frente contra sus piernas. Embiste así durante unos minutos como un niño que pone la cabeza sobre las rodillas de su madre hasta que mi abuela lo apacigua: "Chocolate, Chocolatito". Entonces él, reconfortado, la mira sonriente y dulce, meneando la cola. La abuela le da un polvorón; si le queda hambre manda a Crisófora por una escudilla de carne con arroz y huesos. En la esquina de la calle donde el perro la bebe, la gente apenas si se vuelve a ver pues ¿quién se detiene a ver a una señora de *canotier* formando grupo con un viejo harapiento y un perro café? Porque el Chocolate tiene dueño; un viejito de pies negros curtidos, los tobillos y las piernas bajo sus hilachas llenos de cicatrices; si se quita los guaraches han de caerse hechos pedazos.

—¿También a usted se le antoja un pan, señor?

Dice que sí con la cabeza.

De vez en cuando le da un tostón:

—Para su perro.

Hace tres semanas que día tras día tiene más o menos el mismo diálogo en la esquina de la calle.

—¿No tuvo frío ayer el Chocolate? En la tarde llovió y pensé en él. Dígame, ¿no tuvo frío?

—No.

—¿Qué no tiene cobija?

—No.

—Crisófora —ordena la abuela—, vaya a traerle una cobija.

—¿De las viejas?

—No, de las nuevas.

Crisófora lo hace de mala gana. Es avara. La abuela espera junto al viejo:

—Y ¿dónde está su casa?

—¿Cuál casa?

—La del Chocolate.

—Pos él vive conmigo.

—¿Dónde?

—Lejos. Allá en la loma.

—¿Cuál loma?

—La de Santa Fe.

—Ah. Y ¿qué le da usted a medio día?

—Lo que caiga.

—No le entiendo bien. Mejor que me lo diga el Chocolate. En fin, él se ve bien, no está flaco...

El viejo contesta entre dientes y no se le entiende. Lo más probable es que sea él quien no entienda las preguntas de la abuela que se impacienta:

—Mire, usted —pone la cobija doble y envuelve al perro como niño.

El viejo no reacciona mientras mi abuela saca de una bolsa la cobija grande y envuelve al perro. Después le comentará a Crisófora: "Qué viejo más tonto. No entiende nada. Pobre Chocolate con un amo tan tonto. Ese perro estaría mucho mejor aquí conmigo".

Una vez y otra, en la esquina de la calle, el encuentro es el mismo. Cuando la abuela no está, Chocolate y el viejo la esperan sentados cerca del bote de la basura hasta que la ven bajar de un taxi mostrando los múltiples encajes de su fondo. Ella se apresura hacia ellos y el Chocolate corre a su encuentro mientras el viejo se hace el desentendido. Cuando el viejo se retrasa, la abuela patrullea la calle; deja abierta la puerta de su casa, entra y sale. Hace cinco días que no vienen. Ha llovido mucho.

—Crisófora, hay que ir a buscarlos.

En taxi recorrieron Santa Fe. La abuela preguntó de casa en casa: "¿Qué no conocen a un perro llamado Chocolate?" "¿El de doña Cata?" "No, su dueño es un viejo." "Ah, entonces no." La tanteaban. "A lo mejor es un pepenador." Reían: "Aquí. todos son pepenadores". "¿Cómo es el animalito?" "Fuerte, gordo." "No, yo vi un perro flaco de color chocolate." "Mire, mi perrita acaba de parir pero mejor no la agarre porque está criando." La gente le llega a mi abuela a través de los perros. Una gente con perro es ya un poco perro y por lo tanto digna de atención. La mayoría de sus relaciones se hacen a partir de los perros; esta mujer con un perro se salva ante sus ojos; reparte billetes de a cinco, de a diez pesos y los perros-gente ahora ofrecen ayudarle, pero nada, al final se desespera y grita por las calles destrozadas y polvosas:

—Chocolate, Chocolate.

Salen veinte perros. Ninguno es él.

—Es un nombre de perro muy común —explica Crisófora malhumorienta y asoleada—. Señora, ¿puedo tomar un refresco? No aguanto la sed. ¿No quiere usted que le consiga un vaso de agua? Aunque ni a agua llegan estos pobres porque no se la han entubado, así que un refresquito…

—Tome usted uno, Crisófora, yo no tengo sed.

Los chiquillos señalan caminos que desemboquen en posibles Chocolates.

—Por aquí sé de una familia que tiene un Chocolate.

—No es cierto, seño, no es cierto. Éste nomás la quiere tantear.

—Sí es cierto, seño, yo la llevo. El perro es alto, un perro bien burrote, cafecito de a tiro.

—Color de frijol.

—¿Frijoles aguados o refritos?

Los chamacos se burlan, la cansan más que el calor que se levanta del terregal; cruzan frente a ella, le espetan en la cara: "¿El Chocolate? Yo ayer lo vi bajando rumbo al camposanto. Deme un veinte".

Al grupo se unen perros flacos, uno de ellos amarillo y enteco como el collar de limones secos que alguna mano compasiva enrolló hace mucho en torno a su pescuezo. El perro no puede ni rascarse, resuella lastimeramente:

—No se acerque, señora, se le va a echar encima.

—Está tísico.

—Ese perro muerde.

—Señora, tenga cuidado.

La abuela levanta al perro. Por primera vez los niños guardan silencio. Le abre el hocico. Alrededor de sus ojos hay costras negras, endurecidas, de legañas.

—¿De quién es ese perro?

—Quién sabe.

—Está muy enfermo, si no es de nadie me lo voy a llevar a mi casa.

Pregunta siempre si los perros son de alguien.

Un mocoso aventura

—Ese perro es del gobierno. Todos los callejeros son del gobierno, señora.

Crisófora se bebe una Chaparrita como ella, recargada en la mesa del tendajón mixto. "Llevamos más de una hora buscando a un condenado perro", le dice al del mostrador. "De casualidad ¿no sabrá de un perro café que anda con un pepenador o sepa Dios qué será ese pobre hombre?"

—Puede que le dé una razón doña Cirila la comidera porque a veces les vende comida a los de la pepena. Vive aquí a la vuelta.

Resulta que doña Cirila es afable como cántaro de barro. Con razón da de comer:

—Don Loreto tiene un perrito de las señas que usted dice.

—¿Dónde vive? ¿Cuál es su casa? —se emociona mi abuela.

—¿Cómo va a alcanzar casa don Loretito? Vive en uno de esos tubos del drenaje, uno de los grandotes que dejaron tirados en el llano…

Corren con doña Cirila que explica que iban a entubar el agua, pero nada, el gobierno sólo promete, puras palabras en el aire, don Loretito era carpintero; a veces le doy para sus Faritos y le fío: "Ahí me paga cuando pueda", le digo. Ante la posibilidad de encontrar al Chocolate, la abuela se desembaraza del perro amarillo: "Me lo cuidan; regreso por él".

A sus gritos, sale el Chocolate, loco, loco, loco, por poco y la tira de felicidad. La lleva al interior del tubo. Adentro está tirado el viejo:

—¿Qué le pasa?

—Ha de estar borracho —sentencia Crisófora, que ya está hasta la coronilla.

—Es que está muy viejito —aboga por él la comidera.

—Véngase, don Loreto —ordena la abuela—, me lo voy a llevar a mi casa con el Chocolate.

Crisófora y Cándida lo bañan. Al viejito, no al Chocolate. Nuestra abuela va al Zócalo a comprarle sus Faritos, sólo se encuentran en la calle detrás de Catedral. Viste las camisas de *Mister Chips* aunque le queden grandes. Un traje gris, usado. Zapatos de El Borceguí, en Bolívar 27, aunque Loretito no pueda ver sus pies en la maquinita de rayos x.

Junto a ella, a las doce del día, don Loreto se columpia en la otra mecedora.

—¿Ya tienes un nuevo marido? —le preguntan a mi abuela.

Chocolate está a su lado, ya no junto al viejito. Su cuarto tiene vista sobre el sabino más grande y Crisófora se queja: "Es un cochino ese Loreto".

Una mañana lo encuentran muerto, en su cama, sus Faritos en el buró. Chocolate no se pone triste; al cabo tiene a mi abuela.

EN FRANCIA SE VEN VACAS en los prados de dulce hierba verde; aquí las manchas negras movedizas son toros. Los miramos desde el automóvil, ya para llegar a Pastejé. Es la segunda vez que Eduardo Iturbide nos invita a su rancho. Mañana montaremos y a caballo iremos a ver los toros. Todos son de él. En Francia no se conocen hombres con toros. Aquí en México, de tanto que va a los toros mamá se ha hecho amiga de varios dueños de ganaderías y sobre todo de Eduardo Iturbide, que la invita a hacer vida de campo, "para que se les quite a tus hijas ese color verde que traen".

A las diez, en un revuelo de patas, en un puro rascar de baldosas con sus pezuñas, bailotean los caballos ensillados, impacientes, ganosísimos; de las caballerizas llegaron piafando, echando chispas, lumbre echan de sus belfos, así vienen de ganosos.

Sólo mamá y Conchita montan de amazona y tienen su silla de un solo estribo, lo que vuelve más peligroso saltar zanjas u obstáculos, nosotras somos charritas, "para las niñas caballos mansos que no vayan a reparar". Eduardo, "Bide" le dicen, se ve magnífico con su sombrero galoneado que se detiene en un sitio muy raro, entre la boca y el mentón, sus charreteras, sus espuelas que rayan el patio, rayan su feudo, rayan el universo y brillan al sol. Los caballerangos sonríen mientras detienen nuestras cabalgaduras. Eduardo Iturbide nos ordena: "A ver, chiquitas, monten". Sofía lo hace con tanto ímpetu que va a dar al otro lado. Del coraje se levanta sola. Me subo al revés. "Me han dado un caballo sin cabeza", protesto.

Salimos a campo traviesa. Ni Hernán Cortés, ni Pizarro, ni Núñez de Balboa pisaron sus tierras con tanta soberbia. Frente a nosotros se extienden hasta el horizonte de magueyes y entrecerramos los ojos para alcanzarlos. Levantamos el porte real de nuestra cabeza y desde lo alto de nuestras monturas miramos los pastizales separados por zanjas. El aire nos agarra, nos limpia los pulmones. "Revigorizante, ¿verdad?", comenta Mame Buch que viene a apresurarnos. Pasamos de potrero en potrero, Eduardo Iturbide rodeado de su séquito: dos mujeres vestidas de amazo-

327

na, Mame Buch de corto con sombrero cordobés, Aurora y Profe Branniff, Chucho y Lalo Solórzano, conocedores (vienen a ver los toros para su próxima corrida), Mimía y Elena Fernández del Valle, y nosotras atrás al cuidado de Nardoni, el administrador, nosotras, escuderas advirtiéndonos una y otra vez: "El paliacate tiene tantito rojo, mejor quítatelo". "Idiota, traes calcetines rojos, pues ¿qué no te diste cuenta?" Vemos más rojo que los toros. Tres o cuatro caballerangos siguen "para lo que se ofrezca" y se distinguen del resto de la concurrencia porque no van bien vestidos.

A las tres de la tarde, en la hacienda la mesa se extiende como un camino blanco y luminoso, una vía real cortada por los molcajetes rellenos de guacamole, el chicharrón, el queso blanco, las tostadas, la espesa crema de rancho que se pega a la cuchara y hay que esperar a que caiga, las carnitas, las frutas cubiertas, el acitrón, el calabazate, los dulces de piñón, los de nuez. Todo se derrite bajo nuestra lengua, nunca hemos tenido más hambre. Eduardo Iturbide, después de dos que tres tequilas con sangrita, que no whisky, nos pregunta si nos gusta la vida de rancho, qué tal sabe la sopa de médula, la de hongos, el caldo de la barbacoa, los mixiotes, el cabrito, las quesadillas de flor de calabaza, las de huitlacoche, la gigantesca olla de arroz con minúsculas ruedas de zanahoria y chícharos saltarines, el pulque curado de tuna, el de apio, el de fresa para ustedes, niñas, que son unos dulces. Luego a Sofía y a mí nos enseña:

Chon kina chon kinachon
kina naka saki yoko aka sako dake koy.

No pasamos del "Chon kina chon". "Igualito que la mamá. ¿La han oído en 'rápido ruedan las ruedas del ferrocarril'? Es inenarrable." Pero mamá se desquita con "Peter Piper picked a peck of pickled peppers". Sofía no le hace tanto caso a Eduardo, a quienes todos llaman "don Eduardo" porque no puede quitarle los ojos de encima a Lalo Solórzano. En cambio, Iturbide me enseña a cantar: "Échale un quinto al piano y que siga el vacilón" y ríe cuando grito exagerándole: "Ay, mamá, me aprieta este señor, ay, mamá, que rico vacilón". Me toca aprender pompas ricas en colores, de matices seductores, con la que *La Gatita Blanca*, María Conesa, les cortaba la corbata a los generalotes de la Revolución que venían a aplaudirle al Principal pero a mí esa canción me entristece y sólo la reconozco cuando quiero que me entre la murria:

Pompas ricas en colores
de matices seductores
del amor las pompas son

pues deslumbran cuando nacen
y al tocarlas se deshace
nuestra frágil ilusión…

No me gusta que aconseje al corazón que no ame porque las dichas de la vida humo son. Y la saco de mi repertorio donde campean: *Allá en el Rancho Grande* y *Dos arbolitos,* y tonadas más sustanciales. Sofía en cambio está entregada al amor. Teje y desteje sus trenzas, nunca queda satisfecha con su peinado. Cambia su blusa por otra y vuelve a ponerse la primera. Es una tortura enamorarse. Los adultos sonríen ante su pasión y le dicen a mamá: "Vas a tener que cuidarla cuando sea grande". Hoy en la noche Lalo prometió venir a darnos las buenas noches. Nos mandan a la cama antes de la cena de los mayores; merendamos aparte en una mesa redonda y en unas tazas hondas donde cae bonito el chocolate. Sofía no cabe en sí de la emoción, está tan nerviosa que de seguro le da el telele. Le horroriza su pijama de franela, se trae un camisón de encaje de la recámara de mamá, "quítatelo, idiotonta, pareces araña", se cepilla el pelo, corre treinta y siete veces al corredor a asomarse a ver si ya viene. Afuera, bajo la luna, sólo nos acompañan las macetas de geranios y los helechos recortados. Por fin, Lalo llega con Mimía de la mano y nos besa a las dos, su cabeza sobre nuestra almohada en la que fingimos el sueño. Al día siguiente, sin embargo, rinde homenaje al tormentoso amor de Sofía y nos brinda el toro a *las dos* para disimular. Le echa la montera a Sofía que la retiene contra su vientre. Afortunadamente no corta ni oreja ni rabo porque si no allí mismo Sofía se vomita. A cambio le aventamos al ruedo unas flores rosas como amapolas y otras largas amarillas que no tienen nombre y recogimos expresamente ayer en la tarde en ese campito que viene a morir contra el muro de la hacienda.

En Ixtlahuaca visitamos los baños. Bueno, eso de visitarlos es un decir porque a mi hermana y a mí nos dejan atrás con Nardoni para que veamos sólo de lejecitos. Parece que algunos andan desnudos. Alcanzo a oír que hablan de círculos del infierno, "dantescos" dicen, y citan a Dante, el que entre aquí que pierda toda esperanza, porque se trata de unos agujeros en la tierra de los cuales brota el agua caliente y en los que se meten familias enteras. Algunas familias son tan numerosas que tienen que levantar sus brazos al cielo —porque no caben— y entonces sí, en medio del vapor, parecen implorar la misericordia divina. Imagen dantesca, asienta en tropel el séquito de don Eduardo. El agua echa humo, por lo sulfurosa, creo, y a través de la neblina se ve la gente mojada, su pelo negro brilloso y triste, la piel morada, azul, que negrea entre las llamas del infierno. A los niños chiquitos su padre o su madre los sostienen en brazos; parecen levantarlos en una ofrenda macabra. Lo que no alcanzo a ver, lo invento o lo copio de un grabado que tengo en la cabeza: el infierno. Por Dios, niña, dice Nardoni. Sofía se queja: "Ya vámonos, ya vámonos". Cuando algo no le gusta encuentra el modo de decirlo. Yo no. Aguanto. Aguanto siempre. Por tonta, por tontísima, por mi grandísima culpa y golpeo tres veces mi babeante pechito de becerra.

Eduardo Iturbide es el gran señor que visita a sus siervos durante el baño. No, no, por mí no se detengan, sigan lavándose, sigan purificándose; los mira complacido chapotear en el lodo, cua, cua, cua, patos, cua, cua, son sus patos.

Habla del folclor, el color local, el misterio, la magia de México; las aguas termales que abundan en la República y deberían industrializarse como las de Vichy, Evian, Caracalla, Baden Baden; toda Europa está cubierta de centros térmicos turísticos que giran en torno al beneficio inconmensurable de las aguas. Sofía reclama: "Tengo sed". Mamá le dice: "Vamos a conseguirte un vaso de leche". Cuando lo pide, frente a una puerta, la enrebozada hace una larga pausa antes de responderle como si fuera a darle un vahído: "No hay".

Mamá patea el suelo con sus botas, cómo que no hay si ésta es una región ganadera, no hay, no hay, no hay, repite a cada patada, no hay, en este país nunca hay nada, no hay, en cualquier pueblito mugroso donde te detengas en Francia te dan de comer estupendamente y aquí, no hay, no hay, no hay, lo mismo en la miscelánea, en la tlapalería, no hay, no hay, ¿para qué abren tiendas entonces si no hay?, lo que pasa es que no quieren atenderte, no hay, no hay, ya Luz, le dice Eduardo, no te sulfures como las aguas que tú también te estás azuleando, que se aguante la niña hasta que lleguemos a Pastejé donde hay todo. "Pero ¿de qué vive esta gente, qué come, si ni siquiera tiene un vaso de leche?" Habla de la Revolución; antes con los hacendados todos tenían de todo, ahora el país está muerto de hambre. No hay más que platicar con Nicho y con otros que trabajaron con su tío el hacendado para ver cómo les ha ido. Mal, muy mal, les ha ido muy mal, extrañan al tío Pipito tan fina persona. Pinche Revolución tan pinche, sintetiza mamá y para darle peso a su concepto cuenta que en San Juan del Río cuando la reforma agraria les dio sus escrituras a los indios, Nicho comentó:

—Y ahora ¿quién nos va a dar nuestros dulces?

Todo mundo felicita a Eduardo Iturbide por haber invitado a mamá al grupo, tan guapa, tan simpática con sus hijitas, que son una monada, nada tímidas, cantan, bailan sin hacerse del rogar, monísimas, como ahora mismo en que Sofía va a echarse una polka a todo lo largo del salón bajo los cuernos de los toros más bravos mientras yo entono, para acompañarla: "Échale un quinto al piano y que siga el vacilón".

En las mesas de sombrillas a rayas azules y rojas del club de golf inauguramos los club sandwiches y sorbemos club, club, glub, gue, gue, glug, glug, glup. A Sofía no le gusta la ensalada rusa que ponen en el centro y me la pasa junto con los jitomates. En la mesa de los grandes, al lado de la nuestra, mamá relata que los Fernán Núñez contaron que en el club de golf de Madrid, Piedita Yturbe de Hohenlohe le ordenó al chofer:

—Vaya a recoger al palacio a sus altezas, los príncipes.

Un momento después la reina Victoria Eugenia le dijo a su chofer:

—¿Sería tan amable en ir por los niños y traerlos aquí por favor?

A Piedita la invitó mi abuela a comer. Seis a la mesa. A la hora de los postres, en el compotero había cuatro chabacanos en almíbar.

Piedita comentó en un coctail:

—¿Siempre comen así?

Cuando mamá va al jockey Magda nos lleva al Club Vanguardias. "Beso, beso, beso", coreamos pateando el suelo cada vez que el padre Pérez del Valle tapa la pantalla en el momento en que se acercan las dos bocas. El beso jamás se consuma, el padre sube al foro, echa un sermón, se apagan de nuevo las luces hasta el próximo beso. Vemos la película a retacitos; más tarde temeremos la irrupción del padre Pérez del Valle en nuestros propios besos y su filípica aguará nuestro festín. "Dios mío, va a entrar el padre Pérez del Valle", saboteador de orgasmos.

En el jockey a mamá la retratan en la cuadra de Gay Dalton, el favorito, sus ojitos tapados. En el momento del arranque mira hacia la pista del hipódromo o hace como que la ve. Pero ¿la verá? ¿Qué ve con la mirada perdida? Lleva puesto el sombrero de paja con el listón negro, el del ramo de lilas, el del velito de tul, el anaranjado, la toca de terciopelo vino, el bonete de mink, la gorra vasca, el fieltro de viaje que recuerda el negro más austero que *mademoiselle* Durand usaba para salir a caminar y se ponía a las volandas, sin fijarse. "Vi a Nelly sin sombrero en la calle, la pobre debe haberse vuelto loca." La meningitis podía resultar de un enfriamiento del cerebro. Ir con la cabeza descubierta, el pelo expuesto a todas las inclemencias, equivalía a encuerarse en la vía pública. Hasta Nounou se enchufaba para bajar al Sena un fieltrito aguado gris rata: "Mi sombrero de invierno", le decía. Nuestra abuela Beth nos llevó a su *gantière*. Pusimos nuestro codo sobre un cojín, la vendedora abrió el guante con una tenaza de madera introducida lentamente en cada dedo, y luego lo hizo resbalar sobre nuestra mano regordeta y lo cerró con un botón advirtiendo:

—Es de presión, lo último que nos ha llegado, lo más moderno.

"J'ai une tête à chapeaux", afirma mamá y es verdad. No me canso de verla. Nos invita a una función de teatro de la compañía Louis Jouvet en Bellas Artes. Sentadas tras de ella, la observo. De vez en cuando pasa una mano alada sobre el cierre de su collar de zafiros y perlas del que cuelga una minúscula cadena. Del cuello sobresale la última vértebra, picuda, quebradiza (Sofía la heredó), que le confiere a toda su figura un aspecto vulnerable. Puedo percibir su perfil, su pómulo saliente; *Ondine* de Giraudoux se traga las respiraciones. Cuando salimos al *foyer* cuenta que lo que más le gustó fue el momento en que Ondine escucha voces que le dicen que no se escape con su amante y Louis Jouvet entonces la tranquiliza: "No les hagas caso; es la familia". En el entreacto Sofía y yo vamos contentas entre el barullo de los vestidos y los perfumes, cuando nos ladra la Marquesa de Mohernando, Lorenza, que me cae bien por abrupta, por su velo violeta y porque parece caniche.

—Niñas, siempre se están riendo en el momento equivocado.

A Sofía y a mí nos une una risa secreta; de pronto, cuando nadie ríe, lo hacemos, sólo nosotras intuimos por qué y de qué, y en eso confirmamos allá en lo más hondo, donde los pensamientos duelen mucho, en el manantial de la risa, que somos hermanas.

A los toros ya no vamos. No entendemos la faena, nos tapamos la cara cuando el torero esconde la espada dentro de la capa escarlata.

—Tus hijas no tienen sangre española —le dicen a mi madre Aurora y Profe Branniff, que nos llevan a Veracruz cada vez que hay norte.

—En el caso de Mariana es cierto, en el de Sofía, tendrían que verla zapatear.

Sofía protesta:

—*Oh, le pauvre petit taureau, le pauvre petit taureau.*

Nuestro libro de cabecera es *Ferdinand the Bull,* el que se detiene a oler el perfume de los claveles y de las margaritas acostadito a la mitad del ruedo.

Rezamos:

> Angelito de mi guarda,
> mi dulce compañía,
> no me desampares
> ni de noche ni de día
> porque si me desamparas
> yo me perdería.
> Virgencita de Guadalupe
> reina de los mexicanos
> salva a mi patria del comunismo,
> amén.

Pregunto:

—Mamá, ¿qué es el comunismo?

—Es una infección.

—Pero tú no eres de México, ¿verdad?

—Sí soy.

—Es que no pareces mexicana.

—Ah, sí, entonces ¿qué parezco?

—Gringa.

—Pues no soy gringa, soy mexicana.

—No se te ve.

—Soy mexicana porque mi madre es mexicana; si la nacionalidad de la madre se heredara como la del padre, sería mexicana.

—De todos modos, no eres de México.

—Soy de México porque quiero serlo, es mi país.

—Güerita, güerita ¡cómo se ve que usted no es de los nuestros, no sabe nuestras costumbres!

Al final de la guerra regresan todos aquellos que de chicos fueron mexicanos; tía Francisca, en Milán, conoció muchas privaciones, tío Ettore que hace reír sobre todo cuando cuenta cómo lo enviaron de sarakoff a la guerra de Etiopía y miles de monos araña saltaban de rama en rama chillando encima de su cabeza, todos idénticos a ti, Tutucina, y le jala la nariz a su hija, nuestra prima Apolonia de ojos verdecitos; la dulce tía Diana y sus dos hijas, y franceses, ingleses, alemanes, italianos, judíos, pero sobre todo el tío Ettore que se mueve con desenfado dentro de su traje de Cifonelli, actúa sus bromas, imita, canta, baila, riega el jardín, se carcajea, es bueno tener en una familia a alguien que juega a la vida, la avienta como una pelota, la recoge en el aire, salud, salud, salucita, chinchín.

—Pinches refugiadas.

Grita Nachita cuando dejas el cuarto tirado. O cuando Sofía canta:

Aquella muchacha gordita
se llama Nachita
y tiene una nalga grande
la otra chiquita

—Cochinas extranjeras, regrésense a los Yunaites, lárguense a su país.

De azotea en azotea, entre las sábanas que chasquean, resuena el grito y lo recibo como una bofetada. Qué vergüenza. Quisiera vender billetes de lotería en alguna esquina para pertenecer. O quesadillas de papa. Lo que sea.

En Gobernación el señor Chami, doblado bajo un portafolio atiborrado, tramita nuestra FM2. Es la imagen misma de la derrota. El campo de batalla de la calle de Bucareli es yermo, la parte trasera del edificio, inhóspita, la gente hace cola bajo el sol, en la ventanilla jamás encuentran los documentos. Las secretarias se pintan las uñas negras de mugre:

—No debería ser tan difícil, yo soy mexicana —alega mamá.

—¿Ya ve? ¡Tan chula que está usted! ¿Pa' qué se fue a casar con un extranjero? Mejor un mexicanito como yo, aunque nomás hubiera comido frijoles.

—Óigame, pelado, ¿qué le pasa?

En los pasillos calientes las voces se entrecruzan:

—El señor subsecretario está en acuerdo con el señor secretario.

—Al señor secretario lo mandó llamar el señor presidente.

—El secretario personal del subsecretario no atiende este tipo de asuntos, si acaso puede turnársele a su secretaria particular, la señorita Cuquita…

—El ilustre señor director general de los Apartados B y C del Archivo de la Subsecretaría de Gobernación, licenciado don Agustín López, a quien le fue remitido su expediente, dice que no tiene antecedentes sobre su caso…

—El altísimo Señor Dios Padre, poderoso rey de todos los ejércitos, muy secretario de secretarios, dice que por la tranquilidad de la nación…

—Regrese la semana que entra.

—Aquí todos esperan igual a Su Santidad.

—Si no les gusta, ya saben…

—Cochinas extranjeras que vienen a chuparnos la sangre —insiste Nachita—, pinches emigradas.

"Pinches emigradas", repiten los feos muros de Bucareli.

—No puede pasar con Su Santidad, el licenciado.

—De aquí mero sale el futuro presidente.

—Aquí se organizan las elecciones.

Los que no han nacido en esta bendita tierra no tienen derecho a participar. Si no les gusta, lárguense. A Sofía le entran unas cóleras sagradas: "Nos tratan como a malhechores".

Al ujier mantecoso que guarda la puerta le espeta:

—No vayan a creer que quise venir, me trajeron, bola de licenciados frijoleros y pedorros.

Los expedientes tienen números largos, iniciales, paréntesis, guión 5, cláusula 3. Los dedos van engrasándolos, el calor los resquebraja; puro papel amarillento, envejecido. Firme al calce. Mamá siempre lo hace más abajo, más arriba; vuelve a firmar, más abajo, más arriba, no se pase, aunque no le quepa, aquí va el sello, ¿qué no le dije que en la raya punteada? Ponga su nombre de soltera, después del de casada. Escriba con letra de imprenta. Hasta que no lo sellen en la Secretaría, será dentro de quince días, estamos en plena campaña, periodo preelectoral. No, si esto es cosa de paciencia. Diríjale una carta al licenciado con tres copias a doble espacio y la semana que entra me trae el sello de recibido.

El rey Carol, Madame Lupescu, ¿habrán hecho esta colota? Dicen que son amigos del hermano del presidente de la República, Maximino Ávila Camacho, que tiene trescientos pares de botas y el doble de zapatos.

CADA VEZ QUE VIENEN AMIGAS a jugar con nosotras, como un rito Sofía busca palabras en el diccionario:

Pedo: ventosidad que se expele del vientre por el ano.

Pedorrea. Frecuencia de pedos.

Pedorrera. Familia que con frecuencia o sin reparo expele ventosidades por el ano.

Pedorreta. Sonido hecho por la boca imitando al pedo.

Sofía sienta a todos en el excusado y tengo que adivinar:

—¿Quién hace caquitas de chivo, así clonk, clonk, clonk?

—La Nena Fosca.

—¡Cooorrecto! ¿Quién hace viboritas?

—Joaquina Ascencio.

Pero la que va más allá de nuestras expectativas es Casilda que recita canturreando:

> El pedo es un aire ligero
> que sale por un agujero
> anunciando la llegada
> de su amiga la cagada.

—¿Quién hace una cagadita de mosca?

—Anita Romero Rubio.

—¿Quién hace plaf así nomás?

(Aquí el nombre de una maestra que nos cae mal.)

—¿Quién tiene chorrillo?

(Aquí el nombre del pretendiente en turno de mi mamá.)

—¿Quién es el más grande imbécil de la tierra?

(El mismo.)

—¿Quién hace caquitas redonditas, duritas, de perrito bonito?

—Mi papá.

—¡Peeerfectamente bien contestado!

Un momento después de que nos sentamos a la mesa, el tío Ettore grita:

—¡Que se pongan de pie los cornudos!

Dice que no falla, que todos los hombres de la tierra se levantan. Buscamos la palabra cornudo: cabrón, gurrumino, sufrido, ver adulterio. Seguimos sin entender. El diccionario Herrero, Hnos. Sucrs., México, D. F., 1943, no lo dice. En cambio en caca pone f. Excremento del niño, y en cabrón m. macho cabrío y fam. el que consiente el adulterio de su mujer. Guardo ese pequeño diccionario con devoción, oh, tesorito mío.

¡Qué risa!

Todos regresan de la guerra, menos papá. No me gusta cantar Mambrú, la asocio con mi papá. ¿Cuándo vendrá? Mamá da un coctail en el castillito de la calle de Berlín para el rey Carol y Madame Lupescu y su secretario y otros rumanos. No hay que preguntar por la reina. Nos da permiso a Sofía y a mí de verlo desde arriba, entre los barandales de la escalera, sólo un ratito, mañana es día de escuela. Creemos que entrará con su corona como rey del seis de enero y será gordito como *El Reyecito* de las caricaturas. Lo confundimos con Alfonso Reyes. Más tarde mamá habrá de contarme que vino José Clemente Orozco y observó desde un rincón, con su soberbia mirada furibunda.

A mamá no le echa miradas de furia; la invita a subir a los andamios de la Preparatoria de San Ildefonso con la Güisa Lacy y Marilú Fernández del Valle a verlo pintar.

Años más tarde, en la misma Preparatoria, una procesión de cacatúas con un penacho de vanidad y de estupidez en la cabeza habrán de entrarme por los ojos:

—Mamá, ¿no las sacaría Orozco de tu coctel?

—No seas bolchevique. Tú tienes el snobismo al revés. Basta con que alguien se vista de overol y tenga zapatos de plan quinquenal para que te enamores perdida.

Acompaño a mi abuela a Balderas y avenida Juárez a hablar con su *homme d'affaires,* un viejito de borsalino y traje negro siempre inclinado con su bigote también colgado sobre hileras de numeritos. "Campos", lo llaman por su apellido, no le dicen ni señor ni nada. "Campos." Mi abuela se preocupa de que no tenga frío y le lleva una cobijita. Gris. Más bonita que la que le da a sus perros. Su escritorio es de cortina, su letra bellísima. En el elevador que suena como vagón de ferrocarril, nos saludan. Cuando le pregunto por qué nos saludan en los pisos, mi abuela responde que el edificio es suyo y está pensando venderlo, Campos está muy viejo, es difícil administrar los edificios, cobrar las rentas. "¿Cuáles rentas?" "Mis rentas." "Vivimos de mis rentas." "Todo mundo vive de sus rentas." "¡Ah!", sigo sin entender.

En todas las casas adonde Sofía y yo vamos de visita dicen la palabra "apoderado" y repiten "rentas". El que cobra las rentas es el hombre de confianza y le mandan un regalo de Navidad. Lo invitan a tomar el té. No a la comida principal. Cuando el apoderado no puede subir las rentas y el edificio vale más de lo que producen las rentas, hay que venderlo. Siempre están vendiendo. Al fin hay mucho que vender. El edificio de Uruguay, el de Balderas y avenida Juárez, el de República de El Salvador, el de República de Guatemala, el de Madero, el de Puente de Alvarado, no sea que el gobierno lo declare monumento colonial porque entonces sí nos amolamos, el gobierno paga muy mal. Para pagar menos impuestos ponen en los papeles: "S. A." "¿Qué es eso?" "Sociedad anónima." "¿Quiénes son los anónimos?" Mi abuela me tiene mucha paciencia, de vez en cuando exclama: "Eres muy preguntona, un animalito muy curioso, una rebanadita de pan con mantequilla que quiere estar en todo". Así me llama: rebanada de pan con mantequilla. "Es el momento de vender." Aconsejada por sus abogados, vende. Nunca, ni en la mía, ni en ninguna de las casas a las que Sofía y yo vamos oigo la palabra "trabajo". *"¡La pauvre!"*, dicen de la Nena Fosca porque tiene que trabajar y vende antigüedades a consignación. El tío Luis, por ejemplo, "maneja" sus negocios. "¿Cuáles son sus negocios?" pregunto, "sus edificios". Tras de cada adulto de traje y paraguas veo un rebaño de edificios. Las rentas congeladas son la plaga de los dueños, peor que la tifoidea, el paludismo. "Por eso hay que vender las casas." Venden para hacer estacionamientos. Cada vez hay más automóviles. "¿Cómo van a destruir el castillito de la calle de Berlín?" "Si no vas a querer entender, deja de preguntar." Hasta mamá hace cuentas pero luego olvida sumarlas. Poquitas. La que más, es tía Francisca. Es ejecutiva. Inventaría sueños. Sabe dónde está todo y a quién deben tocarle los bargueños, a quién la vajilla de *Compagnie des Indes* y a quién la bacinica de *vermeil*. A mamá se le pierden las llaves a la vuelta de la esquina. Las oigo decir que han perdido el proceso, levantan actas, se amparan contra el catastro, contra la ley, contra tal o cual impuesto. Se van a segunda instancia. Pierden. No saben qué es el impuesto predial, la cédula, no encuentran el recibo. ¿En dónde se pagará la luz? ¿El teléfono? Eso es cosa del apoderado. No tienen número de registro ni de empadronamiento. Se encierran en largos conciliábulos. "Vete a jugar; tenemos que hablar de algo importante." Las odio cuando algo les importa. Desde que les quitaron las haciendas la mala suerte las persigue. Cada edificio se convierte en cuenta de banco, y se hacen cheques, y cuando exclaman: "No tengo un centavo" les digo que por qué no escriben un cheque en ese talonario cremita. Es que el gobierno es de barbajanes, gente sin educación, pelagatos de quinta. Y luego la burocracia. Equivale a la barbarie. Antes los caballeros les daban a sus amantes una joya, una casa, algo, pero ahora les dan puestos en el gobierno. ¿Se imaginan qué clase de gobierno con toda esa gente tan mal nacida?

Pero ¿quién es esa gente? ¿De dónde sale toda esa gente?, pregunta tía Francisca como si hubiera descubierto una nueva especie humana.

—Tía, es gente común y corriente, gente del diario.

—Lo has dicho bien, gente común. Antes no había tanta en el mundo. Nunca he visto tal multitud de gente fea a la vez.

El rebaño de bisontes pisotea la playa. Por culpa de esa gente la demás gente no vamos a Caletilla en la mañana ni a Hornos en la tarde, como antes. ¡Cómo me gustaba esa rutina! Ahora, por su culpa, por su culpa, por su mismísima culpa buscamos playas a las que no va nadie; rocas como las de Eden Rock cercanas a Pichilingue, playas aún no descubiertas; Puerto Marqués, La Condesa, El Revolcadero, Pie de la Cuesta. Si acaso algún pescador cuchillo en mano prepara su carnada del día siguiente, o unos acapulqueños retozan en el agua como delfines. Ellos no afean el paisaje. El pueblo-pueblo es otra cosa. Lo terrible es esta clase media baja que avanza pujando por el mundo, también en Europa, no creas, ésa, a la que se le escurre el espaguetti sobre el mentón, ésa que trae a sus bebés a la playa en vez de dejarlos con la nana, ésa que huele a ¿te has fijado a lo que huele?, ésa que grita sin vergüenza y se asolea, mira nomás el vientre de ese gordo, no hay derecho, es deprimente, y la mujer qué corriente y qué chocante, a quién se le ocurre ponerse un traje plateado. ¡Qué vulgar se está volviendo la humanidad! La supuesta democracia ha hecho que todo esté encanallándose. Yo con la canalla, nomás no.

En Pie de la Cuesta se alinean las hamacas vacías frente al cielo rojo. A ratos, las mecen los aires encontrados.

La casa se sienta como una señora a tomar el té en su jardín. Junto al sabino, enorme como los de Chapultepec —el ahuehuete antiguo que exhala tanta memoria—, la casa busca su latido. En el alba del agua, el ahuehuete somnoliento me mira todavía oscuro, me mira y lo miro; a su lado, acaricio su piel, la beso, tallo mi espalda contra su lomo. Su fortaleza es la nuestra; la de mi abuela, la de mi madre, la de tía Francis, mujeres fuertes, frágiles en la intimidad. La casa es mi universo, más allá no sé; aún no me asomo a la ventana. ¡Qué dulces son las cortinas que resguardan; dulces como la voz de nuestras antecesoras en su tono familiar!

El ahuehuete llama al amor, al que me ame he de sentarlo aquí, recargarlo contra su corteza, decirle que vea el cielo a través de sus ramas. Y el nido.

Tía Francis estira el brazo para tomar la tetera. En su casa el té se hace como en Inglaterra, primero le echa agua hirviendo a la tetera, la vacía, le deja caer tres o cuatro cucharadas de té, según los visitantes, y luego espera el momento en que las hojas se humedezcan con el vapor y vierte poco a poco el agua hirviente. La tetera se tapa con un capuchón acojinado; puede ser un gallito de tela o una simple cubierta floreada. Al vertir el té relampaguean sus dos anillos demasiado pesados para sus dedos: una *chevalière* con el escudo familiar de Ettore y un zafiro cuadrado en una montura masculina. Llaman poderosamente la atención estos anillos de hombre en su mano blanca y delicadísima que ella sabe hermosa; hermosa por sensible, por inteligente. Sirve el té y coloca el agua sobre la lámpara de alcohol que actúa como calentador, diseñada por Sheffields, y vuelve a cubrir la tetera panzona con su funda de *patch work* para que no se enfríe. Ofrece las mermeladas; la de naranja amarga, la de toronja con limón, la de ciruela, y tiende el *toast* también caliente. El té quema la boca; le echamos crema o leche y la miramos disolverse lentamente en la taza hasta que le damos vueltas para agilizar el proceso. Francisca levanta la vista y advierte:

—No se sacude la cuchara en esa forma, Apolonia, Mariana, Sofía.

Engullimos de cinco a siete rebanadas de pan con mantequilla; tía Francis advierte con ojos críticos:

—Mariana, tú no tienes la suficiente estatura para permitirte un gramo más. El pan y la mantequilla engordan, por si no lo sabes. Aquí hay *pumpernickel*, te conviene más.

A Sofía no le dice nada, podría comerse diez rebanadas y añadirle una montaña de mermelada sin peligro alguno. Las que lo corremos somos Apolonia y yo. Apenas ponemos un pie en la sala de Francisca, adquirimos conciencia de la más mínima llantita, del vestido machucado, de nuestros zapatos sin bolear o, peor tantito, que no hacen juego con la bolsa; cualquier desacato a la estética se amplifica y resuena solemne como los *Cuadros para una exposición* de Mussorgski. Avanzamos, entonces, como una fúnebre procesión de elefantes. Que no engordemos, que nuestro pelo brille, que nos vistamos bien, que sepamos recibir, que cuidemos las joyas de familia, que tengamos buenas maneras, y sobre todo buen gusto, elegancia, Apolonia, Mariana, Sofía, elegancia porque somos elegantes por dentro...

Si la palabra "ocupación" rigió nuestra infancia, "tener clase" es un término que regresa a sus labios carnosos y acompaña nuestra adolescencia. Tía Francis califica; los adjetivos etiquetan cada prenda, van a pegarse pequeños y cuadraditos a nuestras caras redondas, nuestras uñas aún mordisqueadas, a las lámparas y los cuadros, nuestros movimientos de cachorro. Es categórica. "No se dice *mande*, eso déjenselo a los criados." Sólo la *café-society*, las *demi-mondaines* y los arribistas, nuevos ricos, rastacueros, se retratan en las páginas de sociales. (Sin embargo, ¡oh, contradicción!, a nosotros nos gusta mucho figurar, que nos vean, que hablen; estar en el centro, ser el punto de mira.) La gente bien aparece en el *Fígaro* el día en que nace, en el que se casa y en el que muere. Sofía quiere vestirse como ella, ponerse cadenas y collares, tener joyas que la personalicen, un estilo, el mismo que hizo decir a Coco Chanel cuando la vio entrar a la mitad de una de sus colecciones: "Esa mujer, con su sencillo traje sastre, tiene estilo". Francis también baila y hace yoga y se acuesta sobre la alfombra en la sala de su casa y desde allí conversa con sus invitados. Tanto ella como Diana y Luz, sus hermanas menores, están acostumbradas a caminar en los grandes parques, a oír las hojas muertas crujir bajo sus pisadas, a ver el sol de otoño colarse entre los liquidámbares. De Inglaterra trajeron el *walking-stick,* un bastón que puede clavarse en el suelo con una agarradera que, abierta en dos, se convierte en un mínimo asiento listo para recibir el peso del cuerpo cuando la caminata se ha alargado, bueno, también para ver el polo, encajándolo en el pasto tupido. En principio hasta lo decían en inglés: *"Let's do some footing"* y salían con sus perros: "Ven acá, Robin, ¿dónde vas, Toby, *old boy*? Toby, acá, acá". Los perros regresaban con alguna reminiscencia del bosque, un cojín de musgo entre los dientes, una piña olorosa a brea; pero en la calle ahora de Mississipi, todavía cubierta de maizales, levantan tierra con sus patas y su hocico pegado al suelo y su presa final es una inmensa rata extraída del canal del desagüe. Muy pronto los llanos por donde caminaban Francis, Diana y Luz se cubrieron de casas y hasta de edificios de varios pisos, adiós milpas, adiós girasoles; en el Paseo de la Reforma se hicieron dos veredas paralelas de arena amarilla para los paseantes domingueros.

De ese *"let's take a walk"* les quedan movimientos jóvenes y desenvueltos, una manera de levantarse como resorte de su asiento, abrir puertas con todos los brazos como si fueran a salir por los aires. Verlas a las tres tonifica; son vigorizantes, pero

Francis es más felina, hay en ella algo provocativo, se estira como gato en la alfombra, dobla las piernas bajo su cuerpo, se sienta en posición de loto, se yergue cual *Jack in the box,* adelanta la boca, sus labios plenos a punto de desgajarse. Es la que mejor se lleva con su cuerpo, la que más le exige, lomo que suaviza con lentas e intencionadas caricias como a sus gatos, gato y gata se afilan las uñas, gato de lengua rosa y rasposa, gato y gata hay en su mirada, gato y gata de bruces que se aprestan a dar el zarpazo, flexibles, inesperados, peligrosos. Hay un peligro en la tía Francisca y un reto en sus exigencias: "Atrévete, atrévete", pero ¿a qué? Las expectativas familiares en cuanto a nosotras nunca quedan claras. ¿Qué quieren que seamos en la vida? Tía Francis nos inquieta. Debemos hacer méritos. Tengo miedo a su mirada detectora de torpezas e inseguridades.

Todas las mañanas Francisca, como lo hace mi abuela, como lo hizo mi bisabuela la rusa, una chaparrita malísima, arregla las flores. Las criadas, en un gran ruido de llave abierta en el lavadero, lavan los floreros, cambian el agua y la traen movediza y transparente en los jarrones de cristal que colocan en el piso de la terraza. Las margaritas ensucian el agua, la enlaman. Mamá les habla. "No te seques, no te vayas a morir"; tiene grandes remedios para evitarlo: una tina en que las acuesta como Ofelias a lo largo del río de agua, un baño de cuerpo entero que casi siempre las revigoriza. "Ves cómo todavía te faltan muchas horas, muchos días." Es supersticiosa en cuanto a las flores, no machuca sus pétalos, no corta sus tallos, cree que las desangra, rompe sus huesos. "Cierra tus ojos, azucena, duérmete pincel", les da las buenas noches y cuando el día se levanta, las despierta: "Ya se hizo la luz, ya vino Luz a saludarlas", les ríe en las corolas al decir: "Qué linda está la mañana". Francisca acuclillada compone los ramos, sus tijeras podadoras en una mano, la destreza de sus dedos en la otra. Corta los tallos y va acomodando aquí los perritos y las margaritas, los chícharos y alhelíes, remplaza un plúmbago ajado, un iris morado, quita las hojas lacias de los margaritones, corta los rabos, encaja una rama, allá los altos delfinios, en el florero de cristal de pepita las espumosas nubes, las hortensias provenientes del jardín que duran lo que canta un gallo pero son azules, en el de plata, las rosas que irán a la biblioteca porque las rosas se ven bien en la penumbra, casi mejor que afuera, como las mujeres que al atardecer, a la luz de las lámparas ganan en color y hasta en aroma. Alguna vez tía Francis me dio un perfume para la bolsa y puso en una tarjeta: "En espera de tu propio perfume de mujer", lo cual me intrigó:

—¿A qué huelen las mujeres, tía?

—Algunas a sándalo, a almizcle, a copa, otras a nabos. A salsifis, a coles de Bruselas, a broccoli. ¿Conoces a Arcimboldo? A eso huelen, a Arcimboldo. Las más jóvenes saben a trigo recién segado.

Mientras me instruye, Francis clava como una respuesta categórica un mastuerzo en medio de una tupida mata de nubes. El agua limpia las hace vivir más tiempo, la hojarasca a un lado del florero comprueba la poda. Hay que podar para que siga la vida; también poda sus rosales con su mano enguantada, en el jardín se inclina sobre un rosal y otro; ahora no es tiempo, cada cosa tiene su tiempo, cada acción su lugar dentro de la eternidad. Muchos aromas se mezclan en las tres casas, la de mi abuela, la de Francis, la de Luz. En la de mi abuela, "la señora grande" como le dicen las criadas, los nardos casi le voltean a uno la cabeza con su persistencia, que imagino es la misma que la de San José; en la de Luz, los crisantemos no huelen pero de pronto se asoma una gardenia en un florero pequeño; en la de Francisca, las rosas sobre todo las Balme que sólo se oyen cuando caen sus pétalos desnudos, carnuditos como los labios de la tía. Las flores se continúan en los muros; las rosas de Redouté, una rama de lila blanca y azul casi violeta de Mathilde Saye, plúmbagos que flotan del jardín a la tela de Marie Laurencin, y ramos pachoncitos, achocolatados y oscuros pintados en la Colonia que fueron adquiridos por "la señora grande" en algún viaje a su anticuario de toda la vida. Miro y remiro el cuadro donde se yergue la flor de muchos pétalos, timboncita de tantas enaguas superpuestas que va encimando para formar su corola opulenta: la dalia de México. Flores, flores, flores, siempre flores que tía Francisca arregla a grandes manojos en la ceremonia matinal de las ramas resucitadas al tercer día.

Las criadas tirarán el desecho, barrerán los pétalos muertos, los tallos tronchados, la savia derramada con un ruido amplio de varitas de popote e irán llevando el aroma de los pétalos arrugados, las flores machucadas, sus corolas aplastadas por toda la casa; la esencia misma del aroma en ese bagazo embarrado en el suelo, un olor intenso, melancólico y turbador, más sugerente que el de las flores sabiamente acomodadas en los cuartos de la casa.

Estas mujeres que van relevándose en cambiar el agua de las ánforas son mis antecesoras; son los mismos floreros que van heredándose de madre a hija, el de vidrio de pepita, el que pesa tanto de cristal cortado y que a mí jamás me ha gustado, el amarillo de Carretones, el que tiene asas. Me toca la cosecha de recipientes llenos de agua para que les vaya metiendo uno a uno los tallos verdes, el agua se me escapa entre los dedos, las palabras se me licuan y allá van resbalando hasta encharcarse, estoy a punto de tirar la vasija que se resbala. Dicen que las flores chinas de papel florean en el agua.

A diferencia de las flores de mi bisabuela, de mi abuela, de mi madre, mi tía, las mías serán de papel. Pero ¿en dónde van a florear?

Una llamada de Washington. Mamá no está. Sofía y yo nos arrebatamos el teléfono. Podría ser papá. Nos exigen hablar en inglés. Bendito Windsor School. Es papá. Lloramos. Viene. Viene. Recordaba su voz más gruesa, más segura. Nos dice *God bless you* como la abuela Beth. Viene.

Hace meses, mamá nos pidió que la siguiéramos a su recámara, su cara seria, tengo una mala noticia que comunicarles, deben ser muy valientes.

Con la mano nos señaló su cama y allí en el borde nos acomodamos:

—Murió su abuela Beth.

No siento absolutamente nada, hace cinco años que no la veo. Por la expresión en el rostro de mamá pienso que sí debería sentirlo. Ninguna de las dos lloramos. No es que no la quiera, es que ya pasó. A lo mejor, si hago un esfuerzo, puedo llegar a expresar eso que mamá busca en nosotras. Nada. Y es que la tristeza aún no la conocemos. Cómo será. La tristeza es, se cultiva. Ahora que sé que había enflacado treinta kilos por la guerra, siento tristeza. Por ella, por la guerra, por nosotros.

Llega vestido de militar. No sé cómo se saldrá de la guerra y se entrará a una casa donde hay recámaras, sala, comedor, una escalera que sube al segundo piso. Cómo hace él para salirse del noticiero y meterse a nuestra vida, qué campo minado atraviesa, qué alambrada evita. Desayunamos con él; es esta hora en que suceden las cosas más nimias, la del pan y de la leche, la de acábense su jugo de naranja porque tiene vitamina C. Hoy que llegó de la guerra quiso desayunarse con nosotras para vernos. Le cuesta trabajo adaptarse, no entiende de qué se trata. Yo tampoco entiendo qué hace uno con este papá que quisiera besar todo el tiempo entre bocado y bocado, con este papá antes inventado y ahora de a de veras, con este papá Dios, con este papá que se ha corporizado y ha salido del blanco y negro de la pantalla. "No jales así a tu papá, no estés de encimosa." Quisiera metérmele dentro para saber de qué está hecho, cómo funciona, desarticularlo. También él está cohibido; en el fondo es un hombre tímido, inseguro, nos mira con esa sonrisa que esboza otra sonrisa más fuerte, más grande, que no llega a ser porque no se atreve. Se queda en la orilla. Así será siempre; se quedará en la orilla. Papá, quiero comérmelo a besos, papá, quiero tronarte los huesos en un abrazo fuerte, fuerte, fuerte, abrazo de oso, estrujarte, papá. En mi casa ese tipo de manifestaciones se aplacan desde la niñez, no se usan, simplemente *"children, don't do that", "children, it isn't done"*. A papá sólo puedo sentármele en las piernas, poner mi mejilla contra la suya cuando se ha tomado sus copas, pero entonces mamá nos mira con una expresión que no es la de la luz. A papá lo quiero cuando me rehuye, cuando sus ojos son ese verdor de inseguridad y de expectación que después sabré que jamás se cumple, porque mi padre no conoce el camino, no sabe por dónde entrarle a la vida.

Quizá los que han estado en la guerra después no saben bien a bien cómo se vive, cómo se sigue viviendo.

Papá camina fuera de la película; busca sus pasos, lo miro aventurarse por la casa, sin uniforme militar, sin más protección que la de nuestra acechanza. Busca dónde asentar sus pisadas. Desde que él está, mamá es distinta; cuando dice algo aguarda su aquiescencia; los ojos de azúcar quemada se han oscurecido; antes era más libre, su pelo flotaba más, su vestido, sobre todo su vestido. El uno frente al otro, inquietos, se miran, veo el borde de sus orejas, sí, tienen las orejas paradas, se acorralan, no sé si van a pelear. En la casa nos tropezamos unos con otros. Antes pasábamos como chiflonazos. Es la calidad del aire la que ha cambiado; mamá ya no lo atraviesa. Papá nos retiene a las tres. Sofía y yo aguardamos. A que él diga. A que él quiera. A que él sea. "El señor", dicen Vitito y Felisa. "Su señor", dice Magda como si estuviera en misa. "Ahora la señora ya está bajo mano de señor." También nosotras tenemos señor, el señor de la casa. Antes vivíamos a la hora del recreo, el día entero era de los encantados, siempre en los árboles, ahora hemos bajado a la banqueta y las banquetas son serias, grises y monocordes, llevan a algún lado, tienen una finalidad, no se les ocurre nada fuera del camino. A los árboles sí; tantos pensamientos los agitan, tienen tantas ideas sacudiéndoles las hojas. Papá llegó y dijo: "¿Son niñas o son changos?" Como Vitito cuando gruñe: "Están siempre en las ramas enseñando los calzones, y su mamá, como si no las viera".

A Vitito le importan mucho nuestros calzones. También en el Windsor los niños hablan de nuestros calzones. Inventan juegos para vernos los calzones. Y cuando no, Óscar Roemer, que es el más ingenioso, diseña técnicamente una ramita de árbol con un espejo en la punta, que va arando la tierra del patio del recreo y viene a estacionarse bajo la falda azul marino y tableada de la primera incauta. Todo sea por los calzones. La canción que entonamos con más fibra es la de "Te voy a hacer tus calzones, como los usa el ranchero, te los empiezo de lana, te los acabo de cuero". Algo tónico tienen los calzones para ser tan vivificantes.

Nos vamos a Acapulco los cuatro. Él maneja. Hace bulto en el asiento. Es el hombre de la casa. Nos mira por el retrovisor. Sofía y yo tenemos papá. No vomitamos. A lo mejor vomitábamos por falta de señor.

Veo su nuca; una vez de niña fui a Vouvray con él, viajé como ahora en el asiento de atrás por temor a los imprevistos. Sofía en cambio se fue en tren con *mademoiselle* Durand; por vomitona.

Más que el paisaje, más que su vida, más que Francia, a papá le importa el kilometraje, hacer mil millones de kilómetros por hora de una ciudad a otra; batir su propio récord como los corredores de automóvil; en una libreta apunta hora de salida, número de kilómetros en el cuadrante, litros de gasolina, etcétera, aportaciones que discutirá a la hora del café. En el camino a Vouvray empecé a oír un ruido en el motor, cada vez se hizo más claro, seguro, dentro del motor estaba un pajarito, esperé mucho para decírselo, giraba en la hélice despedazándose las alas, chamuscándose el pecho, hasta que no aguanté y le dije:

—Papá, *il y a un 'tit oiseau dans le moteur.*

—*¿Quoi?*

—*Un 'tit oiseau dans le moteur.*

Algo debió ver en la expresión de mi rostro al mirar en el retrovisor porque poco a poco aminoró la velocidad hasta que hizo alto al borde de la carretera. Abrió el capote y entonces me llamó:

—Ven, mira que no hay ningún pajarito allá adentro.

Hoy rumbo a Acapulco, su nuca es la misma, no hay pájaros, sólo el sonido de los insectos, el rugido del calor.

—¡Qué bien las has educado!

Mamá sonríe.

Dice:

—Quiero ver a Sofía bailar y oír a Mariana tocar el piano.

Toco y tiemblo; toco el Concierto 23 en La Mayor de Mozart que en la academia repaso a cuatro manos con la señorita Belem Pérez Gavilán:

—Muy bien. Y ¿qué otra cosa?

—Nada más.

—¿No tocas Debussy, Ravel, Bach?

—De Bach, sí, un preludio.

—¿Y que más?

—El Hannon, el Czerny.

—¿Del Czerny saltaste a Mozart?

—Bueno, antes la *Para Elisa,* y luego Mozart.

Al día siguiente mamá me dice que Sofía y yo ya no iremos a la Academia de Belem Pérez Gavilán, en la esquina de Liverpool y Dinamarca. Con mucha ilusión espero los lunes, miércoles y viernes; a Magda también le gusta sentarse a oír todos los pianos tocar al mismo tiempo; Raulito, en su piano de cola, el *Emperador* de

Beethoven, Ana María Flores, Grieg, Bertita, Rachmaninoff. Sofía también va y toca tonadas de su invención; no le gusta leer música y compone lo suyo, tata chus, tata chus, como papá, o saca las canciones de moda: las de Cole Porter, Tommy Dorsey o Irving Berlin. En su piano de media cola la emprende con *I'm Dreaming of a White Christmas* y *Chiquita Banana;* Glenn Miller, Xavier Cugat, Carmen Cavallaro, todo lo que se le antoja. Jamás la han destinado a un piano mudo o pianito de pared. Mientras leo atortugada las notas, Sofía inventa. No sé cómo le hace que a todos se impone. A veces la señorita Belem me pide que le repase la lección a un niño que pone sus zapatos sobre el teclado, Manuel Fuentes. Viene obligado por su mamá y toca puras notas falsas y cuando le hago que repita advierte: "Al fin que ni me voy a dedicar a eso".

Sofía sí va a dedicarse al baile profesionalmente y yo seguiré tomando las clases porque hay que saber de todo y me servirá más tarde cuando me saquen a bailar en París.

En su parte de guerra dicen que papá hizo dieciocho incursiones en territorio enemigo. Lo echaban en paracaídas. Cada vez que veía la lluvia de globitos abrirse en la pantalla en el cielo de los aliados decía: "Ahora sí ése es, acabo de verlo, son sus piernas, ahora sí estoy segura". Lo reportaron desaparecido un mes. Fue cuando no respondió a nuestro *V-Mail*.

Con nosotras no habla de la guerra y nunca nos atrevemos a preguntarle nada. Sólo una noche después de la cena, dijo con la misma reserva de todos sus actos:
—Lo que sí puedo asegurarles es que nunca maté a nadie.

Papá sólo sabe hablar con sus ojos, sólo sus ojos albergan una esperanza, pero un instante después, en un parpadeo, sus ojos parecen decir: de qué sirve albergar esperanzas. Papá no llega al final, no toca una sola pieza completa. Papá, a medio camino deja de creer. Su entusiasmo jamás crece; no lo va fomentando a medida que avanza, nadie le ha dado cuerda, siempre desmaya. Entonces ataca otra pieza, pensando que tendrá más suerte. Después de unos acordes, mamá le dice: "Ahora toca la pavana, o la tarantella, o el rondó o el pequeño vals". Le hace el juego. Papá levanta las manos, las deja descansar sobre sus piernas, luego las cambia de posición sobre el teclado, y las sume delicadamente, delicadas sus suaves, sus buenas manos sensibles, pero no se lanza a la nueva batalla blanca y negra, negra y blanca. Tiene buen oído; de pronto se detiene como los perros, no quiere ir más lejos, la angustia lo acogota, hace cara de perro, levanta la cabeza en espera de la señal. Entonces me atrevo a intervenir:

—Si no vas ni a la mitad, papi, ¿por qué te interrumpes?

El momento en que pone sus dedos sobre el teclado, la suavidad con que hunde las teclas, mamá la llama *"le toucher" "Il a un toucher extraordinaire"*. Yo percibo otra cosa, siento que él sabe desde el primer momento que no va a poder. Porque mi padre es un hombre que tiembla; desde que se levanta a la vida, siempre algo lo desasosiega por dentro y no le permite estar; jamás podrá afianzarse. Se esconde de sí mismo, se esconde de sus propósitos y cuando llegan él ya no está, no hay nadie para tomarlos y levantarse con ellos en brazos.

Cuando está con copas mamá se encierra en su cuarto. Papá también, pero una tarde fue a abrir la tapa del piano, no sólo la del teclado, sino el ala grande y negra de madera que libera el sonido. Se sentó, los dedos de algodón, fofos, sin nitidez. Tocaba algo como una sopa de sentimiento enmarañada de sonidos apelmazados, hechos engrudo, y de pronto, allí en medio, una nota de cristal, como la del pájaro rojo que se detiene en el ciruelo del jardín, una sola nota aislada en medio de las otras que le hacían coro, una nota que me cortó por dentro y me hizo pensar rápido: "Éste es mi padre", y la melodía a partir de esa única nota empezó a apretarse nítida, rápida, espléndida, plantada de cara a la vida, y otra cabalgata de notas se puso a rugir bajo ese primer sonido, como si luchara por abrirse paso todo un acompañamiento singularmente decidido y exacto que iba camino a la ventana hacia el atardecer, hacia el aire en torno al sabino, el aire aún más allá, el que atraviesan los aviones alto en el cielo, en su camino a Francia. Algo seguía allá en el cielo; papá ya no estaba lloriqueando, al contrario, su música le había secado toda la borrachera, era coraje el que yo percibía en el acompañamiento; ahora sí se negaba a sentir vergüenza de sí mismo, el aire desde el piano transportaba los sonidos y los llevaba por la ventana, y se estancaban en la luz del atardecer, todavía cálida, todavía acogedora.

¿En qué va a trabajar, papá? ¿En qué trabaja un hombre que viene de la guerra y como Mambrú nunca se supo si regresaría? Desde luego no se dedicará al arte de la laudería que sería el suyo (porque en verdad, mi padre es un artesano), o a diseñar y construir automóviles, tendrá que hacer dinero, sentarse frente a un gran escritorio encerado como un espejo en el cual se reflejen su alma y sobre todo sus temores internos, una secretaria, buenos días señorita, salir de la casa con un portafolios, asistir a juntas, buenas tardes señores, darle cuerda a muchos relojes, sí señor director, acuso recibo de su cheque número 1794 por… Mi padre se exige mucho. Mi padre se desespera mucho. Mi padre hace cuentas hasta muy noche, inclinado sobre hojas de papel rayado con un lápiz puntiagudo suma y resta, archiva recibos y notas de remisión, todo lo guarda en columnas de haber y debe con un cuidado extremo. Tensa su voluntad, la estira hasta adelgazar el hilo, busca obstinadamente, la noche es un abismo amplio en el que se avienta solo, controla, rectifica los errores, si él permanece allí, alerta toda la noche, en el mundo se cometerán menos errores, sus ojos que se van enrojeciendo por el desgaste, el humo del cigarro. Hace un esfuerzo desmedido. Impaciente consigo mismo, papá se maltrata; se tachonea, se recupera, y de pronto, entre tantos números recuerda al primer perro que amó de niño; a las tres de la mañana, alguien grita dentro de él y, gravemente herido, desperdiciado, preso en la vida, va a tirarse sobre su cama; siempre su cama parecerá un camastro, todos tenemos camas normales, hasta agringadas, con sábanas de florecitas; quién sabe por qué la cama de él resulta carcelaria, a ras del suelo; hace pensar en una litera de calabozo, en la piedra que suda agua, en el último trago solitario.

Nace nuestro hermanito Fabián. Explico muy docta en la misa de los *scouts* que a mamá se le abrió el ombligo y por allí salió de cabeza; para eso es el ombligo, para que nazcan los niños. De mamá embarazada no tengo un solo recuerdo, quizá porque no quiero tenerlos… Le pregunto cómo fue mi nacimiento; dice que no sabe porque en esos días no estaba; acompañó a papá de cacería al Mont Banni.

Somos las mamás chiquitas de Fabián: Sofía le lleva trece años y yo catorce.

Nos mandan a estudiar a Estados Unidos. Son dos las razones: una porque ya nació nuestro ansiado hermanito, y la casa se ha achicado. Y la otra es porque una vecina vino a avisarle a mamá, ocupada en darle el pecho al recién nacido, para decirle que sus dos hijas estaban peleándose en la calle y "jalándose las chichis". Fueron sus palabras exactas. Muy duquesas, muy duquesas pero bien jaladoras de chichis. Entonces, tomó la decisión irrefutable. Al convento, cuales Ofelias. Magda y Vitito lloran a moco tendido, lo cual saca a mamá de quicio. A mamá le chocan las lágrimas. Es casi imposible que llore. Por eso le irritan sobremanera los que pierden el dominio de sí mismos. Creo que siente ganas de masticarlos crudos. Nosotras estamos contentas. ¿Ya viste? La lista que han enviado del internado es la del *trousseau* de la mujer del Sha de Irán. ¿Ya te fijaste? Nos damos de codazos, 6 *pairs bras,* 12 *pairs silk stockings,* 2 *pairs shorts,* 2 *jumpers,* 1 *gym suit,* 1 *pair slippers,* todo por pares o casi y todo comprado en Lord and Taylor's, hasta un estuche para las uñas. Manicure. Y ahora, ¿qué haremos con nuestros dientes? Conoceremos Philadelphia y el sombrero de cinturón de hebilla trabada de William Penn.

NO ES QUE LA EXTRAÑE, es que la traigo adentro. Hablo con ella todo el tiempo, hablo con ella en la lengua del sueño, me acompaña su pelo flotante, la expresión triste de sus ojos de agua profunda. Espero sus respuestas dentro de mí y sigo contándole todo hasta el momento de poner la cabeza sobre la almohada. Y todavía después sigo hablando con ella; espero a que me responda en el lenguaje del sueño. Más tarde en la vida una psicoanalista argentina me dirá: "Ya deje en paz a su madre, que ni la quiere como usted la quiere, olvide esa obsesión, no le conviene". No, doctora, soy yo la que no me convengo, aunque antes, de niña, sí, solía reír mucho, y cuando reía, entonces sí, me tenía a mí misma, sí, como un pequeño sol de premio entre las manos.

No es que la extrañe, es más que eso. Corro tras de ella, de su día en México, de las horas de su día todo mi día de convento en Philadelphia. "Ahora desayuna, ahora le ordena la comida a Felisa, ahora le dice a Vitito que desmanche su falda, ahora besa a Fabián, ahora olvida las llaves de su coche que siempre olvida, ahora se detiene a medio cuarto a pensar en qué es lo que tiene que hacer, ahora pide ternura aunque no la pida." La sigo obsesivamente y eso que tengo bien establecida mi orden del día, las monjas nos mantienen ocupadas, no hay tiempo para divagaciones o el horror de los bostezos.

No es que la extrañe, es que la vivo aquí entre las paredes negras aunadas por las viejas puertas, las estrechas, puntiagudas ventanas dizque góticas que dan a los árboles oscuros; cuando salimos a caminar la miro avenadada entre los troncos, estoy segura de que nos sigue, vestida de luz y sombra, se aparece en los claros y se detiene erguida la cabeza, me mira, la veo mirarme con esos ojos que ninguno de los tres hemos sacado, luego escapa, sedosa, y no puedo sorprenderla ya en ningún recoveco de la lluvia.

Mamá es la gran culpable de mi esperanza.

Nuestro convento se levanta en medio de otras dos construcciones: la cárcel y el asilo para locos. Fuera de eso no hay nada. Por eso cuando memorizo a Shakespeare, *"Life is a tale told by a fool signifying nothing"*, la asocio a este escenario. Tres edificios son el telón de fondo: la cárcel, el convento, el asilo para locos. Sólo la pequeña estación y una *drugstore* que exhibe sobre el mostrador Crunch-Crunch y Milky Way en sus envolturas de celofán. También venden *banana splits* y *hot fudge sundaes* que uno puede tomar encaramado en la barra. Vamos allí una vez al año, en un último acto de libertad antes del encierro. O al irnos en el tren cuando pedimos en la caja: *"One almond Hershey bar, please"*, para ir comiendo la tableta de chocolate mientras vemos por la ventanilla.

Lo primero son las novatadas para ver si somos *"good sports"*. Además de los ojos vendados, del jabón en el pasillo para los azotones, del trapo viscoso y húmedo que nos da la mano, de la sábana que súbitamente cae de lo alto y nos cubre, del cubetazo de agua fría en la cabeza, a las nuevas nos avientan desde la azotea por el tubo de la ropa sucia de la lavandería; es ésta la prueba más dura, la del *laundry chute*. porque el edificio tiene tres pisos y la caída a oscuras ha causado más de una crisis nerviosa. Sofía y yo salimos airosas sobre todo a la hora de la *performance* en que Sofía se echa un French Cancan de todos los diablos y deja encantadas a las gringas. El último acto de la novatada termina en el escenario frente al alumnado y cada quien debe hacer lo que puede: recitar, bailar, tocar en el piano de cola.

Seguramente por leer tantas novelas de misterio de Carolyn Keene se me ocurre a la hora del recreo inspeccionar la vieja *laundry house* abandonada a un lado del convento. Antes me metí a la sacristía, vi una cómoda tallada, tres o cuatro sillas, la estola, la dalmática, siete atriles, un banquito cubierto de tela de damasco, los candelabros bien alineados, la deslumbrante blancura almidonada de la casulla de misa y sobre todo las capas pluviales que me gustan por su nombre. Hoy me abro camino entre las telarañas sobre el tablado de madera y de repente caigo y caen conmigo los palos del piso, caigo, caigo, caigo no sé cuántos metros porque cuando recobro el conocimiento todo está oscuro, un polvo irrespirable raspa la garganta y lloran en mi cara entierrada los ojos que apenas puedo abrir. Me duele el aire. Atontada, la nuca me pesa como piedra en el pozo, el piso es de tierra, busco una salida, por fin allá en el fondo una pequeña escalera de fierro recargada contra el muro ofrece una esperanza. Por ella salgo a la superficie de madera, y repegada a la pared doy toda la vuelta a la pieza de puntitas hasta llegar a la puerta. Debí caer al sótano, al que fuera el cuarto de máquinas. Afuera miro el cielo oscuro; sólo la capilla iluminada trae las voces de la oración nocturna. He desaparecido desde las diez de la mañana.

Kyrie, eleison
Christe, eleison
Kyrie, eleison
Christe, eleison.

En el comedor Sofía me pregunta: "Oye tú, ¿dónde estuviste?" Mi hermana es la única. Nadie notó mi ausencia; a ninguna de estas gringas le hago falta; se completan solas. Las monjas tampoco. Las hermanas menos, afanadas siempre en las labores domésticas. Por soberbia no diré nada, ni en confesión. Nadie sabrá que estuve sepultada un día y resucité como Lázaro. Siento gran compasión por mi piel asfixiada, mis poritos tapados, esas piernas torvas que me traicionaron. En la noche se lo contaré a ella.

Todo el tiempo pienso en ella; la veo mientras me baño, se atraviesa frente a mí, me raya el paisaje como la lluvia, se para frente al árbol negro que miro por la ventana. De pronto, presiento que camina tras de mí; vuelvo la cabeza y se levanta la construcción opresiva del convento, sus muros enmohecidos, el musgo casi negro que los calza, qué húmedo país, Dios mío, qué húmedo.

El tema del gran *essay contest* para todo el High School es las Cruzadas. Escribo que los cruzados estaban cansados, tenían piojos, un sayal agujereado; hago el inventario de sus deficiencias, una escudilla, un costal, posiblemente un cuchillo, los pinto barbudos y desmañanados; bebían y se peleaban entre sí como cualquier soldado, escribo sin interrupción; leí en la biblioteca algo de Leconte de Lisle (creo) y sigo con mi panorama de impotencia. Mis Cruzadas son sólo una manifestación del dolor del hombre. Cristo y su reconquista no aparecen por ninguna parte.

Mother Heuisler me manda llamar. Dice que por qué esta visión tan pesimista. No tengo la menor idea; pero como veo la curiosidad en sus ojos me hago la interesante e invento lo que nunca pensé. A mí ni me importan las cruzadas, sucedieron hace tanto tiempo, tanto que ni me acuerdo. Lo honesto sería decirle: "Reverenda madre, a mí las Cruzadas ni me van ni me vienen, simplemente me fusilé a un autor que encontré arriba en la biblioteca y leí por el solo hecho de ser francés; apliqué sus pensamientos a mi ensayo". Pero como quiero que siga mirándome con el interés con que lo hace, le digo que seguramente fueron más dichosos los que nunca se enrolaron en las Cruzadas, le digo que a lo mejor lo único que importa es tener un lugar en el mundo, un lugarcito, le digo que para qué alinear a los hombres haciéndolos guerreros. A los hombres les gustan las causas, cualquier causa, denles una causa por la cual morir y eso le dará sentido a su vida; la causa más nimia, la más absurda; allá van todos corriendo contentisisísimos. Nada de lo que le digo es realmente mío, nunca he reflexionado en ello, a mí me gusta pensar en Cary Grant y punto, pero su mirada me espolea; quiero seguir haciéndome la interesante y le pregunto a mi vez qué qué verdades merecen ser defendidas apasionadamente, a ver, cuáles, a ver, a ver, ahora sí me pasé de lista porque vuelve su cabeza enojada hacia mí y espeta, bajo su velo negro, dentro de su cofia blanca:

—Mariana, hágame favor de memorizar los diez mandamientos y venir a decírmelos dentro de quince días. Ésas y no otras son las verdades apasionadamente defendibles.

En el convento nadie habla de la pobreza, América Latina es un *banana garden*. Las latinas somos sobrinas del presidente de Nicaragua, del de Cuba, la hija del magnate de Vidriera de Monterrey, S. A., la dueña de plantíos de algodón en El Salvador, la del ingenio de caña en San Juan Puerto Rico, la del rey del estaño en Bolivia, el café en Colombia. El Club de Yates, Varadero, la finca en el campo con canchas de tenis, alberca cubierta y sauna son nuestros escenarios naturales. Para no ser menos Sofía inventa que somos nietas de Agustín de Iturbide, el de la capa de armiño y ninguno se preocupa por comprobarlo. Las otras se llaman de Bayle, Somoza, Barroso, Patiño, de Santodomingo, Ferré, Vicioso, Menocal, Mendoza, las otras sí son de a de veras, pero el dinamismo, la arrogancia de Sofía las supera en todo. Más democracia que la de Estados Unidos no hay; aquí es muy alto el nivel de excelencia y se estimula la libre empresa. Por eso venimos las niñas bien, las elegidas, las que siempre estaremos arriba, a recibir la última capa de esmalte, el barniz protector contra las fisuras y los cambios del clima. Es justo que sólo los mejores subsistan y nosotras estamos aquí porque somos *the top of the top, la crème de la crème,* la cereza en la punta, las dueñas del emporio. Y todavía jugamos a la sirvienta del señor como yo que lavo los 78 965 439 284 trastes del convento para obtener mi banda azul mientras Mirta Yáñez hace futurismo y me cuenta que cuando tenga un hijo lo enviará a West Point y a su hija Mirtita la mandará a recordar aquí mismo los buenos tiempos que vivimos. ¿Verdad que también vendrá mi hija Marianita para que sean amigas?, y después nuestras hijas, ambas a la par unidas, harán su *college* en Manhattanville como tú, como yo, como ella, como nosotras, y regresarán muy bien preparadas a casarse con Tachito.

Nuestro mundo es el de los champús y el del *Ivory Soap,* los *Corn Flakes* y las secadoras para el pelo. Somos las diosecitas. En la noche bailamos nuestro paisaje, nuestras palmeras reales, nuestras hojas de banano, las lianas que unen nuestras selvas unas con otras, la ceiba que rasga el cielo y en el salón de juegos donde las gringas se sacan a bailar un *two step* sin salirse del cuadrito, nosotras tumbamos caña para acá y para allá con el movimiento de nuestras caderas, ¡no hagan olas!, nuestro talle acintura al trópico, el ritmo del tambor, el de las maracas hace que se cimbren los adustos corredores del convento copia de algún castillito medieval. Bailamos en rueda, arroyos de sudor escurren por nuestro cuello, nuestra grupa, this is fantastic, danzamos en nombre del Padre, del Hijo y del Espíritu Santo, del Dios poderoso de todas las armadas de mar y tierra. El convento huele a algo nuevo.

De regreso en el autobús que nos llevó al torneo de jockey con Kenwood cantamos las canciones de Judy Garland en *El mago de Oz*. Dejamos para el final una tonada que nos mata: *"They say that falling in love is wonderful, wonderful so they say"*. Todo eso que vemos allá afuera, el campo, sus íntimos musguitos que asoman por las rendijas, sus hojas; camas crujientes y movedizas, todo eso, el muchacho en el coche que nos mira desde abajo, todo eso es el amor que nos espera. *"Somewhere over the rainbow, way up high."* No tenemos dentro del cuerpo sino canciones, nos pican la lengua *"There's no business like show business, there's no people like show people"*. La dulce tía Diana nos llevó a Radio City a ver a las *rockettes* tijeretear nubes, zas, zas, zas, zas, sus largas piernas levantadas al unísono. *That's stamina for you,* murmura un espectador solitario. Las *rockettes* tienen muchos glóbulos rojos, explica la dulce tía Diana, toman espinacas como Popeye, zas, la derecha, zas, la izquierda, Sofía urge a la tía Diana, vamos a preguntar qué se necesita, tía Diana, no Sofía, no, esto no es para ti, sí, tía Diana, tengo ganas, tengo tal energía, no puedes imaginar cómo me hormiguea la energía en los poros de la piel, tía, puedo bailar encima de todos los *sky-crapers* de Nueva York, en la punta del Empire State Building. Central Park lo cruzo con un solo *grand-jetté*, el mundo es mío. Las comedias musicales se nos han subido a la cabeza, no hemos venido a Estados Unidos sino a zapatear sobre un piso de madera. El *high light* de nuestra vida neoyorkina es la invitación de Irving Berlin a cenar. "No pueden ir, no tienen vestidos para salir de noche", la dulce tía Diana nos echa una cubetada de agua fría peor que la de las novatadas. "No importa, yo quiero ir", se impone Sofía. "No pueden ir, nadie va al Stork Club de falda escocesa y mocasines." Antes del gran día, Ellen Berlin, *Call me Madam,* nos invita a comer a su casa. La puerta es verde como nuestra esperanza y la manija brilla porque *diamond's are a girl's best friend.* Su hija Linda que es *idem* se lleva el *prosciutto* con melón a la boca levantando mucho el codo. Los mastica con parsimonia. Ellen, su mamá, nos avisa que el viernes enviará al chofer por nosotras a las siete. Cuando gritamos que tía Diana no nos deja, dice: *"nonsense",* y cuando le explicamos por qué, dice: *"no problem, we'll get them at Lord and Taylor's".*

Están de moda los *petticoats* a cuadritos, las *ballerina skirts,* los *pumps* rojos. Brinco-teamos fuera de la tienda con nuestros chispeantes zapatos cabeza de cerillo. Al salir miro el cielo de Nueva York entre los rascacielos; todo el cielo de Nueva York es a tiritas; el chofer quiere desembarazarnos de nuestras cajas amarradas con una cinta que repite Lord and Taylor's. No me dejo. Sofía sí le cede la suya y se sienta atrás, principescamente.

Apenas entramos al Stork Club la orquesta se interrumpe y ataca: *"I'm drea-ming of a white christmas".* Irving Berlin sonríe, da las gracias, se inclina, vienen de otras mesas a saludarlo, es chaparrito y su pelo negro pegado al cráneo lo empe-queñece. Ordenamos *turkey* aunque no sea navidad, chomp, chomp, *vichyssoise,* un *chateau Talbot,* estas niñas saben beber vino, Ellen, no como Linda que sorbe cocacola a todas horas. Estoy a punto de pedir *banana split* mi favorito y despresti-giar la fineza de nuestro paladar cuando Sofía se adelanta, tonta, si no estás en el *drugstore* y deja caer su larga mirada de conocedora por el menú-cigüeña mientras pronuncia *profiterolles au chocolat,* estas niñas hablan un excelente francés. Linda, ves, es muy importante conocer idiomas, ves, Linda está a punto de comernos cru-das steak-tártaro-de pinches-francesas, cuando me distraigo y Sofía sale a la pista del brazo de Fred Astaire. Es más ágil, sonríe mejor que Ginger Rogers, los músicos de la orquesta no le quitan los ojos de encima, tap, tap, tap, va a tap-dancinguear hasta el fin del mundo, Irving Berlin seguro la escoge para su próxima comedia musical. Embelesada, no puedo oír lo que platican en la mesa, la pista es el único imán, el arco sobre los violines, los brazos de smoking blanco que los empuñan, las parejas giran flores boca arriba, somos fosforescentes, pescados rojos que nadan en cham-pagne. *"Heaven, I'm in heaven",* somos el centro del mundo, una luz brutalmente blanca aísla a Irving Berlin bajo un *spot light,* los gringos de cara redonda y rojiza quieren estrechar su mano, denos muchos días de éstos, *this is heaven,* lo aman *cheek to cheek,* Sofía ha perdido la idea de las proporciones, saluda a su público, su *petticoat* a cuadritos, desbocado, se amplifica y cuadricula las paredes del salón de baile, Ethel Merman la toma del brazo: *"Anything you can do, I can do better, I can do anything better than you",* ladea su sombrero vaquero, pistola en mano, *Annie get your gun,* la cortina está a punto de levantarse, Sofía y yo tras de ella saldremos tap, tap, tap, tap, nunca hemos sido tan felices, *whoopee,* éste es nuestro mundo, regresando al convento se lo decimos a la reverenda madre, *whoopee,* qué dicha embriagadora; hoy en la noche, dormimos en brazos de Fred Astaire, bajamos nubes escalonadas que vienen del cielo, Esther Williams con su traje de baño de faja nada al interior del piano de cola de Jose Iturbi, el Pato Donald y el Ratón Migueli-to nos dan de besos, nunca en el mundo ha habido muchachas tan atractivas como nosotras, nunca nadie que cante bajo la lluvia, nunca unos paraguas han girado con tanta sabiduría, le hemos ahorrado a Pigmalión mucho trabajo, los *top-hats* nos saludan, brillan negros, obsidiana derretida aguas abajo, viviremos días de fiesta siempre, matarililirón este oficio sí nos gusta, matarililirón, ay, ay, ay, ay, mi querido capitán, la bailarina se subió al barco de papel con el soldado de plomo al que le faltaba una pierna y bogaron, bogaron mirándose fijamente el uno al otro, hasta que la fuerza del agua los empujó a la alcantarilla.

—No, no vinieron aquí a ser *rockettes.*
      —Pero Reverenda madre.
      —No, no van a tomar clases de tap.
      —Pero reverenda madre.
      —Tienen que moderar aquí sus afanes exhibicionistas.
      —Pero reverenda madre.
      —El convento no es un *show,* sépanlo de una vez.
      —Pero reverenda madre.
      —Si tienen tanta energía, voy a aumentarles las horas de deporte. Sobre todo a ti, Sofía...
      —Pero reverenda madre.
      —Y tú Mariana, regresa a la realidad.
      —Pero reverenda madre.
      En la capilla, ofrezco todas las misas del año por terminar, 30 *spiritual bouquets,* 77 rosarios y 977 jaculatorias porque ésas son muy rápidas, nada más se dice: Sagrado Corazón de Jesús, protégeme, Virgen María, condúceme, así facilitas, sólo se interpela a la corte celestial. Ofrezco también seguir lavando todos los trastes del convento en la máquina de vapor en la que termino ensopada, el pelo escurriendo, el uniforme chorreando agua, los brazos como dos trapos lacios, la cintura toda clavada de estiletes de tantas horas de pie sobre el banquito porque no alcanzo y tengo que inclinarme para llegar a la loza que enjuago antes de meter a la máquina. Todo, todo lo ofrezco; le tiendo su cama a Sofía, todo con tal de que me haga caso.
      Estoy enamorada de Cary Grant. Sofía, ella, se ha enamorado de Gregory Peck, pero no hace méritos. Dice que qué más mérito que ella misma.

Cada vez que la reverenda madre me manda llamar doy pasos en falso. No entiendo por qué me interroga. Me despide siempre con cara de "¿Qué se ha creído esta idiota?" Pero a los quince días encuentro en mi pupitre un citatorio: *"Private visit with Mother Heuisler:* 5 p. m." Cuando le digo que odio a los que se quejan —tampoco es idea mía, es de Luz a quien procuro imitar en todo—, me pregunta por qué, le digo que en la iglesia lloran mucho, Jobs, Jobs y Jobs en todas las bancas de la nave, pura gente hincada, el rostro entre sus manos, los hombros sacudidos por los sollozos de su inmensa compasión por sí mismos; sonríe y me pregunta cuál es la solución y le digo que una bomba que los haga volar por los aires; puros pedacitos de *self-pity* desperdigados en el cielo, grotescas partículas envueltas en lágrimas, viscosos miligramos de mucosidades, y pañuelos ensopados, entonces se pone seria y me ordena que al terminar la visita me ejercite en la caridad cristiana.

—¿Acaso sería usted una irresponsable?

La última visita concluyó también con una pregunta:

—¿Acaso sería usted tonta?

EL CONVENTO ES UN GRAN GENERADOR DE ALEGRÍA, *gaudeamos omnes in Domino. Exsultate, exsultate.* Pero no es en el Señor en el que nos regocijamos sino en nosotras mismas, en las monjas de quienes nos enamoramos, en la gran bienaventuranza de no tener mayor obligación que repetir *Mater admirabilis, aleluya, inundantem gloria tuam* y las celestiales virtudes de los beatos Bartolomé Laurel y Avelino, de San Apolinar, Crisanto y Daría, San Proto y Jacinto, Sixto, Felicísimo y Acapito, de María Refugio de Pecadores y de otros santitos que traemos de la América Latina y añadimos al largo santuario como Fray Escoba, San Martín de Porres. Las monjas *vocem angelorum* ríen mientras corren con su providencia inefable, *Mother-Heuisler,* la superiora derrama su sabiduría sobre las iniciadas. *Bendicite Dominum, omnes Angeli ejus,* corren al vuelo de sus enaguas negras. Me he hecho de amigas; Bárbara Sanders, Peggy, Liana, Rosemary, Flo, Sarah, Camilla, Eleanor, Kathleen, Ande, Ann de La Chapelle, Carol Kuser, Maribel, Teresita, Ann Mc Cormick, Lourdes, admiro a las que ya se van; las grandes, Charlton Merrick que es tan bella, pero a ninguna, a nadie como a Jane Murphy; toca el piano como papá y escribe novelas en un cuaderno rayado tirada en su cama mientras le rasco la espalda con una larga manita de chango.

—¿*Is Santayana a spanish name? Then I'm going to call him Santayana. Right now, they're eloping.*

Juntas nos ponemos rimmel por primera vez. Exclama al ver mi resultado:

—*Well, they're long but they're few.*

Pocas pestañas, como las de la ratoncita Minnie, la esposa de Miguelito, que tiene tres.

No nos planteamos problema alguno. Nunca hablamos de la injusticia, jamás de diferencia de clases. Hay unos que nacieron para servir a otros y sanseacabó. Si las hermanas se ocupan de la lavandería y el aseo del convento es porque no son capaces de enseñar como las madres. Frente a Dios son las mejores puesto que ejercen los oficios más humildes. Como Marta y María, igualito. Todo se lo ofrecen a Cristo y a la madre Madeleine Sophie Barat, fundadora del convento. Entre mayor el sacrificio, más grande el amor del Señor para ésta su criaturita modesta agachada sobre la jerga. No se consideran instrumentos de la reverenda madre o de las madres que tienen un rango más elevado. Cada hombre llega hasta donde puede. Las que limpian los excusados y las estufas cochambrosas irán al cielo más pronto. Por eso y para que Cary Grant me ame en un futuro no muy lejano y ponga en mí sus ojos de celuloide, aquí, sobre la tierra de Philadelphia ayudo a las hermanitas cuyo velo y cuya cofia son menos imponentes que los de las madres.

Santa Águeda, Virgen y Mártir, fue martirizada en Catania de Sicilia. Después de haber sido abofeteada y descoyuntada en el potro, cortáronle los pechos y la revolcaron sobre pedazos de vidrio y ascuas. Finalmente, por defender su fe y su castidad, murió en la cárcel, haciendo oración al Señor, el año 251.

Que el Señor me ame como a Santa Águeda y me haga sufrir como a ella.

Viene la emperatriz Zita de Habsburgo a dar una conferencia en el Concert Hall y las monjas nos escogen a Sofía y a mí para que le hagamos la reverencia y le entreguemos un ramo de flores de parte de la escuela. En su honor cantamos el *Tantum ergo sacramentum* en la capilla. Es una señora flaca, triste, vestida de negro con un sombrero atravesado por un alfiler largo como el de Mary Poppins. No recuerdo nada de lo que dice pero sí que huele a triste.

Cuando leo el Gradual: "Toda hermosa y suave eres, oh hija de Sión: hermosa como la luna, escogida como el sol, terrible como un ejército en orden de batalla", pienso en Sofía.

Sofía se afirma cada día más. Le encargan decir en público aquello de que César fue un hombre honorable pero Sofía está más versada en Agatha Christie que en Shakespeare:

—¿Cómo le vas a hacer, a poco ya te lo memorizaste?

—Tú no te preocupes —responde como papá, que dice siempre que no hay que hacerse mala sangre.

Una tarde en el Study Hall, regreso de la clase de piano y veo que todas me sonríen, incluso la *mère surveillante* como la llaman en francés para honrar a Madeleine Sophie Barat. "¿Por qué me estarán queriendo tanto?" Y es que Sofía subió al foro y sin más se echó una rumba-piña-madura-tico-tico-sí-Carmen-Miranda, y la comunidad quedó muy satisfecha con esta danza borradora de rutinas; esta brisa tropical a las cuatro de la tarde. Mañana es el día de Shakespeare.

Llegado el momento mi hermana se levanta con un aplomo que me deja bizca y empieza, como senador romano, su mano deteniendo su invisible toga, mientras rezo enajenada del terror:

> *Friends, romans, countrymen, lend me your ears;*
> *I come to bury Caesar, not to praise him.*
> *The evil that men do lives after them,*
> *The good is oft interred with their bones;*
> *So let it be with Caesar. The noble Brutus*
> *Hath told you Caesar was ambitious...*

Y se sigue de largo, su inglés me parece algo extraño pero sus gestos son tan elocuentes que nadie, ni la reverenda madre ni el capellán, ni toda la comunidad de religiosas (madres y hermanas) le quita los ojos de encima. Recitadas las primeras líricas, ya no tenemos la menor idea de lo que está diciendo ni ella tampoco, pero sigue en su inglés en el que a veces recojo las palabras *ice cream* y *hot fudge sunday*, Gregory Peck y Kotex *because, hamburger heaven* y *chop sticks* que no recuerdo consignadas por Shakespeare, pero que mi hermana lanza al aire con una vehemencia que nos apabulla a todos. Al final el aplauso de las alumnas es atronador y a la congregación perpleja no le toca más que reforzarlo.

Al año siguiente, mi hermana convence a mamá y a papá de que no tiene por qué regresar y le dan toda la razón.

Se dedicará al baile.

Sofía ya sabe qué va hacer, con quién se va a casar, cuántos hijos tendrá, cómo y de qué modo vivirá. Yo no sé nada. Sofía se quiere como ella es, yo nunca me quiero sino como voy a ser pero ¿qué es lo que voy a ser? Me la vivo atarantada y más cuando regreso a México después de dos años y medio y ya no tengo el horario del convento para dividirme el día en actividades que den fe de la grandeza de Dios. Dentro de mí hay una inmensa confusión y para escapar de ella me la paso inventándome historias: soy la heroína de la película. Amanezco un día Ingrid Bergman en *Saratoga Trunk* y al otro Joan Fontaine en *Rebecca*. O desayuno, Audrey Hepburn, en *Tiffany's*. ¡Qué añoranza por tocar el piano como Ingrid Bergman en *Intermezzo* y que Leslie Howard de perfil me bese a medio concierto, su violín bajo el brazo! Si canto como *Gilda* alias Rita Hayworth de mesa en mesa arrastrando sinuosamente la víbora negra y ahulada del alambre del micrófono, seré feliz.

Mamá ha cambiado; corre de Fabián a papá, de papá a Fabián y nunca sabe bajo qué mano queda, como esos juegos en que un anillo va pasando de mano en mano por un mecate mientras todos cantan: *"Il court, il court, le furet, le furet du bois joli".* Durante estos años de ausencia quién sabe cuántas prendas habrá pagado. Sofía la trae cortita; siempre le está reclamando algo. Papá y ella dan muchas cenas, *"dîners d'affaires"* para papá y a ella la veo presa tras los vasos, perdida entre los platos que deben llegar calientes a la mesa. El Metro, el desarrollo de Acapulco, la industrialización del paraíso, México es un inmenso jardín por cultivar. Lo único malo es la raza. Desdobla su servilleta como si desdoblara pliegue a pliegue su vida futura. Mamá, quisiera decirle, mamá, yo tengo los movimientos secretos que te faltan, mamá no desdobles nada, no oigas al banquero, nadie te obliga a ver la fea corbata del burócrata, nadie, óyeme mamá, nadie, a contestar a la voz chillona de su mujer que dice que le da asco la papaya. A la cabecera de la mesa, miro sus ojos de poza profunda y sé que para ella la carne es de piedra. Es dura consigo misma mi mamá, muy dura, si yo me acercara, si a media cena me levantara de la silla a abrazarla, protestaría, lo sé: "Oh, no me toques ahora".

A lo largo de la semana capto el diálogo Luz-Casimiro:

—¿Cuándo me lo dijiste?

—Te lo dije anoche.

—Anoche te encerraste a las nueve.

—Te lo dije antenoche, entonces.

—Antenoche ni nos vimos.

—Bueno, no importa, Luz, estoy seguro de que te lo dije.

—Pues no te oí.

—Si no me oíste es cosa tuya, yo te lo dije.

—Pero ¿cuándo, cuándo? Por más que trato de recordarlo, no puedo.

—Pues yo te lo avisé. Si se te olvidó es porque siempre estás en las nubes.

Tía Francis fascina. Sus menús también. Al pan capeado en huevo que sirve con miel de maple le pone: *Poor knights of Windsor.*

Al espinazo con verdolagas que a Inocencia le sale del cielo: *Cassoulet de l'Empereur Moctezuma.*

En el libro de recetas que Inocencia guarda en un cajón (lo más precioso: su letra) leo: "Dulce de Almendras", y a renglón seguido: "Se pelan las jícamas…"

También mi abuela se ha entristecido. Pasa de un jardín al otro, su bastón en la mano, y ya no ríe a todas luces como reía antes, ni se interesa como antes. Quiero fijarla, Dios, que no sea demasiado tarde, obligarla, abuela, aquí estoy, mamá grande, soy yo, abuela, tú me quieres, por si no lo recuerdas, tú me quieres, tengo terror a esta ausencia que la va poseyendo, salto, manoteo frente a ella, veme aquí frente a ti, crecida y nueva, no me falles, no te duermas. Murió *Mister Chips* y aunque ella dice que es mucho mejor vivir sola, también la muerte la ha alcanzado y le echó encima un pedazo de su cobija.

Lo más sólido dentro del laberinto son los *scouts,* la *Cité,* quisiera estudiar medicina, pero papá dice que mejor secretaria ejecutiva en tres idiomas. Además no me revalidan el High School monjil: son interminables las gestiones y el papeleo. Magdita viene de Tomatlán con su canasta de manzanas. Siempre, para toda la eternidad, será una mujer viajando con manzanas. Vamos a misa diario; quisiera recuperar la seguridad del convento. Subimos a rezar juntas como lo hacíamos cuando papá estaba en la guerra y nos refugiábamos en uno de los torreones de Berlín 6 mientras Sofía gritaba:

—Mulas, ¿dónde están?

Sofía y Alejandro su novio se toman de la mano. Se aman. Por más que lo nieguen mi abuela, Luz y Casimiro, tía Francisca, tía Esperanza, el viejito Adolfo Ruiz Cortines presidente de la República, el papa, Dios Padre y la Corte Celestial, se aman. No pueden dejarse de amar. Es más fuerte que ellos. No se casen tan jóvenes, Sofi, no sabes nada de nada. Apenas son unos niños, Alejandro, de qué van a mantenerse, tienen la vida entera por delante. No hay poder humano que los separe. Por lo pronto, nos vamos de pinta a comer tortas a Toluca, porque Alejandro estrena su licencia de manejar y una retahíla de chistes que los hace desternillarse de risa frente al volante. Van con los ojos fijos en el parabrisas, sentados el uno encima del otro. Ocupan un solo asiento. Viajo en el otro. Los miro abrazados, se dan unos besotes como de bomba de destapar el excusado. Van a Toluca, vienen de Toluca. Toluca y Toluca. Ale la recoge a la salida del Instituto Familiar y Social en la Plaza Río de Janeiro, los sábados comen en el Hotel María Cristina, son siameses, nunca se separan. Hablan por teléfono durante horas. Alejandro no puede dejar de amarla, ella se refugia en él. Se aman desde que tienen once y doce años, ¿cómo no va a ser verdadero un amor así? En el Desierto de los Leones jugamos a las escondidas. Nos llevan gallo de "El Retirito". Bailamos mambo: "Uno, dos, tres, cuatro, cinco, seis, siete, ocho… maaaaaaaambo!" ¡Ah qué genio el horrible de Pérez Prado con sus zapatos de tacón! La raspa me hace pensar en los *scouts,* o en el Tyrol, es como Suiza, mucho menos motivosa. "Tienes que tener novio, como yo, como todas", me conmina Sofía. Nos prestamos blusas, suéteres. A mí me encanta vestirme de Sofía aunque me quede larguísimo. Nos prestamos, pero sé que la he perdido. Ahora es de Alejandro. Lo escucha de día y de noche. Todo el día, toda la noche. Así es su amor y no es de ayer. Hace siete años que lo ama así. La pasión según Santa Sofía. Siete años que sabe que es él. No puede haber otro. Sólo él. Mamá insiste. Te vamos a mandar a Francia. Haz un viaje. Si me mandan, me mataré. Oye, no exageres. O los mataré. Qué teatrera. Me mataré. Sé que es Alejandro, Alejandro para toda la vida.

Enseño catecismo. Los domingos después de la misa-*scout,* Casilda y su hermana Magdalena sugieren que toquemos guitarra y cantemos en los jamborees y en las veladas con los bravos *scouts:*

> De la sierra morena, cielito lindo,
> vienen bajando,
> un par de ojitos negros, cielito lindo,
> de contrabando…

Pienso en Magda, que ya tiene arrugas en torno a los ojos. No está de planta con nosotros, va y viene, su mamá murió y tiene que acompañar a su papá, darle de comer, servirle su pulquito, va y viene, y cuando viene, rezamos mucho, nos reímos más y hacemos largas excursiones en autobuses y tranvías. Descubro el mercado de Jamaica donde compra su gruesa (3 677 777 gladiolas salmón) que lleva a Tomatlán en el techo del camión envueltas en papel periódico mojado para la misa del santo del cual es madrina. Decimos que vamos a Xochimilco y acabamos en la Merced, a los baños del cerro del Peñón y pedimos la bajada en Tlalpan, ella porque no sabe y yo porque siempre, siempre estoy pensando en otra cosa.

Casilda es decidida; siempre busco a alguien que me mangonee, me diga por dónde. Los *scouts* nos llaman las Dos Cervezas, porque andamos juntas, la oscura y la rubia:

—¿A quién quieres más en el mundo?

—A mí misma.

Casilda agarra besos de su boca y se los planta en la frente, en las mejillas, en el lugar del corazón.

—Y después de ti, ¿a quién?

—Otra vez a mí misma ensimismada, a mí misma montada encima de mí.

—¿De veras, Casi?

—A quien más amo en la vida es a mí misma porque nadie puede quererme como yo (vuelve a llevarse sus propios besos y a tirarlos a su alrededor). Tú, en cambio, no te quieres.

—Ya estarás, Sigmund Freud.

—No, no te quieres, algo te pasa por dentro muy horrible. Y no me vengas con tus risitas de conejo. ¿No te das cuenta de que lo que tú no hagas por ti misma nadie lo va a hacer?

Casilda inventa unos juegos padres, arma pistas a campo traviesa, carreras tras el tesoro y otras competencias en cuyo origen está Baden Powell. Sus trampas en la tierra, las envidiaría el propio Emiliano Zapata y sus señales grabadas en la corteza de los árboles parecen de Matisse. "Ala una… a las dos… ¡a las tres!", oigo su voz dar la orden de salida en las carreras de relevo. Mientras, juego con una cajita de ciempiés.

En los campamentos me responsabiliza de la intendencia. Reparto tazas de azúcar y de Chocomilk. Bolsas de espaguetti. Salchichas Fud y malvaviscos. Nunca alcanzan. Lo que comemos es horripilante. En la noche, del puro cansancio, no puedo parar de reír.

No podemos parar la risa.

En torno a la fogata hablamos de México.

—México —aventuro— tiene una de las constituciones más avanzadas de América.

—Eso no es nada, todos los países de América Latina tienen la constitución más avanzada de América.

Casilda lo ha determinado.

—El de México es un pueblo heroico.

—A la hora de la verdad, en el momento de la desgracia, todos los pueblos son heroicos.

Entonces, hablamos de Francia.

Vuelvo al piano, ahora acudo a la avenida Chapultepec y me toma la lección Francisco Agea, el más caballeroso de los maestros. Toco dos preludios de Chopin, la *Pavana para una infanta difunta,* de Ravel, Débussy y, fiel al Loire, *La plus que lente* de Francis Poulenc. Arranco con fuerza, feliz como los ríos y de pronto flaqueo. Cambio de pieza.

—Termine Mariana, por favor.

—Es que no lo estudié, maestro, la próxima vez se lo traigo.

—Si usted no va hasta el final siempre será una *dilettante*. Estaba usted ejecutando ese vals de manera muy correcta.

Es papá. Frente al teclado aguardo con cara de perro como papá. No viene la señal, el "siga" que él esperaba. Es papá dentro de mí. Es su angustia. Son sus manos metidas en la mierda de las letrinas de Jaca cuando lo castigaron diez días porque gritó en vez de Franco "Viva *salaud*". Son sus manos mordidas por los perros al atravesar los Pirineos. Son las manos que pasó por su cráneo rapado de hombre preso. Papi, soy tu hija, te amo papá. Alguien cometió un error en alguna parte, papá. ¿También me vas a heredar tus números en la noche? ¿Caeré hasta el fondo del pozo con un lápiz puntiagudo en la mano? Francisco Agea espera tras de mí, su olor a jabón me toma por la nariz. Pregunta con melancolía, porque él es así, pulcro y triste:

—¿Entonces?

—La próxima clase, maestro.

Pero no habrá otra.

En mi reporte del convento anotaron: *"A tendency to procrastination that has to be taken care of".*

Nadie sabe que procrastinate quiere decir soñar despierto, cambiar de un día para otro, diferir, tardar en decidirse, nadie sabe que sueño y jamás actúo, nadie sabe que me creo mis ilusiones. Nadie sabe que invento acciones heroicas a lo largo de las horas. Mamá y papá me felicitan por mis buenas calificaciones y la abuela quiere que viva en su casa.

Como ya se murió *Mister Chips* yo le hago de su marido y vuelvo a los perros de mis ocho años.

AGNUS DEI, QUI TOLLIS PECCATA MUNDI: MISERERE NOBIS.

AGNUS DEI, QUI TOLLIS PECCATA MUNDI: MISERERE NOBIS.

AGNUS DEI, QUI TOLLIS PECCATA MUNDI: DONA NOBIS PACEM.

Pero tú no eres de México, ¿verdad?

—Sí soy.

—Es que no pareces mexicana.

—Ah, sí, entonces ¿qué parezco?

—Gringa.

—Pues no soy gringa, soy mexicana.

—¡Ay! ¿A poco?

—Soy mexicana porque mi madre es mexicana; si la nacionalidad de la madre se heredara como la del padre, sería mexicana por nacimiento.

—De todos modos, tú no eres de México.

Busco trabajo de secretaria:

—No vayas a decirles que no naciste mexicana porque ni caso te hacen.

—Si no eres de México, no tienes derecho a opinar.

—¿Por qué? Tengo interés en hacerlo.

—Sí, pero tu opinión no vale.

—¿Por qué?

—Porque no eres mexicana.

—Mamá, ¿de dónde soy? ¿Dónde está mi casa?

La calle de Jalapa es umbrosa, los rayos del sol tienen que abrirse paso a través de los fresnos. Don Porfirio se trajo por barco de París muchas casas que le gustaron, por eso la colonia Roma tiene la nostalgia de Francia. Los hoteles particulares —que así les dirían en Neuilly— son altos y severos, tristes y distinguidos. Sus aleros para la nieve se resquebrajan bajo el sol y sus tejas se han ido desprendiendo poco a poco hasta caer estrelladas sobre la tierra húmeda. Nadie vive en las buhardillas. Desdeñosas las casas parecen decir: "Yo no soy de aquí". Cada año en el número 32 se hace el retiro de cuaresma. Don Hipólito Berthelot donó la casa expresamente para ejercicios espirituales e incluso hizo construir un edificio anexo que sirviera de dormitorio a los penitentes así como seis excusados y seis regaderas modestas pero funcionales. Por eso los excusados no tienen tapa y el chorro de la regadera es tan desganado que pocos recurren a su servicio. Para ahorrar se eliminaron los lavabos que gastan tanta agua y ni falta hacen y en cada alcoba reverbera en la opacidad vermeeriana una jarra esmaltada y un aguamanil de peltre. "Sin pretensiones —estipuló Berthelot—, limpio pero sin pretensiones." Por eso la mesa del refectorio es de pino, la capilla encalada y blanca tiene las paredes desnudas, Cristo encima del altar se ve muy solo, la Virgen esquinadita cierra el camino de la cruz que consiste en dos espigas cruzadas sobre un número romano. En el fondo se apilan varias sillas plegadizas de la Cervecería Modelo, por si aumenta la concurrencia. La casa grande —que fuera de don Hipólito Berthelot antes de quedar viudo— aloja al predicador en turno. Los tapices de los muros son color berenjena y los pesados cortinajes de Pullman transiberiano más que de viejos se caen de orgullo. Lo terrible es que teniendo tanto tiempo para reflexionar, los penitentes no encuentren nada digno de verse, ni un solo cuadro en la casa grande, en el dormitorio o en el refectorio, sólo el Cristo de la capilla cuyos ojos fijos penetran hasta en las tumbas y se vuelven una obsesión.

ORDEN DEL DÍA

7.30 a.m.	Despertar
	Abluciones
8.30	Misa
9.15	Refectorio
10.00	Primera instrucción
11.00	Tiempo libre
12.00	Segunda instrucción
13.00	Examen de conciencia
13.30	Refectorio
15.00	Descanso o recreo
15.30	Tercera instrucción
16.30	Rosario
17.00	Cuarta instrucción
18.00	Tiempo libre

18.30	Via crucis
19.00	Tiempo libre
19.30	Refectorio
20.30	Quinta instrucción
21.30	Dormitorio

1. Se ruega a las asistentes guardar silencio. Un retiro es una pausa en la vida. Entramos en contacto con el Señor y nos adentramos en nosotras mismas.

2. La única comunicación que debe existir es entre Dios y nosotras. Está absolutamente prohibido el uso del teléfono; no es necesaria la comunicación con el mundo exterior, salvo en caso de extrema urgencia; ej.: muerte, terremoto, incendio. Ninguna debe acudir a la puerta de entrada o asomarse a la calle como si fueran unas cualquieras.

3. La penitencia cristiana no es una renuncia ni una disminución, sino una purificación para preparar la venida del Señor.

4. El sufrimiento puede convertirse en un instrumento de redención que culmina con el ÉXTASIS.

5. Esta Casa de Ejercicios Espirituales no permite que las jóvenes introduzcan al dormitorio alimentos ni bebidas adicionales. Ni chicles ni chocolates, ni cacahuates ni crunchcrunches. Nada sobre esta tierra puede saciarnos, sólo Él, Él que nos ha creado nos alimenta con su obra de amor.

6. Las jóvenes que lo juzguen pertinente traerán de su casa toalla y jabón. La Casa de Ejercicios proporciona el papel higiénico pero no así las toallas sanitarias que deben ser envueltas cuidadosamente. Queda, como todos los años, estrictamente prohibido arrojarlas al WC.

7. Nos vemos en la penosa obligación de recordarlo porque a pesar de todas nuestras recomendaciones siempre, después de la cuaresma, quedan tapadas las cañerías de esta Casa de Ejercicios.

8. Esta Casa de Retiro es de todos; debemos cuidarla.

9. La cuota es de $150.00 (ciento cincuenta pesos M. N.); deberá cubrirse con anticipación. Puede hacerse el domingo o en el Colegio de Niñas después de la misa. Dirigirse a la señorita Leclerc. No se admiten cheques.

DIOS ES AMOR

—¿Qué es el Mal?

El padre hurga con la mirada entre todos aquellos ojos como platos. Algunas bocas entreabiertas enseñan su saliva, otras tienen dos arrugas en la comisura. Las manos se crispan en torno a las rodillas.

—¿Qué es el Bien?

El chirrido intermitente de algún pájaro rompe el silencio y unas enormes hojas verdes y untuosas se enroscan cerca de la puerta. En Francia no se oyen chirridos como éste, sólo en los países salvajes o en las películas de Tarzán. Frente al vitral zumba un calor de pantano, húmedo y misterioso como la boca de estas becerritas de panza que desde sus bancas de madera miran sorprendidas al sacerdote.

—A ver, ¿qué es la libertad interior?

Ninguna se mueve. El padre inspecciona los tiernos dedos entrelazados, dedos de niña que todavía no buscan, ni se detienen, ni palpan lentamente, ni se asombran.

—¿Qué es la libertad interior?

Recubiertas por una espesa envoltura humana, las sillas rechinan. En cada respaldo se apoyan unos hombros, unos omóplatos, un cóccix, los pies en el suelo. Si se les sabe hablar se puede convencer a un ejército de sillas, pero también pueden quedarse simplemente allí, esperando, inútiles.

Más que a personas, el sacerdote parece dirigirse a una asamblea de sillas femeninas.

Somos de palo.

—Sé que es difícil iniciar el diálogo pero no puedo predicarles la cuaresma si no tengo una mínima idea de quiénes son ustedes. Mi pregunta no es compleja: ¿qué es la libertad interior? A ver, aquella, aquella del fondo... ¿Qué estás haciendo aquí?

Algunas ríen para disimular su preocupación. ¿Qué es lo que voy a contestar? ¿Qué puedo contestar si se ve a leguas que soy la menos informada? De seguro ni siquiera he escuchado; las sillas rechinan.

—¿La libertad interior, padre?

—Sí.

—Pues... pues, por ejemplo, alguien le habla a uno por teléfono, quizá algún latoso y uno tiene derecho a mandar decir que no está, ¿no?, haciendo uso de su libertad interior, ¿no?

Mónica masculla en voz baja: "¡Cretina, el padre va a creer que todas somos idiotas. Cretina, mil veces cretina!" Aunque alcanzo a oírla, el padre me ha mirado tan bonito que de puros nervios me como un pedacito de roncha de la pared.

AD DEUM QUI LAETIFICAT JUVENTUTEM MEAM

Durante la noche permanece expuesto el Santísimo Sacramento para la adoración. A cada quien le toca hincarse media hora ante el altar, Casilda y yo escogemos nuestra adoración juntas, en lo más difícil de la noche o de la madrugada, de las tres y media a las cuatro. Las veladoras —fuego de crema y de aceite— chisporrotean, discuten consigo mismas, se apagan y vuelven a encenderse. Los reclinatorios todavía están calientes y nos acomodamos en las huellas de las rodillas anteriores.

Casilda reza el rostro levantado y yo juego al cinito. Es muy fácil, se aprietan los puños contra los ojos y comienzan a verse cosas muy chispas; puntos azules que son estrellas, nubes blancas y luego anaranjadas, dos ladrillos que se transforman en ventosas, manchas de leche vueltas ostiones, ópalos lilas, ópalos grises, ópalos que se estiran, ay, no, ópalos no, traen mala suerte, ópalos no, y sin embargo se endurecen en el fondo del ojo. Abandono la cueva de mis manos, levanto la cara y veo que allá a través del jardín hay luz en el cuarto del sacerdote. ¿Por qué no duerme? Pobrecito, es que es un santo. Pobrecito de él, pobrecito. Para cualquier gente normal es imposible decir ocho sermones al día, confesar y conceder audiencias y no dormir en toda la noche, pero a él Dios lo ha distinguido como distinguió a su Hijo.

—Mariana, ¿estás rezando?

—Hice cuevita y ahora pienso en el padre. ¿No se te hace que da toques?

—¿No has rezado?

—No.

Casilda mira con reproche.

—Vamos a rezar juntas, ¿quieres?

—Sí.

—Saca tu rosario.

—No, Casilda, no seas, las letanías nomás, ¿no?

—Bueno, ándale.

—Oye, Casilda, ¿qué crees que esté haciendo el padre? Oye, ¿tú crees que San José estaba muy enamorado de la Virgen? ¿Tú crees que la besaba en la boca?

—Ay, Mariana, tú siempre con tus cosas. ¿Crees que tu papá está muy enamorado de tu mamá? ¿Crees que mi padre está enamorado de mi madre? N'ombre, no seas babosa. Se soportan y ya. Oye, se nos va a pasar la media hora y no nos va a valer la hora santa.

—A mí me gustaría ver a San José y a la Virgen como en el beso de Rodin, así bien, pero bien amartelados.

—Ay, cállate, siempre andas diciendo cosas que no se dicen y haciendo cosas que no se hacen. Ándale, pon atención, tú nomás tienes que responder: "Ruega por nosotros".

—¿Torre de Marfil?

—Ruega por nosotros.

—¿Casa de Oro?

—Ruega por nosotros.

Las veladoras ya no truenan. Su llama se ha serenado y se yergue como un pensamiento de pureza. En medio de ellas Jesucristo aguarda metido hasta el fondo de un viejo marco. Con una mano sobre el pecho señala su corazón rojo y grande, con la otra bendice blandamente. Donde quiera que se pone uno Jesucristo lo ve, los ojos miran para todos lados, comienzan detrás del cuatro y terminan en la inmensidad, una mirada aún más grande que la capilla.

"Sí, Él todo lo ve", aseguró cuando éramos niñas la señora Signoret y siento que la mirada me sigue para espiarme hasta cuando voy al baño... También está allí viéndome desde el Santísimo Sacramento dentro del ostensorio: Jesucristo se despereza en la hostia, estira los brazos, hace unos cuantos movimientos de calistenia, abre y cierra los ojos, sonríe pequeñito tras del vidrio de la custodia, Jesucristo vive en la hostia, allí duerme y bosteza al levantarse. ¿Qué diablos hace en esa oblea de harina tan endeble, tan plana? El padre Jacques Teufel jamás aceptaría verse así reducido, jamás. ¡Ya habría roto el vidrio de un solo puñetazo para poder sentarse entre los hombres, las mujeres, los viejos, los niños. ¡Junto a mí, Mariana!

—Santidad infinita de Dios, purificadme.

—Sabiduría infinita de Dios, instruidme.

...

—Eterna Bienaventuranza de Dios, preparadme, llamadme, recibidme.

Sobre nuestras cabezas se oyen los pasos de las que pronto vendrán a remplazarnos. Atraviesan ya los corredores del dormitorio para tomar la escalera exterior que baja a la capilla. Casi nadie puede dormir pero nos aguantamos porque uno puede incluir el desvelo dentro de los sacrificios de Semana Santa. Año tras año, Marta Dupasquier escoge la alcoba junto a la puerta de la escalera porque es la del terrible chiflón. Por allí bajamos de dos en dos cada media hora a hacer la adoración y la dejamos entreabierta porque rechina a la hora de cerrarla. Marta se queda allí separada del frío y de la noche por la delgada cortina de lona. Unas cuentan que se abre el camisón y rechaza las cobijas para que le dé más fuerte. Cierra los ojos y tirita hasta que le castañetean los dientes. Los flechones de aire llegan cada vez más fríos a medida que avanza la noche y Marta los recibe ya casi insensible pero llena de la grandeza de su sacrificio que todas envidiamos.

—¿Estrella de la Mañana?

—Ruega por nosotros.

La llama de la veladora chisporrotea vivamente, se alarga y palidece, y de golpe se achica ahogándose en el aceite. "¡Ay, Dios mío, que no se apague!"

—Oye, Mariana, sólo nos quedan diez minutos. Vamos a cantar el *Adorote Devote* pero no muy recio para no despertar a los demás.

La llama surge de nuevo alta y limpia y le doy gracias a Dios.

—Sí, vamos a cantarlo, Casilda, pero fuerte para que venga el padre y vea lo buenas que somos. ¡Ay, no sabes qué ganas tengo de ver al padre!

—Mariana, si sigues con todos los pensamientos parásitos que cultivas en tu mente un día se van a apoderar de ti y no sabrás ya cuál es la realidad.

Casilda ataca con decisión el *Adorote Devote* pero en voz baja, comprimida, intensa.

—Sabes, Casi, me siento tan fuerte como si fueran las nueve de la mañana y acabara de despertar. Hay sol. Ahorita me voy a echar río abajo, nadando. ¡Ay qué rica está el agua! Después voy a tirarme al sol. Si me ahogara tantito, un muchacho guapo me salvaría y... —pongo las manos en forma de trompeta y canto la marcha nupcial de Mendelssohn— Tu tu, tutu, tu tuuuuuuuuuuuuuuuuuuuu.

Cada vez más indignada Casilda canta hasta terminar el himno.

—Te prometo que mañana haré la adoración con Estela, eso sí te lo juro, ya no te aguanto.

Pero ya no la escucho. ¡Qué bien jugaría si ahora fuera el partido de volibol! Después de comer, todas las jóvenes —excepto las señoritas de más respeto— jugamos para descansar del retiro. Nos lanzamos la pelota con todas las fuerzas reprimidas durante las horas de silencio, levantamos polvo con pies que son pezuñas de caballo, nos tropezamos, caemos unas encima de otras, se nos va el aliento. En el desgaste común se establece el encuentro verdadero.

—Oye, Casilda, ¿tú no me quieres más después del juego de voli?

—No, me chocas, perdimos por causa tuya, nunca te empeñas, ni en el voli ni en el rosario. Siempre con tus pensamientos inútiles. Haz un sacrificio, siquiera uno: concéntrate.

—Pues a mí me gusta cómo corres, eres la mejor de todas y tienes los tobillos flaquitos. Eres mi mejor amiga, Casi.

—Híjole, tú estás re loca, te patina de a feo.

Se reblandece un poco.

—Haz algo por mí ¿quieres? Cállate mientras rezo la última Magnífica de la noche: "Glorifica mi alma al Señor y mi espíritu se llena de gozo, bzzzzzzz, bzzzzzzzzzz".

De pronto me siento cansada. El reclinatorio es duro y la madera se adentra en mis rodillas. Tiro el devocionario con un movimiento del codo y murmuro un "No lo hice a propósito" dirigido a Casilda, quien ni siquiera voltea. Al recoger el libro me machuco un dedo. Es suficiente. Un dolorcito punzante sube por mi brazo; un hormigueo. La capilla se hace dulce, fofa, de algodón y luego sofocante. Dios mío, qué tengo. Me llevo la mano a la frente. Está fría; un sudor helado tiembla entre mis cabellos. "¡Qué chispas, tengo un tambor en la cabeza!" La capilla gira dentro de una gran nebulosa anaranjada y de la bóveda surge un reflector igual al faro del día en que nos operaron del apéndice a Sofía y a mí; una grúa desciende de lo alto y vertiginosa se abre, viene hacia mí con sus fauces abiertas; un ruido rancio y oxidado empieza a envolverme. ¿Será Dios? Ay, Dios mío, Dios mío, si vienes por mí, date la media vuelta y vete.

—Vengan por favor, ayúdenme, Mariana está tirada en el suelo de la capilla.

Mi madre
mi corazón
Mi corazón
mi madre.

Aquí en la misma calle de Jalapa, en la casa vecina, en el 30, vine alguna vez invitada por Thérèse Nissan, una compañera de la escuela que me llamaba la atención. Digo llamaba porque ya no la veo y pienso que si está en su jardín y se sube a la barda, cosa que tenemos prohibida, a la mejor me ve y se da el reencuentro.

Thérèse esculpía adentro de su escritorio, en una plastilina verde oscura para profesionales, y me explicó: "La tomé de mi casa". Al ver mi interés me enseñó una de sus piezas, ya montada sobre una base de madera. "Es una mujer acostada", le dije. "Sí, ¿cómo te diste cuenta?" "Por esta forma: es su cadera, ¿verdad?" Nos hicimos amigas. En la clase tenía una expresión seria, pálida y grave, que los demás compañeros juzgaban displicente: a la hora del recreo leía; recuerdo sus trenzas apretadas y pegadas a su cráneo, su piel delgada sobre los pómulos, la firmeza de su quijada. En clase, nunca la vi sonreír. Me invitó a comer, sola sin Sofía, y a la salida del Liceo fui a su casa de la calle de Jalapa. Comimos con la ventana abierta hacia el jardín floreado. El servicio no era como en mi casa. De los platones puestos sobre la mesa de madera limpísima cada quien se servía cosas que se parecían al jardín, flores de calabaza, ensalada verde, tomates rebanados, frutas brillantes, duraznos grandes, enrojecidos en la parte que daba hacia la ventana. Con sus mangos de madera los cubiertos no parecían duros o cortantes y los platos eran de cerámica, creo, un poco gruesos, el café se sirvió en tarros, y cuando se levantaron de la mesa, algunos llevaron el suyo a su taller para seguir trabajando. No tenían recámara sino taller. Vi una puerta abierta y aventuré un pie: "¿Quieres verlo? Es el *atelier* de mi tía Simone". Era un cuarto amplio y franciscano sobre un piso de madera sin alfombra, una cama baja y muy estrecha, de las que se compran para las criadas, sin dosel, dos sillas de paja, y cerca de la ventana que también daba a otra parte del jardín, un caballete, y sobre él una tela luminosa y amarilla que representaba algo inexplicable, un estado de ánimo cercano a la felicidad. Me quedé en suspenso. "Ojalá pudiera entrarse en un cuadro y quedarse a vivir allí para siempre." La tía Simone tenía el pelo corto y las otras mujeres adultas de la familia también compartían ese corte severo, casi hombruno, tampoco se maquillaban y nunca las vi vestidas sino con una falda gris, una blusa inmaculada, un suéter y zapatos de tacón bajo. No hablaban de modas ni de épocas. La casa entera estaba amueblada con cosas traídas del mercado, una gruesa mesa de pino, sillas de paja, un petate en el suelo, su tejido hermosísimo valorado ante mis ojos por vez primera. Plantas verdes en macetas de barro. Barro, madera, luz, agua, jabón, cortinas, cuando las había, de manta blanca. El cuarto de Thérèse, también desnudo y sin sombrero, exponía una camita en un rincón, una lámpara para leer y una mesa giratoria en la que esperaba el montón verde oscuro de su plastilina. Sobre los muros, cosas que iba recogiendo en sus paseos; un girasol en proceso de disecación, un copito de algodón, cuatro espigas, un caracol fósil, una maceta en la que crecía una sávila: "Tiene propiedades curativas, sabes". Un madero con una forma curiosa y los cuadros de la familia: los de la tía Simone, los de su propia madre, los de su padre. ¿Así es que se podía vivir en otra forma? Claro, había yo ido a comer a otras casas, pero eran remedos de la mía, malas copias de lo auténtico. El papá o la mamá cortaban el *gigot* en la mesa, "eso es porque son burgueses", decía mamá, y los muebles, las porcelanas, no estaban firmadas, nada había pertenecido a Napoleón, a Catalina la Grande, a María Lezcinska; las sábanas no tenían cifras ni iniciales. Burdas imitaciones compradas en sus tiendas comerciales.

La familia Nissan no imitaba a nadie y no percibía yo en su modo de vida ni una falla de gusto. Al contrario, me entusiasmaba. "¿Qué está pintando ahora tu tía Simone?", le preguntaba a la hora del recreo a Thérèse y me sonreía: "Si quieres ven a comer mañana, te invito". La emoción debía transparentárseme en el rostro porque la tía Simone preguntaba después de comer si quería subir a su estudio, ver el cuadro nuevo.

—Tanto alboroto por ir a casa de esa pequeña judía. ¿Qué tanto les ves? —preguntaron papá y mamá.

Mi turbación fue muy grande.

—Me gusta cómo viven, todo lo hacen fácil. Me siento tan bien con ellos. Son muy buenas gentes, buenísimas gentes.

Si describía yo su forma de vida, confirmaban:

—Eso es muy judío, muy judío. Qué ignorante eres, ¿qué no sabes que los judíos no comen carne como nosotros?

Me prevenían contra Thérèse:

—Alguna vez te va a hacer una mala jugada. Así son los judíos.

—¿Qué jugada?

—Una jugada de judío.

Cuando Thérèse fue a comer a mi casa creí que la deslumbraría.

—Mariana —me dijo—, todo esto es tan viejo, tan del pasado…

—¿Pasado de moda, Boldini? —me ofendí.

Me miró con una expresión triste. Al día siguiente puso en mi pupitre, durante el recreo al que no asistió, un libro sobre Picasso. No sabía yo qué pensar y preferí usar las palabras de papá para darle mi impresión: *"Tout cela c'est fait pour épater les bourgeois, tu sais Thérèse"*. No cejó. Puso a Matisse al día siguiente, luego a Chagall, a Klee, a Kandinsky y fue yéndose para atrás; me fascinó Renoir, Toulouse-Lautrec, pero más, más Monet, porque algo tenía de su tía Simone y de las amapolas que se anclan en los trigales de la cabeza. Volvió a invitarme a comer pero había yo perdido el candor de las primeras veces; lo que decía papá pesaba demasiado. Thérèse percibía mi confusión. De ser menos delicada, menos respetuosa hubiera concluido: "Quieres estar en los dos lados a la vez, ¿verdad", pero nunca pronunció palabra alguna. Poco a poco dejamos de vernos y ella fue creciendo dentro de mí, en la noche me repetía yo: "Cuando sea grande, quiero vivir como viven en la casa de Thérèse". Ninguna de mis amigas, Casilda o Magdalena, o Leticia, ninguna de las *scouts* la trataban fuera de las horas de escuela. Thérèse me anunció que durante las vacaciones grandes de verano iría a Francia con su madre y su tía Simone. Seguramente para estas fechas habría vuelto, quizá podría verme desde su ventana, reconocerme desde arriba, llamarme, tenía yo ganas de volver al blanco vacío de su casa, al caballete, a la comida de flores, a los ojos sabios de Thérèse.

JUDICA ME, DEUS, ET DISCERNE CAUSAM MEAM
DE GENTE NON SANCTA

A la hora de la meditación, muchas deambulan por las veredas del jardín y sus velos blancos las hacen parecer novias abandonadas. Una por una se dirigen a la habitación del sacerdote para la visita privada. En cada retiro los predicadores invitados para la cuaresma ofrecen recibir en particular a la que así lo solicita. Los temas de consulta son la vocación, Francia, el matrimonio, el novio que no le gusta a la familia, los malos entendidos, las frustraciones. Pero este año todo es distinto, inusitado. El padre Jacques Teufel exclamó con vulgaridad: "Vine de Francia para dictarles una buena cuaresma; el viaje cuesta muy caro, se les ruega por lo tanto que pongan atención y voluntad. No me gustaría estafar a nadie". El año pasado el buen padrecito Didier con su francés canadiense las arrullaba a todas. A las tres de la tarde sugería una a una las piadosas imágenes: "Ahora, por favor señoritas, cierren los ojos para profundizarse mejor y vean cómo San José va guiando a la Virgen montada sobre el burro paso a pasito. Ella grávida, la más dulce, la más humilde, llena de gracia va sentada sobre el borriquillo que con su inteligencia animal intenta esquivar las asperezas del camino, consciente de su preciosa carga… Va cayendo la tarde. Por fin, después de muchas horas de vaivén, allá, allá sí allaaaaaaá al fondo, allá, sí allaaaaaaá surgen los primeros techos de Betlehem… ¡Oh, Betlehem!" Ya para cuando el padre Didier llegaba a Betlehem las jóvenes mecidas por el dulce trotecito del burro aquel tan considerado estaban totalmente dormidas; habían tenido el firme propósito de meditar acerca del destino del hombre, pero Susana, hija de don Hipólito Berthelot, roncaba como aserradero. Cuando daba fin a la instrucción de las tres de la tarde y el padre Didier abría los ojos, una congregación de vacas rumiantes, blanquísimas y dóciles exhibía su respiración uniforme que hinchaba y deshinchaba su costillar, prueba irrefutable de sus conciencias tranquilas. "Son buenas muchachas —asentaba el padre—, buenas muchachitas." Y se retiraba a su habitación a echar la siesta que le imponía el sol mexicano y la blancura canadiense de sus cansados cabellos.

AB HOMINE INIQUO ET DOLOSO ERUE ME

Con el padre Teufel, desde el primer momento una expectación anormal nos invadió. Hicimos ruido en el refectorio alterando el silencio de rigor. Sin querer tiramos los cubiertos, derramamos la sopa, algunas bebían con demasiada violencia y nadie quiso servirse dos veces. Esa misma tarde, en vez de escoger un pasaje del evangelio para la meditación nocturna, el padre se puso a interrogar a todas, clavándoles una mirada de brasa ardiente:

—A ver, a ver, señoritas, ¿qué estudian ustedes? ¿Historia del arte, letras francesas, literatura contemporánea?

Su tono se hizo burlón, hiriente casi.

—Por Dios, estudien algo útil, sean enfermeras, laboratoristas, maestras, costureras, boticarias, algo útil, qué sé yo, algo que hace falta. ¿Por qué estudian lo que va a instalarlas en su estatuto de niñas bien? Pobrecitas niñas empeñadas en cavar su propio tedio. ¿Cuándo van a servir a los demás? ¿Cuándo van a perderse en los demás?

Como si esto no bastara, al día siguiente quiso darnos la mano a cada una, oprimírnosla en medio de las suyas. Sus dedos daban toques eléctricos. Clavaba sus ojos hundidos y muy negros con mil alfileres dentro en el rostro del interlocutor, clavaba su cara blanca y su pelo negro, el levísimo sudor de su frente pálida, su olor a hombre (y francés) en la retina de la joven en turno y naturalmente todas solicitamos visita privada. La única que pareció conservar su sentido crítico fue Casilda, aunque también quiso hablar a solas con el sacerdote.

No falla. A cada meditación me interroga:

—A ver tú, Blanca, la pequeña Blanca.

—No me llamo Blanca, padre, mi nombre es Mariana.

—No importa, para mí eres Blanca.

Dice Mónica que Teufel se dirige a mí porque le sirvo de risión.

No me importa que se burle de mí con tal de que me distinga.

—Tú ¿qué quieres ser de grande?

—Quiero vivir un gran amor, como el de Ana Karenina, el de Madame Bovary...

—¿De qué sirve eso? Ana Karenina se tira bajo un tren.

—O el de *Le Diable au corps,* de Raymond Radiguet.

—¿Por qué?

—Porque no concibo la vida sin estar enamorada.

—Eso no es el amor, es la pasión, y la pasión acaba siempre en desgracia.

—No le aunque, al menos haberla vivido.

Casilda interviene:

—Por favor no le den cuerda a Mariana que ni falta le hace.

—Estamos platicando, tenemos derecho a platicar, ¿no?

Cuando Casilda se aleja enojada, Marta comenta:

—¿No se les hace que Casilda se parece cada vez más a un caballo? Es de la especie de los equinos.

QUIA TU ES, DEUS, FORTITUDO MEA

Sentada en la banca del jardín Casilda anota todo lo que dice el padre y lo que hace, con una letra acusatoria y puntiaguda que de tan negra me hace exclamar: "Oye, a ti te está dictando el diablo". Sus cabellos cortos, negros y azules envuelven su rostro y la hacen parecer un San Sebastián sonriente y sin saetas. Mónica Mery es la más distinguida: alta, delgada, nerviosa, sus dedos largos, trémulos y casi siempre rojos subrayan la vehemencia de sus sentimientos. Suele tararear un vals que nada tiene que ver con las marchas edificantes o los trabalenguas que cantamos:

Un elefante se columpiaba
sobre la tela de una araña
como veía que resistía
fue a buscar a otro elefante...

Elefantitas nosotras, pero no Mónica, que hace oír su voz de soprano mientras gira complacida cerrando los ojos. Lo que ella canta, Danielle Darrieux lo cantó en los brazos del apuesto oficial que la guiaba bajo arañas de cristal como las de Versailles en un vals interminable:

Todo vuela
muy lejos sobre el ala del viento,
todo se borra,
promesas que se hacen soñando
y la melodía
se acabó,
despidámonos sin una palabra
¡adieu chérie!

A Mónica muy pronto la quema el sol. Sus cremas son de Guerlain, su cepillo de cerdas de jabalí; los psicoanalistas jamás podrían decirle: "Quiérase a sí misma", su chofer la recoge puntual y se ve muy propia sentada allá atrás, su falda bien planchada sobre sus piernas, su bolsa entre sus manos, sus zapatos boleadísimos. Lleva el cinturón de Ortega, las pulseras de bolas de oro de Ortega, los aretes de Ortega. Por eso mismo Arlette la empuja a la hora del volibol y Ginette le grita: "Te vamos a ensuciar tu falda de María Pavignani". En vez de huir lejos de esos pequeños Atilas, Mónica procura su compañía. Los extremos se atraen. Su padre va de consejo de administración en consejo de administración y su madre de velorio en velorio porque la gente en el Distrito Federal muere como pajarito, y las honras fúnebres y los novenarios se multiplican. El padre de Mónica es el primero en llegar al banco a pesar de dirigirlo. A ella la educaron en *finishing schools* en Canadá y en Estados Unidos. Todo le dieron. Por eso resulta inexplicable el rencor de Mónica. Cada vez que venía de vacaciones, su padre había mandado redecorar su cuarto y ni modo de instalarse entre los andamios. Dormía en otra pieza. Casilda le hace burla:

—¿Sabes cómo llaman a Barbara Hutton, la dueña de todos los Woolworth?

—¿Cómo?

—*The poor little rich girl.*

Angelis suis Deus mandavit de te,
ut custodiant te in omnibus viis tuis

—SABES, CUENTAN QUE EN ESTA MISMITA VEREDA, el año pasado la señorita Florencia levitó. Se elevó a diez centímetros del suelo. Dios mío, que me sea concedida esa gracia, Casilda, porque si las demás me ven suspendida en el aire, me amarán siempre.

Paseo mi inseguridad por las veredas del jardín que se asientan inciertas, borrosas, no por el tiempo, sino por las intensas miradas de los que van a la Casa de Retiro a cumplir sus ejercicios espirituales y las gastan ensimismados.

—¿Ya viste, Casilda, cómo camina Marta?

—Es que está meditando.

—Cursi. Mira cómo deja colgar su rosario para que todas se lo vean. Mírala con qué embelesamiento examina los árboles. ¡Hi, hi, hi, está descubriendo la obra de Dios, comunicándose con la naturaleza! ¡Cursi, cursi, cursi, diez veces cursi! Mírala, ya se puso en la misma postura que sor Lucía ante la Virgen de Fátima, los brazos desmayados, las palmas de las manos hacia arriba.

—Mira nomás quién habla, hace un momento querías volar por los aires.

—Ah, sí, pero yo soy yo y las demás son las demás... ¿Te fijaste qué gordos están los pájaros en este jardín, Casi?

Se ve que nunca los molestan, no emprenden el vuelo cuando alguien se acerca. Les echamos de nuestro pan de cada día. Engordan en cuaresma, también el resto del año; siempre hay conferencias en la Casa de Retiro: preparación al matrimonio, a la maternidad, resignación a la soltería, al sufrimiento, al destino, a la enfermedad; para todos está el remedio: la aceptación de la voluntad de Dios.

En la cuaresma —marzo y abril—, piso unas campanitas color azul tirando a lavanda. Al ponerles el pie encima revientan, hacen tac, tac, castañuelas vivas. A su lado, unas vainas rojas que el colibrí abre en el árbol. Pero ¿qué clase de país es éste que tiene árboles que producen flores? En Francia hay árboles frutales, sí, pero los árboles no se vuelven nubes, no incendian el cielo como aquí. Lilas y rojos, la calle es un tapete de flores. ¡Qué país, Dios mío, qué país!

Mamá ya lo decía en el Marqués de Comillas:

—*Vous verrez, c'est un très beau pays.*

Nunca nos dijo que veríamos montones de planetas en la esquina de la calle, que las naranjas rodarían aún tibias a nuestros pies como pelotas de luz, que en el desayuno nos tocaría un chorro de oro líquido llamado jugo de naranja, cuando en Francia nos daban *une orange pressée, un citron pressé,* con un vaso de agua al cual había que exprimirle el jugo de la mitad de una naranja. No supimos por adelantado que en México los pajaritos eran adivinadores. No nos contó tampoco que en México atrincheraban los melones y las papayas ni que las sandías encimadas podían servir de barricada o que los montones de pepitas a ras del suelo eran diminutas pirámides del Sol y de la Luna. Pobrecitas, tan secas, tan necesitadas de un sorbo de agua. No sabíamos que las piñatas chorrean tejocotes ni habíamos visto nunca a los papalotes de papel de china con cola de trapo que pueden volarse en marzo y abril.

Ahora se asombra:

—*Mais vous êtes en train de devenir tres mexicaines.*

Como si dijera, mira, mira, cuánto apache, cuánto indio sin guarache.

Leticia escribe en un papelito:

"Soy floja.

"Me cuesta mucho levantarme en la mañana.

"Me cae gordísimo mi hermano Federico.

"He deseado que lo manden de interno 675 veces.

"Me escondo para no hacer deportes."

Va en busca de Marta Dupasquier:

—¿Tú crees que se me ha olvidado algo?

Marta le sonríe como a una tarada:

—Trata de encontrar algo más, debe haber un alguito.

—Sí, ¿verdad? Voy a pensarle otro rato.

Susana, la hija de don Hipólito Berthelot, teje al pie de un árbol que no le da sombra. En todos los retiros termina un suéter opaco para el dispensario de las Damas Católicas; este año se le ha prolongado infinitamente la manga izquierda y nadie se molesta en decírselo. Sigue empeñada en esa manga larga y hasta se queja de que se le han ido los puntos. Después las damas se lo pasarán de mano en mano tocándolo con la yema de los dedos "el suéter de la señorita Berthelot" con respeto sin detenerse en la manga. Los ojos de Susana son boludos, desvaídos, ni tristes ni contentos, ojos así nada más. Posa sus dos huevos hervidos en las cosas y los deja ir sin detenerlos en nada.

Me mira blandamente y pregunta:

—¿Qué tánto ves, Mariana? Dicen que en tu familia hay varios locos. ¿Será por eso que eres tan fijona o porque no tienes nada que hacer?

Susana es fea, la palabra "pobres" está siempre entre sus labios, "mis pobres", y cada vez que enrojece, la invade una oleada de pecas; todos los Berthelot son pelirrojos, todos entran animosos frotándose las manos listos para ponerlas a la buena obra que está allí sólo para esperarlos, todos le han pedido a Dios una buena digestión y la gracia les ha sido concedida, su tiempo está medido, la perfecta organización de su vida es una garantía de su eficacia. Marta Dupasquier hace ruidos raros con la lengua; la estrella contra sus dientes, chasquidos indescifrables, buchitos, fuetazos. En el refectorio ensarta algo con el tenedor, lo lleva hasta su boca que achica hasta convertirla en una uva negra y un momento antes de meterlo, hace una pausa, levanta un poco los ojos, se detiene para cerciorarse de que la miramos, baja los párpados e introduce el tenedor entre los labios negros para luego masticar su bocado a conciencia frunciendo los gajos de su boca y distendiéndolos. Su lengua es única, hasta puede metérsela en la nariz. Leticia Lavoisier dice que la ha visto lamerse las pestañas, y Leticia con su piel de magnolia apenas si miente, es casi un alma de Dios. En este retiro corta su carne con precisión quirúrgica, pasea su arroz con leche entre su paladar y sus dientes (en todos los retiros dan arroz con leche sin canela) y su lengua aguarda aplicada y colérica. Junto a ella se sienta la señorita Margarita Lemaitre, que viene al retiro de las jóvenes, ¡ay, qué pena!, porque no puede asistir al de las señoras y mucho menos a las pláticas de los casados, que discuten si se puede comulgar en la mañana después de haberse excedido un poquitito por la noche. Se parece a Amadita y Amadita a Florencia y Florencia a Isabel, Isabel a Berta, Berta a Antonieta, cogidas de la mano de su virtud, tiras de muñecas de papel cortado con tijeras de punta redonda que no lastiman. Ninguna conoce la amargura y se dan a querer como hermanas mayores, comparten sin rencor la felicidad de las más jóvenes a sabiendas de que un día las llamarán quedadas, solteronas, mulas, como Sofía le dice a Magda. Sin embargo, leen *La joven y el matrimonio* o a los esposos Maritain, a Claudel, a Léon Bloy, a Alain, a Ernest Psichari, a Mauriac, a Bernanos y de seguro el padre Teufel —que ha distinguido a Estela Rivet— le habla de Bergson y de la eutanasia.

QUARE ME REPPULISTI, ET QUARE TRISTIS INCEDO
DUM AFFLIGIT ME INIMICUS?

—Pérate, pérate, Mariana, bajo contigo, tengo cita con el padre.

—¿Ahorita?

—Sí.

—Pero si son las diez. ¡No es posible!

—Sí, sí es posible.

—¡Qué suertuda, Leticia!

—Si quieres acompáñame hasta su puerta.

(Y yo que iba como hormiguita a ayudarle a la hermana Clotilde a preparar el refectorio para el desayuno de mañana, me muero de la envidia, me muero.)

—Está rete oscuro, dame la mano, Mariana, tú que conoces bien el jardín.

Dejo a Leticia Lavoisier frente a la recámara del padre. Ahorita mismo va a leerle su estúpido papelito: "Soy floja, me cae gordo el pinche Federico" y demás ñoñerías. Camino rápido, tras de mí adivino la mano episcopal prendiendo el cigarro número 77 777 777 777.

—Hermana Clotilde, vine a ver qué se le ofrecía.

—Ya está todo, Marianita linda, pero Nuestro Señor y la Santísima Virgen le tomarán en cuenta su buena intención. Ande súbase a dormir.

A mí la Santísima Virgen me tiene sin cuidado. No entiendo qué le hizo la paloma del Espíritu Santo, como tampoco entiendo el misterio de la Santísima Trinidad. Los dogmas de fe, qué lata dan. Prefiero mil veces a la Morenita de Magda, o a mamá, Luz, Luz y Luz, ésa sí me enamora y no la estatua de ojos bajos, pliegues inamovibles y banda azul que nos asestan en la iglesia. Todavía si la Madona corriera como Luz o jugara al "avión" o perdiera sus llaves, pero no hace nada, nada salvo poner cara de mustia, cara de víctima, cara de mártir. Para mujeres, mi mamá: Luz. O mi abuela. O de perdida tía Francisca o tía Esperanza, que podría cargar la Catedral sobre sus hombros. La única vez que me ha caído bien la Santísima Virgen es en la Anunciación de Simone Martini, porque se ve huraña, malhumorienta, muy poco complaciente por más que el arcángel Gabriel intente persuadirla en la claridad de la mañana.

Al pasar frente a la alcoba de Marta Dupasquier la espío por una rendija en la lona. Su cabeza erizada de bigudís descansa sobre la almohada y bajo los chinos apretados, una plasta blanca de crema la asemeja a un mimo. Hoy, nada de camisón abierto a la intemperie, su tratamiento de belleza es otro y no es precisamente el de su alma.

—Hijos, Casilda, acabo de ver a la beata de Marta toda embadurnada de Teatrical como fantasma.

—También yo caché a Mónica en el baño maquillándose. Las pasmó el padre. No te rías que nos van a oír.

Todas las noches Casilda y yo tenemos nuestros conciliábulos, mejor dicho nuestras sesiones de carcajadas.

—Estela Rivet lo va a invitar a cenar a su casa.

—Híjoles, pobre de Teufel, con la cara de culo que ponen los papás de Estela. ¿Tú crees que vaya?

—Ya aceptó. También va a ir a casa de los Berthelot.

—¿Cómo lo lograría Susana? Seguro le va a tejer su suéter. Oye, a mí no se me ha ocurrido invitarlo a nada. Dice Mónica que yo nada más le caí en gracia y ya.

—Pinche Mónica tan pretenciosa, tampoco que se las dé de sabionda.

—Ay, Casi, cómo te quiero, siempre jalas rete parejo conmigo.

De las otras alcobas salen unos "cállense" y unos "schtttt".

—¿No se te hace que el padre Teufel se parece un poquito a Cary Grant?

—Ay, estás loca, si está muy feo, y lo más feo es su sonrisa, su boca parece un corredor oscuro. Seguro huele a coliflor hirviendo.

—Ay, pues a mí se me hace que le da un aire a Cary Grant en *Bringing up Baby,* con Katharine Hepburn. ¡Me chifla su aire de profesor distraído!

—¿Se van a callar? —grita una voz furiosa, pero Casilda prosigue:

—¿Te imaginas la reacción de Teufel cuando vea en casa de don Hipólito la loza blanca de El Ánfora, los vasos de la Vidriera Monterrey, los manteles de medio uso de La Francia Marítima, todo lo que les saca a sus proveedores en cada uno de los consejos de administración? Parece que Berthelot se llevó hasta las sillas de la Cervecería Modelo para su jardín.

—¡O se callan o bajo ahora mismo a acusarlas! —insiste la voz furibunda.

La emprendo descalza a mi alcoba.

EMITTE LUCEM TUAM ET VERITATEM TUAM

Hago la segunda Adoración con Leticia, en realidad lo único que quiero es mirar hacia la recámara del padre. Atravesando el jardín hay luz en el cuarto del sacerdote. En la noche, la casa oscura y negra enredada de hiedra parece la torre donde vive el mago, la casa a la cual no tengo acceso. Todavía. Entrar allí es una transgresión, sólo llama a las privilegiadas; sin embargo, salen con las mejillas enrojecidas, el pelo alborotado, las faldas desarregladas, el olor y la mirada de quien acaba de aprender algo definitivo para su vida. Vista desde abajo, como puedo verla ahora, la casa se levanta hasta convertirse en castillo encantado porque allá arriba vive un ser inquietante que al mismo tiempo causa goce y temor. ¿Por qué no duerme? ¿Nunca duerme? Algo le sucede, pero ¿qué? Algo pide, pero ¿qué? Estamos dispuestas a dárselo, pero ¿qué es lo que quiere?

Hoy, sentado en medio del refectorio sobre una silla de madera, el sacerdote luchó con Luzbel. Se llevó la mano a la frente, la pasó entre sus cabellos:

—Quizá no pueda terminar la instrucción, quizá no pueda continuarla, tendrán ustedes que perdonarme.

Lo escuchamos tensas, ¡cuántas de nosotras no nos levantaríamos a tomarlo en brazos, a confortarlo, a acompañarlo a descansar, a llevarlo a bañar si fuera necesario! Sin embargo, ninguna se movió, él mismo nos retenía con sus ademanes cortantes. Tuvimos conciencia de que éste era un momento de seriedad extrema; estábamos en presencia de un hombre que podía absorbernos con la sola fuerza de su intelecto o de algo más oscuro y demoniaco. A Margarita le entró temblorina.

—¿Por qué se confiesan de cosas que no están prohibidas ummmmmmmm? ¿Qué parte juega Dios en su pequeña historia, en su destinito personal ummmmmmmmmmm?

Demandante mantiene nuestra atención en su voltaje más alto. No sabemos rechazarlo. Ni siquiera cuando alguna cierra un instante los ojos para disminuir la tensión, Teufel se apiada; al contrario, grita indignado:

—Un ser humano debería hacer aquello para lo cual tiene talento con toda su energía, a lo largo de toda su vida. Si no, es preferible que muera.

Así se lo gritó a Estela Rivet:

—Muérase, muérase, Estela, pero no cierre los ojos. Llegue usted a la última de sus posibilidades de placer o de dolor. ¿Qué caso tiene prolongar su existencia? ¡Es preferible morir a no hacer las cosas con pasión!

Clic, de pronto, se apaga la luz. ¿Cuándo la apagó? ¿Por qué me hizo esto? ¿Cómo pudo írseme en ese preciso instante, en el momento de la marcha nupcial? Me parece oír el apagador, clic, aún suena en mi oído. Me duelen los ojos tan fijos en la casa del mago. En realidad no quité la vista un solo instante de la ventana iluminada en la torre, nunca bajé los ojos; toda la Adoración la hice en función del sacerdote, toda, y cuando me sentí más unida a él, en el colmo de la exaltación, clic, el interruptor de la luz opacó la imagen, la nulificó rechazándome. "Yo estoy adentro en mi torre de silencio, tú allá afuera, y el camino es largo."

Tiene razón Leticia Lavoisier; el jardín del retiro es mi territorio, mi coto de caza, lo conozco mejor que nadie justamente por lo que me reprocha la *ojos de sapo* de Susana, porque me fijo en todo. Sé de la docilidad del pasto en algunos rincones pero más me atraen las hierbas que se atreven a crecer duras, con una coraza especial y adquieren ese color mate de todo lo sobreviviente, porque lo fuerte no es escandaloso, es mate. Este jardín comprimido entre cuatro altas paredes me embriaga por oscuro, por denso; el cielo no es espacio abierto, sino cobertura; una cobija con manchas sospechosas. Los juncos dejan escapar un líquido viscoso, blanco que se pega a las manos como leche. La hiedra se aferra no sólo a la pared, sino al árbol, lo enreda, lo taponea hasta el estrangulamiento, aparenta ser frágil sólo para agarrarse mejor. Jacques Teufel dice que es malo ser posesivo, hay que abrir las manos, abrir todo, dejar entrar el aire, pero no me gusta el ademán que hace para abrirlas, sus manos se ven cortas, chatas, no se afilan en el aire como las de Casimiro, mi padre. También sus zapatos negros son gruesos, toscos y de punta levantada. Siempre parecen estar enlodados. Dice Susana Berthelot que su padre sembró pasto inglés esperando que creciera como una tierna alfombra, pasto de sombra, pero no se dio cuenta de que se aferró al suelo una víbora insistente y primigenia, la guía de Cuernavaca, y si el jardinero abonó el cepo de las azaleas, las rosas Balme y las rositas pompon, algo les sucedió en la tierra de México, demasiado vigorosa para su finura, y crecieron descabelladas y voraces hasta adquirir el tamaño de una coliflor. La bugamvilia es menos posesiva que la hiedra pero se retuerce lenta e insinuante cerca de un naranjo y, en el aire que huele a azahares, hay algo de pimienta, de chile, de pequeño incendio. Tras de los juncos descubro rincones que huelen a agua estancada, peor que eso, podrida, un olor casi obsceno que aturde y sin embargo me jala por indescifrable. Todo lo que no puedo domesticar me atrapa. ¡Qué inoportuno este estancamiento pluvial en la Casa de Dios! Trapacero se sube a la cabeza, marea como el copal, la mirra y ese humo pesado de la Elevación, que nada tiene de santo y llega hasta el techo haciendo volutas desde un incensario que va y viene, viene y va; esos efluvios, esos tufos dulzones y lilas se expanden, suben a untarse en las cortinas de lona de las alcobas macerando especies, girando sus perfumes lascivos entre los exámenes de conciencia, nos alucinan, son nuestra vigilia. Los inhalo malignos, más tarde iré a besarle las manos a mi hermanito Fabián, una y otra vez, para purificarme.

Tallada en un tronco de árbol, la banca nunca está libre. Dos árboles flacos siempre a la defensiva sirven de postes para colgar la red del voli, y alejada del ruido, se aísla la habitación del padre que este año es una piedra imán. Castillo del mago o guarida del monstruo, o cueva del ogro. No importa, sea lo que sea, la escojo. Escojo su escalera pegada como rémora a la puerta, una escalera gris con una enredadera de hiedra sucia, en cuyos peldaños me gusta sentarme porque queda al lado del cuarto del padre y allí me entretengo limpiando cada una de las hojas con un pañuelo. Me las pongo en la mejilla como unas manitas verdes del árbol para calmar mi fiebre. ¿Cuándo funcionará la escalera como puente levadizo para llevarme al palacio? Si supiera el padre cuántas horas he pasado aquí sentada. Desde la escalera puedo espiar el menor movimiento de la puerta pero este año no hay manera de controlar los acontecimientos, el ajetreo es inaudito, i-nau-di-to. En este momento sale Margarita Lemaitre, ni siquiera me ve, tiene los ojos perdidos, los labios le tiemblan, flojos. Da un paso en falso, se va a caer, le tiendo mi pañuelo, me rechaza, echa a correr sollozando.

—Margarita, dime qué te pasó.

—Déjame, criatura.

—¡Madre de los apachurrados! ¿Qué sucede aquí? ¿Por qué tanto misterio?

Casilda acaba de pasar después de decirme que no iría. ¿Qué la haría cambiar de decisión? En este retiro todo es muy raro, desde el predicador hasta nuestra ausencia de la capilla. Lustro una hoja de la hiedra con tanta fuerza que le hago un agujero. Por fin sale Casi. Su visita no ha durado mucho y tiene los ojos en batalla, las manos hechas puño y la boca apretada de los días malos.

—Casi, Casi, ¿qué te pasó? ¿Qué te dijo el padre?

—Nada, no tengo ganas de hablar.

Del fondo del jardín sube un rumor, las jóvenes giran en torno a Estela Rivet, las voces que eran cuchicheos poco a poco alcanzan y exceden su tono normal.

—Mira, Casilda, allá están todas las que no quieren hablar.

Estela Rivet antes sedienta y ahora saciada, ebria de felicidad cuenta todo lo que le ha dicho el padre, a ella, solamente a ella. Sus compañeras saben que a Estela no le gusta confesarse o ¿es que no lo recuerdan? Siempre ha hablado con desdén de los negros confesionarios untuosos de arrepentimiento. Bueno, pues el padre le ha dicho nada menos que la confesión no es necesaria, que cada quien debe asumir sus propias responsabilidades, que no vale la pena descargarse en la espalda de otro, ya que de todos modos vuelven a cometerse los mismos pecados. Estela resplandece. Por su propio razonamiento científico llegó a la conclusión de que confesarse es el recurso de los débiles de espíritu y un sacerdote inteligentísimo y seductor avala su buen juicio, ¡ustedes son testigo! Las jóvenes hechas bola parecen gallinas que esponjan sus plumas. Susana ya no teje. Tiene los ojos tiernos y malheridos del perro que ha perdido a su amo. Y es que Susana ha sido la protagonista de un incidente penoso para el grupo. Sobre sus hombros pesan las tribulaciones del mundo y los ojos siempre se le llenan de lágrimas por los chinitos, por los negritos de África, por la guerra, por la peste, por los leprosos, por los misioneros, por los hindúes inertes en la calle, por la niñez abandonada. Ayer en la tarde, en vez de confirmar ante todas que era una-bella-alma-Berthelot como lo asegura la colonia francesa en pleno, Teufel la interpeló:

—No lloriquee usted. No resisto a Jeremías. Eso es sentimentalismo. La religión nada tiene que ver con el sentimentalismo. ¡Señoritas no me vengan con sensiblerías!

Habló con los dientes apretados, la mandíbula hacia adelante, exasperado. Más tarde se amansó un poco porque Casilda de plano lo cuestionó:

—Bueno, y para usted ¿que cosa es el sentimentalismo?

Sólo retuve la voz ríspida, el traqueteo, un sonido de matraca y las frases que se abrían paso hasta salir al aire.

—Es prolongar innecesariamente un sentimiento y envilecerlo. Nada más nocivo que repasar sentimientos y regodearse en ellos. Una mujer capaz de sentir algo muy intensamente sin tratar de exhibirlo es sin lugar a dudas una mujer con clase. Para ustedes es muy difícil liberarse del sentimentalismo porque son niñas ricas, no tienen de qué preocuparse, a sus problemas no se les puede hincar el diente, no son reales. Entre más sentimentales sean menos podrán sentir verdaderamente —se señaló a sí mismo—. Entre más sentimental me vuelvo más disminuyo mi capacidad amorosa… Un niño no será jamás sentimental, jamás. Saben ustedes, señoritas, el cinismo es lo opuesto al sentimentalismo, y entre el cinismo y el sentimentalismo prefiero el cinismo.

Susana, atónita, permaneció esquiva y nadie ha vuelto a verla en la Adoración. De vez en cuando toma una de sus largas agujas de tejer y se pega en los muslos, en las piernas. ¡Tantos años de estar rezando por esos pequeños salvajes para que le salgan con una reprimenda! "Pide audiencia", le aconsejamos todas. "Pide audiencia, a ver qué pasa." Pero el predicador no ha vuelto a dirigirle la palabra. ¿Estará al tanto de que la gorda es una Berthelot?

—Míralas a todas, Casilda, quién sabe qué les pasa. Estela se cree la mamá de Tarzán.

—Este retiro es tan extraño. ¿Te has fijado que en vez de sermones el padre no nos habla más que de nosotras mismas, de encontrar ese "yo" interno? ¿Te has fijado cómo se dirige personalmente a cada una retándola? Y ¿en qué estado puso a la pobre de Margarita Lemaitre?

—Teté es una estúpida. Ponerse a llorar delante de todo el mundo, mejor dicho, delante de esta selecta cofradía.

—Pero la pobre tiene razón. Se llega a la perfección a través de la costumbre, del esfuerzo diario.

—La costumbre es algo horrible, Casilda, horrible, fíjate cómo se indignó el padre. Una mujer que muestra sus esfuerzos es un ser deplorable. La gente no tiene que darse cuenta del trabajo que cuesta ser mujer, todo lo que la mujer haga debe tener aspecto de un don gratuito.

—Ay, Mariana, en vez de repetir tontamente lo que no entiendes, sírvete mejor en el refectorio, no comiste papas.

—Es mi sacrificio de cuaresma.

—¡Qué mustia! No quieres engordar. Luego te desmayas en la capilla y molestas a todo el mundo. ¡Eso es lo que más me revienta de todas ustedes, su capacidad para mentirse a sí mismas!

IPSA ME DEDUXERUNT ET ADDUXERUNT IN MONTEM
SANCTUM TUUM ET IN TABERNACULA TUA

Caminamos lentamente por las veredas lejos de las demás que siguen agitándose en el fondo del jardín. Casilda, decidida sobre sus piernas firmes, yo, lánguida, porque dejo caer mis pies en donde sea, estoy cansada, tanto que ni siquiera puedo echarme para atrás el mechón que cae perpetuamente sobre mis ojos. A veces se me va la vida y no logro seguir adelante. Las demás ríen: "Miren a Mariana espantándose las moscas". Dentro de mis mocasines puedo mover los pies, agitar los dedos, hacerlos para adelante y para atrás, los zapatos se independizan, siguen su propio instinto, se enchuecan escapando a las reglas del buen calzado. Mi dejadez preocupa a Casilda:

—Oye, Mariana, ¿cuándo te hiciste ese moretón?

—¿Cuál?

—¿A poco no lo sentiste?

—Los moretones no se sienten, el golpe sí, de ése ni cuenta me di.

Pongo mi mano en la de Casilda, sintiendo esos bordecitos duros que el deporte le ha dejado y que me son particularmente gratos.

—Casilda, dime lo que te dijo el padre, no se lo digo a nadie.

Casilda suelta mi mano.

—No, Mariana.

—Por favor.

—Cállate la boca, no insistas.

—Entonces no eres mi amiga.

—Justamente porque soy tu amiga, no quiero que vayas a ver al padre: a ti te haría más daño que a nadie.

—¿Por qué?

—Porque tú te vuelas con nada… Si lo ves, te vas a poner como cabra.

—Óyeme Casilda.

—Si te lo cuento, ¿no irás a ver al padre?

Miento, a sabiendas:

—Claro que no.

—Fíjate lo que me hizo. Entré al cuarto. Me quedé de pie esperando a que me invitara a sentarme y ¿sabes lo que hizo? Volvió su rostro hacia mí, me miró de arriba abajo para luego decir: "¡Qué linda es usted!"

—¿Eso es todo?

—¿Te parece poco?

—Me parece maravilloso.

—¡Qué maravilla ni qué nada! De veras, estás mal. Me enojé. Le respondí sin más: "Me sobra quien me diga bonita, todos los muchachos lo hacen. No es eso lo que yo espero de un sacerdote". Me señaló un sillón pero escogí una silla como un perchero para poder mirarlo desde arriba. Me dijo que le gustaban las personas combativas como yo, que nada más me había recibido así para probarme, que me reafirmaba ante sus ojos. Conversamos acerca de los temas tratados en el retiro y me preguntó cuál era el que más me había interesado.

—Y ¿qué le dijiste?

—Por favor, Mariana, camina junto a mí y no tantito delante o tantito pisándome los talones. Le hablé de que somos múltiples y debemos tener un solo personaje, el verdadero al cual poder regresar a la hora de la muerte. Qué impresionante es eso ¿verdad? ¿Te imaginas morir dentro del papel equivocado? Dijo entonces que para regresar al personaje inicial, al auténtico, había que escogerse y para ello se necesita una gran libertad interior, un profundo conocimiento y respeto de sí mismo.

—Mi abuelito dice que eso de "escogerse a sí mismo" ha llevado a las mujeres a cometer las peores barbaridades.

—¿Sí? Después me habló de los instantes de absoluto.

—Eso lo recuerdo muy bien, cuando habla del absoluto habla del amor.

—Sí, pero no sólo del amor entre el hombre y la mujer que es el único en el que piensas, sino de los instantes en que la gracia nos es dada y nos sentimos absolutamente unidos a la naturaleza: Dios-naturaleza está tan cerca que nuestro "yo" disminuye para dar lugar al universo.

—¿Tú crees que un beso es un absoluto?

—No, zonza, pero la maternidad sí lo es.

En ese momento el padre abre la puerta y se dirige a la capilla. Casilda se aparta bruscamente y examina la punta de sus pies. El padre, encorvado, trae las manos en los bolsillos. Es hora de la próxima instrucción y a ninguna se le ha ocurrido tocar la campana para anunciarla. Estela es la encargada pero no lo hizo, temerosa quizá de que las campanadas delataran su júbilo interior. Jacques Teufel nos mira a Casilda y a mí larga, tercamente. Penetramos a la capilla y nos hincamos ante Cristo ofreciéndole nuestro "yo" recién descubierto.

Dice un rápido Dios te salve María con voz neutra y vuelve a reinar un silencio anhelante, lleno de respiraciones entrecortadas, aleteos, como si una bandada de palomas estuviera a punto de emprender el vuelo. El padre está rodeado de palomas inocentes y lascivas. Un blando calor de plumas se estremece al alcance de su mano y él tiene la elocuencia del gavilán que planea sobre el palomar. Se saben protegidas porque es un sacerdote a pesar de que los ojos hundidos dentro de su cuenca tienen la fijeza del ave de rapiña y la voz se hace ronca, dura, con palabras que son fauces.

Canto a todo pulmón *La vida en rosa*.

Toco. La voz contesta: "Pase", abro suavemente la puerta y me cuelo en el cuarto.

—Ah, la pequeña, la pequeña Blanca.

—No me llamo Blanca, padre, me llamo Mariana.

—Pero para mí usted es Blanca. Siéntese, niña.

El olor del tabaco me toma por asalto. El cuarto del sacerdote no es la estancia impersonal que le prepararon las señoritas del retiro; en todas partes ha embarrado su presencia. El aire espeso de humo inmoviliza y las ventanas permanecen cerradas. Sólo una lámpara ilumina la recámara; la penumbra protege el desorden, los ceniceros retacados de colillas apagadas con encono, despanzurradas hasta en la taza vacía; una mochila a punto de reventar hunde con su peso el único asiento. En el buró, al lado de la cama de colcha arrugada, se amontonan unos frasquitos; más tarde sabré que son para los nervios. Se murmura que al padre lo torturaron los alemanes, que tiene la Legión de Honor a título militar pero que jamás la usa. Del respaldo de la silla pende una camisa sucia. En el momento en que entro, lo veo tirar apresuradamente en el cesto de papeles los pedazos de algo que sin duda fue una carta:

—¿Qué le pasa, niña Blanca? —dice el eclesiástico en un tono afectuoso.

—En realidad, nada, padre, vine nada más porque las otras vinieron.

—Bueno, pues aunque no le pase nada a mí me gustaría platicar con usted.

Su voz está llena de inflexiones. A veces es una cueva donde uno puede meterse; otras, se extiende, cubre espacios y se hace tan inaccesible como el cielo o la bóveda de una iglesia.

—Siéntese, niña.

Para obedecer tengo que quitar la mochila y al sentarme mi vestido cruje. Ojalá el sacerdote no lo haya notado. Un vestido cosido de murmullos, un vestido que suena y denuncia es siempre inoportuno. Para dar prisa a la entrevista, el padre se sienta en el brazo de un sillón con un pie en el suelo y otro colgado en el vacío.

Fuma sin parar y su dedo índice y el anular se han amarillado hasta ennegrecerse. En cierta forma, todo en este cuarto es negro.

—Blanca, usted ya se confesó, ¿verdad?

—Sí, padre.

—¿Conmigo?

—Sí, padre —me enardezco—, pero a usted le dije lo mismo que al padre Didier el año pasado, al padre Bonhomme hace dos años, al padre Duchemin, al padre Caselli hace tres. Siempre los mismos cinco pecados: distracción, orgullo, indolencia...

El sacerdote hace un gesto de fastidio:

—Sí, sí, ya sé. Pero ¿qué me dice usted de sí misma?

Lo miro con desconfianza, primero porque no sé hablar de mí misma y segundo porque no tengo nada interesante qué decir. En mi casa, la conversación en la mesa gira en torno a lo que se ha hecho durante el día enfatizando los encuentros fortuitos: "¿Saben a quién vi en Madero?"; pero nunca he oído a papá o a mamá definirse: "Yo soy, yo pienso, yo digo". Al contrario, no debe uno ponerse por delante. Así como nadie toma sus medicinas en la mesa, hablar de sí mismo es considerado de mal gusto, como lo es hablar de dinero o de experiencias desagradables. Y mucho menos de enfermedades. Nunca he oído a mi padre o a mi madre decir: "Yo soy así". Al contrario, sólo la gente mal nacida hace confidencias. Sin embargo, en los ojos del eclesiástico hay tanta solicitud, tanto afecto profundo y verdadero que en ese instante lo daría yo todo por tener algo importante que comunicar; una súbita vocación religiosa, un terrible problema familiar, una irresistible inclinación al mal. Sus ojos son un abismo presto a incluir todos los precipicios, en particular el mío. ¡Qué desesperación! ¿Por qué no soy más especial? Qué decirle. Dios, dime lo que le digo, Cristo, San Tarcisio, díganme lo que le digo, algo para que vea que ya soy una gente grande, que lo entiendo y soy capaz de poner en práctica lo que nos ha enseñado. Dame, Dios mío, la autorización de mentir para que yo sea para él un alma atractiva, digna de misericordia.

—Blanca, hábleme de su vida.

—No sé, padre, yo no tengo nada que ver con mi vida.

—¿Por qué niña?

—No me la he hecho yo, hago lo que quieren mis papás.

—¿Y qué quieren sus papás?

—Que esté sana, que sea buena... lo que quieren los padres.

—Blanca, ¿cómo era usted de pequeña?

Agradezco la pregunta como maná caído del cielo. Ya no me considera pequeña. Quiere saber cómo he sido. Qué fácil es contestarle. El vestido cruje nuevamente, esta vez con decisión.

—Ay, padre, no recuerdo bien cómo era, hace tanto tiempo de eso. Creía que ser gente grande era algo extraordinario. Un día pensé: "Cuando entienda lo que platica la gente grande seré dueña del mundo así como ellos deben serlo". Pero el día que entendí lo que decían me sentí defraudada. Yo creía que los mayores hablaban de cosas grandes, maravillosas, que siempre estarían descubriendo algo, como si escalaran la montaña y hubieran llegado a la cima, que eran gigantes más altos que las ramas de la punta de los árboles...

El sacerdote abandona la postura que adopta para que los visitantes se vayan pronto y se arrellana cómodamente. Veo cierta diversión en sus ojos. Sin más me interrumpe:

—¿Usted cree en el diablo?

—Uy, sí, pero menos que Luz.

—¿Quién es Luz?

—Mi mamá.

—¡Ah, sí! Y ¿en su casa creen en el diablo?

—Mi mamá, padre, mi mamá.

—Ah, y ¿de dónde es usted Blanca? Sin duda pertenece a una familia rica.

—No entiendo su pregunta, padre.

—Es muy fácil, ¿cómo viven en su casa?

—Como toda la gente, padre.

—Niña, ¿qué no sabe usted que el mundo está dividido en capas sociales? Unos viven mejor que otros. Ustedes, ¿quiénes son?

—¿Nosotros?

—Sí.

—Nosotros somos nosotros.

—¿Y los demás?

—Los demás son los que andan en la calle. La otra gente.

—¿Cuál otra gente?

—Esa gente, la de afuera, basta con asomarse al zaguán, la gente que todo el tiempo está pasando.

—Ustedes ¿tienen sirvientes?

—Sí, padre.

—Y ¿comen en la mesa?

—¿Con nosotros?

—Sí, claro, con ustedes.

—¡Ay, no, padre!

—Ah, ya veo, ¿por qué no comen en la mesa con ustedes?

(De más en más extrañada miro al sacerdote.)

—Porque son sirvientes. No tienen modales... Son criados.

—¿Qué significa eso?

—Son distintos. A ellos tampoco les gustaría comer en la mesa con nosotros.

—Y usted ¿está de acuerdo en que los sirvientes coman en la cocina?

(Como un relámpago, Magda atraviesa frente a mis ojos, pero Magda es Magda.)

—No sé, padre, nunca me he puesto a pensar en ello.

—Y usted, ¿por qué no es sirvienta?

¿Se estará burlando de mí?

—Soy de buena familia, padre.

—Y eso ¿que quiere decir?

—Me mandaron a la escuela. Estoy bien educada.

—¿Educada para qué? ¿Qué sabe usted hacer? ¿En qué podría trabajar?

—No sé, padre. Pero soy una gente bien, heredé costumbres y objetos que lo demuestran. En mi casa todo tiene pasado... ¿Sabe?, mi abuelo decía que los sirvientes lo son porque no pueden ser otra cosa, ¿no?

—¿Por qué no pueden ser otra cosa?

—Porque no tienen capacidades. En general son tontos, cometen siempre las mismas torpezas. Mi abuelo en Francia decía: "Si no fueran tontos no serían sirvientes".

—Entonces, para usted, niña de buena familia, la gente con limitaciones no puede aspirar más que a servir a los demás. ¡Qué muchachita! Con razón se hizo la guillotina. Gracias a Dios hemos entrado en la era de las grandes fábricas.

—¿Las fábricas?

—Sí, aquéllas en donde todos trabajan igual, en donde puede darse la oposición y la exigencia, la huelga. Oiga, Blanca, ¿qué sus compañeras de retiro piensan como usted?

—No lo sé, padre, pero ellas sí son dueñas de fábricas. Sin embargo, nunca hemos hablado de lo que sucede en sus fábricas.

El sacerdote ríe malévolo.

—Y ¿no le parece un poco anticuado todo eso de los buenos modales, la "buena familia" a la que usted pertenece?

—No sé, padre.

—¿Qué es lo que usted sabe?

La sonrisa sigue irónica, malevolente.

—Sé que me gusta que las sábanas huelan a lavanda; en mi casa mi madre mete saquitos de lavanda entre las sábanas. Es una costumbre heredada... Padre, yo creo en las tradiciones.

El padre se violenta.

—En el mundo actual los hombres tienen la necesidad absoluta de descastarse.

—¿Cómo?

—Lo que usted me acaba de decir, Blanca, es decadente. Sabe a rancio, a podrido, a prejuicios; simplemente no tiene sentido. La vida misma nos lleva por otros caminos. Usted misma, niña, es mucho más ancha, mucho más grande de lo que cree; la vida se encargará de demostrárselo. El mundo tiene que renovarse. Hay que destruir a la sociedad a la que usted pertenece, hacerla trizas con sus prejuicios, su vanidad, su impotencia moral y física. ¡Y gente como usted puede hacerlo desde dentro! Descastarse, niña Blanca, des-cas-tar-se. Rompa usted escudos y libros de familia, sacuda árboles genealógicos. No guarde álbumes amarillentos. Asesínelo todo. Asesine a sus padres, a sus abuelos. Usted es un hecho aislado, sin procedencia, sin antecedentes. Las únicas capaces de abolir las clases sociales son las mujeres, las mujeres que pueden tener hijos con quien sea y en donde sea.

Hace un rato que el sacerdote se ha levantado y camina de un lado a otro sin mirarme.

—Blanca, ¿puedo contar con usted? ¿Está dispuesta a colaborar en la fundación de una sociedad nueva?

—¿Un mundo nuevo?

—Un asentamiento humano cuyos cimientos se encuentran en Nueva York.

—¿En Nueva York?

—Sí, en Nueva York.

—¿Por qué allá? Nueva York es la ciudad de los ricos.

—Es la ciudad de los cambios; allá viven hombres y mujeres interesados en reconocerse a sí mismos en los demás. Si la burguesía internacional se une en los grandes centros de poder, y obviamente Nueva York es uno de ellos, ¿por qué no unir a todos los trabajadores del mundo en una lucha común e iniciar el movimiento en la guarida misma de los ricos? Hay que minar los edificios en sus cimientos, recuerde que nosotros somos la obra negra y sin obra negra nada funciona.

Al mismo tiempo que entiendo mal lo que dice, me destantea y me exalta y llena de una aprensión bienhechora. Me visualizo dentro de la catedral de San Patricio; arriba en el altar el padre oficia una misa dominical y fustiga a los dueños de Park Avenue. ¡Qué bueno agarrarlos a patadas, meterles la aceituna del martini en una oreja, taponearles la nariz, sentarse en su cara! Sí, sí, llevar en Nueva York una vida de entrega al prójimo, de defensa de los puertorriqueños, cantar *Summertime* como Ella Fitzgerald, defender a los negritos, a las negras todas igualitas a la Aunt Jemima de los *hot-cakes,* lejos de la rutina familiar, la recámara color de rosa de mamá. Sí, sí, lo que él diga, a dónde él diga, lo que él pida. Quiero ir hacia lo nuevo, con él, pasar el resto de mi vida junto a él. Nadie ha permanecido indiferente a este sacerdote, por eso debe ser Dios; qué fuerte emoción nos produce a todas. Y en mí confía, en mí confía; es a mí a quien Dios está llamando. Voy a ser una gran santa, me van a canonizar.

—Quiero infinitamente a los demás, Blanca, y si le hablo así es porque creo que me entiende. Apenas la vi, allá en las bancas de la iglesia, la distinguí porque siento que en usted todo es receptivo. ¿Qué es lo que espera de la vida, niña? A mí no me interesa lo que usted es, sino lo que puede dar algún día. No me interesa, Blanca, sino como la persona que algún día pueda vivir la vida plenamente y entregarse por entero.

Sí, sí quiero darme, sí quiero, claro que quiero, todo menos pasar desapercibida. De hecho ya soy importante, muy importante, debo serlo puesto que él lo dice. Pero lo más importante es que él siga interesándose en mí, que me quiera, que me mire, que me distinga.

—Siempre he exigido de los que me llaman la atención un cierto heroísmo interior, ¿lo tiene Blanca? (Se pasa la mano por los cabellos, lentamente, con todos los dedos extendidos.) Sí, sí lo tiene, lo adivino, lo presiento, sí, usted es capaz de actos heroicos. Mire, venga mañana a verme a la misma hora. Tomaremos café y seguiremos platicando.

—Sí, padre, cómo no.

Nunca tomo café, no me dejan, pero mañana me lo echo. Sí, soy especial, soy casi Juana de Arco, mejor que las demás, qué celosas se van a poner cuando sepan que mañana también tengo visita privada. ¡Se van a morir!

—Descanse usted.

No quiero descansar. No quiero perder ese estado febril en que todo el cuerpo se tiende como la cuerda de un arco y vibra a la menor presión.

Se detiene en el dintel de la puerta:

—Si le hablé así no fue para herirla.

Pone su brazo alrededor de mis hombros. No estoy herida en lo más mínimo. Por fin he encontrado a alguien que me habla de lo que quiero oír; por fin las cosas son ciertas. El sacerdote ha abierto en mí una puerta secreta. Solo él tiene la llave del jardín cerrado. Me siento capaz de cualquier cosa. Todo lo que dice halla eco en mí y sus palabras encienden la hoguera. Sé que le doy al sacerdote el tema de una melodía más bien ligera pero él la desarrolla en los registros graves haciendo variaciones severas. Y por primera vez me oigo en ese tono profundo. Si soy capaz de provocar el interés de un hombre así, soy insustituible.

Me tiende la mano, retiene la mía, recita lentamente, su mano en la mía, mi mano en la suya:

—Al verla a usted, hermosa criatura, y sobre todo en este momento, no puedo menos de recordar una frase: "Porque me ha ocurrido entrar en ciertas almas como si me fuera brindado el acceso por una puerta de oro".

Ahora sé por qué las novicias se sienten las novias de Dios.

—Me muero por Teufel.

—Híjole, Mariana, ya estás igual de exagerada que Sofía.

—Me muero por él. Quiero ser heroica para él, quiero ser digna de él, quiero dar a morder mi amor al hambriento.

—Cálmate, ¿no?

—¿No te parece guapo, Casi?

—No se cambia de camisa, no se bolea los zapatos, su traje negro ya parece costal.

Agnus Dei, qui tollis peccata mundi, parce nobis, Domine.
Agnus Dei, qui tollis peccata mundi, exaudi nos Domine.
Agnus Dei, qui tollis peccata mundi, miserere nobis.

Recapitulo. De veras que a los santos les va mal, santos Proto y Jacinto mártires, eran hermanos y criados de Santa Eugenia, en Roma. Habiéndose descubierto que eran cristianos, fueron primero azotados con gran crueldad y después degollados (siglo III).

Quare tristis es, anima mea, et quare conturbas me?

GIRAN ALREDEDOR DEL FUEGO con sus grandes capas *scout*. Susana preparó la fogata desde en la mañana. Los leños truenan, la lumbre crepita, saltan astillas en el aire. Todas respiran el humo que primero fue blanco y se ha azulado, Susana tose, Marta Dupasquier chasquea la lengua. Mónica se hunde la boina hasta las orejas pero recuerda que allí está el sacerdote y entonces se la ladea a la Greta Garbo. Entre las llamaradas Casilda es un paje, su estrecha figura tiene la gallardía de una espada y dentro de la piel, más blanca que todas las azucenas que decoran el altar, destacan sus ojos inteligentes, más viejos que el resto de su cuerpo. Las jóvenes cantan a coro y procuran quedar lo más cerca del sacerdote para darle la mano a la hora de la ronda final cuando entonen: "Permanezcamos siempre unidos, hermanos, permanezcamos siempre unidos, Jesús está entre nosotros, hermanos, Jesús está entre nosotros". (Sí, Jesús, en medio de nuestras piernas, en nuestra lengua, en nuestras yemas muriéndose de ganas de intercambiar caricias.)

La noche todo lo cambia. Ahora el padre forma parte de la oscuridad. Sus ojos brillan menos y tan sólo de vez en cuando Margarita Lemaitre, ¡ay, qué pena!, percibe su ojeroso rostro blanco. De vez en cuando también una se levanta como un ladrón sigiloso a atizar el fuego, a remover las brasas con un leño, y la cara licenciosamente iluminada parece la de una bruja en noche de sábado. Mónica Mery y Estela Rivet fuman; de ellas no se distingue sino el punto rojo de su cigarro. Nadie trata de adivinar los movimientos ajenos dentro de la gran capa azul. En los retiros anteriores el predicador de cuaresma no permitía que se fumara pero éste tiene una idea muy distinta a la de sus colegas de lo que deben ser los ejercicios espirituales. En primer lugar, ¿cuándo se hubiera pensado en una fogata a la mitad del jardín y las muchachas en torno a ella fumando como chacuacos en vez de ensimismarse en la Adoración del Santísimo?

—¡Madre de los apachurrados, son las cuatro de la mañana!

—Schhhhhhhh, Leticia, ¿qué te importa? ¿No estás bien?

La velada se ha prolongado sin ganas de dormir. El padre nos mantiene en ascuas, somos motores que giramos acelerados. Habla, manotea, golpea el suelo con los pies como si llevara botas militares. Ha fundado el ejército, todas estamos dispuestas a seguirlo; once mil vírgenes ansiosas se preparan al asalto.

—Por amor de Dios no sean ustedes pasivas. Por amor de Dios comprendan de una vez por todas que la caridad, no me gusta esa palabra, es aristocrática, cambiémosla de una vez por todas por la de solidaridad, consiste en unirse en perfecta igualdad de condiciones, al tú por tú. (Al decir esto Jacques Teufel salpica la tierra de saliva.) Ante el prójimo debemos abolir todas nuestras ventajas.

Susana Berthelot emite un débil y aterrado ¡oh! El eclesiástico vocifera:

—La caridad no consiste en llevarle una cubeta a una mujer pobre sino en estarse con ella, en dejar que ella esté con ustedes. Los hombres, y más aún los pobres, tienen espíritu y las dolencias del espíritu sólo se curan con el espíritu. Quiero difundir la bondad por la belleza. La belleza es el mejor vehículo para hacer el bien, la belleza conquista por su mera presencia. ¿Cómo puede alojarse en esas ratas vestidas de negro, en esas monjas que piden limosna con bigotes y chongos grasientos, en esos curas gordos que se dejan besar la mano? La gente tiene que ver la bondad en ustedes que son jóvenes, puras y buenas por naturaleza. ¡No hay que cometer el error de Tarsicio, que entró en una pandilla de niños romanos que jugaban a bárbaros y a legionarios y rehusó formar parte de cualquiera de los dos bandos para predicarles como un San Antonio en el desierto. Por eso lo lapidaron. Muchachas, mis niñas, no se reserven ustedes. Participen en la vida de los demás. Entren en el juego. Vivan la vida. Juéguensela. Pongan en ella su cuerpo, la virginidad y la frescura de sus cabellos, su perfume, porque el perfume es la estela del alma. Vayan a las casas, entren, siéntense allí adentro, coman tortillas y frijoles, limpien la boca del enfermo, cambien los pañales del niño.

—Yo no sé hacer eso —murmura Margarita Lemaitre.

—Acuesten al borracho después de levantarlo de la acera.

—En Inglaterra —advierte Mónica, su boquilla en la mano— cada Navidad una familia invita a un niño de la calle a su mesa a compartir el *stuffed turkey* y el *plum pudding* de la cena de Nochebuena.

—Cuando mamá va a ver a los pobres —levanta la voz Leticia— se pone el vestido del día de los pobres; uno ya viejito. Al regresar a la casa se baña y se lava las manos con alcohol y manda desinfectar sus guantes.

¡Qué bruta, qué metida de pata la de Leticia! Las madres de las demás hacen lo mismo pero a ninguna se le ocurriría contárselo al sacerdote. Teufel permanece callado. No hay por qué responder. Las jóvenes lo ubican por la luz de su cigarro.

Tan sólo se escucha su respiración entrecortada. También Marta Dupasquier se enardece:

—Padre, hay unos pobres realmente insoportables. Venden lo que uno les da para comprarse pulque. No quieren entender. Y las mujeres son iguales, ni siquiera saben quiénes son los padres de sus hijos.

Como un cohete que estallara a la mitad del cielo, el eclesiástico grita:

—¿Ustedes creen que un Jesucristo con escrúpulos se habría hecho amigo de María Magdalena?

Susana se oprime el pecho con las dos manos. Su corazón late como un sapo presto a salirse de la capa. Ante los ojos de las mayores los abismos se hacen cada vez más profundos.

—Jesucristo toleró a Judas, aunque el falso apóstol llevaba desde un principio en la cara todos los signos de la maldad. Lo hizo para enseñarnos a no rechazar nunca la fealdad del mundo. Yo no puedo creer en esta religión que teme el contacto con el mal porque no es cristiana.

El padre avienta sus palabras a medio masticar, Marta Dupasquier a su lado ve que se muerde los labios hasta la sangre quizá para no ir más lejos pero sigue lanzándolas con una honda y todas las piedras dan en el blanco. De repente se pone a caminar entre las capas azules, mirándolas al vuelo. Las jóvenes se han contagiado. Su pecho sube y baja, su corazón late y se les hincha la nariz como a los caballos de carrera, yeguas finas, eso es lo que son, su cuerpo suelto a destreza, ya no oprimido por la armadura, se apresta para la competencia. ¡Qué hermoso es saberse bella, joven y escogida! Sólo Casilda se atreve a preguntar:

—¿De qué nos sirve entonces nuestra educación?

—De nada —gruñe el padre—, de nada si no se rebajan, de nada si no se mezclan, de nada, si no dan su amor a morder al hambriento, de nada, de nada.

—No nos queda más que volver a nacer —sentencia Casilda.

—Un cristiano debe jugárselo todo a cara o cruz. Yo lo que quiero es un ejército de mujeres. Dense ustedes cuenta, hermanas mías, que les ha sido dada la gracia y que son reclutas femeninas. (El sacerdote ríe en los momentos más inesperados, una risa gutural que destantea.) Abandonen su seguridad, hay tantos riesgos en la seguridad como en el riesgo mismo, acostúmbrense a ser valientes, atrévanse a llegar a última hora como los labriegos en la parábola de la viña. Entre el riesgo y la seguridad hay que escoger siempre el riesgo.

—¡Sí, el riesgo —grita Susana—, el riesgo es bello, yo pido arriesgarlo todo!

Esta exaltación me produce un incoercible sentimiento de pudor y me abrocho el último botón de la blusa. En mi casa estarían escandalizados. ¿Por qué le he hablado tanto de mí al padre? Casilda tiene razón. Vivimos en un estado de hiper-excitación indecoroso, temblamos como cachorros moviendo la cola.

—Padre, perdóneme, pero a mí me da vergüenza darle cosas a la gente. ¿Con qué derecho? Hay muchas personas que tienen su orgullo como nosotros; de plano no les gusta recibir. Corremos el riesgo de que nos den con la puerta en las narices.

—¡Mariana! (Se indignan las demás.)

—¡Déjenla, déjenla! De eso mismo quiero hablarles; el espíritu de servicio jamás puede ser despectivo. No regalen migajas. Dense a sí mismas como banquete. Nadie podrá rehusarlas. Diríjanse sobre todo a aquellos que viven en las vecindades amontonados en un solo cuarto, a los que mueren de amor, a los que andan en la calle, a los de a pie.

Como si jalaran la cadena del excusado, así es la risa de Teufel.

—Y si les dan una patada en su apretado y delicado fundillito, tómenlo por bien merecido.

Insiste:

—Una buena patada en su culito.

—¡Híjole, qué feo! —murmura Casilda.

Ríe, se ahoga en su risa seca y las muchachas ríen también; agreden la noche con su risa. Un viento se ha levantado junto con la madrugada: trae un polvo seco que se azota contra los rostros. Bruscamente se cierran las bocas que antes reían a mandíbula batiente. Teufel prosigue:

—En los aledaños del aeropuerto vi pavorosos cinturones de miseria. ¿Los conocen?

—¿Cómo vamos a acercarnos a la gente? —grita Mónica Mery—, ¿abordándolos así nada más? Me hice amiga de un cuidador de coches en un estacionamiento y mostré verdadero interés por su vida y su trabajo, pretendí ayudarlo y terminó invitándome al Balneario Aguazul en la carretera a Puebla.

—Hubiera usted ido.

—Ay, padre, eso sí que no.

—¿Por qué?

—Me he rozado con distintas clases sociales, esto téngalo por seguro, soy mayor que todas estas criaturas (dibuja un círculo despectivo), pero con la clase de los que van a los balnearios en la carretera a Puebla, a ese extremo no llegaría.

—¿Por qué no?

—¿Cuál es el sentido de todo eso? ¿En qué voy a beneficiarlos porque chapotee como pato junto a ellos? ¿En qué van a beneficiarse con mi presencia? Sólo corro el riesgo de pescar una buena infección. Perdóneme, padre, pero eso es populismo, no sirve de nada.

—Dios mío —Teufel se lleva la mano a la cabeza—, eso es racismo. Y sería motivo de otra discusión y no la de hoy.

—Estamos desviándonos de nuestros objetivos —dice Casilda abruptamente—, me resulta difícil comprender sus planteamientos; si quiere que nos convirtamos en coristas, dígalo de una vez por todas, padre, a ninguna nos repele la vocación de Magdalena, pero creo que sus proposiciones son otras. Sé que ninguna de nosotras es marxista pero…

—Estoy persuadido de que no tienen formación política —murmura entre dientes.

—Yo sé quién es Marx —se enoja Casilda.

—¿Y lo ha leído?

—En compendios, sí.

—Tiene las barbas de Cristo —grita Estela Rivet.

—Yo al que conozco y me chifla es a Groucho Marx —ríe Leticia Lavoisier.

En la oscuridad pienso en las cosas que ella me ha enseñado: nunca pasar bajo una escalera, nunca abrir un paraguas dentro de una casa, nunca echar un sombrero sobre una cama, y lo de las arañas: la de la mañana, la del mediodía, la de en la noche. *Araignée du matin, chagrin, araignée de midi, ennui, araignée du soir, espoir.* Si mato a la de la esperanza, mato todo lo que está por venir, mi esperanza es mi madre, Luz. Lo que ella dice es más fuerte que el marxismo. Lo más fuerte en mi vida es su voz. Tanto que apenas oigo el barullo de las otras hasta que me apresa la de Teufel.

—¡Nos estamos desviando! Por favor… Miren, deben empezar a reunir dinero para ir a la salida de las fábricas. Afuera pueden hacer guardia.

—¿Guardia? —grita Susana—. Si mi padre lo sabe, le da un infarto.

—Yo no tengo la menor idea de cómo acercarme al pueblo, ¡ay, qué pena! —se lamenta Margarita Lemaitre—, no sé siquiera iniciar una conversación, me da muchísima pena.

—Compren trastes de cocina, alacenas, kilos de frijol, latería, qué sé yo, pueden dirigirse a la Clemente Jacques, tú, Claudine, puedes ir a ver a tu abuelo…

—Jamás le he pedido a mi abuelo algo semejante. Me va a sacar de su oficina con cajas destempladas.

—Imagínense llegando como vendedoras a un multifamiliar; ofrecen su mercancía por nada, las amas de casa se sienten felices de adquirir algo tan bueno a tan poco costo y se atribuyen momentáneamente el buen éxito del negocio. Siempre hay que convertir a los demás en autores, en protagonistas; jamás en receptores porque eso los humilla. A la misma ama de casa pueden cambiarle su suéter viejo por uno nuevo y así entablan el diálogo… El trueque; he allí un buen principio de intercambio. Al tú por tú. Sí, no me miren con incredulidad, recordarán mis palabras cuando vean los resultados positivos… Dios tiene que serle útil a los pobres.

—Es que no entiendo cuál es la finalidad de todo esto —se irrita Casilda—. Ni es un movimiento social, ni es un levantamiento político; más bien tiene visos de kermesse.

—No se pase de lista, Casilda. Esto que les propongo significa tomar parte, pertenecer, expresarse, dar, significa vivir —se enoja—. Ustedes viven en un país determinado, denle algo a ese país, carajo. Sean mexicanas, carajo.

Susana palidece, en la otra instrucción, claramente, el padre dijo mierda. Y ahora…

—A mí me emociona cantar el himno nacional —aventuro tímidamente—, sobre todo aquello de "Y retiemble en su centro la tierra, al sonoro rugir del cañón", bum, bum, bum.

—Sí, Mariana, pero ustedes como grupo humano son unas extranjerizantes.

—Mi abuelo, con perdón de usted, le ha dado trabajo a miles de mexicanos en su fábrica. Sin él se estarían muriendo de hambre. Es más, él les ha enseñado a trabajar.

—Perdóneme, Susana, pero su abuelo más que dar algo ha explotado a los mexicanos; ha conseguido mano de obra barata, y sé por varios empresarios que paga sueldos de miseria y todavía se siente benefactor.

—¡Esto sí que es el colmo!

—¿Qué prestaciones tienen los trabajadores de la fábrica de su abuelo? ¿Seguro social? ¿Guarderías? ¿Cuidados médicos en casos de accidente de trabajo? ¿Jubilación?

—Cuando ya están viejitos se van a trabajar de jardineros o de porteros en la casa de Monte Blanco o en la de Cuernavaca.

—¡Dios mío, esto nada tiene que ver con un orden social!

—Padre, creo que lo he comprendido —interviene conciliadora Estela Rivet—. Usted quiere que recojamos penas y alegrías, enfermedades y conflictos familiares.

—Puros paños de lágrimas, como en las radionovelas —ironiza Mónica.

—Sí, eso mismo y ése será su capital de base. Vamos a fundar un banco de confidencias. Todos pueden depositar allí libremente sus dudas, sus cobardías y sus cotidianas indecisiones.

—¿Y qué hacemos con eso? —se indigna Casilda—. ¿Cuál es su función? ¿De qué nos sirve meter las manos en ese miasma? ¿Qué se construye con ello?

—De ese conocimiento de los demás y de sus necesidades nace la nueva sociedad que queremos construir. Me sorprende que me lo pregunte, Casilda.

—Pero ningún problema se ha resuelto jamás con eso. Los pobres no tendrán menos hambre porque nos confíen sus penas y porque nosotras les comuniquemos nuestra indecisión o nuestra cobardía. ¿Sabes qué, compañero hambriento? (Casilda imposta la voz). Sabes qué, compañerito, tú tienes hambre pero yo te confieso que soy una idiota. ¿Qué ganamos el uno y el otro?

—Trato de convencerlas de que se pongan al tú por tú. Ustedes podrán después tocar a la puerta de los consorcios de sus padres y de sus tíos, y empezar a resolver por medio de iniciativas privadas, problemas concretos. Denle ustedes el ejemplo al gobierno. Tenga fe en mí, Casilda, sé de lo que le hablo, por allí se empieza. Después podrán hacer estadías en algunas industrias textiles, trabajar como fabricantas, sentarse como Simone Weil frente a un telar, compartir la dura condición humana. Esto les hará cambiar su vida… Porque esto es lo que desean ustedes, ¿verdad?, cambiar su vida.

—Yo nunca he ido a un cinturón de miseria, ¡ay, que pena!, y temo que me apedreen… Pero quiero ir, quiero ir, quiero exponerme —suplica Margarita Lemaitre.

Todo parece fácil. Ya no es posible dormir. El padre comienza a hacer preguntas de tipo práctico y aconseja que actuemos pronto. Como única condición pide que seamos reservadas porque no todos comprenderían nuestra labor.

—Entonces ¿no vamos a decir en lo que estamos metidas? —pregunta Susana—. Yo nunca he escondido nada en mi casa.

El sacerdote habla entre otras muchas cosas de la mentira provisional, la que se compromete a pagar al cabo de cierto término con el total de una verdad mucho más profunda y decisiva. Si la mentira es necesaria se pagará después con una verdad de mayor valor, una verdad insuperable.

Híjole, lo nuestro es casi una cofradía, una secta; nos estamos construyendo en secreto. No entiendo de qué se trata pero no pido explicación alguna. Se fijan horarios para futuras pláticas con el sacerdote: se establecen comités; Estela Rivet adelanta la próxima asamblea general. Habrá que nombrar una presidenta, una tesorera, una secretaria de actas. Mónica con su boquilla en la mano se ofrece para las tareas de archivo: "Soy precisa y buena organizadora". Ninguna quiere perder de vista al sacerdote porque después de este terremoto mental cada una necesita de la mano eclesiástica. El retiro llega a su fin pero termina del mismo modo en que empezó: una expectación anormal invade a las penitentes.

Al verla me eché en sus brazos: "Tontita, ¿qué te pasa? Si sólo estuviste ausente tres días". Me apretó contra su pecho y entonces le pedí que invitara al sacerdote. Quise comunicarle mi experiencia pero a medio camino sentí que era imposible; no es que las mías no fueran adecuadas, es que no había palabras. Papá y ella tenían cena en la embajada de Francia y Sofía se fue a hablar por teléfono con Alejandro con quien pasó toda la tarde. Oí que mamá le decía a tía Esperanza por teléfono antes de salir: "Mis dos hijas están en la edad de la punzada. Sofía se negó terminantemente a sus ejercicios espirituales, con tal de no dejar de ver a Alejandro. Cedí porque sus escenas de lágrimas me dejan exhausta. Mariana se la vive en mi recámara, lo cual suele irritarme porque siempre estoy retrasada: me hizo prometerle que invitaría a su padrecito no sé cuántos a cenar. ¡Qué tercas son mis hijas! Lo heredaron de Casimiro quien vive de obsesión en obsesión. Como lo dice él con frecuencia: 'Cuando tenemos una idea en la cabeza no la tenemos en los pies'. Ojalá y mi pequeño Fabián no sea tan obstinado".

Et exsultavit spiritus meus in Deo salutari meo

AL DESPEDIRME DE ÉL, el último día del retiro, lo invité. Se lo dije con temor no porque creyera que fuese a rehusar, sino porque mis papás naturalmente tendrían otra cosa que hacer. ¡Siempre con sus compromisos! Mamá dice que los cocteles son "mortales" y escribe en su diario: *"Déjeuner chez les Pani: Infecte"*. Sin embargo nunca deja de ir "porque es bueno para tu papá".

Ante mi insistencia y porque me ha entrado la costumbre de saltar en torno suyo como una ardilla, "¿Sí, padre? ¿Vendrá usted, padre?", Teufel sonrió y dijo que primero la señora de la casa, alias mi madre, alias Luz, debía hacer personalmente la invitación. No tuve cese hasta lograrlo.

Hace mil años que dejé la casa; el retiro eso duró: mil años, la siento rara, ajena. Sofía tiene una nueva amiga, Julieta Recamier. Cuando llama por teléfono papá descuelga: "Aquí Napoleón", responde. Está muy ocupado, papá, con su laboratorio. En la noche dibuja y pinta las etiquetas de las medicinas, azules, blancas y rojas, como la bandera francesa. Vigila el funcionamiento de su pastilladora. Si le va bien, comprará otra. Sus empleadas vestidas de enfermera con gorra, tapaboca y zapatos blancos embotellan las tabletas. Papá ha pensado en producir aguas de colonia. Distintas esencias se esparcen por la casa: violeta, espliego, naranjo, lavanda, vetiver. Como un alquimista, sus anteojos sobre la punta de la nariz, rellena con un embudo filtros, matraces y mezcla potingues. Su bata escocesa, que no de laboratorio, es un palanquín de aromas en que se confunden la mancha de los huevos rancheros con los aceites esenciales. Un francés amigo suyo le ha dicho que confecciona vino en la tina de su baño, ¿cómo no va a elaborar papá un menjurje que solivante a los 300 y algunos más? Luz le advierte: "Te vas a enfermar con estos alambiques". Se multiplican sus diligencias, corre muy ilusionado a la Secretaría de Salubridad para ver cuándo entrarán sus medicamentos al cuadro básico. Sólo entonces los agentes, con su cara cubierta de acné, podrán ofrecerlas en los consultorios. En la casa decimos "cuadro básico" con respeto, haciendo una pausa, y yo tamborileo "cuadro básico, cuadro básico", tan, tan, tantán, tan, tatán tatán tan tan, en los barrotes de la escalera y lo canto al ritmo de la marcha fúnebre de Chopin hasta que me dicen: "Ya cállate la boca, ¿quieres?, pareces ave de mal agüero". En los pasillos de la secretaría papá, enfundado en su Príncipe de Gales, no entiende el teje y maneje, la mordida, el sobre que ha de pasar de su saco a la bolsa de otro. Para entrar al cuadro básico, alias puerta del cielo, es indispensable ser cuate del señor secretario o de perdida del secretario particular del secretario, quien según se sabe es un voraz coleccionista de pintura, por lo tanto no estaría mal ir pensando en ofrendarle un Tamayo o de perdida un boceto del Dr. Atl. A papá se le escapan esas sutilezas y mantiene las propias.

Con la misma ilusión hace mis tareas de matemáticas; las resuelve durante la noche, para que me las lleve al día siguiente al Liceo. Por eso, a la hora del examen trueno: "Pero si en la tarea se saca usted 10". "El que se lo saca es papá." En la mañana papá baja a calentar el motor de su automóvil —cuida mucho su patas de hule— y Fabiancito, en el jardín, espera a que arranque para pedirle en su media lengua a una de las criadas:

—Ve a la tienda a comprar dulces.

—¡Niño, pero si no tengo dinero!

—Tú di que son para el duque.

Presentamos: *La Anunciación a María*, de Claudel, en el IFAL. Casilda es María. Morimos de emoción porque el padre Teufel está en la sala. Hasta Casilda sonrió cuando lo supo. Iremos a saludarlo en el entreacto. Sentado en el extremo de una banca al lado de unas señoras se ve a leguas que también a ellas las ha impresionado. Mamá y Sofía están en la concurrencia. Le presento a mamá y a su vez mamá le presenta a Sofía. Jacques Teufel exclama:

—¡Qué diferencia con Mariana, ésta ya es una mujer!

—Juzga usted a la ligera, padre, todavía es una niña.

Lo invita a cenar, sé que lo hace por mí, únicamente por mí. Sofía no le dedica ni una segunda mirada a Teufel. No ha de parecerle nada guapo. Mamá aguarda la respuesta sonriendo. Entonces su expresión cambia y le dice, su voz grave:

—La respuesta se la daré en la iglesia, Luz, así tendrá que ir a los ejercicios espirituales de cuaresma.

Por lo que sé, mamá nunca va a misa.

QUIA FECIT MIHI MAGNA QUI POTENS EST, ET SANCTUM NOMEN EJUS

Esta noche el padre viene a cenar y brinco de gusto. Su visita va a transformarlo todo. Sabré por fin cómo debe ser la vida, cómo querer, cómo ayudar. El padre ha venido al mundo a guiarnos, a rescatarnos, la estrella de David se ha detenido sobre nuestra casa, somos los escogidos.

Si mamá me presta uno de sus vestidos de seda me veré más grande, esa faldita escocesa ya me la conoce, la llevé al retiro. ¡Cochinos mocasines! ¿Por qué no tengo un par de tacones? ¿Cómo comerá el padre? ¿Se limpiará la boca con la servilleta después de tomar agua? ¿Por qué debe haber tantos cubiertos en nuestra mesa? Le dije a mamá que en casa de los Dupasquier cada quien conserva su tenedor y su cuchillo sobre un práctico portacubiertos y frunció la nariz: "Es porque son burgueses". Para mamá, lo peor es ser burgués.

Por fin, a las nueve y cuarto —la cena era a las ocho y media—, suena el timbre. Ante la tardanza del padre, Sofía subió a acostarse, mañana tiene clase de baile. ¡Qué bueno, así lo tendré para mí sola! Sofía siempre impresiona a los hombres. Por su belleza. O su altivez. O las arañas. El hecho es que no le quitan los ojos de encima. Afortunadamente mamá le habla a tía Francisca, que vive al lado, para sustituir a la desertora. El fuego arde en la chimenea y la sala, con sus sillones forrados de rojo, es caliente, como una pantufla de fieltro. El padre Teufel entra. Lo sigo con los ojos como una madre ansiosa de que su hijo cause buena impresión. Tiene el rostro más cansado que de costumbre. Está despeinado, trae los dedos manchados de tinta además de la indeleble nicotina y una inmensa mochila escolar repleta de papeles cuelga de su brazo.

—Padre —pregunta Luz—, ¿no quiere pasar a lavarse las manos?

Dice que no. Se va a quedar así mechudo y con las manos sucias. ¿Qué van a pensar ellos, que son tan fijados? Voy de un lado a otro, río sin que venga al caso, me siento para levantarme, corro a la cocina a ver si ya pueden servir, imploro a papá con los ojos para que no vaya a subirse a su recámara; asida a él, tomo su brazo y me le recargo. El sacerdote no pregunta quién es la hermosa mujer que pintó Boldini ni comenta la originalidad del Hondercutter, ni siquiera interroga acerca de los paisajes nebulosos de un discípulo de Canaletto. No ve la tristeza en el rostro envuelto en encajes de María Leczinska como los anteriores invitados que se deshacen en cumplidos y dan pie a papá para que diga:

—Es un Nattier, otro parecido de la esposa de Luis XIV está en Nancy.

—Padre, ¿no quiere un coctel, un whisky? —pregunta papá.

—Sí, vengo tan cansado, acabo de dar dos conferencias.

Se sienta como un fardo, cruza una pierna sobre la otra y resaltan sus inconfundibles zapatos chatos. En mi casa pierde, de golpe, el resplandor que le daban las austeras paredes de la casa de retiro.

—Mariana, saca a tu perro, molesta al padre Teufel.

Me decepciona que el padre no aprecie al Pipo, ni modo, salte pa' fuera, mi cuate, salte, no te quieren. Regreso a la sala. Se ha echado para atrás y con un gesto nervioso de la mano alisa sus cabellos delgados. Cuando mamá le tiende el whisky ni siquiera se levanta, ella es quien se inclina hacia él. Sonríe y sus ojos castaños licuan el aire en torno a ella. La miro: "Dios mío, qué bonita es, qué bonita, nunca seré como ella, nunca. Incluso cuando sea vieja, su rostro será más hermoso que el mío". Se sienta sobre una de sus piernas dobladas y estira la otra, su muslo fino se percibe bajo la tela floreada, un muslo alado que se estira avenadado y de su postura emana una dulzura y un abandono infinitos. En otro sillón, tía Francisca no dice nada. Fuma e inspecciona al sacerdote a largas, pesantes y reflexivas miradas.

No hay preámbulo. En otras cenas, la conversación tarda en tomar forma; un ficticio sistema de preguntas y respuestas, risas oportunas, acertados cumplidos, comentarios sobre Sacha Guitry, Yvonne Printemps, el mariscal Pétain y otras momias echan a andar la maquinaria social pero ahora nada; ni siquiera me doy cuenta del momento en que pasamos a la mesa. El padre ataca inmediatamente. Ha hecho su plan de batalla con la debida anticipación o a lo mejor así es siempre; para él no hay prólogo ni primeros actos, ni tiempo que perder. Va directamente al desenlace. Nadie se fija en los cubiertos, los candelabros antiguos, los cristales. La sopa se ha espesado por la tardanza y todos la dejan en el plato o quizá piensan que el acto de comer los lastraría irremisiblemente. Mamá no ve siquiera cómo Felisa y Victorina cambian los platos, en realidad no se da cuenta de nada. Ni de cómo toma el padre su cuchara ni si el asado se secó en el horno. Tía Francisca habla, sus ojos brillan mojados e interrogantes, a veces fieros como los de un perro. Está desconcertada y el padre no la deja en paz un momento, asaltándola a mansalva. Se defiende con todas sus perlas que suenan y se enredan junto a sus ideas.

—¿Por qué habla usted con la cabeza? Hábleme con sus entrañas. Es el único lenguaje que entiendo. Dígame lo que trae adentro.

Francisca echa mano de los sentimientos. Todos están allí intensos, ahogándose en la húmeda mirada. Teufel la ha asido de una vez por todas, no la suelta. Parece haberla agarrado con una llave inglesa mental, la estruja, da otra vuelta de tuerca, la aprieta contra su cuerpo, le tuerce las manos y sin embargo la mesa está entre los dos. Tía busca en vano la salida. Sonríe, asoman sus dientes fuertes y sanos. Los miro asombrada porque presiento que en el fondo del pugilato hay un pacto secreto cuyo significado no alcanzo a comprender. A cada instante el padre vuelve el rostro hacia mamá y exclama:

—¡Qué deslumbrante es su hermana!

Sigue acicateando a Francisca. Papá come mucho pan. Los franceses comen mucho pan, sobre todo cuando están cansados. Ajeno, escucha a medias; le hubiera interesado que Jacques Teufel hablara de la guerra o de la resistencia, pero resulta muy obvio que ha apuntado todas sus baterías hacia las mujeres. Nadie se acuerda de mí pero no me ofendo, lo importante es que el padre cause en mamá, en papá y en mi tía la misma impresión que en mí. Sólo una vez vuelve a decir que desde ahora debo llamarme Blanca. Tía Francis replica que es un nombre de lavandería y en eso queda la cosa.

—Suba a acostarse, niña Blanca.

Me da un beso en la frente:

—Acuérdese de lo que voy a decirle. Siga siempre su instinto, jamás se equivocará.

Papá sonríe esa sonrisa tímida de hombre que nunca ha estado en el ajo: "También voy a excusarme, padre, si usted me lo permite, el trabajo…"

En mi cama le doy gracias a Dios por haber mandado a su Hijo de nuevo a la tierra, su Hijo, sentado ahora mismo en la sala, entre Luz y Francisca.

Marco el teléfono de Casilda:

—Casi, ¿qué palabra te gusta más, "pundonorosa" o "monocotiledón"?

—Monocotiledón.

Esurientes implevit bonis et divites dimisit inanes

Luz y Casimiro ya no discuten. En la mañana mi madre sale presurosa:

—Voy a la Iglesia, Francesa.

Ha ganado en vigor, la expresión de su rostro es más bonita que cuando llegué del convento. La abuela también lo nota porque le dice, complacida: "No pareces tener cuarenta y dos años".

A la hora de la comida habla de la cuaresma que predica el padre Teufel en el Colegio de Niñas, en Bolívar. También Francis está entusiasmada.

El sacerdote regresa a cenar. Dice que en nuestra casa se siente muy bien, que somos como de su familia, que está cansado, que se asfixia entre las cuatro paredes del Colegio de Niñas. Papá le ofrece el pabellón en el fondo del jardín.

—Allí sí podrá usted descansar, es totalmente independiente.

En la noche oigo que platican con voces tranquilas.

—Cuando le conté al padre Teufel que hacía diez años que no comulgaba y no me consideraba digna de ello me respondió: "Es justamente por eso que yo comulgo, porque no soy digno".

Al día siguiente mamá se ausenta toda la mañana:

—Es que después de misa Teufel nos invitó a Francisca y a mí a desayunar a Sanborns.

Decididamente no se parece a ningún otro sacerdote.

ET CLAMOR MEUS AD TE VENIAT

Loca de felicidad, ayudo al padre Teufel a instalarse.

—Pobrecito, casi no tiene ropa, sólo unos cuantos libros —les digo a Luz y a Casimiro.

La nuestra es la casa que canta.

Duerme en el pabellón que papá hizo construir en el fondo del jardín; dos piezas, una, la recámara, y la otra, una especie de estudio con una mesa de trabajo que él inundó de inmediato con sus papeles.

Nunca he sido tan feliz. Una carpeta blanca almidonada, hostia casi transparente. "Tiendo el altar", me repito. Rezo. El café negro y la leche caliente son el agua y el vino. Acomodo en las esquinas la mantequilla, la miel, la servilleta tiesa, el plato con frutas. Que hubiera de esos grandes duraznos, pero no, en su lugar pongo los dos huevos al plato como dos ojos de loco, Van Gogh, amarillo, el color de los locos, huevos sin niña y sin pupila, ojos sin fondo, ojos ciegos que derraman un líquido viscoso, amarillo, los girasoles que pintó Van Gogh giran ahora en medio de la charola. Muy bien podría llevársela una de las criadas, pero no quiero perderme ese privilegio. Acabo de nacer a la felicidad. Atravesar el jardín al alba, una madrugada filosa y limpia, ajena a todo lo que ha de suceder después, recién bañada como la hierba con gotas de agua en cada uno de sus tallos, una mañana verde tierno, recién nacido como yo su pasto que apenas despunta. Muy pronto la aurora se disipará para dejar paso al caliente día mexicano, pero por el momento atravieso el jardín con el rocío mojándome el borde de los zapatos y una sensación de felicidad jamás experimentada. Mucho antes de que el común de los mortales salga de su modorra, el padre, terminadas sus abluciones, invoca a su Señor, y yo fui escogida para seguirlo, aunque a Felisa y a Victorina el padre les parezca medio raro. Magda está en Tomatlán. Oí a Felisa decir: "Es que así son los franceses". El padre no les presta atención, simplemente no las ve. Es todo mío. Soy yo la sirvienta del Señor. Ahora mismo voy a ofrecerle un desayuno más impoluto que un copón luminoso. Mentalmente entono: *"Christus vincit, Christus reinat, Christus imperat"*. Dejo la charola en un murito, abro leve la puerta y asomo la nariz por el intersticio. El tufo de la pieza me hace retroceder. Apenas si alcanzo a oír una voz inquieta, que proviene de un bulto desordenado en la cama revuelta:

—¿Quién? ¿Quién? ¿Quién es?

La voz insiste:

—¿Quién?

Corro de regreso a la casa. Ya el sol está saliendo y en la calle se escucha el rasgueo de algunas escobas de varas sobre la banqueta.

—Mariana —advierte la voz aguda de Luz desde el segundo piso—, no olvides el desayuno del padre. Hoy no va a la Iglesia Francesa.

Cuando mamá va es porque ya vine. Nunca despierta tan temprano. Lo mismo Francisca que ofreció atenderlo y preparárselo en su cocina. Las únicas que siguen llevando su vida como de costumbre son abuela y Sofía, que ahora mismo ha de estar bien trepada en su caballo.

—El desayuno del padre ya está en el pabellón —aviso a quien quiera oírlo—, y regreso a recoger la charola del murito para dejarla en la mesa de trabajo. Lo llamo:

—Padre Teufel, soy yo, Mariana.

—Un momento, pequeña Blanca.

A esa hora su rostro se ve más desnudo, más expuesto, no es sólo su rostro, sino la vida que ha visto ese rostro. Por lo menos en el transcurso del día se acalora con el fervor de las discusiones, pero a esta hora me siento ante un hombre en su total desamparo.

—¿Puede usted ayudarme hoy, Blanca?

—Sí, padre, claro, no pido más que eso.

—¿Tiene el número de teléfono de la señora Everest? No sé dónde lo dejé.

Marco los números y sus comunicaciones se vuelven verdaderas consultas psicoanalíticas. Le paso rápidamente la bocina y salgo con rumbo a la puerta, pero él me hace señas. "Quédese, todavía nos falta llamar a la señora Rabutin, las hermanas Lille, la señorita Freire, Marta Dupasquier y la señorita Arnal". Mientras dialoga, levanta los ojos hacia mí. Toma mi mano, me susurra cómplice:

—¿Qué haría yo sin ti?

Me lleno de confusión: "¿Qué haría yo sin ti? ¿Qué haría yo sin ti?" Oiría mal. Por lo pronto, me siento la mujer más privilegiada de la tierra.

A Sofía el padre no le produce el mismo efecto que a mí. Tía Esperanza, la mejor amiga de mamá, también cuestiona:

—Los sacerdotes tienen que vivir en su comunidad. ¿Qué hace en tu casa? ¿Qué piensa de esto Casimiro?

—Esperanza, éste es un sacerdote distinto, no es de los que leen su breviario, nunca lo he visto abrir el suyo, es un…

—Con más razón para investigar quién es, de qué privilegios goza…

—No le interesa compartir la vida de los demás sacerdotes ni le toca atender a la larga hilera de mujeres vestidas de negro que piden una misa de muertos en la que oficia tres padres. Vive para los que caen, los que se debaten, los que no tienen esperanza. Lo repite constantemente: "Vine a juntar a los labradores de última hora". No puede ver el curato, le molesta el olor a polvo y las sotanas raídas. Y de la iglesia, lo mismo; no puede respirar en aquel aire muerto, lleno de flores marchitas y de incienso frío. Habla mal de los confesionarios sombríos y de esas pilas arrinconadas en que se estanca el agua bendita y no reflejan el cielo ni los árboles ni el rostro de la gente.

—No entiendo entonces por qué se hizo sacerdote —aventura con cautela

Esperanza—, pero a ti, Luz, te veo muy nerviosa, y para que es más que la verdad, tampoco veo muy relucientes a Casimiro y a Mariana.

—Todos estamos estupendamente bien.

—Insisto, Luz; me parece muy extraño que le hayan dado permiso de vivir en una casa particular.

—Es que tú eres muy lógica, Esperanza, eres una mujer de cabeza, no te abres a las experiencias sobrenaturales. El padre consigue todo lo que quiere. Si pidió permiso, naturalmente se lo dieron.

—Pues te aseguro que en el Arzobispado de México no se lo darían.

Tía Esperanza quiere a Luz como a una hermana. Fabián, el más pequeño, es su ahijado; se preocupa por nosotras como si fuéramos sus hijas.

—¿Así es que a ti te parece normal, Lucecita, que el sacerdote comparta tu vida familiar?

—Hay dentro de él un fuego que todo lo consume. Nadie se atrevería a entorpecer su camino.

En los ojos de tía Esperanza pasan ráfagas de exasperación.

Luz no puede confiarle a Esperanza el secreto. Además, ella misma lo entiende a medias. En realidad, Teufel sí tuvo problemas en la Iglesia Francesa. Llegaba siempre tardísimo, tocaba a la puerta de la sacristía y a esas horas de la noche bajaba el inocentito del padre Blanchet a abrirle para volver a subir tras de él sobre sus rodillas artríticas, acompañarlo a las habitaciones superiores y franquearle la clausura. Una noche ni siquiera volvió y el padre Blanchet dio la voz de alarma. ¿La Cruz Roja? ¿El Hospital Francés? ¿Los Antiguos Combatientes de Francia? ¿La Sagrada Mitra? ¿A quién avisarle sin provocar el escándalo? A las nueve y media de la mañana el padre Teufel se presentó enérgico y nervioso para decir su misa. Cuando los demás sacerdotes le preguntaron qué le había pasado, contestó:

—Estuve hablando.

—¿Toda la noche?

—Sí.

—Pero ¿no estaba usted invitado a cenar en casa de los Berthelot?

—Me quedé con uno de ellos hasta hace unos minutos.

Los hermanos en Dios se miraron entre sí. Se trataba de una de las más prominentes familias de la ciudad. Dueños de varias fábricas de hilados y tejidos en distintas partes de la República y de una enorme tienda en el centro —se hablaba incluso de una posible sucursal más al sur—, los Berthelot eran un modelo de puntualidad, eficacia, astucia para los negocios, convencionalismo y prudencia social. Ayudaban al

Club France, al Hípico Francés, al hospital, al dispensario, a la beneficencia franco-belga para ancianos, a la *Cité* de los jóvenes, todos los domingos asistían a la misa de doce en la parroquia ocupando dos de las primeras hileras de bancas.

—¿Con cuál de ellos se quedó usted?

—Con el yerno.

Por haberse casado con la hija de Berthelot, hermana de Susana, el yerno se sentía más Berthelot que todos. En la mesa, frente al invitado, empezó a devanar sus habituales inepcias que él mismo festejaba. Satisfecho de sí mismo, de hacerle cada año un hijo a su mujer, de su relación al tú por tú con su suegro (viejo serio y tesonero, ajeno a todo lo que no fuera la buena marcha de sus negocios), su perfecta silueta y su cuenta bancaria contribuían a que Roberto comiera rápidamente con el apetito del hombre de éxito y participara en la conversación como un pato que chapotea en el agua.

Súbitamente, el padre azotó su cuchara en el plato. Todos callaron estupefactos. Teufel se dirigió al muchacho con una indignación desproporcionada:

—Pero ¿qué se ha creído?

En plena mesa, ante la poderosa tribu Berthelot, lo había interpelado. No le importaban los demás, no tenía ojos sino para el yerno.

A instancias de Susana, que regresó de sus ejercicios espirituales en el colmo de la exaltación, los Berthelot lo habían invitado pensando que el eclesiástico agradecido quedaría impresionado ante el buen funcionamiento de la gran familia católica. Y este advenedizo provocaba a uno de sus miembros con una cólera inexplicable. El muchacho se puso pálido. Realmente daba lástima ver los esfuerzos que hacía por masticar y pasarse los bocados. Lo que en él había sido triunfo ahora era azoro; parecía la liebre que el podenco coge por la nuca. En realidad, nadie sabía por qué el padre atacaba tan ferozmente a Roberto. En la larga mesa familiar Jesús volvía a fustigar a latigazos a los mercaderes pero la única víctima era ese joven cuya blanca sonrisa hasta ahora a todos había seducido. El café se sirvió en la mesa. Los miembros de la familia lo tomaron rápidamente y se fueron uno por uno, contritos, Susana al borde de la histeria. Berthelot padre se despidió; así andaba el mundo ahora, desquiciado; que la juventud arreglara sin él sus ridiculeces. Sólo se quedó la mujer de Roberto dispuesta a acompañarlo hasta el final. Estremecida, lloraba quedamente junto a su marido, hombro con hombro, sin saber defenderlo, sin entender siquiera que el padre pretendía defenderla a ella. Como esperaba otro niño, a la una y media de la mañana Roberto le pidió que subiera a acostarse.

Sólo entonces los dos hombres se levantaron de la mesa y pasaron a la biblioteca.

Así los encontraron al día siguiente, con los ceniceros repletos de colillas y el fuego de la chimenea totalmente apagado. Roberto tenía otra cara. Más viejo. Y por primera vez, en su mirada había una lucecita triste. El religioso estaba tan nervioso como de costumbre pero más enérgico. Es bueno dislocar a la gente satisfecha porque finalmente les queda la satisfacción de sentirse mejor después del cataclismo.

¿Por qué tomarse tanto trabajo? ¿Qué había en los demás que a Jacques Teufel no le importaba pasarse la noche entera luchando cuerpo a cuerpo contra la placidez o la vanidad? ¿Para qué desgastarse en esa forma? Quizá porque le había exasperado sobremanera ese rostro rebosante, el padre tenía la curiosidad del reactivo. Una determinada cara en blanco, una especie de felicidad boba, le daba una exasperación tan grande que no podía menos que echarle un ácido para ver cómo de pronto el rostro se deformaba. Como cuando uno arroja una piedra a un charco transparente. Cuando el rostro se derretía entre sus manos, el sacerdote se ponía pacientemente a remodelarlo, a perfeccionarlo con palabras de salvador único y verdadero. "Sí, la vida es grave, sí, hay que jugársela." "Lo que uno no hace por sí mismo, nadie lo va a hacer." "Cada uno tiene derecho a ser tan pendejo como lo quiera, pero que no culpe a nadie de su mala suerte."

Al despedirse, después de sorber unos cuantos tragos de una taza de café negro, esta vez caliente, Roberto y él se abrazaron y se besaron en ambas mejillas. Y Roberto vio desde la ventana cómo el salvador escondía su boca dentro de la solapa negra de su abrigo.

Al párroco de la Iglesia Francesa le desconcierta Jacques Teufel. Le confía al padre Brun, cuya cabeza, al igual que la suya, se ha blanqueado bajo los cielos aztecas.

—Los nuevos sacerdotes franceses arriesgan mucho; caminan en el filo de la navaja, no entiendo su proceder. No sé cuánto tiempo estará Teufel en México, pero mientras no se vaya, no estaré tranquilo.

—Deberíamos procurar que la colonia francesa no se entere de este incidente con el yerno Berthelot. Puede perjudicarnos...

—Nunca he sabido que a la colonia se le pase algo, padre, todo lo saben —sonrió el viejo párroco—. Y lo que no saben, lo inventan. Es uno de los milagros que se repiten cotidianamente; la eficaz información de los miembros de la colonia. ¡Ojalá y al viejo Berthelot no se le ocurra tomar represalias, porque si no, adiós bancas y reclinatorios nuevos! En fin, no nos queda más que encomendarnos a la voluntad divina.

—Lo cierto es que sobre Teufel corren ya toda clase de rumores. Incluso fue a Cuernavaca a pasar el día con el grupo de jóvenes, brindó con tequila, tomó cerveza y no se metió a la piscina por no llevar trusa de baño. ¡Sólo eso nos faltaba!

—El nuevo sacerdocio exige la convivencia.

—¿Hasta ese grado, padre Brun, hasta ese grado?

Los dos viejos se miran inquietos. Algo está pasando, algo inusual, su rebaño de ovejas busca, pone los ojos en blanco, bala, se golpea los lomos al abrirse paso, topes van y topes vienen, cuando antes pastaban tranquilas, el hocico pegado a la tierra.

ET SALUTARE TUUM DA NOBIS

Despierto con miles de resortes dentro; en la yema de los dedos, en los tobillos, ¡cuánta fuerza, Dios mío, cuánta! Genero fluido eléctrico, mi cabeza toda es una pura vibración, cada día que pasa el vigor se incrementa. Me estiro en la cama sólo para preparar el salto. Tututuru, tututuru, tututurutu, tutu, turutu, trompeteo en la escalera, cuando me case, que no me vayan a tocar la marcha nupcial de Mendelssohn; el mambo número 8, ése sí. Voy a saltar por toda la casa, bajar la escalera de cuatro en cuatro, ganar la calle, hacerla resonar con los latidos de mi corazón, ese sapo a punto de salírseme del pecho de la felicidad. Abro la ventana con su cortina de flores y sus ramas locas que se meten; vuelan los insectos pesados de palabras ininteligibles que se quedan zumbando en el aire, qué tranquilo el cielo azul y parejo, qué buen cielo; el desayuno me espera en sus flores de porcelana, plato y taza frágiles, servilleta blanca junto a la mantequilla que se reblandece por la proximidad de la tetera; después el baño, el vapor se pega al mosaico blanco, revientan minúsculas gotas de agua, busco mi rostro en el espejo, la cara roja del baño que aparece entre el vaho, limpio el vapor con la mano y veo mi cara demasiado redonda, con razón me dicen qué buena cara tienes, me la voy a llevar bien puesta sobre los hombros, nueva, fuerte, qué fuerte soy, cuánta fuerza me dio el retiro, el padre me ha hecho capaz de las más grandes proezas; todo lo voy a hacer, hasta curar con las manos; "*Virga tua et baculus tuus, ipsa me consolata sunt. Parasti in conspectu meo mensam adversus eos qui tribulant me*". Soy su vara, su báculo y su consuelo. Se me atravesará un manco y haré crecer su miembro como una rama de árbol: "No, no me dé las gracias, no es cosa mía, soy simplemente un medio por el cual se manifiesta el padre Teufel".

—Abuelita, me voy a mi clase de taquigrafía...

—¿Tienes tus guantecitos blancos? Podrías encontrar "*des gens de connaissance*".

En la esquina de Mier y Pesado pasan los Colonia del Valle Coyoacán, rojos como mi buena cara. "¡Vámonos, arrancan!" Miro a una María Félix camionera cubierta de pelusa negra como una osezna; su cabellera abundantísima no se limita a su cuero cabelludo y va más allá de sus patillas ensortijadas. Dicen que así les gustan a los hombres: peluditas. Los ojos atornillados en la ventanilla, las manos cruzadas, los pechos que embisten, su gran bolsa cuadrada puesta sobre su vientre le sirve de escudo. Mi insistencia no ceja. Los autobuses son mi vida secreta, mi vida fuera de la casa, mi "¡Suben! ¡Bajan!", San Juan de Letrán, la avenida Juárez, la Alameda, son mis centros de energía, ya no se diga Madero, Palma, Isabel la Católica, y mi gran plaza intensa, el Zócalo, eléctrico, cargado de corrientes y de resistencias. La Alameda es más familiar y siento una urgencia terrible por verificar la permanencia de cada estatua, cada bolerito, cada señor de sombrero que lee el periódico, cada banca de hierro pintado de verde. Miro, miro, me lleno de puros rostros que no volveré a ver, miro con una intensidad que me daña, hago todo lo que no hace falta, este joven que mastica chicle se me queda grabado, me zampo uno tras otro rasgos que empiezan a circular por mi sangre, haciéndola lenta, pesada, como ríos demasiado cargados de embarcaciones que chocan entre sí, ríos atascados de detritus que impiden la fluidez. Me embotello de gente. Ojos, bocas, expresiones se adhieren como lapas; Sofía exclama: "¡Cómo se pierde el tiempo contigo! Uno va a lo que va". Pero yo no sé a lo que voy. Dichosa Sofía que lo sabe. Necesito estar sola. Las salidas con Sofía terminan siempre mal.

—Ay, mamacita, qué rete buena estás.

El albañil, sus compañeros ríen; ríen sus camisetas, sus dientes, sus gorros de papel periódico; un rezagado sale de la obra y agranda el grupo de mirones. Si Sofía hubiera estado, las cosas no quedan así; los hubiera agarrado a bolsazos como aquella vez en San Simón en que se le abalanzó al del chiflido:

—Pelado, imbécil, ¿qué se ha creído?

Y le aventaba con fuerza la bolsa que traía colgada del brazo una y otra vez, de un lado y de otro hasta que el otro se tapó la cara.

A la boca de Sofía sube una ira justiciera que la hace regresar sobre sus pasos, no le importa que la vean y se vuelve iracunda hacia mí:

—No te dejes, estúpida, ¿qué no ves que nos están faltando al respeto?

Sacude su hermosa cabeza de potranca, sus cabellos ligeramente rojos, y grita al patear la banqueta: "¿Qué no puede uno caminar por la calle en paz? ¿Están todos locos?" Aunque me avergonzaba de estos desplantes: "No agrandes más las cosas", no podía dejar de admirar su rebeldía. Era magnífico verla allí a media calle echar fuera toda su indignación.

Ahora Sofía no está junto a mí; quizá no compartamos ya jamás, los tiempos felices se han ido, no nos queda más que la risa que se inicia en el preciso instante en que nos miramos cómplices.

Christe, audi nos,
Christe, exaudi nos

MARIANA —DICE EL PADRE CON VOZ ENERVADA—, la señorita Arnal vendrá a hablar conmigo, sólo puedo recibirla a las nueve de la noche y le dije que se quedara a cenar. ¿Cree usted que alguna de las recamareras nos llevaría algo al pabellón? Cualquier cosa, un poco de sopa.

—Naturalmente, padre. Entonces ¿no va usted a cenar con nosotros?

—No, Mariana.

—Pero usted y la señorita Arnal podrían cenar en la mesa, ¿sí?

—No, tenemos mucho de qué hablar.

¡Qué coraje!, me siento decepcionada pero preparo una mesita en el pabellón. El padre da hoy una conferencia y no estará de vuelta hasta las ocho y media. Pongo un mantel blanco, bordado, copas de cristal, velas, unas rosas rojas en un florero de plata. Mientras dispongo los cubiertos canto lo que me enseñaron en los scouts: *"Le couteau est à droite, mironton, mironton, mirontaine, le couteau est à droite, cuillère pareillement"*, siguiendo la tonada de *Mambrú se fue a la guerra*. ¡Qué bonita está la mesa! Lástima que no vaya a asistir a la cena…

Todo el día permanezco al acecho de su llegada hasta que a las ocho y media corro a recibirlo impaciente y salto en torno suyo mientras le quito la mochila y el abrigo negro.

—Venga, padre, venga usted a ver la mesa, mire qué bonita quedó.

El sacerdote se indigna:

—Pero si esto parece una cena de alcoba. ¿En qué estás pensando, mocosa? —es la primera vez que el eclesiástico me habla de tú—. ¿Por qué has puesto la mesa en esa forma?

Me coge fuertemente del brazo. Asustada no sé qué hacer: "Dímelo, a ver, contéstame". Me llevo la mano libre a los ojos.

—¡Y por amor de Dios, no vayas a llorar! Nada de escenas. Estoy hasta el gorro de lágrimas femeninas. Llévate inmediatamente esas flores ridículas y estos candelabros. ¿Para qué queremos esas copas y esas grandes servilletas?

421

Mientras habla, pone las cosas en mis brazos a riesgo de romperlas.

—Vete a tu casa, quiero descansar.

Dejo todo en la cocina ante la mirada sorprendida de Felisa y subo corriendo a encerrarme en mi cuarto. Me echo sobre la cama. ¿Por qué se enojó? ¿Por qué? Yo que creí que se iba a poner tan contento.

Cuando llega Luz me ve desconsolada.

—¿Qué te pasa?

Le cuento y sin dejar su bolsa va directamente al pabellón. Poco después me manda llamar. Parezco ratón mojado.

—Es increíble, padre, hacerle una escena tal a una niña. Mariana no sabe nada de nada.

Dice que nunca quiso hablarme con dureza, que está muy fatigado últimamente, me llama Blanca. Me sueno en el momento exacto en que entra la señorita Arnal, con un rostro de exaltación imposible de ocultar. Es como si todas las cosas de esta tierra no le importaran ya nada, descubre un mundo a través del padre, sólo el padre es el que cuenta. Se siente más joven, más bella. No parece pisar el suelo y no tiene ojos sino para el sacerdote. Sus labios se abren a cada instante en una sonrisa incontenible. Se ha alojado en ella algo gelatinoso, ofrecido y recuerdo con desazón a mis compañeras de retiro que en la noche de la velada parecían todas flores abiertas, dulces, dispuestas a entregarse por entero, y me avergüenza en la señorita Arnal esa falta de esencial reserva.

Mamá y ella se saludan con una sonrisa torpe, expectante. A Teufel le gusta combinar encuentros inusitados. Quiere hermanar a todos en el espíritu.

—Me agradaría tanto que usted fuera amiga de la señorita Arnal, Luz, y usted, señorita Arnal, de Luz. Mire usted qué bella es.

El padre da un paso atrás como para tener una visión más amplia.

Nadie repara en mí hasta que el padre al echarse para atrás me da un pisotón.

—¡Ay, la pequeña, la pequeña Blanca!

De pronto mamá se detiene a medio jardín como si la traspasara la luz o un puñal.

Desde hace tiempo todas las noches antes de dormir se hinca a un lado de su cama y pone la cabeza entre sus manos. Desde el pasillo la miro atónita.

Sale disparada en las mañanas y ya en el zaguán grita:

—Me voy a misa.

—Este Teufel parece Rasputín, las tiene subyugadas —papá busca el apoyo de mi abuela, pero ella no se lo da. Sólo nos mira a todos desde la altura de sus almohadas porque cada día se acuesta más temprano. Se le acortan los días. La recuerdo tan dinámica. En las carreteras, porque a ella le gustaba su gran país estorboso, nos deteníamos en el mirador. En la de Toluca, en la de Cuernavaca, en la de Puebla, ordenaba:

—Vamos a bajarnos en el mirador.

Frente a sus ojos veía extenderse su país como la continuación de su falda, inspeccionaba los campos de trigo, se alegraba si descubría panales. "Mira, están haciendo miel." Compraba lo que venden al borde del camino: el haz de nardos, el montón de claveles, los cempazúchitl, las nueces; manzanas, canastitas de tejocotes, dulces de leche, piedras en el camino a Querétaro, naranjas y jícamas a medida que íbamos llegando a la zona caliente, Teziutlán, y más lejos aún, Córdoba, Orizaba y sus gardenias. Llevaba su almohadita bordada: "Ardilla a su querida Loulou" y yo miraba a la ardilla comerse la nuez tras el peso de su cabeza. Arrancaba el coche, y de nuevo, el chofer tenía que obedecer la orden: "Vamos a bajarnos". "Aquí deberían hacer un mirador." Su lenta mirada desenvolvía el paisaje como una tapicería de su elección; las lanas de colores detenidas a sus manos, el verde de los campos entre sus dedos, allá el ocre, aquí el rojo-siena, mira esto, murmuraba ante la maravilla del diseño de la naturaleza allá impreso y sin embargo movedizo, la maravilla lejana, inamovible, cosida a la tierra y sin embargo palpitante porque el campo latía desde el fondo de la barranca hasta subir a su pecho, la trama de los árboles entretejida a su falda, impregnada en sus piernas, nuestra vida en su brazo tensada flecha al aire que señalaba, mira esto. El viento en su cara la obligaba a entrecerrar los ojos, su mano sirviéndole de visera. Su afán por tragarse el paisaje la ponía, sin que se diera cuenta, a cuchichearse a sí misma.

—Mira, parece un Velasco, mira el trenecito allá en el fondo a punto de cruzar el puente, hasta puedo ver el humo de su chimenea.

—Aquí al Café de la Parroquia vine con *Mister Chips,* a él le gustaba el calor, yo prefería Orizaba, por las gardenias.

Así como el Mocambo la hacía pensar en una embarcación que iba a levantarse por los aires gracias a la fuerza de las aspas de madera de sus ventiladores, el hotel de los Ruiz Galindo en Fortín de las Flores la envolvía en la blancura de sus muros albeantes. Decía: *"Ce sont des gens bien".*

—Vamos a la Lagunilla por una silla de tule.

Hacía grandes ramos de flores de papel:

—Tamayo me dijo que este mes tendría alhelíes; son las que mejor le salen, vamos a buscarlas.

Pero lo que más me impresionaba, lo que más quería yo en ella, era su mirada reflexiva sobre el campo, la inmensidad en sus ojos, y cómo, a la hora del crepúsculo, en la penumbra del coche de alquiler, respiraba hondamente el fluir de los arroyos subterráneos.

Ahora, desde hace tres meses, mi abuela ya no quiere regresar a los sitios donde estuvo aquerenciada. No sale al campo por temor a no encontrar un baño en los alrededores con la suficiente premura. Ni a misa al Buen Tono, ni a Lady Baltimore siquiera, ni al Mercado de las Flores, a la entrada de Chapultepec, ni a la Casa del Risco; allí visitaba a Isidro Fabela y con él hizo la Ley de Protección a los Animales para que también los beneficios de la Revolución mexicana les tocaran a los perros, a los gatos y a las pobrecitas reses que matan en el rastro con tanta torpeza.

—Tú tenías el afán de que el país te entrara por los ojos, abue...

—Sí —me responde—, ahora te toca a ti memorizarlo.

Se ha vuelto quisquillosa; se impacienta cuando *Father* Thomas su amigo, su confesor y el decano de los Misioneros del Espíritu Santo, llega tarde a su casa con la comunión. El *Father* Thomas trae la comunión como San Tarcisio, en una bolsa pechera a la altura de su corazón. Sólo cuando él se ha ido, baja a desayunar acompañada de sus perros, y si no es puntual, se queda esperándola su huevo tibio en el cocotero, solito, solito en la cabecera de la larga mesa; a mi abuela le entra entonces un dolor de cabeza que le dura todo el día, toda la noche, hasta la próxima comunión.

Father Thomas, quien vino de Dublín, también fue confesor de la señora Conchita Cabrera de Armida, fundadora de la orden. Aunque al *Father* se le cae la baba con ella, sospecho que a mi abuela no le cae ni tan bien, porque comenta un día después del desayuno:

—Me contó que como la señora Cabrera no tenía pecados los inventaba allí mismo en el confesionario. ¿Te imaginas? ¿No te parece un poco "*far fetched*"?

Hoy el *Father* Thomas vino a comer a la casa, tiene mil años, ojitos chispeantes, una figura delicadísima bajo su sombrero de fieltro negro y sus holgados ropajes siempre enormes debido a la delgadez de su cuerpo. Platica muchas cosas irlandesas ocurrentes. Noté a mamá inquieta durante toda la comida. De pronto, a la hora del café, le dijo a *Father* Thomas:

—¿No me haría el favor de bendecir la casa?

Father Thomas, que es el hombre orquesta, inmediatamente sacó un frasquito de agua bendita. Todo lo lleva en su saco negro y de los bolsillos de su pantalón salen las bendiciones y las indulgencias: hostias por consagrar, diminutas cantimploras de agua bendita, medallas de Roma, estampas, rosarios de Jerusalén, que nos va entregando a todos con sus ojitos azules maliciosos. A los ochenta años, corre tras de mamá por toda la casa, rociándola a diestra y siniestra. Después, los veo alejarse también a toda prisa; van rumbo al pabellón.

¿Qué es lo que mi madre quiere exorcizar?

AD DEUM QUI LAETIFICAT JUVENTUTEM MEAM

Hace calor y el Colonia del Valle-Coyoacán no llega. Gracias a Dios tan sólo una señora espera en la parada de la calle de Uruguay. Le pregunto la hora. No tiene reloj. En el camión me siento junto a ella, cargada de paquetes, pesados como remordimientos, porque "vine al centro a comprar un baberito para una amiga que se acaba de aliviar de su niño fíjese usted nomás que gasté toda la quincena y aquel Enrique me va a matar". Esto es lo que yo necesitaba... El padre insistió tanto en el banco de confidencias.

—No se preocupe. ¿Qué es lo que compró?

—Puras cosas necesarias que nos hacen falta. Zapatos para Quique y unos cortecitos de tela para las niñas porque los vestidos hechos cuestan una barbaridad. Compré cosas para la despensa y una tapadera para la olla exprés que se había descompuesto.

—¡Pero cómo le luce a usted el dinero!

La señora se sonroja en un gesto de aflicción.

—Pero fíjese usted nomás que al pasar por la esquina de López vi un bolerito precioso; yo hace años que quería tener un bolerito así porque las estolas son carísimas y éste estaba a mitad de precio.

(El día del milagro que pensé iba a desembocar en el advenimiento del amor, se transforma en un luminoso porvenir de hermana de la caridad.)

—Eso no tiene nada que ver. Un bolerito es tan importante como una almohada o una cacerola porque usted se verá muy guapa con él y le gustará mucho a su marido.

Ya para entonces varias personas lanzan miradas curiosas y divertidas hacia nosotras.

—Déjeme que se lo enseñe —dice la señora con la esperanza de verse justificada y olvidar su despilfarro. Y sin esperar mi respuesta se pone a desatar el paquete. Abre la caja y extrae un objeto indefinible, una especie de chaqueta de torero hecha con la piel de tres gatos de distinto color.

—Me dijeron que era de legítimo *petit-gris,* no sé cómo se dice... ¿le gusta?

—¡Pero si es divino! Le ha de haber costado una fortuna.

Me acuerdo de pronto de lo que el sacerdote ha dicho de la mentira. "La mentira sólo puede tener un aspecto provisional." Mentalmente, me comprometo a pagar esa mentira haciéndome responsable de la fealdad del bolero. Siento que voy a irme de cabeza al infierno al darme cuenta de lo horrible que es la piel, y al ver el rostro anhelante y temeroso de la señora dudo por primera vez de lo que el padre dice.

—¡Ay, me costó trescientos pesos, más de la mitad de la quincena!

Me dejo rodar por la pendiente de la mentira.

—Dígame dónde lo compró para buscar otro igual.

En eso llegamos a la esquina de la señora.

—Lo malo es que los hombres no entienden —dice al despedirse.

Hace un momento pedí su dirección junto con la de la tienda y me prometí llevarle por la Navidad un árbol para los niños. En mi imaginación me pongo a llenarlo de objetos deslumbrantes. Pero lo que no puedo apartar de mi conciencia durante el resto del día es el aspecto de la señora, regordeta, con su bolerito encima como un pequeño manto de gorila, y la cara que pondrá su marido, aquel Enrique, al verla.

AVERTANTUR RETRORSUM ET ERUBESCANT

QUI VOLUNT MIHI MALA

En estos días mamá se diluye, se escapa cada vez más lejos. Siento que le gustaría hablar pero nadie le pregunta nada y ella, si no le preguntan, no habla, así la educaron; papá no la interroga y en la mesa que preside la conversación, cuando no está Teufel, gira en torno a automóviles y finanzas. De pronto veo un chispazo en sus ojos, se iluminan, está a punto de abrir la boca, su rostro se distiende y al minuto que sigue Luz se traga su deseo y permanece allí graciosamente sentada; estira su largo cuello, mira las manos de los invitados manejar los cubiertos, el platón bien presentado que desde la cocina ha enviado Victorina, quien advierte con una voz lejana: "No se vayan a quemar, los platos están hirviendo", porque su casa se distingue porque se sirve en platos previamente calentados, estira más el cuello para llegar hasta la otra cabecera, hasta Casimiro ocupadísimo en ponerle mantequilla a su pan; sus grandes ojos castaños recobran la nostalgia de siempre, escucha, escucha algo que la separa de los demás y la aísla; ya no parece desear nada, no tiene comunicación con el mundo exterior; se cierra, regresa al estado habitual que tanto me intriga: la ausencia.

Luz no se queja jamás de la rutina, de la conversación inocua, de la falta de estímulos, del mal humor de Casimiro, de la falta de vivencias, de los ruidosos caprichos de Sofía, de mis caprichos más taimados. Va de la apatía al sobresalto, del sobresalto a la apatía. Su presión baja le da la pasividad de la adormidera; los ruidos se atenúan al alcanzarla, los actos caen en blandito, no hay pedrada que llegue a su destino, el algodón la protege, la vida entra y se va sin sentirse, callada. Por eso Luz mira a los invitados como si fueran de una raza distinta a la suya y los consecuenta. Una vena azul late en su garganta, una vena le tiembla a lo largo del cuello; es lo único que turba la superficie apacible. Quisiera poner mi cabeza en su hombro, doblarla contra su cuello, sentir su tibieza, preguntarle: "Mamá, ¿de qué hablarías en la mesa si te dejaran? ¿De tu niñez? ¿De tu padre muerto? ¿De tu relación con el padre Teufel?" Una tarde, a la hora del té, un rayo de luz anaranjada la hizo levantar la cabeza y decir: "Así es la luz en Mykonos, así mismo cae al atardecer sobre los muros blancos y todavía calientes…" La interrumpí entusiasmada: "Mamá, ¿cuándo estuviste en Mykonos? Mamá, nunca me dijiste que habías conocido Mykonos". Luz sonrió. Eso fue todo.

Hoy como entonces, Luz dice frases que ruedan frágiles en el aire y caen sin ruido sobre la alfombra. Nadie las recoge, sólo yo, para que las sirvientas no las barran con el polvo de la mañana.

Todas las mañanas, papá sale a la calle persuadido de que va a sacarse la lotería.

Vitito dice que sus sacos están forrados de billetes que se despliegan en acordeón.

Con ellos podría forrarse la casa entera.

Cuando Teufel se queda a comer, la conversación es siempre apasionante. Habla mal de la colonia francesa. Dice que son espantosos burgueses, vendedores de tapetes. Va a muchas reuniones clandestinas en casas particulares. Mamá le sirve de chofer, lo acompaña. "Es cosa de adultos", alega el sacerdote. "Usted, Blanca, tiene que acostarse temprano." No me gusta que me trate como a una niña pero su perfil es tan imperioso que no me atrevo a discutir. Al día siguiente le pregunto a mamá cuando está arreglándose frente a su peinadora que qué pasó pero se pone sus moños.

—¿Qué les dice en esas conferencias?

—Que son vendedores de tapetes.

—¿Y qué más?

—Los llama mercaderes.

—Y ¿cómo se ve el padre?

—¡Ay, Marianita, no sé, parece un pequeño Júpiter tonante!

—Y los que asisten, ¿cómo son?

—Muy feos.

—¿Son los que van a la Iglesia Francesa?

—No, nunca los he visto en la iglesia.

—Entonces ¿quiénes son?

—Hombres de negocios, supongo, no sé.

—Pero ¿qué cara tienen?

—Son burgueses.

Nunca he oído a nadie pronunciar la palabra "burgueses" con mayor desprecio.

—Y ¿por qué no va mi papá?

—Porque el padre Teufel vive aquí; puede verlo cuando quiera.

—Y ¿qué es lo que el padre quiere de ti? ¿De tía Francis?

—No sé, no sé, no sé, no sé.

Luz se ve agotada. Tan bien que se veía hace unos días. Papá es otro que está muy quisquilloso. A veces dice: "No hay nada que no pueda resolverse con un buen puntapié". Recuerdo cuando llegó de la guerra y aún conservaba el sabor de la armada, le decía a Vitito cuando no estaba el agua bien caliente:

—Oh, usted querer patada mía en el culo.

Las dos, Luz y Francisca, delgadas, etéreas, los músculos esquivos bajo las sedas, entran haciendo el mismo gesto: se ponen unos guantes largos cuyos dedos enfundan ayudándose una mano con la otra y mientras terminan, seña absoluta de que van a salir, dan órdenes al mozo o a la cocinera o simplemente advierten a qué lugar se dirigen, aunque después no vayan a donde pensaban porque se les olvida a medio camino la finalidad de sus pasos. Caminan tan levemente que casi no pisan el suelo, lo rozan apenas, lo único pesado en ellas es su pulsera de oro de la que cuelga la medalla troquel antiguo de la Virgen de Guadalupe. Las dos tienen la misma, y otras amigas también, y las mismas tres hileras de perlas en torno a la garganta.

Salen. A qué salen. Ni ellas mismas lo saben con certeza. Me gustan sus entradas y sus salidas, sus entradas que siempre son salidas, sus entradas para anunciar que van a salir, que por eso enfundan sus guantes a pequeños gestos voluntariosos mientras dan su orden del día, su horario de puras deshoras, de puros minutos desconchinflados, de segundos que se agrandan o se reducen a su libre arbitrio, su tiempo dichoso de mujeres bellas, su tiempo triste de mujeres que caminan con sus vestidos flotantes y sus vagas muselinas y sus cuellos delgadísimos y estirados como instrumentos de música y su nariz que apunta hacia arriba, sus ojos al aire, sus cálidos ojos de castaña que no logran detenerse en punto alguno, sus ojos color ámbar, lejanísimos, atisbados tras de la ventanilla de su coche mientras doblan la esquina al volante y meten primera; aceleran el motor calentándose y a la vuelta de la esquina no se percibe de ellas sino la mano enguantada porque ahora sí van a doblar y desaparecer, meterán segunda, tercera, el motor caliente, el motor, su único compañero, el único en recibir órdenes misteriosas, sus paradas intempestivas y la entrega que han hecho de sí mismas al azar que ellas ingenuamente llaman destino.

Por teléfono le pregunto a Casilda:

—¿Qué palabra te gusta más: quingentésimo o tufarada?

Casilda me toma por sorpresa:

—Oye, corre el rumor de que Teufel vive en tu casa, ¿es cierto?

AVERTANTUR STATIM ERUBESCENTES
QUI DICUNT MIHI: EUGE, EUGE

—Perdónenme nomás un momentito.

IBARRA, EL SEGUNDO DE A BORDO DE CASIMIRO, se sienta en la sala y mi hermana le hace compañía. Está cayendo la noche y enciende las lámparas.

A medida que avanza la hora los miembros de la familia vuelven al hogar. Primero Luz, incierta y borrosa, se acurruca en un rincón. Apenas habla. Luego yo, ansiosa de competir con Sofía, le pregunto a Ibarra si quiere tomar café.

—Ya le serví un whisky, metiche.

Al final llega el sacerdote cansado, arrastrando los pies; se instala cómodamente y pide sin preámbulos un whisky en las rocas:

—Para reanimarme.

Sofía e Ibarra llevan la conversación. Sofía sonríe, ladea la cabeza con un abierto movimiento de coquetería, baja los párpados y pone las manos enlazadas sobre su vientre.

Ibarra le pregunta a Sofía si le gusta bailar, qué deportes practica, si el agua de las albercas en Cuernavaca es muy fría, ay, nanita, y cuenta chistes. Con su traje chocolate de rayitas blancas y su corbata llamativa prendida por un tosco fistol, sus mancuernas demasiado grandes y su inmenso deseo de gustar, ríe, enseñando sus muelas tapadas con oro.

El eclesiástico habla poco pero observa a Sofía. Ésta se levanta de su asiento, los senos pequeños y muy separados, el cuello estirado, y no deja de festejar los chistes de Ibarra quien está sintiéndose en la gloria. Que la hija de su patrón sea tan amable con él equivale a un aumento de sueldo.

A las nueve y media de la noche, y como Casimiro no ha llegado, decide por fin retirarse. Luego de estrechar efusivamente la mano de todos, entre inclinaciones de cabeza y fórmulas corteses, Sofía lo acompaña hasta la puerta y vuelve caminando con ese contoneo de lancha, totalmente nuevo. Va derecho hasta el espejo de la sala para arreglarse el pelo, perfectamente peinado. Su mano tiene la destreza y la provocación de una mujer madura.

El sacerdote se levanta como un poseído:

—Pero, Sofía, ¿ha perdido usted todo sentido de dignidad?

Sofía da media vuelta aterrada. No queda en ella nada de la mujer anterior. Es sólo una niña con los labios temblorosos.

El padre se vuelve hacia Luz y la interpela groseramente:

—Usted, señora, ¿cómo acepta que su hija coquetee con el secretario de su marido? ¡Hasta dónde llega su distracción o su indiferencia! Usted estaba mirando a su hija rozar con la punta de los dedos a un cualquiera y no se movió. No la reconozco, señora. Si yo fuera el padre de Sofía, le hubiera pegado aquí mismo frente a todos.

Por toda respuesta, Luz corre a abrazar a Sofía que solloza.

—Empiezo a creer que es cierto aquello de que el cuerpo de cualquier mujer es fácil. Todas se abren paso con él, lo llevan a la proa de su vida. ¡Basta un movimiento de cadera y ya está! ¡Menéese más Sofía, muévase, ándele! Camine hacia mí como lo hacía antes.

Levanta el brazo. Ante la mirada de Luz lo deja caer:

—No, señora, no le voy a pegar a su hija. No necesita defenderla. Sabrá defenderse sola porque pertenece a esa clase de mujeres que conozco bien.

—¿De qué está usted hablando?

—Es de las mujeres que confían en el poder todopoderoso de su cuerpo. No me mire así, Luz. Una vez, una joven solicitó mi ayuda: "Padre hace días busco empleo, cualquier puesto de mecanógrafa". Le respondí que en ese momento pocas personas encontraban trabajo. Nunca olvidaré lo que repuso airada: "A mí cuando una puerta se me cierra la empujo con las nalgas".

Miro al sacerdote con un sobresalto. Su voz me es desconocida, vulgar, y el rictus de sus labios, repugnante. ¿Qué está pasando? Mi madre esta vez lo desafía:

—¿En dónde cree que está? Le prohíbo que hable usted así en mi casa.

Toma a Sofía por los hombros y juntas suben precipitadamente a la recámara. Demudado, el padre se deja caer con todo su peso en el sillón para luego levantarse y servirse un whisky y beberlo de un trago. Al darse cuenta de mi presencia, ordena:

—Suba a su cuarto, Mariana, déjeme solo.

Me muerdo el interior de los labios con tal fuerza que la sangre aflora a mi lengua y ese sabor salado y caliente aumenta el malestar. Dispuesta a aliarme con el padre, no entiendo su rechazo. Subo paladeando mi propia sangre.

Recuerdo conversaciones anteriores en que Teufel hablaba con fervor de los subalternos. Ahora Ibarra es un cualquiera. ¿Qué le pasa al padre? "¿Por qué no fui yo la que suscité este ataque de celos? ¿Por qué Sofía y no yo?" Como Marta la piadosa me paso el día trajinando para atenderlo y es Sofía la que le interesa. ¿Por qué? Me tiro de espaldas en la cama toda vestida, los mocasines sobre la colcha mirando el techo inútilmente blanco.

Sofía (11.45 de la noche).

Un grito agudo hace estremecer a Luz, después un segundo grito, Luz corre al cuarto de Sofía. En medio de la cama, con su pelo corto enredado como el de un muchacho, las sábanas hechas bola, Sofía solloza. Apenas ve a su madre le tiende los brazos.

—¿Qué te pasa, mi niña, una pesadilla?

Larga y delgada, los sollozos la doblan en dos y se estruja las manos. Luz la abraza.

—Sofía, estás nerviosa, olvídate de lo que te dijo el padre.

Al oír la palabra "padre" como que quiere gritar de nuevo:

—Sofía, cálmate, vas a despertar a toda la casa.

Sofía jadea.

—¿Quieres un pañuelo? ¿Qué soñaste que te puso en ese estado?

Sofía vuelve a llorar. Su madre se impacienta.

Realmente están demasiado nerviosos. Habría que pensar en unas vacaciones. Abro la puerta.

—¿Qué le pasa a Sofía?

—Nada. ¿Quieres volver inmediatamente a tu cama?, te vas a enfriar.

—Pero ¿qué tiene Sofía?

—Mariana, obedece. Ya bastante te has desvelado en estos últimos días.

Definitivamente hoy no es mi día. Luz suspira.

—Mamá.

La voz de Sofía es débil. Parece tener ocho años.

—¿Sí, querida?

—Mamá, soñé que el padre me tiraba un hueso.

—¿Cómo? ¿Qué dices?

Sofía se atraganta.

—Sí, mamá, como a un perro. El padre, allá arriba desde el…

Luz se queda fría. No le pide a su hija explicación alguna. No se atreve. Arregla un poco las sábanas revueltas.

—¿Quieres tantita agua con azúcar?

—Sí, mami.

—Te la voy a traer.

—No, mamá, no te vayas, no te vayas.

Hay terror en los ojos de la muchacha.

—¿Y tu agua?

—Yo voy contigo.

Bajan a la cocina. Después ya más serena Sofía se encoge entre las sábanas.

—Mami, quédate un poquito. Tengo miedo de que vuelva el padre.

Luz se sienta en el borde de la cama.

—Mami, no vayas a apagar la luz.

—No, Sofía.

—¿Y te quedarás hasta que me duerma?

—Sí, mi niña.

Sofía cierra los ojos. A veces un sollozo entrecortado la hace abrirlos temerosa de que su madre se haya ido. Un estremecimiento sacude sus hombros redondos, luego los rasgos de su cara se aflojan anunciando el sueño verdadero.

Luz apaga la lámpara y sin hacer ruido regresa a su cuarto. No duerme en toda la noche. El rostro de Sofía contraído por el espanto; no puede borrarlo de su memoria.

Mamá escribe y no escribe sus cuentas. En la noche escribe febrilmente en una libreta ahulada, le pregunté qué era y no me respondió. Sé que hice mal, pero anoche la abrí, ya no aguanto su rechazo y el de Teufel, no sé qué están haciendo, a dónde van, yo lo traje a la casa y me tiran a lucas. Sé que hice mal pero me impulsó el coraje. A mamá la voy a acusar con papá. O le diré a Sofía, que es rete acusona. Ella sí que se atreve a todo.

Leo:

El jueves en la noche desperté, según mi costumbre de esa semana, hacia las dos de la madrugada. Perdóneme, Dios mío, me pareció que me hablaba. Ninguna voz pero la certeza interna no me atrevería a decir de su presencia pero sí de su voluntad.

¿Quería yo aceptar el sacrificio? Mi emoción era tan fuerte: lloraba.

"Sí" aceptaba.

En ese momento comprendí o creí comprender que se trataba de mi persona. Por eso cuando visité a Esperanza le dije que debía yo morir y que le confiaba a mi único hijo, como si no tuviera yo que inquietarme por las niñas.

Sólo más tarde me pregunté lo que significaba esta separación de Fabián y si no sería más bien él, el inocente, en vez de mí, quien se iría. Le rogué a Dios pidiéndole que fuera yo a quien Él llamara a pesar de que no soy digna de ello, pero Su misericordia lo puede todo.

Esa misma noche y aún en lágrimas, oí la voz de Sofía que me llamaba en medio de una pesadilla. Me precipité a su cuarto, soñaba aún: "Mamá, mamá, el papi, el papi". La poseía un terror pánico. "¿Qué te pasa, Sofía?" Se despertó con estas palabras: "Soñé que el padre me echaba un huesito". Me sentí helada porque el huesito era para mí en ese momento la imagen de la muerte.

Esta noche Ibarra, el asistente de Casimiro, vino a buscarlo y mientras lo esperaba se tomó unas copas. Comenzó a decirle tonterías a Sofía. Viendo esto lo despedí arguyendo que estábamos cansados y le pedí a mi hija que lo acompañara a la reja. Cuando regresó cuál no fue mi azoro al ver al padre levantarse el puño en alto sobre la pobre Sofía gritándole insultos; que había actuado sin categoría al coquetear con un empleado y que si él fuera su padre la habría agarrado a bofetadas allí mismo. La pobre Sofía estalló en sollozos. Escuché la explosión sin moverme. Confieso humildemente tener los reflejos un poco lentos. Después de su arenga a Sofía, Teufel se había vuelto hacia mí con rabia, esperando que yo hiciera un gesto, algo, cualquier cosa para defender a mi hija. Era evidente que a mi hija le faltó clase, pero no es más que una niña. Me levanté y la tomé en mis brazos para consolarla. Lloraba tan fuerte que la llevé a su cuarto pero un poco antes le dije al sacerdote: "Ocúpese de Mariana a quien usted ha endiosado".

No tomé parte en la discusión entre Mariana y Teufel quien no comprendía las vocaciones contemplativas. Mariana las defendía citando a Thomas Merton y a Maritain; hasta habló de las cartujas que duermen en su ataúd. Cuando hablaba observé su pequeño rostro crisparse y volverse feo. En la conferencia en casa de Richard Foix me había sorprendido la fealdad de los rostros. ¿Qué estaba pasando? Sofía sentada sobre su cama lloraba como para partirle a uno el alma:

—Siento que algo se rompe en mí.

Sabía yo que decía la verdad, y mi angustia en aumento, le afirmé que el padre se había equivocado, pero ella se entercaba:

—¿Quién me lo demostrará?

Le respondí

—Yo sé, Sofía, yo soy quien tengo la razón.

Por segunda vez me atravesó una luz tan fuerte que tuve la impresión de que brotaba por todos mis poros. Sofía me miró espantada:

—Mírate en el espejo, mamá.

El efecto había pasado, me miré de todos modos y vi un rostro extraño, muy blanco, con ojos brillantes muy negros y cabellos erizados formando una aureola.

Sofía se había calmado. Bajé de nuevo a la sala y me senté en el mismo sofá en donde estaba el padre.

Refiriéndose a Mariana, me informó:

—No es nada, sólo un poco de soberbia.

Desde el otro extremo del sofá, enojada, interpelé al sacerdote:

—¿Con qué derecho les dice a los otros lo que tienen qué hacer? ¿Qué derecho tiene usted de decirle a una mujer que no debe tener ocho hijos? ¿Cómo sabe usted si no es su octavo hijo el que la salvará?

Consciente o inconscientemente empleaba su lenguaje. Se puso blanco. Sentí mi rostro por encima del suyo casi en un cuerpo a cuerpo físico.

¿Era éste el combate con el ángel?

O quam amabilis es, bone Jesu!
Quam delectabilis es, pie Jesu!
O cordis jubilum, mentis solatium!
O bone Jesu! O bone Jesu!

Esta casa era más divertida antes de que ustedes se dedicaran a la santidad —grita Sofía al subir la escalera.

Es la única que se mantiene igual junto a los dos hombres de la casa: papá y mi hermanito Fabián. Mamá y yo compartimos el mismo éxtasis:

—¿A ver las alucinaditas? ¿A dónde van a dirigir sus pasos el día de hoy?

No hago caso, al cabo Sofía está fuera de la órbita sagrada. Tiene demasiado sentido común y éste le cierra el acceso a los cielos que Luz y yo "alucinamos", como afirma sin cesar. "¡Qué mancuernita —sonríe—, qué parcito de ilusas, parecen ratas atarantadas!"

No voy a la clase de equitación; al fin hoy me toca puro picadero y resulta monótono. Me gustan los caballos sobre todo después de haber montado. Me acuerdo entonces del áspero olor a cuero del albardón, de las riendas manoseadas y de los estribos en que los pies deben apoyarse talón abajo. Sobre todo recuerdo el olor de la Highland Queen, su pelo blanco pegado al cuerpo, los escalofríos que la recorren de pezuña a cabeza, la boca llena de espuma, las pezuñas enlodadas y las corvas grises de polvo seco. Entonces abrazo ese grueso cuello mojado, ese cuello redondo de yegua-mujer opulenta, cuello corto, voluntarioso y lleno de brusquedades. Al regresar de la cabalgata, cuando la Queenie camina sola y sin acicate porque ha olido su caballeriza, me echo hacia atrás, de espalda, con la cabeza sobre el lomo del animal y me dejo mecer, los ojos fijos en el cielo que se va quedando a medida que mi Queenie avanza. ¡Qué maravilla ir así, con un buen cansancio en todo el cuerpo y las acojinadas ancas de la Queenie para recostarse! Librado, el caballerango, me advierte:

—Señorita, se va a ensuciar el pelo, la yegua viene sudada.

No cambio de posición y aspiro a plenos pulmones el aire de la mañana, quieto, concentrado, el puro olor de la Queenie.

Hace seis días pasó algo que me desconcierta. En un paseo por allá por San

Bartolo, Naucalpan, la Queenie vio un burro suelto pastando en una pradera. De repente, y quién sabe por qué, el burro se dejó venir desde la esquina más alejada del rectángulo de alfalfa verde hacia la Queenie y la yegua agachó también las orejas, serviles, acostadas. El burro se acercó como el mismito demonio y la yegua se detuvo de golpe. Esperaba, pero su espera era más bien un reto, un blanco desafío de hembra. Cuando el burro estuvo cerca, la Queenie empezó a reparar, a dar brincos de chivo con las orejas gachas, gachísimas —ella que siempre las lleva levantadas como dos cucuruchos blancos, dos blancas copas de papel— y entre sus belfos y de sus dientes surgió una música de acordeón como un fuelle para avivar la lumbre. El burro se espantó porque el resto del grupo de los caballistas llegaba a lo lejos en una confusión de cascos y de polvo. Pero al alejarse se puso a rebuznar con voz irónica y gruesa y se alejó con un trote meneado de pelangoche. Todos rieron.

—¡Ay, Mariana!, ¿qué no sabías que las mulas son hijas de yeguas y burros?

—¡Ése es el origen de las mulas!

—Por eso las mulas son estériles.

Sammy comentó:

—Hay cierto tipo de cruzas que no se deben hacer, que no se pueden hacer.

Toño terció con su voz nasal:

—Todas las mujeres tienen algo de Lady Chatterley, un guardabosques en el subconsciente, así como todas las yeguas tienen sus burros.

Emilio pronunció la palabra híbrido. Híbrido, híbrido… se parece a Librado… Híbrido, Librado, híbrido. El maíz híbrido no se puede sembrar. No agarra.

Escuché silenciosa. Desde entonces veo a la Queenie con nuevos ojos, inquietos ante ese posible rebajamiento.

Tengo que decírselo al padre, todo tiene que ver con el padre.

Suelto los estribos; vamos hacia las ladrilleras. Siempre paso sin verlas o hago como que no las veo. Cerca de San Bartolo el campo ha tomado el color de las ladrilleras; los indios hacen adobes de lodo muerto y los ponen a secar al sol tendidos en hileras sobre la tierra suelta. Los jinetes cruzan las adoberas borrando con un polvo seco y ardiente la cara de los indios. Algunos perros tratan de morder tobillos y los caballos mueven su cola en un perpetuo fueteo y patean a los perros que se alejan aullando de dolor. Los indios inertes ni hablan. Son más callados aún que los ladrillos. Nos ven a todos con un silencio cansado que es su más puro reproche. Tan sólo algunas mujeres llaman a sus perros con voz chillona, siempre en cuclillas a la entrada de su casa: "Ven acá, Cacharrín", "Silbato, Silbato", "Duque". Los perros ladran. Siempre hay perros famélicos cerca de los pobres, perros con moquillo y collar de limones, ojos velados por cataratas, perros roñosos que se rascan hasta la saciedad. ¿Cómo comunicarle al padre tanta desesperanza? Cuando salimos a campo traviesa, la Queenie descontenta no deja de tascar su freno, Librado contagiado por la yegua suele morderse una esquina del labio inferior como dándole vueltas a un pensamiento. Y me quedo perpleja al hallar tales similitudes entre la yegua y el caballerango. Ya cerca del Club Hípico Francés empiezan los pastizales verdes. Más allá está el bosque y puede respirarse por fin el acre aroma de los eucaliptos que bordean el río. Quisiera entonces bajarme del caballo, bañarme en el río, quitarme de encima esa tierra, olvidar la hostilidad muerta de la ladrillera, la inexistencia atroz de los indios. Pero la presencia de Librado me lo impide:

—Paséela, Librado, para que no se enfríe.

—¿Se va a bajar?

—Sí, me voy a ir a pie.

Traigo la camisa pegada al cuerpo y las botas también se me han aflojado alrededor de las piernas. De pronto mi atuendo me asfixia; el saco de lana a cuadritos con sus coderas de gamuza, las botas, cada vez que doy un paso, el casco que dicen me sienta tan bien, el pequeño fuete imperativo. ¡Qué payasa! Ojalá y no me encuentre campesino alguno.

—No me espere, Librado, váyase, yo camino.

—Es que cómo la voy a dejar aquí sola; falta mucho para el club.

—No se preocupe. Desensille a la yegua después de pasearla, ¿eh? Al rato llego para darle su azúcar.

JUDICA ME, DEUS, ET DISCERNE CAUSAM MEAM DE GENTE

NON SANCTA; AB HOMINE INIQUO ET DOLOSO ERUE ME

—Padre —pregunto con esa costumbre de saltar en torno a él un tanto perrunamente—, padre, padre, ¿le gustaría a usted, padre, que fuera campeona de equitación?

—¿Qué?

Vuelvo hacia él mi rostro anhelante.

—Sí, campeona de montar a caballo.

—Y ¿por qué no de montar una escoba?

Se para en seco.

—Es absolutamente ridículo, pobre niña.

Me mira sin simpatía.

—¡Qué raza! Con razón, esto no se hurta, se hereda. De generación en generación aprenden a subirse a un caballo, se compran su equipo de domador y alardean frente a los de a pie. ¿No se ha dado cuenta de que vive en un país de muertos de hambre?

De pronto hace un feo gesto; monta dos dedos de su mano derecha sobre el índice de la izquierda y los blande en mi cara.

—Monte, campeona, monte hasta que la monten a usted.

Retrocedo. De la boca del sacerdote sale la risa gutural, hiriente de los días malos. Luego se da la media vuelta y me deja a solas en medio del jardín, sus rosales inútiles y el rocío que va desapareciendo con los rayos del sol, lenta e inexorablemente en una gigantesca succión que proviene de un punto perdido allá arriba, mucho más allá de las nubes.

Asperges me, Domine, hysopo et mundabor
et super nivem dealbabor

HE PERDIDO TODAS MIS SEGURIDADES; todas mis ideas (¿las tenía?) han ido a dar al traste, no entiendo lo que sucede, ni en mí misma, ni en la casa. ¿Tengo papás? ¿Tengo
casa? Paseo mi destanteo por las recámaras, voy a la cocina y me siento a la mesa
entre Felisa y Victorina que beben café negro en su pocillo, quiero café como tú,
como todos. No, niña, no. Tú, tu chocolate. Pero si ya tengo diecisiete años. Sí,
niña, pero se ponen muy nerviosas tú y tu hermana, cuantimás ahora que todos
andan como chinampina. Vitito, platícame de tu vida de antes, qué te platico, niña,
si ya se me olvidó, esos tiempos ya pasaron y no importan. Quiero acercarme pero
no me dejan, cómo voy a derribar las paredes que dice el padre, con qué palabras,
con qué gestos, si no me dejan, no me toman en serio, no les importo. Ándile, ándile, niña, que tengo allí el montonerío de trastes; ándile, niña, que tu lugar no está
en la cocina, cuando eran pequeñas tu mamá las mandaba castigadas a comer a la
cocina, qué haces aquí languideciéndote si tienes tantas cosas en tu cuarto. Que qué
cosas, pues qué voy a saber yo, todo eso que te compran, tus libros, tus diversiones, tu ropa, todos tus entretenimientos, tantísimos calzones, tanto que te consien-
ten. Ándile, niña.

Ríe vulgar igual a su risa cuando le pedíamos pastel y nos gritaba, todavía no
lavan sus calzones cagados pero eso sí a diario quieren pastel.

Ándile que no tengo todo el día, vete a fondear gatos por la cola, toma su escoba como si fuera a barrerme fuera de su cocina. Tampoco con Sofía me hallo, con
Sofía y con la palomilla, todos de pantalón gris y saco de tweed, beige o gris, y su
cinturón de plata de Ortega con sus iniciales, Pablo, Javier, Mauricio, Juan Manuel,
los dos Luises, el Pájaro, el Chícharo, el Chicharrín, el Cura, y ellas, sus novias, el
teléfono colgado de la oreja, como la medalla de la Virgen de Zapopan cuelga de su
muñeca o la de Guadalupe, troquel antiguo, los labios besando la bocina, no me
digas, ay, a poco, de veras, te juro que así me lo contó, novias, noviecitas santas, sus
ideas las sustituyen con un vestido, también yo, mis dudas y zozobras las calmo en

El Palacio de Hierro, ya mañana será otro día, el teléfono lo ocupan y quiero que esté libre para que llame el padre. Desde que vive en la casa no lo veo; es a Luz a quien se lleva a todas partes, "Luz, no me haría usted el favor de…", y Luz de eso pide su limosna porque ella que siempre tarda en arreglarse ahora sale volada, a instrucciones, conferencias, qué sé yo, apuesto a que el padre ve más a Marta Dupasquier, a Susana Berthelot, a Mónica Mery, a Estela que a mí. De todas todas ni se lo huelen que duerme en la casa, pero de qué me sirve si sale destapado y no vuelve a aparecer, y cuando aparece sólo busca a Luz, a Francisca, a Sofía. Dice misa en el Colegio de Niñas, va a las reuniones de la parroquia, al dispensario, a las juntas *scout*, todos los Barcelonnettes lo han invitado, hasta el Club France le rogó que asistiera a una reunión de su comité ejecutivo, cenas, cocteles, qué hombre mundano, la colonia francesa está enloquecida con él, transforma existencias. Una vez me llamó desde la calle para pedirme un teléfono: "Gracias, pequeña Blanca", dijo al colgar. Fue todo lo que me tocó a lo largo del día. Cuando llegó se encaminó directamente a casa de Francisca a hablar con ella. Sé que es atractiva, pero pinche vieja. Hasta a Luz que es mi madre la odio a veces. Y a Francisca, y a Sofía. Pinches viejas, si ni fueron al retiro. Yo fui la que lo traje, pinches viejas, por si no lo recuerdan. Que nadie ocupe el teléfono, por si llama. Se le olvidan las cosas y me necesita. Soy su telefonista. A Casilda tampoco quiero oírla ni verla, me tienen harta sus tapones, su famoso sentido común, en nuestro último telefonazo le pregunté si el padre no había ido a su casa y me dijo que para qué, que lo veía hasta en la sopa, ya chole con Teufel, así dijo, ya chole con Teufel. Nos ha recomendado discreción, que no digamos que vive con nosotros, pero cómo me gustaría divulgarlo, se morirían de envidia, toda la colonia francesa está en-lo-que-ci-da con él, les ha abierto los ojos, les ha destapado los oídos, lo siguen, son sus apóstoles, viajan a Cuernavaca, a Tlalpan, a Legaria, se van de excursión al Popo y yo aquí sin saber qué hacer conmigo misma, las manos sudándome frío, esperándolo, encerrada porque puede regresar intempestivamente o llamarme, pendiente de todos los timbres, todas las campanas, que dan vuelta en mi cabeza, sola, solitita, porque hasta el Pipo juega con Fabián en el jardín y ni modo de ir a quitárselo y decirle Pipo estate aquí conmigo porque ya no me aguanto, podría comerme hasta las uñas de los pies, pegarme hasta que aflorara la sangre, cepillarme el pelo y que en el cepillo quedaran los mechones.

De lo de la sociedad en Nueva York, ni una palabra. No sé qué pensar.

Mamá vive exaltada. Lee los evangelios, los cuatro al mismo tiempo. No se distrae, la comida se sirve muy puntual, la casa anda sobre ruedas. La que viene poco a la casa —jardín de por medio— es mi abuela, pero nadie parece extrañarla mucho. Mamá se la presentó al padre Teufel una vez que la vio sentada en el jardín y ni uno ni otro simpatizaron. El padre le dijo a mamá:

—No me gustó su madre.

—Pero ¿por qué?

—Esa medalla rodeada de diamantes.

A otro a quien tampoco le tira un lazo es a mi hermanito Fabián, al contrario, parece estorbarle, como que le tiene celos. No le gusta ver que mamá lo tome entre sus brazos o platique con él. Mamá antes acostumbraba cargarlo a todas partes, al mercado, a la gasolinera, a la tienda, mamá, siempre con su hijo injertado en su cadera. Ahora Teufel lo aleja; pregunta por Lupe, la nana, y la manda llamar para que se lo lleve. Mamá ¿no fue a olvidarlo el otro día en la gasolinera? "Aquí tenemos a su niño." Teufel la tiene tan pasmada que hasta a su hijo olvida. A Fabiancito el padre lo trata como a un rival. Un día a la hora del café, cuando Fabián saltaba en el jardín de una mesa para abajo lo interrumpió:

—Tú, muchachito, estás haciendo "show off".

—Luz, vamos a que nos dé el aire.

Jacques Teufel le pide que lo lleve a dar una vuelta en su carro. Nunca me dice que los acompañe. También cuando va al súper sube rápidamente al carro y se va con ella. Tardan mucho en regresar.

En la noche, cuando no le sirve de chofer, mamá lo espera. También papá. Luz, a quien no le gusta guisar, le prepara una ensalada o una omelette o le calienta una sopa. Bajan ella y Casimiro a las dos de la mañana y platican con él mientras cena. Una vez los acompañé. Se veían los tres contentos, aunque el padre, para mi gusto, exagera. Les dijo a la hora del café:

—Escúchenme bien, Luz y Casimiro, ustedes serán una pareja histórica.

Aunque Sofía se ha mantenido al margen, el padre la ve con un gran interés. Es amabilísimo con ella. Ayer Sofía regresó de la clase con dolor de cabeza y el padre se ofreció a curarla. Cuando mamá llegó se encontró a Sofía acostada sobre su cama y al padre que le masajeaba la frente.

Fue hacia su tocador y empezó a cepillarse violentamente los cabellos. Al verla, el padre debió comprender que estaba enojada.

—¿Qué no sabe que puedo quitar los dolores de cabeza?

—Sí, mamá —le dijo a su vez Sofía—, ya no me duele.

¿Qué tanto hacen mamá y él, de qué tanto hablan? Permanecen en el jardín mucho tiempo después de la comida familiar, sentados el uno frente al otro y a mí me mandan a freír espárragos.

Sigo pensando que es Jesucristo el que está en casa.

DULCE LIGNUM, DULCES CLAVOS, DULCIA FERENS PONDERA;
QUAE SOLA FUISTI DIGNA SUSTINERE REGEM CAELORUM ET DOMINUM

La veo sentada sobre su cama, los brazos laxos, la cabeza levemente inclinada, ¿en espera de qué? Ni ella misma lo sabe. Acostumbra sentarse así, al borde de su cama, sin hacer nada y puede quedarse no sé cuánto tiempo hasta que alguien la recuerda, suena el teléfono y sube algún criado a decirle: "Le habla la condesa Narices…" "Nazelli, Nazelli, no Narices", corrige automáticamente, su voz ausente porque a la casa nunca habla ningún señor o señora Pérez o González o Sánchez, a menos de que sean proveedores; la señorita Pérez que ensarta las perlas, Sánchez el ebanista, González la pedicurista, Hernández la de la plata. Bajo su bata floreada que se pega al cuerpo como la seda, apuntan sus rodillas delgadas, sus piernas largas, se adivinan las caderas puntiagudas cuando cruza las piernas, y sobre todo los pechos, estos dos pechos rotundos, plenos. Ni Sofía ni yo tenemos pechos así, nos tocaron unas naditas. Los suyos sí cuentan y lo asombroso es que sobre esa estructura frágil, ese costillar aparente, se enganchen estos dos frutos pulidos desde la madrugada. El asombro es igual al que produce la manzana que cuelga de la rama quebradiza. ¿Cómo puede sostenerla? Se redondea, baila, oscila al viento, se le quedan gotas de lluvia que la abrillantan; amanece enrojecida, madura al sol, allá en lo alto, el rocío y el calor la hinchan y la hacen crecer dulce, y la rama nunca cede, flexible; pueden contársele los huesos de las costillas, finísimos, recorridos por un tuétano verde, suben desde la estrecha cintura y de repente la comba de la espalda, y al voltearla, el asombro de los dos senos fuertes y bien dados.

Mamá, mírame, estoy aquí, mamá, soy tu hija, mamá, mírame con tus ojos castaños, mamá, no te vayas, cómo te detengo, no puedo asirte, mamá, dime que me oyes, no me oyes, ¿verdad? ¿A quién escuchas dentro de ti con esa mirada ausente? ¿Quién te habita? ¿Por qué no soy yo la que te importo?

La atisbo por el corredor, más bien, es un paño de su vestido flotante, da la vuelta con ella y se escapa, la sigue como su sombra; camina con un paso ligerísimo que apenas se oye, tras de ella miro sus omóplatos salientes como alas de pájaro; ¿de allí saldrán las alas de los ángeles? Camina largo, no me oye, mamá, su vestido es el puro viento, camina, su vestido danza en torno a sus piernas, adivino sus pálpitos bajo la tela que no la protege, qué frágil se ve su nuca, con una sola mano un hombre puede abarcarla sola, abarcar su cuello entero, ¿qué hombre? ¿Qué hombre lo ha hecho, quién? Mamá, ¿quién? Mamá, óyeme, mamá, ¿a dónde vas? Mamá.

QUIA TU ES, DEUS, FORTITUDO MEA: QUARE ME REPPULISTI,
ET QUARE TRISTIS INCEDO DUM AFFLIGIT ME INIMICUS?

—El padre le ha dado sentido a la vida de muchos miembros de la colonia.

—¿Como a la de la señorita Freire?

—¿Qué cosa de la señorita Freire?

Oculto mal mi despecho, todo lo que concierne al padre Teufel me produce un malestar que otros llamarían celos.

—¿Qué le pasó a la señorita Freire? —insisto.

—La llamó en plena reunión del dispensario: "Acérquese señorita Freire."

Ella se acercó:

—Y ahora, voltéese.

Ante el azoro de todas y de sí misma el padre le sacó las cuatro o cinco horquillas que detienen el chongo que desde siempre le cuelga en la nuca y soltó la masa negra de sus cabellos. La señorita Freire protestó:

—Pero si sólo ando así cuando voy a meterme a la cama.

El sacerdote miró el cabello negro desparramado que le llega hasta la cintura y murmuró:

—Todo el día debería verse como si fuera a la cama.

Varias señoras alcanzaron a oírlo. Todas lo han comentado y desde entonces la señorita Freire no ata ni desata, más bien lo único que atina a desatar es su chongo que, suelto, la hace verse como la Loca de Chaillot.

Alzo los hombros:

—A lo mejor le conviene. El padre sabe lo que hace… Pero, pensándolo dos veces, pobrecita de la señorita Freire.

—Oye, Mariana, ¿qué te ha pasado? Hace mucho que no sé de ti, tu teléfono siempre está ocupado, o cuando logro comunicarme me dicen que no estás.

(Casilda me recuerda a *mademoiselle* Durand con sus interrogatorios policiacos.)

—De veras, Mariana, me tienes preocupada. Y más me preocupa el rumor que corre de que el sacerdote está viviendo en tu casa. ¡No es posible!

—Eso mismo digo yo, no es posible.

—Entonces, ¿es verdad o no es verdad? Porque si es verdad, debo advertirte…

Corro, corro lejos de Casilda, no quiero oírla, no quiero mentirle, esta reunión de *scouts* me sale sobrando, de haber sabido no vengo, pero Teufel va a darnos una conferencia y lo amo, quiero oírlo, quiero verlo, lo amo, quiero que me hable, quiero, y después, regresar a la casa con él, los dos juntos, él y yo, solos, sin Luz, sin Francisca, sin Sofía, sin las advertencias de institutriz de Casilda, sin una sola compañera del retiro.

—En la reunión de los *scouts*, padre Duchemin, Mariana no pierde un gesto del sacerdote y si él pudiera verla le asustaría la intensidad con que lo examina.

Mientras camina junto al angelical Duchemin, Casilda recuerda que su amiga le dijo en el retiro: "Yo soy el padre; todo puede desaparecer menos el padre. Si el padre se va, no tendré ya ninguna razón por la cual vivir".

—Todas las adolescentes reaccionan más o menos en la misma forma, Casilda, no creo que debiera usted preocuparse.

—No, no, padre Duchemin —insiste preocupada Casilda—. Para Mariana, amar es convertirse en la persona amada; por eso, cuando me lo dijo, ya no sonreí.

—¿Qué propone usted, Casilda?

—Intenté hacerle ver que ella no podía amar al sacerdote en esa forma. "¿Por qué?", me preguntó. "Precisamente por eso, porque es un sacerdote." "¿Y qué?", no pareció comprenderme; es más, ni siquiera me escuchó y me di cuenta entonces de que Mariana no conoce otro imperativo que el de su temperamento.

—¿No cree usted que exagera un poco?

—Padre, Mariana nunca se siente culpable y siempre parece inocente puesto que todo en ella es instintivo. Después de verla, yo fui la que me sentí culpable; ella ni siquiera sospechaba de lo que quería prevenirla… Hay que hacer algo, pero ¿qué?

El padre Duchemin, encargado del Colegio Francés, sigue caminando tranquilamente:

—Conozco bien a las adolescentes, Casilda, todo en ellas es llamada de petate. Imitan las películas o los libros que leen. Hacen cosas que parecen peligrosas pero es sólo la energía de la juventud; hay que darle cauce, no reprimirla. No debe usted preocuparse demasiado, ya se le pasará.

—Yo no veo bien a Mariana, padre, cada vez que se me escabulle es porque algo trae, y ahora creo que esconde algo que debe pesarle muchísimo. Cuentan que también el padre Teufel ha desquiciado a su familia, que ya de por sí no lo necesita. A mí todo lo que sucede desde que llegó Teufel me parece muy extraño, padre Duchemin.

El joven párroco Duchemin la mira con ojos aprensivos. Gente tan concreta como Casilda es la que impide el advenimiento de los milagros.

JUSTUS UT PALMA FLOREBIT; SICUT CEDRUS,
QUAE IN LIBANO EST, MULTIPLICABITUR

—¡Pero qué estupideces son ésas!

—De veras papá, de veras, el padre Teufel quiere llevarse a mi mamá a Nueva York a formar parte de la nueva sociedad, la que regirá el mundo, la socialista, la que hará saltar…

—¡Pero qué sandeces me estás contando!

Los ojos de Casimiro se abrillantan, pero no me mira, mira de frente, su pie sobre el acelerador, su mano derecha sobre la llave, lista para hacerla girar y calentar el motor. El zaguán ya está abierto de par en par, y yo al abrir la portezuela y meterme en su coche le he echado a perder el día.

—Lo sé, papá, es verdad…

Lo que no le digo a mi padre es que yo fui previamente la elegida, mucho antes que mi madre y mi tía, y que ahora el sacerdote me ha relegado. No ha vuelto a decirme una sola de las cosas que me dijo en el retiro de la calle de Jalapa, ni una sola. Todas son para mi madre y mi tía, y de poderlo, para mi hermana. Yo soy su peoresnada.

—Papá…

—¡Ya basta, Mariana, bájate del coche! Se me está haciendo tarde…

—Pero si tú no marcas tarjeta…

—Por eso mismo tengo que llegar antes que los empleados… Bájate, ¿quieres? En la noche hablaré con tu madre para aclarar esta sarta de estupideces.

De un solo y furioso arrancón Casimiro ya está en la reja. En la calle toca el claxon con cólera para que alguna de las sirvientas venga a cerrar la puerta.

...Et a cunctis adversitatibus liberemur in corpore,
et a pravis cogitationibus mundemur in mente

EL PADRE JACQUES TEUFEL no ha vuelto a hablarme de la sociedad que va a fundar en Nueva York.

Frente al altar el padre da una impresión de experimento físico; un flujo radiante, una sobrecarga de energía ilumina su rostro y se delata por la presencia de líneas de fuego en los ojos, en las manos, en la boca, que aunque fugaces, son perceptibles. Hasta Casilda que tiene los pies sobre la tierra ha notado en su rostro cambios de luminosidad, un desplazamiento de luz que va de la derecha a la izquierda cuando no surge desde dentro; en cuestión de segundos aumenta súbitamente el voltaje y sus ademanes al abrir los brazos, al cerrarlos, al hacer su siempre titubeante señal de la cruz, le dan una forma espectral.

El padre genera una luz blanca que no es de este mundo y embruja. Los fieles asienten, bajo el sortilegio, cuando la gorda señora De Leuze murmura:

—Es un arcángel.

Las líneas de absorción y las líneas de emisión son continuas y por lo tanto aterradoras. Produce realmente un efecto similar al de la insolación. En el padre Teufel se da un proceso de conversión que lo hace más atractivo, magnético, que otros seres humanos. De las misas de la Casa de Retiro a las misas en el Colegio de Niñas a las que asiste la colonia francesa, el fenómeno se repite; nadie puede explicárselo porque no hay explicación racional a este tipo de acontecimientos. Al contrario, no quieren investigar ni descubrir; lo que desean es permanecer bajo el embrujo; se trata de un experimento que privilegia a la colonia francesa. Si los parroquianos lo presencian es porque lo merecen. Entre otras prerrogativas puede contarse, de ahora en adelante, la de oír decir misa a un sacerdote extraordinario que les está destinado. A su lado, se opacan sin vida como focos fundidos, cajas sin resonancia, los demás oficiantes.

—Su transporte de energía es radiactivo porque hay en él una actividad interna muy intensa. Todavía no se descubren las infinitas posibilidades del cerebro; el cerebro es una inmensa central de energía —exclama entusiasmadísima Estela Rivet en la sacristía después de misa. Los demás la rodean porque saben de sus conocimientos científicos.

Sólo el viejo José Fresnay se ha mostrado rabiosamente recalcitrante:

—Es un loco. Ya se quemará en el fuego que según sus adeptos él mismo genera.

Al terminar la santa misa, el padre Jacques Teufel vuelve a ser un ente opaco; su descenso es tan brusco como la explosión que ha deslumbrado a todos. En cambio, en el coche de regreso a la casa, Luz tiene el rostro translúcido y los ojos como pensamientos negros sumidos completamente dentro de sus cuencas. Explica, mientras el sacerdote la mira, ahora sí con ojos apagados: "Todos somos puntos de luz, estamos hechos de materia corpuscular. La luz no puede ser visible. ¡Fíjese cómo aparecen de pronto en el cielo estrellas que antes no estaban allí! Yo, de haber estudiado algo, hubiera sido astrónomo; así hubiera recibido toda la luz del universo; su inmensa fuente de energía; claro que las limitaciones que nos impone nuestro sistema de observación son realmente serias".

Luz sigue hablando de las posibilidades eléctricas del cerebro humano, aún no descubiertas ni computarizadas, de las ondas y la química como si no fuera ella, sino otro el que hablara. Cerca de la fea avenida de Obrero Mundial, cuando estamos por llegar a la casa, noto que su rostro se ha vuelto absolutamente negro, ya no sólo son los ojos, sino las mejillas, el mentón siempre tan dulce. Estoy por gritar cuando el sacerdote se vuelve hacia mí y me hace "sschsch schschschsss" con un índice sobre sus propios labios también negros.

Leo en la libreta ahulada en la que mamá escribe todos los días:

Los miro en torno mío cada uno en su órbita solitaria, hasta mi pequeño Fabián a quien Mariana le lleva catorce años. Juega solo bajo el ahuehuete. Desde la ventana vi a mi hija hacerle una caricia a la pasada rumbo a su clase de equitación. Al menos eso creo. Hace un tiempo andamos todos de cabeza. También se detuvo Sofía junto al niño y lo tomó en sus brazos con ese modo temperamental de manifestarse. ¡Qué impetuosa niña, Dios mío! Casimiro salió desde temprano a la oficina, rugió el motor de su coche en la vereda y luego nada. De vez en cuando Lupe, la nana, se asoma al jardín para ver cómo va el niño, le hace alguna recomendación y se mete de nuevo al planchador. El perro persigue la sombra de las mariposas sobre el pasto. Nunca levanta la cabeza por más de que Fabián se las señale en el aire: "Pipo, allí, allí, allí". Veo su bracito redondearse al apuntar. Miro desde la ventana sin decidirme a tomar mi baño. Miro, recojo palmo a palmo el jardín den-

tro de mis ojos, toda mi vida está en ese jardín, en el ciruelo rojizo, en el eucalipto cuya corteza se resquebraja, el tejocote recargado en el muro, en la bugambilia, toda mi vida está en esos tramos de pasto que vienen hacia mí y suben por la ventana, mis diálogos sin respuesta con Casimiro, las preguntas que no nos hemos hecho, las palabras no dichas, a tal punto que parece que no tenemos nada que decirnos. Las mujeres estamos siempre a la espera, creo, dejamos que la vida nos viva, no nos acostumbran a tomar decisiones, giramos, nos damos la vuelta, regresamos al punto de partida, nunca he querido nada para mí, no sé pedir, soy imprecisa y soy privilegiada. Sin embargo, a veces tengo la sensación de vivir en esta casa por primera vez y todas sus costumbres me son desconocidas, hasta la cara de mi buena Felisa pidiéndome que ordene el menú. Me siento perpleja, tengo que hacer un esfuerzo para echarme a andar de nuevo. Me pregunto si Lupe en el planchador se detendrá un solo momento a preguntarse: "Dónde estoy? ¿Quién soy? ¿Qué quiero realmente?", o si simplemente amanece contenta con lo que hace. Me pregunto si Felisa lo hará mientras bate los huevos para el soufflé y si sueña despierta en su infancia. Hay mañanas en que tardo mucho tiempo en recordar que vivo en este país, tengo hijos, el día ha comenzado y debo salir a enfrentarlo, lavarme, dar las órdenes a los criados y no pensar que alguna vez fui como mis hijas, una muchacha que salía con los cabellos al aire, la bolsa al hombro, le sonreía en la esquina al cilindrero y a su vals "Sobre las olas". ¡Cuánta fuerza secreta hay en la juventud, cuánta! Y yo estoy aquí junto a la ventana, tan llena de incertidumbre, inmóvil, sin poder siquiera dar la media vuelta para ir a bañarme, aquí en esta zona mágica de silencio bajo el gran arco del cielo mexicano, azul y duro.

Canto:

> Era Blancanieves muy bonita,
> porque andaba siempre limpiecita
> porque usaba cada vez
> el Jabón 1 2 3.
> Y les enseñó a los enanitos
> a que anduvieran siempre limpiecitos
> y que usaran cada vez
> el Jabón 1 2 3.

Y:

> Estaban los tomatitos
> muy contentitos
> cuando llegó el verdugo
> a hacerlos jugo.

Qué me importa la muerte
ta ta ta ta ta
si muero con decoro
en las conservas Del Fuerte.

Mamá se enerva:

—¿No podrías cantar otro tipo de anuncios?

Le comenta a Esperanza:

—Son de veras muy infantiles. Todavía leen cómics, hazme favor. La lectura favorita de ambas es *La Pequeña Lulú*.

DOMINE, EXAUDI ORATIONEM MEAM

Sofía se levanta. Es *La valse* de Ravel. "Más fuerte", pide, "más fuerte", Sofía nada hace en sordina, "¿así?"

—No, imbécil, dale toda la vuelta a la perilla, a la del volumen, idiota.

La música se estrella contra las ventanas y hace temblar los vidrios, toda la terraza vibra como la carlinga de un avión, Sofía inicia el despegue, se eleva, ahora sí, mira a todos desafiante; estira los brazos, pone un pie delante del otro y desde un extremo de la terraza se lanza atravesándola como el pájaro de fuego. Cada parte de su cuerpo respira por cuenta propia; aletean en las ingles dos tendones, se estiran, la hacen saltar, mantenerse en el aire; a grandes zancadas se desplaza de un extremo de la habitación a otro; no puedo despegar mis ojos de su cara. Mi cabeza va de la izquierda a la derecha, ida y vuelta, como la de los espectadores de tenis; miro a mi hermana girar, aventarse, abarcar el espacio de un solo *grand-jeté*, poseerlo de norte a sur con sus brazos que son alas, Sofía, saca todo lo que tiene adentro, invade, se posesiona. Todos le pertenecemos. Sofía es todopoderosa. Ninguno pestañea, imantados, no respiran con tal de no perder de vista su cadera, sus brazos, sus largas y almendradas axilas. Y la abuela comenta:

—Esta muchacha tiene el diablo adentro.

Tía Francisca recuerda a la Pavlova, la compara. Luz se transfigura. Ana Pavlova murió en el Hotel D'Angleterre en Amsterdam en el piso arriba de su habitación. A cada momento salía al corredor a preguntar por ella. Murió de pulmonía. Si entonces Luz se identificó con la Pavlova, ahora se ve reflejada en su hija que expresa tanta ira contenida, la vida que se le sale en cada pirueta.

El sacerdote tampoco le quita la vista de encima:

—¡Qué mujer! Pedorrea fuego.

Casimiro vuelve la cabeza hacia él, sorprendido. Los demás como son muy taimados fingen no haber oído.

Sofía no parece cansarse; al contrario, arde cada vez más alto; baila por todos los inmóviles de la tierra, baila, baila, allí va una pierna, allí va la otra, no pierde el aliento, a través de ella algo ha estallado en la terraza; los criados también se asoman y desde la puerta contemplan en silencio; la miran con respeto, como si presenciaran un ceremonial antiguo, un rito que exige la reverencia. Sofía no los ve, no ve a nadie pero se adivina a sí misma y su propia fuerza la embriaga.

Se me llenan los ojos de lágrimas; Sofía ha abierto las compuertas y sale la vida a borbotones impúdica y alucinante; de pronto un pájaro se azota contra el vidrio, un pájaro que viene del jardín y ha equivocado el camino, ninguno se percata de este ruido seco, esta pedrada viviente; ahora sí a Sofía el sudor le escurre de la frente, sus mejillas encendidas, sus miembros abrillantados, el rostro exaltado del que gana la partida; la suya es una experiencia mística, tía Francisca comenta en voz baja:

—¡Qué desenfreno el suyo! ¡A ver qué hombre puede con ella!

Me doy cuenta de que a Sofía la consideran aparte, una mujer que se carbura sola, expuesta a los círculos de *La valse* que giran negros, espejeantes, mareantes, llevándosela hasta el nacimiento del tornado, éste que ahora mismo nos hace naufragar a todos.

QUONIAM TU SOLUS SANCTUS

—Ayer en la tarde vino Javier a tomar el té. Al entrar a la sala vi por detrás su pescuezo ancho, corto, el pelo sobre el cuello de la camisa. Después me senté frente a él y su corbata brillante, chillona, lo dividió en dos pedazos, uno su cabeza, otro su torso de obeso que alguna vez me pareció poderoso. Al hablar manoteaba con su diamante de cuatro culates partiéndole también la mano. Me habló de lo que había comido, claro, yo siempre le pregunto acerca de lo que ha comido pero no para que me responda. El diamante de cuatro culates siguió bailando mientras me describía "el lomo de cerdo a la naranja, casi laqueado, como en la comida china" y pensé mientras le sonreía: "Cerdo sobre cerdo, dos cerdos ensimismados". Después se despidió y pensé al ver de nuevo su nuca: "Parece un valet".

Francis perora mientras Luz la escucha risueña. Han sacado su tijera de cortar prójimo aunque Francis no lo corta, lo destaza. Hablan como antes de la llegada del padre Teufel; una hora de recreo en medio de la tormenta. Las oigo y pienso que la crítica es en ellas una forma de autoafirmación. Francis es brutal en sus juicios; mamá sólo le sigue la corriente.

—¿Cómo te vas a hacer novia de ese muchacho, Mariana? ¿No ves que tiene pescuezo de valet? Por eso te describí la visita que me hizo Javier, su tío.

—Pero...

—No hay pero que valga, Mariana, un pescuezo ancho es un pescuezo de buey y un buey es un buey... ¿No querrás tomar durante toda tu vida sopa de ojos de buey o sí?

La risa las recorre de la nuca a los tobillos; están eufóricas, se le han escapado al padre por un momento, ellas mismas se dieron esta hora de recreo y aún no suena la campana. Las miro y mientras ríen: "Más tarde, ¿serán unas ancianas graves y sabias?" Súbitamente siento miedo. "¿Se la llevará el padre Teufel a Nueva York?" Anoche las sorprendí hablando de ese viaje. No puedo decirles que tengo miedo ni que en tres días me he vuelto torva. Su risa, en cierto modo, me reconforta. Tía Francis y mamá se han ido de pinta. Ríen. No hay en ellas culpabilidad alguna; al contrario, se ven plenas como dos niñas que chuparan el mismo helado. Se dicen cosas que sólo ellas entienden. Si se le han escapado ahora al padre Teufel ¿podrán escapársele a la hora de la verdad? Las imagino sobre la cubierta del barco tal y como vinieron a México vestidas de blanco; su baúles están en el cuarto de los trebejos; negros, brillantes, frágil, manéjese con cuidado, con su nombre de soltera grabado en letras blancas. Así vinieron con sus sombreros de campana metidos hasta las orejas y sus zapatos de hebilla, sus faldas tableadas; en las fotografías del álbum de *cuir de Russie* le dan la cara al viento y se ven dichosas como hoy, sus caritas abiertas como hoy, abiertas a la esperanza como hoy en que Luz mi madre parece encontrarse en vísperas de un viaje.

HAY MUCHA SALIVA EN LA BOCA DEL PADRE y eso entorpece sus palabras. De pronto lanza un largo escupitajo que reverbera sobre el pasto inglés. Miro el gargajo dividida entre el horror y la fascinación. Ningún hombre de mundo escupe, sólo los carretoneros. Madre de los apachurrados, ningún hombre de mundo se pica los dientes y sin embargo el padre saca un mondador, un palillo de madera de la bolsa y después de la comida recorre uno a uno toda su dentadura. Ni Francis ni Luz lo han comentado. El padre habla, se repite, se da cuerda, no puede permanecer en silencio, habla, habla, dice lo mismo y después de un rato de atención, comienzo a prestar más oído a los ruidos de la ciudad que a los sonidos exasperados en su voz. Además, la falta de concentración es un defecto de familia, como el prognatismo en los Borbones y la obesidad en la casa real de Holanda. Esos defectos los distinguen y por lo tanto se complacen en ellos. Todo lo que distingue es bueno, aún la imbecilidad. "¿Me oye usted, niña?" Digo que sí pero en realidad me he quedado atrás. Alguna pequeña frase hace nido en mi corazón y la repito incansablemente y se estanca. El sacerdote aborda otros temas pero permanezco anclada en eso de que "todo lo que hace la mujer se juega en una especie de claroscuro". Ligo esta frase al internado.

En el Convento del Sagrado Corazón, la reverenda madre obligaba a las internas a bañarse con un largo camisón blanco. Resultaba difícil tallarse bajo la tela mojada y todas las muchachas acababan por empapar el camisón, aventarlo y lavarse desnudas. Al cabo y al fin las madres no iban a meterse a las regaderas. Pero las nuevas sufrían grandes penalidades en su primer baño al tener que debatirse con la tela rebelde. Sólo a la tercera o cuarta vez resolvían librarse de la funda ésa. Una vez sorprendí a una de las nuevas mojada de pies a cabeza dentro de su camisón que se le había pegado al cuerpo. El camisón la delataba y podían verse las puntas oscuras de sus senos, sus piernas, su vientre y una sombra tan definitiva y agreste que los pelos fuertes y crespos perforaban la tela. La miré atontada ante los errores que a

453

veces comete el pudor. No pude menos de gritarle ofendida: "¡Quítatelo tonta, nadie se baña así!"

El sacerdote sigue hablando de la perpetua infancia en que vive la "gente bien", de la inmensa banalidad de los ricos, y de pronto se vuelve hacia mí para sorprender mi cara de luna plácida decidido seguramente a romperla y señala que debería tomar café "porque a mí me gusta estar rodeado de personas siempre alertas".

A partir de aquel momento tomo tal cantidad de café que paso parte de la noche con los ojos abiertos mirando con fijeza el ropero de enfrente como un búho solitario y desesperado. ¡Y por ningún motivo me dormiría! Al contrario, mi corazón late precipitadamente y lo escucho a la altura de mis tímpanos, siento su presión en la garganta. Descargo electricidad por todo el cuerpo como un generador en potencia. En el convento también, cuando me cepillaba largamente el pelo, brotaban chispas y eso me hacía feliz: "Hago corto circuito". Mi pelo me llenaba de un extraño gozo. "Soy importante, doy luz", me repetía a mí misma.

Ya en la cama, no puedo dormir y de golpe me encuentro a mí misma con las dos manos sobre mi sexo. Las retiro. "Es pecado." Sin embargo, como resorte regresan al mismo sitio. Algo me aletea entre las piernas, hormiguea incluso. "Nunca antes he sentido esta comezón, y en qué lugar, Dios mío, ayúdame." Hablo sola, doy de vueltas en la cama, escondo mis manos tras de mi cintura, las castigo, cochinas manos, no las reconozco, no son mías, no me pertenecen, puercas, sáquense, las manos se aquietan, mustias, y un segundo después no son sólo las manos, sino todo el cuerpo el que recupera la postura inicial doblado sobre sí mismo, posición fetal, de lado, las manos aferradas sobre mi sexo, sobre esa suavidad de nido. "Debo concentrarme en otra cosa." ¿Qué los demás así dormirán de inquietos, hechos un ovillo? Para eso deben ser los esposos, las esposas para dormir a pierna suelta tendidas sobre la cama, abarcándola toda y no así, así como yo ahora, animal acorralado, partido en dos, la cabeza en contra de las rodillas, aterrada ante lo que bulle en mi centro.

En el desvelo he aprendido a descubrir los ruidos de la noche y a identificarlos; la sirena de la fábrica que se desata a las cuatro de la mañana lanzando todo su vapor contenido al aire, el barrendero y su carrito gris de la basura que llena la calle con el ir y venir de su escoba de varas, los frenos de aire de los camiones, el gallo que quién sabe por qué razón tiene cabida en una ciudad moderna. Se me graban estos y muchos ruidos más, pero lo que me impresiona, así como en la infancia me aterraba el del camotero, es el pito desolado del velador que pasa frente a la reja una vez a las doce y otra a las tres. Distingo en la calle unas carcajadas: "Voy a asomarme por la ventana a ver si así ahuyento los malos pensamientos". Son unos trasnochadores que llevan en el rostro la palidez del día muerto. No pueden verme por los árboles. Los cuento. Son tres, dos hombres y una mujer. De repente, en la esquina de la casa, la mujer se acuclilla, y la oigo muy claramente: "Pérenme tantito", los hombres sólo se carcajean. "Mira nomás a ésta" y aguardan mirándola. La mujer orina, lenta, largamente, se hace un charco que va hacia la cuneta, qué bárbara, y cuando termina se pone de pie sin bajarse la falda estrecha, y los tres reemprenden la marcha. Los sigo con los ojos hasta que atraviesan la avenida Obrero Mundial. Sobre el asfalto permanece la mancha humeante que ha dejado la mujer. Pienso desconsolada: "¡Qué feo, qué feo es todo lo que nos sucede de la cintura para abajo!" Me vuelvo a meter a mi cama helada y tomo mi rosario. Al rato, el rosario también acaba asido de mis dedos en medio de mis piernas, pero ni cuenta me doy, ahora sí me he dormido profundamente.

Al día siguiente la familia se pregunta por qué diablos tengo tantas ojeras y el más destanteado es papá ya que las mujeres de su casa se le van de las manos, ninguna entra ya en sus sueños, salen y se van sin decir a dónde ni por qué, se volatilizan, toda su familia se viste y gana para la calle, gira en torno al sacerdote negro que la imanta, gira para mayor gloria del Señor, aletea como las mariposas que Casimiro ve rondar en torno a sus cabezas, las frescas arquerías de la casa pierden consistencia, vuelan con las mariposas; enjambre de mariposas blancas son los muros, flotan, se desmoronan, la casa va a irse por los aires, gira, y Casimiro aturdido, los ojos levantados hacia arriba, aguarda el acontecimiento: el milagro que caerá del cielo.

NE PERDAS CUM IMPIIS, DEUS, ANIMAM MEAM

Luz atraviesa el jardín corriendo. Ha bajado la escalera de dos en dos peldaños, también a la carrera. Va rumbo a la calle. Sofía y yo nos miramos:

—Se ha vuelto completamente chiflada.

Luz llega hasta la reja para regresar despacio, la cabeza baja, el pelo caído sobre los ojos.

—¿Qué le pasará?

—¡Cállate, babosa! Ya viene para acá.

Entra a su recámara, su bata floreada se ha enlodado. No parece vernos.

—Óyeme, mamá, ¿qué te pasa?

—Nada, Sofía.

Sofía se sienta frente al tocador y comienza a peinarse. Por el espejo mira a Luz:

—¿No tienes frío, *mutter*?

—No.

—Y ¿por qué no te vistes?

—Si te quitas del tocador podré cepillarme el pelo y vestirme después.

Luz recobra su autoridad. Sofía se levanta malhumorada. Le encanta peinarse frente al espejo de Luz.

—Mariana, deja por favor de comerte las uñas, me pones nerviosa.

Nos miramos en silencio, cómplices de un mismo regaño. "Y ¿tú cómo nos pones?", tiene ganas de aclarar Sofía pero no lo hace. Luz saca sus dos grandes cepillos de Marchino y se los pasa por el cabello con fuerza, primero con la mano derecha y cuando se cansa, con la izquierda, con toda rapidez. A medida que se lo cepilla, el pelo se para electrizado alrededor de la cabeza haciéndole una aureola caníbal. Me encanta verla cepillar sus cabellos. Cien cepillazos diarios tal y como le aconsejó Marchino. Después de que el pelo se encrespa en una espesura de bosque, Luz lo alisa para abajo y recupera sus reflejos cálidos de caoba pulida. De repente, en la mano derecha de Luz, a la altura del pulgar, veo una mancha triangular café:

—Mamá, ¿qué tienes en tu mano?

Instantáneamente Luz deja de peinarse y vuelve sus ojos exaltados a nosotras.

—Me la hizo el Espíritu Santo.

¡Pácatelas!

Admirativa miro la mancha. Hasta siento temor. Siempre he sido su más fervorosa oyente y nunca he puesto en duda lo que dice. Si el Espíritu Santo ha decidido señalarla con un triángulo de luz en la mano derecha es porque mi madre es un ser escogido de Dios. Sofía incrédula camina por la recámara arrastrando sus grandes pies.

—¿A poco, mamá?

—Claro —afirmo, respaldándola—. Mami, ¿cuándo te hizo la manchita?

Luz no contesta.

Sofía languidece y sin decir adiós se escurre por la puerta. Esas conversaciones marihuanas entre mi madre y yo la aburren de principio al fin. La única en la que le gusta participar es en la personal pero el Espíritu Santo, esa palomita siempre de perfil, no le interesa por lejana e irresponsable. A mi hermana le gusta que yo pregunte:

—Oye, mamá, y ¿si nosotros no fuéramos tus hijas y nos vieras en algún lado te caeríamos bien?

Luz contesta invariablemente que sí. Después se crean otras posibilidades: "Si no te hubieras casado con mi papá, ¿Ignacio podría ser nuestro papá?" Entonces Sofía para la oreja porque esa plática sí le parece bonita, por lo menos es normal, pero todas esas cosas acerca del rayo verde que sólo se ve una vez en la vida, los signos y las arañas que escucho embelesada, a ella la dejan fría.

En cambio Luz ejerce sobre mí una fascinación especial. Me hechiza. Y es que anda en el mundo como alucinada pendiente de los signos que le vienen de dentro y que la hacen sobrellevar lo que sucede a su derredor. Nunca sabe uno qué va a llamarle la atención; de allí lo sugestivo de sus ausencias. ¿A dónde irá? De allí también sus infinitos silencios. Por eso cualquier palabra de mi madre, el menor gesto, pueden ser la clave del misterio.

—Mira, Mariana…

—Mamá, dime, dímelo, mamá.

Acuclillada frente al cesto de los papeles, Luz extrae una hoja de periódico que anuncia: "Hoy es día de fiesta".

—¿Ves, lo ves?

Desdoblo la hoja, la extiendo. Es una propaganda que anuncia detergentes a mitad de su valor y dos paquetes de pan Ideal por el precio de uno. Las grandes letras gritan: "DÍA DE FIESTA EN SU FAMILIA".

—¿Entiendes, Mariana?

—Trato, mamá.

Entonces Luz dice que la despiertan movimientos de luz interior difíciles de explicar, que está segura de la presencia de Dios en su casa, que la luz se transparenta e incluso llega a quemarla.

—Hace poco, y todavía entorpecida por el sueño, levanté la cabeza y vi que una luz traspasaba las cortinas de mi ventana. La luz tenía una forma triangular.

Luz pone sus manos en forma de copa abierta hacia arriba.

—En ese momento pensé: "Son los faros de un automóvil cuya claridad atravesó las cortinas". Jalé las sábanas y la cobija para volver a dormir pero apenas había yo puesto mi cabeza sobre la almohada pensé que jamás había llegado luz alguna a mi cuarto, primero por la lejanía de la calle, segundo porque mis cortinas son dobles. ¿De dónde venía entonces esa luz? El miedo y la esperanza se apoderaron de mí. Volví de nuevo la cabeza hacia la ventana y desgraciadamente la luz había desaparecido y estaba yo envuelta en tinieblas. Entonces prendí la lámpara del buró y me senté en la cama a reflexionar acerca del significado de esa luz. Desde esa noche leo sin parar los cuatro evangelios.

—¿Y la luz, mamá?

—La volví a sentir anoche, al saludar a la señorita Arnal en el pabellón, pero esta vez la tenía yo dentro de mí y algo debió transparentarse porque el padre lo notó y se lo hizo notar a ella.

—Pero ¿qué sientes, mamá, qué sientes?

Luz nunca especifica nada.

—Mamá, por favor.

—Siento las luces como un presagio de la muerte. Me despiertan mientras duermo. Son de fuego y me atraviesan el pecho. Una noche mi hombro tocaba el de tu papá y supe que si no lo separaba de ese contacto, moriría. La impresión era tan fuerte que mi reflejo fue automático. Luego supe muy claramente que la luz iba a salir de mi cuerpo, en tres veces. A la vez experimenté alivio y pena… Sin embargo, como tenía mi cabeza apoyada en mi brazo, tuve la sensación de que un poco de la luz que quedaba pasaba por mi brazo a mi cerebro.

Luz se detiene de golpe.

—No debería contar todas esas cosas, ¿verdad? Me basta con mirar tu carita.

—¡Ay, mamá!

—No me digas nada, lo sé, ésas son cosas sólo para uno y no se pueden poner en palabras. Ahora mismo, al contártelas siento que las he empobrecido y que a pesar de mí misma las he distorsionado. No tiene que darles el aire. Una gran felicidad es en el fondo un profundo fervor secreto, como un fuego interno que te consume.

Las dos nos callamos. Mi madre mira hacia la ventana, su cuello delgado, su perfil delicado, toda esa suavidad, la masa de sus cabellos mira hacia afuera con ella, habla casi en voz baja, Mariana la observa: "¡Qué joven es mi mamá, qué joven!" Sus mejillas tienen la tersura de la infancia.

Abre un cajón, lo jala y no recuerda por qué.

—Ahora ándale, Mariana, córrele, no te quedes aquí sin hacer nada, déjame que tengo que vestirme.

CONSOLATRIX AFFLICTORUM

Miro a mi madre; un color se le va, otro se le viene. Todos los días pasados, intensamente pálida, los ojos ennegrecidos por quién sabe qué pensamientos, deambula por la casa como un fantasma. Ahora parece estar presa de la mayor confusión; su voz tiembla al hablar y cada vez que levanta sus ojos hacia el sacerdote, son de súplica. ¿Qué le está pidiendo? Tomo su mano; la terminación de su brazo también es hermosa y de su puño delgado surge el manojo de venas subterráneas que surcan la piel blanca como de pétalo casi transparente. La abandona, la deja entre las mías, en realidad no se da cuenta de lo que hace y retiro las mías al instante; la de mi madre está helada, perlas de sudor frío abrillantan también su frente. "Mano de muerta", "mano de muerta", ¿qué le pasa a Luz? Corro a la cocina en busca del calor de la servidumbre que siempre habla mientras se afana en torno a la estufa, a los platos por lavar, al tendedero, con la música de fondo del radio en la charrita del cuadrante. Sin embargo, extrañamente el radio no está encendido y Felisa le cuenta a Victorina: "Gritaba: '¡Padre, padre!' y se removía sobre la almohada sin verme por más de que hice para que volviera en sí. Estaba ardiendo en fiebre, deliraba, de veras, Vito, se puso a decir que no, que no se iba, luego que sí, que si era la voluntad de Dios, sí, entonces sí; tenía la nuca empapada, fui por el alcohol y se lo puse en la sien, en la nuca y poco a poco volvió en sí. Apenas me vio gritó: '¿Dónde está? ¿Ya vino?', y cuando le pregunté quién, como que quiso recobrar la conciencia y ya no me preguntó quién. Le subí té, rezamos la Magnífica y a esa hora se medio durmió, eran las cuatro de la mañana. Por mí le hablaría a la señora Esperanza para ver ella qué hace, porque esa señora tiene mucha cabeza". Victorina rezonga: "Yo tampoco veo bien a la señora", pero mi presencia la hace afanarse ante el fregadero. Magdita tiene también un súbito quehacer inaplazable y desaparece. Para colmo de males está por salir a su pueblo a la fiesta de San Miguelito. Rechazada en la cocina, opto por volver a mi cuarto. En la escalera, mi madre pasa junto a mí, rozándome sin verme y sigue adelante, sus ojos llenos de lágrimas. Grito: "Mamá" pero no responde. En el corredor tras de ella, veo cómo entra a su recámara y oigo después el ruido de la llave en la cerradura. Entonces bajo la escalera corriendo y sólo me detengo a la sombra del sabino; allí tirada de espalda sobre el pasto miro las ramas; es un árbol eterno; bajo su sombra la frescura se hace sedante. A pesar de que mis pensamientos me turban al punto de que nada existe salvo ellos, bajo aquel árbol tomo aliento; la violencia de lo que está sucediendo en mi casa se detiene aquí junto al sabino que en las madrugadas, lleno de agua, me mira somnoliento; el sol se cuela entre las ramas, certero y poderoso. Pero también es poderoso este gran árbol con su corteza arrugada, rugosa, que alguna vez de joven bailó al viento.

(Luz, 7 de la mañana.)

Una violenta explosión sacudió toda la casa. Bajamos la escalera de cuatro en cuatro hasta la cocina y encontramos a nuestra querida Felisa gimiendo:

—Mis ojos están quemados, mis ojos están quemados.

El gas le había explotado en la cara. Luz le abrió los párpados y le echó gotas. Jamás pierde su sangre fría en circunstancias adversas; se crece ante el peligro. Luego, los criados le aplicaron una mascarilla de aceite mezclado con yema de huevo. Ya no tenía cejas ni pestañas. Mi madre iba diciéndoles cómo. La veíamos con respeto dar sus órdenes en la cocina. Una vez restablecida la calma dijo que todavía podía llegar a tiempo a la misa de acción de gracias del Father Thomas por sus veinticinco años de sacerdocio. Nadie se atrevió a contradecirla a pesar de que todos la vemos muy frágil.

Antes de echar a andar su automóvil anunció con voz solemne: "Las quemaduras no dejarán huella".

Casimiro había salido tempranisísimo.

El padre en el pabellón tampoco se enteró de nada.

Mamá llevó esta tarde al padre Teufel a conocer a tía Esperanza.

Cuando regresó la vi tranquila. Esperanza hace ley en la casa, es la voz de la cordura.

—¿Qué pasó, mamá?

Se acostó, no quiso decírmelo, pero después leí en su libreta ahulada:

Para mi sorpresa no pasó nada o casi nada. Sentados en la biblioteca, contrariamente a su costumbre el padre no atacaba. Esperanza propuso enseñarnos su taller de encuadernación y la terraza desde la cual pueden verse los volcanes por encima de los tejocotes. Allí el sacerdote le hizo una sola pregunta:

—Dígame, ¿siempre ha tenido usted la misma estatura?

Comprendí perfectamente lo que quería decir; Esperanza, en cambio, respondió:

—Un metro setenta y siete desde la edad de diecisiete años.

Volvimos a la biblioteca; no teníamos nada que decirnos; el padre se excusó: 'Debo regresar, tengo una cita". Lo dejé irse en taxi. Bruscamente un viraje se produjo en mí; no tenía el menor deseo de acompañarlo, yo que vivía para estar con él.

Una vez a solas debí contarle a Esperanza lo que tenía sobre el corazón. Un pensamiento me atravesó: "¿Quién era él?" Por vez primera desde mi niñez regresó a mi mente una palabra: el diablo.

Al atardecer, Esperanza propuso llevarme a mi casa. Al subir a su auto tuve la impresión de que una sombra fugitiva pasaba ante nosotras y oí su voz inquieta:

—¿No viste algo?

Sin esperar la respuesta arrancó.

Marco el teléfono de Casilda:

—Casilda, a quien se va a llevar el padre a Nueva York es a mamá, o de perdida a tía Francis, a mí ya no.

Casilda grita en la bocina:

—¿Qué te pasa? ¿Se han vuelto todos locos? Ven a verme de inmediato.

—No puedo.

—Entonces voy para allá.

La oigo murmurar algo así como: "Bola de degenerados".

—No, Casilda, no vengas.

Y le cuelgo.

¿POR QUÉ NO ME SEÑALA DIOS COMO A ELLA? ¿Por qué no se me aparece si yo traje al padre Teufel, si yo soy la Blanca? ¿Qué es lo que tiene ella para que Dios la escoja? Mientras se ausenta registro su recámara. ¿En dónde puede estar la clave? Busco el volumen empastado en piel roja; dice que perteneció a mi bisabuela. ¿Qué diablos leerá? Son los evangelios. ¿Sólo era eso? Estoy desilusionada. Creí que se trataba de otra cosa.

A un lado de la reja está una sombra delgada.

—Mamá.

Con su ligera bata de flores Luz no ha podido separarse de la puerta, esperando. Unas ojeras desmedidas le devoran el rostro y en sus manos, ostentoso, pesa un rosario.

—Mamá, ¿qué pasó?

Logro por fin cerrar el candado de la reja con la cadena. Mi madre sigue en el mismo lugar como si quisiera echar raíces. Hace frío y no hay luna.

—Mamá, mamá, te estoy hablando.

Doy un paso hacia ella. Atravesamos el jardín por la vereda principal. Las manos de Luz tiemblan.

—Toma mi abrigo, mamá.

—No, Mariana, estoy bien.

Luz habla con la voz de los días solemnes:

—Mariana, el padre se fue.

Mis esperanzas de contarle todo lo del baile, de lo que me he divertido, de los muchachos que me sacaron a bailar, de Víctor, se esfuman en el aire.

—¿Mañana regresa?

—No niña, no —Luz se impacienta—, vino pero yo no lo dejé entrar.

Me paralizo.

—¿Qué estás diciendo?

—Lo que oíste.

—¿Corriste a un sacerdote?

—Sí.

—Mamá, ¡estás loca! ¿Corriste al hombre de Dios?

—No Mariana, no es un hombre de Dios.

La voz es grave y dolorida, las palabras suenan como paletadas de tierra. Me apoyo en la pared. Las manos de Luz siguen temblando. La casa helada huele a restos de comida.

—Ven, vamos arriba.

No prendemos la luz. Las dos tropezamos en la escalera pero ninguna nos detenemos como lo haríamos en otra ocasión. Mi mamá ni cuenta se da; al contrario, comienza a hablar rápidamente. Las palabras tiemblan en su boca en un atropello confuso. "Tengo que proteger mi hogar. Tengo que cuidarlas a ti y a tu hermana. Ese hombre está enfermo. Necesita hospitalizarse. Ya era tiempo de que se fuera. Nos ha hecho bastante daño… Es un poseído." (Y en voz baja:) "Ese hombre es el diablo".

—¿Cómo va a ser el diablo? Es un sacerdote.

—No es un sacerdote.

—¿Cómo que no es un sacerdote?

De común acuerdo hemos entrado al baño, el único sitio en el cual podemos hablar sin despertar a los demás. Apenas si me sale la voz para preguntar:

—¿Por qué no es sacerdote?

Los ojos de Luz son dos carbones ardientes. Me he sentado al borde de la tina; mi vestido una corola marchita en torno a mis piernas.

—Ha tenido mujeres.

Luz corre a su recámara y vuelve con un paquete de sobres azules.

—Son las cartas de su amante. Se llama Marcela. Tómalas, anda, míralas.

La voz de Luz se ha hecho aguda, chifla al hablar. No sé qué hacer.

¿Qué cosa es tener mujeres? Pero si los sacerdotes no deben casarse nunca. Esas cartas son las de una enamorada y están dirigidas a un hombre común y corriente. No me atrevo a leerlas. Sólo veo: "Mi Jacques". Y la firma: "Tu Marcela".

No, no es posible. Frente a mis ojos asustados, el padre se hace de carne y hueso. A él, el orgulloso, lo veo entregado a una mujer. Súbitamente él es el vencido, el que ruega, un hombre con el rostro afanoso, débil. Ese rostro se ensancha, crece hasta abarcar el cuarto de baño y tomar forma. Es gordo y blanco como esas cabezas de puerco peladas que cuelgan de un gancho en las carnicerías. ¡Qué repugnancia! El padre puede perder esa dureza de sarmiento que a mis ojos siempre ha sido su mayor fuerza. Ahora se ha ido. ¿A dónde? ¿Dónde dormirá? Luz sigue hablando, repite incesantemente lo mismo. Sus manos no dejan de temblar, y de repente me penetra un gran frío, el agua se ha helado en las tuberías, sus huesos son tubos de hielo.

—Vamos a salir de aquí, mamá, vente, hace mucho frío en el baño.

Luz se aparta del muro, desamparada. Deja colgar los brazos como si el peso del rosario la hubiera debilitado.

—Deja ese rosario, mamá.

—No.

—¿Todos están dormidos?

—Sí, Mariana. Mientras yo te esperaba afuera, la nana de Fabián se quedó a dormir en tu recámara. Tendrás que ir a casa de Francisca. Ven, te voy a acompañar. Es hora de que duermas.

—Puedo atravesar sola el jardín.

—No, niña.

En la oscuridad nos dirigimos hacia la escalera. A tientas bajamos al jardín, abrimos la pequeña puerta de madera que comunica los dos prados, el de Francisca y el de Luz, y de pronto, al pasar frente al pabellón, Luz toma mi mano nerviosamente. Sus dedos se crispan entre los míos:

—Mamá, ¿qué tienes?

La mano se zafa. Y sé entonces que mi madre tiene miedo. Miedo pánico. Una súbita ráfaga de viento despeina sus cabellos, curva sus hombros que tiritan, los sacuden. Me repito incrédula: "Mi mamá tiene miedo, mi mamá tiene miedo". A mi madre la he visto alegre, tierna, enojada, pero nunca con miedo. Un mismo estremecimiento sacude nuestra espalda.

—Mamá, tengo miedo.

Luz se yergue como un resorte. El aire entra con fuerza cuando abre la puerta de la casa de su hermana y Luz, dueña otra vez de sí misma, llama: "Francisca", sin percatarse de que le he dicho que tengo miedo solamente para darle valor.

Arriba, en el segundo piso de su casa, con el rostro descompuesto espera tía Francisca. Me besa en la mejilla y me pregunta si me he divertido en el baile. Nada de eso importa ya. ¿Para qué me lo pregunta? Todo sucedió hace mil años. Todo está viejo. Ahora tan sólo tengo frío.

—¿Trajiste camisón?

—No, tía.

—¿Tu cepillo de dientes?

—Tampoco.

Luz explica:

—No queríamos despertar a nadie.

—Bueno, no importa.

Francisca me tiende uno suyo, transparente, lleno de encajes, con un escote que en otra ocasión me haría bailar de gusto pero ahora… Me lo pongo con temor. Uno el camisón al padre. ¡Cómo me reconfortaría en este momento mi mameluco de franela! Me deshago el chongo y saco uno a uno pasadores y horquillas. Siento que cada uno de mis cabellos se desnuda también, expuestos sobre los hombros. Todo adquiere un matiz distinto. Luz y la tía Francisca se han sentado al borde de la cama.

—Métete tú a la cama, niña.

Me cuelo entre las sábanas frías pero no me acuesto. Sentada escucho a las dos mujeres que hablan sin parar.

—Francisca, ¿por qué no me dijiste nunca todo eso?

—Es que los veía a todos ustedes tan cambiados…

—Pero me lo hubieras dicho.

Discuten frente a mí como si ya fuera una de ellas. Demasiado exaltadas para contenerse, sus borbotones de palabras se les vienen a la boca como si quisieran echar todo corazón y cabeza.

Ante mis ojos, Jacques Teufel se yergue irreconocible. En esta misma pieza, allí mismo donde estoy acostada, la tía Francisca muerta de miedo rechazó al sacerdote, quien alegaba que una mujer como ella, con ese temperamento, con esos labios a punto de desgajarse necesitaba un hombre. Según él, Jacques Teufel, ése era el único problema de la tía Francisca, no ser una mujer entre los brazos de un hombre. ¡Qué va, si todas las mujeres del mundo querían un hombre, encima, díganmelo a mí, un hombre todas las noches, díganmelo a mí. Más que un hombre presa del deseo, parecía un loco furioso, sacudido de pies a cabeza, desorbitado. Hablaba a alaridos. Amenazó y suplicó a la vez. Semivestido, su rostro se había distorsionado, su rostro estragado, y cuando por fin, humillado ante la resistencia de la mujer, desistió de su propósito, ella trató de calmarlo y le acarició la cabeza con sus dos manos.

Tirito definitivamente. Lo que ha hecho el padre me parece incomprensible, pero más inexplicable aún es la reacción de mi tía. ¿Por qué acariciarle el pelo después de semejante escena? ¿Por qué?

—Tía, si él te quiso hacer daño ¿por qué lo acariciaste?

—Tenía un miedo horrible. Quise calmarlo. Y luego sentí lástima. ¡Pobre hombre! No sabía cómo defenderme y cuando lo vi vencido sentí lástima. ¡Pobre hombre! A veces con los hombres el único remedio que nos queda es la piedad.

No entiendo su razón. ¿Cómo se permitió acariciarlo si ya lo había vencido? Con las mismas manos que antes lo habían rechazado, le proponía un nuevo pacto. ¿Cómo atreverse siquiera a tocarlo?

—Mariana, eres todavía una niña y no puedes saber lo que un hombre siente cuando la mujer lo rechaza.

—Están chuecas, están chuecas. ¡Qué vergüenza que todavía hayas podido pasarle tu mano por la cabeza después de lo que intentó hacerte! No entiendo.

—Mariana, en esos momentos en que se tiene tanto miedo nadie sabe qué hacer, las reacciones son imprevisibles, no nos gobernamos. No sabes aún nada de la vida. Por eso no entiendes. Lo único que cabe es la piedad para el otro, para consigo mismo. Y ahora ya duérmete. Ese hombre es un enfermo. ¡Qué bueno que se fue porque si no, nos hubiera destrozado a todos! Tú nunca te hubieras atrevido a hablarme así antes, pero el padre te ha ensoberbecido. No eras el pequeño pavorreal que ahora se pavonea. Recuerda que todavía eres joven, te falta mucho camino por recorrer, te aguardan experiencias que deseo ardientemente resuelvas mejor que yo. No hay que juzgar a los demás, sino comprenderlos en su momento de desgracia. Teufel estaba en su peor momento. A lo mejor, en mi lugar, hubieras hecho exactamente lo mismo.

Tengo frío dentro de las sábanas. El camisón es un levísimo estremecimiento de miedo sobre mi cuerpo. Debo pensar en otra cosa. Estiro la mano y saco un libro al azar en la mesa de noche. Es de Lanza del Vasto. Junto a él, el lomo de otro libro: Drieu La Rochelle. Francisca habla frecuentemente del *Libro de los muertos* de los egipcios, de Gurdjieff, de Ouspensky, de que el hombre ama tanto su sufrimiento como su felicidad, de Santo Tomás, de las fuerzas interiores. Más allá en otro mueble se alinean todos los libros de Madame Blavatsky. Una tarde intenté leer *Isis Unveiled*. Nada entendí. La biblioteca de la tía tiene que ver con los poderes oscuros del mundo, los del alma, los del subconsciente. Oigo un clic. Tía ha apagado su luz. ¿Cómo puede dormir? Me encojo temerosa. Pasada la tormenta se me viene encima el baile, giran las piezas que bailé con Víctor, *Tea for Two* y *Frenesí*. "Quiero que vivas sólo para mí", el saxofón, los platillos, las trompetas, los violines, el güiro y las maracas, las cuerdas chillan, desgarran, frases de doble sentido; una avalancha de cuchillos me hieren al entenderlas por primera vez. Las cosas no son una sola, no se orquestan en una sinfonía, sino muchas, como esas caras que se ven en los sueños y se distorsionan. En el Convento del Sagrado Corazón las alumnas entonaban una canción que súbitamente se me vino a la memoria, imperiosa, exigiendo reconocimiento. Era una tropical sobre el capellán y la reverenda madre:

> El padre y la madre
> tras de la puerta:
> ella sin cofia
> y él sin sotana.

La acompañaba golpeando en el pandero, en plan de Hija de María, la escucho ahora dar de vueltas en un estribillo diabólico. ¡No es posible! Los curas son el espíritu de Dios sobre la tierra… Y otra vez viene a mi memoria el padre Jacques, el religioso que Dios me ha enviado especialmente a mí y a mi familia. "El diablo", ha dicho Luz, "ese hombre es el diablo. Por primera vez he sentido su presencia sobre la tierra. Es el mal".

Dentro de mi cabeza, oigo un ruido de cadenas. Todo resuena allá adentro; metales oscuros, tuercas giratorias, teteras que silban. Castañetean mis dientes y el sonido se amplifica. El herrero golpea sobre el yunque. Mis brazos se han hecho pesados, llevo plomo en las venas. "No debo dormirme. El diablo va a subir la escalera, el diablo vestido de sacerdote, el mal sobre la tierra." "Quiero que vivas sólo para mí… besarte con frenesí." Veo mucha ceniza girar en el vacío. El sacerdote se acerca amenazándome, abriendo sus brazos como pinzas de cangrejo, su gran falda negra huele a…

*Et misericordia ejus a progenie in
progenies timentibus eum*

CORREN MUCHOS RUMORES SOBRE EL SACERDOTE. Los escucho adolorida, los ojos ardiendo, trastabilleo incrédula, tropiezo, también se nace al sufrimiento y yo acabo de nacer.

Desde que se fue Luz ha enflacado una barbaridad, se le caen los objetos de la mano, no responde, pálida, los ojos enormes sobre sus almohadones de encaje blanco, nos mira como si no nos viera. Vino el doctor y recetó inyecciones intravenosas de calcio. Luz extiende su brazo transparente, blanco, entregado y lánguido como cosa muerta y la enfermera encaja la aguja en la vena azul. Luz mira de frente, no ve a ninguno moverse en torno a su cama, ni siquiera a Fabián a quien acaricia alisándole el pelo con su mano libre, una mano exhausta.

Según cuentan, el padre comenzó a dar síntomas alarmantes en una excursión organizada por los jóvenes al Popocatépetl. Después de la fogata levantada por el jefe *scout,* a la hora de descanso se acostó entre dos muchachas guías, las más bonitas, y les pidió que pusieran sus cabezas sobre su hombro, una de cada lado, así, así, pónganse cómodas, vamos a mirar el cielo los tres. Cuando reemprendieron la marcha el sacerdote ya no estaba en sus cabales; a punto de desmayarse por la altura, más blanco que la nieve que centellaba al sol, ascendía a la cabeza de su rebaño y su traje negro luido destacaba sobre el paisaje monumental: "Parece un pinacate desesperado", comentó Casilda. Cada vez que se detenía a tomar aire, abría los brazos, levantaba el rostro a imitación de Cristo y parecía un trapito negro en lo alto, un espantapájaros. Cuando Víctor le aconsejó que no caminara tan aprisa gritó: "¿Qué soy, un hombre o un eunuco? ¿Qué soy yo, a ver, qué soy yo, un emasculado?" Luego lo vieron doblarse en dos, vomitar las salchichas y los malvaviscos, limpiarse la boca con la manga y emprenderla de nuevo, mareado hasta la locura. Los scouts habían entonado un himno: "Alto, siempre más alto, siempre más alto", y el sacerdote aullaba levantando su bracito negro hacia el cielo: "Nuestra meta es la cima".

Una vez en la punta, intentó bajar a meterse al agua helada del cráter, no como una purificación, sino para exhibirse. Al menos eso diría más tarde el jefe scout. El padre había ordenado, manoteando: "Desnudos, desnudos todos, desnudos frente a Dios, frente a nosotros mismos, la naturaleza así nos hizo, somos parte de ella, regresemos a ella, amémonos los unos a los otros, quítense todo, libérense de ataduras. Miren a nuestra madre primigenia, ¿acaso se avergüenza de su sexo boscoso?" Pretendió estrellarse contra la corteza rugosa de los árboles, dejar allí jirones de su propia piel, para luego entintar la nieve, hasta que, amarrado por la camisa de fuerza de su traje diario, su negra envoltura de burócrata, lo llevaron en vilo al refugio de Tlamacas. A duras penas lograron controlarlo. El jefe *scout* tuvo que noquearlo; muchos lloraban de la impresión. El Popocatépetl había expulsado de su hendidura a un energúmeno, un atroz ratoncito negro, una diabólica representación humana que babeaba, moqueaba queriendo voltear su piel de adentro para afuera, entregarse en un holocausto público. Abraham lleva a su hijo a lo alto de la montaña y se dispone a encajarle el cuchillo. Teufel se hubiera mutilado allí mismo con tal de blandir al cielo sus riñones de carnicería, gritarle a Dios, mostrarle su hígado fofo, sus intestinos en los que él mismo metía mano, exprimiéndolos para mover su sangre, ofrendarle esa masa sanguinolenta que era él, esa cosa podrida y embriagada que era él, a ver si Dios misericordioso se atrevía a venir por él, a ver de qué tamaño era su compasión, a ver si de veras tenía tanates.

Pero esta excursión no fue la gota que hizo derramar el vaso, sino el enfrentamiento del padre Teufel con don Hipólito Berthelot, el gran industrial, el magnate, el proveedor de la Iglesia Francesa. Antes, el padre había tenido otro encontronazo con el primer secretario de la embajada de Francia, Desiderio Fontanelle.

Colérico y dislocado, Teufel, que después de todo no era más que un recién llegado, un advenedizo, se lanzó encima de Berthelot diciéndole que él no era mejor que cualquier campesino avaro de esos que conservan la hogaza de pan hasta que se agusana y todavía así le cortan rebanadas a riesgo de romperse los dientes.

—Puedo meter mi mano al fuego —masculló— de que usted guarda su dinero bajo el colchón.

Como Berthelot permaneciera a la expectativa, le dijo que no se creyera benefactor porque en el fondo lo único que buscaba era crecer, agrandarse, prolongarse, hin-char-se a costa de los demás. Ése era su ideal de fraternidad humana. Explotar a los zapotes prietos, los inditos de baja estatura, y convertir su propia vida en el ejemplo a seguir de los franceses *au Mexique* habían sido objetivos muy bien logrados y por ello lo felicitaba, ah, ah, ah, pero él, Jacques Teufel, no podía caer en la trampa porque conocía demasiado bien lo que significa crecer a costa de los más débiles.

Quizá porque hacía mucho que nadie se atrevía a retarlo, Berthelot condescendió a responderle a este despistado que lo desafiaba. Contarle su historia, con los labios delgadísimos y la mirada acerada que atemorizaba a sus subordinados, era un pasatiempo en el que no se ejercitaba hace años y se lanzó despacio, escuchándose a sí mismo:

"Me llama usted vendedor de calicó. Es cierto, al llegar mis padres a México lo vendieron por metros, de puerta en puerta, y cuando se les acabó lo hilaron en un pequeño telar que aún conservo. Esta fábrica que usted denigra le ha dado trabajo a miles de mexicanos que sin ella no tendrían qué llevarse a la boca. Me dice usted que no los trato como a iguales, yo sólo espero que alguno de ellos me demuestre que es mi igual. A veces cuando visito la fábrica capto frente a una máquina un rostro que me interesa, mis ojos se detienen ante una mirada más inteligente, más viva que las otras pero a la siguiente inspección no vuelvo a encontrarla porque los mexicanos no son constantes ni tenaces; no tienen voluntad de superación, van de trabajo en trabajo, son aprendices de todo, oficiales de nada; no tienen meta, trabajan simplemente para subsistir, su cerebro subalimentado no da para más. Mi religión, de la cual es usted oficiante, me ha hecho ayudarlos pero no me venga a decir que un haragán, que deja su paga los sábados en la cantina, es mi igual.

"No me interrumpa, usted ya habló. No soy graduado de la Sorbona, señor cura, lo que tengo lo he hecho yo solo. No tuve acceso al seminario como usted. También fui operario; entre turno y turno me comía un pan con ajo y seguía con más bríos mientras sus redimidos se gastaban su dinero en un refresco. A esta escuela me acostumbraron mis padres: 'Un pan con ajo para que sepas el precio de la vida'. Nunca le pedí a nadie un trago de su gaseosa, ellos se llenaban con agua de colores. Yo me llené de coraje, de furia por salir adelante. Mis tiempos extra fueron mayores que los de ninguno. Ellos se diluyeron, perdieron el alma en sus aguas pintadas. Yo me fortalecí y he vencido no porque me fuera dada la victoria desde la cuna, sino porque conquisté mis prebendas en la misma fábrica en la que se confundían nuestro sudor y nuestros orines. Sonría todo lo que quiera, curita, pero recuerde y recuérdelo bien: México no tiene mística; los mexicanos, ninguna razón para hacer las cosas, ni México razón de ser. El paso de sus hombres sobre la tierra es puramente accidental. ¿A quién la recompensa, si recompensa puede llamarse el fardo de responsabilidades que me agobia? Yo soy un hombre grande, Teufel, un hombre trabajado por la vida y a estas alturas nadie va a venir a decirme lo que debo hacer."

En la colonia francesa los Barcelonnettes se transmitieron casi textualmente la respuesta de don Hipólito Berthelot, el primero en enfrentarse al eclesiástico. El padre Teufel lo ponía todo en entredicho, las villas que los Barcelonnettes se habían construido en el Valle de Ubaye con dinero mexicano, sus viajes anuales a la estación de esquí de Praloup frente a los Alpes, su educación siempre francesa. Ajeno a las consecuencias, Teufel siguió embistiendo y la emprendió contra los médicos del Hospital Francés, los jóvenes que se casan sólo entre sí por pura y llana discriminación, la insistencia en el francés como idioma separatista, ridículos, si lo aprendieron en México, o ¿acaso habían nacido en París? Quisiéranlo o no, los había nutrido el maíz, el frijol, el chile. Quisiéranlo o no, en sus pupilas estaban impresos el Popo y el Ixta, no el Pic du Midi. Al aislarse como lo hacían las otras miserables colonias en México: la norteamericana, la libanesa, la alemana, la italiana, la judía, sólo patentizaban su racismo y aseguraban su propio exterminio; ya se irían comiendo solos, antropófagos de sí mismos. ¡Ah, y que por favor no olvidaran salpimentarse con la mierda de sus prejuicios!

Jacques Teufel se había atrevido a gritar:

—Ustedes comparan al pueblo mexicano con los pueblos de Europa, concretamente con Francia, y sólo en la medida en que México se parezca a Francia se justificará su pretensión de formar parte de la comunidad de los hombres. Esto es muy grave, señores trasterrados, porque ustedes mismos, aunque ya no viven en Francia, se erigen en civilización y pretenden civilizar a un pueblo que desprecian. ¡Oh no, no protesten, me han asestado su superioridad durante todos los días de mi estancia y conozco bien su acción civilizadora; hacerlos trabajar diez o doce horas en lo que ustedes quieran, regular su natalidad cuando este gran país tiene aún tantas zonas sin poblar, terminar con una religión primitiva y ciega, a su criterio pagana, sólo porque su mezquindad los hace incapaces de comprenderla, seguir aprovechando esa mano de obra sumisa, barata, ignorante, como a ustedes les conviene, porque de lo que se trata es de que no mejoren, no asciendan a ninguna posición de mando. Oh, no me digan que ustedes les han enseñado lo que saben, jamás encajarán los mexicanos pobres dentro de su mundo mientras no se parezcan a ustedes y a su familia. Ustedes no encarnan civilizadores ni cultura alguna. Ustedes sólo encarnan sus privilegios.

Había terminado en un grito, ya sin aliento, lanzando anatemas a grandes salivazos blandiendo un índice amenazador: "¡Racistas, esto es lo que son ustedes, racistas y explotadores. Y no se atrevan a decir que actúan en nombre de Cristo; sería intolerable su cinismo!"

Fuera de sí, recorrido por largos escalofríos, el padre tuvo un ataque de nervios que justificó a los médicos en su diagnóstico: "Paranoia". Desde entonces se decía que el enfermo mental estaba recluido en una casa de reposo en Tlalpan y hasta en Guadalajara, que unos jóvenes scouts le habían ofrecido su local con jardín en Cuernavaca, que la señorita Freire lo había seguido hasta allá para atenderlo, que cada tres días lo visitaba Valeria Arnal, que Marta Dupasquier aseguró que lo vio caminando en Cuautla, que Víctor lo invitó a oficiar misa en su propia casa y en el sótano de su gran tienda, de Pachuca a Michoacán, usan sombreros Tardán, que en una ocasión al oír a la señorita Lemaitre contestar al teléfono en francés se lo había arrancado con violencia de las manos y le había gritado con saña: "¡Tantos años de vivir explotando a este pobre país y no poder hablar su idioma!", su risa se hizo gutural, repugnante.

—¿Qué habló primero, el francés o el español?

—El español. Luego en el Liceo aprendí el francés.

—Usted, ¿nació en México?

—Sí.

—Y ¿sus padres?

—También.

—¿Cuál considera usted su idioma materno?

—El francés.

—¿Por qué demonios?

—Porque es el de mi gente.

Finalmente el arzobispo Luis María Martínez, gracias a la intervención de Esperanza, tenía noticia del caso e iba a tomar las debidas providencias. A Valeria Arnal, después de varias visitas a Teufel, habían terminado por hospitalizarla a cuarenta cuartos de distancia del padre. La señorita Freire, según informe confidencial de su familia, dio en beber, los propios sacerdotes de la parroquia francesa vivían una conmoción. Telegramas iban y venían porque un grupo de franceses distinguidos, encabezados por el secretario de la embajada de Francia había tomado cartas en el asunto y un memorándum yacía en el escritorio principal del Quay d'Orsay. Una de estas mañanas Teufel, enfermo o no, bien podría amanecer en uno de los separos de Gobernación porque Desiderio Fontanelle estaba más que dispuesto a gestionar su extradición.

Sólo el *shock*, la conmoción me hace vivir hondamente; como que toco fondo; adquiero de pronto una quilla. Si no soy una barca ligera que sigue el ritmo del oleaje sin sentirlo siquiera, sin tener conciencia de que estoy sobre el agua. ¡Cuán leve y cuán graciosa! Viene el ramalazo, por unos segundos toco la verdad, me agripo aterrada, éste es demasiado fuerte, me atenaza y cuando estoy a punto de la asfixia me suelta, vuelvo a la superficie de mí misma y sigo sonriendo, ida, deliciosa, con el especial encanto del que nunca hizo agua, del que jamás se dio por enterado.

Mi inconsistencia es en parte heredada. De por sí, a los niños bien los define su inconsciencia. Es de mal gusto insistir, apoyar, el padre, obsesivo, demostraba con sus vueltas de burro de noria su origen social. ¿Qué es lo que quería realmente? ¿Qué es lo que hay que querer realmente?

"I'll think about it tomorrow", decía Scarlett O'Hara antes de apagar la luz de su mesa de noche en *Lo que el viento se llevó*. Al día siguiente el problema pierde peso, emprende el vuelo, no hay por qué retenerlo con inútiles conjeturas, ninguna expiación sirve; verlo todo a ojo de pájaro es elevarse, mirar la tierra desde el aire, ¡qué chiquita la gente! Desde arriba lo malo se volatiliza, descansa fuera del tiempo, atorado en las cruces del cementerio.

JUDICA ME, DEUS ET DISCERNE CAUSAM MEAM DE GENTE
NON SANCTA: AB HOMINE INIQUO ET DOLOSO ERUE ME

—¿Qué haces, Mariana? —pregunta Francis de camino a la recámara de Luz, al verme en la terraza.

—Escribo.

—¿Qué cosa?

—Preparo mi clase de catecismo.

Para mi sorpresa tía Francis se acerca; todos estos días no ha tenido ojos sino para mi madre.

—¿Ah, sí? ¿Qué vas a enseñarles? —sonríe.

Toma mi hoja entre sus manos.

—¡Pero si son los nombres del diablo!

He escrito:

Lucifer, Belzebú, Elis, Azazel, Ahriman, Mefistófeles, Shaitan, Samael, Asmodeo, Abadón, Apalión, Aquerón, Melmoth, Astaroth, Averno, Infierno, Tártaro, Hades…

—¿Por qué haces eso, Mariana?

—¿Qué tiene de malo?

—No entiendo, qué te pasa, qué les pasa a todos, lo que les sucede va más allá de mi comprensión.

Llamo por teléfono a Casilda:

—¿Qué palabra te gusta más? ¿Brumoso o bromuro?

—Las dos te quedan muy bien. ¿Qué pasa en tu casa?

473

—Nada interesantoso desde que Teufel se fue.

—¿Tu madre?

—Los médicos la obligan a guardar cama. Casi no me dejan verla.

—Mejor en cama que en Nueva York, ¿no crees?

El sentido común de Casilda me repatea.

GLORIA TIBI, DOMINE

De vez en cuando mamá abandona su cama, cuando tiene compromisos impostergables, una firma en el banco o algo así. Entonces rondo por su recámara buscando la clave del misterio. La atención de todos se centra en Luz. Las llamadas son para ella; quieren noticias, saber cómo se encuentra. A la puerta llegan los ramos de flores pero Felisa y Victorina los colocan en la sala, en el comedor para que no le roben el oxígeno del cuarto. Luz es el centro del mundo. Algún miembro de la familia debe tener la respuesta a mi angustia; Sofía dice que ya chole con Teufel, que la chifosca mosca; tía Francis consulta en voz baja a médicos y a sacerdotes, yo no pensaba que había tantos, y cuando me acerco ordena que salga al jardín a tomar el sol, "estás verde, tienes mala cara", o que suba a mi recámara a leer, "aprende a estar sola, a tener vida interior". Me dan ganas de hacerla chilaquil. Desde que se fue el sacerdote papá recuperó su autoridad y se entrega a una actividad compulsiva en su laboratorio. Mi abuela, que de veras podría ayudarme, con los años cada día se acerca más al cielo y todo le parece irrisorio: "Ya pasara, Mariana, ya pasará", "Sí, abuela, todo pasa, lo sé, pero ¿mientras?", su fe no me tranquiliza.

En la mesa de noche veo el vaso de agua, el rosario, fotografías de Fabián y de papá, sus almohadas, el leve chal que pone sobre sus hombros friolentos, busco en la cama; de pronto me topo con el libro rojo de pastas flexibles, los evangelios y las epístolas que lee todo el día; allí debo encontrar la respuesta, abro en el sitio donde está el marcador, las páginas separadas por una estampa, y leo en la epístola de San Pablo a los romanos:

"Porque no hago el bien que quiero; mas el mal que no quiero, ese hago.

"Y si hago lo que no quiero, no soy yo el que lo hago, sino el pecado que mora en mí.

"Así que queriendo yo hacer el bien, hallo esta ley: que el mal está en mí.

"Porque según el hombre interior, me deleito en la ley de Dios:

"Mas veo otra ley en mi cuerpo, en mis miembros, que se rebela contra la ley del espíritu y me lleva cautivo a la ley del pecado que está en mis miembros.

"Así que yo mismo con la mente sirvo a la ley de Dios, mas con la carne, a la ley del pecado."

Así es de que hay algo innoble en mí; en mi cuerpo, algo innoble en ella también puesto que lo ha subrayado, algo innoble en su conducta al lado de su santidad. Lo malo y lo bueno van de la mano, la Queenie no controla lo negro en ella, lo negro que corresponde al burro, lo negro es ese impulso en sus corvas enlodadas, ese impulso que en la noche me impide dormir, mis manos sobre mi sexo. Un caballo negro, al lado del caballo blanco, uno innoble al lado del noble, los dos jalándome, los dos jalándola a ella, a Luz, ¿qué será lo innoble que ella hace? ¿Por qué sale, por qué la dejan salir? Sentada sobre su cama que aún no tiende Vitito, recupero su tibieza, huele a ella, a lo que ella huele cuando lee el libro de pastas rojas. Mamá es dos caballos; dos caballos duermen a la mitad de su cama. Con razón dice la romanza que todos los caballos del rey tienen la cama como abrevadero; allí juntos sacian su sed. Me meto en su cama; volver a estar dentro de ella como ella dentro de su cama; su cama es su vientre, toda esa blancura lechosa proviene de sus pechos, sobre las sábanas revueltas flotan grandes flores blancas, se acuestan; al igual que ella se tienden como los lirios acuáticos de Monet, mamá, nenúfares, mamá, tu cama flota sobre los nenúfares; los nenúfares entre tus piernas, es un mar de leche tu cama, estallan las burbujas blancas, es como tú tu cama, vasta y ensimismada y yo me pierdo en ella pero no logro hundirme ni desaparecer. Aquí estoy horriblemente viva, jamás saldré cantando, nunca voy a poder irme, mamá, nunca agarraré camino, atada a ti, abrevando en tu linfa, tu tejido, tu saliva, la blancura que te habita, atrapada entre tus glándulas, tus membranas, tus células, tus cromosomas, tus contracciones musculares, mamá, el ciclo molecular de tu materia viva. Estoy parasitada de ti, mamá, almacenada para siempre, mamá, trasminándote, síntesis de todos tus esquemas.

Este hogar es CATÓLICO.
No aceptamos propaganda protestante,
ni de ninguna secta.

Angelus Domini nuntiavit Mariae,
et concepit de Spiritu Sancto

FELISA Y VICTORINA suben por la escalera sin hacer ruido: "Pobre de la señora, ya lo decía yo", rezonga Vitito. Tropiezo con sus cubetas, el trapeador amarrado a un palo, la escoba que se atraviesa frente a la puerta. Desde que se fue el padre la euforia ha desaparecido y ahora todos los miembros de la casa notan que la canilla gotea, que la basura se va amontonando en los botes, que el vino se agria porque no lo taparon bien, que las horas se cuelgan como telarañas de las lámparas. La rutina ha vuelto. Sofía tararea en la vereda: "Los marcianos llegaron ya y llegaron bailando el chachachá".

Después de una limpieza a fondo Casimiro recuperó su pabellón, Felisa y Victorina lo tallaron a manguerazos. El agua jabonosa escurrió hasta el pasto del jardín. "Se están lavando los pecados del mundo", sentenció Francisca, totalmente recuperada. Sofía se entrega con más bríos a su vertedero de demasías: la danza. A Fabián lo tomamos de la mano para llevarlo al kínder y los viernes a mediodía regresa con una estrella de oro pegada en la frente. Fabián, tengo manita, no tengo manita, porque la tengo ¡desconchabadita! Fabián, hermanito, lo que no tenemos nosotros ahora es mamá, qué será de nosotros, hermanito del alma, Fabián, dame un beso de tu boquita, hazme ojitos. Fabián sin saberlo me ofrenda su ternura de bebé rosa y redondo, pero no me da lo que busco, nadie me lo da. Mi abuela que ha sido el sabino en que nos apoyamos, la buena sombra, con la edad se ha alejado de todo lo que no se parezca a un árbol, ¡oh, mi abuela intrépida, échame la bendición, abuela líbrame de todo mal! Tantán, ¿quién es? Es el diablo. Tantán, ábreme abuela, ampárame, de mí tu vista no apartes, no te alejes, haz que entre lo bueno y salga lo malo. Tía Francis sólo se preocupa por mamá y papá por su laboratorio.

El jardín es un juego de luces y sombras. Del jardín se han ido doña Blanca y sus pilares de oro y plata, Nana Caliche y la pájara pinta, la mexicana que fruta vendía, la víbora de la mar y la Virgen de la Cueva. No hay abrazos ni naranjas dulces, ni una sandía ni un verde limón, Juan Pirulero nos cambió el juego, y deambulo, las manos vacías entre los falsos juramentos. Durante los días "hábiles", como les llaman, porque los de fiesta son los torpes, zumba el motor del carro de Casimiro en la vereda, el portón bien abierto para que pueda salir a toda velocidad. En la calle toca el claxon; que venga Felisa a cerrar trás de él. En cambio la puerta de Luz permanece cerrada.

—¿Podré ver a mi mamá?

—Ahora no, Mariana, acaban de ponerle su inyección.

—¿Cuándo?

—Si ustedes están allí de encimosos tendrán que llevársela al hospital.

—¿No ha preguntado por mí, mi mamá?

—Que yo sepa no.

—En la noche ¿podré asomarme unos segundos?

—¡Qué terca eres, qué terca, ¿quieres que se la lleven al hospital? Entonces sí que no volverás a verla por mucho tiempo.

—Un segundo chiquitito nada más, un segundo así de chiquitito...

—¿Qué no tienes algo qué hacer? ¿No te toca hoy alguna de tus clases?

Victorina es la más autoritaria de las sirvientas. Hasta Casimiro la respeta.

—¡Qué flojera ni qué nada, anda, Mariana, toma para tu camión y vete derechito a tu clase, aquí sólo estorbas, habrase visto muchachita tan mañosa!

Quisiera ir a ver a la tía Francis, preguntarle si lo del viaje a Nueva York sigue en pie —aunque sé que soy inoportuna—, si ha visto al sacerdote, por qué visitan a mi madre otros religiosos, qué es lo que sucede, pero Francis pasa junto a mí, me besa por no dejar y se precipita a la recámara de Luz, todo su interés concentrado en la enferma. Es ella quien supervisa a la enfermera, tiene largos conciliábulos con Gabriel Duchemin y Father Thomas quienes atraviesan el portón un día sí y el otro también; apenas si aguardan en el vestíbulo a que les digan que pueden subir. A veces se encuentran a Casimiro que después murmura entre dientes: "Mi casa se ha convertido en un seminario. O en el infierno, no sé cual de los dos".

Vivimos en una atmósfera de temor, de recelo. Hay días en que Luz baja al jardín con su bata floreada y su pelo cepillado por la enfermera pero lo hace cuando no hay moros en la costa, ningún niño que pueda venir a atorársele en las piernas, a metérsele en los brazos. Me gustaría esperarla bajo el sabino: de hecho me he sentado allí a espiar su salida, cuando Victorina me conmina desde la ventana:

—¿Todavía estás aquí? Vete pero ahorita mismo a la parada del camión.

ECCE ANCILLA DOMINI: FIAT MIHI SECUNDUM VERBUM TUUM

En el Colonia del Valle-Coyoacán mis ojos se detienen donde no. Quisiera controlarlos, retenerlos, reconvenirlos, no hay modo. Se posan en el tambachito entre las piernas de los viajeros, trato de mirar por la ventanilla, concentrarme en los coches, en la Virgen de Guadalupe y sus foquitos de colores, en Fray Escoba, pero zas, como imantados los ojos regresan al punto de partida, a eso misterioso que se abulta entre las piernas de los hombres. El camión se zangolotea, chirrían todas sus partes y también el bultito entre las piernas de cada hombre se desplaza a la merced de sacudidas y arrancones. Un hombre me ha visto; vio mi mirada inquisitiva, cochinosa, descarada y cruza sus brazos a la defensiva sobre sus rodillas, cubriéndose así los muslos. No vuelve a dedicarme un vistazo siquiera. Creí oírlo murmurar: "Gringa sinvergüenza". No puedo evitarlo, sigo hurgando con la mirada, de poder hurgaría con las manos escarbando en esta suavidad indolente, entregada.

De regreso me aplasto como flan en la banca del camión. Un cansancio terrible me ha vaciado. Salí de mi casa tendida como un arco, erecta, ahora mi pequeño vientre cae, se abulta presagiando futuros vencimientos. No soy ya la altiva, la reina, sino la tenebrosa que ha perdido al sacerdote para siempre.

En la casa los ruidos son intolerablemente familiares. Victorina azota los trastes en el fregadero, las puertas al cerrarse de golpe hacen temblar los vidrios. Felisa advierte: "Cuando vengan del jardín, límpiense los zapatos, tengo que barrer de nuevo porque todo me lo enlodan". Sofía grita a voz en cuello desde lo alto de la escalera:

—¿Dónde están mis tenis?

Casimiro ordena desde la ventana del baño:

—No más madero, por favor.

El bóiler truena; hierve el agua caliente: papá, como la abuela Beth, masculiniza todo lo femenino.

—¿Quién agarró mi pluma? Tú la tomaste, Mariana. Ya les he dicho que no cojan mis cosas.

—Nadie planchó mi blusa azul y yo me la tengo que poner en la tarde.

—Me duele la panza.

—¿Por qué no recogen las toallas después de bañarse?

—Aquí dejé las aspirinas, aquí tienen que estar.

—¿Nadie me llamó por teléfono?

La voz enojada de Victorina es concluyente.

—¡Cállense todos! ¿Qué no ven que su mamacita los puede oír? ¿No se han dado cuenta que está muy malita?

Definitivamente el sacerdote se ha ido. La vida ha vuelto con sus cacerolas, sus calcetines por remendar, sus clósets llenos de zapatos. Limpios o sucios, escombrados o atascados, todo terminará en lo mismo: todos acabarán por morirse desvencijados. Es mentira aquello de los lirios del valle que crecen solitos, es mentira, Dios no cuida a nadie.

ET VERBUM CARO FACTUM EST, ET HABITAVIT IN NOBIS

Hoy en la noche a Luz le volvió la pesadilla. Las inyecciones de calcio casi la habían hecho desaparecer pero cerca de las dos de la mañana lanzó un grito que cimbró los muros; un relámpago en el techo no hubiera causado mayor conmoción. Felisa subió corriendo desde su cuarto pegado a la cocina. Sofía y yo nos asomamos espantadas. Casimiro, lejos en su pabellón, y Francisca en su casa, Felisa sorteó el escollo como pudo, incluso le pidió a la enfermera que bajara a calentarse un té para el susto:

—Déjeme sola, yo la conozco.

Sin mayores trámites nos despachó a nuestras camas. Luz transparente sobre su almohada le confió:

—Es por mi hijo… Es mi hijo. Dios le pidió a Abraham la oblación de su hijo pero le detuvo el brazo en el momento del sacrificio. Dios quería la aceptación de Abraham, no la muerte de su ser más querido. A mí también me ha pedido el sacrificio, la separación de mi hijo.

Felisa tomó la mano traslúcida, exangüe, entre sus manos callosas de trabajadora:

—Señora Luz, todas las madres tenemos un cuchillo en el corazón, a todas nos duelen los hijos desde el momento en que les damos la vida pero la vida es fuerte y la vida misma nos va llevando. Ya estará de Dios. Usted no puede dejarse vencer. No nos queda más que ponernos entre Sus manos, tener confianza en "Él" —y señaló el Cristo del rosario colgado de la cama.

Sólo entonces Luz rompió en sollozos, unos sollozos humildes de aceptación pura.

—Sí, sí, Felisa, sí, sí, mi buena Felisa, usted tiene razón, sí, cuénteme de su hijo, del suyo, sí, no lo conozco.

Luz se sonó como una chiquilla y miró a Felisa, su rostro esculpido de mujer que permanece de pie durante muchas horas, de mujer a quien se le hinchan los tobillos, de mujer a quien en la noche le duele la espalda, y estiró su mano blanca y recogió un cabello gris cansado en la frente de Felisa. Le entró una gran vergüenza de sí misma ante esta mujer mayor que ella que la consolaba con todo su trabajo de años sobre los hombros:

—Mañana me levanto, Felisa, va usted a ver cómo mañana estaré mejor, mañana me levanto y la ayudo.

Felisa tiene una sonrisa triste.

—Está bien, señora, no se preocupe, poco a poquito, poco a poquito.

Al borde de la cama quedó la huella del cuerpo de Felisa, fuerte, ancho como una montaña.

DOMINUS TECUM

En medio de mi soledad voy a sentarme a la cama de mi madre enferma y la oigo decir:

—Quizá me equivoqué, quizá el padre es un gran santo.

Alentada, le pregunto:

—Y yo también ¿algún día seré una santa?

—Tú, Mariana, tú eres una ranita hinchada de orgullo.

CONSOLATRIX AFFLICTORUM

Una noche, cerca de las doce, suena el teléfono. Corro a la cocina a contestarlo. En el momento en que descuelgo oigo que Luz dice: "Bueno". Es el padre Duchemin. Habla en voz baja como si temiera que lo oyeran:

—¿No quiere usted ver al padre Teufel? —intercede.

—No, padre Duchemin.

Insiste:

—Usted lo ha…

Su voz que hasta ese momento me parecía muy turbada se hace fuerte:

—En la confianza y en el amor, no quiero volver a verlo.

—Él deseaba que usted supiera que está internado en el Hospital Francés…

Mamá guarda silencio. A mí me tiembla el alma. A mamá se le quiebra la voz cuando le dice exhausta:

—Usted sabe porque me ha visto, padre, que yo también padezco…

No quiero saber lo que padece, cuelgo lo más suavemente posible.

Exorcizo te, omnis spiritus immunde

—MAMÁ, TENGO QUE IR A LA REUNIÓN.

—No vas.

—Mamá. Déjame ir. A todas las demás se les va a hacer muy raro que no vaya.

—No, Mariana.

Luz guarda las sábanas dentro del gran ropero. Las acomoda una por una contándolas para cerciorarse de que la lavandera no le ha entregado una de menos. Con su bata de flores pronto irá otra vez a meterse en la cama, a reanudar otra vez su lectura de los evangelios.

—¡Mamá!

La enervo con mi continuo tarareo y mi rostro compungido.

—¿Ahora qué?

—Nada más a la instrucción de las cuatro. Regreso dentro de una hora. Lo veré con las otras. ¿De qué te preocupas? Ésta es la última junta y si no voy las demás se extrañarán…

—¿Qué necesidad tienes de ver al padre después de lo que te hemos dicho? A ver, cuenta aquellas fundas, sirve de algo…

Luz tiene una privilegiada facultad para distraerse cuando algo se vuelve grave. No enfrentarse a la adversidad es una forma de borrarla. Siempre encuentra un atenuante al mal, de tal manera que no establece una gran diferenciación entre el bien y el mal. Los premios y los castigos no provienen sino del cielo. Si llego con alguna noticia importante, al menos para mí, me interrumpe a medio relato con un: "¡Mira nada más cómo andas. Tienes las manos sucias. Ve a lavártelas!"

—Mamá, el padre no puede imaginarse que ustedes me lo han contado todo. Además, después de que tú le negaste la entrada no creo que quiera hablarme a solas.

Empleo toda mi astucia; si Sofía consigue lo que quiere, no voy a quedarme atrás, y más ahora cuando su voluntad flaquea. Enferma, mamá no se aventura fuera de su recámara sino para cumplir tareas menores; bañarse, guardar la ropa planchada, darle el gasto a Felisa, ordenar la comida. Pero no baja; le suben su charola, no contesta el teléfono, casi no habla. Sólo atiende a Fabián, a Casimiro, a Francisca, a sus hijas, y eso para responder afirmativamente a cualquier propuesta. Se deja convencer fácilmente. Siempre ha creído que los demás tienen la razón.

—Mami, mamita, no te preocupes. Yo ya estoy grande. Hoy vamos a despedir al padre, eso es todo. ¿De qué tienes miedo? Vamos a estar allí todas reunidas en la *Cité* y si yo no voy las demás dirán...

—Ya, ya, Mariana, me lo has repetido veinte veces.

Luz se sienta y se pasa la mano por la frente pálida. Me entran remordimientos.

—¿Te sientes mal, mami? Entonces me quedo contigo...

Luz está exhausta pero ante todo quiere estar sola, sola consigo misma y con los evangelios, lejos siquiera por unas cuantas horas de sus hijos, de Casimiro, que dependen tan totalmente de ella. Le impiden avanzar; es como si ocho manos se apoyaran en su espalda, las más pequeñas asidas de su falda para no caerse y las más grandes cogidas de su mano. Bajo el peso de todas esas almas Luz cree desfallecer: "Dios mío, dame fuerza para seguir adelante. Después de todo Mariana es una muchacha inteligente y ya está grande..."

—¿Me prometes regresar inmediatamente después de la reunión?

—Sí, mamá —afirmo con vehemencia.

—Ándale pues, ve.

Luz vuelve a la cama. Pone un chalecito rosa sobre sus hombros friolentos. Allí, al alcance de su mano, encima de los periódicos están los evangelios. Pero no los tomará hasta que me marche. Me escucha abrir la llave del agua, sabe que voy a lavarme los dientes, luego la cara, luego las manos.

Desde el baño grito:

—Mamá, ¿puedo echarme de tu agua de colonia?

—Sí.

Luz se exaspera. Está a punto de decirme que no me da permiso, pero la perspectiva de una escena de lágrimas es insoportable. Bien visto no hay nada malo en que le pida agua de colonia. Ya lo he hecho antes. Entro a la recámara con gotas de agua en el pelo.

—¿No me prestas tus guantes de ante?

—Bueno —y por costumbre añade—: te brilla la nariz.

Me polveo la nariz. Luego la beso rápidamente sin fijarme siquiera en donde cae el beso.

—Adiós mamá, que descanses. Voy a tomar un taxi para no llegar tarde.

Dentro de su cama, Luz se inquieta. "No debí dejarla ir. La imaginación de Mariana no tiene límites y vive cada circunstancia como la mera verdad. Sofía al menos sabe protegerse, pero ésta se lanza sin prever las consecuencias." Agotada, Luz se justifica. ¿Qué puede suceder en pleno día? Mariana se encontrará con quince muchachitas bebiendo las palabras de despedida del eclesiástico.

Luz estira las piernas. Habla consigo misma; desde niña se ha contado historias, desde niña sueña despierta, hoy se acusa y se defiende. Alarga la mano y bebe un trago de agua. El teléfono está desconectado. Se arrellana en las sábanas y toma la Santa Biblia, ese libro, flexible, lleno de hojas de oro. En cada página, Luz descubre un mensaje para ella sola. Comienza a leer el salmo 38: "Porque dije: que no se alegren de mí: cuando mi pie resbalaba, sobre mí se engrandecían. Empero yo estoy a pique de claudicar y mi dolor está delante de mí continuamente. Por tanto denunciaré mi maldad; congojaréme por mi pecado". Cada línea tiene un carácter personal y misterioso. Lee con fruición, llena de gracia. Pasa al Nuevo Testamento. Muy pronto se hunde en los campos de trigo, en la hierba buena que crece humilde al borde del camino de Galilea, en los ramos de oliva y en las palmas de Jerusalén. María Magdalena le lava los pies al Señor. A la orilla del lago de Tiberiades, Luz se apresta a caminar sobre las aguas al llamado del Señor cuando mecánicamente prende la lámpara para poder seguir leyendo. A duras penas, desgarra su pensamiento del mundo apenas entrevisto. Se pone nerviosa: "¡Algo me falta, algo me falta… me siento trunca!"

Mariana no ha llegado.

A las diez de la noche, Luz, sola, habla como loca por teléfono a todas partes preguntando por su hija.

—ABRENUNTIAS SATANAE?

—ABRENUNTIO.

—ET OMNIBUS OPERIBUS EJUS?

—ABRENUNTIO.

—ET OMNIBUS POMPIS EJUS?

—ABRENUNTIO.

El padre preside la larga mesa de trabajo. Alrededor de ella se amontonan las sillas. Más concurrida que nunca se trata de la última instrucción antes de las vacaciones de Semana Santa. Su mirada recorre el grupo y me encuentra. No le sorprende verme. Me siento decepcionada de que tenga mejor aspecto que de costumbre, hasta se ve gordo, sus cabellos alisados por el agua están jalados para atrás, su corbata bien anudada. Esperaba encontrar a un hombre abatido y me abre los brazos un apóstol sonriente dentro de una pieza blanca, casi luminosa.

La plática es agradable. Entran grandes rayos de sol y las muchachas toman notas en unas hojas blancas. El eclesiástico respira uniformemente, habla con cariño, con verdad. Todo tiene un aspecto sencillo, natural, muy distinto al de antes. En los muros cuelgan letreros reconfortantes, máximas y lemas de *"Scout* siempre alerta", "Siempre más alto", "Un *scout* es siempre puro, un *scout* sirve a su patria". Un cartel del turismo francés anuncia *"Le Languedoc"*. Me molesta tanto orden aparente. Vine en busca de emociones fuertes y allí está Susana con sus plácidos ojos de vaca paciente rumiando de nuevo su suéter que teje debajo de la mesa. Marta también está satisfecha, su lengua se ha quedado quieta dentro de su boca y sólo muestra sus labios sensuales y negros. Casilda no llegó. Para ella, el padre y sus ejercicios espirituales son cuenta saldada. ¡Qué bueno que no vino! Su presencia le da un cariz distinto a los acontecimientos, los vacía de emoción. Mónica Mery, Estela Rivet, Susana Berthelot, Leticia Lavoisier, Margarita Lemaitre aguardan conmovidas; Berta, Amelia y Lilia han fundado una agrupación de solidaridad y son desde ahora misioneras en potencia. Las respuestas de las demás no valen la pena y no pasan del monosílabo. Todas se ven libres; sus miembros no sufren contracción alguna; se recargan en la mesa, cruzan las piernas, Berta tiene el brazo extendido sobre el respaldo de la silla vecina; un brazo dorado por el sol, sano y fresco. Los ojos brillan como vitrales.

Finalmente a las cinco el padre se despide. Él, que nunca se fija en la hora, esta vez es puntual. ¡Qué normalidad tan defraudante! ¿Dónde está la atmósfera tensa del retiro, dónde la espera maligna, dónde la revelación? En un parpadeo el mundo del mal se ha convertido en el del bien. La epidemia que sufrimos, el nocturno pavor, la profusión de ángeles caídos con quienes nos identificamos da lugar a una fila de manos tendidas hacia el sacerdote. Algunas le aseguran que irán al aeropuerto a despedirlo. Otras lo verán en la sacristía de la parroquia después de su última misa. Él conserva cada mano entre las suyas mientras dice palabras confidenciales. Las que quedan cerca, simulan no oír, con falsa discreción, sí falsa porque ahora que ya no hay electricidad en el aire todo me parece falso.

—No piense más en sus padres. Ellos ya vivieron su vida. Ahora la que importa es usted. Y una mujer con su temperamento está hecha para el amor.

La señorita en turno balbucea las gracias y recupera su mano de la garra eclesiástica.

—Usted no debe darle tanta importancia a las promesas. Nunca hay que prometer nada en la vida. Los actos son libres, y usted se ha ganado la libertad y la merece...

Susana sonríe torpemente, deja caer su madeja y el sacerdote se inclina a recogerla:

"…Y por favor, Susana, no teja usted tanto. Se le van a enredar los pensamientos".

Susana está en el colmo de la turbación, pero ya Teufel se dirige a Mónica:

—Regrese a su cuerpo, déjese de teorías, al final es siempre nuestro propio cuerpo el que nos consuela y nos saca adelante. Cultive su propia belleza. Usted es hermosa. Dele a su cuerpo lo que le pide. Y no me refiero sólo a vestirlo tan bien como lo hace.

Mónica por toda respuesta alisa nerviosamente la solapa de su impecable traje sastre. Estela le hace al padre una mueca de coquetería. Está al borde de las lágrimas. Ha llegado mi turno; por un momento pienso en escabullirme. Son las cinco y cuarenta. Sería una buena victoria sobre mí misma renunciar a mi propio deseo y salir a la esquina a tomar un coche de regreso a casa.

Teufel no me tiende la mano, sólo se inclina hacia mí:

—Mariana, necesito hablarle. Suba a mi despacho y espéreme allí.

Las demás me echan largas miradas de envidia. Quisiera responder que Luz mi madre me espera, que no tenemos de qué hablar después de lo que ha sucedido, algo altanero, teatral, que lo dejara pasmado, pero el padre ya habla con Valeria Arnal.

Subo la escalera lentamente; mis buenas intenciones han desaparecido en un abrir y cerrar de ojos. Me siento temerosa porque al fin voy a estar a solas con el sacerdote. ¿Debo contarle que mi madre y la tía Francisca me han dicho todo? Un pensamiento me impide subir otro peldaño: "Lo que me sucede ahora es lo más importante de mi vida, algo así como un signo".

Veo con decepción que en la antesala también espera la señorita Lecler, de riguroso luto. La señorita Lecler parece molestarse; soy la intrusa. Me saluda con reserva, como si la hubiera cachado en flagrante delito. "Bruja, sé lo que tú no sabes, te llevo mucha ventaja, tengo un secreto, lástima que no pueda contártelo."

No oculto mi propósito de quedarme a solas con el padre.

—A usted la va a recibir primero, ¿verdad? Yo no tengo prisa.

—Tampoco yo. Como mi asunto es largo, usted pase primero. Si no, sus papás la estarán esperando en su casa.

Pinche Lecler, ¿por qué me trata como una menor que tiene que rendir cuentas?

—No, no, señorita, por favor, pase usted primero, llegó antes que yo.

La entrada del padre interrumpe la discusión. El religioso sonríe. Nunca imaginé que pudiera ser tan desenvuelto. Parece un hombre de mundo cuando anuncia con una voz realmente encantadora:

—Mariana, espéreme usted por favor. Voy a atender primero a la señorita Lecler.

Lero lero, para que aprenda la Lecler, para que vea. Ahora entra la jefa *scout* María Teresa Bessières. ¿También a ella la citó? ¡No hay derecho! Nunca solos. A todas les concede lo mismo. ¿Por qué está aquí la jefa?

—Un momento, María Teresa, ahora mismo le toca su turno.

—Sí, está bien.

La fornida mujer que siempre parece traer uniforme con silbato y todo, aunque venga vestida de civil, jala una silla.

Me late el corazón muy fuerte al oír:

—¿Cómo has estado, mi pequeña Blanca?

Ya no siento rencor alguno hacia el eclesiástico. Su buena salud, su aparente tranquilidad contrastan favorablemente con la exaltación de mi tía, de mi madre.

—¿Cómo has estado, mi pequeña Blanca?

Su voz es grave.

—Bien, padre, pero yo no soy la que importo.

¡Híjole, qué pesada, Mariana se cae mal a sí misma, imbécil! ¿Por qué decirle eso? Pero el eclesiástico no parece darse cuenta.

—Tú eres lo más importante que hay en tu casa, Blanca; eres lo más fuerte, lo más sano.

Me siento maravillosamente bien. Un buen calor me invade por dentro. Hay que estar a la altura de las circunstancias. El padre me halaga con sus palabras como se acaricia a un gato y me dejo electrizar.

El sacerdote prende un cigarro. ¿No te importa, verdad? Sonríe cómplice. Cada uno de sus ademanes se suspende en el aire. Después de echar el humo lenta e intencionadamente vuelve a mirarla de pies a cabeza.

—En tu casa ¿todos bien?

—No, padre.

—¿Ah?

—Mamá se enfermó después de que usted se fue.

—¿Sí?

—Tuvieron que llamar al doctor.

—¡Ah!

—Le ordenó que se quedara en cama. Algo con sus nervios.

—¡Pobre Luz, pobre mujer!

Me encabrito. Nadie puede compadecer a mi mamá. Mi mamá no tiene que pedirle nada a nadie. Mi mamá les gana a todos, mi mamá…

—Sofía ¿igual de guapa?

—Sí, padre.

—¿Francisca?

Se me incendian las mejillas.

—Bien… gracias.

Se levanta de la silla. Va a la ventana y mira hacia la calle. ¿Cómo se atreve a preguntarme tan cínica y convencionalmente por la que antes llamaba "su familia"? "Ustedes son mi familia; de hoy en adelante me los adjudico, son parte de mi ser." Y sobre todo ¿cómo puede preguntarme por Francisca? Y ahora se ha ido a la ventana como si yo no existiera. Habla en un tono despectivo. "Nadie va a hablar de los míos en ese tono, nadie."

Finalmente se vuelve hacia mí:

—¿Y Casimiro?

Ah, no, eso sí que no. Con mi papá no se mete. Mi papá es hombre, muy hombre, ha estado en la guerra.

—Mi papá dijo que lo iba a matar a usted.

Mi voz suena aniñada. Sonríe burlonamente. Esto es el colmo, pienso con repulsión: "¡Qué mala facha tiene cuando sonríe. Es corriente!" El padre se acerca:

—Mi pequeña Blanca, pareces un gato enfurruñado como el primer día en que te vi. ¿Por qué me habría de querer matar tu padre? ¿Porque todas las mujeres de tu familia viven en la luna y apenas se les meta, en la realidad se vuelven histéricas? ¿Porque ninguna de ellas sabe realmente lo que quiere? ¿Porque ninguna tiene un proyecto de vida, ya no digamos para ellas, sino para sus hijos? ¿Cuáles son sus expectativas? ¿Porque han caído de bruces en el piso ante las tres o cuatro verdades que les dije? ¡Mujeres a la deriva! ¿Por eso me quiere matar tu padre?

El sacerdote habla con la misma entonación ligera, no ha perdido la fachada. Me entra un extraño temblor… Todo es falso. Ya no importa nada. Ya me voy, tengo que irme. ¿A qué vine? ¿Para qué vine? Se acerca a mí y tengo un gesto de repulsión imposible de contener. Como si se lo dijera a Sofía en uno de nuestros pleitos, con mi voz más infantil y dolorida, balbuceo:

—Usted hace trampas. Tramposo. Mentiroso. Hipócrita.

El religioso se para en seco. Lo miro paralizada pero mis labios siguen formulando palabras a pesar de mí misma, pienso que estoy en el teatro, esto es como el teatro…

—Usted nos engañó a todos. Usted tiene mujeres. Usted desayuna huevos antes de comulgar. Usted hace sacrilegios. Usted no debería ser sacerdote.

Anonadado por esa voz infantil y llena de sollozos no acierta a responder.

—Mamá me lo dijo. Me enseñó las cartas de Marcela y las tuve entre mis manos. Lo sé todo. Me lo dijeron. También sé lo que usted quiso hacer con Francisca.

Me mira como si quisiera traspasarme:

—Pobre niña. ¿Por qué te han hecho eso?

—Ellas no me hicieron nada. Usted, usted…

—Sí, ya sé. Pero ellas no tenían derecho a contártelo.

Me levanto. Debo salir de allí.

—¿Padre?

—Sí, mi niña.

Su voz es la de antes.

—Padre, es hora de que me vaya.

—Mi Blanca tan pura. ¿Por qué te han manchado? No había necesidad de que supieras nada. Yo estoy en el mundo para cuidar a gentes como tú, vine a salvar a la gente joven, salvarla de su medio, de la parálisis social a la que la confinan, vine a darle fe en sí misma, a hacerla vivir, gente como tú Blanca…

—Usted no ha hecho más que mentir.

—Pero, Mariana, ¿cómo crees que podría ayudarles a ustedes, interesarme en sus problemas en el grado en que lo hago si no los viviera en carne propia?

—Sí, pero usted adquirió un compromiso.

—El único compromiso del hombre sobre la tierra, Mariana, es vivir.

Su timbre de voz es extraordinariamente cálido e insinuante. Los círculos sonoros caen unos sobre otros en ondas concéntricas, una y otra vez. Envuelven en una red; el cuarto se llena de palomas verbales que giran en torno a un campanario invisible. El padre ya casi no se ve, sus rasgos empiezan a esfumarse en la noche que cae; la oscuridad protege también los objetos del despacho, las sillas, el escritorio; se extiende como un manto y sólo permanece la voz vibrante que la atrapa, le apresa el cuello:

—Hay que vivir y si no pecas, si no te humillas, si no te acercas al pantano, no vives. El pecado es la penitencia, el pecado es el único elemento verdaderamente purificador, si no pecas ¿cómo vas a poder salvarte? ¿De qué te salvas? No pecar es no vivir, ¿no lo entiendes? Vive, vive por Dios, por Dios vive. No vas a seguir apresada por no sé qué rancias convenciones; no te fabriques tus propios grilletes, no seas tu propio verdugo. Reconoce el pecado y redímelo, reconocerlo es ya el primer paso hacia la salvación. Y sálvate con los demás, aquellos que caminan en la calle, los que hacen manifestaciones, la llamada masa anónima, atrévete a ser anónima, anda, atrévete a caminar en la multitud, entre los pelados como ustedes los llaman, aviéntate, rompe el orden establecido. ¡Únete a ellos aunque te rechacen! Tú puedes. De tu familia eres la única capaz de romper ataduras. Lánzate al nuevo lenguaje. Reconoce el pecado. Reconocerlo es ya el primer paso hacia la salvación.

Acierto a decir:

—No lo entiendo, padre, no entiendo nada.

En realidad entiendo que algo muy grave está sucediendo. Quisiera decirle: "Padre, siento que usted quiere acabar conmigo". Un sentimiento de desamparo se ha apoderado de todo mi cuerpo. "Mamá, mamá, no me dejes, mamá, ven por mí. ¿Cómo quiere el padre que sea otra, cuando antes me amaba por lo que yo era? Nunca me quiso puesto que no me acepta, mamá, mamá…" Lo que más me afecta es la sensación de haber sido aventada al abismo:

—Estamos solos, Mariana, solos. Todos los hombres están solos, hagan lo que hagan, suceda lo que suceda, su historia está trazada de antemano… El único que conoce tu historia es Dios y Dios es un visionario que no puede hablar. Dios conoce tu historia, Mariana, ¿no te das cuenta?, conocer tu historia es condenarte, no darte escapatoria… Dios es el culpable de todos los pecados del mundo…

—No entiendo, no entiendo, padre.

Durante el día el calor ha entrado a bocanadas en el pequeño despacho y ahora se estanca ahogado entre las cuatro paredes. Caja de resonancia, todo se amplifica en la pieza; el olor de las colillas, el rostro estragado del sacerdote, el sudor acre y sucio. Siento mi vestido pegado a mi cuerpo como cuando monto a caballo; me ciñe una malla pegajosa. Él me echa su aliento caliente de turbina, "es una caldera en pleno hervor". Sigue apagando cigarros en el cenicero ajeno a todo. Su desinterés por el bienestar material de los demás es absoluto; nunca durante los ocho días del retiro se preocupó por saber si estábamos cansadas o teníamos frío. Implacable, esas cosas no existen para él. Aguardo, condenada de antemano. El deseo ya muerto de huir y seguir escuchando se mezcla con mis sensaciones más recientes. El peligro, el pecado, el obstáculo que mi yegua evade en el recorrido a la hora del concurso hípico, el rebuzno del burro, lo híbrido, el descastamiento, la única protesta ante el creador es descastarse. Dios todopoderoso, Dios culpable, Dios bendito, Dios maldito, Dios sabelotodo, Dios benigno que crea y da la vida, la vida que engendra el pecado, el pecado única forma de redención. Vivir, hibridizarse, vengarse de Dios, vengarse del Padre, cumplir sus designios inexorables, escapar a la condena, debatirse, oh, cuánto sufrimiento hay en el hombre, oh, cuánto dolor cabe en tan poquito, qué ávido el dolor, cómo se concentra en un instante.

Detrás del sacerdote, la faz de Cristo se transforma en una máscara burlona que desprecia, a imagen y semejanza de Dios. Enseña los dientes, se mofa, sus ojos llorosos están en blanco. Teufel no deja de hablar a pesar del aire irrespirable y las palabras siguen girando, girando, estrellándose ciegas contra los muros, su pecho, su cabeza, sus sienes, a vuelta y vuelta, vivir, vi-vir, vi-vir, hay que vi-viiir, descastarse, hí-bri-do, des-cas-vi-bri-do... vivir.

El sacerdote sale a la puerta:

—Señorita Bessières, Mariana acaba de desmayarse.

—Ahora mismo le ayudo.

—Cayó al suelo tan suavemente que ni cuenta me di, y como estábamos a oscuras...

—No se preocupe, padre, ahora mismo la levantamos.

—¡Qué barbaridad, espero que no sea nada grave!

—¡Cómo va a ser grave, ya estamos acostumbrados! Esta muchacha se la vive desmayándose. Le encanta, en todos los campamentos, en todas las veladas se nos va de pico...

—¡Pobre criatura!

—En el botiquín hay alcohol, vamos a dárselo a respirar. Lo que pasa es que todas estas muchachas están siempre a dieta... Y luego, su familia, no las mete en orden. Y más la de Mariana que vive en el pasado. Seguro está anémica.

Exi ab ea, immunde spiritus,
et da locum Spiritui Sancto Paraclito

LEO EN EL DIARIO DE MI MADRE:

Antes de regresar a Francia el padre Teufel quiso despedirse de nosotros. Fui a misa de nueve en la Iglesia Francesa que celebró y él me dio la comunión. En el coche mientras lo llevaba yo a la casa me dijo con una humildad desconocida que me agradecía el haber recibido la comunión de sus manos a pesar de lo que sabía yo de él. Además tuvo una frase que me conmovió profundamente:

—Antes de dejarla quiero que sepa que usted es la persona que más ha reafirmado a Cristo en mí.

Mi júbilo fue inmenso, tan paradójico como pueda parecer y me sentí feliz junto a él yendo en coche hacia mi casa. Constaté que estábamos bien juntos, dentro de la amistad.

Al llegar a la casa encontramos a Sofía a la mitad de la vereda. Al ver al padre rompió en sollozos. Él también se emocionó. Después fuimos a buscar a Casimiro al pabellón. Estaba en el baño rasurándose frente al espejo. El padre le dijo que no quería irse sin decirle adiós. Casimiro siguió rasurándose y el padre y yo vimos con sorpresa su mano que temblaba tan fuerte que se cortó.

Mariana no se encontraba en la casa pero unos días antes, a pesar de mi prohibición, fue a buscarlo a los scouts, se confesó con él y le pidió explicaciones. Debió dárselas —Mariana nunca me dijo nada de esa entrevista—, pero a ese propósito el padre nos dijo a Francisca y a mí que habíamos hecho mal al contarle lo que sabíamos de él:

—¿Por qué? —le pregunté.

—Porque han destruido en ella la imagen del sacerdote.

A propósito de lo que hemos vivido, Francis me dijo que nunca experimentó tanto miedo en toda su vida y sin embargo sobrevivió a los bombardeos de Milán durante la guerra. En cuanto a Casimiro, ese héroe cuyos hombres me celebraron el valor en todas las batallas, la de Normandía, la de Monte Cassino, la entrada a Alemania en misión secreta cuando lo aventaron en paracaídas y permaneció perdido más de quince días, sintió un miedo inusitado a pesar de que más tarde lo negara.

Después de los adioses del padre Teufel salí en coche con Sofía. En la esquina de la avenida Insurgentes con Xola, sobre la banqueta, esperaba un hombre que no podría yo describir, tanto su aspecto me pareció demoniaco. Guardé silencio y recé con todas mis fuerzas para que Sofía no lo hubiera visto pero ella, con la mayor tranquilidad, me dijo:

—Mamá, ¿viste a ese hombre?

Más tarde, al estar recostada sobre mi cama, vino Mariana a tenderse a mi lado. Como siempre cuando platicábamos, apreciaba esos momentos de descanso y saboreaba el bienestar feliz de tener a mi hija junto a mí. Hablaba del padre Teufel. Al comentar la innegable presencia de su rostro, me dijo que no le gustaba su boca:

—Tienes razón —le dije—, ni su sonrisa un poco torcida.

En ese momento, como si un viento violento penetrara en la casa sentí el miedo más atroz de mi vida. Era el espanto en todo su horror el que se había alojado en mí. No le dije nada a la niña pero la impresión fue tan fuerte que aún hoy no puedo hacerla resurgir. Nunca me di cuenta cuando Mariana se levantó de la cama.

UT EXEAS ET RECEDAS AB HAC FAMULA:
IPSE ENIM TIBI IMPERAT, MALEDICTE DAMNATE,
QUI PEDIBUS SUPER MARE AMBULAVIT
ET PETRO MERGENTI DEXTERAM PORREXIT

En la esquina, a dos cuadras del hogar dulce hogar espero el Colonia del Valle-Coyoacán; cumplo todos mis compromisos. Sofía ya no, porque va a casarse y eso equivale a salirse del mundo. El suyo es el único espectáculo que tenemos. Ya no canta *Los marcianos llegaron ya*, sino "Abadabadabadabada"; la trastornan las comedias musicales. Como Ethel Merman taconea acinturada por invisibles pistolas en *Annie get your Gun*; entona, romántica, *Somewhere over the Rainbow*, pero la que más repite es la de Debbie Reynolds y de la chimpancé feliz allá en el Congo enamorada de un mono de larga, larga cola:

> ...
> *Abadabadabadaba said the monkey to the chimp*
> *Abadabadabadaba said the chimp to the monk*
> *all night long they chatted away*
> ...
> *swinging and singing in the honky tonky way*
> *Abadabadabadaba my chimp, I love but you*

badabadabadaba monkey talk, I love you too
Then the big baboon one night in June
she married them and very soon
They went up on their abadabadaba honeymoon
…

A honeymoon

—Te queda mejor el verde.

—¿De veras, manita?

—Sí, manita, te queda mejor el verde.

Apenas lo digo me avergüenzo. Gira frente a mí, se mira por todos los costados, para sus divinas nalgas frente al espejo de tres vistas; se ve despampanante, ésa es la palabra, pam, pan, pam, pan, los tambores los lleva adentro: todos al verla volverán la cabeza, la presentirán incluso antes de que haga su entrada.

—Te queda mejor el verde.

No es cierto, a Sofía le queda mejor el rojo, la hace aún más reina de la selva, pero quiero rebajar la leche de su belleza, echarle agua, diluirla. A su lado desaparezco. Quemada por el sol como lo está ahora, es la muchacha más hermosa del universo.

Sigue mi consejo —"tienes razón manita"—, se lleva el verde. Además de mi envidia, ahora tengo el remordimiento verde acostado sobre mi frente, empañando mis ojos, escurriendo sobre las sábanas, todos los años de mi vida sabré que le he mentido, todos los años de mi vida hasta que muera me repetiré que la engañé. Quizá en la despedida de soltera de mañana en la noche no desaparezca yo del todo pero no quiero estar sola con ella y no sé qué haré cuando me pida que la acompañe al baño y nos encontremos las dos codo a codo, frente al espejo.

Nos tomamos monstruosamente en serio. Tenemos tendencia a lo trágico, transformamos los acontecimientos en catástrofe. Cómo se lleva la cuchara a la boca, cómo se sienta, cómo se limpia la boca con la servilleta; son las formas las que nos irrigan el cerebro, no las ideas. Todavía hoy liberarme de las primeras impresiones me es prácticamente imposible; fijar la altura del codo al levantar el vaso es para mí un reflejo condicionado. Además, amuebla mi espíritu; esa percepción del otro me hace creer que he ejercido una tarea crítica y pensante; esta fiscalización ocupa un sitio dentro de mi cabeza e impide que me lance a otros espacios.

—Mamá, creo que somos una familia muy cruel. Es cruel la forma en que "hacemos la caridad", es cruel nuestra corte de los milagros, nosotros aquí, ellos…

Clap, clap, clap, clap, Sofía aplaude:

—¡Hasta dónde puede llegar tu cursilería, manita!

Qué bueno que le dije que el verde.

Las aguas de Luz y Francisca han vuelto a cerrarse y he regresado a mis numerosas clases. Tengo una más, con el maestro que habita en una azotea y que habla tanto o más que el padre. Para verlo subo por una escalera de concreto burda y mal concebida: cada uno de sus peldaños de aristas filosas es diferente. Arriba, salen de la ventana *Las cuatro estaciones* de Vivaldi y llenan el aire con sus violines obsesivos. La música que traigo como fuelle dentro del pecho responde a esa música. El cuarto de la azotea lo abre una mujer limpísima, el pelo alisado para atrás, la cara fresca lavada con agua y jabón:

—Pase, aquél está allá adentro.

Aquél tiene las manos ensangrentadas de pintura roja, sonríe, seductor:

—Permítame un momento, ahora mismo la atiendo. Estoy haciendo un ajedrez. También soy artesano aunque pretendo que vea usted en mí al más humilde servidor de la palabra.

La pieza es de una desnudez franciscana, un escuálido librero, un catre contra la pared, la mesa en la que está pintando el ajedrez, y allá lejos el cielo transparente, el acuático, el inocente cielo de las azoteas.

Magdita no ha venido de Tomatlán y me hace falta. La casa ya no arde. Más bien, barremos las cenizas. Ahora sí, el matrimonio de Sofía es un hecho. Se habla del *trousseau*, el vestido de líneas clásicas de Madame Rostand, la lista de regalos en El Palacio de Hierro, de los invitados, la repartición de los *faire-part* impresos en Francia, de la iglesia, de las flores: azucenas, nardos, nubes y rosas blancas, del menú con las famosas crepas de huitlacoche de Mayita Parada, el pastel de novios de El Globo. Tía Esperanza anima a mamá, Sofía va a ser una de las novias más bellas que se hayan visto, ¿verdad? Ideal, ideal, dirán las Pliego Casasús, su voz cascada de risas pequeñas, coloratura casera. Debe peinarse de chongo, así cae mejor el velo, el pelo recogido, al cabo su cabeza es insuperable. Fabiancito se verá lindo de monaguillo. El frac subrayará la buena facha de Casimiro, desmoralizado no por lo del sacerdote —pinches viejas locas, la única que tiene cabeza es Esperanza, por eso es tan buena para los negocios—, sino porque sigue sin encontrar el modo de vencer el muro de la corrupción, sus medicamentos no están aún incluidos en el cuadro básico; las etiquetas blancas y azules con su raya roja yacen amontonadas en cajas de zapatos.

Mi abuela se ha empequeñecido como si ya no quisiera ocupar un lugar en la tierra y da vueltas al álbum triste de su corazón. Fabiancito ajeno al mal levanta su brazo apuntándole a las mariposas en el jardín para que las agarre el Pipo que salta como saltimbanqui. Felisa comenta con Vito: "Yo digo que ni era cura". Todo concluye en la casa; de ella partimos, a ella regresamos. Sofía resplandece de amor, avanza hacia una isla de fuego, ha de ser bonito ser como ella: una muchacha enamorada.

ERGO, MALEDICTE DIABOLE, RECOGNOSCE SENTENTIAM TUAM
ET DA HONOREM DEO VIVO ET VERO

Basta cerrar los ojos para encontrar a Mariana en el fondo de la memoria, joven, inconsciente, candorosa. Su sola desazón, su pajareo conmueven; germina en su destanteo la semilla de su soledad futura, la misma que germinó en Luz, en Francis, en esas mujeres siempre extranjeras que dejan huellas apenas perceptibles, patas de pajarito provenientes de tobillos delgados y quebradizos, fáciles de apretar, las venas azules a flor de piel, cuánta fragilidad, Dios mío, qué se hace para retener criaturas así en la tierra si apenas son un poco de papel volando, apenas si se oye su susurro y eso, cuando hace mucho viento, schssssshchsssss schsssss schschsssss. Al ver su cara ojerosa en el espejo me pregunto a cuántas habrá reflejado, cuántas desencantadas, pálidas, distraídas, con sus cabellos blanqueando en las sienes, cuántas se miraron sin verse para no tener qué preguntarse: "¿Qué me pasó? ¿Qué pasó conmigo?" Extranjeras sí, inaprensibles en sus maneras y más en sus amores, van, vienen, sí, sí, sobre sus pies ligeros, la prisa las invade, suben las escaleras y quedan sin aliento, abren muy grandes sus ojos, suena el teléfono, el timbre de la puerta de la calle, los signos que las unen al mundo exterior, el hilo invisible y delgado en el aire que se adelgaza sobre la Ciudad de México, el hilo con el que cosen sus iniciales en las fundas, las bordan en las sábanas, en las camisas y en los pañuelos, el que las ata a un hombre concreto de carne y hueso, Luz y Casimiro, Francisca y Ettore. ¿Cómo lograron atraparlas si ahora hasta a ellos los han diluido? Glglglglglgl; podrían diluir a las pirámides de Teotihuacán, tan secas al sol, glglglglgl, con un solo buchito. Un hombre que come carne y mastica y ronca, un hombre que bosteza y pregunta suspicaz: "¿En qué piensas?", y a quien le ha dado por añadir rencoroso a lo largo de los años: "...si es que piensas", porque nada hay más sospechoso y traicionero que esta lejanía, esta ausencia que hace que Luz repita como autómata unos cuantos gestos inciertos, mismos que ha impreso en Mariana, heredera de la vaguedad y de lo intangible.

Por eso Sofía se casa. Más que las otras mujeres de su familia, quiere asir la mano del hombre, cercar la realidad, pertenecer.

VITAM AETERNAM

Atisbo una forma gris que sube la escalera, la veo caminar pequeñísimas distancias de una pieza a otra y me pregunto si ésta que cuenta sus pasos soy yo, o la nueva a la que implacable, brutalmente he reducido a contar sus pasos mientras que otra mujer antes también contó los suyos en otra escalera que subía de la sala a la recámara en otra parte del mundo, hace cien años, en un tiempo en que ninguno podía presentirme. Dicen que la bisabuela era voluntariosa, que le decía a su marido: *"Vous, avec votre bouche dans la cul de poule, n'avez rien à dire"*. ¿De qué le sirvió subir y bajar escaleras y abrocharse los diminutos botones de sus botines grises si estiró la pata como voy a estirarla? Los escalones diminutos van ascendiendo en espiral dentro de mi cabeza; me encaja su taconeo estéril encima de las cejas, exactamente en el sitio en que los pensamientos duelen mucho; avanza en un caracol que termina en laberinto; culmina en una sopa de cielo-sesos, sesos-cielo, una masa gris inmunda en la que ya no puede encontrarse una sola respuesta. Las mismas tripas que tenemos bajo la cintura se enredan en circunvoluciones en nuestra bóveda craneana, divertículos, dicen a la hora de la muerte, pero las de abajo rechinan, chillan como las palabras, las oigo, iiiiiii, uuuuuuuu, son cuerdas vocales mientras que las de arriba sólo trasminan angustia, dejan caer plomo, espadas listas para tasajear el día, las intenciones, la voluntad. Caen como una masa blanda de porquería sobre los ojos, una sopa espesa que taponea el entendimiento. ¿Es ésta la herencia, abuela, bisabuela, tatarabuela, es éste el regalo que me dejaron además de sus imágenes en el espejo, sus gestos inconclusos? No puedo con sus gestos fallidos, su desidia, su frustración. ¡Váyanse al diablo, vuelvan al fondo del espejo y congélense con su cabeza helada! Váyanse, hermanas en la desgracia, lárguense con sus peinetas de diamantes y sus cabellos cepillados cien veces, yo no quiero que mis ideas se amansen bajo sus cepillos de marfil y heráldicas incrustadas. Nadie sabrá quiénes fueron ustedes, como no lo supieron ni ustedes mismas. Nadie. Sólo yo invocaré su nombre, sólo yo que un día también me olvidaré a mí misma —qué descanso—, sólo yo sabré lo que nunca fueron. ¿Qué me dejó Teufel sino esta confusión martillante de picapedrero en el fondo del pozo?

ACCIPE SAL SAPIENTIAE

No sé qué será de mí. Mamá piensa enviarme a Francia para cambiar de aire; que no me case joven y con un mexicano como Sofía. "Verás los bailes en París, qué maravilla... Te vamos a poner en un barco, verás, o en un avión, verás, te vamos a subir a la punta de la Torre Eiffel; tendrás París a tus pies, te vamos a poner sombrero y guantes y bajarás por el Sena en un *bateau mouche,* verás, te vamos a…"

En la avenida San Juan de Letrán, arriba del Cinelandia, tomo clases de taquimecanografía. En los días en que el recuerdo de Teufel me atosiga, camino entre la gente hacia la Alameda. Me siento junto a los chinos que platican en un semicírculo parecido al Hemiciclo a Juárez; allí también los sordomudos se comunican dibujando pájaros en el aire; me hace bien su silencio, luego escojo una banca junto a la estatua *Malgré tout* y miro cómo los hombres al pasar le acarician las nalgas. Las mujeres, no. Me gusta sentarme al sol en medio de la gente, esa gente, en mi ciudad, en el centro de mi país, en el ombligo del mundo. Me calientan los muritos de truenos tras de los cuales los enamorados se esconden para darse de kikos. Mi país es esta banca de piedra desde la cual miro el mediodía, mi país es esta lentitud al sol, mi país es la campana a la hora de la elevación, la fuente de las ranitas frente al Colegio de Niñas, mi país es la emoción violenta, mi país es el grito que ahogo al decir Luz, mi país es Luz, el amor de Luz. "¡Cuidado!", es la tentación que reprimo de Luz, mi país es el tamal que ahora mismo voy a ir a traer a la calle de Huichapan número 17, a la FLOR DE LIS. "De chile verde", diré: "Uno de chile verde con pollo".

Cuando van a dar las dos regreso a la casa, vacía de emociones, y miro por la ventanilla del Colonia del Valle-Coyoacán. No sé dónde poner los ojos. Al igual que la María Félix camionera atornillo la vista en las calles que llevo recorridas. ¿Cuántas horas estamos solas mirando por la ventanilla, mamá? Es entonces cuando te pregunto, mamá, mi madre, mi corazón, mi madre, mi corazón, mi madre, mamá, la tristeza que siento, ¿ésa dónde la pongo?

¿Dónde, mamá?

De Tobis y Teufels
blasfemias y bendiciones
de Franciscas y Luces
monjitas y maromas
de todo eso
y más
están llenos los cuentos
de la Pequeña Lulú.

La pequeña Mariana,
al salir de la tina
(número de otoño, 1955)

PASEO DE LA REFORMA

A Paula Haro, mi hija,
mi amor

Agradezco a Paula Haro y a Héctor Díaz Polanco la primera lectura de esta novela, a Luis Enrique Ramírez la segunda y a Juan Antonio Ascencio la corrección final que enriqueció el texto, gracias a su experiencia como extraordinario maestro y tallerista literario.

1

TAMBIÉN AQUÍ, EN EL ÚLTIMO PISO DEL HOSPITAL INGLÉS, Ashby estaba cerca del cielo.
Los relámpagos vistos desde la ventana lo herían de nuevo. Por la cabeza del joven
pasaba siempre la misma imagen que lo hacía sufrir, la del momento en que la descarga eléctrica lo paralizó con un dolor tan atroz que pensó: "Ésta es mi muerte".

Lanzado por la propia fuerza de la corriente, Ashby, sin embargo, pudo llegar
al baño de la azotea, empujar a Melesio el mozo y meterse en la regadera. Cayó hin-
cado. No sentía los brazos, pero los levantó ofreciéndolos al agua. Desde la puerta,
la nana Restituta, las recamareras, el portero Miguel que oyó la descarga en el jardín, lo miraban aterrados.

—Qué feo quedó.

—Se va morir.

De su cuerpo salía humo, su piel era un amasijo de sangre y agua purulenta.
Miguel se persignó:

—Hay que llamar a la Cruz Roja.

Quisieron quitarle la camisa. Ashby ayudó a extraer sus brazos de las mangas
todavía humeantes.

La lavandera explicaba llorosa:

—Se me voló una camisa y como el niño Ashby es muy buena gente y muy
deportista lo fui a buscar a su recámara y le pedí que la alcanzara. Subió a la azotea, agarró una varilla de cortinero, desdobló un gancho para alargar la varilla, pero
no pensó que allí estaba el cable de alta tensión. La corriente jaló el alambre. El
brazo del niño Ashby quedó pegado, bajo mis ojos.

Restituta gritaba:

—¡Niñoooooooo, por Dios, niñooooo!

Al verlo paralizado, la vieja Restituta comenzó a pedir auxilio con alaridos de dolor. Rompían el corazón. Al escucharlos, las recamareras acudieron corriendo y con las manos juntas invocaron al cielo azul, a las nubes, a todos los santos.

—Dónde que los señores no están, dónde que los señores no están —repetía la nana.

La Cruz Roja llegó, Ashby no quiso acostarse en la camilla y subió a la ambulancia por su propio pie. Sentado, dejó colgar sus largos brazos y echó la cabeza para atrás. Cuando un enfermero intentó doblarle el brazo izquierdo, un grito de dolor llenó la carrocería blanca.

—Ahora mismo vamos a inyectarlo para quitarle el dolor. Aunque usted no quiera, tenemos que reclinarlo para ponerle suero.

Otro grito salió de su garganta, que también sentía achicharrada, cuando el camillero lo acostó. Entonces, el segundo camillero cerró la puerta de la ambulancia y Ashby no pudo ver ya el cielo azul al que las muchachas habían invocado, ni la cara bien amada de la nana Resti, a quien escuchó implorar:

—Déjenme ir con él, háganme un campito, no sean malos.

Obviamente no se lo hicieron: estaba solo.

El infierno empezó en la Cruz Roja. Le lavaron el pecho y los brazos con una solución salina e Isodine que le arrancó aullidos de animal.

—¿Qué le pasó en las piernas, joven? La derecha ya viene mal de por sí.

—Hace cuatro años se me cayó un caballo encima.

—Aquí sólo podemos tenerlo esta noche. Mañana lo cambiamos al Obrero; allá atienden quemados.

—¿Qué cosa es "el Obrero"?

—Un hospital del gobierno.

Ashby pensó que sus padres se horrorizarían al saberlo en un hospital estatal, pero no tuvo ya energía para la protesta. ¿Qué más daba? Toda su fuerza la había gastado en los primeros momentos de su electrocución. Ahora estaba en manos de médicos y enfermeras. Que hicieran con él lo que les diera la gana. Además, ellos no eran sus sirvientes.

En el Hospital Obrero, lo primero que hicieron después de obligarlo a esperar durante un par de horas fue quitarle los vendajes y repetir el tratamiento de la Cruz Roja: agua e Isodine. Ashby no pudo refrenar sus lágrimas ni sus gritos. Ahora sus lamentos se entremezclaban con otros y desde su sitio en "Urgencias" fue testigo de casos mucho peores que el suyo. ¡Cuánto abandono, cuánta carne supurando, cuánta piel como papel quemado, cuánta miseria humana! En el límite del sufrimiento —el suyo y el de los demás—, no tuvo gran conciencia del instante en que lo trasladaron del quirófano a un dormitorio para diez.

Una sed intolerable lo despertó. Pidió agua. Una enfermera con cara de general de cinco estrellas le espetó:

—No puede tomar agua.

—Siquiera mójeme los labios…

—Imposible, podría pasársele una gota.

—Es que ya no aguanto la sed.

—Ni modo, son órdenes superiores, va a volver el estómago y luego a mí me llaman la atención.

La enfermera salió y, sin más, Ashby se incorporó jalando sus sondas y fue hacia la jarra de agua. Casi se la terminó. El alivio fue instantáneo. Nada pasó. A los dos días, cuando le preguntó a la misma enfermera si podía sentarse porque ya era insoportable el dolor de espalda, escuchó de nuevo un "no" rotundo. Sin más, y ante sus ojos iracundos, el muchacho se sentó al borde de la cama. Obviamente Ashby no tenía la docilidad de los demás pacientes, quienes ni por asomo se atrevían a infringir una orden.

Preguntaba para qué era la pastilla blanca, por qué la amarilla, qué contenía la roja, y cuando el dolor lo doblaba hacía lo que, de acuerdo con su muy personal diagnóstico, pensaba iba a aliviarlo. Dormía, eso sí, boca arriba, siempre en la misma postura, inmóviles las piernas de donde le extrajeron piel para los injertos.

El contacto con los enfermos y sus familiares significó para Ashby un descubrimiento. El de la cama izquierda, Eulogio Castillo, "don Lolo", un cocinero de fonda a quien le estalló el bóiler en la cara, era estoico. Con la cabeza vendada en su totalidad, salvo dos orificios en los ojos, uno en la nariz y uno en la boca, decía:

—Gracias a Dios y a la Virgen Santísima no perdí un ojo ni un güevo ni el pito.

La enfermera lo reconvenía:

—Cállese, don Lolo, no sea usted pelado.

El de la derecha, un sesentón repartidor de gas, hablaba como profeta. Voló por los aires en el momento de la explosión de Unigas, A. C. de C. V. Don Eleazar Quintero era devoto de Moctezuma y discurría hasta en torno a lo que comía el emperador: más de trescientos platillos y cincuenta jarros grandes de buen cacao con mucha espuma batido con molinillo servido por cuatro mujeres.

—¡Ya chole, pinche viejo! —le gritó un día un muchacho al que todos llamaban *el Gansito*. Su "mona" de cemento PVC ardió como antorcha cuando a un colega suyo en el baldío se le cayó encima un cigarro de mota. La llamarada le quemó el pecho y las manos.

—Bueno hubiera sido que se te achicharrara el hocico, grosero —murmuró don Lolo.

Una tarde, en el corredor, se escucharon gritos:

—¡Pero cómo va a entrar, muchachita, mire usted cómo anda!

Los enfermos vieron azorados a una criatura andrajosa que se abría paso a empellones.

—¡Ahí les va la poderosa, cabrones! ¡Pinche *Gansito,* ven por mí, güey!

Se aferró a la cabecera de la cama. Ya no hubo poder humano capaz de moverla de ahí.

—¡Ni hablar, mujer, traes puñal!

—Pos qué te hicieron manito, mira nomás cómo te dejaron. Dime quién fue pa' ponerle en su madre.

—Ya cálmate, pinche *Carimonstrua,* estás espantando al personal.

La *Carimonstrua* se llamaba aquel híbrido de *la Tostada, la Guayaba, la Pintada* y todas las heroínas de *Los olvidados* que de pronto abandonó su agresividad inicial para sentarse junto al *Gansito* y hablarle quedo:

—Ya, ya pues, si sabes que soy tu vieja. Dime qué se te antoja pa' traértelo. ¿Cómo te tratan estos payasos, mi rey?

Al despedirse preguntó a las enfermeras:

—Y aquí, ¿cuándo es la visita conyugal, manitas?

Ashby quedó deslumbrado ante la visión de aquella pareja. El amor surgía de la más sórdida caverna y lograba embellecer el pabellón entero.

La familia de don Lolo se dejó venir en pleno, aunque entraran de uno en uno, puesto que sólo daban un pase por paciente. La madre, muy pronto, llevó una imagen del Sagrado Corazón y la colocó en la cabecera de la cama, luego una del Niño de Atocha, luego una repisita con veladoras. Ni los médicos ni las enfermeras dijeron nada, al contrario, ellas se persignaban antes de darle a Eulogio el "pato". Don Eleazar, ateo jurado, no se atrevió a protestar y aún pidió que rezaran por el regreso del penacho de Moctezuma.

Al ver que su comida se enfriaba en la mesa, una de las dos hijas de don Lolo le ofreció a Ashby:

—Vengo todos los días a darle de comer a mi papá. ¿No quiere que le dé a usted también?

Genoveva se llamaba. Le contó:

—Trabajo de muchacha aquí arribita, en Las Lomas.

A Ashby empezó a darle gusto que los enfermos creyeran que la nana Restituta era su madre. Resti se habría echado como perra a sus pies o debajo de la cama noche y día envuelta en su rebozo, pero Ashby la despachaba al mediodía. Paulatinamente comenzó a sentir a sus compañeros del dormitorio como familiares. Comían lo mismo, los curaban igual, reían al unísono. En la noche, su respiración se confundía, también sus ronquidos y de repente hasta sus sueños se cruzaban en medio de aquel murmullo inarticulado. Ashby, desde niño acostumbrado a tocar a la puerta de sus padres que afirmaban que la familiaridad es de mal gusto, no salía de su asombro ante el amor de estas familias, su calor de cachorros que se husmean y lamen mutuamente sus heridas, recargados unos contra otros, buscándose. Lo conmovía su inocencia. Creían en los médicos como en Dios padre: un poder al que los hombres le rezan en caso de desgracia. "Dotorcito", les rogaban besándoles la mano. Los jóvenes practicantes se sustraían: "Por favor, señora, no haga eso".

Desde el primer momento, Ashby se singularizó por contestatario.

—¿Para qué me quieren cortar el pelo? No hace falta.

Lo dijo con tanta autoridad que el peluquero se siguió a la cama de junto. Dejaba comida en su charola, cosa jamás vista en el Hospital Obrero. Una enfermera le comentó: "Por lo visto, usted no es un muerto de hambre" y Ashby se sonrojó por él y por los demás. Optó por pasarle la gelatina o el arroz con leche a don Lolo, a quien siempre le quedaba un huequito. Nunca se le ocurrió pedir una habitación aparte porque desde el primer día el "cómodo" y el "pato" lo unieron a los demás. Recordó aquel finísimo dicho: "En este mundo matraca, de cagar nadie se escapa, caga el cura, caga el papa, y hasta la mujer más guapa deja su montón de caca". Los humores de los demás y hasta sus evacuaciones eran las suyas. Sus vidas le resultaron fascinantes y cuando le preguntaron por la suya la contó viéndose a sí mismo desde lejos, feliz de inventarse por primera vez y de lograr con tres trazos un personaje que a todos resultaba creíble. Narró que su empleo de mozo de caballeriza lo había llevado a acompañar al patrón, campeón de salto, a numerosas competencias ecuestres a Europa y a Estados Unidos. Explicó con alborozo cómo eran los concursos. Los caballos Classic Touch y Montana cruzaban el Atlántico en un avión especialmente acondicionado, él los cuidaba en el aire y se preocupaba al ver sus orejas gachas. Quién sabe, a lo mejor viajaban felices recordando que alguna vez fueron pegasos.

—¿Qué son pegasos?

—Caballos con alas.

—¡Ah, sí!, como el del aceite para coches.

Corceles alados eran en la pista, volaban sobre los obstáculos, sus cascos encogidos, castigados por el patrón y su mano maestra. Una vez, durante una tormenta, Montana, espantado por los rayos, relinchó, dio de coces contra la carlinga y resultó tan difícil domeñarlo que el piloto amenazó con darle un tiro. Finalmente se tranquilizó con una inyección. No era bueno inyectar a los caballos de concurso, tampoco era bueno inyectar a los hombres superiores como el patrón, sacarlos de su cauce, contrariar su naturaleza. Purasangre, el amo lo era por nacimiento, sus antepasados cuidaron siempre sus cruzas y alguna vez, cuando un tataratío cometió un desliz, la india yaqui con quien tuvo la temeridad de arrejuntarse renovó la raza y sus hijos nacieron dueños de una belleza excepcional.

El patrón y Classic Touch eran los favoritos, juntos habían ganado en Luxemburgo, en Wiesbaden, en Barcelona con cero faltas y un tiempo inmejorable. Al patrón le llovían los convites de todos los continentes para competir, pero nada le gustó tanto como acompañarlo a la India y ver su recorrido limpio frente al maharajá que le daba al patrón un trato de príncipe y a él, el mozo, una recámara palaciega. "¡Qué mujeres, amigos, qué mujeres y con qué gracia bailan y le sirven a uno!"

—¿Qué es eso de maharajá?

Ashby se lanzó a narrar un cuento de *Las mil y una noches* tan fabuloso que todos se colgaban de sus palabras. Describía los aposentos bajo los arcos, las piezas de agua, los manjares, la música, y se sorprendía a sí mismo con la forma en que llenaba el espacio vacío del dormitorio común. Las más bellas cortesanas, cubiertas de oro y de velos con ombligos enjoyados, danzaban ante el maharajá y metían sus manos en el cofre de los tesoros. Ninguno en el dormitorio era ya un despellejado, un desollado vivo, un hombre vuelto hacia fuera.

—Usted sí que sabe contar cuentos, maestro. ¿Cómo se llama su patrón?

—A… A… Adalberto.

—¿Y usted se llama Ashby?

—Sí, más fácil, ¿verdad?

Ashby, exaltado por su relato, reconstruía su propia vida. Verse a sí mismo como otro, examinarse, analizar su estirpe, su raza, elaborar juicios de valor acerca de su existencia, lo hacía entrar a un mundo nuevo, a una tierra perdida en el océano que apenas ahora descubría.

A los diecinueve años, las únicas certezas de ese personaje que ahora llamaba "el patrón Adalberto" eran las de su nobleza equivalente a la de sus caballos. Tenía los mismos privilegios de casta y de pureza. No podía imaginar una vida sin montar. Lo primero que le preguntó al médico fue eso: "¿Podré montar?"

Cuando el joven Adalberto logró en Inglaterra el mejor tiempo sin un solo derribe, colocándose así entre los tres jinetes sin faltas a la primera vuelta, cuando sólo faltaba el desempate que se convertiría en triunfo, él, el caballerango, vio desde la barrera la espantosa secuencia en cámara lenta de Classic Touch al resbalar y caer encima del jinete.

Entonces cambió por completo la suerte del riquillo.

—Ya ven ustedes, la vida da muchas vueltas —sentenciaba Ashby. Los entretenía con su historia.

—¡Qué bonito, qué ganas de salir a montar aunque sea un perro! —decía *el Gansito* y todos tenían sueños eróticos con las odaliscas del maharajá cabalgando a pelo desnudas. Para los internos, Ashby era un bálsamo, porque la etapa más intolerable después del ardor en la piel quemada es la formación de la costra. La comezón tortura y a muchos enfermos había que amarrarles manos y pies a la cama. "Si se rascan, echan a perder el proceso de recuperación", les repetían. Don Eleazar, siempre tan prehispánico, recordaba:

—Así sufrió en la parrilla nuestro emperador Cuauhtémoc.

El Gansito contestaba llorando:

—Cállese, porque si no pongo a sufrir igual a su chingada madre saliendo de aquí.

Ashby proseguía su relato. Al Classic Touch le tuvieron que dar un balazo en la frente porque a los caballos estropeados los matan.

—Siquiera me lo hubieran dado a mí para el menú de la fonda —se lamentó don Lolo.

El patrón estuvo mucho tiempo en un hospital. Los médicos no aseguraban que volviera a caminar, mucho menos montar. Con el corazón en los talones, él, el caballerango, regresó a México acompañado del Montana. ¿Por qué tenía que haberle sucedido eso al patroncito?

—Pobre de su santa madrecita de él, lo que habrá tenido que sufrir cuidándolo —comentó Eulogio.

—Para nada. Ella, como la mayoría de las ricas, delega sus obligaciones en los demás.

—¿En quiénes?

—En la nana, en la muchacha, en el chofer.

—¿Y entonces ella qué hace?

—Juega baraja con sus amigas, va a misa, asiste a velorios, da pésames, organiza comidas y cenas, dirige la casa.

Veía Ashby a sus padres con una mirada nueva. Podía juzgarlos de acuerdo con esta otra familia que le brindaba una atención fervorosa.

—Y tu patrón, el joven Adalberto, ¿por qué no te viene a ver?

—Anda fuera de México, si no ya estaría aquí. De todos modos, la mera verdad, es egoísta como todos los ricos y un poco fifí.

—¿Qué es eso?

—¿Fifí? Roto, catrín, niño bien.

¡Qué descubrimiento criticarse a sí mismo, verse desde los ojos de su caballerango! Nunca se sintió tan lúcido, tan objetivo. Además, la reacción de sus compañeros de dormitorio lo intrigaba. Inconscientemente, Ashby supo que los apabullaría con su relato, pero confrontó una forma humana de reaccionar mucho más vital e irreverente que la conocida. Su antisolemnidad lo hacía avanzar por un camino insospechado.

Pasaron diez días antes de que Richard y Mina Egbert, recién llegados de San Francisco, se presentaran en el Hospital Obrero. Lo primero que hicieron fue sacarlo de allí y llevarlo al Hospital Inglés, el ABC, donde lo operaron de nuevo. Los injertos de piel tomados de sus muslos no habían pegado. La curación cada dos días era un descenso al infierno. Quitarle los vendajes y lavarle con Isodine la carne sin piel le provocaba un dolor que iba más allá de sus fuerzas. Aislado en una *suite* verde hospital, Ashby extrañaba el Obrero. Recordaba a sus compañeros y a las enfermeras, incluso a la bruja represora que le preguntaba con furia: "¿Qué quiere?", a diferencia de otras venaditas sin pretensiones que inquirían compasivas: "¿Le duele mucho?" "¿Le sobo?"

Al cambiarlo al Hospital Inglés, los padres de Ashby no se dieron cuenta de que le hacían un daño. Ashby cayó en la depresión. Había vuelto a ser el hijo de los Egbert. Imposible tener trato con la puerta cerrada de los enfermos de los cuartos vecinos. Las enfermeras, impersonales, no hablaban de sí mismas. Su sonrisa de almíbar era de oficio. El entusiasmo y la jovialidad de los médicos almidonados que entraban cada mañana lo sacaban de quicio: "¡Qué bien nos vemos hoy, qué buena cara!" Pensaba en la expresión que pondrían al oír al *Gansito* responder:

—No estés chingando, cabrón.

Extrañaba el ambiente de vecindad del hospital de gobierno. Aquí no tenía modo de seguirse inventando. Era el señorito Egbert que se quemó en la azotea por responder al llamado de una criada estúpida. Los días se volvieron insoportablemente largos.

Su padre, un gigantón jovial que todavía criaba caballos purasangre en su rancho El Rosal Enfermo, traía el sol sobre sus hombros, pero también el estiércol, la pista, el fuete, las herraduras, las crines al viento. En realidad, a quien le hubiera gustado conocer era al caballerango salido de su imaginación, pero ya ni siquiera recordaba su nombre. Se dio cuenta de que él pertenecía a la estirpe de los que no ven a los meseros, ni a los choferes de taxi, ni a los vendedores ambulantes, todos tienen al cabo un mismo rostro, como los negros, como los chinos, como los indios.

Su madre, después de cambiarle la sábana de arriba por una con el monograma de los Egbert, extendía sobre su cama revistas insulsas y carísimas con modelos de Courrèges y Christian Dior: "Mira, ¿qué te parece algo así para la boda de los Lascuráin?" Se quejaba de que no había nadie en México por ser época de vacaciones. "¡Qué aburrido, no sabes! Por eso no vienen a verte, todos se fueron a sus ranchos." Una vez se rompió la uña: "Tengo que ir al salón a que me la peguen. No puedo andar así". Su padre, con sus trajes bien cortados y su hablar directo, le era más agradable que la frivolidad materna; sin embargo, la visión de su madre, guapa y perfumada entrando todos los días con la pregunta "¿Qué tal dormiste?", lo satisfacía sobre todo porque una enfermera gorda murmuró:

—¡Qué requetebuena está su mamá de usted!

Pero ni Mina ni Richard suplían la falta que le hacían don Lolo, Genoveva, don Eleazar, *el Gansito, la Carimonstrua* y hasta la enfermera enojona. Al ver su tristeza el día de la despedida, don Lolo lo había consolado:

—Al cabo a nosotros también nos van a dar de alta. Aquí tienes mi dirección, Ashby.

Genoveva, con la mansedumbre de sus ojos de azúcar quemada, le dio la de su trabajo en Las Lomas. Ashby se hizo tonto para que no descubrieran en él al fifí del Paseo de la Reforma y les dijo que él los buscaría. Dispuesto a cumplir, se preguntaba: ¿cuándo?

2

Al salir del hospital, la ciudad de México le resultó extraña. Era otro país o nunca la había conocido. Lo primero, claro, fue subirse a un caballo. No al Montana; a otro, árabe, blanco y transparente como el vodka y que obedecía al nombre de Wiborowa.

Su olor, su pelambre sudada, sus orejas alertas, la espuma en sus belfos, las riendas y el albardón gastados por él, amoldados a la forma de su trasero y a sus manos, lo reconciliaron consigo mismo, aunque al lanzarse al galope se dio cuenta de que sus piernas ya no lo apretaban como antes. "¡Ay, mi Wiborowa, ya no soy tu jinete!" Sin embargo se sentía mucho mejor a caballo, sus humores confundidos con los del animal, que a pie. El caballo le confería una apostura que ya no le daba el cuerpo. La propia Mina se lo dijo:

—¡Qué bien te ves!

Solía explicar en las reuniones: "Mi hijo es un verdadero *casse-cou*. Hace cuatro años tuvo una terrible caída de caballo y ahora acaba de electrocutarse". Si la primera vez había perdido estatura, la "achicharrada de la azotea", como solía referirse a su accidente, lo hizo eliminar las camisas de manga corta y reducir su opción a otros deportes: el tenis, el golf. El Wiborowa le confería una seguridad que perdía al entrar a los salones. Ya no era el muchacho alto y fuerte que partía plaza. Se debatía con sus extremidades de trapo.

Su gente también había cambiado. Después de las exclamaciones de circunstancia: "¡Qué bueno que salvaste la vida!" "¡Qué rico verte!", Ashby se dio cuenta de que jamás podría tener con ellos una conversación que le interesara. Lo escuchaban con una condescendiente amabilidad hablar de Thomas Mann y alguna bella amiga de su madre le sonreía: "¡Ah, qué literato te nos has vuelto, muchachito!" y con alivio pasaban a los *faits-divers*. Salpicaban sus frases, casi siempre previsibles, con palabras en francés y en inglés. "Por un *surménage* me dio un *nervous breakdown*." *"Parlons en français à cause des domestiques"*, advertían cuando tocaban el tema del dinero. Nada fuera de su mundo era digno de contemplarse. La preeminencia de esas familias era incontestable: autoridad social, poder económico y talento discursivo. Sus ideas adquirían prestigio sólo por ser suyas y la imposición forzada de la cultura de Occidente permeaba no sólo la arquitectura, el mobiliario y la moda, sino que se estrechaba cada día más ahondando la brecha que los separaba de la "indiada", los que acuden como perros al llamado del amo.

Hasta el día de su segundo accidente, Ashby no había tenido ojos sino para los caballos. Después de la electrocución, con su nueva piel, podía ver a los mexicanos caminar por la calle o atrincherarse en La Merced tras de su mercancía, y sentía por ellos la curiosidad que le despertaron en el Obrero sus compañeros de dormitorio. Ofrecían en el mercado: "Pruebe, güerito, ande, pruebe sin compromiso" y le tendían una rebanada de melón perfumado, una media naranja, un cuarto de manzana de Zacatlán. Lo mismo que en el hospital, se daban el lujo de regalar lo que a ellos les hacía falta. La marchanta le obsequiaba un durazno así nomás. Sus ojos brillantes anunciaban una historia que Ashby hubiera querido conocer. Al heredero Egbert le dio un vuelco el corazón. ¿Cómo era posible que no los hubiese visto antes si toda su infancia y su adolescencia habían transcurrido en México?

Lo difícil era no discurrir acerca del sufrimiento.

—Mamá, el sufrimiento es universal.

—Sí, pero no hables de ello. Aquí eso no se usa.

—Pero si todo mundo ha sufrido.

—Sí, pero no lo dice.

—El dolor no es único, es de todos, mamá.

—Todos quieren olvidarlo, Ashby, no insistas. Conserva tu buen gusto, hijo.

En las recepciones Ashby nunca habló del dolor que presenció en el hospital de Londres, en el Obrero, en el Inglés. Y sin embargo, su dolor había cavado en profundidad, un dolor agudo y temporario, porque nadie, ni siquiera los enfermos crónicos, ni siquiera los que mueren poco a poco sufren constantemente. Siempre hay una tregua. La cuchillada del dolor abría su carne y Ashby conjuraba todas sus fuerzas para no retorcerse llorando a gritos. Claro, eso no se lo podía decir a sus vecinos de mesa inclinados sobre sus godorromos achafaldranados. También él, para tolerar el dolor, recurrió a sus antecedentes culturales, a los psicológicos, a lo que dicta la costumbre, a su buena educación, al control de sí mismo inculcado desde niño, pero nada le ayudó más que compartirlo con los quemados del Obrero. Ahora un parapeto de cubiertos de plata, de manteles de lino bordado y de cristal de Bohemia se elevaba entre él y los sentimientos. El joven se conformaba con levantar la copa y beber su cáliz sin dividirlo. Fue entonces cuando la calle comenzó a llamarlo. ¿O no fue la calle?

Una tarde, en la biblioteca, escuchaba el *Titán,* de Mahler, y desde la ventana de su casa veía la acera con melancolía cuando de repente pasó un muchacho que le pareció era *el Gansito.* Salió destapado a alcanzarlo. Caminó dos cuadras por el Paseo de la Reforma y no lo encontró. Se detuvo frente a la casa de los Corcuera y hasta entonces pensó: "¿Y si alguien me ve con *el Gansito,* qué digo?" Ese "alguien" era para Ashby uno de "Los Trescientos y algunos más" que el Duque de Otranto usaba como material de los sueños para su columna de "Sociales" en *Excélsior.* Para esos "alguien" Ashby se vestía con sacos de *tweed,* camisas y pijamas de seda con sus iniciales bordadas en azul por unas monjitas de Tlalpan, pantalones de franela gris, cinturones de Ortega. Para esos "alguien" iba a La Votiva los domingos, pertenecía a distintos clubes, era parte del clan de los que viven de sus rentas y reciben en su casa los informes del apoderado que vigila sus bienes raíces heredados de sus padres. "Alguien" regía su vida; "alguien" lo veía sentarse a la mesa; "alguien" inspeccionaba el nudo de su corbata; "alguien" vigilaba su entrada al salón, escogía sus amistades, sus menús, sus novias, la marca de su whisky y de su desodorante. *El Gansito, la Carimonstrua* y todos los del Obrero tenían un único lugar posible: la calle, un mundo infinitamente más vasto que aquel que lo atrapaba.

A partir de ese momento a Ashby le dio por la calle. Más bien, reconoció un impulso primario, aquel grito infantil:

—"¡Calle! ¡Calle!"

—No niño, no, usted no.

—¿Y por qué tú sí, Resti? ¿Por qué todos sí?

Mina tenía la respuesta:

—La calle es para los pelados.

Resistir, él tenía que resistir como ellos, los de a pie, que se mantenían vivos de milagro. Él también era un milagro; caminaba entre ellos cuando todos habían predicho lo contrario. Su torpeza al levantar una pierna y luego otra lo asemejaba a esa masa para la cual también la vida era difícil. Giraban en torno a un solo fin: la sobrevivencia. La calle olía a cebolla, a fritanga, era tan familiar que los pájaros esperaban sus migajas en el suelo como si fueran perros. Pájaros perros sentados al sol en la acera. Mina detestaba los olores: "Dios mío, es intolerable, toda la casa huele a coliflor". A la casa del Paseo de la Reforma no podían entrar los nardos. "Tengo una nariz muy sensible." Su madre adivinaba las fragancias. Desconocía el aroma del sándalo, del almizcle. Olfateaba a los demás para ubicarlos. Era conservadora. Vetiver para los hombres. "No, no, Eau sauvage no, por favor." Guerlain para las mujeres. Sus axilas, su cuerpo entero desodorizado, rasurado, extraprotegido, disminuidas sus imperfecciones por acondicionadores e hidratantes de reparación profunda, Mina había olvidado el atardecer en que Richard Egbert la revolcó entre las patas de los caballos. Tampoco quería recordar que todas las mujeres ansían el abrazo de un guardabosques al menos una vez en la vida.

Ashby se mezclaba entre ellos a sabiendas de ser un extraño. Sus lazos con la tradición no eran los mismos que los de esa multitud en la que él pretendía confundirse. Podía romper cuanto lo ataba, ellos no, porque habrían cercenado sus raíces. Él, ¿tenía raíces? Los vínculos de su familia con México eran casi coloniales. México les permitía vivir gran parte del año en Europa. Sus padres recibían sus rentas y los surcos de maíz y de frijol los alimentaban, pero ellos no sabían ni cómo se sembraba ni quiénes sembraban. Sus fortunas, como sus caballos, provenían de sus haciendas y del trabajo de sus agradecidos peones, un montón moreno, montón de manta, de paja.

Él era un Egbert, era un poderoso. Levantar la cabeza le era natural. Entre los de a pie, Ashby se sabía capaz de insubordinación: ellos se deslizaban con la cabeza gacha. El poder no era asunto suyo, tampoco la intransigencia. Ciertos adjetivos no habían sido escritos para ellos. Una vez, en Londres, en el Lister Hospital a raíz de su caída, el médico Alvin Whitehead le contó de un presidente de la República que pidió "un baño de multitud", claro, en medio de sus guardaespaldas. Ashby ahora se daba ese baño de multitud para luego regresar, leal a su linaje, a su casa con buhardillas y aleros para la nieve en el Paseo de la Reforma, en contraesquina a la de los franceses Guichard.

La larga, la maravillosa avenida del Paseo de la Reforma culminaba en el castillo de Chapultepec, custodiada por los árboles gigantescos. Camino real, resultaba fácil imaginar a Maximiliano y a Carlota descender en su carroza para ir a misa a Catedral. Maximiliano hacía juego con la estatura imperial de los sabinos. Las glorietas eran un descanso dentro del trazo recto —lo redondo suele ser afable y sabe acoger— y, desde el Ángel hasta la glorieta de Carlos IV, Richard Ashby invitaba a su hijo a hacer *footing,* ida y vuelta, respirando hondo el buen aire bajo el cielo más transparente de América.

A Ashby le encantaba caminar sobre la tierra suelta en el gran paseo antes recorrido por los cascos de los caballos. Le tocó verlos de niño, jinetes y amazonas bajo los inmensos ahuehuetes. Era también pasarela donde se lucían los últimos modelos en botas, casacas y hasta fuetes. Los Amor, los De Lima, los Burns, los Escandón, los Corcuera, los Limantour, los Souza habitaban las casas con jardín, zaguán y puerta de servicio para los criados y los proveedores con sus canastas de rábanos, coles y lechugas. Se iban por la acera sur y regresaban por la acera norte, cuyos guardianes, estatuas fundidas en bronce, hacían las veces de "sereno". Con la gallardía de su *walking stick* su padre le señalaba a Ignacio López Rayón, que ayudó a Morelos, ahora sobre su pedestal, su perfil levantado hacia la eternidad. A Ashby le fascinaban Hermenegildo Galeana, quien combatió en el sur a favor de la Independencia, y Guadalupe Victoria, que así se puso Félix Hernández para rendirle homenaje a la Virgen de Guadalupe y conseguir la victoria. Francisco Zarco, el periodista y ministro de Juárez, e Ignacio Ramírez, *el Nigromante,* eran sus favoritos porque escribieron, y aunque Richard Egbert apresuraba el *footing* frente a fray Servando Teresa de Mier, cerca del University Club, a Ashby le gustaba repasar con los ojos los suaves pliegues de su sotana. "Con sólo caminar por el Paseo de la Reforma aprendes historia de México —le decía Egbert *senior* que punteaba—: Inhalar, exhalar, adentro, afuera, adentro, afuera, no pierdas el paso, no te distraigas, endereza la espalda, cuida tus hombros, aquí está Andrés Quintana Roo, no lo veas, Miguel Lerdo de Tejada, tampoco lo saludes, Juan Zuazua, Ignacio Pesqueira, viles desconocidos, el doctor Rafael Lucio, ante él quítate el sombrero, inventó las vacunas". La estatua que siempre condenaba era la de Leandro Valle, héroe y mártir de la guerra de Reforma, "ese generalito que le quitó los bienes a la Iglesia". Tampoco Ponciano Arriaga, padre de las Leyes de Reforma, era santo de su devoción. "Uno, dos, uno, dos, Ashby, mira hacia el frente, no veas tus pies, pierdes apostura, uno, dos, uno, dos, a éste salúdalo conmigo: General, ¿cómo amaneció usted hoy?", se inclinaba ante Donato Guerra. Aquellos momentos con su padre, Ashby los atesoraría hasta el final de su vida.

Los domingos, día de misa, un remolino de "gente bien" se formaba a la salida de La Votiva. Las mujeres, primero ensombreradas y luego de mantilla, se abrazaban y muchos jefes de familia se separaban entonces para ir a tomar la copa al Ritz, antes de la gran comida que compartirían con hijos y nietos en una congregación dominguera.

A pesar de sus dos accidentes, Ashby seguía siendo el mejor partido y las debutantes lo asediaban. Su frescura estaba al alcance de la mano, así como su cuello largo y blanco sobre el que pendían tres hileras de perlas como las de la reina de Inglaterra. En Bellas Artes, mientras escuchaban *La flauta mágica,* Ashby introducía su meñique en el guantecito blanco de su compañera en turno y acariciaba así la mano ofrendada. Dejarlo resbalar hasta la palma era una forma de poseerlas. Ellas fingían no darse cuenta, al fin mosquitas muertas. Se mantenían al borde del precipicio. Acercaban mucho su mejilla lozana y ardiente a sus labios, dispuestas al beso. Él les mordía la oreja, las besaba, escondía su nariz en su nuca entre sus cabellos niños. Bailaba, sí, pero muy poco, y una sola pieza las dejaba marcadas, porque las apretaba mucho y su cuerpo quedaba impreso en el de ellas. Se atrevía a lo que otros ni siquiera imaginaban. Ellas se pasaban la información: "Ashby baila apretadísimo por lo de su accidente. ¿No ves que quedó medio mal de una pierna?" En realidad se enamoraban a la primera pieza. A diferencia de otros galanes que insistían en sus proezas deportivas, la posesión de su automóvil "padre", su casa en Acapulco "padrísima", su último crucero por el Caribe "padrisisísimo", a Ashby la enfermedad lo había desensimismado y en su mirada había hambre de los otros. Transformaba a su compañera del momento en un ser privilegiado, le descubría facetas propias, desconocidas hasta entonces, le daba fuerzas; la verdad, para Ashby, las mujeres eran la única posibilidad de armonía. De tanto observar a sus compañeros y a sus familiares en el dormitorio de hospital, había aprendido a adivinar a los demás, a descifrarlos. Para cualquiera de las asistentes al baile, el encuentro con Ashby podría ser el de su vida. Nadie les había hablado así antes, ni siquiera su confesor.

Nora, la del cuello más largo, ansiaba que la volviera a sacar, si no para el vals, al menos para el fox trot y Ashby lo hizo porque la tía de Nora, marquesa de Mohernando, le soltó al oído:

—Es un secreto, pero a ti que te gusta la literatura, te confío que Nora escribe poesía.

—¿Por qué no me enseñas lo que escribes? —le dijo apretando más su mano.

—Nunca se lo he mostrado a ningún muchacho.

—Voy a tu casa el martes a la hora del té.

Ashby no se lo esperaba. "Eres una nueva Emily Dickinson." La poesía de Nora le pareció exquisita a la primera lectura y la invitó a la conferencia de Carlos Pellicer, quien la deslumbró con su voz catedralicia y su emoción al decir en voz alta:

—Que se cierre esa puerta / que no me deja estar a solas con tus besos.

Los encuentros se hicieron cada vez más frecuentes, Ashby se enamoró y cuando ella le dio el "sí", lo agradeció con humildad y con melancolía. Se asomaba a un espejo que nunca había buscado y no sabía qué imagen reflejaría.

3

En La Profesa se celebró la boda de Ashby y Nora, en medio del beneplácito familiar, aunque Mina, con una mueca despectiva, le comentó a su hijo que Nora no era ni la más bonita ni la más rica de las herederas disponibles.

—Allá tú, pero la chica Béistegui te convenía más. Los Escandón escogieron la Catedral, pero Ashby le pidió a Nora convencer a sus padres de que Regina era más bella. La cola de tul y encajes de familia de la novia, que cubría los diez metros del pasillo, y la diadema de diamantes sobre la pequeña cabeza de Nora puso a su boda a la altura de la corte inglesa. "Igualito que en Buckingham", dijo Lola Tovar, y los trescientos y algunos más coincidieron. Los regalos parecían salir de la cueva de Alí Babá. La aristocracia mexicana quería distinguirse en todo y era mucho más espléndida que la europea. Algunas cajas blancas de moños como coliflores tenían dimensiones de cuento de *Las mil y una noches*. Además, se exhibían en un salón con sus tarjetas y las mejores familias competían entre sí sin darse cuenta de que ese exhibicionismo hubiera sido censurado por las cortes de Europa. De revelárselo alguien, la sorpresa habría sido mayor. Tampoco tenían conciencia de las resquebrajaduras en su inmaculada fachada, la primera, darle entrada a su círculo a los políticos advenedizos y a los vulgares comerciantes; la segunda, permitir que sus hijas se exhibieran en las páginas de "Sociales" en *Excélsior, Novedades, El Universal* como productos a la venta en un aparador.

Ashby y Nora se instalaron en un *hôtel particulier* de torres y balaustradas en la colonia Roma. De inmediato, Nora se dio a la tarea de poner la mesa con la vajilla de plata, los cubiertos de plata, los marcos de los espejos de plata, las palmatorias, los candelabros, los ceniceros, las grandes cajas para cigarros de Ortega, por supuesto de plata, todo servido en charola de plata hasta que Ashby protestó al ver que también sus cinturones llevaban hebilla de plata grabada con sus iniciales. Los había usado toda la vida, pero su trato con don Lolo lo hizo sustituirlos por cualquier cinturón. Nora, sin preguntárselo, los integró de nuevo a su guardarropa.

De pronto, a Ashby, Nora le pareció también de plata. Era tal su afán por ordenar, hacer inventarios, coleccionar Château d'Yquem para acompañar los postres y alinear botellas de Romanée Conti para los compromisos mayores, que los días se le iban entre llamadas al Palacio de Hierro, a Azar, a El Globo —el único sitio donde, según ella, se podía comprar pan— y las visitas a casa de su madre a la hora del té.

—¿Crees tú que sería posible conseguir una docena de botellas de Vouvray del Clos Baudoin para unos *soles meunières* que mandé congelar?

—No tengo la menor idea —respondía Ashby en un suspiro—, no sé cómo viajen esos vinos después de salir de las márgenes del Loire.

Por cada cucharita cafetera regalada el día de su boda, Nora escribió una preciosa tarjeta de agradecimiento y le avisó a Ashby que tendrían que responder a invitaciones y ofrecer comidas y cenas de no más de ocho comensales "porque si no, no se puede platicar" y que tenía una lista de setenta personas. Ashby levantó los ojos al cielo y recitó en voz alta a Pellicer:

Yo era un gran árbol tropical.
En mi cabeza tuve pájaros;
sobre mis piernas un jaguar.
Junto a mí tramaba la noche
el complot de la soledad.

Muy pronto, la poesía de Nora desapareció bajo el fardo de las responsabilidades sociales y con esa pérdida se esfumó también el interés de Ashby por su mujer. En las comidas, en las cenas, todo era rutinario, nadie arriesgaba, nadie lo sorprendía y Ashby empezó a caer en el marasmo. Ni siquiera el nacimiento de su primer hijo lo sacó del tedio que lo había invadido.

A diferencia de Nora, que a diario se hundía más y más en la vida cotidiana, atrapada por su maternidad y por las obligaciones sociales, a Ashby, tratar de salir del espasmo que le provocó su larga hospitalización lo aventaba a otras cavidades de su corazón, otros hemisferios de su cerebro. Si los seres humanos apenas utilizamos un mínimo porcentaje de nuestro cerebro, Ashby forzaba el suyo para entrar a esas zonas desconocidas y se encerró en su biblioteca a leer y a sacar conclusiones. Allí adentro se empeñaba en escribir. Sus hallazgos prosísticos no lo satisfacían ni por equivocación; según él, no lograba su propósito: escribir tres líneas que valieran la pena, con todo y su necesidad de gritar sus pensamientos. La inseguridad lo asfixiaba. Rompía páginas y el *valet de chambre* tiraba cestos y cestos de papel gara bateado a la basura. A Nora le parecía muy bien tener a su marido en casa y no se preocupó por averiguar su estado de ánimo. Él tampoco intentó hacerla partícipe.

Una mujer con hijo es una casa tomada. A Nora, la hormiga de la fábula, Ashby la dejó caer de su corazón. Su cabello negro y suelto que la desnudaba perdió el brillo. Una tarde, cuando Ashby le preguntó si no pensaba volver a la poesía, ella le respondió frunciendo la boca:

—Ahora se me antoja más pintar.

—¿Y por qué no bordar? —exclamó Ashby con sorna.

—Sí, también eso me gustaría.

—Nora, ¿cómo puedes comparar un mantel con un poema?

Nora no respondió. La mirada se le había vuelto pesada. Sus ojos se parecían ahora a sus pechos boludos; el iris, antes chispeante, tenía la misma negrura un poco obscena del pezón.

Alguna vez pensó que le gustaría verla caminar en Kensington Gardens, llevarla al Louvre, observar su reacción ante ciertos cuadros, ahora ya no le interesaba, y desde el nacimiento del niño Nora no volvió a preguntarle: "¿Cuándo nos vamos lejos?" Para Ashby, el niño era sólo una tarea más que su mujer se había impuesto. Cuando lo vio recién nacido pensó: "Parece un jitomate magullado", y sólo se asomaba a la cuna cuando Nora lo urgía: "Mira a tu hijo". Una vez la oyó explicar a la marquesa Mohernando: "A Ashby no le interesan los bebés…" La que había dado a luz era ella, Nora. Él todavía se debatía tratando de descubrir lo que tenía adentro. Sin embargo, creyendo complacerla, lo primero que se le ocurrió en los días que siguieron al nacimiento fue comprarle un *pony* al "vástago", del que hablaban los cronistas de "Sociales" celebrando el feliz advenimiento del ave picuda con su bulto azul traído de París:

—Pero, ¿cómo crees? No va a poder montarlo sino hasta dentro de cinco años.

Ashby lo devolvió a su caballeriza.

—Ay, no, Resti, tú no, se te va a caer.

La nana Restituta también había quedado fuera de la jugada. Pretendió hacer con el hijo de su Ashby lo que con él de pequeño, "pero ya no estás en edad, Resti, entiende, no seas necia", le decía Mina apoyando a su nuera.

—Ya no sirvo pa' nada, niño —fue lo último que le oyó decir Ashby.

Un día, sin más, amaneció muerta en su cuarto de servicio. Sólo una persona la lloró: Ashby.

Al año nació el segundo hijo. El parto era un acto tan reservado a las mujeres que de nuevo Ashby no tuvo participación alguna. Su suegra llegó al hospital con sábanas y fundas de encaje a preparar la cama para que se pudiera recibir a las visitas e inmediatamente el cuarto se llenó de enormes ramos de rosas y de regalos blancos con moños azules y Ashby pensó en la cantidad de tarjetas de agradecimiento que su mujer escribiría con su preciosa letra Palmer apenas estuviera en casa. El niño, otro jitomate. Nora, en su "mañanita" de blondas de Holanda, daba las gracias. Le había dado por reducir al mínimo su vocabulario. Sacaba una chambrita de su envoltura y decía: "Está divina". Su hijo era divino, el día divino, su salud divina, su casota divina. La sonrisa con que lo decía también divina. "Te ves divina", exclamaban las amigas en torno a la cama esponjada de piqué y tiras divinamente bordadas.

No había rendija por la que Ashby pudiera colarse. La poesía, un mundo por nombrar, desapareció para Nora y de su boca ya no salían pájaros. El espacio abierto, la gran plaza soleada quedó a la merced de una avalancha de mamilas, sonajas, ropones, baberos, pañales, pediatras y palabras tan poco agraciadas como ginecología, obstetricia, fórceps y contracciones. Recordaba lo que alguna vez le dijo en el Hospital Obrero Goyita, la risueña esposa de don Lolo:

—Cuando te casas, mijito, todo lo que te sucede de la cintura para abajo es una cochinada.

Ella sí que era una aristócrata, pensó.

"Tengo que salir de la casa a buscar un interlocutor verdadero", se dijo Ashby al dirigirse a la Universidad. Así como Nora llevaba libretas de cuentas, él las tendría de apuntes, sus libros subrayados con lápiz, los comentarios al margen escritos a las volandas con el impulso de la emoción. En el maravilloso edificio de Mascarones, José Gaos daba conferencias. El filósofo había llegado de España a raíz de la Guerra Civil. Hacía oír su voz ante una sala llena a reventar de jóvenes que apenas si respiraban para no perderse una sola de sus palabras. Ashby se asombró. La talla de Gaos se extendía a sus oyentes. Crecían al escucharlo. José Gaos era un hombre alto, calvo, encorvado, que miraba por encima de sus anteojos sentado tras el escritorio. No hacía grandes movimientos ni se ponía de pie, salvo una vez que se dejó llevar por el tema y su voz fue elevándose a la par que sus zancadas sobre el tablado.

En Mascarones, Ashby no sólo descubrió a Gaos, sino a Juan David García Bacca, al sacerdote José María Gallegos Rocafull y al catalán Eduardo Nicol. Algún día discutiría con ellos, estaría a su altura. Sólo era cuestión de prepararse para decir mejor, pensar mejor y así, respirar su aire.

Los españoles estaban en todo. Fundaban colegios, ateneos, editoriales, escribían en los periódicos, inauguraban suplementos culturales, publicaban sus recuerdos y su poesía. A Ashby le dio por acompañarlos al café París y mirar durante largas horas la cabeza de León Felipe, su bella mano mesándose la barba al hablar. Juan

Rejano, el más accesible de todos, le sugirió a Ashby al escucharle una cita de Martín Luis Guzmán:

—¿Por qué no escribes una nota crítica sobre *La sombra del caudillo*? No sólo te la publico, te la pago.

Ashby, entusiasmado, la llevó a *El Nacional* el lunes siguiente:

—Es estupenda. Te felicito. Tu análisis es verdaderamente filosófico —el entusiasmo del editor era genuino—. El que escribe se muestra. Yo, aquí, te descubro. Por favor tráeme algo para el próximo número.

Nadie le había hecho el regalo de Juan Rejano. Él levantó la lápida. A partir de su comentario se manifestarían los ángeles y los demonios. Durante años esperó ese día. Ser aceptado por su escritura cambiaba su visión de los demás. Los había subestimado, ahora serían sus futuros lectores, sus apoyos, sus consejeros. Exultante, Ashby empezó a invitar a su casa, con timidez al principio, a sus nuevos amigos. Era tanto su arrebato que no se daba cuenta del efecto que su mansión ejercía sobre los invitados, la enorme biblioteca con sus tomos empastados y sofás de terciopelo, el comedor extenso como pista de patinaje, las salas como museos.

Nora recibía con encanto y a su marido le sorprendió que todos la rodearan pendientes de su gracia. Pellicer la llamó "criatura de delicias". Nora los acogía con la misma actitud afable y cariñosa con la que recibía a la "gente bien" y no parecía notar la falta de corbata y los pelos parados de Juan de la Cabada o que los hermanos Coronel se quitaran el saco a media comida o que los zapatos de José Revueltas fueran de plan quinquenal. A ella, los recién llegados sólo la elogiaban, con Ashby discutían rindiéndole un homenaje que él jamás hubiera esperado. El primero en poner sobre el tapete de la discusión el origen de las grandes fortunas mexicanas fue Jorge Portilla, quien a las tres de la mañana cantaba dulcemente dirigiéndose a los ojos de Nora: "Soy un pobre venadito que habita en la serranía..."

—A ver, Egbert, ¿de dónde viene tu palacio?

De pie, en su biblioteca, Ashby les explicó el origen de su fortuna como si se tratase de *La cruzada de los niños*, de Marcel Schwob:

—Resulta que en los bosques de México, los campesinos hacían una incisión en los árboles y de ese tajo escurría un líquido viscoso que caía en una lata de aluminio: la brea. Mi abuelo, un as de los negocios, acumuló una gran fortuna. A mi padre le gustó el campo y se hizo de tierras y caballos asociado con empresarios canadienses y norteamericanos. Fue gracias a ello que pude educarme en Londres, seguir cursos en la London School of Economic y, después de un accidente, una caída a caballo, a los diecinueve años, leer todo lo que cayó entre mis manos. De allí mi júbilo por estar entre ustedes.

Manuel Rodríguez Lozano, desconfiado, le hizo ver que la política fiscal de México beneficiaba en forma desorbitada a los grupos de poder. Escabullían impuestos, compraban funcionarios públicos; el soborno, la mordida, eran prácticas cotidianas del gobierno desde la célebre frase de Álvaro Obregón: "No hay quien resista un cañonazo de veinte mil pesos".

—Hablas desde la amargura de tus meses de encarcelamiento —le dijo Alí Chumacero—. Hay muchos hombres limpios en México.

—No, no. Para el gobierno lo más fácil es comprar a quienes encuentra en su camino. Mira al joven Salvador Novo, cronista oficial de los sexenios: no sólo se deja querer por los sardos peloncitos, sino por el gabinete en pleno.

—Sí, pero mira cómo escribe. Su prosa es tan notable que hasta la putería se le perdona.

—Todo lo que puedo decirte es que los que hicieron la Revolución ahora saquean al país.

Manuel Calvillo, secretario y confidente de Alfonso Reyes, conciliaba los ánimos enardecidos. Henrique González Casanova cambió el tema por el de la Ciudad Universitaria que acababa de abrirse en el sur y era "un faro al final del camino".

Sábado a sábado, las reuniones en casa de Ashby se hicieron costumbre. A lo largo de la noche tocaban la puerta el pintor que retrató a María Asúnsolo, Juan Soriano, Diego de Mesa, Joaquín Díez-Canedo y Aurora, Paco Giner de los Ríos y su mujer, Octavio Barreda y Carmen Marín, de belleza casi tan extraordinaria como la de su hermana Lupe; Manuel Cabrera y María Ramona Rey, Rosario Castellanos, los hermanos Gutierre y Carletto Tibón, cuyos ojos se llenaban de lágrimas al hablar de su amor entrañable por las costumbres y fiestas de México; Alberto Gironella y Bambi, Max Aub y Pegua, que invitaban a una paella al día siguiente en su departamento de Euclides, y un muchachito con cara de ratón, José Luis Cuevas que, libreta en mano, hacía apuntes y apuntes que no enseñaba a nadie. "Son monstruos como ustedes", decía señalando a la concurrencia.

En vista de su impuntualidad y de que siempre traían amigos, Nora optó por un buffet a las doce de la noche. Entretanto, circulaban los whiskys y los gin y vodka-tonic. Cuando alguno se ausentaba, se convertía en el blanco de todas las flechas:

—En vez de dedicarse a la política, José Revueltas debería ponerse a trabajar, por eso no ha dado su medida.

—El ser comunista no es su problema; podría escribir en la cárcel.

—¿Quién te ha dicho que es tan fácil escribir en la cárcel?

Preguntas como ¿Quiénes somos los mexicanos? y ¿Qué es México? hacían que la discusión girara en torno a *El perfil del hombre y la cultura en México,* de

Samuel Ramos. Por esa obra, los jueces habían consignado al filósofo flaco y modesto sobre el que pendía la amenaza de la ley.

—Ojalá y no le hagan lo mismo a Octavio Paz y a su *Laberinto de la soledad*.

La Revolución mexicana también los ponía de cabeza. A Max Aub le entusiasmaba *El resplandor,* de Mauricio Magdaleno. Los intelectuales discurrían durante horas acerca de la Generación del 27 y la Generación del Ateneo, el daño que hacía el positivismo no sólo a México, sino a América Latina. La Revolución mexicana, la República española se abrazaban incendiándose en casa de los Egbert hasta una noche en que Salvador Elizondo gritó:

—¡Yaaaaaaaaaa!

Que ya, por favor, que todo eso era pura y llana retórica, que él quería decir algo sublime, algo que jamás pasaría por el escuálido cerebro de ninguno de los allí presentes, algo inteligente acerca de *El cementerio marino* de Valéry.

Aquella, la noche del grito en que las pasiones estallaron, los dos hijos de Ashby se asomaron asustados y cuando Nora señaló hacia arriba las dos caritas entre los barandales de la imponente escalera, los invitados bajaron el tono y propusieron que los niños se integraran al grupo.

—Tómense un whisky, angelitos de Dios, querubines de Santa María Tonantzintla, celestiales mensajeros del edén —propuso levantando su copa Jorge Portilla.

Los niños subieron corriendo a su cielo privado.

4

Cada vez eran más concurridas las cenas de los sábados y Ashby se felicitaba de que Nora y él crecieran en popularidad entre los hombres y las mujeres para él más significativos, el círculo pensante del país. Además, la buena voluntad de Nora, el que dieran las cinco de la mañana y continuara de pie ofreciendo whiskys con la misma afabilidad, lo reconcilió con ella. Un gallo cantaba en alguna casa de la colonia Roma y los hacía reír. "He aquí la civilización capitalina." Sol Arguedas entonces se ponía de pie: "Rubín de la Borbolla, vámonos, ¿no oíste el kikirikí?" Nora ofrecía: "Espérense al desayuno" y todos la festejaban. El hecho de que sus amigos la enamorasen halagaba a Ashby. Muchas veces se reunían el domingo a comentar lo sucedido la noche anterior. Los sábados de Ashby y Nora eran más que una fiesta semanal, los elevaban al pináculo de la cultura en México.

Ashby pasó de una élite a otra. Todas las élites terminan siendo crueles y Ashby escuchó asombrado la manera en que practicaban la maldad como una de las bellas artes. Al calor de la quinta copa, el veneno desataba las lenguas y no había arrepentimiento posible. Ashby podía competir con el ingenio de los grandes. Las palabras que no encontraba en español las decía en inglés, en francés, en alemán; sus citas eran exactas, su poder de seducción no dejaba resquicio. Descubrió que la seducción era su arma natural y que no la ejerció con las "niñas bien" mexicanas porque ellas caían redondas con sólo verlo, pero aquí, en este cenáculo, necesitaba ser más que él mismo, más que su físico privilegiado y su elegancia innata; a estos centauros había que saber montarlos porque si no lo aplastarían en una despiadada confusión de cascos como no lo logró Classic Touch en el concurso hípico de abril de 1945.

Nora se quedaba atrás, aunque la maternidad la había moldeado hasta convertirla en una mujer verdaderamente hermosa. Aceptaba los cambios de Ashby con mansedumbre, pero éstos sólo duplicaban sus obligaciones. No dejaba de ir a tomar el té con su madre ni de asistir a los frecuentes velorios. ¡Ah, cómo se muere la gente en México! ¡Y qué cantidad de despedidas de soltera! El chofer llevaba a los niños a sus clases de gimnasia, de natación, de francés, de esgrima (Ashby se encargó personalmente de las de equitación) pero ella tenía que supervisar horarios y nunca dejó de ir a dar las buenas noches a sus dos retoños. Al poner su cabeza sobre la almohada dentro de la gran cama Tudor, Nora sólo alcanzaba a leer tres o cuatro páginas de *The Turn of the Screw* y se dormía exhausta. Proust languidecía en el librero. En cambio, la biblioteca de su marido, cada vez más atestada —pilas de libros en el suelo y en las sillas—, iba comiéndose la casa porque además de los comprados, los editores le enviaban colecciones enteras y los autores le regalaban sus obras con dedicatorias halagadoras.

Un sábado, don Alfonso Reyes dio a Ashby la consagración definitiva al presentarse a su casa con Manuelita su esposa. En otra ocasión asistió José Vasconcelos, pero no cayó bien. Ahora se hablaba mucho del regreso de París del poeta Octavio Paz con su mujer, Elena Garro, y los jóvenes, sobre todo Carlos Fuentes, los esperaban anhelantes. México, país de brazos abiertos, después de dar posada a los desterrados españoles recibía a chilenos, a argentinos, a uruguayos notables. Llegaban con su exilio a cuestas y encontraban consuelo en la hospitalaria casa de los Egbert.

Una noche, ya pasadas las doce, Amaya Chacel hizo su entrada con cinco de ellos. Inmediatamente atrajo al anfitrión, que los recibió en la puerta. Dos horas bastaron para que los distintos grupos se acercaran a escucharla a un rincón de la sala en donde discurría con un hilo de voz. No era bonita como Nora, esta mujer era otra cosa. Algo en ella encandilaba. Cuando oía en silencio mirando al interlocutor con ojos penetrantes, todos la veían a ella, a la expectativa. ¿Qué iba a decir Amaya?

Escuchaba, inmóvil, prodigiosamente atenta. Tenía mucho de gato en su concentración callada antes de dar el zarpazo, toda ella al acecho, toda ella crueldad. En torno suyo, los ratones, insectos, lagartijas hipnotizados, esperaban el golpe mortal. Amaya hablaba con destreza, con elegancia, en voz muy baja y los obligaba a callar y parar la oreja para no perder una sola de sus palabras. "¿Qué están conjurando?", preguntó Ashby al acercarse, pero Amaya no lo invitó a unirse a ellos.

Ashby se sorprendió a sí mismo al esperarla con ansia al sábado siguiente. Cuando había perdido toda esperanza, el timbre sonó a la una y diez de la mañana. Esta vez la acompañaban cuatro chilenos, dos escritores y dos pintores. Amaya, vestida de blanco, su pelo rubio suelto sobre los hombros; sus ojos le parecieron de obsidiana.

—Son iguales a los de Emiliano Zapata —le dijo Ashby.

—¿Ah sí? ¡Qué bueno, eso me encanta! —por primera vez le sonrió.

Ashby vio que sus dientes eran preciosos. No se había dado cuenta.

Esa noche se deshicieron los grupos pequeños que poco a poco rodearon a Amaya. Cada uno buscaba quedar lo más cerca posible de ella. Las mujeres no tuvieron más remedio que seguir a sus maridos imantados. Amaya creaba un clima espiritual amenazante. Nunca se sabía a qué hora agrediría a alguno de sus devotos.

—La literatura se hace a partir de las palabras, no de los conceptos. A mí eso es lo que me interesa. Es mucho más implacable decir de un presidente "Grotesco, Ortiz Rubio, grotesco" que una larga parrafada de opiniones.

Despotricaba contra los elevados sentimientos que pretendían hacer de México una nación del nuevo mundo: "¿Qué no se han dado cuenta de que los mexicanos no comen? ¿Qué no se han dado cuenta de que hay millones de mexicanos que no leen?" "¿El petróleo? ¡Por favor, el petróleo es la única carta que juega un gobierno corrupto!" Su mirada se volvía entonces despiadada. Jorge Portilla le hacía ver que muchos presidentes de Bolivia, de Panamá, de México habían estudiado en grandes universidades norteamericanas, en las escuelas de la Ivy League y eso la enfurecía. "Por eso no saben lo que son los derechos civiles. La gran vergüenza de México son sus derechos humanos." A las dos, Nora propuso que pasaran a cenar. Nadie le hizo caso. Por fin, a las tres de la mañana, Ashby fue quien preguntó: "Bueno, ¿no creen que deberíamos comer algo?" La mirada negra que le lanzó Amaya le hizo ver que jamás debía haberlo sugerido, pero ya la orden estaba dada y varios se levantaron. Amaya no. Sentada en el suelo, siguió hablando entre unos cuantos hechizados. Se despidió de Ashby fríamente. En cambio a Nora le dijo en voz baja y rápida:

—Eres un Boticelli.

Ashby nunca había pensado que su mujer podía ser un Boticelli. Con su pelo negro levantado y unos cuantos bucles saliéndole del chongo, su esbeltísimo cuello blanco y sus ojos pudorosos Nora, sonrosada por el trajín de la fiesta, tenía la gracia de los renacentistas italianos.

Ashby empezó a vivir de sábado a sábado. Nunca sabía si Amaya se presentaría y eso lo tenía en un estado de nerviosismo difícil de controlar. En su ausencia, los sábados se volvían grises, perdían todo su atractivo al menos para Ashby que iba de un invitado a otro, de un pensamiento inerte a otro, de una conversación pastosa a otra, a punto de extinguirse. En cambio, con ella todo se aceleraba, aunque Amaya apenas si se dignara darle la mano. Acompañada por un séquito admirativo, hacía entradas sensacionales. Su marido brillaba por su ausencia aunque su nombre aparecía con frecuencia en la sección de "Finanzas" de *Excélsior* y de *El Universal*. Amaya lo mencionaba: "Alfonso y yo..." "Alfonso dijo..." pero se seguía de largo y una vez en que Ashby la interrumpió para preguntarle por qué no venía Alfonso, Amaya no sólo dejó la pregunta en el aire, sino que no volvió a dirigirle la palabra en toda la noche.

A veces, la voz baja y pareja de Amaya crecía al calor de un argumento.

—Eso no es literatura, ésas son sensiblerías.

—¿El *Diario de Ana Frank*, sensiblería?

Amaya pulverizó a Marta Seite con la mirada:

—Y también *El Principito*, de St. Exupéry. El *Diario de Ana Frank* fue publicado por el papá de la niña después de muerta. Su actitud es la misma que la de la familia del tullido de *Divinas palabras*, de Valle-Inclán, cuyos miembros se pelean entre sí por sacarlo a la calle en su tablita con ruedas para exhibirlo y hacer dinero con su desgracia... Eso no es literatura. No entiendo cómo ustedes se rebajan a hablar de tales obras.

Implacable, Amaya deshacía al escritor que le ponían en frente. Cuando alguien alegaba a favor de Rodríguez Aura: "ha trabajado mucho y decía Goethe que el que se afana en la tarea está salvado", ella respondía tajante:

—Sí, pero si es un idiota, no se salva.

Sus respuestas producían el mismo éxtasis colectivo de las corridas de toros. Amaya embestía y la plaza dividida en sol y sombra la azuzaba para que mostrara la lámina de su raza. Era brava y los villamelones le gritaban "cítalo, cítalo" como a los toreros. Si tenía miedo, nunca lo enseñó. Sentada en el suelo en posición de loto, el cenicero sobre el Aubusson entre sus piernas, convertía la biblioteca de Ashby en un ruedo. "Vamos a comprar cojines y tirarlos en el piso", le dijo Nora, "desde que Amaya llegó, tus amigos rechazan nuestros sillones". "Sí, tienes razón" —asintió Ashby. Nora entonces concluyó:

—Desde que ella viene, los sábados son otra cosa.

—¿Qué cosa?

—No lo sé, pero son otra cosa. Siento que ella oficia misa y todos ustedes son sus feligreses.

—¿Y tú?

—Yo no —respondió y salió de la recámara.

5

Ashby tenía una muy buena opinión de sí mismo y el éxito la acrecentó. Lo único que le molestaba era que Amaya no cayera bajo su encanto. Acostumbrado a que todas lo hicieran a las primeras de cambio, confiaba en que Amaya no sería la excepción.

Amaya también los invitó a cenar. Dada la posición de su marido, todos creían que superaría a los Egbert en lujo y bonanza, pero no fue así.

Al mismo tiempo que recibía a sus invitados, Amaya acostumbraba improvisar la cena, a tal grado que una noche a eso de la una ofreció tortas deliciosas que una muchacha sin delantal repartió sobre una pesadísima charola de plata y que los comensales tomaron envueltas en hojas de papel estraza para comerlas en una vajilla de Meissen. Cuando Jorge Portilla pretendió partir la suya con tenedor y cuchillo, Amaya exclamó:

—No seas payo, las tortas se comen con las manos, nada más lávatelas.

En lo que Portilla iba al baño dictó una cátedra sobre la cursilería de ciertos exquisitos.

—Nada más cruel que una élite. Son crueles por ignorancia, por estupidez, porque no tienen la menor conciencia de su compromiso con los grandes deberes históricos. Nadie más lejos del sentimiento trágico de la vida que los ricos.

—¿Y las masas?

—Las masas también son burdas e ignorantes, también son mediocres, tampoco se preguntan a dónde van ni por qué están sobre la tierra pero, dentro de todo, son mejores que las élites que sólo se preocupan por su propio beneficio.

Ejercía una influencia moral o al menos aguzaba el sentido autocrítico de sus oyentes. ¿Era eso lo que se proponía? Había en su rostro, francamente vivo, una movilidad fascinante. Las emociones danzaban bajo su piel.

Los sirvientes de la casa también salían de lo común. Amaya daba órdenes que ninguno sabía obedecer.

—Los platos soperos, Salustia, ya sabes, los que están en el mueblesote junto a la cocina...

—Ay, señora, ¿cómo voy a saber si empecé con usted hoy en la mañana?

La mesa, que se ponía al último momento, ofrecía también sus sorpresas.

—¿Y el pollo rostizado?

—Lo puse en la sopera.

—¿Quién te dijo, mensa, que los pollos van en la sopera? ¡Quítate de mi vista y ve a sacarlo de allí inmediatamente!

Al extraerlo, la aterrada muchacha lo tiró en el piso y fue a dar debajo del ropero de la despensa. Esa noche, los invitados, para quienes el pollo de todos modos no hubiera alcanzado, se emborracharon más que de costumbre, porque el bar de Amaya y su marido invisible era de primera y la cava de los vinos, espléndida. Amaya delegaba en uno de sus invitados la tarea de elegir el año y la marca del vino. Por lo visto, la cultura en vinos de Alfonso era notable. Amaya, displicente, despachó a Ashby.

—Necesitamos unas diez botellas de Mouton Rotschild. Voy a dar carnitas y moronga...

—¡¿Carnitas con Mouton Rotschild?! —preguntó Ashby.

—¿Tienes algún inconveniente? Champagne Pol Roger, entonces, quizá se lleve mejor con la moronga... Voy a mandar a Sindulfo para que suba una caja... Quizá una caja no alcance, mejor dos.

En la cava, con Sindulfo que hacía girar su sombrero de paja entre sus manos, Ashby preguntó:

—¿Tiene usted mucho tiempo con la señora?

—No, en la mañana me recogió en el camino.

—¿En el camino a dónde?

—A Temixco. Nos trajo a cinco en su coche... Dijo que si teníamos hambre y cuando le dijimos que no probábamos tortilla desde ayer, nos subió y aquí estamos.

Ashby jamás volvió a ver al tal Sindulfo. A los quince días, el "servicio" —si servicio era— había cambiado totalmente. La puerta se la abrió una mujer con la cabeza envuelta en un paliacate rojo al estilo de la negrita Aunt Jemima. A media reunión, la misma mujer entró a la sala sin cohibirse:

—Niña Mayito, ¿me da un tabaquito?

Amaya le aventó sus cigarros y la mujer los cachó en el aire. Se los devolvió en la misma forma.

—Gracias, niña.

Salió arrastrando los pies dentro de unas chanclas de plástico de pata de gallo y Amaya, sin más, volvió a su conversación.

Las miradas de Nora y Ashby se cruzaron. Lo que sucedía en esa casa era imposible en cualquiera otra. Esa noche no había trazas de cena. De pronto Amaya se irguió del suelo cual resorte y gritó:

—Belem, sube a mi cuarto; arriba del ropero hay un canasto lleno de tabletas de chocolate. Bájatelo completito.

—Ay, no, Mayito, yo no alcanzo hasta allá, está muy alto.

Ashby ofreció subir. Vio con curiosidad la recámara espaciosa cuyos altísimos muros estaban tapizados de libreros. La cama esperaba invadida de libros abiertos y de papeles hasta encima de las almohadas, una máquina portátil Hermes color gris tenía una hoja adentro. Ashby no resistió la tentación de ver lo que en ella estaba escrito. Sólo una frase, obviamente sin terminar: "Los imbéciles me persiguen a todas horas con su..." Buscó la huella del cuerpo de Amaya sobre la cama y no la encontró. Nunca la encontraría. Amaya sabía borrar pistas. Descendió con el chiquihuite en los brazos lleno de barras de Nestlés con almendras. Lo que más había era Tin Larín dentro de sus envoltorios verde y amarillo.

—Son mis favoritos.

Amaya fue pasando tabletas. Estaban duras, sabían a rancio, de seguro llevaban mucho tiempo en el canasto.

—Se están comiendo mi provisión de un año. Cuando escribo, son las que me dan energía.

—Ah, ¿escribes?

—Claro que escribo.

Aunque Amaya hacía afirmaciones categóricas, ninguna tan contundente. Todos creían que era pintora aunque nadie podía decir que conocía su obra. Ashby le pidió:

—Enséñanos tu *atelier.*

—No pinto aquí en casa, tengo mi estudio en Coyoacán.

—¿En qué calle?

—No digo. Es mi *sancta sanctorum.*

—¿Harás alguna exposición, entonces?

—Quién sabe. Dice Alfonso que no le conviene…

—¿Por qué?

—Quién sabe, creo que por los inversionistas.

—¿Los inversionistas?

—Sí, los empresarios de otros países con quienes trata podrían escandalizarse…

—No entiendo, pues ¿qué pintas?

—Te pinto unos violines si quieres.

—En serio, es que no entiendo.

—Ni yo tampoco —Amaya sacudió su melena con tristeza.

En otra reunión, Amaya ofreció café recién traído de Jalapa. Como era muy fuerte, algunos pidieron crema. Rápidamente delegó a Jesusa, una nueva y exótica presencia de anchas caderas y pelo grasiento. Le ordenó que la pusiera en una preciosa jarrita de plata de Sheffields. Al servirla, la crema no quiso mezclarse con el líquido negro:

—Pinche Jesusa —llamó Amaya—, esta crema está cortada. ¿Dónde la compraste?

—Con el chino de la esquina, seño Mayito.

—Pues ese chino vende puras porquerías, oye. Ve a devolvérsela y que te dé otra.

—¡Cómo cree, seño Mayito, si ya cerraron! Es requete tarde. El chino bajó la cortina tras de mí...

Esa misma noche, Ashby, en la recámara, le comentó a Nora:

—Es un ser verdaderamente fuera de serie.

—Para mí es verdaderamente floja y me tiene harta. Con tanto dinero, ¿qué le cuesta conseguir una buena cocinera y ordenarle la cena con anticipación? ¿Qué le cuesta tener un mesero decente? Y un portero y un jardinero. ¿Cómo es posible que cada vez que nos invita nos topemos con una nueva runfla de forajidos?

—Es original.

—Comprendo a su marido. Con razón no lo conocemos, yo también huiría si tuviera que vivir en esa casa.

A pesar de tantos sinsabores culinarios, los amigos acudían en masa.

—Es que ella piensa en otra cosa, por eso se le olvida la cena —la disculpaban—. Trabaja mucho, no tiene tiempo.

—¿En qué trabaja?

Ninguno podía dilucidarlo.

—Su cerebro es el que jamás descansa. ¡Qué cerebro! Apuesto a que pesa tanto como el de Einstein.

—Tampoco exageres.

Las mujeres apreciaban menos a Amaya que los hombres.

—¿Qué le ven de bonita? Tiene una picadita de viruela en la nariz.

—Es muy ocurrente.

—Sí, pero eso no la hace bella.

El sortilegio que ejercía sobre los intelectuales se fortalecía con el tiempo.

—¿Sabes por qué? —le dijo Marta a Nora. Porque Amaya es misteriosa. Nunca sabe uno dónde anda, con quién anda, por qué no aparece su marido, qué es lo que escribe, qué es lo que pinta, a dónde va con su automóvil blanco que maneja demasiado de prisa. Viaja mucho por la República pero sólo deja caer de vez en cuando que fue a Tlaxcala, a San Luis Potosí, a Chilpancingo.

—A lo mejor es un gran fraude —respondió Nora.

—No, no, no es tan fácil, no se trata de engaño, sabe cultivar el misterio y eso fascina a los hombres.

Todos concordaban en que el hecho de que Amaya no prendiera la luz y tuviera un fuego de chimenea siempre encendido, proyectaba sobre los muros y los muebles de la sala de su casa brillos y sombras que los sumían en otro mundo. Cada vez que ella misma se levantaba de la alfombra a echar un leño al fuego, el resplandor la transformaba en una hechicera. Era extraordinario lo que las llamas le hacían a su rostro, a su silueta, todo su ser se volvía mefistotélico; esa luz que suavizaba el perfil de otras mujeres, a ella le daba contornos de arpía.

"El hombre invisible" se volvió el apodo de Alfonso Chacel, su marido.

—Oye, entiendo que no asista a las reuniones de los Egbert, pero que tampoco asista a su casa está rarísimo. ¿Qué de veras existirá? —preguntó la más intrigante, Christine Schneider.

—Tú no perdonas ni a tu mamá, parece que no tienes espejos en tu casa.

El dominio de Amaya sobre el grupo era indiscutible. Una noche en que Marta les dijo que todos deberían transportarse a Coyoacán, a la Casa Azul de Frida Kahlo, porque Diego y Frida daban una gran "pachanga" y tenían el privilegio de haber sido invitados, Amaya dijo en voz muy baja que ella, desde luego, no iría. Le hicieron rueda, claro, vamos, es fascinante, Amaya, hay que conocer su colección de arte precortesiano, dicen que es espléndida, sus fiestas son típicamente mexicanas. Entonces Amaya fue levantando la voz poco a poco y estalló en una cólera que le despejaba la mente y la hacía hablar como una iluminada.

—Eso es folklorismo, exotismo. Si algo hay que huir es del pintoresquismo. Nada le hace tanto daño al país como esas farsas.

—¿Farsa el ser mexicano?

—¿A poco no es una farsa vestirse de huehuenche o de tehuana para la cena cuando del diario las señoras andan con modelitos de París o de perdida de falda y blusa como todo mundo? Todavía Frida Kahlo, la tullida, usa enaguas para esconder su columna rota y su pata flaca, pero las demás, ¿a qué le tiran? Andrés Henestrosa cambió Juchitán por una curul en el Congreso.

Le dio un prolongado trago a su bebida en medio del estupor y continuó:

—¿Qué caso tiene entonces vestirse de calzón de manta los sábados en la noche? Basta ya de explotar a este pobre país y burlarse de los indios.

—Nadie se burla, Mayita, cálmate.

—Ellos sí tienen derecho a los atuendos "típicos", nosotros no. ¿No se han dado cuenta de que la esencia de México no está en sus lanas de colores y en sus aguas de chía, sino en algo mucho más profundo: su miseria? ¿A que ésa no se la cuelgan como molcajete? ¿Por qué en vez de reunirse a beber tequila y curado de fresa y comer romeritos no se dan una vuelta por el Mezquital para ver lo que traen entre el ombligo y el espinazo aquellos cuyos trajes copian como si fueran mamarrachos?

"Esta mujer es un ángel justiciero", se dijo Ashby al ver su cabello rubio formándole una aureola de fuego.

Cuando Amaya bajó la voz y volvió a sentarse en el suelo, lo mismo hicieron Marta y las demás mujeres. Siguieron los hombres. Marta ni siquiera llamó por teléfono a la Casa Azul para disculparlos. Los Rivera, Kahlo, Best Maugard, O'Gorman y compañía no lo merecían. A partir de esa noche, también ellas profesaron a Amaya una admiración que las hacía solícitas: "¿Tienes frío, Amaya?" "¿Te sirvo algo de cenar?" "¿Quieres otro *drink, darling*?"

Las palabras "simuladores" y "farsantes" aparecían con frecuencia en su discurso y muchos aguardaban a que los interpelara irritada: "No sean simplistas ni esquemáticos…" México, país híbrido, no era democrático ni revolucionario ni conservador ni nada y mucho menos sabía a dónde iba. No tenía proyecto, y lo más atroz que podría decirse de cualquier país era que no tuviera mística. Los Estados Unidos seguían su destino manifiesto, pero los mexicanos ¿qué seguían?, ¿qué tenían? Lo único que podría salvarlos, como a los polacos, era su religión, pero también ésta era aquí híbrida, ciega, ignorante, manipulada por un clero retrógrado y mal preparado. Para nuestra desgracia, Bartolomé de Las Casas murió trescientos años atrás.

A las mujeres del grupo les sorprendió enterarse de que Amaya se hincaba a rezar juntando sus manos cada noche y que se consideraba profundamente católica. Su señal de la cruz, después del séptimo trago, resultó aparatosa. Ashby iba de sorpresa en sorpresa. Al sentirse tan reconocida, Amaya bajó la guardia y ahora entraba los sábados a casa de los Egbert como a la suya.

6

Cuando Amaya le habló a Nora para preguntarle si ella y Ashby podrían acompañarla a Morelos, a Nora le pareció lo más natural del mundo que Ashby fuera solo:

—Mañana tengo que asistir al festival de las madres de la escuela de los niños. Ya sé que es una cursilería, pero ellos se sentirían muy decepcionados si no voy. Espérate un segundo, Amaya, ahorita mismo le insisto a Ashby. Estoy segura de que le va encantar acompañarte.

No tuvo que insistir mucho. Ashby, de un solo impulso, aceptó. Pasaría en su automóvil por Amaya y regresarían al anochecer.

Ir por la carretera a Cuernavaca con Amaya a su lado le produjo a Ashby una exaltación que lo rejuveneció. "Me he vuelto un adolescente", pensó. El paisaje le pareció bello, grandioso. Era un deleite verla de falda blanca, las piernas desnudas, los pies aniñados dentro de sandalias de tacón. Sus piernas bonitas, sus pies, los del niño Jesús en el pesebre, lo conmovieron. Refrenó el impulso de estacionar el Mercedes en la cuneta e inclinarse a besarlos.

—Tus pies son tan bellos como los de María Asúnsolo —se limitó a decirle.

—¿La prima de Dolores del Río? —preguntó Amaya.

—Sí.

—¡Ah, ésa también es vernácula!

Amaya se lanzó en contra de la película *María Candelaria* de *el Indio* Fernández y Gabriel Figueroa, "sus cielos de tarjeta postal y sus diálogos más falsos que la frente amplia de Antonio Caso: él sí que no tenía más de dos dedos de frente, y para tener cabeza de filósofo, se la rasuraba. Éste es un país de fantoches, un país sin rostro, un país avergonzado de sí mismo, un país de mentirosos. Fíjate, hasta las recetas de cocina son mentira y traición. A doña Catita Escandón le preguntaron por un postre al que ella llamaba 'Fondant de almendras'. Nunca la quiso dar y cuando murió una de sus nueras abrió su libreta guardada bajo llave y leyó la famosa receta del dulce escrita con su puño y letra. Empezaba con un: 'Se pelan las jícamas…'"

—Doble mérito, convertir jícamas en almendras, güerita…

Ashby disfrutó de sus ocurrencias, pero repentinamente Amaya se quedó callada.

—¿En qué piensas?

—En el paisaje. Ante montañas así hay que guardar silencio. Lástima que a este país lo vivan los políticos más que los campesinos, los indios, los que lo hacen.

El sol entraba por la ventanilla y doraba el cabello y los hombros desnudos de Amaya, y Ashby se sintió tan bien que exclamó, sus ojos grises derramando ternura:

—Nunca he sido tan feliz.

—¿Ah, *sí?* —le respondió Amaya, y encendió un cigarro con una gran sonrisa.

—¿Puedes decirme a qué vamos a Morelos?

—Ya lo verás.

—¿Y a qué parte vamos exactamente?

—Ya lo sabrás.

Ashby puso su mano sobre la de Amaya, riendo. Amaya no retiró la suya.

—¡Ah, qué güerita tan enigmática!

Manejó con la mano de Amaya bajo la suya durante el tiempo en que ella se la dejó:

—Quiero prender otro cigarro —explicó al zafarse.

—No fume tanto. ¿Para qué fuma tanto?

—Me gusta, me calma.

—Pero es demasiado lo que usted fuma, güerita.

—¿Por qué me hablas de usted?

—Porque siento mucho respeto por ti, güerita, nadie me infunde tanto respeto. Eres una mujer fuera de serie.

—¡Ay, por favor, Ashby, no caigas en la cursilería y fíjate en las curvas!

—Eso hago, güerita.

Volvieron al silencio. A su lado, con la libertad que se toman las que se saben bonitas, Amaya se sentó sobre sus piernas dobladas "para ver mejor" y Ashby muy pronto se dio cuenta de que a su compañera le molestaban los elogios. Así sentada lucía más joven y suelta, como nunca la había visto.

—Qué atractiva eres.

Amaya le fumó en la cara:

—No sigas, Ashby, o Dios te va a castigar.

—¡Qué comentario más absurdo!

Al llegar a Cuernavaca, Amaya le señaló un camino de terracería. Cerraron las ventanillas por el polvo y el Mercedes empezó a sacudirse por los baches y lo sinuoso del camino. Por un momento Ashby pensó que su automóvil no había sido hecho para esas brechas proletarias, pero se reconvino por su mezquindad. La mujer a su lado bien podía convertir al Mercedes en un montón de fierros, como a él en un montón de vísceras. Amaya volvió a sentarse "como Dios manda", según dijo, y prendió otro cigarro indicándole a su conductor:

—Este camino es larguito, tienes que hacerte a la idea. Vamos a tardar como hora y media si bien nos va.

Por fin, después de pasar varios pueblos que sólo el sol y la caña de azúcar alegraban, Amaya le pidió a Ashby que detuviera el coche frente a un jacal:

—Aquí es.

Bajó sin esperar a Ashby y desde el sendero entre la caña gritó:

—¡Tiburcia, Tiburcia!

Varios perros ladraron y al oírlos salió Tiburcia a la puerta de su choza y fue al encuentro de Amaya.

—Seño Mayito, benditos los ojos.

Amaya la abrazó y Tiburcia se puso a llorar.

—¿Qué pasó, Tibu, qué pasó?

—¡Se los llevaron, seño Mayito, se los llevaron! Agarraron a siete por andar reclamando la tierra como usted dijo. Ahora los tienen en la cárcel, en Cuernavaca.

—¡Canallas, sátrapas, bellacos! No te preocupes, Tibu, ahorita mismo los sacamos —dijo Amaya con tanta seguridad que Tiburcia se quitó el delantal, tomó su monedero y gritó:

—Platón, Platoncito, vente pa'cá —y viendo al niño advirtió—: Déjeme nomás limpiarle los mocos.

Tomó de la mano a su nieto y sin más siguió a Amaya y a Ashby que ya se dirigían al auto. Ashby ni siquiera se atrevió a pedir un vaso de agua en vista de la furia en los ojos de Amaya.

—Desgraciados, pero van a pagar.

Durante hora y media de regreso a Temixco soportaron el camino de terracería. Amaya hablaba con Tiburcia en voz baja, el niño panzón miraba por la ventanilla y las únicas veces en que Amaya le dirigió la palabra a Ashby fue para preguntarle si no podía ir más aprisa. Los amortiguadores golpeaban contra las piedras del camino y el calor con las ventanillas cerradas por el polvo se volvió insoportable. El niño y la mujer olían mal. Amaya no parecía notarlo. Hervía en su propia rabia. A cada rato exclamaba: canallas, miserables, bellacos. Tiburcia seguía hablando en una letanía interminable, un sonsonete en el que Ashby sólo podía distinguir "agarré y dije... y entonces el juez agarró y dijo". Cuando por fin entraron a Cuernavaca, Amaya, con voz de enojo, ordenó a Ashby:

—Vete de inmediato al Palacio de Gobierno.

—¿A qué vamos al Palacio?

—Tú estaciónate allí —dijo Amaya en un tono que no admitía réplica.

Ashby se estacionó frente a un soldado con el fusil en las dos manos que le informó que allí no podía dejar el coche. Amaya entonces gritó:

—Vamos a ver al gobernador. Tú, soldadito, más te vale cuidar el coche. Vente Ashby, vente Platoncito.

Amaya le dio el brazo a Tiburcia para subir los escalones. Al llegar arriba la soltó. Alta y delgada, siguió presurosa por el corredor. En la antesala, Amaya apenas si se detuvo ante el secretario que leía el *Esto:*

—Vengo a ver al gobernador.

—El señor gobernador está en acuerdo.

—¿Ah, sí?, pues ni modo.

Empujada por su bellísima cólera, Amaya abrió la puerta y entró. Tras de su escritorio, el gobernador la miró con azoro:

—Señor gobernador, o saca usted a esos hombres de inmediato o va a ver la que le voy a armar en los periódicos de México. Todos sabemos que su hijo se ha apropiado de ochenta mil hectáreas en Temixco.

El gobernador se levantó y salió tras de su escritorio con cara de espanto:

—Señora, ¿de qué se trata? No tengo la menor idea de qué me está hablando.

—Tiene usted a siete campesinos de Temixco presos desde hace quince días.

—Señora, ¿quiénes, cuáles?

La furia de Amaya arrasaba con todo, sus ojos negros echaban fuego. Era un espectáculo verla erguida frente al gobernador que titubeaba descontrolado. Tiburcia, Ashby y el niño también miraban a Amaya, paralizados por su ira.

—A ver, tú, Tibu, dale aquí los nombres de los muchachos al gobernador.

Tiburcia entonces rezó con voz vieja y temblorosa:

—Aristeo Guillén; Emiliano Vértiz; Pancho Uribe, *el Olote;* Anastasio Gómez, *Tacho;* Ramón Flores Medina, *el Cacas;* Enedino Pérez Álvarez; Candelario Acevedo; creo que ya son todos, seño Mayito.

—¿Cuándo entraron a la cárcel? —volvió a preguntar Amaya colérica.

—Hizo quince días antes de antier.

—¿Cuáles son los cargos? —inquirió el mandatario.

—¿Cuáles van a ser, gobernador? ¿De qué se acusa a todos los mexicanos pobres? —intervino la Amaya soberbia y lúcida que Ashby había escuchado la noche en que Diego Rivera y Frida Kahlo se atrevieron a invitarlos a cenar—. Se les acusa de invadir las tierras que antes fueron suyas, las que se apropió el hijo de usted para hacer un fraccionamiento. A diferencia de ustedes, los del gobierno, los del PRI, a diferencia de los políticos que cuando no son cabrones son pendejos, ellos no tienen la posibilidad de hacerse de tierras ajenas cada seis años. Su nobleza se lo impediría. Ésta sí es gente. Ellos son los dueños legítimos —suyas son las escrituras desde la Colonia—, ustedes, hijos de la chingada, usurpadores, que los roban y los asaltan, merecen el linchamiento público, pero a los que refunden en la cárcel es a ellos y, claro, a quienes se atreven a denunciar.

—Señora, tranquilícese, hablemos…

—¡Hablemos madre! Ahora me toca hablar a mí, a ustedes estamos hasta la coronilla de escucharlos. Pura mentira, pura demagogia. Ustedes son los encubridores, qué digo, los autores de la corrupción estructural de este pobre país. Ustedes sobornan, falsifican, humillan, tuercen las leyes, silencian, ocultan, matan. El PRI y el gobierno son la cuerda del ahorcado con la que ustedes asfixian a los mexicanos.

Amaya tomó aliento y Ashby pensó que iba a detenerse, pero no, su voz se hizo más impetuosa:

—Mientras ustedes construyen su casa para los fines de semana en tierras ejidales y beben jaiboles en su alberca de agua caliente, ellos trabajan de sol a sol, y todavía les quitan sus escrituras.

—Señora, por favor, no se descomponga, voy a llamar a mi secretario, tengo que consultar al comandante de policía. Vamos a ver cuál es la situación y qué es lo que procede de acuerdo al caso.

—Yo no me muevo de aquí, gobernador, hasta no salir con los muchachos.

—Yo no los tengo aquí, señora, esto no puedo resolverlo antes de setenta y dos horas.

—Le doy a usted setenta y dos minutos.

Amaya daba las órdenes; el gobernador, nervioso, obedecía. Llamó por teléfono y en la bocina leyó lentamente los nombres de los presos. Cuando se levantó informó a Amaya de manera casi obsequiosa:

—Tendrá usted a sus campesinos a las cinco de la tarde.

Amaya le dijo:

—Muy bien, aquí los esperamos. O mejor vamos por ellos a la cárcel.

—No, señora —se atemorizó el gobernador pensando en el escándalo que armaría—, no, no, no, aquí se los traemos.

Ashby se había vuelto invisible para Amaya. No preguntó si tenía hambre o sed, nada.

—Siéntese en donde guste, señora, yo tengo que ausentarme un momento, pero aquí queda mi secretario para lo que se le ofrezca.

Ignoraba por completo a Ashby, a Tiburcia y a Platón.

Por toda respuesta Amaya se acomodó en un sofá de cuero y prendió un cigarro. El gobernador salió. Amaya les señaló a Tiburcia y al niño un sitio junto a ella. Ashby tomó asiento y hojeó la revista *Siempre!*, que siempre está en las oficinas de gobierno. Platón se durmió con la boca abierta y se puso a roncar como perrito. De vez en cuando tosía dentro de su sueño, una tos seca que partía el alma. Amaya no decía una palabra hasta que al ver que ya no tenía cigarros, aplastó la cajetilla en su mano derecha y le pidió a Ashby:

—¿No podría usted salir a comprarme unos Delicados?

—Sí, claro, y ¿no quiere usted algo de comer?

—No tengo hambre —respondió tajante.

—¿Y usted, Tiburcia?

—Lo que diga la seño Mayito.

En la calle Ashby se sintió desfallecer. Era la primera vez en su vida que se saltaba una comida. Nunca, si su memoria le era fiel, le había ocurrido algo semejante, salvo en el hospital. En una frutería bebió de un hilo dos jugos y se detuvo frente a un carrito de hot-dogs y pidió uno que le supo más rico que en Woodsworth, Illinois, donde compitió sin un solo derribe. En la miscelánea, además de los cigarros, compró cinco Tin Larín y al entrar al despacho gubernamental los puso en el regazo de Amaya. "Me acordé de que a usted le gustan, güerita." Amaya apenas si musitó un "gracias" en voz bajísima. Ashby, entonces, le dio un beso en la mejilla: "Estuvo usted formidable". Nunca antes le había dado un beso y se emocionó al sentir su mejilla, oler su perfume. "Gracias", volvió a decir ella con la misma voz neutra y le dio cuatro de los Tin Larín a Platoncito, que acababa de despertar, y el otro lo guardó en su bolsa.

A los quince minutos, siete campesinos de pantalones sucios y camisas sin lavar pasaron al despacho del gobernador, arrastrando sus huaraches y llevando en la mano sus sombreros de palma. Tiburcia y el niño se precipitaron en los brazos del más alto. Amaya abrazó a cada uno de ellos, se despidió de mano del secretario y le preguntó si él tenía las boletas de libertad.

—Cada uno tiene la suya, señora.

—¿Y sus escrituras?

—También, todo está en regla, ¿o no, muchachos?

—Sí, seño Mayito.

Los campesinos se dirigían a ella. Por lo visto la conocían bien.

En la calle dispuso:

—Ahora vamos todos a comer.

Cuando terminaron y echaron para atrás las sillas de Carta Blanca de la fonda que les sirvió comida corrida, Amaya le preguntó a Ashby:

—¿No va usted a pagar?

—Claro que sí —se apresuró Egbert apenado.

—Ahora vamos a tomar un taxi. El señor, Tiburcia, su marido, el niño Platoncito, usted Tacho y yo nos vamos a ir en el coche y ustedes en uno de alquiler.

Regresaron a Temixco, el taxi entre la nubareda de polvo que echaba el Mercedes. Amaya, al lado de Ashby, sólo hablaba con Tacho y con Aristeo, el marido de Tiburcia, quien llevaba a su nieto en brazos. Le contaban con voz lenta todo lo sufrido. Amaya sólo exclamaba de vez en cuando con voz verdaderamente compungida: "Cómo es posible, cómo es posible".

Oscurecía cuando se despidieron. Amaya le preguntó a Ashby:

—¿No les puede usted dar algo?

—Claro que sí, güerita.

Ashby abrió su cartera de Hérmès, y dejó en ella sólo lo indispensable para la carretera.

—Ahí se lo reparten.

Aristeo no dio las gracias, Tiburcia levantó su voz de tierra:

—Dios se lo pague, seño Mayito.

En el regreso, Amaya terminó su cajetilla de cigarros. Sobre el toldo del automóvil, las estrellas huían en sentido contrario. Iban de bajada y la ciudad apareció como otra inmensa estrella en el fondo del valle oscuro y conmovió a Ashby. Era tan bella como Amaya reclamando los derechos de los campesinos frente al gobernador. Cuando Ashby pudo hablar, le dijo:

—Usted me ha hecho pasar uno de los días más hermosos de mi vida, güerita.

Amaya subió las piernas y se arrellanó sin responder.

Ambos habían olvidado a Nora por completo. Ashby, quien amaba el teatro, repasaba la escena de tragedia griega en que Amaya le daba órdenes al gobernador y pensaba que ningún director podría haber movido con tal sabiduría a sus actores. Esa mujer, ahora a su lado, tenía genio, y no sólo genio, grandeza. ¡Qué privilegio haberla visto, escuchado y llevarla ahora en el asiento delantero!

Al llegar a su casa, a las once de la noche, Amaya preguntó:

—¿Quiere pasar?

Prendió la luz de la sala, sacó el Tin Larín de su bolsa y le dijo:

—¿No quiere usted subir y echarlo al canasto? Ya sabe usted el camino.

—Claro que sí.

Amaya lo siguió por la escalera alfombrada. No se oía un ruido en la casa. Era el mismo inmenso silencio de la carretera de Cuernavaca. Ashby alcanzó el canasto y Amaya aventó sus zapatillas al suelo, se tiró en la cama boca arriba. Desde allí le tendió los brazos y él la tomó como si nunca hubiera conocido a mujer alguna...

A las tres de la mañana, Ashby dormía profundamente cuando Amaya, a su lado en la cama, lo sacudió.

—Ya váyase.

—¿Por qué? ¿Qué no me ama, güerita?

Se había sentado, la sábana en torno a sus pechos dorados. Lo miraba desde muy lejos.

—No.

—¿Por qué?

—Porque nunca ha hecho nada bello.

—Pero nunca he hecho nada feo.

—No lo sé —respondió pensativa.

Ashby quiso abrazarla:

—¿Ya se le olvidó que tiene mujer? ¡Vístase!

De pronto, envuelta en la sábana, se hincó junto a la cama.

—¿Qué hace?

—Estoy rezando por usted.

—¿Qué reza?

—Dije: "Dios, perdona a Ashby por lo que le hizo a su mujer".

—¿Ah, sí? ¿Y para usted no pidió perdón?

—¿Por qué?

—Porque yo no creo en el matrimonio.

Ashby se vistió. En la puerta de la recámara, la última imagen que se llevó fue la de Amaya sentada en la cama en posición de loto, el pelo rubio revuelto tratando de retener la sábana en torno a su cuerpo desnudo al mismo tiempo que encendía un nuevo Delicados.

En la calle desierta de Puebla, después de que arrancó su automóvil, vio que otro coche llegaba directamente al garage y que un hombre bajaba a abrir.

"Es el marido", pensó con recelo.

Cambió velocidad, metió el acelerador y por primera vez desde que comenzó la aventura con Amaya pensó en qué diablos podría decirle a su mujer.

7

En las reuniones que siguieron en casa de los Egbert, Amaya evitó estar sola con Ashby y jamás respondió a sus llamadas telefónicas. En cambio, procuraba sentarse junto a Nora, cubrirla de elogios. Ashby, que de suyo tenía sobresaltos cada vez que veía un Chrysler blanco en la calle y no cejaba hasta ver quién lo conducía, empezó a sufrir. Le resultaba difícil ver a su mujer y a Amaya tan hermanadas. La autoridad que Amaya ejercía sobre las mujeres era indiscutible. Las enamoraba. Si a Nora le dijo que parecía un Boticelli, lo mismo hacía con Sabrina, con Aurora, con Celia, con Perpetua, con Armonía. Sus comentarios eran originales y, a diferencia de las estatuas de sal llamadas psicoanalistas, ofrecía soluciones. Las esposas la escuchaban hipnotizadas, sus ojos en los ojos negro profundo de Amaya. Daba consejos de todo tipo en voz baja. "Nora, tus ingredientes son los de la luz, los materiales de los que estás hecha son de una sustancia imponderable, tus colores son los del mar, debes vestirte en tonos que van del magenta al esmeralda, al agua, al lila. Ésos son los que hacen resaltar tu piel y, en la noche, el terciopelo negro para darte profundidad. Si no lo haces te arriesgas a pasar por el firmamento como una estrella fugaz." "Tú te vistes mucho de beige, Amaya, ya he visto tus trajes de piel de camello, estupendamente bien cortados." "Sí, son españoles: acuérdate, para los trajes sastre, Madrid; para los vestidos de noche, París." "Tú, Dafné, no uses cuellos altos porque te matan. Debes alargar tu cuello con escotes generosos, no seas provinciana. Con esa camisa de cuellito redondo a la Claudine, tu cabeza desaparece entre tus hombros como la de una tortuga." Amaya les contaba de su amistad con Cocó Chanel, ese general de división que después de la guerra condecoró a las mujeres con galones, hombreras, cadenas y botones dorados y las hizo desfilar, enérgicas y flamantes, por los Champs Elysées hasta pasar bajo el Arco del Triunfo.

—Ciertos vestidos traen mala suerte —le contó a Raquel que usaba unos chales lamentables.

—¿De veras?

—Yo lleno un veliz con blusas, faldas y hasta camisones y medias con las que me ha ido mal y lo regalo en el primer semáforo a cualquiera que encuentre. Un día se lo di todo a un policía de tránsito:

—Para su novia —le dije.

—No tengo novia.

—Entonces entrégaselo a tu abuela.

—No tengo abuela.

—Entonces póntelo tú, mi vida.

Hacía reír, su ingenio inagotable era un canto de sirena. Había vivido en otros países. "Es mejor pintarse las pestañas con kohl, como las árabes." "Si caminas con las nalgas apretadas y sumes el vientre nunca perderás los músculos del abdomen." "Mira qué pelo tienes, no vuelvas con ese peluquero, te dejó como palmera."

—¿Y tú cómo le haces para tener esa melena tan brillante, Amaya?

—Me la dejo crecer y no la martirizo.

Al no hablar de sí misma, Amaya disponía de tiempo de sobra para escuchar a los demás y lo hacía con una atención total. Era toda ojos, toda oídos, se eliminaba fácilmente, las hacía sentir únicas, irrepetibles.

—Nunca nadie me dijo lo que tú has descubierto sin conocerme a fondo, Amaya.

—Es que soy mayor que tú —respondía en un nuevo halago.

En cierta forma, Amaya les hacía su carta astral, pero mucho más inteligente que la de cualquier pitoniso. Ahora sí, el imperio de Amaya era absoluto. Exigía la cercanía porque, salvo en sus momentos de cólera sagrada, su voz era sumamente baja. A veces era extraordinariamente locuaz, a veces no había modo de extraerle una palabra; sólo fumaba y su silencio daba al traste con la reunión. Era increíble cómo en tan poco tiempo logró adueñarse de tantas voluntades. Intuían en Amaya una devoción hacia algo sagrado, un misterio que de vez en cuando asomaba en la gracia de sus actitudes, pero ninguna hubiera podido asirlo ni mucho menos definirlo. Amaya se les escapaba, por eso les era tan valiosa.

A los diecinueve años —metido en el fondo de su cama de fierro en un dormitorio del Lister Hospital con vista al Támesis— Ashby se había formado una idea casi sobrenatural de lo que es una mujer. Alimentaba su sueño no sólo con el vigor de sus años mozos, sino con las imágenes que le brindaban las enfermeras blancas y almidonadas, de ojos azules o violetas y cinturas quebradizas. Le parecían infinitamente graciosas en sus carreras para acudir a un timbrazo, en la inclinación de sus rostros sobre el suyo en el momento de tomar la temperatura, en su brazo de porcelana al sacudir el termómetro, sus labios sorprendentemente rojos en medio de su rostro porque a las inglesas no les da el sol. Olían bonito, era bonito su andar, miraban bonito.

Descubrió que, después de leer, no había nada que le gustara tanto como mirarlas. Ellas eran su única manera de ver pájaros, recordar mariposas, pensar en las libélulas y en las catarinas que traen buena suerte. Qué cosas tiene Dios, se decía. Le comunicó a Alvin Whitehead su descubrimiento.

—Después de los caballos, la manifestación del poder de Dios sobre la tierra son las mujeres. Por favor, explíqueme algo de ellas, de su espíritu, de su fisiología, de su revoloteo, de su aliento.

Hasta la jefa de enfermeras, con todo y su bigote, le parecía un girasol, aunque un poco marchito.

A la siguiente visita, el doctor Whitehead, además de una libreta de apuntes, le llevó un poemario de William Blake y otro de Robert Browning.

Ashby conservó esa sensación de asombro ante la mujer, pero su esposa no la había acendrado. Amaya, ahora, lo hacía volver a su despertar a la poesía, a su descubrimiento de la mujer en aquella cama de hospital, a los zumbidos en el aire que se llevó su infancia cuando pensó: "Yo no pretendo tener todo, yo lo que quiero es ser todo". Restituta no lo entendía, pero abría sus brazos, eran como un bálsamo. Esta emoción se parecía a aquella del hospital, cuando en Londres, la enfermera Ángela, la más alta, le pasaba en la noche el peine por los cabellos y la barba para que se viera *beautiful* durmiendo. *"You are beautiful, anyway, its just that you may be more so."* Si él creyó enamorarse de Ángela, a tal grado que cada mañana las sábanas amanecían mojadas por nubes blancas que las afanadoras cambiaban sin decir palabra, lo que ahora le sucedía era enloquecedor. Recorría las calles como poseído en busca de Amaya. En aquellos años le preguntó a Alvin Whitehead si un hombre podía morir de amor y cuando el médico le dijo con gravedad que sí, se dispuso a la muerte. Ahora con Amaya lo sacudían las mismas fiebres de su pubertad, se quedaba horas enteras encerrado en la biblioteca; subía a su recámara hasta que estaba seguro de encontrar a Nora dormida y salía durante el día dejándole mensajes con el portero: "Dígale a la señora que voy a comer en el Club", "Avise usted que no vengo a cenar". El único día que no fallaba era el sábado, pero entonces su tormento se iniciaba con la aparición de Amaya que fingía no verlo y sólo tenía ojos para Nora. Le daba un beso muy cerca de la oreja o de los labios, enlazaba su cintura y le decía: "Eres mucha mujer". Nora reía sin intentar liberarse.

Ashby accedió a ir a casa de los Díaz Holland porque Nora le dijo que considerarían su negativa como una verdadera ofensa.

—Piensa en el futuro de tus hijos. Se trata de la familia más influyente de México.

—Dios mío, lo que hay que oír.

Nora, entonces, cambió de táctica:

—Es cena sentada, sólo veinticuatro personas y a ti lo que mejor te va es el *smoking*. Eres distinguido de pies a cabeza.

—Nora, por favor.

—Es cierto, mi amor, cada uno de tus ademanes es noble. Hagas lo que hagas, nunca serás vulgar.

—Tú quieres obligarme a ir.

Vencido, Ashby se bañó y se vistió pensando en Amaya. Ella no era convencional. Nora, que pudo salir del molde gracias a la poesía había vuelto a las primeras de cambio. El mundo de Nora era el de los preceptos imbuidos desde la infancia, el de Amaya se extendía bajo un cielo inmenso. Nora esperaba que las órdenes cayeran del cielo y su cielo era el cuadrángulo azul encima de la Sagrada Familia y su casa de la colonia Roma. Era una yegua fina; seguía al pie de la letra las órdenes dictadas. Amaya rompía los moldes, sus zarpazos podían matar, nació audaz, llevaba sobre sus hombros veinte o más años de tomar sus propias decisiones.

Sin embargo, cuando Nora preguntó: "Amor, ¿estás listo?" e hizo su aparición, no pudo dejar de pensar que su mujer, de blanco, con el pelo recogido y la nuca expuesta, era también un personaje que tenía que ver con la belleza de las nubes.

Al entrar, lo primero que reconoció fue la espalda desnuda de Amaya que hablaba animadamente con un grupo. Nora corrió a saludarla, Amaya hizo las presentaciones extendiendo su brazo blanco, que lucía una pulsera de diamantes, sin dar un solo apellido: Nora, Alfonso, Ashby, María, Víctor, Silvia, Sergio. A partir de ese instante, Ashby no pudo quitarle los ojos de encima. Desenvuelta, parecía la anfitriona. En la obra allí representada, era la primera actriz. Iba y venía sobre sus largas piernas, se quitaba el cabello de la cara con un brusco movimiento de cabeza, reía a plenos dientes de algo que seguramente no era digno de celebrarse, daba la bienvenida a los impuntuales, los invitados venían hacia ella como las mariposas nocturnas hacia la luz.

Ashby, que desde luego retuvo los apellidos en las tarjetas colocadas en la mesa, se dio cuenta de que Alfonso era el marido hasta hoy invisible de Amaya y sintió la cuchillada de los celos en la espalda. Captó la mirada descarada de Amaya. A unos metros de su dueño y señor, lo recorría a él de arriba abajo midiéndolo, sopesándolo, grosera y, como si no bastara, cigarro en mano vino hacia él preguntándole en voz altísima si sabía, como estudiante de Filosofía y Letras, que el rector de la Universidad estaba apunto de caer.

Acto seguido, Nora se colgó del brazo de su marido, no tanto por Ashby, sino por Amaya.

Sin esperar la respuesta, Amaya se dirigió hacia otro grupo con el mismo donaire ligero y activo que hacía que los comensales la codiciaran. No era ella la dueña, pero era la hospitalaria, la cálida, la que abría los brazos. La generosidad de su sonrisa lo abarcaba todo y Ashby se incluyó inmediatamente. No le habría dado más valor a una promesa solemne. La sonrisa de Amaya se dirigía a él —de eso estaba seguro—, a pesar de que se sentara con otros y escuchara a los demás. Cruzaba y descruzaba la pierna sólo para él, echaba la cabeza hacia atrás en medio de una carcajada sólo para él. Se exhibía, impúdica, para él.

La cena, en cambio, fue muy medida, incluso solemne en el comedor sombrío. Los invitados hablaban con sus compañeros de derecha, de izquierda y jamás a través de la mesa. Espléndidamente servida a la luz de los candelabros de seis velas, los rostros se volvían memorables. A Alvin Whitehead también le hubiera complacido esta cena litúrgica y fantasmal.

Durante toda la noche, Amaya y su cónyuge no cruzaron palabra y sólo al final, cuando apenas quedaban unas cuantas parejas, a ella, la reina de la noche, la recogió como un paraguas abandonado en la puerta. Lo que más asombró a Ashby fue que Amaya lo siguiera sin decir palabra y casi sin despedirse. Nora le comentó:

—¿Te fijaste? A Amaya tan brava se la llevó como a un corderito y ni siquiera es un hombre atractivo.

Al sábado siguiente Amaya no se presentó en casa de los Egbert y tampoco respondió a las llamadas de Ashby. En el teléfono, una tal Serafina, de voz desconocida, dijo que la niña Mayito —¿por qué le dirían todos "niña"?— había salido al interior del país.

8

Un mes después, ya cerca de las dos de la mañana, Ashby irritado levantó la bocina del teléfono de la biblioteca. A punto de injuriar al insolente, escuchó la voz de Amaya que, tuteándolo, imploraba en tonos casi infantiles:

—¿Puedes venir a la Delegación Cuauhtémoc?

—¿Qué te pasó?

—Luego te explico, ¿vienes ahora mismo?

—¿Dónde es eso?

—Por las calles de Violeta, Zaragoza, Mina, por allí.

—Nunca he ido.

Amaya gritó al aire a un lado de la bocina:

—A ver muchachos, ¿dónde estamos? —algo debieron decirle porque indicó—: Es en la calle Cristóbal Colón, por allí por el Deportivo Violeta, por Mosqueta.

—Salgo para allá.

Ashby le dejó un recado a Nora dormida y sacó su Mercedes del garage y la Guía Roji de la cajuela. No conocía las calles de nombres de flores, violeta, mosqueta, una rosa pequeña que se da en un arbusto. No había tránsito y como era orientado llegó en menos que canta un gallo. En la delegación vio la cabeza rubia de su amada en medio de un grupo de muchachos, obviamente estudiantes. Dentro de su abrigo de pieles, Amaya volvió la cara y vino hacia él, con un niño tomado de la mano. Para su asombro, en los ojos oscuros de Amaya había miedo:

—Nos quieren encarcelar.

—¿Por qué?

—Por asociación delictuosa, daños en propiedad ajena y daños a las vías de comunicación.

—¿Qué hicieron?

—Una barricada.

—¿Con abrigo de pieles? —sonrió Ashby.

—Ése nos sirve para dormir.

—¿Cómo?

—Tenemos tres días en la calle, lo usamos de colchón.

—¿Usted? ¿En la calle? ¡Nunca dejará de sorprenderme! ¿Quién es ese niño?

—Es *el Todomenso*. Me lo regaló su mamá.

El niño mugroso, de manos negras y cachuchita grasienta, no apartaba sus ojos de Amaya.

—Tenía hasta costras verdes dentro de la nariz y una mordida en el cuello. Dice que lo mordió su padrastro. Como no se quería despegar de mí y es medio atarantado, su madre me lo regaló.

—¿Qué?

—Es drogadicta —explicó con impaciencia Amaya.

Acercó al niño a sus piernas y lo miró desde su elevada estatura.

—Oiga, ¿no tiene usted un cigarrito? Hace horas que se nos acabaron.

Ashby sacó una cajetilla. Amaya tomó uno y tendió la caja a un gordito.

—Acábenselos.

También había miedo en los ojos de los muchachos, todos muy jóvenes y vestidos de mezclilla, que se hicieron bola en torno a él como la grey con el salvador.

—La fianza es de tres mil pesos —se secreteaban temerosos de decir tamaña cifra en voz alta.

—¿Usted nos va a pagar la fianza?

Ashby fue hacia el mostrador y abrió su cartera. Dio su nombre y pagó.

Al encaminarse hacia la puerta, los muchachos lo rodearon. Ashby se conmovió al ver el cansancio de Amaya.

—La voy a llevar a su casa de inmediato.

—No sin antes dejarlos a ellos.

—No caben.

—Tomaremos un "libre".

—No, señora Amaya, yo me voy en autobús.

—Y yo vivo aquí cerca.

—Yo sí le aceptó el aventón.

Después de dejar a dos de ellos por la colonia de los Doctores y a otro en una esquina —"Yo aquí me quedo"—, Ashby respiró más tranquilo. Una vez solos con el niño que olía a orines, Ashby murmuró con gran ternura:

—Güerita, ¿por qué se mete en tantos líos?

—Porque soy una ciudadana.

Lo dijo con la cabeza tan alta que Ashby no tuvo más remedio que enmudecer. Esperó al siguiente semáforo para insistir:

—¿Y qué va a pasar con el *Todomenso*?

—Se viene conmigo.

—¡¿Va a vivir con usted?!

—Perfectamente.

—Se ve a leguas que este niño está muy dañado…

—Por eso mismo. *La Pantaleta,* su madre, tiene veinte años y parece de cincuenta de tantas cicatrices. Viven en la calle.

Amaya miraba con ojos penetrantes al *Todomenso*. Nadie le infundía tanto respeto como los niños. Les pedía su opinión, preguntaba qué deseaban con una intensidad que no dejaba de impresionarlos. No es que fuera maternal, es que los trataba como adultos. Ashby de pronto se lanzó a preguntar:

—¿A usted le gustaría tener hijos?

—Esas preguntas jamás se hacen, no entiendo cómo un hombre educado como usted se atreve. ¡Qué extraordinario mal gusto!

—No se sulfure, güerita, lo hice porque de pronto vi al niño en sus brazos. Pensé que a lo mejor podríamos…

—No tolero las preguntas personales, Ashby, por favor cállese, necesito silencio y usted parece borracho.

—Estoy borracho de felicidad de verla.

—¿Sí?, pues refrene usted sus ímpetus. Yo estoy muerta y el niño también. ¿O es usted tan insensible que no se ha dado cuenta? Venga usted mañana a las ocho de la noche y le explico.

Sería muy menso el *Todomenso,* pero los miraba a ambos con ojos de "Ya déjenme".

Amaya abrió la puerta de su casa totalmente a oscuras y se esfumó en la penumbra jalando al niño como a un perro.

A las ocho, Amaya recibió a Ashby de buen talante. Era otra vez un maniquí de *Vogue* y en su rostro y en su ropa estaban todos los colores del sol.

Sentado en el sofá con su whisky en la mano, Ashby preguntó:

—¿Y *Todomenso?*

—¡Ay, ese chamaco cochino! Lo fui a devolver en la tarde. Se hizo tres veces pipí en mi cama anoche, no controla sus esfínteres y yo para eso sí que no tengo tiempo.

—¿Lo llevó de nuevo con su madre?

—Sí, y no le cayó nada bien a la tal *Pantaleta,* pero le di treinta pesos y se quedó tranquila.

Ashby se cuidó de no hacer el menor comentario y atornilló los ojos en el líquido amarillo dentro de su vaso para ocultar su expresión.

—Muy bien, Amaya, soy todo oídos.

Desde el suelo, sobre el tapete color miel, Amaya le contó que la Universidad era un trampolín político y que de allí saldría el próximo candidato a la presidencia.

—Bueno, ¿y qué?

Sus ojos brillaban y dijo sonriente:

—No me interrumpa, Ashbito.

Resulta que un grupo de muchachos a quienes asesoraba en sus asambleas decidió apoyar a Roberto Cabrera, el chiapaneco, en contra del ladrón de Luis Jiménez y habían impreso volantes en el mimeógrafo de Filosofía y Letras. También acordaron ventanear a Luis Jiménez ante la opinión pública. En la noche hicieron pintas sobre la inmensa barda blanca de su casa y decidieron levantar una barricada en su calle empedrada de San Ángel para atajarlo a la hora en que saliera: "Queríamos darle un susto". Les cayó la "tira" a las diez de la noche. La patrulla llamó a otras tres y cargaron con todos. A ella, los policías querían soltarla, pero insistió en acompañar a los chicos.

—Eso que usted está haciendo es muy peligroso, güerita.

—No puedo abandonarlos, los muchachos confían en mí.

Al día siguiente, quién sabe cómo, Ashby se encontró a sí mismo envuelto en lo que Amaya llamaba "el movimiento". Había que conseguir un equipo de sonido para un mitin en el Zócalo a las cinco de la tarde.

Desde el momento en que Ashby abrió por primera vez su cartera en el juzgado habría de seguir haciéndolo, sin cesar, en todas las circunstancias. Nadie le daba las gracias, esa palabra no se estilaba, los jóvenes le brindaban su confianza y eso debía tomarlo como una concesión, puesto que no tenía ni la edad ni los merecimientos.

En la plaza pública, Amaya, sin tacones, mocasines gringos, pantalón de gabardina beige, camisa de seda color marfil, un suéter de *cashmere* beige también, el pelo brillante, los ojos luminosos, se veía más joven que nunca. Parecía uno de ellos.

Era una líder incontestable y seductora. Ejercía sobre los estudiantes el mismo encanto que sobre los *habitués* de los sábados. O quizá más. Algunos la llamaban "señora Amaya", otros "Amayux", "Amayita", "compañera" y uno flaco y alto con el pelo engominado, *el Carlangas,* se dirigía a ella diciéndole: "mujer". Amaya sonreía y Ashby la sintió feliz.

—Estás autorizado por el Consejo Directivo para asistir a nuestras asambleas —le anunció.

En la asamblea se le ratificó como proveedor del movimiento. Ante el honor inmerecido, Ashby tuvo que salir volando a conseguir un equipo de sonido. Todo se hacía por medio de comisiones y cuatro chamacos se pegaron a Ashby como la miseria al mundo. Comían en fondas, compraban periódicos y revistas cuya existencia hasta entonces ignoraba, visitaban la Universidad a todas horas, pero ya no los salones de filosofía o de literatura, sino el Justo Sierra donde se celebraban las maratónicas sesiones en las que el voto democrático y multitudinario decidía el futuro. Ver la atención con la que Amaya seguía los debates y pedía la palabra lo resarcía de carreras, gastos y malpasadas. Su voz adquiría tonos punzantes porque tenía mucho que decir y lo decía enojada, con una gran seguridad. El coraje magnificaba a Amaya, la hacía flamear, su arrebato era una inspiración, los rostros de los jóvenes vueltos hacia ella la estimulaban. Volvía a su butaca al lado de Ashby y ponía su brazo sobre el suyo o se acurrucaba en su hombro como si él fuera su dueño y señor.

Aquellas sesiones los acercaron mucho más que una noche de amor. Incluso en medio del peligro, Amaya tenía a un niño pelos de elote a su lado. Le servía de mensajero. "Es mi sobrino", decía. Ashby no sabía que Amaya tuviera parientes. O "Es hijo de una amiga mía". De pronto, el niño se esfumaba. Amaya, entonces, lo acusaba con violencia. "Me robaba." O de plano encogía los hombros: "Lo mandé a la chingada". A Ashby estas pequeñas presencias le estorbaban. Impedían su intimidad con Amaya.

—Déjelo usted en su casa, Amaya.

—¿Cómo lo voy a dejar solo? ¿No ve que está chiquito?

Ordenaba implacable:

—Güerejo patas de conejo, duérmase aquí en el sofá junto a mi cuarto.

Una noche en la recámara, con Amaya atornillada sobre su vientre, Ashby vio asomarse la cabecita hirsuta del sobrino en turno y se lo señaló a Amaya:

—Oye tú, alacrán, ¿qué cosa espías?

A veces decía que eran sus ángeles de la guarda; otras, los llamaba niños pajes, niños duendes, niños talismán, sanmiguelitos, serafines y luego exclamaba:

—Vinieron a delatarme. Son espías.

—¡¿Cómo?! Si usted fue la que los escogió.

—Sí, pero ya me di cuenta de que alguien me los envió. Este Timoteo es un agente provocador.

—Amaya, por favor, ha perdido la razón.

—A estos escuincles el gobierno los saca de su casa, los escoge tiernitos para darles una buena amoldada…

—Güerita, su delirio de persecución no tiene límites.

—Un día se dará cuenta de que tengo razón, Ashby.

—Es absurdo que vea complots en contra suya en cada esquina, Amaya, absurdo y agobiante para usted y para mí.

—Nadie lo está obligando a que me aguante, lárguese lo más pronto posible.

Amaya podía ser no sólo grosera, sino vulgar.

Un día, uno de sus protegidos la echó de cabeza cuando ella le explicaba a Ashby:

—Este mocoso me abordó en la glorieta de Insurgentes y me dijo que si yo lo adoptaba… .

—No, seño Mayito, usted fue la que dijo que quería adoptarme.

—Cállate, chamaco mentiroso, malagradecido.

—Muchas viejas han querido adoptarme y yo tengo a mi mamá, pero allí andan las viejas calientes tras de mí.

—Yo no soy ninguna vieja, cabroncito de mierda.

Alguna vez que Ashby le preguntó por qué su Chrysler olía a pescadería, Amaya le dirigió una gran sonrisa:

—¿Qué quiere usted, Ashbito? Es el olor del pueblo.

Desde que Egbert los sacó de la cárcel, Amaya lo consultaba, sus ojos confiados buscaban los suyos y le contó con orgullo que alguna vez que llegó sola al Justo Sierra, los muchachos le preguntaron inquietos: "¿Y no va a venir el señor Ashby?"

Al final, Ashby iba a dejar a sus casas a algunos del comité que seguían discurriendo en el Mercedes Benz. Al ver los departamentos y las vecindades en las que algunos vivían, le dio vergüenza su mansión en el Paseo de la Reforma. Ojalá y jamás la conocieran.

Ashby no tenía conciencia del riesgo. Incluso su accidente no le había dado una clara visión de los peligros a los que están expuestos los hombres. Sin embargo, al ver las vecindades, al ir con Amaya al campo, adquirió una súbita noción de la fragilidad. Ésta se acrecentó cuando llevaba el equipo de sonido en la cajuela al Zócalo acompañado por cuatro estudiantes. Uno de ellos, Genaro Serratos, le pidió que se detuviera en la esquina de Lorenzo Boturini:

—Tengo que hacer una llamada urgente, ahora vengo.

Pasaron veinticinco minutos y ni sus luces. Ashby arrancó el coche. A las tres cuadras, Raúl Vélez le dijo que tenía que comunicarse con un compañero, que por favor lo dejara, y en el momento de abrir la portezuela bajó también, rápidamente, su copiloto, un gordito que no había abierto la boca. Cuando Ashby quedó solo, se dio cuenta del verdadero significado de la palabra miedo. En efecto, el Zócalo estaba lleno de granaderos y faltaban cuatro horas para que se iniciara el mitin. Cuando hizo su entrada el Mercedes Benz, muchas estudiantes se acercaron a saludarlo: "Ashby, Ashby" y esto lo consoló un poco de los desertores. Su corazón latió muy fuerte al ver a Amaya con una brocha con pintura roja en la mano, rellenando las consignas previamente trazadas: "Muerte a los hambreadores". De veras que esta mujer lo sacaba de sí mismo.

El equipo de sonido funcionó, el mitin fue un éxito. Acudieron quizá tres mil personas, en su gran mayoría estudiantes. En la noche, al acompañar a Amaya a su Chrysler, estacionado en Luis González Obregón, se encontraron con el parabrisas y los vidrios rotos y la palabra "Puta" ferozmente repetida en las portezuelas y el cofre. Amaya sólo comentó:

—No me importa lo de puta, sino qué le voy a decir a Alfonso.

Ashby propuso llevar el coche a su taller y dejar a Amaya en su casa. Ya muy noche, después de abrir la puerta, Amaya echó a correr como una niña y subió la escalera de cuatro en cuatro mientras le gritaba a Ashby "Sígueme". Él tuvo su recompensa y no le afectó que a las seis de la mañana Amaya le dijera que se levantara y se fuera. A partir de entonces, las jornadas de trabajo con los estudiantes culminaron en los cabellos de Amaya esparcidos sobre la almohada y en sus ojos negros súbitamente aclarados hasta adquirir el color de miel profunda de los maples cuya corteza herida escurre gota a gota.

9

Ashby se volcó de lleno en Amaya y en sus preocupaciones. Cada vez que leía la noticia de una toma de tierra, como un relámpago se le venía a la mente: "Amaya está allá"; si había un amparo de vecinos ante un desalojo violento por los granaderos: "Detrás de eso debe andar Amaya". Seguramente señaló con la mano las tierras en que podían instalarse los paracaidistas, porque así era ella, una repartidora de lo ajeno. Ashby podía reconocer con los ojos cerrados las acciones en que participaba su amante. "¿Usted cree que soy la mujer maravilla?", rió Amaya con todos sus dientes cuando le contó que estaba seguro de que ella había viajado al estado de Hidalgo al leer en *El Universal*: "Tensión en el Valle del Mezquital, hombres armados con palos, machetes, azadones y fierros exigieron desalojar…" Ashby levantaba la bocina para marcar el teléfono con el corazón en la garganta. Por Amaya descubría que los indígenas de Milpa Alta y Tláhuac vivían en condiciones infrahumanas, por ella se enteraba de un quemado vivo en Chicalachapa, porque, según tres campesinos, un retén de soldados quiso llevárselo y opuso resistencia.

En el lenguaje de Amaya aparecía continuamente la palabra "pecado", "pecado social", "pecado por omisión", "pecado de soberbia", "pecado que no se perdona", "pecado mortal", "pecado venial". Una noche, Amaya declaró a todos que era partidaria de la monarquía y que cualquier soberano, por designio de Dios, tenía que ser mejor que el más excelso presidente de democracia alguna. "El pueblo no sabe elegir, no fue hecho para eso." Para ella, la Revolución francesa había sido una masacre y la mexicana una revuelta que mató a un millón de hombres, aunque adoraba a Zapata. De la rusa, lo que le fascinaba era el destino de la hija del zar, Anastasia, y hablaba mucho más de ella que de Lenin. De Stalin decía: "Es un monstruo, es repugnante". Sus conversaciones eran desafíos y salpicaba sus diatribas de "Nomás lloviendo me mojo" cuando alguien le preguntaba acerca del peligro de sus aventuras. Curiosamente, al mismo tiempo que usaba palabras de español antiguo como "bellaco", "hurgamandero", "malandrín", hablaba de esquites y no de granos de maíz tierno, de quelites en vez de espinacas, de mercedes y no de favores: "Hágame usted la merced de no ser tan canalla".

Ahora que la apoyaba, Ashby adquirió la clara conciencia de que Amaya y su aparente dulzura se metían en todos los líos imaginables. En la cava de su casa, y a pesar de Alfonso, guardó durante días un baúl que le confió un líder campesino coprero "guapísimo, y con un apellido muy poético" y sólo cuando vino a recogerlo se dio cuenta de su contenido: rifles. Ashby, aterrado, le preguntó por qué le había franqueado la puerta y simplemente exclamó:

—Es un adonis, no podía negarle nada, yo sucumbo ante la belleza.

A Ashby le gustó menos enterarse de que, después de haber escondido su baúl, el hermoso líder Leonardo Cienfuegos le pidió que lo ocultara a él.

—¿Y dónde lo escondió usted, Amaya? —le preguntó Ashby desconfiado.

—Le arreglamos un catre en la cava.

Si Alfonso nunca hacía acto de presencia, era plausible que no se enterara de que su mujer encubría a un guerrillero. Sin embargo, todo lo que rodeaba a Amaya era fluctuante, inasible, hasta tramposo. Una vez, en la carretera a Cuernavaca sentada a su lado, Amaya le pidió que detuviera el auto junto a un ojo de agua:

—Ashbito, ¿no está usted viendo lo que yo veo?

—¿Qué, güerita?

—Aquella mujer toda vestida de blanco del otro lado del ojo de agua.

—No veo nada, ¿cuál?

—Mírela usted, tiene la mirada fija dentro de sus grandes ojeras, véala, nos está clavando sus ojos.

—Perdón, Amayita, ¿no será que usted lee historias de espantos últimamente?

Lo mismo le sucedió una noche en la *suite* de lujo de Las Mañanitas. Amaya lo despertó a media noche.

—Allí está un hombre que no nos quita los ojos de encima.

—¿Dónde?

—Detrás de la cortina. Es un hombre altísimo vestido de frac.

Ashby prendió la luz y fue a revisar.

—No hay nadie. ¡Será que usted se enamoró del mesero que nos sirvió las *Crêpes Suzette*!

Amaya pasó del terror a la animación.

—¡Qué buena facha!, ¿verdad? Estoy segura de que ese hombre me quiere llevar con él. Varios signos muy sutiles me dieron a entender que desea que lo alcance en algún lado.

—¿Dónde?

—Quizá en Alemania, ese caballero es de los Habsburgo.

A Ashby, que nunca los había experimentado, por primera vez en su vida lo atenazaron los celos cuando Amaya le contó con toda naturalidad que el depuesto príncipe Marsilio de Saboya llevaba quince días durmiendo en su casa y que no tenía para cuándo irse.

Entre un golpe y otro, Amaya desaparecía sin dejar rastro y sin decir adiós.

Ashby marcó el número de su amada y, para su sorpresa, una voz clara respondió dando una información precisa:

—La señora salió hace cinco días al norte, a Monclova.

—¡Ay, Dios mío! —fue todo lo que pudo exclamar Ashby.

En Monclova, unos hambrientos habían asaltado un tren cargado de frijol. Levantaron una pesada barricada con piedras y palos sobre los rieles para bloquear el paso y el maquinista tuvo que utilizar los frenos de emergencia. Apenas frenó, las pedradas cayeron encima de la locomotora y cuatro hombres, que por lo visto sabían de máquinas, cerraron las válvulas para detenerla completamente. Entre tanto, los asaltantes abrían los vagones y las góndolas. Ya estaban preparados con palas y diablitos, costales, bolsas, cazuelas, lo que fuera. Hombres, mujeres, niños y ancianos saquearon los vagones. Los niños, encantados, jugaban a resbalarse encima del montón de frijol mientras sus padres corrían con el tesoro en carretillas. Ashby visualizaba a Amaya, la autora del asalto, de pie a un lado de los rieles azuzándolos, su cabello rubio formándole una aureola: "Córranle, no pierdan tiempo, píquenle, píquenle, no sean majes".

Hasta que llegó la fuerza pública con su ulular de sirenas y, al igual que el tren, recibió una andanada de piedras.

A pesar de las pedradas, la policía agarró parejo y se llevó a todos a la cárcel.

—Vea usted nada más. ¿De qué sirvió la cochina Revolución? —se quejó Amaya a su regreso.

Sí, claro, ella participó en el asalto al tren; sí, claro, ayudó a llenar costales de frijol; sí, sí, a ella no le hicieron nada aunque les pidió que también se la llevaran: "No, señora, usted no, ¡cómo cree!", y se vino a México en el Chrysler blanco con un muchachito que ahora dormía en la portería. Pero las cosas no iban a quedarse así, eso sí que no. Volvería al norte a sacarlos a todos de la cárcel.

—Voy a pedirle que venga usted conmigo, necesito un hombre.

—Estoy a su disposición, lo que usted ordene.

Ashby prácticamente ya no vivía en su casa.

Encerrado en la biblioteca, subía a la recámara como ladrón embozado y una noche que ella prendió la lámpara y lo miró con desesperación no pudo soportar la idea de que Nora iniciara en ese momento una lista de agravios en su contra y se fue a acostar a otra de las grandes habitaciones. A partir de ese momento, nunca más volvió a la matrimonial. Pasaba a su vestidor, sacaba chamarras y camisas, pañuelos y los mocasines más cómodos por si tuviera que salir intempestivamente a algún campo de batalla en provincia. Así, sin hablarlo siquiera, Ashby y Nora hicieron *chambre apart*.

Amaya había invadido a Ashby por completo. Sólo pensaba en ella. Tampoco veía a sus hijos y no los extrañaba. A veces los oía correr por el pasillo o reír en el jardín. No necesitaba el contacto físico, los llevaba dentro, sus rostros y sus modos impresos en su alma.

Una tarde, toda vestida de negro, Nora abrió suavemente la puerta de la biblioteca y dijo:

—Necesito hablar contigo.

Con su habitual cortesía, Ashby le ofreció una silla.

—Preferiría que fuéramos a la sala.

—Donde tú quieras.

En la sala, de pie junto a la chimenea, sus manos la una sobre la otra, la figura de Nora tenía una callada dignidad. Hizo un esfuerzo visible para preguntar mirándolo de frente:

—¿Hasta cuándo vamos a seguir así, hasta dónde piensas llegar? Lo mejor es que te marches. Voy a pedir el divorcio.

—¿Divorcio?

—Sí, divorcio.

A Ashby la noticia le cayó del cielo. En los últimos tres meses o tres años o trescientos, Nora nunca le había hecho una escena ni un reclamo, nada, salvo aquella mirada de desesperación que él sepultó cambiándose de recámara. Nora era su mujer, su posesión, la madre de sus hijos, la dueña de la casa, su novia, su copiloto, su socia, su compañera útil, práctica, eficaz, la garante del buen funcionamiento del hogar, la que aceitaba los engranajes. Todavía el sábado anterior recibió con esplendidez a sus invitados.

—Nora, ¿qué te pasa?

—Quisiera que te fueras a vivir a otra parte, que buscaras un departamento o que volvieras a tu casa de Paseo de la Reforma.

Estupefacto, Ashby sólo acertó a preguntar:

—¿Para qué?

—Quiero que te vayas.

—¿Ya no quieres verme?

—Nunca nos vemos. ¿O no te has dado cuenta?

—Por favor, Nora, dame una explicación.

—Lo he reflexionado mucho, creo que es lo mejor para todos. Jamás ves a los niños, ninguno de los tres te hacemos falta. Tu vida ya no está aquí.

—Pero Nora, vamos a hablarlo, nunca me esperé esto.

Ashby le tendió la mano e hizo el ademán de jalarla para el sofá. Ella, muy pálida, lo rechazó:

—No hagamos escenas de mal gusto, las detesto. Dije lo que tenía que decir. Espero que mañana ya no estés aquí.

Atónito, la miró caminar hacia la puerta, su altiva cabeza en tensión. ¡Qué delgada estaba! El negro la convertía en una figura trágica. Jamás pensó que su mujer tuviera esos tamaños. Después de un momento salió tras ella y en su biblioteca reconstruyó la breve conversación. Nora no había mencionado a Amaya una sola vez. Así como él y Amaya siempre la pasaron por alto, Nora se daba el lujo de no pronunciar su nombre. La expresión de dolor en su rostro lo impresionó. Algo muy grave debía sucederle, nunca antes lo miró así, desde el fondo de un abismo al que él no podía llegar. Ashby provocaría otro encuentro. Tal vez su mujer volvería sobre su decisión, pero su rostro estaba demasiado cargado de tragedia para que sus palabras no fueran ciertas. ¿Cómo es posible que él nunca antes hubiera visto en el fondo de sus pupilas esa profundidad? La descubría. No quería perderla. La recuperaría. Ashby no pensó un solo momento en Amaya. Al escuchar el motor de un coche y un portazo violento salió de su biblioteca. El mozo anunció:

—De parte de la señora.

Le presentó en la charola de plata un sobre blanco sin rotular. Adentro en una hoja, con su letra de alumna del Sagrado Corazón, Nora había escrito:

"Salgo al campo con los niños. Espero ya no encontrarte a nuestro regreso. Por favor, llévate tus cosas. No quiero volver a verte sino en el juzgado".

¿Así es que todo lo tenía preparado? ¿Comunicarle su decisión y salir corriendo? Ashby regresó a la biblioteca. No podía quedarse en la casa de la calle de Puebla. Era de ella. La mayoría de los muebles y todo, salvo los cuadros, era de ella. Tenían una cuenta mancomunada en el banco. De pronto un deseo punzante de ver a sus hijos le llenó los ojos de lágrimas. Decidió salir en busca de un departamento y tomó casi sin fijarse el primero que visitó. Ordenó al mozo que empacara trajes y zapatos. No es que quisiera obedecer a Nora al pie de la letra, es que no sabía qué hacer consigo mismo. Hubiera sido bueno hablar con Santiago Creel, pero estaba en Europa. ¿A quién recurrir? Quién sabe cómo reaccionarían sus nuevos amigos intelectuales. Tenía que esperar su encuentro con Amaya en la noche.

Cuando se lo contó, sentado en la penumbra frente al buen fuego de chimenea de la sala, Amaya palió su alteración con una enorme indiferencia:

—Ya no me sigas contando. A mí no me interesan los problemas personales, mucho menos los de la burguesía.

—Pero tú, Amaya…

—Yo nada tengo que ver, absolutamente nada. Y te aconsejo que no te desgastes en ese tipo de conflictos que no conducen a nada.

Por un segundo cruzó por la mente de Ashby la posibilidad de que Amaya fuese una cabrona. O Nora. Nora no. Amaya siempre parecía mirar hacia un punto indefinido que sólo ella veía. Así confrontaba cualquier situación. Su intensidad lo abrasaba todo. Con razón le gustaba atizar el fuego, llamas que aniquilaban súbitamente la sombra. Los tizones al rojo vivo eran su alimento. Nora, en cambio, obedecía los cánones y seguía al pie de la letra las formas amatorias. Buena hija, buena esposa, buena madre, la vida a su lado se desenvolvía sin accidentes.

Ashby nunca había experimentado tal sensación de pérdida. Ahora que no los tenía extrañaba a sus hijos y creía verlos en otros niños en la calle. Añoraba sus risas y sus carreras, sus "Buenos días, papá", "Adiós, papá", y la clase de equitación a la que él los conducía dos veces a la semana. Su hijo mayor, Rodrigo, seguía sus pasos y pensaba en caballos las veinticuatro horas del día, que para él deberían ser todas de albardón. El otro, Alvin, no, pero en cambio era un excelente tenista. "Lo traen en la sangre", le decían en el Club y esto lo llenaba de orgullo. Ashby III montaba un purasangre de cinco años de edad con un extraordinario porvenir. Su padre le enseñó a concentrarse antes de entrar a la pista y le gustaba verlo con los ojos apretados, ajeno al bullicio en su derredor, la cabeza inclinada, controlando a Lancelot y a su propia emoción. Estaba seguro de que ellos preguntaban por él, lo buscaban en las gradas del picadero, extrañaban sus: "Baja los talones", "Reténlo, suavecito, suave-cito, siente la cadencia del caballo", "Alvin, ¿qué no te das cuenta, por Dios, de que estás montando a contrapelo? Haz como Rodrigo, sigue el movimiento del caballo, siéntelo, siéntelo". La equitación los hermanaba. Muchas noches tomó su automóvil sólo para pasar frente a su casa y ver la luz prendida en el segundo piso e imaginar-los en piyama antes de poner su cabeza en la almohada. Tuvo que resistir la tenta-ción de tocar a la puerta. Nora probablemente le diría: "¿Qué buscas en *mi* casa?"

En el departamento amueblado el panorama era desolador y Ashby se dejó ir. Ni hablar de los medicamentos o de la crema obligatoria en sus cicatrices, si sus camisas se amontonaban sin lavar y en el refrigerador se agriaba el litro de leche, el car-tón de huevos, la mantequilla, el "deme un cuarto de jamón" de los solteros. Él nunca había vivido con asco; ahora la alfombra verde chícharo lo mareaba, los mueblesot-es se le venían encima, tortugas gigantes entre los ceniceros repletos de colillas. Todo allí gritaba auxilio. La portezuela del refrigerador al abrirse era casi un ataúd y lo invitaba a meter la cabeza, también el horno. Sylvia Plath lo llamaba desde aden-tro. Cabeza congelada, cabeza quemada, *tête de cochon*, cabeza de puerco.

Recordó una noche en que Nora, al oírlo decir: "Me muero de hambre", bajó con él a la cocina a prepararle un *sandwich* delicioso. Una botella de vino tinto, dos vasos, la cocina blanca, Nora, el pelo desatado, el cuerpo dividido en dos por el apretado cinturón de la bata. Nora, su Nora, su mujer, repitió la operación de las tiras cómicas: "Soy tu Blondie, tú mi Dagwood", una rebanada de pan, una rueda de jitomate, una hoja de lechuga, mostaza de Dijon, ¿o mayonesa?, rosbif, otro jito-mate, otra rebanada de pan y... abrieron la boca simultáneamente:

—Nora, nunca he comido nada tan delicioso.

—Ni yo. Tampoco te había visto abrir tan grandes las de caimán —rió.

—Es la primera expresión popular que te escucho, Nora.

—Y no la última.

Felices, uno frente al otro, se amaron. Ashby recordaba ahora con extrañeza que Nora sabía exactamente dónde estaba todo en el refrigerador. ¿Cómo lo sabía si tenía cocinera, galopina, mesero, garrotero? ¿Cómo, si parecía tan desdeñosa en su altanería distraída? Constató en su recuerdo que los de la casa la querían aunque ella guardara las distancias. Algo de ella se le había escapado, pero ¿qué? Nora hacía las cosas sin que él se diera cuenta. Era de esos seres que lo invaden todo a fuerza de no invadir nada y ahora Ashby soñaba con ver su sombra en la estancia desolada o sentir que de pronto saldría tras la puerta del baño para anegarlo con su dulzura, con esa eficacia de reloj que hacía que él levantara los brazos y cruzara las manos al invocarla para su escarnio: "Reina del hogar, ampáranos, señora. Emperatriz de lo cotidiano, ruega por nosotros. Proveedora. Mujer sólida. Puntal de puntales, Señora de los pañales y la mamila tibia, de nosotros tu vista no apartes". Qué daría ahora por un gramo de la cordura de Nora. Hacía todo con sus ojos risueños buscando los suyos y esperaba la aprobación que él siempre le escatimó.

Se sorprendió a sí mismo diciéndose en voz alta: "Ella realmente me ama".

Amaya, ¿me ama? No, Amaya no es de las que aman.

Una noche en que se atrevió a confiarle a Amaya su desesperación, ella, con su voz dulcísima, le dijo que tenía que pensar que todos los niños del mundo eran sus hijos, aunque no fueran jinetes. "Recuerde usted a Platoncito." En sus palabras había un dejo de ironía. Era obvio que Amaya era incapaz de compadecerlo y que, de tratarle el punto una vez más, le respondería con desprecio: "Lo que usted me está diciendo son sensiblerías".

Hasta extrañaba a la perra, una siberian huskie de ojos azules, Loba, que embarneció junto con sus hijos, y al gato callejero, Gaspacho, que recogieron una tarde de lluvia. Nunca se dio cuenta de que los traía injertados. Algunos de sus libros lo acompañaban, pero la biblioteca se quedó allá. Su subconsciente lo había hecho dejar todo, seguramente con la esperanza del regreso, pero para Nora no había reconciliación posible. Amaya lo llamaba de urgencia sólo cuando lo necesitaba. "Estalló un pozo petrolero en Campeche por la criminal negligencia de Pemex, cuyos directores se embolsan el dinero. Hubo cincuenta muertos. Salgo para allá porque me hablaron los disidentes del sindicato. Van a organizar una gran marcha de protesta. ¿Me acompaña, Ashbito?"

Durante el viaje, Amaya no habló de otra cosa y terminó contagiando a Ashby, cuya cabeza se llenaba de barriles de crudo ligero, de porcentajes y producción nacional. Todos los complejos petroleros del país eran más importantes que sus propios complejos. Obsoletos, como lo afirmaba Heberto Castillo; obsoleto él, Egbert, en su apego a la tradición, la familia, los valores de su infancia. La falta de mantenimiento en las tuberías era su propia falta de sustento, la desidia de sus horas antes de conocer a Amaya. Tenía que leer, pensar, actuar. El abandono en los centros procesadores de gas natural hacía que los accidentes aumentaran de una manera brutal; Ashby conocía los accidentes en carne propia; más aún, había ardido como pozo petrolero, pero muy pronto olvidó la lección y dejó de vivir al rojo vivo. Se volvió conformista. Pemex era una bomba de tiempo, Ashby tenía que transformarse en una bomba de tiempo, actuar contra el reloj y no vivir, como hasta ahora, apoltronado en absurdas reglas de etiqueta, jaiboles, convencionalismos.

Amaya parecía saberlo todo del petróleo mexicano y su fogosidad la volvía tan elocuente como la vio en el despacho del gobernador de Morelos.

—Seguro van a venir otras explosiones en el resto del país: en Chiapas, en Tabasco, en Poza Rica, en las plantas de Minatitlán, de Pajaritos, en el Pacífico, y no sólo eso, las instalaciones de distribución de gas en México hacen peligrar las ciudades porque es fácil que exploten los ductos. ¡Vamos a volar todos! Entre tanto, los funcionarios de Pemex no tienen madre. Se embolsan el dinero con la mayor impunidad. ¿Conoce usted la colección privada de Ramírez Estrada? Tiene hasta un Van Gogh, hace poco compró media docena de Riveras. ¿Por qué, dígame usted, a los ladrones les da por el arte? Me contaron que Diego Rivera va a pintar un mural en la casa particular de Sansores Cordera en Cuernavaca, ¿puede usted creer en asco semejante?

"Sabe demasiado", pensó Ashby, apabullado. Manejaba como experta datos acerca de la ecología, la lluvia ácida, la contaminación de los ríos, el daño a la producción agrícola. Lo sabía todo acerca de los trabajadores más humildes, los que exponían sus vidas para no recibir nada del poderoso sindicato vendido a la empresa, tan amenazantes para ellos como las condiciones en las que vivían.

—Son como el combustible. Si viene un líder decente y prende la chispa pueden resultar un peligro para la empresa. Ojalá. Por eso estoy con los del sindicato independiente que han hecho contacto conmigo. Si conociera usted a las mujeres y a los niños que ahora viven en el lodo aceitoso de un pantano nauseabundo quedaría usted horrorizado con semejante ignominia.

Ashby la escuchaba maravillado. Qué poca cosa era su vidita personal al lado de los grandes problemas nacionales. Ashby se dejaba envolver y Amaya era la clave de su salvación.

Un día intolerable en que el recuerdo de sus hijos atenazó físicamente su corazón, Ashby decidió ir al Club Hípico a pesar de la prohibición de Nora. Sus hijos corrieron hacia él: "Papá, papá". Sentir sus rostros fragantes junto al suyo, sus brazos en torno a su cuello, hizo caer al suelo su soledad, Amaya, Nora, sus días necios. Ashby les quitó sus cascos de montar para ver mejor sus caritas. Alvin tenía los ojos de un azul muy claro, los de Rodrigo eran café oscuro y en ambas miradas Ashby leyó una fe en él increíblemente hermosa. Esa fe le hizo regresar a su departamento pensando que no todo estaba perdido, que los niños, por su sola condición de niños, salvarían la situación. Tal certeza lo acometió como un relámpago y produjo en él un efecto extraordinario; Ashby vibró durante los días que siguieron con un sentido del deber que no había experimentado jamás y que ahora ejercería al ocuparse de sus hijos y de Nora.

10

—No creo que deba visitar a los pobres con abrigo de pieles, güerita.

—Soy como soy.

—Lo suyo es una provocación. También sus pulseras de oro.

—¿Por qué? Que me vean como soy. Me gusta el oro. Además, este abrigo resultó invaluable cuando dormí en la calle. Ya está un poco gastado, me hace falta uno nuevo.

Ashby la miró. Un pensamiento oscureció la admiración que en él crecía hasta desbordarse: "Yo soy el pendejo que le comprará su nuevo mink". Para Amaya, que él se hiciera cargo de todo era apenas lo justo. Que sirviera para algo.

—Su personalidad es la del dador. ¿Recuerda usted los trípticos de los Arnolfini? ¡Ésos sí eran benefactores! Los mecenas de México, si es que así puede llamárseles a esos arribistas, son caquitas de chivo —sonrió Amaya de oreja a oreja.

—Cuando estuve hospitalizado en el Obrero, nunca les dije quién era. No podía. Les conté que era un mozo de caballeriza, mi propio mozo. Me encantó inventarme.

—A lo mejor es lo más creativo que ha hecho usted en su vida, Ashby —le dijo Amaya con una voz dulcísima.

Él la besó diciéndole que ahora con ella todo se volvía creación. "Usted tiene la imperiosa necesidad de correr grandes riesgos, maestra." Se lanzó a contarle que había descubierto que a su lado podría poner una bomba, puesto que ella las hacía estallar todos los días, que dentro de él había un bárbaro, pero también un santo, un genio, un príncipe idiota, y algo menos, y algo más.

—¿Ah, sí? —dijo ella displicente.

Dentro de él vivían ahora todas las posibilidades. Al tocarlo, ella lo hizo trascenderse.

—Mi encuentro con usted es para siempre. Antes de conocerla yo era un garabato.

—¿Y ahora qué es usted? —preguntó Amaya.

—Ahora soy su gato.

Ashby sentía que una marea de agradecimiento inmenso subía hasta su garganta, lo ahogaba. Gracias a ella, que era muchas mujeres, tenía el privilegio de salir de sí mismo.

Ashby hubiera querido decírselo, pero ella siempre tenía tareas más urgentes que el autoanálisis.

—Con usted vivo colgando entre la salvación y el naufragio y ese estado me hace sufrir.

Amaya lo miraba irónica.

—¡Qué falta de imaginación la suya, Ashbito, y qué inútiles sus mezquinos sufrimientos de rico!

Tenía un odio absoluto a los ricos. "A ésos hay que sacarles todo y dejarlos en la calle, especialmente a los mexicanos, que son los más ramplones del mundo." No obstante, ella vivía como rica sin tener un centavo y no quería ni podría vivir de otro modo. Jamás hubiera aceptado una mascada que no fuera de Cartier. Sus zapatos tenían que ser de Gucci, si no, le apretaban, ¡y esos abrigos de pieles! A Ashby había que reconocerle el talento de su pasión por ella, pero toda pasión paga un precio.

Una tarde fueron a Santiago y se toparon con un cartel en un poste —que por lo bien impreso pensaron que era oficial— con el rostro de Ashby junto al del líder guerrillero Florencio Arredondo bajo la leyenda "Se buscan". Amaya primero sonrió, pero después se puso a temblar y le dijo:

—¡Si lo buscan a usted que apenas si es Sancho Panza, a mí me van a aplastar bajo las ruedas de un camión carguero! ¿Quién los mandó distribuir? ¿Qué partido, qué personaje político del sur?

Desde ese día perdió todo control. Tres hombres permanecían veinticuatro horas en la contraesquina de su casa mirando hacia sus ventanas. El teléfono sonaba, Amaya corría a contestar y nada. Finalmente una voz cavernosa advirtió: "¿Ya te fuiste a confesar?"

—Podemos denunciar a la policía espionaje telefónico —le sugirió Ashby.

—¡No, no, ni de chiste! No hay nada más corrupto en México que la policía. A lo mejor son ellos mismos, a sueldo del gobernador de Morelos. ¿Cómo saber? Además, si Alfonso se entera, me mata.

Las alusiones a Alfonso eran escasas, al grado de que Ashby había olvidado su existencia. Se hizo la imagen de un perseguidor, que incluso ausente oprimía a Amaya Chacel. Después de diez días de locura, ante su estado de nerviosismo, Ashby propuso:

—Es mejor que se vaya usted un mes o dos, que le pierdan la pista, yo voy a comprar el boleto, le voy a reservar el hotel, le daré para sus gastos.

—Me parece muy bien, Ashbito. Quiero ir a Nueva York.

—¿A Nueva York?

—Allá tengo amigos, puedo ir de compras, visitar museos, ver teatro. A usted, que tanto le gusta el teatro, ¿por qué no me alcanza? Ándele, anímese.

Amaya se fue y Ashby se hizo a la idea de que era un pozo sin fondo; supo muy pronto que allá gastaría cinco veces más de lo previsto. Escogió el Hotel Plaza e hizo sus compras en Sack's, Fifth Avenue y en Tiffany's. A los cinco días lo llamó por teléfono:

—No pensé que todo estuviera aquí tan caro. Se me acabó. ¿Cómo se le ocurrió darme tarjeta con límite de crédito? Jamás pensé que fuera usted un hombre tan avaro. Teniendo tanto, qué le cuesta, oiga. Es de no creerse.

Ashby pensó que a lo mejor tenía razón y corrió al banco sintiéndose un miserable.

Se aventó a ciegas. La alcanzó en Nueva York y durante quince días olvidaron las amenazas y los peligros que corrían en México. En la noche, les agradaba escuchar juntos los cascos de los caballos que jalan los *breaks* alrededor de Central Park. En la mañana, a la hora del desayuno, mientras Ashby destapaba un frasquito de mermelada de naranja amarga para su rebanada de pan generosamente cubierta de mantequilla civernesa, Amaya dijo con alegría:

—¿Por qué no nos vamos a París?

—¿Qué?

—Sí, Ashbito, hoy en la tarde llegamos al Kennedy Airport y tomamos Air France. Yo empaco todo.

—Por el momento no tengo ese dinero.

—¿Cómo voy a creer? ¡Es ridículo! Dígale usted a sus empleados que se lo envíen al Georges V. ¿O prefiere el Plaza Athénée? Ahorita llamo a la administración para que reserven…

Ashby, sin habla, obedeció. Después de todo sería maravilloso ver París junto a Amaya.

Al día siguiente descansaban del vuelo en los Champs Elysées. Amaya daba la cara a un sol pálido y le sonreía a Ashby, quien pensó que difícilmente podría ser más feliz. Qué bien habían hecho. Pasaron junto a unos viejos de traje, corbata y abrigo, esos mendigos de París que a veces tienen tan buena facha y se mantienen erguidos dentro de sus ropajes casi reales. Amaya se detuvo.

—Ashbito, deme por favor —y multiplicó los peces y los panes.

Al finalizar, Ashby le preguntó a su amante:

—¿Por qué les dio tanto dinero?

—Porque uno de ellos me recordó a mi padre.

Al otro día quiso hacer lo mismo y al quinto también. Al sexto, ya en la recámara del Georges V, después de haber visitado los Monet en el Petit Palais y explicado a Amaya su significado en un arrebato, porque a Ashby le fascinaba la pintura, Amaya comentó que a la mañana siguiente uno de los mendigos vendría al hotel porque ella le prometió otra limosnita.

—Amaya, aún no me ha llegado el segundo giro de México y ya nos gastamos el primero —se irritó Ashby.

—Seguramente llega. Después de todo sólo es dinero.

—A usted le gusta mucho hacer caravanas con sombrero ajeno —dejó salir Ashby.

Jamás lo hubiera dicho. Amaya fue a sacar su veliz del ropero y tocó el timbre para que viniera la recamarera.

—Que me laven y planchen todo esto. Lo necesito dentro de una hora, hoy mismo dejo el hotel y si no puedo hoy, mañana a primera hora.

No volvió a dirigirle la palabra y pidió que le hicieran su cama en el *petit salon* de la *suite*.

Al día siguiente, tomaron Air France a México y Amaya exigió asientos separados. Sólo al llegar a México, en el pasillo hacia la aduana, al ver a vigilantes empistolados, se acercó a Ashby y apretó contra su cuerpo su mink de reciente adquisición.

—¿Me da el brazo, Ashbito?

—Es un honor que usted me concede.

—¿Me llamará mañana?

—Claro, Amaya.

Al tomar su brazo, Ashby se dio cuenta de que Amaya temblaba. Era capaz de actos de un extraordinario valor, pero también podía embargarla una atroz cobardía. El amargo encarnizamiento con el que atacaba a los demás se diluía para dar lugar al desvalimiento. "Todos somos contradictorios —pensaba Ashby—, pero a veces, con Amaya, tengo la sensación de estar ante la malignidad."

A Ashby lo descansó no ver a Amaya durante una semana. Tenía varios asuntos que atender y se sorprendió al ver lo mermada que estaba su cuenta bancaria. ¡Qué exaltación haber gastado tanto! Nunca antes había soltado el dinero a manos llenas. Con Nora, tan mesurada, los billetes se le pegaban a los dedos. "Ashby, no necesitamos eso. Ashby, no seas despilfarrado. Ashby, dejaste más propina de lo que nos costó la cena. Ashby, ese impermeable del año pasado te lo has puesto sólo tres veces." Las familias bien eran ahorrativas. Los nuevos ricos malgastaban, de ahí su rastacuerismo.

Lo primero que hizo Egbert II fue correr a la clase de equitación de sus hijos y le conmovió la forma en que vinieron a refugiarse en sus brazos. "Papá, papá." El chofer lo saludó con un correcto "Buenas tardes, señor". Rodrigo montaba cada vez mejor, Alvin mucho menos y sintió por su hijo menor una solidaridad infinita y le dedicó casi toda su atención. Alvin se sentó en sus piernas a la hora de los jugos y las papitas en el bar del Club y le confesó que no le gustaba montar.

—A lo mejor me pasa lo que a ti y me quedo sin piernas.

—Pues no montes, hijo. Tu mamá me dijo alguna vez que eras buenísimo para el tenis. Dedícate al tenis. Dile que ya te di permiso. A propósito, ¿cómo está mami?

De "muy bien" no los sacó, pero se enteró de que tenían bicicletas nuevas y que su vida social era intensa: habían ido a Pastejé, a Estipac, a Galindo, a la hacienda de los Lascuráin y los Souza iban a invitarlos a La Picuda en Acapulco. Pasarían también unos días en Fortín de las Flores y en Veracruz con los Ruiz Galindo.

—¡Qué buena vidurria se dan ustedes!

—No menos buena que la tuya —contestó Rodrigo con rencor.

Ashby le dio un largo trago a su whisky mientras sus hijos le pedían al mesero una nueva dotación de cacahuates.

—Sí, somos una familia privilegiada.

—¿Familia? —replicó Rodrigo.

Alvin en cambio seguía acurrucado contra él, sus piernas colgando, y cuando se despidieron porque el chofer vino a urgirlos, se colgó del cuello de su padre como un ahogado al salvavidas. Ashby lo abrazó muy fuerte. "Nos vemos mañana." Frente al volante de su Mercedes pensó que había sido imprudente y que a lo mejor recibiría una orden imperativa de Amaya. "Ashbito, lo necesito." Así sucedió.

Cuando la vio, Ashby no pudo dejar de decirle:

—Es horrible llegar a México y entrar a un departamento vacío, es horrible vivir solo.

—Hay remedio para eso.

—Claro, la compañía. Pero no puedo tener ni un perro porque viajamos demasiado.

—¿Viajamos, Ashby?

—¿No se ha dado usted cuenta de lo mucho que salimos?

—Por lo pronto, invíteme a comer a un sitio muy bonito.

Ashby prefería aventurarse a restaurantes fuera de la ciudad y evadía aquellos a los que iba antes con Nora. Cuando propuso Las Mañanitas en Cuernavaca, Amaya palmeó como niña añadiendo:

—Así podemos ir después a Santiago a ver cómo va nuestro asunto.

—¿No podríamos tener un día de vacación de todos los asuntos?

—No, porque entonces nos peleamos.

Amaya tenía razón. Si no estaba poseída por alguna misión urgente, su irritabilidad crecía y estallaba en cólera por razones nimias. Necesitaba el peligro. Alguna vez Ashby le dijo riendo: "Güerita, a usted le hace falta meter las manos en un montón de basura y de iniquidades, ¿verdad?" y jamás lo volvió a decir porque recibió una filosa mirada de odio que todavía lo azoraba recordar. Ahora que gracias al tiempo podía verla de más lejos, Ashby recuperaba su mirada crítica. Su paciencia ya no era incomensurable. Cuando Amaya, en la mesa, entre los *hors d'œuvres* y el lenguado, hizo un gesto vulgar levantando el cordial derecho, Ashby gritó:

—¡No haga eso!

Amaya, paralizada, se llevó la servilleta a la boca. No quiso seguir comiendo, tomó su bolsa y se fue al baño. Cuando regresó, Ashby se dio cuenta de que había llorado:

—Nunca nadie me humilló en esa forma, Ashbito —le dijo con la voz más humilde y levantó hacia él una húmeda mirada de perro.

Ashby pidió dos whiskys y fueron a sentarse a un rincón del jardín. Resonaba en el espacio y en el tiempo, en su descubrimiento el uno del otro, el grito de Ashby como una bofetada. Tal vez se tratara de una premonición. Amaya había perdido su urgencia, no desbordaba ya energía revolucionaria. Ashby descubría otra Amaya, su frágil andamiaje, su falta de seguridad a pesar del supremo poder que ejercía sobre los demás. Como era un hombre de absoluta buena fe, no se le ocurrió sacar ventaja de su descubrimiento, más bien sintió compasión por esta guerrera desarmada.

—¿Quiere usted que vayamos ahora a Santiago?

—No, quedémonos a dormir aquí.

Nunca Amaya fue tan amorosa como esa noche. Fue ella quien le hizo el amor a Ashby, lo asumió por entero poseyéndolo con un vigor desconocido. Ashby se sintió deseado.

—Eres un macho cabrío —le dijo a Amaya.

Juntos se bañaron, juntos salieron a las diez de la mañana del día siguiente a comprarse cepillos y pasta de dientes. Al pasar frente a una tienda, Amaya señaló: "¡Qué bonito vestido!" y Ashby entró y exigió que se lo pusiera en ese instante. Amaya, con el pelo mojado y la mirada de perro que no la dejaba desde que oyó a Ashby gritarle, era otra y él contempló la posibilidad de que, ahora sí, esa mujer estuviera enamorada de él.

Regresaron a México felices. A los dos días, Ashby buscó a Amaya en su casa sin éxito. Creyó que la nueva Amaya lo buscaría, pero la espera fue vana.

11

También Ashby empezó a hacer su propia vida, puesto que no podía contar de seguro con Amaya. Recuperó algunas costumbres, el Club Hípico, la Universidad, y por primera vez en meses habló con su apoderado. Era importante volver a su mundo para no perder la cordura, porque Amaya, a pesar de los oasis, era un planeta incendiario y el asunto más pequeño se volvía entre sus manos un caos. Girar únicamente en torno a ella era caer en una fiebre virulenta cuyo desgaste lo dejaba en los huesos.

—Ashby, ¿resucitaste de entre los muertos? —le preguntó Maruca Tolentino—. Claro que te ves muy interesante con tu nueva intensidad en la mirada, pero me gustabas más antes.

—Señor Egbert, dichosos los ojos —exclamó el *barman* Luisito Muñoz al recibirlo en el 1-2-3—. ¿Estuvo usted enfermo? Lo veo muy desmejorado.

Ashby pensó por un momento decirles que había estado en la guerra. No habría mentido. Las acciones de Amaya tenían lugar en un campo de batalla. En una de ésas se miró al espejo. Había cambiado, pero lo que más le sorprendió fue notar lo abultado de sus labios, la sensualidad en su boca. En el rostro demacrado, los labios resaltaban como nunca. Y también los ojos ardientes, inquisitivos bajo las cejas levantadas.

—Te has vuelto un hombre fascinante —le dijo Leonor del Val—. En los *showers* todas hablan de ti. Mujer que tratas, mujer que dejas enamorada.

—¿Cómo?, si no trato a nadie.

—Desde que te separaste de Nora, son muchas las que se te quieren echar encima.

Ashby sonreía. Volver a su mundo era pisar un terreno más mullido que la tierra tepetatosa y árida por la que lo conducía Amaya. Ella era su arriero; él, el compañero de sus quijotadas.

Cuando ella se perdía durante varias semanas, Ashby podía verla con mayor distancia, analizarla con una objetividad que a su lado se venía abajo. Los rasgos de carácter que juzgaba encantadores adquirían otros matices. El hecho de que nunca se dejara retratar le pareció una prueba de su modestia, pero un día la escuchó decir:

—Si pudiera ordenar a los fotógrafos que tomaran sólo mi mejor ángulo, como María Félix, entonces me dejaría.

A veces, el regodeo en sí misma duraba toda la tarde. Sus obsesiones consistían en verse rubia entre morenos, lúcida entre imbéciles, leal entre traidores, única entre vulgares y su imagen corriendo por las calles lluviosas con su gabardina en los hombros, se repetía hasta la saciedad. Siempre había alguien persiguiéndola, bastaba con asomarse para ver el peligro recargado en el poste de la luz, la inminencia de la puñalada trapera. Vivía entre metrallas y fuegos de artificio y se le confundían al igual que los cohetes que a veces son disparos. Fugitiva, defendía a los débiles y a los fracasados por extranjería, porque nunca podría pertenecer a este país de arribistas y rastacueros, porque los ricos mexicanos la enfermaban por innobles, y no era que deificara a los pobres, sino que le parecían la opción más inteligente.

Un mediodía en que Ashby entró al Lincoln en Luis Moya, el capitán y los meseros le reprocharon su ausencia. ¿Cómo era posible que los abandonara·durante tanto tiempo? ¿Estuvo fuera del país? ¿Acaso quería radicar definitivamente en Londres? Ashby se instaló contento en una de las sólidas "caballerizas" de cuero negro, aislada del resto, propicia a la confidencia y hasta a la seducción. Había citado a las dos y media a Santiago Creel, a quien no veía hacía meses.

Pidió un martini seco y de pronto escuchó la alta risa de Amaya. De un salto fue en su búsqueda y la encontró frente a frente con Agustín Landeta, su mano sobre la de Amaya.

—¡Ashby, qué gusto! —le dijo ella sin inmutarse mientras el banquero se ponía de pie para las presentaciones.

—¿Estás solo? ¿Quieres sentarte con nosotros? —sonrió Amaya.

Confundido, Ashby murmuró un rápido "No, gracias, espero a un amigo" y regresó a su mesa. Santiago llegó once minutos tarde, cuando Ashby, despechado, iba por su cuarto martini. La comida perdió su encanto. "¿Qué hacía Amaya con ese fulano?" Privado por los celos, de martini en martini, Ashby nunca supo a qué hora salió Amaya del Lincoln, nunca pasó a despedirse y maldijo la privacía de las caballerizas.

Cuando le reclamó una semana más tarde, Amaya airada preguntó:

—¿Qué compromiso tengo yo con usted?

—Ah, bueno, entonces voy a hacer lo mismo —la amenazó Ashby.

—Haga lo que le dé su chingada gana —respondió su amante con mirada negra.

Ashby así lo hizo e invitó a Maruca Tolentino a cenar a El Patio. "Escuchamos a Toña la Negra y rematamos en algún antro de rompe y rasga, Las Catacumbas, Las Veladoras o algo por el estilo." Todavía en El Patio, mientras bailaba en la única forma que podía hacerlo, asido como ancla a su compañera, se desconcertó al sorprender a Amaya. Lo miraba fijamente desde una mesa cercana a la pista.

A los tres días Amaya lo llamó para preguntar si podía ir a verlo:

—¡Qué gusto, güerita, claro que sí!

—¿Pero no habrá nadie?

"Ya empezamos", pensó Ashby con cansancio y se limitó a responder:

—No, no habrá nadie.

Al entrar, Amaya miró la estancia del departamento como si no la conociera. Después se sentó en el suelo, cerrado el rostro, y comenzó a hablar con una voz muy dulce de la otredad y su significado. Sin dejar de fumar, sin levantar la vista, le dijo en una voz tan baja y por lo mismo inquietante que en los últimos meses él había demostrado una voracidad repugnante por parecerse a ella: Amaya.

—Sí, Ashbito, su avidez por lo otro no tiene límites.

—¿Avidez por lo otro?

—Usted se muere de envidia.

—¿Qué?

—Usted no es nada y por eso quiere ser lo que yo soy.

—¿Considera usted que yo no soy nada? ¿En dónde queda su tan mentada caridad cristiana?

—Como miembro de la clase ociosa, usted, Egbert XXI, no ha logrado nada, absolutamente nada, ni siquiera con su fortuna, y como yo soy la única persona que lo ha ayudado a hacer algo y por lo tanto a "ser" algo —aunque todavía informe, permítame decírselo—, pretende ahora suplantarme.

—No veo cómo podría suplantarla —respondió Ashby sin ironía—, usted es única y yo soy su devoto. Tiene usted razón, Amaya, yo vivía dentro de unos límites que me protegían y desde esos límites percibía al otro. Usted me hizo traspasarlos, vivir en la constante percepción del otro, y lo que usted me ha dado tiene un valor inestimable.

Hizo chirriar el cerillo al encender el Delicados de Amaya. Desde que comenzó a andar con ella, nunca volvió a usar encendedor.

—Soy su deudor de aquí a la eternidad. La sigo con veneración porque lo que usted dice y hace me afecta mucho más que cualquier otra cosa en la vida, salvo mis hijos y mis accidentes. Usted es el accidente que va a salvarme, pero eso no me resta capacidad para pensar.

Amaya le dirigió una sonrisita:

—Usted, Ashbito, no puede desprenderse de mí, usted sólo siente vivir en mí. Antes de mí, usted era un puro vacío, como diría nuestro amigo Juan Rulfo.

—Es cierto, güerita, tiene usted toda la razón —repuso Ashby con su acostumbrada bonhomía—, usted me es indispensable y sin usted no podría vivir. A usted la amo más que a mi vida.

—Entonces, ¿por qué baila usted con otra? —levantó la voz que se volvió un agudo silbido que obligó a Ashby a taparse las orejas.

Así que todo ese discurso, esas frases hirientes acerca de su nulidad iban encaminadas a un punto: la escena de celos. En aquel momento, el estallido de Amaya tuvo más que ver con un estado de locura que con una discusión filosófica. Gritó, se encaminó a la puerta para que Ashby la detuviera; al no conseguir reacción, se regresó pateando los muebles, aventándolos al suelo. Tomó una taza que estrelló contra el espejo. "Siete años de mala suerte", pensó Ashby. Las escenas de celos son de por sí teatrales, y a los diez minutos, Ashby, con su voz de barítono, la paró en seco, enojado:

—De tanto escucharla, me he dado cuenta de que muchas veces no sabe ni de lo que habla. También he descubierto que no sabe nada de muchas de las cosas que yo sé. ¿Conoce siquiera a aquellos por los que usted mete la mano al fuego?

—Yo se los presenté, no lo olvide, Ashby Egbert. Los he visto todos los días en la lucha.

—¿Los conoce usted?, ésa es mi pregunta. ¿Se ha preocupado por saber de dónde vienen, quiénes son, qué hacen cuando usted no los ve? Porque yo sí, güerita.

Amaya lo miró con sorpresa. Él continuó:

—¿Sabe usted lo que hicieron cuando lograron sacar al rector? ¿Lo sabe? Se fueron treinta de ellos en un autobús de la UNAM y en dos camionetas enviadas por papá gobernador de Sinaloa a su hijito como premio por su triunfo. Escogieron Acapulco y sus playas para festejar, embriagarse y llorar.

—¿Llorar? ¡Por favor! ¿Llorar porque triunfaron?

—Porque en la carretera se les mató uno de ellos que se llama como mi hijo, Rodrigo, un muchachito de ojos verdes. Chabela Avendaño era la única mujer entre ellos. *La Gorda,* como la llaman, les dijo antes de salir: "No se lleven esa camioneta, no la saquen a carretera, anda mal, descuadrada, no tiene luces, ya se nos volteó una vez en la colonia Pantitlán". No le hicieron caso. La camioneta no tenía luces, Rodrigo que era un chavito estudioso, el único de ellos que no bebía, solidario hasta las cachas, se llevó la camioneta porque se lo pidió *el Chufas.* "Te vas pegadito a la otra, ésa te alumbra, así llegamos, allá en Acapulco la mandamos componer."

Amaya fumaba y dejaba que la ceniza invadiera su colilla.

—Bueno, ¿y qué? —dijo insolente.

—Iban en el autobús por el Cañón del Zopilote, cantando —eso es lo que hacen a todas horas, cantar—, cuando vieron la camioneta del *Chufas* regresar con los cuates gritándoles despavoridos que el Rodrigo estaba mal y lo llevaban de vuelta. El autobús esperó el mejor sitio para dar la vuelta, regresaron chutando a Chilpancingo, Chabela entró a la Cruz corriendo y oyó las palabras del médico de guardia: "No tiene remedio. Está en las últimas". Entonces a sus compañeros, los "héroes" del sesenta, les dieron ataques de llanto, crisis nerviosas, vómitos. *La Gorda* los cuidó a todos. Decidieron salir a Acapulco de todos modos. "Yo me quedo —dijo Chabela— a esperar a sus padres y ayudar al traslado." "No, tú te vas —ordenó *el Chufas*—, yo soy el responsable." En Acapulco, lo único que hicieron los pobres diablos fue ponerse hasta atrás de la tristeza, robar botellas, "apañarlas" como dicen ellos, "seguirla" hasta caerse de borrachos. Qué bonita vacación, qué bonito premio a la victoria. Vea usted nada más, Amaya, quién es esta gente a la que usted apoya.

—¡Qué barbaridad, qué horror!

—Volviendo a mi envidia de su personalidad, güerita, el nuestro no es un problema de competencia, sino de convivencia. Su tan mentada libertad no es tanta ni mi abyección tan absoluta. Usted acaba de hacerme una escena digna de mejor causa. ¡Qué buena representación!

—No la representé ni soy buena actriz como otras.

—¿Cuáles otras?

—Sus amigas, las actrices, especialmente ese costal de pecados a quien usted llama...

—¿Vamos a empezar de nuevo?

Esa noche Amaya se quedó con Ashby y fueron mejores amantes que nunca. La noche siguiente regresó, amorosa, dulce, complaciente. Ashby llenó el refrigerador de Veuve Cliquot y caviar, compró delfinios gigantescos para darle a su sala un aire de fiesta, fue a La Esmeralda por un broche de rubíes engarzado a la antigua entre dos enormes dormilonas que su amante, aunque no le gustaran las joyas, ponderó extasiada. Al cabo de ocho días de semejante tren de vida se percató de haber gastado una fortuna.

—Yo no sé usted de qué se preocupa, sus hijos lo van a mantener.

A Ashby se le cayó la quijada de la sorpresa.

—¿Mantenerme? ¿Mis hijos?

—Los hijos tienen la obligación de mantener a los padres, lo dice la Biblia, así que no veo por qué usted no habría de gastar su dinero. ¡Oiga, ya ni yo! He vivido en la quiebra siempre y mire usted, salgo adelante.

"Claro, a costa de los demás", pensó Ashby sin decirlo. Tampoco era cierto. No había más alto destino para cualquier dinero que las empresas de Amaya. Jamás soñó con mejor inversión. En vez de colocar su dinero en el sector inmobiliario como muchos porfiristas que compraban bienes raíces y acabaron por ser dueños de las calles del centro, Madero, Bolívar, Isabel la Católica, él apostaba a una propiedad única: Amaya. Sería más rico que ninguno de sus compañeros. Con Amaya llevaba una vida brutal, al borde del precipicio. Estaba dispuesto a comprarle un *pied-à-terre* en París, un piso en Madrid, otro en Manhattan, donde ella quisiera, aunque él escogería Suiza, Lausanne o cualquiera de esos burgos apacibles, ronroneantes, los únicos en los que Amaya no podría meterse en problemas.

¿Qué importaba estar un día en la ruina? De todos modos, jamás tocaría los ingresos de sus hijos y Nora también era millonaria. Lo que Ashby no adivinó es que su patrimonio se licuaría entre sus manos al grado de tener que vender su colección de pintura. Amaya devoraba los lienzos a dentelladas con sus exigencias y Ashby extrañaba *El matemático,* las monumentales figuras de Ricardo Martínez, el Zárraga encontrado en París, sus cinco Leonora Carrington. Pensándolo bien, ¿qué era eso al lado del lujo de contemplar a Amaya?

Por un lado, la valentía de Amaya deslumbraba, tenía visos de heroína, habría podido enfrentarse con su sola lanza a un ejército de tanques, pero por el otro perdía totalmente el control. En el terremoto de 1957, durante una reunión, quiso aventarse desde el balcón de un segundo piso a la calle de Guadiana mientras el Ángel de la Independencia se hacía añicos. Sollozaba en los brazos de Ashby que pretendía salvarla de sí misma y de las oscilaciones de su desquiciamiento. Pita Amor comentó:

—¡Está loca de remate!

Si Amaya no sabía confrontar los fenómenos naturales, desafiaba en cambio a los verdugos. La palabra era su arma y su ira la volvía inmune.

Una noche en que Amaya, después de hacer el amor, aceptó quedarse en el departamento, durmieron abrazados hasta que Ashby, al despertar, sintió su pecho mojado. Amaya lloraba sin ruido. Ashby se asombró. No estaba preparado para verla desmoronarse. Sin saber qué decirle, sólo la apretó y le acarició la frente. Por primera vez sintió temor, por él, por ella, por su desasimiento. Frente a él se abría otra faceta de aquella mujer interminable: Amaya como una niña extraviada.

—Güerita, güerita, cálmese, no llore, yo la quiero mucho.

Amaya lloraba a hachazos, flagelándose.

—¿Por qué llora? Dígamelo, al menos dígamelo, la amo, usted sabe cuánto la amo.

Sobre el cabello de Amaya, las caricias eran las mismas que se le hacen a un niño, a un animalito asustado. Ya, ya, ya, ya niña, ya, ya pasó. Tenerla así, deshecha entre sus brazos, lo afligía y alteraba el orden de su nueva vida, de por sí endeble. Por un momento se coló en su mente una duda pavorosa: "A lo mejor no sabe lo que está haciendo".

Hacía meses que presentía la confusión de su amante. Si Amaya no estaba segura de sus actos, mucho menos él que la seguía a ciegas, aunque ahora no tanto porque se atrevía a decirle lo que nunca antes. La inseguridad de Amaya no se limitaba a su situación económica, también había un desacomodo gigantesco entre sus ideas, sus acciones, los conflictos que creaba, las emociones llevadas al límite para luego enfriarse y finalmente desaparecer. "Estoy rodeada de desertores", solía decir con rabia.

Si le hubieran preguntado a Ashby qué era lo que según él nunca le tocaría presenciar, su respuesta instantánea habría sido: "Ver llorar a Amaya". Histérica, sí; iracunda, sí; fuera de sí, sí; pero sollozando en esa forma, jamás.

12

Cuando una voz femenina llenó la bóveda para avisar que el Boeing 927 no aterrizaría en Monterrey, sino que regresaría a la ciudad de México, Ashby, de pie en el aeropuerto, supo que era el fin. También cuando él voló por la mañana, nada podía verse tras la ventanilla salvo la espesa neblina. En un segundo rememoró a Amaya rogándole que fuera a recibir a Monterrey al licenciado Salvador López Rea porque a ella le era imposible hacerlo.

—Es absurdo, güerita, a la que invitaron es a usted.

—Sí, pero yo no puedo y al licenciado le dará gusto que usted me represente.

—Yo no represento a nadie, güerita, si apenas me represento a mí mismo desde que la conozco.

—Por favor, Ashbito, es muy importante para mí, para nosotros.

—¿Para nosotros? ¿Por qué?

—Porque sí. Se lo diré más tarde, le aseguro que es crucial.

—Usted es muy mentirosa, güerita.

Amaya no se enfadó. Con voz melosa y persuasiva, insistió.

—Ya sabe usted que no me gustan los aviones —alegó todavía Ashby.

Total, voló junto a la ventanilla en el asiento 21 A con su cinturón amarrado diciéndose: "Hasta aquí llegué", porque el vuelo resultó infernal, el jet se despresurizó, saltaron las máscaras de oxígeno y pensó en Rodrigo, en Alvin, en Nora, en sus caballos, pero el rostro de Amaya, su mirada de incendio que a veces podía cubrirlo con devoción perruna lo abarcó por entero. La intoxicación espiritual de Amaya era tan densa como la neblina sobre las alas del avión.

Quién sabe cómo aterrizaron. Ashby se fue al hotel y regresó más tarde para formar parte de la comisión de notables que recibirían al licenciado López Rea y a su esposa Guadalupe.

El Boeing (¡qué nombre de elefante!) estaba lleno de hombres importantes de traje y corbata con sus mujeres también envueltas en fino casimir, camisas de seda y bolsas de Hérmès —señoras que se pueden colgar de un gancho en la noche de tan planchadas—, secretarios particulares, ayudantes obsequiosos y portafolios de documentos confidenciales, carteras, Búlgari, Rolex, anillos, credenciales del PRI, joyeros de cuero de Aries cerrados con una llave diminuta. Los políticos se saludaron al abordar, se presentaron a sus cónyuges "Mi señora". Sus trajes brillaban tanto que se preguntaban: "Oye, ¿en qué hojalatería te lo cortaron?" Hacían juego con el avión. El país dependía de ellos. El avión debería haberse ido para arriba jalado por tantas ambiciones, tantos planes a futuro. Ninguno tuvo el presentimiento de que éste sería el vuelo más alto de su imaginación.

Ahora el avión había dado la vuelta en la opacidad de las nubes cargadas de malos augurios y Ashby tuvo la certeza de que se dirigían a la muerte. Vio con claridad la alerta general en el aeropuerto, los encabezados en los periódicos, el piloto que hacía desaparecer el jet en un espacio misterioso llamado "mal tiempo", el vacío, lo improbable de algún sobreviviente, las falsas ilusiones. En tierra, desde la torre de control, se avisó a los aviones de Aeronaves de México, de Braniff, de American Air Lines que buscaran sobre la ruta que siguió el Boeing 927 de Mexicana. Respondieron por radio: "Hay muchas nubes, neblina, granizo y lluvia; no podemos ver nada".

Algunos en tierra tenían la esperanza de que el avión hubiera aterrizado en La Habana —después de todo el último informe era que la nave iba fuera de la ruta—, pero la noticia final resultó tan brutal como una puñalada. El avión se estrelló contra el Pico del Fraile, una pared casi perpendicular que forma un ángulo recto con otra cuya cima se encuentra a más de seis mil pies de altura.

Durante toda la mañana la montaña estuvo cubierta por un banco de nubes que fue tal vez la causa del accidente. Desde el kilómetro veinte de la carretera Monterrey-Monclova, el sitio donde cayó el avión se distinguía por una pequeña columna de humo. Diseminadas las partes, a las faldas del cerro se instaló un campamento de brigadas de rescate para buscar los restos en una hondonada, ahora sepultura de los pasajeros. De todos los cuerpos, sólo el de López Rea fue identificable porque un pedazo de su saco quedó adherido al cadáver y llevaba la etiqueta de la tintorería con su nombre. Las rocas, los precipicios, los espinos, la montaña que durante todos esos días permaneció oculta, retrasaron la tarea de los montañistas. "No, no, no, yo me conformo con ver una mano o un brazo de mi marido", protestó la esposa de uno de los muertos cuando alguien sugirió una fosa común en el cerro.

El sábado 7 de junio a las siete y media de la noche se dio por terminado el rescate de los restos de las víctimas. En veintitrés sacos de yute partieron los despojos. Leandro Vega Ramírez, agente del Ministerio Público, se encargó de meter en sobres el dinero, joyas, documentos y otros objetos recogidos en el lugar de la tragedia además de doscientos sesenta y cinco mil pesos en oro.

Al final, cinco cadáveres casi íntegros aparecieron en una barranca. Ashby Egbert, que prácticamente vivió en el aeropuerto General Mariano Escobedo durante aquella semana, pensó que él bien podría ser uno de esos cinco cuerpos milagrosamente intactos. De tener que morir, era preferible hacerlo de cuerpo entero. A pesar de las cicatrices que nadie había visto salvo los médicos y sus mujeres, Ashby amaba su cuerpo alto y flexible endurecido por el deporte.

Nora, sus hijos, Amaya habrían podido reconocerlo. Este pensamiento le produjo una suerte de consuelo. Por primera vez, durante esos días atroces, pudo conciliar el sueño.

Finalmente, el domingo 8 de junio, Ashby regresó a México en avión. Permaneció sentado, su cinturón sobre su vientre duro y no quiso mirar a los demás. A lo mejor todos pensaban lo mismo porque fue un vuelo extrañamente silencioso. Escuchó a una mujer rezar el rosario en voz alta. Ninguna oración vino a su mente. Había pasado dos años de su corta vida en un hospital, había vivido un amor casi intolerable en su desasosiego. Durante un segundo, Ashby se sintió suspendido en el vacío. Un apretado nudo se le deshizo dentro. La neblina invadió el interior del avión, borró los contornos de todos y de todo y Ashby se perdió en su inmensidad.

Al bajar, encontró en el aeropuerto Benito Juárez un movimiento extraordinario desde que los cuerpos empezaron a regresar a la capital. Lo que quedó de las setenta y nueve víctimas fue entregado a los deudos. "Fírmele aquí, original y tres copias."

Todo sucedió tal y como lo previó Ashby, aunque Amaya, siempre revoltosa e inasible escapara a su visión del futuro. Al no poder comunicarse, escondida tras grandes anteojos negros, Amaya fue todos los días por noticias al aeropuerto donde la desgracia hermanó a los familiares que también iban de un lado al otro, pañuelo en mano. Cuando Amaya vio a Ashby Egbert caminar hacia ella, pegó un grito gutural como el de una bestia herida y cayó en sus brazos. Tomaron un taxi, Ashby abrió la puerta del departamento y Amaya lo amó. En la madrugada le dijo suplicante:

—Dame tu pañuelo, cualquier cosa tuya, tu pañuelo. Allá en el aeropuerto todos llevaban algo en la mano, una foto, un documento, un recuerdo; yo no tenía nada, tu pañuelo, Ashby, tu pañuelo.

Estar en el departamento de Ashby no la consoló. Prendió un cigarro mientras iba de una recámara a otra midiéndolas con sus pasos de maniática. Cayó la noche y, por fin, decidió irse.

—Güerita, pero si no me he muerto, aquí estoy.

—Sí, pero usted hubiera podido morirse.

—No sea morbosa, aquí estoy abrazándola.

—Sí, pero no lo puedo vivir de otro modo; es que sufrí demasiado en tantas horas de espera, sufrí como nunca. No puedo ahora dar marcha atrás: todo el tiempo pienso que usted pudo haber muerto.

—No sea neurótica, güerita, celebremos la vida.

—No, Ashby, no puedo, esto no puede quedarse así. Algo tiene que suceder.

—¿Algo, güerita? ¿Qué más puede suceder que no nos haya pasado ya?

—Algo, algo dentro de mí. Algo, no sé qué, pero algo. Cuando pensé que usted había muerto, algo cambió en mi interior. Tengo que tomar nuevas decisiones.

—¿Decisiones? Si usted sólo se deja llevar por los acontecimientos, güerita, y actúa por impulsos. Siga usted su instinto, sea fiel a su naturaleza.

Al día siguiente, cuando Amaya puso los pies sobre la alfombra de su casa, se dio cuenta de que no tenía nada que hacer. Todas sus ocupaciones habían desaparecido. ¿Era ésa la venganza de Ashby? No, era demasiado noble para hacerle algo semejante, era incapaz de hacerle daño a alguien voluntariamente. Decidió ir sola a Santiago, pero al reflexionar en el camino que de seguro le preguntarían por Ashby se dio la vuelta en U en Tres Marías. Llovió y no hubo limpiadores para sus lágrimas que empañaron sus ojos. "Soy la mujer más triste de la tierra", pensó Amaya. Nora, al menos, tenía a sus hijos, ella sólo un pañuelo. Se dio cuenta con amargura de que jamás se habían tomado una fotografía juntos. No tenía ni un ovalito de pasaporte con la frente amplia y noble, la boca llena, los ojos de hombre bueno y generoso de Ashby Egbert.

Al día siguiente también la emprendió a Santiago con el mismo resultado, pero ver paisajes le daba paz. Se hacía la ilusión de que era Ashby el que manejaba y que ella iba junto a él, sus piernas dobladas bajo sí misma, coqueteándole, un cigarro en la boca. Todos los días le dio por salir a carretera en la camioneta que él le regaló. Esos viajes eran su terapia. Regresaba a su casa más tranquila, su alma tapizada de verde.

—Si tanto me quiere, ¿por qué no me ha llamado, güerita?

—Necesito vivir mi duelo sola.

—No sea absurda, ¿de qué duelo habla si estoy aquí junto a usted?

—Es otro tipo de duelo el mío. Voy a dar un paso más adelante.

—No dramatice, güerita, le aseguro que su conducta es malsana. ¿Qué paso va usted a dar?

—No le puedo decir.

—Es usted incomprensible.

—Sí, yo misma no me comprendo, pero no puedo dejar de obedecer a mis estados de ánimo —dijo Amaya con humildad.

—Por favor, güerita, recupere su salud mental.

En otro tiempo, Amaya le habría gritado, ahora sólo le respondió con una sonrisa triste:

—Tengo que llegar al fondo del pozo.

—Pero si estoy vivo, Amaya, estoy vivo.

—No puedo dejar de pensar en el infierno que viví cuando creí que había muerto, no puedo salir de esa trampa.

—Vivamos juntos, hagamos el amor. Estoy vivo, junto a usted, puedo besarla.

—No, Ashby, no, las cosas no son así.

—Está usted enferma, güerita.

—A lo mejor.

—Déjese ya de perversidades. Hoy en la noche voy a ir a tomar una copa al 1-2-3. ¿Me acompaña?

—Ni loca.

—Bueno, pues si prefiere usted llorarme como viuda, la dejo.

Ashby pensó: "Ya se le pasará". Fue al Club a ver montar a sus hijos y sus personas y sus progresos le proporcionaron una gran alegría. Vio de nuevo a sus amigos. Se ocupó de ordenar sus libros en el departamento y mandó forrar de nuevo un sillón de terciopelo. A las dos semanas se dio cuenta de que nada sabía de la loca de Amaya, ya era como para que hubiera vuelto a sus cabales. Habló a su casa y le informaron que se encontraba en las montañas de Guerrero.

Alguna vez Amaya le contó:

—¿Sabe usted lo que hay en el campo? Ratas. Ratas enormes en las casas de campesinos, en los campos de tomate, en los surcos, ratas a medio camino, ratas gigantescas como cocodrilos, ratas monstruosas, ratas. Así vive la gente, en medio de los monstruos.

Su rostro descompuesto reflejaba el terror. Ashby sabía que las ratas de campo son grandes, pero no tanto y que permanecen ocultas en las siembras. Amaya era víctima de otros fantasmas: alucinaciones que le impedían vivir. Él conocía el infierno, bajó a él durante los días de espera en Monterrey. Así, pensó, Amaya debía consumirse todos los días. Él no podría soportarlo. Su vida era otra. Se hundió en un sillón del 1-2-3, ordenó un whisky, tomó un puñito de cacahuates ricamente tostados que tronaron entre sus dientes y, como estaba solo, abrió el periódico comprado en la esquina. Una noticia captó su atención. Un grupo de guerrilleros urbanos fue interceptado por la policía en una casa semiabandonada en el Ajusco y la balacera —dos horas y media— dejaba un saldo de cinco muertos del lado de la policía y siete del lado de los rebeldes. "Dos horas y media de balazos son muchos —pensó Ashby—, los muertos han de haber quedado como coladeras." Los tiros salían desde el interior de la casa y eran devueltos por los judiciales. Los cadáveres eran irreconocibles. El periódico encabezaba la nota con una palabra en grandes letras: "Carnicería". Ashby dio vuelta a la página y leyó otras noticias: "Caen recursos contra pobreza". "Romero de Terreros, arriesgado y soñador." "Persiste nerviosismo financiero." "Ahorcó a su mamacita sin causa justificada." "Conflicto en UHF contra SCT, se unen CTM y CNC contra PRI, PAN, PPR, PPS, ante la compra de CFC y SCT por Pemex." Recordó cómo a George Orwell, el de *Homenaje a Cataluña,* le enfermaban las siglas durante la Guerra Civil de España en 1936. Casi a pesar de sí mismo regresó a la página 2 de la sección C y volvió a leer la información bajo el título de "Carnicería". Pidió a Sergito, su mesero, que le trajera un teléfono y marcó el número de Amaya. La respuesta con voz gangosa: "la señora no está en México", lo tranquilizó.

Alejandro Redo, Chapetes Cervantes, Enrique Corcuera y Pablo Aspe se le unieron. "¡Quihúbole desaparecido! ¿Dónde te has metido que nos has hecho mucha falta?" Sentados, frente a ellos en la mesa, pidió otro whisky. Sí, era buena la vida así, muy buena. Decidieron ir a cenar juntos al Jena. Sólo a las tres de la mañana, en su departamento, se percató de que se había traído el periódico consigo, él, que siempre los tiraba, salvo los suplementos culturales que amontonaba en pilas.

Por alguna razón, quizá de recuperación emocional, Ashby borró a Amaya de su vida en los dos meses que siguieron. ¿No quería verlo?, de acuerdo, no se verían. Sus hijos llenaron el hueco y una tarde, para su gran sorpresa, Nora llegó al Club Hípico a recogerlos en vez del chofer. Mayor sorpresa aún: no sólo lo saludó sonriente, sino de beso. Respiraba abierta a los árboles y, a diferencia de Amaya, no construía su propio escenario. Ashby se quedó con la imagen de una mujer llena de gracia. Para despedirse de él, estiró una mano delgada y a Ashby le dio un vuelco el corazón comprobar que no se había quitado su argolla matrimonial. Estuvo a punto de decirle: *Let's have a drink,* pero algo en sus ojos lo contuvo. Los niños brincaban en torno a ellos, cachorros felices del reencuentro y repetían en coro papi, mami, papi, mami, mira papi, dime mami, como para pegarlos a piedra y lodo de tanto machacar los únicos nombres que contaban para ellos. Exultaban. Cuando Nora arrancó el automóvil y todos le dijeron adiós con la mano a través de la ventanilla, Ashby sintió que con ella quizá no todo estaba perdido y su tórax y su corazón se llenaron de sangre caliente.

Una mañana, casi por no dejar, marcó el número de Amaya.

—Pos qué no sabe, señor, la señora Mayito pasó a mejor vida —respondió la misma voz lenta y gangosa.

—¿Qué dice usted? —gritó.

—Que ya es difuntita la seño.

Ashby azotó la bocina. Le tomó una buena media hora vencer el temblor que lo invadió y después quiso pensar que seguramente esa pinche vieja imbécil no sabía ni lo que decía. Apuró un whisky solo y otro y un tercero y cuando sintió que la tensión bajaba, tuvo la certeza de que la horrible voz gangosa había dicho la verdad. Después miró durante largo tiempo el ventanal de su departamento y se dio cuenta de que tenía el rostro empapado. Debía hacer algo para saber qué había pasado, a qué horas, cómo, dónde y cuándo. La noticia de la muerte de Amaya lo vació, la sangre se detuvo y supo que jamás podría volver a correr por sus venas como antes. No era él, Ashby, el que murió en el desastre aéreo; era Amaya la que se había matado. Desde el accidente en Monterrey, Amaya supo que iba a morir. ¿Se habría suicidado? Ashby buscó el *Diario de la Tarde,* lo encontró doblado exactamente en el artículo "Carnicería", lo tomó y salió a la calle. Primero dio vueltas en el automóvil. Tenía que saber quiénes eran los "guerrilleros urbanos", como los llamaban. ¿Dónde enterarse? ¿La Procuraduría de Justicia? ¿La delegación? ¿Dónde, Dios mío? ¿Eustaquio Cortina, el abogado? ¿Quién podría ayudarlo? ¿A quién recurrir? Se decidió por la Procuraduría en San Juan de Letrán. Después de estacionar su Mercedes en Gante, subió en elevador hasta el último piso. Vio a los agentes secretos disfrazados de civil kaki, verde, marrón, con sus burdos pisacorbatas y sus anillos de graduación en tortura, y le parecieron una especie humana distinta y despreciable. Las secretarias de cinturita y melena abultada eran parte de esa fauna sombría. Pidió ver al procurador y lo miraron de reojo:

—¿Tiene usted cita?

—No.

Finalmente lo recibió el secretario particular del subprocurador que le tendió la mano, sonriente:

—Señor Egbert, lo conozco, he visto sus fotografías en la sección de "Sociales" de *Novedades.* El señor Agustín Barrios Gómez habla mucho de su ilustre familia en su "Ensalada Popoff". Yo soy de la familia Pérez-Rodríguez de Guadalajara por parte de padre y de los Martínez-López de San Luis Potosí por el lado materno. Mucho gusto. Tome usted asiento, por favor.

Ashby desplegó el *Diario de la Tarde* y le dijo al licenciado Pérez-Rodríguez Martínez-López:

—Quisiera mayores informes sobre este asunto. ¿Puede dármelos?

Pérez-Rodríguez Martínez-López escrutó el periódico.

—Mire usted, en general no abrimos nuestros archivos, pero tratándose de una persona de su alcurnia voy a hacer una excepción.

Pérez-Rodríguez Martínez-López se puso de pie y dio órdenes por teléfono. Regresó hacia el conjunto de sofá y sillones imitación piel y permaneció parado frente a Ashby con la clara intención de señalarle que la entrevista había terminado. Ashby no se movió.

—Señor Egbert, va a llevar algunos días permitirle el acceso a ese caso particular porque se trata de opositores armados al gobierno constitucional del señor presidente, pero si usted nos hace el honor de regresar dentro de algunos días, podrá examinar en la comodidad de nuestras oficinas el material que tendremos a sus apreciables órdenes.

—Esto no tiene ni tres meses, no ha de ser muy difícil localizar el expediente, tengo una gran urgencia...

—Mire, para que vea cómo lo aprecio, venga usted mañana en la tarde. Yo mismo pondré el fólder en sus manos, claro, con carácter confidencial.

—Necesito verlo ahora mismo.

—Es imposible, tiene usted que esperar a mañana.

Ashby pasó la noche y la mañana siguiente sostenido por su botella de Chivas Regal. No pudo probar bocado. A las tres de la tarde se dio cuenta de que debía bañarse y rasurarse para ir de nuevo a la Procuraduría.

Cuando el secretario del subprocurador le abrió la puerta de un privado y le dijo que se sentara porque iba a poner las evidencias del caso frente a su ojos, Ashby tuvo un desfallecimiento y, al mismo tiempo, la esperanza loca de que su corazonada fuera falsa. El secretario se excusó:

—Lo dejo solo, tengo que acompañar al señor subprocurador a su acuerdo con el señor procurador, que tiene acuerdo presidencial en Los Pinos con nuestro primer mandatario. Cuando termine, por favor, le avisa a la señorita Jennifer Jacqueline mi secretaria.

Ashby sólo respondió con un ronco "Sí". Pérez-Rodríguez Martínez-López esperaba que Ashby se deshiciera en demostraciones de gratitud y se echara en sus brazos llamándolo hermano, pero no enseñó su decepción. "Este tipo está enfermo —pensó—, como todos los de su clase, es un degenerado. Lo noté desde un principio en sus ojos enrojecidos y en su voz cascada." Cerró la puerta tras él.

Antes de abrir, Ashby respiró muy hondo. Ojalá hubiera recordado llenar su anforita de whisky para darse fuerza, pero no. Estaba solo. Tuvo muchas dificultades para leer el acta con esa jerga abominable de los legistas. A medida que avanzaba, empezó a adquirir la certeza de que Amaya nada tenía que ver con esas jerigonzas y mucho menos con el hecho que las provocó. Jamás se había presentado a las once de hacía tres meses en esa casa del Ajusco con un cargamento de armas, jamás había disparado desde ventana alguna. Estaba a punto de cerrar el expediente, un gran alivio subiendo por su garganta, cuando otro sobre atrajo su atención. Era el de las fotos. Sintió ganas de vomitar. Carnicería era la palabra exacta. Las fue volteando rápidamente boca abajo para ya no verlas. El asco lo atenazaba. La última captó su atención. Como las otras, era un amasijo de sangre y trapos, pero sobre un fragmento de cuello vio la cadena de oro con el dije. Era la de Amaya. Ashby la volteó con mayor lentitud que las otras, la miró de nuevo y con gestos de autómata las metió todas en el sobre amarillo, puso la liga en torno al expediente, hizo a un lado el paquete y supo que no podría controlar el enorme sollozo que subía desde aquel espacio dentro de su cuerpo donde el pensamiento le dolía mucho.

A la media hora, Ashby, tembloroso y a punto del desvarío, salió de la Procuraduría sin que los guaruras parecieran inmutarse. Demasiado acostumbrados al espectáculo del sufrimiento, lo vieron dirigirse a la puerta y salir al tráfico de la avenida San Juan de Letrán.

"No es cierto, no murió, es un error. Amaya se merecía una muerte bella. La muerte de una mujer así tiene que ser poética. Así no. Es un error. A Amaya no puede haberle tocado ese fin brutal, grotesco, dislocado." Amaya tasajeada. Sus pies por un lado, cercenados, Amaya que tenía cosquillas en los pies, como descubrió la primera vez que los besó. Amaya monigote. No degollada. Es un error. Tiene que ser un error. Amaya la mujer más culpable de la tierra, Amaya con sus aves marías y sus padres nuestros, Amaya hincada, Amaya de pie frente al político, la más airada del mundo, Amaya sin pasado, sin parientes, Amaya casada con un fantasma, Amaya con sobrinos inventados, puesto que presumía de ser un hecho aislado, de haberse dado a luz a sí misma, Amaya cuyo nombre era vasco y significaba nada menos que el principio del fin, eso era ella, de eso presumía, de principio y de fin, Amaya sórdida, Amaya purificada en cada uno de sus pedazos.

Empezó a llover y Ashby tardó en darse cuenta porque otro cielo se le había despeñado adentro. Enceguecido por la lluvia acertó a accionar los limpiadores. Dentro de él, giraba su obsesión. No, no puede ser, es un error. Pero allí, en ese fragmento de carne informe brillaba la diminuta cadena. No es cierto, estoy loco, hay miles de mujeres con cadenas en el cuello. Pero ninguna como la de Amaya, con sus eslabones de esmalte blanco, la cadena de su primera comunión, la que jamás se quitaba. Mi amor. Mi amor, no se vale. No se vale morir antes. No se vale morir sin mí. Dijiste que nos tocaría juntos. Mentiste. Siempre mentiste. Nos íbamos a ir de la mano, ¿recuerdas? Traidora. Veías traidores hasta en la sopa y fuiste la primera en traicionar. Y yo que no estuve allí para protegerte de tu miedo, tú, Amaya, heroica, Amaya temerosa hasta dejar de respirar, Amaya blanca de miedo, loca de miedo. Amaya, ¿no te das cuenta de que me mataste también? Amaya, eras muchas Amayas, cada una peor que la otra, cada Amaya mejor, sí, mejor, mejor, mejor.

Ashby pensó que hubiera querido ver su último rostro, enterrarla, cubrir su tumba de flores blancas, escuchar llantos, pésames apagados y voces que dijeran el rosario, las misteriosas y bellas jaculatorias, y que un sacerdote guapo, el padre Carlos Mendoza (Amaya no habría tolerado un gordo panzón) dijera misa de cuerpo presente con olor a nardos y a incienso. A Amaya la excitaba el olor a incienso, las pilas de agua bendita ante las que hacía una señal de la cruz elaborada, los confesionarios en los que seguramente decía puras mentiras. Era parte de su confesión:

—¿Por qué mientes tanto, hija?

—No lo sé, es mi naturaleza.

Le fascinaban los rituales, primero los de la Corte, luego los de la Iglesia.

Durante un mes, Ashby no salió de su departamento, casi no comió y finalmente dejó de beber. Aun en las devastadoras crudas, Amaya era su delirio.

Cuando por fin volvió a la vida decidió ir a ver a sus hijos al Club.

—Me voy de viaje, ustedes están bien, no me necesitan.

No lo contradijeron. Su padre les importaba, sí, pero un poquito menos que el nuevo caballo que galopaba en el picadero: Black Velvet, un regalo de Nora. El nombre se lo puso ella y Ashby la recordó toda de negro, su pelo también de terciopelo. Ese caballo bueno en la pista de salto y bueno a campo traviesa tenía la virtud de no distraerse jamás. Lo meterían primero a la pista tipo *steeplechase* y luego lo lanzarían al *cross country*. Alvin le había perdido por completo el miedo a montar y le arrebataba la palabra a su hermano. "No les hago falta", se convenció Ashby, aunque al volver la cabeza antes de subir al Mercedes vio que también Alvin dirigía hacia él su perfil sensible encima del cuello blanco de su camisa y su casaca roja.

Ahora tenía que deshacerse del Mercedes. Fue una especie de amputación. El dueño de la agencia de autos de segunda mano quedó encantado. "A éste sí que lo hice güey. Pagué una bicoca. Pobre tarado. Todavía me dijo: Me lo cuida usted mucho." Ashby malbarató su departamento, se deshizo de los muebles y sólo metió en un veliz lo indispensable: su ropa más usada. Regaló los trajes, las corbatas y en una carrera dejó un paquete con su Rolex, su llavero de oro, mancuernillas y cinturones de Ortega en casa de Nora. Ni siquiera escribió en la caja: "Para mis hijos". Al abrirla, Nora reconocería todo.

Veliz en mano, tomó el metro y bajó en la estación Taxqueña. Pensó que así, enchamarrado y con tenis, no se distinguía de los demás usuarios. En el vagón todos dormitaban.

Al entrar al baldío, lo primero que lo atosigó no fue la mugre ni el abandono, sino el olor. *El Gansito* vivía con sus cuates del alma, bajo un techo improvisado. Era el único que había vuelto a ver en todos esos años. Un día en Taxqueña se lanzó sobre el parabrisas del Mercedes con su botella de agua jabonosa preguntando sin verlo:

—¿Se lo limpio, patrón?

El Gansito no lo reconoció y Ashby agradeció a la corte celestial su distracción. Sin embargo, quedó impresionado y un mediodía fue a buscarlo a Taxqueña porque le dijeron que allí dormían muchos chavos de la calle. Lo encontró tirado en el suelo sobre el piso de concreto de una bodega abandonada. *El Gansito* entonces sí lo reconoció. La alegría en los ojos del muchacho fue un regalo inmerecido para Ashby. Despertó a los demás, entre otros a una muchacha toda arañada que jamás logró articular palabra. Ashby reconoció a *la Carimonstrua*.

—Vengan, conozcan a mi cuate Ashby. ¿Te acuerdas de mi vieja, güey?

El Gansito lo llevó a la Guerrero, a la fonda de don Lolo, afanado y sudoroso tras de las cacerolas de arroz y chicharrón en salsa verde. El abrazo de don Lolo fue húmedo de amor y de hervores.

—¿Cómo te ha ido, hijo? Fuiste el único que se desapareció. Todos los compas del Obrero nos hemos seguido viendo estos años, echándonos la mano. Somos una familia, ya contigo está completa.

—Los he echado de menos. Lo que pasó es que mi patrón me mandó con las bestias al otro mundo. Todos estos años estuve en el extranjero con él y me trajo en chinga. No tenía tiempo de escribirles ni unas líneas. Ahora ya dejé esa chamba y aquí estoy, como el hijo pródigo, al pie del cañón. Quisiera encontrar un cuartito por aquí.

—Eso está fácil, hay muchos en la calle de Niños Héroes, también hay en San Juan de Letrán, en Hidalgo si quieres, pero queda más retiradito. ¿Y ahora de qué la giras?

—De maestro. Tengo mis certificados. Voy a ir a la Secretaría de Educación Pública a ver qué me resuelven.

Don Lolo se entusiasmó:

—Muchacho, cómo has avanzado. ¿Así que te hiciste maestro? De veras que te felicito.

Don Lolo le dio otro largo, apretado abrazo.

—¿Cómo está Genoveva? —preguntó Ashby.

—Sigue trabajando con la misma señora, ya ves que esa patrona le salió buena gente. Genoveva quiere bien a doña Lupita Loaeza, que así se llama.

—Me encantaría saludarla.

—¡Ah, qué bueno, ella también te recuerda a cada rato! En tanto tiempo, nunca te ha olvidado. ¡Y mira que han pasado los años!

—¿Cómo la localizo?

—Claro, mira, apunta su teléfono.

—Y de su señora, doña Goyita, ¿qué me cuenta?

—Se nos adelantó hace cinco años; el cáncer, ya sabes. Dios la tenga en su santa gloria.

Al atardecer, Ashby se encontró instalado en un cuarto con ventana a los toldos de lona de los puestos callejeros de Niños Héroes. Era ruidoso, pero en el baño la regadera, por quién sabe qué milagro, tenía una potencia enorme. Colgó en el ropero de pino sus pocas pertenencias y se sentó al borde de la cama dura. Era necesaria una lámpara de cabecera y se compraría una mesita de palo en La Lagunilla. ¿Lo que había vivido era ficción? ¿Lo que ahora vivía era realidad? En la noche, antes de apagar la luz, rezó por Amaya. Pensó que a ella eso le habría gustado. "¿Por qué no supe detenerla?", se preguntó como lo hacía cada día desde su muerte. "¿Por qué no me la llevé a otro país? Ella hubiera aceptado, estoy seguro; en realidad era como una niña atrabancada y grosera, sí, sí, eso es lo que era, una berrinchuda genial. Debí esforzarme, razonar con ella, pero preferí la huida."

Este soliloquio que lo desvelaba hacía meses también lo conducía, mal que bien, al sueño, y a la mañana siguiente, después de desayunar en la cafetería Coatepec, Ashby se dirigió a la Secretaría de Educación Pública. Amaya ahora era su sombra, lo seguía en sus quijotadas, era su Aldonza y a la vez su Sancho Panza. De heroína de caballería pasó a ser escudera silente.

Todos los días Ashby comía en la fonda de don Lolo.

—El domingo vamos a traer aquí a la palomilla del Obrero, dile a Genoveva, hazme el "plis", yo busco al *Gansito* y a *la Carimonstrua,* yo disparo, Eulogio.

—Don Eleazar ya casi no ve, se cae de viejo y nomás se la pasa diciendo incoherencias de los aztecas, pero yo creo que con esto se va a poner requetecontento.

El domingo fue día de fiesta, a pesar de la vejez, a pesar de la droga, a pesar de la muerte. Cada uno fue contando su vida (con excepción de Eleazar, que volvió a contar la de Moctezuma), acodado en el mantel de plástico a cuadritos amarillos y blancos. A partir del momento en que se dejaron en el hospital habían vivido existencias de película. Hasta *la Carimonstrua* parecía concentrarse en el momento:

—Pues sí, aquí le seguimos tupiendo duro a la sustancia, pero no le hacemos daño a nadie, y lo estás viendo, somos de güevos, somos tu raza, tú eres mi *brother,* yo soy tu *sister* y *el Gansito* mi camote y hay respeto.

—Eso, respeto —dijo *el Gansito.*

—Claro, respeto —completó Ashby.

Nada había cambiado gran cosa y eso tranquilizó a Ashby. Cuando le tocó su turno, empezó a hablar en voz muy baja, rindiéndole homenaje a Amaya. A medida que se reinventaba, sus palabras le producían la más honda emoción desde la muerte de su amante inasible, su amante bruja y cómplice a la vez. Reafirmó lo aprendido años atrás en el Hospital Obrero: que era posible tener la vida que creaban las palabras. Genoveva abría sus grandes ojos y a Ashby le gustó volver a encontrar en ellos la misma mansedumbre. Dieron las nueve de la noche y no se habían movido, ni siquiera para ir al baño. Ashby entonces supo que su vida, cualquiera que ésta fuera, valía la pena, puesto que los tenía a todos pasmados, detenidos dentro del más profundo silencio. "Voy a ser un buen maestro", pensó con gratitud.

En su interior, Amaya se había ido haciendo cada vez más joven. Su risa saltaba, el movimiento de su falda al caminar, su collar de perlas, lo mecían durante horas. Una noche, en la pulquería Los Llanos de Apan, Ashby tomó de la mano a un mesero de delicadas maneras. "Véngase, vamos a bailar usted y yo." El muchachito bailaba con gracia, platicaba con gracia, se enojaba con gracia. Ave Amaya llena de gracia. Amaya siempre con él, incluso durante sus encuentros con Rodrigo y con Alvin, que ya no se daban en el Club, sino en el kiosco morisco de Santa María la Ribera, otra extravagancia de Ashby según Nora.

—Es que no hay camiones que lleguen hasta allá, hijos.

—Pobrecito papá, tienes un agujero en la suela de tu zapato.

Viajar en el metro era una aventura cotidiana. Apenas se cerraban las puertas automáticas, una señora irrumpía con su canto de arrabal, otra declamaba "Cultivo una rosa blanca en junio como en enero para el amigo sincero que me da su mano franca", unos jipis tocaban música andina, dos jovencitas se secreteaban y cubrían sus risas con las manos, el estudiante lo miraba con recelo, la del rebozo dormía con la boca abierta. Estaba cerca de la gente. No entendía cómo había podido vivir tanto tiempo lejos. "Quién sabe dónde chingados", diría Amaya. Ya no se sentía solo. Bastaba que la señora del suéter cerrado por un alfiler encima de su mandil se sentara a su lado para que la convirtiera en su mamá, en su tía, en su mejor amiga.

Le gustaba su vida, enseñar, leer, sentarse al solecito, comer despacio los domingos en la fonda de don Lolo con sus cuates. Le salía barato. Jamás pedía carne porque una vez que cortó un T bone, Amaya le preguntó horrorizada: "¿Va usted a comer carne roja?"

Todos lloraron a don Eleazar cuando murió.

—Entrego mi alma a nuestro señor Huitzilopochtli y a nuestra madre Coatlicue; también a ti, hermana Coyolxhauqui —fueron sus últimas palabras.

Don Lolo se echó unos cafés con piquete de más durante el velorio en una funeraria del ISSSTE en Doctor Balmis y preguntó a Ashby por qué no se había fijado en Genoveva.

—La muchachita no se ha casado por ti, ¿lo sabías?

Ashby sintió tristeza. Fue hacia ella y la tomó suavemente de los hombros para consolarla.

También en la calle las mujeres le sonreían y si podían se le insinuaban. "A mi edad soy galán", sonrió Ashby. Más que galán, se había vuelto extraordinariamente hermoso. Su cara, sobre todo, tenía una nobleza de patricio y sus labios una sensualidad que destacaba cada vez más dentro de la delgadez de su rostro. Su frente ancha bajo los cabellos grises, admirable. Amaya seguramente lo cuidaba desde el cielo, hincada en una nube, sentada al lado de Dios padre, exigiéndole a voz en cuello que nada se le marchitara adentro.

"Papacito, eres un cuero", se formó una secretaria tras él frente a la ventanilla de los cobros. También la cajera retenía su mano entre las suyas al pasarle su mísero sueldo. La vida sabía a calle y la calle, todos lo sabemos, resulta de lo más entretenida. Ashby tardaría mucho tiempo en descubrir que su salvación tampoco estaba en la colonia Guerrero, ni en la sonrisa desdentada de *la Carimonstrua,* ni en la comida de don Lolo bajo su letrero: "Hoy no fío, mañana sí". Parecía estar oyendo a Amaya reconvenirlo: "No seas maniqueo, Ashbito".

Al abrir el suplemento *México en la Cultura,* Ashby se enteró de que Nora había publicado un libro y llamó a sus hijos:

—¿Así es de que mami volvió a la poesía? Díganle que me mande un ejemplar.

Todo volvía a su lugar. *Tout est bien qui finit bien,* les dijo a Alvin y a Rodrigo para que se lo preguntaran a su profesor de francés. ¿Viviría para la próxima reunión? Claro que sí. Todavía nadie le decía "cuidado con el escalón". Por lo pronto tendría que preparar lo que les contaría a sus hijos y anticipaba desde ahora los ojos claros de Alvin, su asombro y su devoción. La vida que se había fabricado para don Lolo, Genoveva, *el Gansito,* también la fantaseaba para Rodrigo y Alvin cada diez días. Era su forma de preservar a Amaya. Ir por los días sin un punto determinado significaba ganar horas para estar con ella. En la noche tenía mucho tiempo para pensarla.

Alguna vez, después de su muerte, llamó a la casa de los Chacel fingiéndose director de una galería de arte para preguntar por los coleccionistas de la obra de Amaya.

—¿Cuál obra?

—Su pintura.

—Amaya jamás pintó.

—¿No era pintora?

—No, señor.

Los dos colgaron. Estaba seguro de que quien le contestó fue Alfonso. O ¿existiría Alfonso? Y de ser así, ¿fue en verdad su marido? ¿Quién era aquel hombre llamado Alfonso Chacel al que vio sólo una vez, durante aquella cena y a quien Amaya seguía sin chistar? ¿Otro fantasma de Amaya? Habría de aprender una lección: con Amaya siempre era mejor suponer que afirmar. Por cierto, ¿realmente se llamaría Amaya Chacel?

Las dudas de Ashby acabaron por perderse en el barullo del centro y sus calles pululantes de gente que camina y de perros que también van de aquí para allá a veces con la cola en alto, a veces con la cola entre las patas. Caminar. Es bueno caminar. Con Amaya se esfumaron los deseos de salvar almas, inclusive la suya propia. Ahora lo sabía: al Ashby que avanzaba trabajosamente, al Ashby hipnotizado que andaba solo, lo acompañarían, hasta el fin, el bosque de prodigios, la carretera a Cuernavaca en la que de repente saltaban los tigres, el pueblo de Santiago casi a la sombra de las montañas tepoztecas, los pozos petroleros enrojeciendo la noche, los volantes mimeografiados, las marchas, los mítines, las calles, *la Carimonstrua* y *el Gansito* abrazados y, arriba, Amaya y el vuelo largo de las aves del cielo.

Obras reunidas II, de Elena Poniatowska,
se terminó de imprimir en noviembre de 2006
en Impresora y Encuadernadora Progreso, S. A. de C. V. (IEPSA),
Calz. San Lorenzo, 244; 09830 México, D. F.
En su composición, parada en el Departamento de Integración Digital del FCE,
se utilizaron tipos Berkeley Book de 11:15 y 12:15 puntos.
La edición consta de 2 000 ejemplares.

Cuidado de la edición:
Julio Gallardo Sánchez